ARDIL-22

JOSEPH HELLER

ARDIL-22

Tradução de
Rogério W. Galindo

1ª edição

EDITORA RECORD
RIO DE JANEIRO • SÃO PAULO
2025

CIP-BRASIL. CATALOGAÇÃO NA PUBLICAÇÃO
SINDICATO NACIONAL DOS EDITORES DE LIVROS, RJ

H419a   Heller, Joseph
        Ardil-22 / Joseph Heller ; tradução Rogerio W. Galindo. - 1. ed. -
        Rio de Janeiro: Record, 2025.

        Tradução de: Catch-22
        ISBN 978-65-5587-441-9

        1. Ficção americana. I. Galindo, Rogerio W. II. Título.

25-96388   CDD: 813
                                    CDU: 82-3(73)

Gabriela Faray Ferreira Lopes - Bibliotecária - CRB-7/6643

Título original:
Catch-22

Copyright © Joseph Heller, 1955, 1961.

Texto revisado segundo o Acordo Ortográfico da Língua Portuguesa de 1990.

Todos os direitos reservados. Proibida a reprodução, no todo ou em parte, através de quaisquer meios. Os direitos morais do autor foram assegurados.

Direitos exclusivos de publicação em língua portuguesa somente para o Brasil adquiridos pela
EDITORA RECORD LTDA.
Rua Argentina, 171 – Rio de Janeiro, RJ – 20921-380 – Tel.: (21) 2585-2000, que se reserva a propriedade literária desta tradução.

Impresso no Brasil

ISBN 978-65-5587-441-9

Seja um leitor preferencial Record.
Cadastre-se no site www.record.com.br
e receba informações sobre nossos
lançamentos e nossas promoções.

Atendimento e venda direta ao leitor:
sac@record.com.br

EDITORA AFILIADA

Havia apenas um ardil...
e era o ardil-22

A ilha de Pianosa fica no mar Mediterrâneo treze quilômetros ao sul de Elba. É minúscula e obviamente não poderia acomodar todas as ações aqui descritas. Assim como o cenário deste romance, os personagens também são fictícios.

À minha mãe e à minha esposa, Shirley, e aos meus filhos, Erica e Ted (1961)

A Candida Donadio, agente literária, e a Robert Gottlieb, editor. Parceiros (1994)

1
O TEXANO

Foi amor à primeira vista.

Quando viu o capelão pela primeira vez, Yossarian ficou perdidamente apaixonado.

Yossarian estava no hospital com uma dor no fígado que por pouco não era icterícia. Os médicos estavam intrigados por não ser exatamente icterícia. Se aquilo virasse icterícia tinham como tratar. Se não virasse icterícia e desaparecesse poderiam dar alta. Mas isso de ficar o tempo todo sendo quase icterícia era uma coisa que deixava os médicos confusos.

Toda manhã eles apareciam, três sujeitos enérgicos e sérios com bocas eficientes e olhos ineficientes, acompanhados pela enérgica e séria enfermeira Duckett, uma das enfermeiras que não gostavam de Yossarian. Os médicos liam o prontuário no pé da cama e perguntavam, impacientes, sobre a dor. Pareciam irritados quando o paciente dizia que continuava exatamente igual.

— Ainda sem evacuação? — perguntava o coronel.

Os médicos se entreolhavam quando ele fazia que não com a cabeça.

— Dê mais um comprimido para ele.

A enfermeira Duckett anotava que devia dar mais um comprimido para Yossarian, e os quatro passavam para o leito seguinte. Nenhuma enfermeira gostava de Yossarian. Na verdade, a dor no fígado tinha sumido, mas Yossarian não dizia nada e os médicos jamais suspeitaram. Só suspeitavam que ele tinha evacuado e não contava.

Yossarian tinha tudo o que queria no hospital. A comida não era ruim e traziam as refeições para ele na cama. Havia rações extras de carne e, durante a parte quente da tarde, ele e os outros pacientes ganhavam suco gelado ou achocolatado gelado. Fora os médicos e as enfermeiras, ninguém vinha perturbar. Durante um período curto pela manhã ele precisava censurar cartas, mas depois disso ficava livre para passar o restante do dia deitado de bobeira com a consciência tranquila. Estava confortável no hospital e era fácil continuar lá porque a temperatura dele sempre dava trinta e oito e meio. Ele estava ainda mais confortável do que Dunbar, que precisava ficar caindo de cara no chão para que levassem a comida *dele* na cama.

Depois de ter decidido que ia passar o resto da guerra no hospital, Yossarian escreveu cartas para todo mundo que conhecia dizendo que estava no hospital, mas sem jamais mencionar o motivo. Um dia ele teve uma ideia melhor. Para todo mundo que conhecia, escreveu uma carta dizendo que ia partir numa missão muito perigosa. "Pediram voluntários. É muito perigoso, mas alguém precisa fazer. Escrevo assim que voltar." E nunca mais voltou a escrever.

Todo oficial paciente na enfermaria era forçado a censurar cartas escritas pelos praças mantidos em outras alas do hospital. Era um trabalho monótono, e Yossarian ficou decepcionado em saber que a vida dos praças era só ligeiramente mais interessante que a dos oficiais. Depois do primeiro dia ele perdeu a curiosidade por completo. Para diminuir a monotonia inventava jogos. Morte aos modificadores, declarou um dia, e toda carta que passava pelas suas mãos perdia cada um dos advérbios e dos adjetivos. No dia seguinte ele declarou guerra aos artigos. Atingiu um plano muito superior de criatividade no dia seguinte, quando riscou tudo nas cartas, exceto as palavras "o", "a", "um" e "uma". Isso criava tensões interlineares mais dinâmicas, na opinião dele, e em quase todo caso deixava a mensagem muito mais universal. Logo estava proscrevendo partes de saudações e assinaturas e deixando o texto intocado. Uma vez ele censurou tudo, exceto a saudação "Querida Mary" de uma carta, e no pé da página escreveu: "Anseio por você tragicamente. A. T. Tappman, capelão do Exército dos EUA." A. T. Tappman era o nome do capelão do grupamento.

Quando tinha exaurido todas as possibilidades nas cartas, ele começou a trabalhar nos nomes e nos endereços dos envelopes, obliterando casas e ruas inteiras, aniquilando metrópoles completas com riscos distraídos do punho, como se fosse Deus. O ardil-22 exigia que toda carta censurada levasse o nome do censor. A maior parte das cartas ele nem lia. Nas que não lia, a única coisa que escrevia era o próprio nome. Nas que lia, ele escrevia: "Washington Irving". Quando isso ficou monótono, ele escreveu: "Irving Washington". Censurar os envelopes teve consequências graves, produziu uma onda de ansiedade em algum etéreo escalão militar que mandou um investigador da corregedoria à enfermaria fingindo ser paciente. Todo mundo sabia que se tratava de um homem da corregedoria porque ele ficava perguntando sobre um oficial chamado Irving ou Washington e porque depois do primeiro dia parou de censurar cartas. Ele achava as cartas monótonas demais.

Era uma enfermaria bacana desta vez, uma das melhores de que ele e Dunbar já tinham desfrutado. Com eles desta vez estava um capitão piloto de caça, de 24 anos, com um bigodinho dourado rarefeito que tinha sido abatido no mar Adriático no inverno e que não chegou nem a pegar um resfriado. Agora era verão, o capitão não tinha sido abatido e dizia estar gripado. No leito à direita de Yossarian, ainda deitado amorosamente de bruços, estava o assustado capitão com malária no sangue e uma picada de mosquito na bunda. Do outro lado do corredor, em relação ao leito de Yossarian, estava Dunbar, e ao lado de Dunbar estava o capitão de artilharia com quem Yossarian tinha parado de jogar xadrez. O capitão era um bom jogador de xadrez e as partidas eram sempre interessantes. Yossarian tinha parado de jogar xadrez com ele porque os jogos eram interessantes a ponto de serem tolos. E havia ainda o educado texano do Texas que parecia ser alguém em tecnicolor e que achava, patrioticamente, que pessoas com recursos — gente decente — deveriam ter direito a mais votos do que vagabundos, putas, criminosos, degenerados, ateus e gente indecente — pessoas sem recursos.

Yossarian estava alterando o sentido das cartas no dia em que trouxeram o texano. Era mais um dia silencioso, quente e tranquilo. O calor oprimia com força o telhado, abafando o som. Dunbar estava deitado, imóvel, de barriga para cima de novo, com os olhos encarando o teto como se fossem olhos de boneca. Estava trabalhando duro para aumentar sua expectativa de vida. Fazia isso cultivando o tédio. Dunbar estava trabalhando tão duro em aumentar a expectativa de vida que Yossarian achou que ele estava morto. Colocaram o texano numa cama no meio da enfermaria e ele não demorou a distribuir seus pontos de vista.

Dunbar se sentou num instante.

— É isso — gritou ele, empolgado. — Tinha alguma coisa faltando, o tempo todo eu sabia que tinha alguma coisa faltando, e agora sei o que é. — Ele bateu com o punho na palma da mão. — Não existe patriotismo — declarou.

— Tem razão! — exclamou Yossarian em resposta. — Tem razão, tem razão, tem razão. Cachorro-quente, o Brooklyn Dodgers. Torta de maçã feita pela mãe. É por isso que todo mundo está lutando. Mas quem está lutando pelas pessoas decentes? Quem está lutando por mais votos para as pessoas decentes? Não existe patriotismo, é isso. Nem matriotismo também.

O subtenente à esquerda de Yossarian se manteve indiferente.

— Quem liga para isso? — perguntou ele, cansado, e se virou de lado para dormir.

O texano se revelou um sujeito adorável, generoso e boa-praça. Em três dias, ninguém o suportava.

Ele espalhava arrepios de aborrecimento pelas espinhas trêmulas da enfermaria e todo mundo fugia dele — todo mundo exceto o soldado de branco, que não tinha escolha. O soldado de branco estava envolto da cabeça aos pés em gesso e gaze. Ele tinha dois braços inúteis e duas pernas inúteis. O homem tinha sido contrabandeado para a enfermaria durante a noite, os outros só souberam que ele estava ali quando acordaram de manhã e viram as duas pernas estranhas içadas, os dois braços estranhos ancorados perpendicularmente, todos os quatro membros elevados no ar de maneira estranha por pesos de chumbo suspensos sombriamente acima dele e que jamais se moviam. Costuradas nas bandagens da parte interna dos dois cotovelos havia aberturas com zíper pelas quais ele era alimentado com um fluido transparente que saía de um pote transparente. Um tubo silencioso de zinco saía do cimento e ia até a virilha dele e ele estava conectado a uma fina mangueira de borracha que transportava dejetos dos rins, gotejando-os eficientemente em um pote transparente no chão. Quando o pote no chão estava cheio, o recipiente que alimentava o cotovelo estava vazio, e os dois eram simplesmente trocados rapidamente para que aquilo pudesse pingar de novo para dentro do sujeito. A única coisa que eles realmente viam do soldado de branco era um buraco escuro e puído na altura da boca.

O soldado de branco tinha sido colocado ao lado do texano, e o texano se sentava de lado na sua cama e conversava com ele durante toda a manhã, a tarde e a noite no seu agradável e simpático tom arrastado. O texano jamais se importou por não ter resposta.

Mediam a temperatura na enfermaria duas vezes por dia. No começo da manhã e no fim da tarde a enfermeira Cramer entrava com um pote cheio de termômetros e ia seguindo seu caminho por um lado da enfermaria e voltando pelo outro, distribuindo um termômetro para cada paciente. No caso do soldado de branco ela inseria o termômetro no buraco acima da boca e o deixava equilibrado ali na bordinha. Quando voltava ao sujeito no primeiro leito, ela pegava o termômetro, registrava a temperatura e, em seguida, passava para o próximo paciente, fazendo a volta pela enfermaria mais uma vez. Uma tarde, após ela completar o primeiro circuito da enfermaria e voltar ao soldado de branco, ela leu sua temperatura e descobriu que ele estava morto.

— Assassino — disse Dunbar baixinho.

O texano ergueu os olhos para ele com um sorriso inseguro.

— Homicida — disse Yossarian.

— Do que vocês estão falando, parceiros? — perguntou o texano, nervoso.

— Você assassinou o homem — disse Dunbar.

— Você matou o cara — disse Yossarian.

O texano se encolheu.

— Vocês estão doidos. Eu nem encostei nele.

— Você assassinou o homem — disse Dunbar.

— Eu ouvi você matar o cara — disse Yossarian.

— Você matou o sujeito porque ele era crioulo — disse Dunbar.

— Vocês estão doidos — gritou o texano. — Nem deixam entrar crioulos aqui. Tem uma enfermaria especial para os crioulos.

— O sargento trouxe ele escondido para cá — disse Dunbar.

— O sargento comunista — disse Yossarian.

— E você sabia disso.

O subtenente à esquerda de Yossarian se manteve indiferente à história toda do soldado de branco. O subtenente se mantinha indiferente a tudo e jamais falava a não ser para demonstrar irritação.

Um dia antes de Yossarian conhecer o capelão, um fogão explodiu no refeitório e incendiou um lado da cozinha. Um calor intenso passou rapidamente pela área. Até mesmo na enfermaria de Yossarian, a quase cem metros de distância, deu para ouvir o troar do fogo e os estalidos secos da madeira em chamas. Fumaça passou em alta velocidade pelas janelas tingidas de laranja. Em mais ou menos quinze minutos os caminhões de resgate do aeródromo chegaram para debelar o fogo. Durante trinta minutos frenéticos, ninguém sabia o que ia acontecer. Depois, os bombeiros começaram a controlar a situação. De repente, ouviu-se o velho e monótono zumbido dos bombardeiros voltando de uma missão, e os bombeiros precisaram enrolar suas mangueiras e correr para a pista de pouso, para o caso de um dos aviões se acidentar e pegar fogo. Os aviões pousaram em segurança. Assim que o último pousou, os bombeiros deram meia-volta com os caminhões e voltaram às pressas morro acima para continuar a combater o incêndio no hospital. Quando chegaram lá, o fogo tinha apagado. Havia se extinguido por conta própria, desaparecido por completo sem deixar uma única brasa para que eles jogassem água em cima, e não havia nada que os decepcionados bombeiros pudessem fazer a não ser beber café morno e ficar ali tentando transar com as enfermeiras.

O capelão chegou no dia seguinte ao incêndio. Yossarian estava ocupado expurgando todas as palavras não românicas das cartas quando o capelão se sentou numa cadeira entre os leitos e perguntou como ele se sentia. Ele tinha se sentado meio de lado e as barras da divisa de capitão no colarinho da camisa eram a única parte da insígnia que Yossarian conseguia ver. Yossarian não tinha a mínima ideia de quem ele era e simplesmente deu por certo que era mais um médico ou mais um maluco.

— Ah, muito bem — respondeu ele. — Sinto uma dor leve no fígado e não tenho sido o mais regular dos homens, acho, mas no geral admito que estou bem.

— Isso é ótimo — disse o capelão.

— Verdade — disse Yossarian. — Verdade, é ótimo.

— Eu queria ter vindo antes — disse o capelão —, mas eu realmente não estava bem.

— Que pena — disse Yossarian.

— Só um resfriado — acrescentou o capelão rápido.

— Estou com trinta e oito de febre — acrescentou Yossarian com a mesma rapidez.

— Uma pena — disse o capelão.

— Verdade — concordou Yossarian. — Verdade, uma pena.

O capelão se agitou.

— Tem alguma coisa que eu possa fazer por você? — perguntou ele depois de um tempo.

— Não, não. — Yossarian suspirou. — Os médicos estão fazendo tudo que é humanamente possível, imagino.

— Não, não. — O capelão corou de leve. — Não estava falando disso. Queria saber se eu podia trazer cigarros... ou livros... ou... brinquedos.

— Não, não — disse Yossarian. — Obrigado, tenho tudo que preciso, acho. Tudo exceto saúde.

— Que pena.

— Verdade — disse Yossarian. — Verdade, uma pena.

O capelão se agitou de novo. Olhou de um lado para o outro algumas vezes, depois desviou o olhar para o teto e, em seguida, para o chão. Respirou fundo.

— O tenente Nately manda lembranças — disse ele.

Yossarian não gostou de saber que eles tinham um amigo em comum. Parecia que afinal de contas havia uma base para a conversa dos dois.

— Você conhece o tenente Nately? — perguntou ele, arrependido.

— Conheço, conheço o tenente Nately muito bem.

— Meio lunático ele, não?

O sorriso do capelão era constrangido.

— Não sei dizer. Não conheço ele tão bem.

— Pode confiar em mim — disse Yossarian. — Doidinho, doidinho.

O capelão mediu bem o silêncio que se seguiu e depois o estilhaçou com uma pergunta abrupta.

— Você é o capitão Yossarian, não é?

— Nately teve um começo difícil. Ele vem de boa família.

— Me desculpe, por favor — insistiu o capelão timidamente. — Pode ser que eu esteja cometendo um erro grave. Você é o capitão Yossarian?

— Sou — confessou o capitão Yossarian. — Eu sou o capitão Yossarian.

— Do 256º Esquadrão?

— Do 256º Esquadrão de Combate — respondeu Yossarian. — Não sabia que existiam outros capitães Yossarian. Até onde sei, sou o único capitão Yossarian que conheço, mas isso só até onde sei.

— Entendo — disse o capelão, infeliz.

— É o número dois elevado à oitava potência de combate — ressaltou Yossarian —, caso esteja pensando em escrever um poema simbólico sobre o nosso esquadrão.

— Não — murmurou o capelão. — Não estou pensando em escrever um poema simbólico sobre o seu esquadrão.

Yossarian endireitou o corpo rapidamente quando viu de relance a minúscula cruz prateada no outro lado do colarinho do capelão. Ele estava absolutamente perplexo, porque nunca tinha conversado de verdade com um capelão antes.

— O senhor é um capelão! — exclamou ele em êxtase. — Eu não sabia que o senhor era um capelão.

— Ué, sou — respondeu o capelão. — Você não sabia que eu era capelão?

— Ué, não. Eu não sabia que o senhor era um capelão. — Yossarian olhou para ele com um grande e fascinado sorriso. — Nunca vi um capelão antes.

O capelão corou de novo e baixou o olhar para as mãos. Era um sujeito esguio de mais ou menos 32 anos com cabelos castanhos e tímidos olhos castanhos. O rosto dele era fino e pálido. Um bolsão inocente de marcas de espinhas espremidas marcava a parte de baixo de cada face. Yossarian queria ajudá-lo.

— Tem alguma coisa que eu possa fazer por você? — perguntou o capelão.

Yossarian balançou a cabeça de um lado para o outro, ainda sorridente.

— Não, lamento. Tenho tudo que preciso e estou bem confortável. Na verdade, nem estou doente.

— Que ótimo.

Assim que disse essas palavras, o capelão se arrependeu e enfiou as juntas dos dedos na boca com uma risadinha alarmada, mas Yossarian permaneceu em silêncio e o desapontou.

— Tem outros homens no grupamento que preciso visitar — disse ele se desculpando por fim. — Volto para ver você, provavelmente amanhã.

— Por favor, venha — disse Yossarian.

— Venho só se você quiser — disse o capelão, baixando a cabeça timidamente. — Percebi que deixo muitos dos homens desconfortáveis.

Yossarian brilhou de afeição.

— Quero que volte — disse ele. — Não vai me deixar desconfortável.

O capelão ficou radiante de gratidão e depois baixou os olhos para uma tira de papel que estava escondida na mão o tempo todo. Ele contou os leitos da enfermaria, movendo os lábios, então concentrou a atenção de modo hesitante em Dunbar.

— Posso perguntar — sussurrou ele suavemente — se aquele é o tenente Dunbar?

— É, sim — respondeu alto Yossarian —, aquele é o tenente Dunbar.

— Obrigado — sussurrou o capelão. — Muito obrigado. Preciso fazer uma visita a ele. Preciso fazer uma visita a todo membro do grupo que esteja no hospital.

— Mesmo quem está em outras alas? — perguntou Yossarian.

— Mesmo quem está em outras alas.

— Cuidado nessas outras alas, padre — alertou Yossarian. — É lá que deixam os sujeitos com problemas mentais. Cheias de lunáticos.

— Não precisa me chamar de padre — explicou o capelão. — Sou anabatista.

— Estou falando muito sério sobre as outras alas — continuou Yossarian de um jeito sinistro. — A polícia do Exército não vai proteger o senhor, porque eles são os mais doidos de todos. Eu iria com o senhor, mas morro de medo. Insanidade é contagiosa. Essa é a única enfermaria sã do hospital inteiro. Todo mundo fora a gente é maluco. É provável que essa seja a única enfermaria sã no mundo inteiro, na verdade.

O capelão se levantou rápido e se afastou do leito de Yossarian, depois acenou com a cabeça com um sorriso conciliador e prometeu ter toda a cautela necessária.

— E agora preciso visitar o tenente Dunbar — disse ele. No entanto, ele se demorou mais um pouco, arrependido. — O que eu preciso saber sobre o tenente Dunbar? — perguntou por fim.

— Ele é ótimo — garantiu Yossarian. — Um verdadeiro príncipe. Um dos melhores e menos dedicados homens do mundo inteiro.

— Não foi isso que quis dizer — respondeu o capelão, outra vez sussurrando. — Ele está muito mal?

— Não, não está mal. Na verdade nem está doente.

— Ótimo. — O capelão suspirou aliviado.

— Verdade — disse Yossarian. — Verdade, isso é ótimo.

— Um capelão — disse Dunbar após receber a visita do capelão. — Você viu isso? Um capelão.

— Ele não foi ótimo? — disse Yossarian. — Talvez eles devessem dar três votos para ele.

— *Eles* quem? — perguntou Dunbar, desconfiado.

Num leito numa pequena área privada no fim da enfermaria, sempre trabalhando incessantemente atrás da divisória de compensado verde, ficava o solene coronel de meia-idade que todo dia recebia a visita de uma mulher gentil de rosto doce com cabelos cacheados de um loiro-acinzentado que não era enfermeira, nem militar, nem membro da Cruz Vermelha, mas que mesmo assim aparecia religiosamente no hospital, em Pianosa, toda tarde com belos vestidos de verão em tons pastel que eram muito elegantes e escarpins de couro branco de saltinho debaixo das meias de nylon inevitavelmente bem alinhadas. O coronel era de comunicações e o mantinham ocupado dia e noite transmitindo mensagens viscosas do interior em pedaços quadrados de gaze que ele selava meticulosamente e depositava num balde coberto que ficava na mesinha de cabeceira ao lado da cama. O coronel era lindo. Tinha uma boca cavernosa, faces cavernosas, olhos cavernosos, tristes, mofados. O rosto dele era cor de prata embaçada. Ele tossia baixinho, com cuidado, e passava a gaze lentamente nos lábios com um desgosto que tinha se tornado automático.

O coronel habitava um vórtice de especialistas que ainda estavam se especializando em tentar determinar qual era o problema dele. Jogavam luzes nos olhos dele para ver se ele enxergava, enfiavam agulhas nos nervos para ouvir se ele sentia. Havia um urologista para a urina dele, um linfologista para a linfa dele, um endocrinologista para os endócrinos dele, um psicólogo para a psique dele, um dermatologista para a derme dele; havia um patologista para o páthos dele, um cistologista para os cistos dele e um cetologista calvo e pedante do departamento de zoologia de Harvard que tinha sido forçado de maneira implacável a entrar no Corpo Médico por um ânodo defeituoso em uma máquina da IBM e que passava suas sessões com o coronel moribundo tentando discutir *Moby Dick* com ele.

O coronel tinha sido de fato investigado. Não havia um único órgão do corpo dele que não tivesse sido drogado e derrogado, desempoeirado e dragado, mexido e fotografado, removido, pilhado e substituído. Elegante, esguia e empertigada, a mulher tocava frequentemente nele enquanto estava sentada ao lado de seu leito e se tornava o epítome da majestosa consternação toda vez que sorria. Quando se levantava para andar, ele se curvava ainda mais para a frente, transformando o corpo numa profunda cavidade, e colocava os pés no chão com imenso cuidado, movendo-se adiante aos centímetros do joelho para baixo. Havia charcos roxos debaixo dos olhos. A mulher falava com suavidade, uma suavidade ainda maior do que a do coronel quando tossia, e nenhum dos homens na enfermaria jamais ouviu a voz dela.

Em menos de dez dias o texano esvaziou a enfermaria. O capitão de artilharia foi o primeiro a ceder, depois disso teve início o êxodo. Dunbar, Yossarian e o capitão que pilotava caças fugiram todos na mesma manhã. Dunbar parou de ter momentos de tontura, e o piloto assoou seu nariz. Yossarian disse aos médicos que a dor no fígado tinha passado. Simples assim. Até o subtenente escapuliu. Em menos de dez dias o texano colocou todo mundo da enfermaria de volta em seus postos — todos exceto o investigador da corregedoria, que pegou o resfriado do piloto e acabou com uma pneumonia.

2
CLEVINGER

Em certo sentido o investigador da corregedoria teve uma baita sorte, porque fora do hospital a guerra continuava. Homens enlouqueciam e eram recompensados com medalhas. No mundo todo, meninos de todos os lados da linha de bombardeio ofereciam a vida por aquilo que lhes diziam ser seu país, e ninguém parecia se importar, muito menos os meninos que estavam oferecendo as jovens vidas. Não havia fim à vista. O único fim que estava à vista era o do próprio Yossarian e ele poderia ter continuado no hospital até o Dia do Juízo Final não fosse por aquele texano patriótico com sua papada infundibuliforme e seu sorriso rugoso, amarrotado e indestrutível estampado eternamente no rosto como se fosse a aba de um chapéu preto de caubói. O texano queria que todo mundo na enfermaria fosse feliz, à exceção de Yossarian e Dunbar. Ele estava realmente muito doente.

Mas Yossarian não tinha como ser feliz, ainda que o texano não quisesse que ele fosse, porque fora do hospital continuava sem ter nada de divertido acontecendo. A única coisa que estava acontecendo era a guerra, e parecia que ninguém notava isso, exceto por Yossarian e Dunbar. E, quando Yossarian tentava fazer as pessoas lembrarem, as pessoas se afastavam e achavam que ele era maluco. Até Clevinger, que devia saber que não era verdade, disse que ele era maluco na última vez que os dois se viram, que foi pouco antes de Yossarian escapar para o hospital.

Clevinger tinha olhado para ele com uma fúria e uma indignação apopléticas e, agarrando a mesa com ambas as mãos, gritou:

— Você é maluco!

— Clevinger, o que você quer das pessoas? — respondeu Dunbar exausto em meio aos ruídos do clube de oficiais.

— Não estou brincando — insistiu Clevinger.

— Estão tentando me matar — disse Yossarian para ele calmamente.

— Não tem ninguém tentando te matar — gritou Clevinger.

— Então por que estão atirando em mim? — perguntou Yossarian.

— Eles estão atirando em *todo mundo* — respondeu Clevinger. — Estão tentando matar todo mundo.

— E que diferença isso faz?

Clevinger já estava quase lá, prestes a saltar da cadeira de tanta emoção, os olhos marejados e os lábios tremendo e pálidos. Como sempre acontecia quando ele discutia sobre princípios em que acreditava apaixonadamente, acabava ofegando furiosamente, em busca de ar, e piscando para conter lágrimas amargas de convicção. Eram muitos os princípios em que Clevinger acreditava apaixonadamente. Ele era maluco.

— Quem são eles? — quis saber. — Quem, especificamente, você acha que está tentando te assassinar?

— Todos eles — disse Yossarian a ele.

— Todos eles quem?

— Quem você acha que são eles?

— Não tenho a menor ideia.

— Então como você sabe que eles não querem me matar?

— Porque... — Clevinger parou atônito, a frustração o deixou sem palavras.

Clevinger achava mesmo que estava certo, mas Yossarian tinha provas, porque pessoas que ele não conhecia atiravam nele com canhões toda vez que ele levantava voo para jogar bombas neles e isso não era nem um pouco divertido. E, se isso não era divertido, tinha várias coisas ainda mais sem graça. Não tinha graça nenhuma viver como um vagabundo em uma barraca em Pianosa entre montanhas corpulentas que ficavam atrás dele e um plácido mar azul à frente, que era capaz de engolir uma pessoa com cãibra num piscar de olhos e devolvê-la à praia três dias depois, com todas as custas pagas, inchada, azul e em putrefação, vazando água por ambas as narinas frias.

A barraca em que morava ficava bem no limite da floresta esparsa e sem cores que separava o seu esquadrão do esquadrão de Dunbar. Imediatamente ao lado ficava o leito da ferrovia abandonada por onde passava o duto que transportava a gasolina de aviação até os caminhões-tanque no aeródromo. Graças a Orr, seu companheiro de tenda, a barraca era a mais luxuosa do esquadrão. Toda vez que Yossarian voltava de um dos períodos de férias no hospital ou das licenças para repouso em Roma, era surpreendido por algum novo conforto que Orr havia instalado durante sua ausência: água corrente, uma lareira com lenha queimando, piso de cimento. Yossarian havia escolhido o lugar, ele e Orr ergueram juntos a barraca. Orr, que era um pigmeu sorridente com asas de piloto e volumosos cabelos castanhos ondulados divididos ao meio, fornecia todo o conhecimento, ao passo que Yossarian, que era mais alto, mais forte, mais robusto e mais rápido, fazia a maior parte do trabalho. Só os dois moravam ali, embora a barraca fosse grande o suficiente para seis pessoas. Quando chegava o verão, Orr enrolava as abas laterais para permitir a uma brisa que nunca soprava levar embora o ar que cozinhava no interior da barraca.

Imediatamente ao lado da barraca de Yossarian ficava Havermeyer, que gostava de pé de moleque e morava sozinho na barraca para duas pessoas em que toda noite ele atirava em minúsculos camundongos com balas imensas da .45 que ele tinha roubado do homem morto na barraca de Yossarian. Do outro lado de Havermeyer ficava a barraca que McWatt já não mais dividia com Clevinger, que ainda não tinha voltado quando Yossarian saiu do hospital. McWatt agora compartilhava a barraca com Nately, que estava em Roma cortejando a prostituta dorminhoca por quem tinha se apaixonado profundamente que vivia entediada com o próprio trabalho e com ele. McWatt era louco. Era piloto e passava com o avião num rasante o mais baixo que conseguia sempre que possível por cima da barraca de Yossarian, só para ver até onde conseguia assustá-lo, e adorava passar zumbindo com um rugido insanamente próximo da plataforma de madeira que boiava sobre barris de óleo vazios que ficava perto do banco de areia na praia imaculadamente branca aonde os homens iam para nadar pelados. Dividir a barraca com um lunático não era fácil, mas Nately não se importava. Ele era doido também, e sempre que tinha um dia livre ia trabalhar nos clubes de oficiais que Yossarian não tinha ajudado a construir.

Na verdade, havia muitos clubes de oficiais que Yossarian não tinha ajudado a construir, mas o que mais lhe dava orgulho era o de Pianosa. Era um tributo robusto e complexo às suas capacidades e à sua determinação. Yossarian jamais apareceu lá para ajudar antes que estivesse concluído; depois ele aparecia sempre, tamanha era a satisfação que lhe causava aquele grande, belo e desconexo edifício de alvenaria. Era uma estrutura genuinamente esplêndida, e Yossarian pulsava com uma poderosa sensação de trabalho bem-feito cada vez que olhava para o prédio e refletia que nada do esforço feito para pôr de pé aquela obra partiu dele.

Havia quatro deles sentados juntos em torno de uma mesa do clube de oficiais da última vez em que ele e Clevinger chamaram um ao outro de louco. Estavam sentados nos fundos, perto da mesa de jogo de dados em que Appleby sempre dava um jeito de ganhar. Appleby era tão bom jogando dados quanto jogando pingue-pongue, e ele era tão bom jogando pingue-pongue quanto em todo o resto. Tudo que Appleby fazia, ele fazia bem. Appleby era um garoto de cabelos loiros do Iowa que acreditava em Deus, na maternidade, no American Way of Life, sem jamais pensar em nenhuma dessas coisas, e todo mundo que o conhecia gostava dele.

— Odeio aquele filho da puta — resmungou Yossarian.

A discussão com Clevinger tinha começado minutos antes, depois que Yossarian não encontrou uma metralhadora. Era uma noite cheia. O bar estava cheio, a mesa de jogo de dados estava cheia, a mesa de pingue-pongue estava cheia. As pessoas que Yossarian queria metralhar estavam ocupadas no bar cantando velhas canções das quais ninguém jamais se cansava. Em vez de metralhar as pessoas, ele colocou o salto do sapato em cima da bolinha de pingue-pongue que veio rolando até ele depois de uma rebatida na raquete de um dos oficiais que estavam jogando.

— Esse Yossarian. — Os dois oficiais riram, balançando a cabeça, e pegaram outra bola da caixa na prateleira.

— Esse Yossarian — respondeu Yossarian.

— Yossarian — sussurrou Nately, cauteloso.

— Está vendo o que quero dizer? — perguntou Clevinger.

Os oficiais riram de novo quando ouviram Yossarian imitá-los.

— Esse Yossarian — disseram eles mais alto.

— Esse Yossarian — ecoou Yossarian.

— Yossarian, por favor — suplicou Nately.

— Está vendo o que quero dizer? — perguntou Clevinger. — Ele tem agressões antissociais.

— Ah, cala a boca — disse Dunbar para Clevinger. Dunbar gostava de Clevinger, porque Clevinger era uma fonte de irritação que fazia o tempo correr mais devagar.

— Appleby nem está aqui — ressaltou Clevinger triunfante para Yossarian.

— Quem foi que falou de Appleby? — quis saber Yossarian.

— O coronel Cathcart também não está aqui.

— Quem falou do coronel Cathcart?

— Quem *é* o filho da puta que você odeia então?

— Que filho da puta *está* aqui?

— Não vou discutir com você — decidiu Clevinger. — Você não sabe quem você odeia.

— Qualquer um que esteja tentando me envenenar — disse Yossarian.

— Não tem ninguém tentando te envenenar.

— Envenenaram a minha comida duas vezes, não foi? Não colocaram veneno na comida em Ferrara e durante o Grande Imenso Cerco de Bolonha?

— Colocaram veneno na comida de *todo mundo* — explicou Clevinger.

— E que diferença *isso* faz?

— E nem era veneno — gritou Clevinger, agitado, ficando mais enfático à medida que ficava mais confuso.

Até onde Yossarian conseguia lembrar, explicou ele para Clevinger com um sorriso paciente, tinha sempre alguém bolando uma trama para assassiná-lo. Havia gente que gostava dele e gente que não gostava, e as pessoas que não gostavam dele sentiam ódio e estavam tentando matá-lo. Essas pessoas sentiam ódio dele por ele ser assírio. Mas eles não tinham como lhe fazer mal, explicou a Clevinger, porque ele tinha uma mente sã em um corpo puro e era forte como um touro. Eles não podiam lhe fazer mal porque ele era Tarzan, Mandrake, Flash Gordon. Ele era Bill Shakespeare. Ele era Caim, Ulisses, o Holandês Voador; ele era Ló em Sodoma, Deirdre das Dores, Sweeney nos rouxinóis em meio às árvores. Ele era o ingrediente milagroso Z-247. Ele era...

— Doido! — interrompeu Clevinger, gritando. — É isso que você é! Doido!

— ... imenso. Eu sou um verdadeiro, estrondoso e incontestável portento. Eu sou um verdadeiro supra-homem.

— Super-homem? — gritou Clevinger. — Super-homem?

— Su*pra*-homem — corrigiu Yossarian.

— Ei, vocês, chega — implorou Nately, constrangido. — Está todo mundo olhando para a gente.

— Você é doido — berrou Clevinger, veemente, os olhos marejados. — Você tem complexo de Jeová.

— Eu acho que todo mundo é Natanael.

Clevinger parou no meio da declamação, desconfiado.

— Quem é Natanael?

— Que Natanael? — perguntou Yossarian, inocente.

Clevinger desviou bem da armadilha.

— Você acha que todo mundo é Jeová. Você não é melhor do que Raskolnikov...

— Quem?

— ... isso, Raskolnikov, que...

— Raskolnikov!

— ... que, estou falando sério, que achou que podia justificar o assassinato de uma velhinha...

— Não sou melhor?

— ... sim, justificar, isso mesmo... com um machado! E posso provar isso para você!

Ofegante, tentando desesperadamente recuperar o fôlego, Clevinger enumerou os sintomas de Yossarian: uma crença irracional de que todo mundo à sua volta era louco, um impulso homicida de metralhar desconhecidos, falsificação retroativa, uma suspeita infundada de que as pessoas sentiam ódio por ele e que estavam conspirando para assassiná-lo.

Mas Yossarian sabia que estava certo, porque, como explicou para Clevinger, até onde sabia ele jamais esteve errado. Para todo lugar que olhava tinha um doido, e a única coisa razoável que um jovem sensato como ele podia fazer era manter sua perspectiva em meio a toda essa insanidade. E era urgente que o fizesse, pois a vida dele estava em perigo.

Yossarian olhou para todo mundo com cautela quando saiu do hospital e voltou para o esquadrão. Milo estava fora, em Smirna, para a colheita de figos. O refeitório funcionava tranquilamente na ausência de Milo. Yossarian respondeu com voracidade ao aroma pungente do cordeiro temperado enquanto ainda estava na ambulância sacolejando pela estrada irregular que parecia um suspensório aos pedaços entre o hospital e o esquadrão. Tinha espetinho para o almoço, pedaços imensos e saborosos de carne no espeto chiando loucamente sobre o carvão depois de marinar por setenta e duas horas numa mistura secreta que Milo tinha roubado de um comerciante desonesto no Levante, servido com arroz iraniano e aspargos à parmegiana, seguidos de jubileu de cerejas de sobremesa e depois copos fumegantes de café recém-passado com licor Benedictine e conhaque. A refeição era servida em porções enormes sobre toalhas de mesa cor de damasco pelos talentosos garçons italianos que major——— de Coverley havia raptado no continente e entregado a Milo.

Yossarian se empanturrou no refeitório até achar que ia explodir e depois voltou se arrastando numa letargia feliz, a boca recoberta por uma película de suculentos resíduos. Nenhum dos oficiais do esquadrão havia algum dia comido tão bem quanto eles comiam regularmente no refeitório de Milo e, por um tempo, Yossarian se perguntou se aquilo não fazia tudo valer a pena. Mas aí ele arrotou e lembrou que estavam tentando assassiná-lo, então saiu correndo loucamente do refeitório, procurando Doc Daneeka para ser retirado de combate e mandado para casa. Ele encontrou Doc Daneeka no sol, sentado em um banco alto em frente à barraca.

— Cinquenta missões — disse Doc Daneeka para ele, balançando a cabeça. — O coronel quer cinquenta missões.

— Mas eu só tenho quarenta e quatro!

Doc Daneeka ficou impassível. Ele era um sujeito triste, que parecia um pássaro, com um rosto em forma de espátula e traços limpos e afilados de um rato bem tratado.

— Cinquenta missões — repetiu ele, ainda balançando a cabeça. — O coronel quer cinquenta missões.

3
HAVERMEYER

Na verdade, não tinha quase ninguém por ali quando Yossarian voltou do hospital, só Orr e o sujeito morto na barraca de Yossarian. O sujeito morto na barraca de Yossarian incomodava bastante, e Yossarian não gostava dele, mesmo sem nunca ter visto a cara dele. Ter aquele homem ali deitado o dia todo irritava Yossarian a tal ponto que ele chegou a ir várias vezes ao posto de comando para reclamar com o sargento Towser, que se recusou até mesmo a admitir a existência do morto, algo que, evidentemente, ele havia deixado de fazer. Ainda mais frustrante era tentar apelar para o major Major, o alto e esquelético comandante do esquadrão, que parecia uma versão angustiada do Henry Fonda e que pulava pela janela do gabinete toda vez que Yossarian se impunha ao sargento Towser para entrar na sala e falar com o major sobre o assunto. O sujeito morto na barraca de Yossarian simplesmente não era uma pessoa de fácil convívio. Ele chegava até a perturbar Orr, que também não era uma pessoa de fácil convívio e que, no dia em que Yossarian voltou, estava mexendo na torneira que abastecia com gasolina o fogão que ele tinha começado a construir enquanto Yossarian estava no hospital.

— O que você está fazendo? — perguntou Yossarian com cautela quando entrou na barraca, embora tenha visto de cara.

— Tem um vazamento aqui — disse Orr. — Estou tentando consertar.

— Por favor, pare — disse Yossarian. — Você está me deixando nervoso.

— Quando era menino — respondeu Orr —, às vezes eu andava o dia inteiro com aquelas maçãzinhas silvestres nas bochechas. Uma em cada bochecha.

Yossarian largou a bolsa da qual tinha começado a tirar seus artigos de higiene pessoal e se preparou para o que estava por vir, desconfiado. Um minuto se passou.

— Por quê? — acabou se sentindo forçado a perguntar.

Orr riu, triunfante.

— Porque é melhor que castanha-da-índia — respondeu ele.

Orr estava ajoelhado no chão da barraca. Ele trabalhava sem parar, desmontando a torneira, espalhando cuidadosamente todas as peças minúsculas, contando e depois estudando cada uma delas interminavelmente como se jamais tivesse visto algo remotamente parecido, e depois remontando o aparato todo, várias e várias e várias vezes, sem perder a paciência e o interesse, sem o menor sinal de fadiga, sem o menor indício de que um dia fosse acabar aquilo. Yossarian o observava mexendo naquilo e chegou à conclusão de que seria forçado a assassiná-lo a sangue-frio caso ele não parasse. Os olhos dele se moviam para a faca de caça que estava pendurada no mosquiteiro perto do morto desde o dia em que ele chegou. A faca estava pendurada ao lado do coldre de couro vazio do morto, de onde Havermeyer havia roubado a arma.

— Quando não conseguia as maçãzinhas — continuou Orr —, eu usava castanhas-da-índia. Castanhas-da-índia têm mais ou menos o mesmo tamanho das maçãzinhas silvestres e na verdade têm um formato melhor, embora o formato não tenha a menor importância.

— Por que você andava com maçãs nas bochechas? — perguntou Yossarian de novo. — Foi isso que perguntei.

— Porque elas têm um formato melhor que o das castanhas-da-índia — respondeu Orr. — Acabei de te dizer.

— Por que — xingou Yossarian de maneira elogiosa —, seu sujeitinho com talento para mecânica de olhar maldoso, seu bastardinho filho de uma puta, você andava com *qualquer coisa* na boca?

— Mas eu não andava — disse Orr — com *qualquer coisa* na boca. Eu andava com maçãzinhas silvestres. Quando eu não conseguia maçã, usava castanha-da-índia. Nas bochechas.

Orr deu uma risadinha. Yossarian decidiu ficar de boca fechada e foi o que fez. Orr esperou. Yossarian esperou mais.

— Uma em cada bochecha — disse Orr.

— Por quê?

Orr reagiu.

— Por que o quê?

Yossarian balançou a cabeça, sorrindo, e se recusou a dizer.

— Essa válvula tem uma coisa curiosa — divagou Orr em voz alta.

— O quê? — perguntou Yossarian.

— Porque eu queria...

Yossarian sabia.

— Meu Deus. Por que você queria...

— ... maçãs do rosto protuberantes.

— ...maçãs do rosto protuberantes? — perguntou Yossarian.

— Eu queria maçãs do rosto protuberantes — repetiu Orr. — Mesmo quando eu era menino, queria ter maçãs do rosto *grandes* um dia, e decidi me esforçar para conseguir, e, juro por Deus, me esforcei para conseguir, e foi assim que fiz, com maçãzinhas silvestres nas bochechas o dia todo. — Ele deu mais uma risadinha. — Uma em cada bochecha.

— Por que você queria maçãs do rosto protuberantes?

— Eu queria bochechas *grandes* — disse Orr. — Não era tanto a cor que me importava, mas queria que elas fossem grandes. Trabalhei por isso que nem aqueles doidos que você lê no jornal que andam por aí apertando uma bolinha o dia inteiro para ficar com as mãos fortes. Na verdade, eu era um desses doidos. Eu andava por aí o dia inteiro com bolas de borracha nas mãos, também.

— Por quê?

— Por que o quê?

— Por que você andava por aí o dia inteiro com bolas de borracha nas mãos?

— Porque bolas de borracha...

— São melhores do que maçãs silvestres?

Orr sorriu balançando a cabeça.

— Era para proteger a minha boa reputação na hipótese de alguém me pegar por acaso um dia andando por aí com maçãs nas bochechas. Com bolas de borracha nas mãos, eu tinha como negar que estivesse com maçãzinhas nas bochechas. Toda vez que alguém me perguntava por que eu estava com maçãs nas bochechas, eu só abria as mãos e mostrava que era com as bolas de borracha que eu estava andando, e não com maçãs, e que essas bolas estavam nas minhas mãos, não nas bochechas. Era uma boa história. Mas eu nunca soube se colava ou não, porque é bem difícil fazer as pessoas te entenderem quando se está com duas maçãzinhas nas bochechas.

Yossarian achou bem difícil entendê-lo naquele momento e ficou pensando de novo se Orr não estava tirando sarro dele.

Yossarian decidiu que não ia falar mais nada. Conhecia Orr e sabia que não haveria a menor chance de descobrir por que ele queria ter bochechas grandes. Seria o mesmo que perguntar por que aquela prostituta tinha ficado batendo na cabeça dele, bem no alto, com o sapato dela naquela manhã em Roma no vestíbulo abarrotado em frente à porta aberta da irmãzinha mais nova da prostituta de Nately. Era uma garota alta, forte, com cabelos longos e veias incandescentes azuis convergindo em grande número por debaixo da pele cor de cacau no ponto em que a carne era mais macia, e ela não parava de xingar, e berrar, e pular descalça para poder continuar batendo bem no cocuruto dele com o salto pontiagudo do sapato. Os dois estavam nus, causando um escarcéu que fez todo mundo do apartamento ir até o corredor para ver, cada casal na soleira da porta de um quarto, todo mundo pelado exceto pela velha de avental e blusa, que emitia sons de reprovação, e o velhinho depravado que gargalhou alto durante o episódio inteiro com uma espécie de euforia ávida e superior. A garota gritava fininho e Orr ria. Cada vez que ela pousava o salto do sapato, Orr ria mais alto, o que deixava a mulher ainda mais furiosa, o que a levava a pular ainda mais alto para mais um golpe na cachola dele, seus seios prodigiosamente abundantes voando para todo lado como bandeirolas ondulantes num dia de vento forte e a bunda e as coxas fortes sapateando para lá e para cá numa fartura apavorante. Ela gritou fininho e Orr riu até o momento em que ela gritou e o nocauteou com uma cacetada na têmpora que fez com que ele parasse de rir e o mandou para o hospital de maca com um buraco na cabeça que não era muito fundo e uma levíssima concussão que o manteve fora de combate por apenas doze dias.

Ninguém conseguiu descobrir o que tinha acontecido, nem o velhinho risonho nem a velhinha desaprovadora, que tinham condições de descobrir tudo o que acontecia no vasto e infinito bordel com sua multiplicidade de quartos de cada lado dos estreitos corredores que seguiam direções opostas a partir da espaçosa sala de espera com suas janelas escurecidas e uma única lâmpada. Toda vez que encontrava Orr depois disso, ela erguia a saia acima da calcinha branca justa de elástico e, tripudiando grosseiramente sobre ele, estufava a barriga firme e redonda na direção dele, xingando cheia de desdém, soltando uma risada rouca que parecia um trovão ao ver que ele sorria amedrontado e se refugiava atrás de Yossarian. Seja lá o que ele tivesse feito ou deixado de fazer por trás da porta fechada da irmã mais nova da prostituta de Nately continuava sendo segredo. A garota não contou nem para a prostituta de Nately nem para nenhuma das outras putas nem para Nately nem para Yossarian. Orr podia contar, mas Yossarian decidiu que não ia tocar no assunto.

— Quer saber por que eu queria aumentar as minhas maçãs do rosto? — perguntou Orr.

Yossarian ficou de boca fechada.

— Lembra — disse Orr — aquela vez em Roma quando aquela garota que não suporta você ficou batendo na minha cabeça com o salto do sapato? Quer saber por que ela estava me batendo?

Continuava impossível imaginar o que ele poderia ter feito para deixar a garota irritada o suficiente para dar na cabeça dele durante quinze ou vinte minutos, mas não irritada o bastante para pegar o sujeito pelos tornozelos e arrancar os miolos dele. Certeza de que ela era alta o suficiente, e certeza de que o Orr era baixinho o suficiente. Orr tinha dentes saltados e olhos esbugalhados que acompanhavam as bochechas grandes e era ainda menor que o jovem Huple, que morava do lado errado da ferrovia na barraca que ficava na área administrativa em que o Joe Faminto gritava toda noite enquanto dormia.

A área administrativa onde Joe Faminto tinha montado sua barraca por engano ficava no centro do esquadrão, entre a vala, com seus trilhos de trem enferrujados, e a betuminosa estrada inclinada e escura. Os homens conseguiam arrumar garotas na estrada caso prometessem levá-las aonde elas queriam, garotas roliças, jovens, simples, sorridentes com dentes faltando e que eles podiam levar para longe da estrada para se deitar com elas no meio do capim, algo que Yossarian fazia sempre que podia, o que nem de perto se aproximava da frequência com que Joe Faminto, que era capaz de conseguir um jipe mas não sabia dirigir, implorava a ele que tentasse. As barracas dos praças do esquadrão ficavam do outro lado da estrada ao longo do cinema ao ar livre em que, para diversão diária dos militares moribundos, exércitos de ignorantes se enfrentavam à noite em uma tela desmontável e que havia recebido naquela mesma tarde mais uma trupe do Serviço de Entretenimento das Forças Armadas.

As trupes do Serviço de Entretenimento eram enviadas pelo general P. P. Peckem, que havia transferido seu quartel-general para Roma e que não tinha nada melhor para fazer enquanto tramava contra o general Dreedle. Para o general Peckem esmero era tremendamente importante. Ele era um general ágil, suave e muito preciso que conhecia a circunferência do equador e que sempre escrevia "incrementado" quando queria dizer "aumentado". Era um patife, e ninguém sabia disso melhor que o general Dreedle, que ficou enfurecido com a diretriz emitida recentemente pelo general Peckem solicitando que todas as barracas no teatro de operações do Mediterrâneo fossem dispostas em linhas paralelas com suas entradas orgulhosamente voltadas para o Monumento a Washington. Para o general Dreedle, que dirigia uma unidade de combate, isso parecia uma besteirada sem tamanho.

Além disso, o general Peckem não tinha nada que se meter no modo como as barracas do flanco comandado pelo general Dreedle eram dispostas. Seguiu-se a isso uma frenética disputa jurisdicional entre esses soberanos que terminou com uma decisão favorável ao general Dreedle tomada pelo ex-soldado de primeira classe Wintergreen, responsável pelo serviço postal do 27º Grupamento da Força Aérea. Wintergreen determinou o resultado ao jogar no lixo todas as comunicações do general Peckem. Ele achava as cartas prolixas demais. Os pontos de vista do general Dreedle, expressos num estilo literário menos pretensioso, agradavam ao ex-soldado de primeira classe Wintergreen e eram repassados adiante por ele rapidamente num zeloso cumprimento das regras. O general Dreedle venceu por W. O.

Para recuperar qualquer status que pudesse ter perdido, o general Peckem começou a enviar mais trupes do Serviço de Entretenimento do que jamais tinha enviado e atribuiu ao próprio coronel Cargill a responsabilidade de gerar entusiasmo suficiente.

Mas não havia entusiasmo no grupamento de Yossarian. No grupamento de Yossarian havia apenas um número crescente de praças e oficiais que iam solenemente até o sargento Towser várias vezes por dia para perguntar se haviam chegado as ordens para que eles voltassem para casa. Eram homens que completaram suas cinquenta missões. Havia mais deles agora do que quando Yossarian foi para o hospital, e eles seguiam esperando. Eles ficavam aflitos e roíam unha. Eram homens grotescos, como jovens inúteis afundados em depressão. Andavam de lado, como caranguejos. Eles esperavam ordens que os mandariam de volta para a segurança de suas casas e que deveriam chegar do 27º Grupamento da Força Aérea na Itália, e, enquanto esperavam, eles nada tinham a fazer a não ser ficar aflitos, roer unha e ir solenemente várias vezes por dia para perguntar ao sargento Towser se haviam chegado as ordens para que eles voltassem à segurança de suas casas.

Eles estavam correndo contra o tempo e sabiam disso, porque a amarga experiência os havia ensinado que o coronel Cathcart podia aumentar novamente o número de missões a qualquer momento. Eles não tinham nada melhor para fazer, e por isso esperavam. Só Joe Faminto tinha algo melhor a fazer toda vez que terminava suas missões. Ele tinha pesadelos que o faziam gritar e ganhava brigas contra o gato de Huple. Levava sua câmera para a primeira fileira de todos os espetáculos do Serviço de Entretenimento das Forças Armadas e tentava fazer fotos que mostrassem o que havia por baixo da saia da cantora loira com seios enormes de vestido de lantejoulas que sempre parecia prestes a explodir. Ninguém nunca viu as fotos.

O coronel Cargill, homem de confiança do general Peckem, era um sujeito vigoroso, corado. Antes da guerra tinha sido um executivo de marketing alerta, agressivo, sem papas na língua. Era um péssimo executivo de marketing. O coronel Cargill era tão ruim como executivo de marketing que seus serviços eram bastante procurados por empresas ávidas por ter prejuízos por razões fiscais. Em todo o mundo civilizado, de Battery Park à Fulton Street, ele era conhecido como um sujeito em quem se podia confiar para diminuir rapidamente os impostos devidos. Ele chegava a cobrar bem caro, porque o fracasso nem sempre vinha com facilidade. Precisava começar por cima e batalhar rumo ao fundo, e, com amigos em Washington, perder dinheiro não era fácil. Eram necessários meses de trabalho pesado e erros de planejamento. Bastava uma pessoa no lugar errado para desorganizar tudo, cometer erros de cálculo, negligenciar a coisa toda e isso podia abrir todo tipo de brecha, e, quando ele achava que tinha conseguido, lá vinha o governo lhe dar um lago, ou uma floresta ou um campo de petróleo, e tudo ia por água abaixo. Mesmo com esses percalços, dava para confiar que o coronel Cargill seria capaz de levar a mais próspera empresa para o fundo do poço. Ele conquistou tudo com seus próprios méritos e não devia sua falta de sucesso a ninguém.

— Homens — começou a dizer o coronel Cargill no esquadrão de Yossarian, medindo as pausas com cuidado. — Vocês são oficiais dos Estados Unidos. Não há oficial de nenhum outro Exército do mundo que possa dizer isso. Pensem nisso.

O sargento Knight refletiu sobre o assunto e então educadamente informou ao coronel Cargill que ele estava falando com os praças e que os oficiais esperavam por ele no outro lado do esquadrão. O coronel Cargill ofereceu um agradecimento seco e brilhou de satisfação consigo mesmo enquanto andava pela área. Sentia orgulho ao observar que vinte e nove meses no serviço militar não haviam acabado com seu talento para a inépcia.

— Homens — disse ele começando o discurso para os oficiais, medindo suas pausas com cuidado. — Vocês são oficiais dos Estados Unidos. Não há oficial de nenhum outro Exército do mundo que possa dizer isso. Pensem nisso.

Ele deixou um momento para os homens pensarem.

— Essas pessoas são seus convidados! — gritou ele de repente. — Elas viajaram mais de cinco mil quilômetros para entreter vocês. Como elas vão se sentir se ninguém quiser assistir à apresentação delas? O que vai acontecer com o moral delas? Pois bem, homens, não é problema meu, mas a moça que quer tocar acordeão para vocês tem idade suficiente para ser mãe. Como vocês se sentiriam se a mãe de vocês viajasse cinco mil quilômetros para tocar acordeão para soldados que nem queriam ver o show dela? Como vai se sentir o garoto de quem ela tem idade suficiente para ser mãe quando crescer e souber disso? Todos nós sabemos a resposta. Homens, não me entendam mal. Isso é tudo voluntário, claro. Eu seria o último coronel do mundo a mandá-los se divertir em um show promovido pelo Serviço de Entretenimento do Exército, mas quero que todos vocês que não estejam mal o suficiente para estar em um hospital vão se divertir naquele show agora mesmo, e *isso é uma ordem*!

Yossarian quase se sentia mal o bastante para voltar ao hospital, e se sentiria ainda pior três missões de combate depois, quando Doc Daneeka continuasse sacolejando sua cabeça melancólica e se recusando a deixá-lo em solo.

— Você acha que tem problemas? — censurou Doc Daneeka dolorosamente. — E eu? Vivi à base de amendoim por oito anos enquanto aprendia a ser médico. Depois dos amendoins, vivi comendo frango no consultório até me estabelecer a ponto de conseguir cobrir os custos. Aí, bem quando o consultório estava finalmente começando a dar lucro, me convocam. Não sei do que você está reclamando.

Doc Daneeka era amigo de Yossarian e negaria tudo que estava ao seu alcance para ajudá-lo. Yossarian ouviu com atenção Doc Daneeka contar sobre o coronel Cathcart no grupamento, que queria ser general, sobre o general Dreedle no flanco e sobre a enfermeira do general Dreedle e sobre todos os outros generais do 27º Grupamento da Força Aérea, que insistiam que quarenta missões deveriam bastar para completar o serviço.

— Por que você não sorri e aproveita na medida do possível? — aconselhou ele taciturnamente a Yossarian. — Seja como Havermeyer.

Yossarian sentiu um arrepio diante da sugestão. Havermeyer era líder de um esquadrão de bombardeiros que jamais adotava táticas evasivas, indo direto ao alvo, aumentando assim o risco de todos os homens que voavam em sua formação.

— Havermeyer, por que você nunca adota estratégias evasivas? — perguntavam eles furiosos depois da missão.

— Ei, homens, deixem o capitão Havermeyer em paz — ordenava o coronel Cathcart. — Ele é o melhor bombardeiro que temos.

Havermeyer sorria e acenava e tentava explicar como talhava as balas com uma faca de caça antes de disparar com elas nos camundongos em sua tenda toda noite. Havermeyer era de fato o melhor bombardeiro que tinham. Mas ele voava em linha reta e na mesma altura desde o ponto de partida até o alvo, e mesmo bem depois de ultrapassar o alvo, até ver as bombas despejadas atingirem o solo e explodirem em um abrupto jorro laranja que cintilava por baixo da mortalha em espiral de fumaça e dos destroços pulverizados que subiam em imensas ondas de cinza e preto. Havermeyer mantinha homens mortais rígidos em seis aviões, imóveis e estáticos como um alvo fácil, enquanto acompanhava as bombas durante todo o trajeto até o solo através do acrílico com profundo interesse e dava aos artilheiros alemães lá embaixo todo o tempo de que eles precisavam para ajustar suas miras e apontar e puxar seus gatilhos ou disparadores ou girar as chaves ou sabe-se lá que merda eles tinham que fazer quando precisavam matar pessoas que não conheciam.

Havermeyer era um líder de esquadrão de bombardeiros que jamais errava. Yossarian era um líder de esquadrão de bombardeiros que havia sido rebaixado, porque tinha deixado de se importar minimamente se acertava ou não o alvo. Tinha decidido viver para sempre ou morrer tentando e sua única missão toda vez que decolava era pousar com vida.

Os homens adoravam voar atrás de Yossarian, que se aproximava do alvo em alta velocidade variando de direção e altitude, subindo e mergulhando e fazendo curvas tão fortes e fechadas que os pilotos dos outros cinco aviões mal conseguiam acompanhar para se manter em formação com ele, voando em linha reta apenas nos dois ou três segundos necessários para despejar as bombas e em seguida se afastando novamente com um uivo doloroso dos motores e fazendo guinadas tão violentas no ar enquanto costurava seu caminho por meio das saraivadas imundas da artilharia antiaérea que em pouco tempo os seis aviões eram lançados para todo lado no céu como preces, cada um deles um alvo fácil para os caças alemães, o que não incomodava Yossarian, porque não havia mais caças alemães e ele não queria nenhum avião por perto quando eles explodissem. Só quando a *Sturm und Drang* tinha ficado bem para trás que ele jogava o capacete de proteção antiaérea para trás, exausto, com a cabeça toda suada, e parava de gritar instruções para McWatt nos controles, que a essa altura só podia se perguntar onde foi que aquelas bombas caíram.

— Compartimento de bombas vazio — anunciava o sargento Knight na retaguarda.

— Acertamos a ponte? — perguntava McWatt.

— Não consegui ver, senhor, eu estava sendo jogado com força de um lado para o outro e não consegui ver. Está tudo coberto por fumaça agora e não consigo ver.

— Ei, Aarfy, as bombas caíram no alvo?

— Que alvo? — dizia o capitão Aardvaark, o gordinho que fumava cachimbo e que era o navegador de Yossarian, olhando para a confusão de mapas que ele tinha criado ao lado de Yossarian na cabine. — Acho que a gente ainda não chegou no alvo. Chegou?

— Yossarian, as bombas acertaram o alvo?

— Que bombas? — respondia Yossarian, cuja única preocupação tinha sido a bateria antiaérea.

— Ah, ok — cantarolava McWatt —, quem se importa.

Yossarian não dava a mínima se tinha acertado ou não o alvo, desde que Havermeyer ou um dos outros líderes de esquadrões bombardeiros tivessem conseguido e eles nunca mais precisassem voltar. De tempos em tempos alguém ficava irritado o suficiente com Havermeyer a ponto de dar um murro nele.

— Eu já disse para vocês deixarem o capitão Havermeyer em paz — alertava o coronel Cathcart, furioso. — Eu já disse que ele é o melhor bombardeiro que temos, não disse?

Havermeyer sorria com a intervenção do coronel e enfiava outro amendoim na boca.

Havermeyer tinha ficado bastante eficiente em atirar em camundongos à noite com a arma que havia roubado do morto na barraca de Yossarian. Sua isca era uma barra de chocolate e ele ficava na escuridão sentado esperando o bicho mordiscar o doce com um dedo da outra mão dentro de um laço da linha que tinha desfiado da moldura de seu mosquiteiro e prendido na correntinha da lâmpada nua e transparente que ficava no alto. O fio ficava esticado como uma corda de banjo, e o mais leve esbarrão era o suficiente para que a linha arrebentasse e cegasse a presa trêmula com um clarão. Havermeyer gargalhava exultante vendo o minúsculo mamífero congelar e correr os olhos apavorados de um lado para o outro procurando freneticamente o intruso. Havermeyer esperava até o olhar do bicho encontrar o seu e aí ria alto e puxava o gatilho ao mesmo tempo, espalhando pedaços do corpo fedido e peludo por toda a barraca com um estrondo reverberante e despachando sua tímida alma de volta para seu Criador.

Uma vez, tarde da noite, Havermeyer deu um tiro em um camundongo que levou Joe Faminto a sair correndo até ele descalço, xingando o mais alto que podia com sua voz esganiçada e descarregando sua .45

na barraca de Havermeyer enquanto descia por um lado da vala e subia pelo outro e desaparecia subitamente numa das trincheiras minúsculas que apareceram como mágica ao lado de cada barraca na manhã seguinte de Milo Minderbinder ter bombardeado o esquadrão. Foi pouco antes do nascer do sol durante o Grande Imenso Cerco de Bolonha, quando mortos emudecidos povoavam a noite como fantasmas vivos e Joe Faminto estava parcialmente ensandecido porque mais uma vez tinha completado suas missões e não estava escalado para voar. Joe Faminto balbuciava coisas sem sentido quando foi retirado do fundo úmido da trincheira, falando sobre cobras, ratos e aranhas. Os outros iluminaram lá embaixo com suas lanternas só para ter certeza. Não tinha nada lá além de alguns centímetros de água da chuva parada.

— Estão vendo? — disse Havermeyer. — Eu falei que ele era maluco, não falei?

4
DOC DANEEKA

Joe Faminto era doido, e ninguém sabia disso melhor que Yossarian, que fazia tudo o que podia para ajudar o sujeito. Joe Faminto não ouvia Yossarian. Joe Faminto não ouvia porque ele achava que Yossarian era doido.

— Por que ele deveria ouvir você? — perguntou Doc Daneeka a Yossarian sem erguer os olhos.

— Porque ele está com problemas.

Doc Daneeka suspirou com desdém.

— Ele acha que está com problemas? E eu? — continuou Doc Daneeka lentamente com um sorriso de escárnio sombrio. — Ah, nem estou reclamando. Sei que tem uma guerra acontecendo. Sei que muita gente precisa sofrer para a gente ganhar. Mas por que eu preciso ser uma dessas pessoas? Por que não convocam esses médicos velhos que vivem matraqueando em público sobre os grandes sacrifícios que a atividade médica exige? Eu não quero fazer sacrifícios. Eu quero ganhar grana.

Doc Daneeka era um sujeito arrumado e limpinho cuja ideia de diversão era ficar emburrado. Ele tinha pele escura e um rosto pequeno, sábio, soturno com olheiras tristes. Pensava o tempo todo na própria saúde e ia quase todo dia à barraca que servia de ambulatório para ter a temperatura medida por um dos dois praças que cuidavam praticamente sozinhos das coisas por ele, e eles faziam tudo com tanta eficiência que sobrava pouca coisa para ele fazer além de se sentar em algum lugar ensolarado com o nariz entupido e ficar se perguntando por que as outras pessoas estavam tão preocupadas. Os dois praças se chamavam Gus e Wes e eles tinham conseguido elevar a medicina à condição de ciência exata. Todos os homens que pediam atestado com temperaturas acima de trinta e nove graus eram enviados às pressas para o hospital. Todos os que pediam atestado, à exceção de Yossarian, com temperaturas abaixo de trinta e nove graus tinham as gengivas e os dedos dos pés pintados com uma solução de violeta genciana e recebiam um laxante para se aliviar em um arbusto. Todos aqueles que pediam atestado com temperatura de exatos trinta e nove graus recebiam ordens de voltar em uma hora para que a febre fosse medida de novo. Yossarian, com sua temperatura de trinta e oito e meio, podia ir ao hospital sempre que queria porque não tinha medo deles.

O sistema funcionava bem para todo mundo, especialmente para Doc Daneeka, que acabava tendo todo o tempo de que precisava para observar o velho major ———— de Coverley arremessando ferraduras em seu campo particular de malha, ainda usando o tapa-olho transparente que Doc Daneeka fez a partir de uma tira de celuloide roubada da janela do posto de comando do major Major meses antes, quando o major ———— de Coverley voltou de Roma com um ferimento na córnea depois de alugar dois apartamentos lá para que os oficiais e os praças alistados usassem em seus períodos de licença. A única vez que Doc Daneeka esteve na barraca do ambulatório foi quando passou a achar todo dia que era um homem muito doente e passou lá só para que Gus e Wes dessem uma olhada nele. Os dois jamais encontraram qualquer coisa de errado com ele. A temperatura era sempre de trinta e seis graus, o que para eles estava perfeito, desde que ele não se importasse. Doc Daneeka se importava. Estava começando a perder a confiança em Gus e Wes e a pensar em transferir os dois de volta para a oficina e substituí-los por alguém que conseguisse encontrar algum problema nele.

Doc Daneeka estava familiarizado com uma série de coisas que estavam drasticamente erradas. Além da saúde, ele se preocupava com o oceano Pacífico e com o tempo de voo. Saúde era algo de que ninguém podia ter certeza por um tempo longo o suficiente. O oceano Pacífico era uma imensidão de água cercada por todos os lados por elefantíase e por outras doenças horrorosas para onde, se algum dia ele desagradasse o coronel Cathcart dando um atestado para Yossarian, podia se ver subitamente transferido. E o tempo de voo era o tempo que ele tinha de passar em uma aeronave todo mês para receber sua bonificação por participar de voos. Doc Daneeka odiava voar. Ele se sentia confinado num avião. Em um avião não havia absolutamente lugar nenhum no mundo aonde ir, exceto para outra parte do avião. Disseram a Doc Daneeka que as pessoas que gostam de subir em aviões, na verdade, estão dando vazão a um desejo inconsciente de voltar ao útero. Ele disse isso para Yossarian, que possibilitava que Doc Daneeka recebesse seu pagamento pelos voos todo mês sem precisar jamais voltar ao útero. Yossarian convencia McWatt a incluir o nome de Doc Daneeka na lista de tripulantes das missões de treinamento ou nas viagens a Roma.

— Sabe como é. — Doc Daneeka tinha bajulado Yossarian com uma piscadinha malandra e conspiratória. — Por que me arriscar se não preciso?

— Claro — concordou Yossarian.

— Que diferença faz para alguém se estou ou não no avião?

— Diferença nenhuma.

— Claro, é disso que estou falando — disse Doc Daneeka. — Um pouquinho de graxa é o que faz o mundo girar. Uma mão lava a outra. Você me entende? Você coça as minhas costas, eu coço as suas.

Yossarian entendia.

— Não foi isso que eu quis dizer — disse Doc Daneeka quando Yossarian começou a coçar as costas dele. — Estou falando de cooperação. Favores. Você me faz um favor, eu faço um favor para você. Sacou?

— Me faz um favor — pediu Yossarian.

— De jeito nenhum — respondeu Doc Daneeka.

Havia algo de terrível e trivial na imagem de Doc Daneeka sentado desanimado do lado de fora da barraca no sol sempre que podia, usando calça cáqui de verão e camisa de mangas curtas de um cinza antisséptico que as lavagens diárias a que eram submetidas deixavam quase branco.

Ele parecia alguém que tinha ficado congelado de horror em algum momento e que nunca descongelou por completo. Ficava sentado todo curvado, a cabeça meio enfiada entre os ombros magros, as mãos bronzeadas com as luminosas unhas prateadas massageando a parte de trás dos braços nus cruzados gentilmente, como se ele estivesse com frio. Na verdade, não havia frieza nenhuma naquele sujeito cheio de compaixão que jamais deixava de sentir pena de si mesmo.

— Por que eu? — era o lamento constante dele, e a pergunta era boa.

Yossarian sabia que a pergunta era boa porque Yossarian era um colecionador de boas perguntas, que ele usava para atrapalhar as sessões educacionais que Clevinger conduzia duas vezes por semana na barraca do serviço de informações do capitão Black, com o cabo de óculos que todo mundo sabia que provavelmente era um subversivo. O capitão Black sabia que ele era um subversivo porque ele usava óculos e dizia palavras como "panaceia" e "utopia" e porque ele falava mal de Adolf Hitler, que tinha feito um excelente trabalho combatendo atividades antiamericanas na Alemanha. Yossarian participava das sessões educacionais porque queria descobrir por que tanta gente estava se esforçando tanto para matá-lo. Um punhado de outros homens também estava interessado e as perguntas foram muitas e boas, quando Clevinger e o cabo subversivo terminaram e cometeram o erro de perguntar se alguém tinha dúvidas.

— Quem é a Espanha?
— Por que é Hitler?
— Quando está certo?
— Onde estava aquele velhinho corcunda cor de farinha que eu chamava de papai quando o carrossel quebrava?
— Como foi trunfo em Munique?
— Elerê beribéri.

e

— Bolas!

todas em rápida sucessão e, depois, Yossarian apresentou a pergunta para a qual não havia resposta:

— Onde estarão os Snowden de antanho?

A pergunta causou incômodo, porque Snowden tinha sido morto ao sobrevoar Avignon quando Dobbs enlouqueceu em pleno ar e tomou os controles da mão de Huple.

O cabo se fez de tonto.

— O quê? — perguntou ele.

— Onde estarão os Snowden de antanho?

— Acho que não entendi.

— *Où sont les Naigedens d'antan*? — disse Yossarian para facilitar para ele.

— *Parlez en anglais*, pelo amor de Deus — disse o cabo. — *Je ne parle pas français.*

— Nem eu — respondeu Yossarian, que estava disposto a persegui-lo com todas as palavras do mundo para extrair o conhecimento dele se pudesse, mas Clevinger interveio, pálido, magro e com dificuldades para respirar, uma película de lágrimas já cintilando em seus olhos subnutridos.

O quartel-general do grupamento estava alarmado, pois era impossível determinar o que as pessoas seriam capazes de descobrir caso se sentissem à vontade para fazer qualquer pergunta que quisessem. O coronel Cathcart enviou o coronel Korn para impedir que isso continuasse, e o coronel Korn o conseguiu ao implantar um regulamento sobre perguntas. A regra do coronel Korn foi um golpe de mestre, explicou o coronel Korn em seu relatório ao coronel Cathcart. Pela regra do coronel Korn, as únicas pessoas que tinham permissão para fazer perguntas eram aquelas que nunca o fizessem. Em pouco tempo, as únicas pessoas que continuavam aparecendo eram aquelas que jamais perguntavam nada e as sessões foram canceladas, já que Clevinger, o cabo e o coronel Korn concordaram que não era possível nem necessário educar pessoas que jamais perguntavam nada.

O coronel Cathcart e o tenente-coronel Korn moravam e trabalhavam no prédio do quartel-general do grupamento, assim como todos os membros da equipe do quartel-general, à exceção do capelão. O prédio do quartel-general do grupamento era uma estrutura enorme, cheia de correntes de ar, antiquada, construída com uma pedra vermelha quebradiça e com encanamentos barulhentos. Atrás do prédio ficava o moderno campo de tiro construído pelo coronel Cathcart para diversão exclusiva dos oficiais do grupamento e no qual todo oficial e praça com status de combatente, graças ao general Dreedle, precisava passar no mínimo oito horas por mês.

Yossarian praticava tiro ao alvo, mas nunca acertava nada. Appleby praticava tiro ao alvo e jamais errava. Yossarian era tão ruim no tiro ao alvo quanto em jogos de azar. Ele nunca conseguia ganhar dinheiro no jogo. Mesmo quando trapaceava ele não conseguia ganhar, porque as pessoas contra as quais ele trapaceava eram sempre melhores também em trapacear. Havia duas decepções às quais ele tinha se resignado: jamais seria um atirador e jamais ganharia dinheiro.

"É preciso ser inteligente para *não* ganhar dinheiro", escreveu o coronel Cargill em um dos homiléticos memorandos que ele preparava com regularidade para circular com a assinatura do general Peckem. "Qualquer tolo pode ganhar dinheiro hoje em dia e a maioria de fato ganha. Mas e as pessoas que têm talento e inteligência? Cite, por exemplo, um poeta que ganha dinheiro."

— T. S. Eliot — disse o ex-soldado de primeira classe Wintergreen do cubículo onde separava a correspondência do 27º Grupamento da Força Aérea e bateu o telefone sem se identificar.

O coronel Cargill, em Roma, ficou perplexo.

— Quem era? — perguntou o general Peckem.

— Não sei — respondeu o coronel Cargill.

— O que ele queria?

— Não sei.

— Bom, o que ele disse?

— "T. S. Eliot" — informou o coronel Cargill.

— O que é isso?

— "T. S. Eliot" — repetiu o coronel Cargill.

— Só "T. S."...

— Sim, senhor. Foi só isso que ele disse. Só "T. S. Eliot".

— O que será que isso quer dizer — refletiu o general Peckem.

O coronel Cargill também ficou pensando.

— T. S. Eliot — ponderou o general Peckem.

— T. S. Eliot — ecoou o coronel Cargill com a mesma perplexidade fúnebre.

O general Peckem despertou depois de um instante com um sorriso servil e benigno. A expressão dele era astuta e sofisticada. Os olhos brilhavam de malícia.

— Mande alguém me colocar em contato com o general Dreedle — solicitou ao coronel Cargill. — Não deixe que ele saiba quem está ligando.

O coronel Cargill passou o telefone para ele.

— T. S. Eliot — disse o general Peckem e desligou.

— Quem era? — perguntou o coronel Moodus.

O general Dreedle, na Córsega, não respondeu. O coronel Moodus era genro do general Dreedle, e o general Dreedle, por insistência da esposa e mesmo achando que não era uma boa ideia, havia levado o genro para o ramo militar. O general Dreedle olhou para o coronel Moodus com um ódio calmo. Ele detestava até mesmo ver o genro, que era seu assistente e por isso estava sempre por perto. Tinha se oposto ao casamento da filha com o coronel Moodus por não gostar de ir a casamentos. Com uma carranca ameaçadora e preocupada, o general Dreedle foi para diante do espelho de corpo inteiro no gabinete e olhou seu reflexo atarracado. Ele tinha a cabeça grisalha, com sobrancelhas largas com tufos de cinza-ferro sobre os olhos e um queixo largo e beligerante. Meditou fazendo difíceis especulações sobre a mensagem críptica que havia acabado de receber. Lentamente seu rosto se distendeu com uma ideia e ele retorceu os lábios com um prazer perverso.

— Ligue para Peckem — disse ele para o coronel Moodus. — Não deixe que o cretino saiba quem é.

— Quem era? — perguntou o coronel Cargill, em Roma.

— Aquela mesma pessoa — respondeu o general Peckem com um vestígio inequívoco de alarme. — Agora ele está atrás de mim.

— O que ele queria?

— Não sei.

— O que ele disse?

— A mesma coisa.

— "T. S. Eliot"?

— Isso, "T. S. Eliot." Só isso.

O general Peckem teve uma ideia que lhe deu esperança.

— Talvez seja um novo código, ou alguma coisa assim, como as cores do dia. Por que você não manda alguém verificar com a comunicações e ver se é um novo código ou algo assim ou as cores do dia?

Comunicações respondeu que T. S. Eliot não era um novo código nem as cores do dia.

A ideia seguinte partiu do coronel Cargill.

— Talvez eu devesse ligar para o 27º Grupamento da Força Aérea e ver se eles sabem alguma coisa disso. Eles têm um funcionário chamado Wintergreen que gosta muito de mim. Foi ele quem me deu a dica que a nossa prosa era muito prolixa.

O ex-soldado de primeira classe Wintergreen disse que não havia registros no 27º Grupamento da Força Aérea de alguém chamado T. S. Eliot.

— Como está a nossa prosa agora? — decidiu perguntar o coronel Cargill enquanto estava com o ex-soldado de primeira classe Wintergreen no telefone. — Está muito melhor, não está?

— Ainda é muito prolixa — respondeu o ex-soldado de primeira classe Wintergreen.

— Eu não ia ficar surpreso se o general Dreedle estivesse por trás da coisa toda — confessou por fim o general Peckem. — Lembra o que ele fez com aquele campo de tiro?

O general Dreedle tinha aberto o campo de tiro particular do coronel Cathcart para todos os oficiais e praças do grupamento que estivessem aptos para combate. O general Dreedle queria que seus homens passassem o máximo de tempo possível praticando tiro ao alvo, dentro dos limites que o campo de tiro e a escala de voos permitissem. Praticar tiro ao alvo oito horas por mês era um treinamento excelente para eles. Deixava os homens prontos para praticar tiro ao alvo.

Dunbar adorava praticar tiro ao alvo por odiar cada minuto daquilo, o que fazia o tempo passar muito devagar. Tinha descoberto que uma única hora no campo de tiro com gente como Havermeyer e Appleby podia equivaler a onze vezes dezessete anos.

— Acho que você é doido — foi como Clevinger respondeu à descoberta de Dunbar.

— Quem quer saber? — respondeu Dunbar.

— Estou falando sério — insistiu Clevinger.

— Quem se importa? — respondeu Dunbar.

— Estou falando sério mesmo. Eu até poderia admitir que a vida parece mais longa...

— ... é mais longa...

— ... é mais longa... *É* mais longa? Tudo bem, *é* mais longa se for preenchida com períodos de tédio e desconforto, m...

— Sabe a velocidade? — disse Dunbar de repente.

— Hein?

— Que eles passam — explicou Dunbar.

— Quem?

— Anos.

— Anos?

— Anos — disse Dunbar. — Anos, anos, anos.

— Clevinger, por que você não deixa Dunbar em paz? — interrompeu Yossarian. — Você não se dá conta do preço que isso está cobrando?

— Está tudo bem — disse Dunbar, magnânimo. — Tenho umas décadas para gastar. Você sabe quanto tempo um ano demora para passar quando está indo embora?

— E você também, silêncio — disse Yossarian a Orr, que tinha começado a rir baixinho.

— Eu só estava pensando naquela garota — disse Orr. — Aquela garota na Sicília. Aquela garota careca na Sicília.

— É *melhor* você também fazer silêncio — alertou Yossarian.

— A culpa é sua — disse Dunbar para Yossarian. — Por que você não deixa que ele ria se quiser? É melhor do que ouvi-lo falar.

— Tudo bem. Pode rir se quiser.

— Você sabe quanto tempo um ano demora para passar quando está indo embora? — repetiu Dunbar para Clevinger. — Passa assim. — Ele estalou os dedos. — Um instante atrás você estava entrando na faculdade com os pulmões cheios de ar fresco. Hoje você é um velho.

— Velho? — perguntou Clevinger, surpreso. — Do que você está falando?

— Velho.

— Eu não sou velho.

— Você fica a centímetros da morte cada vez que sai numa missão. Como poderia ser mais velho com essa idade? Meio minuto atrás você estava entrando no segundo grau, e um sutiã aberto era o mais perto que poderia esperar estar do Paraíso. Dois décimos de segundo antes disso você era um menininho com férias de verão de dez semanas que duravam cem mil anos e mesmo assim acabavam muito rápido. Zum! Eles passam voando. Qual é o outro jeito de frear o tempo? — Dunbar estava quase irritado quando terminou.

— Bom, pode ser verdade — admitiu Clevinger em um tom involuntariamente derrotado. — Pode ser que uma vida longa precise mesmo ser cheia de condições desagradáveis para que pareça longa. Mas, se for assim, quem quer isso?

— Eu quero — disse Dunbar.

— Por quê? — perguntou Clevinger.

— Qual a outra opção?

5
CACIQUE FLOCO DE AVEIA

Doc Daneeka dividia uma barraca cinza manchada com o cacique Floco de Aveia, que ele temia e desprezava.

— Consigo imaginar como é o fígado dele — resmungou Doc Daneeka.

— Imagine o meu fígado — disse Yossarian.

— Não tem nada de errado com o seu fígado.

— Isso mostra que tem muita coisa que você não sabe — blefou Yossarian e falou para Doc Daneeka sobre a dor incômoda no fígado que deu tanto trabalho no hospital à enfermeira Duckett, à enfermeira Cramer e a todos os médicos porque aquilo nem virava icterícia nem ia embora.

Doc Daneeka não estava interessado.

— Você acha que tem problemas? — quis saber. — E eu? Você devia ter estado no meu consultório no dia em que aqueles recém-casados entraram.

— Que recém-casados?

— Aqueles recém-casados que entraram no meu consultório uma vez. Eu nunca te disse. Ela era maravilhosa.

O consultório de Doc Daneeka também era maravilhoso. Ele tinha decorado a sala de espera com um peixinho dourado e uma das melhores mobílias baratas possíveis. Tudo que pôde ele comprou a crédito, inclusive o peixinho dourado. Para o resto, conseguiu dinheiro de parentes gananciosos em troca de uma parte dos lucros. O consultório dele ficava em Staten Island num prédio sem saída de incêndio onde moravam duas famílias, a quatro quadras do ponto de parada do ferry e apenas uma quadra ao sul de um supermercado, de três salões de beleza e de dois farmacêuticos desonestos. Ficava em uma esquina, mas nada ajudava. A população não se renovava e as pessoas por hábito se mantinham fiéis aos mesmos médicos com quem faziam negócios havia anos. As dívidas se acumulavam rapidamente e não demorou para que ele se deparasse com a perda do mais precioso instrumento médico: a calculadora foi tomada pelo banco, e o mesmo aconteceu com a máquina de escrever. O peixinho dourado morreu. Por sorte, bem quando as coisas estavam no pior momento, começou a guerra.

— Foi um presente de Deus — confessou Doc Daneeka, solene. — A maior parte dos médicos logo parou de trabalhar e, do dia para a noite, as coisas melhoraram. A localização de esquina realmente começou a fazer diferença e, em pouco tempo, me vi atendendo mais pacientes do que poderia atender com competência. Aumentei a taxa de propina nas duas farmácias. Os salões de beleza rendiam dois a três abortos por semana. As coisas não podiam estar melhores, e aí olha o que aconteceu. Tinham que mandar um sujeito do alistamento para me ver. Eu não estava apto. Fiz um exame bem completo em mim mesmo e descobri que não estava apto para o serviço militar. Seria de imaginar que a minha palavra bastaria, não é? Afinal, eu era um médico com boa reputação na Sociedade Médica da minha região e na Associação Comercial. Mas não, não bastou, e eles mandaram esse cara ver se eu de fato tinha uma perna amputada na altura do quadril e se eu estava preso numa cama com artrite reumatoide. Yossarian, a gente vive em uma era de desconfiança e deterioração dos valores espirituais. É terrível — protestou Doc Daneeka em uma voz tornada trêmula pela forte emoção. — É terrível quando até mesmo a palavra de um médico licenciado é objeto de desconfiança no país que ele ama.

Doc Daneeka foi convocado e enviado para Pianosa como cirurgião aeronáutico, embora tivesse pânico de voar.

— Não preciso sair atrás de problemas num avião — disse ele, piscando os olhos redondos, castanhos e ofendidos à sua maneira míope.

— Os problemas vêm atrás de mim. Como aquela virgem que eu estava te contando que não conseguia engravidar.

— Que virgem? — perguntou Yossarian. — Achei que você estava contando de recém-casados.

— É dessa virgem que estou falando. Eles eram bem novos e estavam casados fazia, ah, pouco mais de um ano quando entraram no meu consultório sem marcar nem nada. Você devia ter visto ela. Era um doce, e jovem e bonita. Até corou quando perguntei da menstruação. Acho que nunca vou deixar de amar aquela garota. Ela parecia saída de um sonho e tinha uma correntinha com uma medalha de santo Antônio pendurada no pescoço e que ficava entre os seios mais lindos que já vi. "Deve ser uma tentação terrível para santo Antônio", brinquei, só para quebrar o gelo, você sabe. "Santo Antônio?", o marido disse. "Quem é santo Antônio?" "Pergunte para a sua esposa", eu disse. "Ela vai saber explicar quem é santo Antônio." "Quem é santo Antônio?", ele perguntou para ela. "Quem?", ela quis saber. "Santo Antônio", ele disse. "Santo Antônio?", ela disse. "Quem é santo Antônio?" Quando dei uma boa olhada nela dentro da sala de exames, vi que ainda era virgem. Falei a sós com o marido enquanto ela vestia a cinta e prendia na meia-calça. "Toda noite", ele se gabou. Todo sabichão, sabe. "Nunca perco uma noite", ele se gabou. E ele estava falando sério. "Tenho feito com ela até de manhã antes de ela preparar o café da manhã para eu ir trabalhar", ele se gabou. Só tinha uma explicação. Quando os dois se sentaram na minha frente fiz uma demonstração do ato sexual com os modelos de borracha que tenho no consultório. Tenho no consultório esses modelos de borracha com todos os órgãos reprodutores dos dois sexos que deixo guardados em armários separados para evitar um escândalo. Digo, tinha. Não tenho mais nada, nem o consultório. A única coisa que tenho hoje é essa temperatura baixa que está começando a me deixar preocupado. Aqueles dois meninos que trabalham para mim na tenda médica não valem nada para fazer diagnóstico. A única coisa que eles sabem fazer é reclamar. Eles acham que têm problemas? Deviam ter estado no consultório comigo aquele dia com aqueles recém-casados olhando para mim como se eu estivesse contando para eles uma coisa de que ninguém nunca tinha ouvido falar. Você nunca viu alguém tão interessado. "Você diz assim?", ele me perguntou e mexeu por um tempo nos modelos. Sabe, dá para entender por que tem gente que gosta de fazer só esse tipo de coisa. "É isso", eu disse para ele. "Agora vão para casa e tentem do meu jeito por uns meses e vamos ver o que acontece. Certo?" "Certo", eles disseram, e me pagaram em dinheiro vivo e saíram sem questionar nada. "Divirtam-se", eu disse, e eles me agradeceram e saíram andando juntos. Ele estava com o braço em volta da cintura dela como se mal pudesse esperar para fazer aquilo com ela. Uns dias depois ele voltou sozinho e disse para a enfermeira que precisava falar comigo imediatamente. Assim que ficamos sozinhos ele me deu um soco no nariz.

— Ele fez o quê?

— Ele disse que eu era um sabichão e me deu um soco no nariz. "Você se acha um sabichão, não é?," ele disse e me derrubou de bunda no chão. Pimba! Sem o menor aviso. É sério.

— Sei que você está falando sério — disse Yossarian. — Mas por que ele fez isso?

— Como é que eu vou saber por que ele fez isso? — respondeu Doc Daneeka irritado.

— Talvez tivesse alguma coisa a ver com o santo Antônio.

Doc Daneeka olhou inexpressivo para Yossarian.

— Santo Antônio? — perguntou ele, intrigado. — Quem é santo Antônio?

— Como é que eu vou saber? — respondeu o cacique Floco de Aveia, entrando cambaleante na tenda bem nessa hora com uma garrafa de uísque aninhada nos braços e se sentando de forma agressiva entre os dois.

Doc Daneeka se levantou sem dizer uma palavra e levou a cadeira para fora da tenda, as costas curvadas pelo kit de injustiças que era seu fardo perpétuo. Ele não tolerava a companhia do colega de tenda.

O cacique Floco de Aveia achava que ele era doido.

— Não sei qual é o problema desse sujeito — disse ele em tom de censura. — Tem a cabeça oca, esse é o problema dele. Se a cabeça dele não fosse oca ele ia pegar uma pá e começar a cavar. Aqui na tenda mesmo, ia começar a cavar, debaixo da minha cama de campanha. Ia achar petróleo rapidinho. Será que ele não sabe da história daquele recruta que achou petróleo com uma pá ainda lá nos Estados Unidos? Será que ele nunca ouviu falar do que aconteceu com aquele menino... Como era o nome daquele cafetão safado filho da mãe lá no Colorado?

— Wintergreen.

— Wintergreen.

— Ele está com medo — explicou Yossarian.

— Ah, não. Não Wintergreen. — O cacique Floco de Aveia balançou a cabeça com indisfarçada admiração. — Aquele merdinha daquele espertalhão fedorento filho de uma puta não tem medo de ninguém.

— Doc Daneeka está com medo. Esse é o problema dele.

— Medo do quê?

— Ele tem medo de você — disse Yossarian. — Ele tem medo de que você morra de pneumonia.

— É bom ele ter medo mesmo — disse o cacique Floco de Aveia. Um riso profundo e grave ressoou no peito imenso. — Vou morrer mesmo, assim que tiver a chance. Só esperar para ver.

O cacique Floco de Aveia era um nativo bonito de pele morena do Oklahoma com um rosto pesado, ossudo, e com cabelos pretos desgrenhados, um creek mestiço de Enid que, por razões secretas que só ele conhecia, estava decidido a morrer de pneumonia. Era um indígena carrancudo, vingativo, desiludido que detestava estrangeiros com nomes tipo Cathcart, Korn, Black e Havermeyer e queria que todos eles voltassem para o lugar de onde tinham vindo os ancestrais nojentos deles.

— Você não ia acreditar, Yossarian — disse ele ruminando, a voz deliberadamente alta para chamar a atenção de Doc Daneeka —, mas essa era uma terra bem boa de se morar antes de estragarem tudo com essa religião deles.

O cacique Floco de Aveia estava determinado a se vingar do homem branco. Ele mal sabia ler e escrever e tinha sido designado como oficial assistente do serviço de informações para o capitão Black.

— Como eu poderia aprender a ler ou escrever? — perguntou o cacique Floco de Aveia com um simulacro de beligerância, erguendo novamente a voz para que Doc Daneeka ouvisse. — Onde quer que a gente armasse nossa tenda, furavam um poço de petróleo. Toda vez que perfuravam um poço, achavam petróleo. E, toda vez que achavam petróleo, mandavam a gente desmontar a tenda e ir para outro lugar. Éramos varinhas de encontrar petróleo humanas. Toda a nossa família tinha uma afinidade natural com depósitos de petróleo, e não demorou para que toda petrolífera do mundo pusesse técnicos seguindo a gente. A gente estava sempre se mudando. Era um jeito horrível de criar uma criança, acredite em mim. Acho que nunca passei mais de uma semana no mesmo lugar.

A primeira lembrança dele era de um geólogo.

— Toda vez que nascia um Floco de Aveia — continuou — o mercado de ações ficava otimista. Em pouco tempo já tinha equipes de perfuração inteiras seguindo a gente com seus equipamentos para tentar chegar antes das outras. As empresas começaram a se fundir, só para poder reduzir a quantidade de pessoal que precisavam mandar atrás da gente. Mas a multidão atrás da gente continuava crescendo. A gente nunca conseguia uma boa noite de sono. Quando a gente parava, eles paravam. Quando a gente andava, eles andavam, carroças, escavadeiras, guindastes, geradores. Éramos uma prosperidade industrial ambulante. Começamos a receber convites de alguns dos melhores hotéis só pelos negócios que levaríamos para a cidade atrás de nós. Alguns desses convites eram bem generosos, mas não podíamos aceitar porque somos nativos e os melhores hotéis que convidavam a gente não aceitavam nosso povo como hóspede. O preconceito racial é uma coisa terrível, Yossarian. Falando sério. É uma coisa terrível tratar um indígena decente e leal como se fosse um crioulo, um judeu, um carcamano ou um cucaracho.

O cacique Floco de Aveia balançou a cabeça lentamente com convicção.

— Aí, Yossarian, finalmente aconteceu: o começo do fim. Começaram a nos seguir indo na nossa frente. Tentavam adivinhar onde a gente ia parar e começavam a perfurar antes mesmo de a gente chegar lá, e aí não podíamos parar. Assim que a gente começava a estender nossas cobertas, expulsavam a gente. Confiavam em nós. Nem esperavam a gente ir embora para encontrar petróleo. Estávamos tão cansados que quase não ligamos quando nosso tempo acabou. Um dia percebemos que estávamos completamente cercados por gente da indústria do petróleo que estava esperando irmos na direção deles para nos expulsar. Para onde quer que olhássemos tinha um sujeito da indústria do petróleo no topo de um morro, esperando feito indígenas preparando um ataque. Era o nosso fim. Não podíamos ficar onde estávamos, porque tinham acabado de nos expulsar. E não havia outro lugar para ir. Só o Exército me salvou. Por sorte, a guerra começou bem na hora, uma comissão de alistamento me tirou de lá e me deixou em segurança em Lowery Field, no Colorado. Fui o único sobrevivente.

Yossarian sabia que ele estava mentindo, mas não interrompeu nem quando o cacique Floco de Aveia foi em frente e disse que nunca mais ouviu falar dos pais. Mas isso não incomodava muito o cacique, porque a única prova de que aqueles eram seus pais era a palavra deles, e, como eles tinham mentido sobre muitas outras coisas, podia ser que estivessem mentindo sobre isso também. Ele tinha muito mais informações sobre o destino de uma nação de primos que havia vagado em direção ao norte num movimento diversionista e chegado sem se dar conta ao Canadá. Quando tentaram voltar, foram parados na fronteira por autoridades americanas que não deixaram que eles voltassem ao país. Não podiam voltar porque eram vermelhos.

Era uma piada horrível, mas Doc Daneeka só riu quando Yossarian foi procurar por ele depois de mais uma missão e pediu outra vez, sem a menor expectativa de êxito, que fosse deixado em solo. Doc Daneeka deu uma risadinha e logo voltou a se ocupar dos próprios problemas, que incluíam o cacique Floco de Aveia, que tinha passado a manhã toda desafiando-o para uma luta ao estilo indígena, e Yossarian, que decidiu ali mesmo que ia ficar louco.

— Você está perdendo seu tempo — foi obrigado a dizer Doc Daneeka.

— Não tem como impedir alguém de voar por estar louco?

— Ah, tem, sim. Sou obrigado a fazer isso. Tem uma regra que diz que preciso impedir alguém que enlouqueceu de voar.

— Mas então por que você não me impede? Eu estou louco. Pergunte para Clevinger.

— Clevinger? Cadê Clevinger? Ache Clevinger e eu pergunto para ele.

— Então pergunte para qualquer outro. Eles vão te dizer que estou louco.

— Loucos são eles.

— Então por que você não impede que eles voem?

— Por que eles não pedem que eu impeça?

— Porque eles são loucos, é por isso.

— Claro que eles são loucos — respondeu Doc Daneeka. — Acabei de te dizer que eles são loucos, não foi? E não se pode deixar um louco decidir que está louco, certo?

Yossarian olhou sóbrio para ele e tentou outra abordagem.

— Orr é louco?

— Com certeza — disse Doc Daneeka.

— Você pode impedir que ele voe?

— Claro que posso. Mas primeiro ele precisa pedir. É parte da regra.

— E por que ele não pede?

— Porque ele é louco — disse Doc Daneeka. — Só um louco para continuar voando missões de combate depois desses sustos todos que ele passou. Claro, posso impedir Orr de voar. Mas primeiro ele precisa pedir.

— Essa é a única coisa que ele precisa fazer para não voar mais?

— Só isso. É só ele me pedir.

— E aí você pode impedir que ele voe? — perguntou Yossarian.

— Não, aí eu não posso impedir que ele voe.

— Tem um ardil aí?

— Claro que tem um ardil — respondeu Doc Daneeka. — É o ardil-22. Qualquer um que queira ser dispensado do combate não está louco de verdade.

Havia apenas um ardil e era o ardil-22, que especificava que se preocupar com a própria segurança diante de perigos reais e iminentes era o processo típico de uma mente racional. Orr estava louco e podia ser impedido de voar. Bastava que ele pedisse; e, assim que pedisse, não estaria mais louco e precisaria voar mais missões. Orr tinha que estar louco para voar mais missões e são para não querer voar, mas, se ele estava são, tinha que voar. Se voasse as missões, estava louco e não precisava fazer isso; mas, se não quisesse voar, estava são e precisava voar. Yossarian ficou bastante impressionado com a absoluta simplicidade dessa cláusula do ardil-22 e deixou escapar um assobio de admiração.

— Que bela pegadinha esse ardil-22 — observou ele.

— É o melhor que existe — concordou Doc Daneeka.

Yossarian viu com clareza a atordoante razoabilidade do princípio. Havia uma precisão elíptica em seu perfeito par de afirmações que fazia dele algo gracioso e chocante, como a boa arte moderna, e por vezes Yossarian não tinha bem certeza se estava vendo o princípio em sua integridade, assim como ele nunca tinha certeza no caso da boa arte moderna, ou sobre as moscas que Orr via nos olhos de Appleby. Ele precisava acreditar em Orr quanto às moscas nos olhos de Appleby.

— Ah, elas estão lá, sim — garantiu Orr para ele sobre as moscas nos olhos de Appleby depois da primeira vez que Yossarian saiu no braço com Appleby no clube de oficiais —, embora ele provavelmente não saiba. É por isso que não consegue ver as coisas como elas de fato são.

— Como ele pode não saber? — perguntou Yossarian.

— Porque ele tem moscas nos olhos — explicou Orr com paciência exagerada. — Como ele ia ver que tem moscas nos olhos dele se ele tem moscas nos olhos?

Fazia tanto sentido quanto qualquer outra coisa, e Yossarian estava disposto a conceder a Orr o benefício da dúvida, porque Orr vinha de uma região de mata virgem perto da cidade de Nova York e sabia muito mais sobre a vida selvagem do que Yossarian e porque Orr, ao contrário da mãe, do pai, da irmã, do irmão, da tia, do tio, dos parentes todos, da professora, do líder espiritual, do deputado de Yossarian, do vizinho e do jornal de Yossarian, nunca tinha mentido para ele antes sobre nada que fosse crucial. Yossarian refletiu durante um dia ou dois sobre essa sua descoberta a respeito de Appleby e decidiu, como forma de boa ação, informar sobre o fato o próprio Appleby.

— Appleby, tem moscas nos seus olhos — sussurrou ele prestativo quando um passou pelo outro na porta da tenda dos paraquedas no dia do transporte semanal de leite para Parma.

— Como é? — respondeu Appleby de pronto, confuso pelo simples fato de Yossarian ter falado com ele.

— Tem moscas nos seus olhos — repetiu Yossarian. — Provavelmente é por isso que você não consegue ver elas.

Appleby se afastou de Yossarian com um olhar de perplexidade e aversão e ficou amuado, em silêncio, até estar no jipe com Havermeyer andando pela longa estrada em linha reta até a sala de instruções, onde o major Danby, o inquieto oficial do grupo de operações, esperava para passar as instruções preliminares a todos os principais pilotos, bombardeiros e navegadores. Appleby falou baixinho para que não fosse ouvido pelo motorista ou pelo capitão Black, que estava largado de olhos fechados no banco da frente do jipe.

— Havermeyer — perguntou ele, hesitante —, tem moscas nos meus olhos?

Havermeyer piscou como quem quer entender melhor.

— Moscas nos óleos? — perguntou ele.

— Não, nos olhos — foi informado.

Havermeyer piscou de novo.

— Nos olhos?

— Moscas nos olhos.

— Você deve estar louco — disse Havermeyer.

— Não, eu não estou louco. Yossarian está louco. Só me diz se tem ou não tem moscas nos meus olhos. Pode falar. Eu aguento.

Havermeyer colocou mais um pedaço de pé de moleque na boca e olhou bem de perto os olhos de Appleby.

— Não estou vendo mosca nenhuma — anunciou ele.

Appleby soltou um imenso suspiro de alívio. Havermeyer estava com migalhas de pé de moleque aderidas aos lábios, queixo e na bochecha.

— Você está com migalhas de pé de moleque no rosto — disse Appleby para ele.

— Melhor ter migalha de pé de moleque no rosto do que moscas nos olhos — retorquiu Havermeyer.

Os oficiais dos outros cinco aviões de cada formação chegaram em caminhonetes para a instrução geral que aconteceu meia hora depois. Os três recrutas de cada equipe não participaram da instrução e foram levados direto para o aeródromo para os vários aviões em que deviam voar naquele dia, onde esperaram junto com a equipe de solo até que os oficiais com quem eles deviam voar saíssem das traseiras chacoalhantes das caminhonetes que os deixavam na pista e aí era hora de subir a bordo e começar. Os motores giravam descontentes em pátios de manobras em formato de pirulito, resistindo de início, depois girando suavemente por um tempo, e em seguida os aviões se arrastavam e iam meio sem jeito sobre o chão de cascalhos como coisas cegas, burras e aleijadas, até chegarem taxiando à linha no início da pista de aterrissagem e decolarem rápido, um atrás do outro, num rugido cada vez mais alto, entrando lentamente em formação sobre as copas sarapintadas das árvores e sobrevoando em círculos o aeródromo até que todos os grupos de seis tivessem sido formados e estabelecendo o curso sobre as águas cerúleas na primeira parte do trajeto até o alvo no norte da Itália ou na França. Os aviões ganhavam altitude de forma constante e estavam acima de dois mil e setecentos metros quando entraram em território inimigo. Uma das coisas que era sempre surpreendente era a sensação de calma e o profundo silêncio, rompidos apenas pelos disparos de teste das metralhadoras, por eventuais observações inexpressivas e lacônicas no rádio e, por fim, pela sóbria afirmação do bombardeiro de cada avião dizendo que eles estavam no ponto inicial e prestes a virar na direção do alvo. Sempre havia luz do sol, sempre uma ligeira sensação de degola na garganta causada pelo ar rarefeito.

Os B-25 que eles voavam eram aeronaves estáveis, confiáveis, de um verde sem graça com cauda dupla e asas amplas. O único defeito, do ponto de vista de Yossarian como bombardeiro, era a passagem estreita que separava o compartimento do bombardeiro no nariz de acrílico da saída de emergência mais próxima. A passagem era um túnel estreito, quadrangular, frio numa área vazia debaixo dos controles de voo, e um sujeito grande como Yossarian só conseguia passar por ali com dificuldade. Um navegador rechonchudo, de rosto redondo com olhinhos reptilianos e um cachimbo como o de Aarfy também tinha problemas e Yossarian costumava expulsá-lo do nariz quando o avião se virava para o alvo, que agora estava a minutos de distância. Havia um momento de tensão nessa hora, um momento de espera em que não se podia ouvir nada, não se podia ver nada, não se podia fazer nada além de esperar enquanto a artilharia antiaérea lá embaixo mirava e se preparava para fazer com que todos eles se estatelassem num sono infinito caso isso fosse possível.

A passagem era a tábua de salvação de Yossarian para sair de um avião prestes a cair, mas Yossarian a maldizia com ardoroso antagonismo, xingava, como se fosse um obstáculo posto ali pela providência como parte da trama que iria destruí-lo. Havia espaço para mais uma saída de emergência bem ali no nariz do B-25, mas essa saída de emergência não existia. No lugar da saída de emergência o que havia era a passagem, e desde a confusão na missão sobre Avignon ele aprendeu a detestar cada gigantesco centímetro da passarela, pois ela o deixava a vários e vários segundos do paraquedas, que era volumoso demais para ser levado com ele até a parte da frente e a vários e vários segundos mais da saída de emergência no piso entre a parte traseira do convés elevado de voo e os pés do atirador da torreta lá no alto.

Yossarian desejava estar onde Aarfy estava depois de Yossarian expulsá-lo do nariz; Yossarian desejava estar sentado no piso bem enroladinho em cima da saída de emergência dentro de um iglu protetor de trajes de paraquedistas que ele ficaria feliz de levar consigo, seu paraquedas já preso ao gancho que era seu verdadeiro lugar, uma das mãos fechadas em volta da cordinha vermelha, a outra segurando a alavanca que abria a saída de emergência e que o libertaria para sair no ar indo rumo ao solo ao primeiro guincho apavorante de destruição. Era ali que ele queria estar caso realmente tivesse que estar no avião, em vez de ficar ali na frente como uma porcaria de um peixinho dourado pendurado numa porcaria de um aquário de peixinho dourado enquanto aquelas malditas rajadas pretas de artilharia antiaérea explodiam e ressoavam e ondulavam dos dois lados e acima e abaixo dele numa crueldade crescente, barulhenta, vertiginosa, atordoante, fantasmagórica, cosmológica que sacudia e jogava de um lado para o outro e fazia tremer, bater e causava um medo lancinante e que ameaçava aniquilar todos eles numa fração de segundo em meio a uma imensa bola de fogo.

Aarfy não tinha sido útil como navegador nem de nenhum outro jeito, e Yossarian o expulsava do nariz com veemência toda vez para que eles não barrassem o caminho um do outro caso fosse necessário se arrastar de repente em busca de segurança. Depois que Yossarian o expulsava do nariz, Aarfy estaria livre para ficar encolhido no chão onde Yossarian queria se encolher, mas em vez disso ele ficava de pé com os bracinhos curtos no encosto dos bancos do piloto e do copiloto, com o cachimbo na mão, de conversa fiada de um jeito amistoso com McWatt e com quem quer que estivesse como copiloto e falando sobre curiosidades de almanaque no céu para os dois homens, que estavam ocupados demais para se interessar. McWatt estava ocupado demais respondendo nos controles às instruções estridentes de Yossarian no momento em que Yossarian levava o avião para o ponto onde as bombas seriam jogadas e depois os tirava dali numa manobra violenta contornando os vorazes pilares de bombas explodindo com ordens lacônicas, esganiçadas e obscenas para McWatt que lembravam muito os gritos angustiados de súplica que os pesadelos levavam Joe Faminto a dar na escuridão. Aarfy dava baforadas meditativas durante todo o caos do confronto, olhando com imperturbável curiosidade para a guerra pela janela de McWatt como se aquilo fosse um incômodo distante que não podia afetá-lo. Aarfy era um dedicado membro de fraternidade que adorava líderes de torcida e reuniões anuais de turma e que não era inteligente o bastante para ter medo. Yossarian tinha a inteligência necessária e tinha medo, e a única coisa que o impedia de abandonar seu posto sob fogo e atravessar a passagem como um ratinho era a falta de disposição de deixar a cargo de algum dos outros a tarefa de fugir da área alvejada. Não havia nenhuma outra pessoa no mundo que ele se dispusesse a honrar com uma responsabilidade tão grande. Não havia ninguém que ele conhecesse que fosse tão covarde. Yossarian era o melhor do grupo em táticas de evasão, mas não fazia ideia do motivo.

Não havia procedimentos definidos para as ações evasivas. A única coisa de que se precisava era medo, e Yossarian tinha medo em grandes quantidades, mais medo do que Orr ou Joe Faminto, mais medo do que Dunbar, que havia se resignado à ideia de que devia morrer um dia. Yossarian não havia se resignado a essa ideia e ele defendia sua vida como podia em cada missão, a partir do momento em que suas bombas tinham sido despejadas gritando "Vai, vai, vai, vai, seu cretino, vai!" para McWatt e odiando McWatt com todas as forças a cada segundo como se fosse culpa de McWatt que eles estivessem lá em cima para serem aniquilados por desconhecidos, e todos os outros no avião mantinham o rádio desligado, exceto durante aquele momento lamentável da confusão na missão de Avignon em que Dobbs enlouqueceu em pleno ar e começou a chorar pateticamente pedindo ajuda.

— Ajudem, ajudem, ajudem — disse Dobbs aos soluços. — Ajudem, ajudem.

— Ajudar quem? Ajudar quem? — respondeu Yossarian, depois de plugar de volta no sistema de comunicação seu fone de ouvido, que tinha sido arrancado quando Dobbs tirou os controles de Huple e jogou todos eles, de repente, no ensurdecedor, paralisante, horrível mergulho que grudou o topo da cabeça de Yossarian inexoravelmente no teto do avião e do qual Huple resgatou todos eles bem a tempo retomando os controles de Dobbs e nivelando a aeronave de maneira quase tão repentina quanto em meio à cacofônica e tonitruante rajada de artilharia antiaérea da qual eles tinham conseguido escapar havia apenas um instante. *Meu Deus! Meu Deus, meu Deus*, Yossarian havia suplicado sem palavras enquanto pairava pendurado no teto do nariz da aeronave pelo topo da cabeça, sem conseguir se mover.

— O bombardeiro, o bombardeiro — respondeu Dobbs com um grito quando Yossarian falou. — Ele não responde, ele não responde. Ajudem o bombardeiro, ajudem o bombardeiro.

— Eu sou o bombardeiro — gritou Yossarian em resposta. — Eu sou o bombardeiro. Eu estou bem. Eu estou bem.

— Então ajuda ele, ajuda ele — implorou Dobbs. — Ajuda ele, ajuda ele.

E Snowden jazia morrendo na parte de trás do avião.

6
JOE FAMINTO

Joe Faminto já havia completado cinquenta missões, mas isso não serviu de nada. Ele fez as malas e estava de novo esperando ser mandado para casa. À noite tinha pesadelos misteriosos e ensurdecedores que mantinham todo mundo no esquadrão acordado, com exceção de Huple, o piloto de 15 anos que mentiu a idade para entrar no Exército e morava com o gato de estimação na mesma tenda que Joe Faminto. Huple tinha o sono leve, mas dizia que nunca tinha ouvido Joe Faminto gritar. Joe Faminto estava doente.

— E daí? — rosnou Doc Daneeka, ressentido. — Eu estava com a vida ganha, sério mesmo. Faturando cinquenta mil por ano, e quase tudo livre de impostos, porque eu fazia os clientes me pagarem em dinheiro vivo. Eu tinha a associação profissional mais forte que existe me apoiando. E olha o que aconteceu. Bem quando eu estava com tudo pronto para começar a mandar dinheiro para fora do país, tinham que inventar o fascismo e começar uma guerra horrível o suficiente para que até eu fosse afetado. Tenho vontade de rir quando escuto alguém como o Joe Faminto gritando que nem doido de noite. Tem que rir mesmo. *Ele* está doente? Como é que ele acha que eu me sinto?

Joe Faminto estava atolado demais nas próprias calamidades para se importar em saber como Doc Daneeka se sentia. Havia os barulhos, por exemplo. Barulhinhos deixavam Joe Faminto louco e ele gritava até ficar rouco com Aarfy por causa dos sons úmidos de sucção que ele fazia ao fumar seu cachimbo, com Orr pelos pequenos consertos, com McWatt pelo estalo explosivo que ele fazia ao virar cada carta quando estava jogando vinte e um ou pôquer, com Dobbs por deixar os dentes baterem enquanto andava desajeitado por aí e esbarrava em coisas. Joe Faminto era uma massa pulsante e esfarrapada de irritabilidade ambulante. O tique-taque constante de um relógio num ambiente silencioso soava como tortura em seu cérebro desprotegido.

— Olha, garoto — explicou ele impaciente para Huple tarde da noite uma vez. — Se você quer viver nessa tenda precisa fazer como eu faço. Você tem que enrolar seu relógio num par de meias de lã toda noite e deixar no fundo do armário do outro lado do quarto.

Huple fez um gesto com o queixo para indicar para Joe que não aceitaria ser tratado assim e depois cumpriu a ordem à risca.

Joe Faminto era um desgraçado assustadiço e magrelo que mal tinha carne no rosto, que era composto por pele escura e ossos e por veias que se contraíam subcutaneamente nos espaços ocos escuros atrás de seus olhos como se fossem partes amputadas de uma cobra. Era um rosto desolado, cheio de crateras, emaciado pelas preocupações e com o aspecto de uma cidadezinha abandonada por mineradores. Joe Faminto comia com voracidade, roía sem parar a ponta dos dedos, gaguejava, engasgava, se coçava, suava, salivava e ia avidamente de um lugar para outro com uma complicada câmera preta que usava o tempo todo para tentar tirar fotos de garotas nuas. As fotos nunca saíam. Ele sempre se esquecia de colocar filme na câmera ou de ligar as luzes ou de tirar a tampinha da lente. Não era fácil correr atrás de garotas nuas para convencê-las a posar, mas Joe Faminto tinha o jeito.

— Eu ser importante — gritava ele. — Eu ser grande fotógrafo revista *Life*. Foto importante capa uma pilha revistas. *Si, si, si!* Estrela de Hollywood. Multi *dinero*. Multi divórcios. Multi fuque-fuque dia inteiro.

Não são muitas as mulheres capazes de resistir a uma adulação tão astuta, e prostitutas se punham imediatamente de pé, ansiosas, e faziam as mais fantásticas poses que ele pedisse. As mulheres eram a perdição de Joe Faminto. A resposta dele a elas como seres sexuais era marcada por um frenesi de adoração e pela idolatria. Elas eram manifestações lindas, satisfatórias, enlouquecedoras das delícias divinais, instrumentos de prazer poderosos demais para serem mensuráveis, potentes demais para se suportar e requintadas demais para serem destinadas ao emprego de homens vis, indignos. Ele só conseguia interpretar a presença nua delas diante de seus olhos como um descuido cósmico que seria corrigido rapidamente e era sempre levado a usá-las carnalmente da maneira que lhe fosse viável no efêmero instante que teria antes que alguém se desse conta e as tirasse dali. Ele nunca conseguia se decidir entre transar com elas ou fotografá-las, já que havia descoberto que era impossível fazer as duas coisas ao mesmo tempo. Na verdade, ele estava quase achando impossível fazer uma dessas coisas que fosse, a tal ponto sua capacidade de desempenho era afetada pela necessidade compulsiva de velocidade que invariavelmente se apossava dele. As fotos nunca saíam, e Joe Faminto nunca entrava. O curioso era que na vida civil Joe Faminto tinha de fato trabalhado como fotógrafo da revista *Life*.

Agora ele era um herói, o maior da Força Aérea, Yossarian achava, pois tinha completado mais vezes do que qualquer outro herói da Força Aérea o número de missões necessário para ter baixa no serviço militar. Já havia completado esse número seis vezes. Joe Faminto havia completado o número pela primeira vez quando bastavam vinte e cinco missões para que ele fizesse as malas, escrevesse cartas felizes para a família e começasse a perseguir bem-humorado o sargento Towser perguntando sobre a chegada das ordens que o levariam de volta aos Estados Unidos. Enquanto esperava, ele passou os dias andando lentamente perto da entrada da tenda de operações, fazendo piadas pesadas com todo mundo que passava por ali e só de brincadeira chamando o sargento Towser de safado sem-vergonha toda vez que o sargento Towser botava a cabeça para fora do posto de comando.

Joe Faminto havia completado suas primeiras vinte e cinco missões na semana da cabeça de praia de Salerno, quando Yossarian estava de cama no hospital com um caso de gonorreia que ele tinha pegado numa missão de menor importância em cima de uma militar no meio de uns arbustos durante um voo para levar suprimentos a Marraquexe. Yossarian fez o melhor que pôde para alcançar Joe Faminto e quase conseguiu, voando seis missões em seis dias, mas sua vigésima terceira missão foi para Arezzo, onde o coronel Nevers foi morto, e esse foi o mais perto que ele chegou um dia de ir para casa. No dia seguinte o coronel Cathcart estava lá, cheio de orgulho viril em sua nova farda e celebrando sua chegada ao comando com uma elevação do número de missões exigidas de vinte e cinco para trinta. Joe Faminto desfez as malas e reescreveu as cartas felizes para a família. Ele parou de perseguir o sargento Towser daquele jeito bem-humorado. Joe Faminto passou a odiar o sargento Towser, concentrando malignamente nele toda a culpa, muito embora soubesse que o sargento Towser não tivesse nada a ver com a chegada do coronel Cathcart nem com o adiamento do trâmite das ordens que poderiam tê-lo resgatado sete dias antes e que poderiam resgatá-lo outras cinco vezes depois.

Joe Faminto não suportava mais a tensão da espera pela sua baixa e desmoronava imediatamente assim que completava mais uma vez o número de missões necessárias. Toda vez que deixava de ter o status de combatente, dava uma grande festa para seu pequeno círculo de amigos. Joe Faminto abria garrafas de bourbon que tinha conseguido comprar em seus circuitos de quatro dias por semana como mensageiro e ria, cantava, dançava e gritava num festival de êxtase inebriado até não conseguir mais ficar acordado e cair pacificamente no sono. Assim que Yossarian, Nately e Dunbar o punham na cama ele começava a gritar dormindo. Pela manhã ele saía da tenda parecendo abatido, com medo e cheio de remorso, uma casca vazia de ser humano balançando perigosamente à beira do colapso.

Os pesadelos apareciam para Joe Faminto com uma pontualidade celestial toda noite que ele passava no esquadrão durante a angustiante provação que vinha ao fim das missões de combate e duravam toda a nova espera pelas ordens que o mandariam para casa e que nunca chegavam. Homens impressionáveis do esquadrão como Dobbs e o capitão Flume ficavam perturbados a tal ponto pelos gritos de Joe Faminto que começavam a ter seus próprios pesadelos e a gritar dormindo, e as obscenidades lancinantes que eles lançavam no ar dos diferentes pontos que ocupavam no esquadrão pairavam no ar cruzando umas com as outras na escuridão romanticamente como os cantos de acasalamento de aves canoras com mente poluída. O coronel Korn agiu de maneira decisiva para pôr fim àquilo que lhe parecia ser o princípio de uma tendência pouco saudável no esquadrão do major Major. A solução encontrada por ele foi fazer com que Joe Faminto ficasse responsável pelo transporte de mensagens uma vez por semana, o que o deixava longe do esquadrão por quatro noites, e o remédio, assim como todo remédio do coronel Korn, foi eficaz.

Cada vez que o coronel Cathcart aumentava o número de missões e fazia com que Joe Faminto voltasse ao combate, os pesadelos paravam e Joe Faminto voltava a seu estado normal de terror com um sorriso de alívio. Yossarian lia o rosto encolhido de Joe Faminto como uma manchete. Era bom quando Joe Faminto tinha uma aparência ruim e terrível quando Joe Faminto tinha uma boa aparência. A resposta invertida de Joe Faminto era um fenômeno que todos achavam curioso, exceto por Joe Faminto, que teimava em negar a coisa toda.

— Quem está tendo sonhos? — respondeu ele quando Yossarian perguntou com o que ele sonhava.

— Joe, por que você não vai falar com Doc Daneeka? — aconselhou Yossarian.

— Por que eu deveria falar com Doc Daneeka? Eu não estou doente.

— E os pesadelos?

— Eu não tenho pesadelos — mentiu Joe Faminto.

— Quem sabe ele podia te ajudar com isso.

— Não tem nada errado em ter pesadelo — respondeu Joe Faminto. — Todo mundo tem pesadelo.

Yossarian achou que tinha pegado Joe Faminto.

— Toda noite? — perguntou ele.

— Por que não toda noite? — questionou Joe Faminto.

E de repente tudo fez sentido. Por que não toda noite, de fato? Fazia sentido gritar de dor toda noite. Fazia mais sentido do que Appleby, que era obcecado pelo regulamento e que tinha mandado Kraft dar ordens para que Yossarian levasse seus comprimidos de mepacrina sempre que fosse voar para outro país depois que Yossarian e Appleby pararam de falar um com o outro. Joe Faminto também fazia mais sentido do que Kraft, que estava morto, atirado sem a menor cerimônia rumo a seu fim sobre Ferrara por uma turbina que explodiu depois que Yossarian levou seu grupo de seis aviões para o alvo pela segunda vez. O grupo tinha errado a ponte em Ferrara mais uma vez pelo sétimo dia consecutivo com um dispositivo capaz de mirar a bomba num pote de pepino a doze mil metros de altitude, e já havia se passado uma semana inteira desde que o coronel Cathcart tinha colocado seus homens como voluntários para destruir a ponte em vinte e quatro horas. Kraft era um menino magrelo e inofensivo da Pensilvânia que só queria que os outros gostassem dele e que estava fadado a se frustrar mesmo tendo uma ambição tão humilde e degradante. Em vez de conseguir que os outros gostassem dele, ele estava morto, reduzido a cinzas ensanguentadas em meio à pilha bárbara sem que ninguém nem o tenha ouvido naqueles últimos preciosos momentos enquanto o avião com uma só asa mergulhava. Ele levou uma vida inócua por um tempo e depois mergulhou em chamas sobre Ferrara no sétimo dia, enquanto Deus descansava, quando McWatt fez meia-volta e Yossarian o guiou para o alvo para uma segunda rodada de bombardeios, porque Aarfy estava confuso e Yossarian não tinha conseguido soltar as bombas na primeira vez.

— Acho que temos que voltar lá, não? — disse McWatt sombrio no rádio.

— Acho que sim — respondeu Yossarian.

— Precisamos? — perguntou McWatt.

— Pois é.

— Bom, se é assim — cantou McWatt —, que seja.

E de fato eles voltaram enquanto os aviões das demais formações faziam círculos em segurança ao longe e todos os canhões da Divisão Hermann Goering lá embaixo estavam ocupados atirando dessa vez apenas neles.

O coronel Cathcart tinha coragem e jamais hesitava em oferecer seus homens como voluntários para qualquer alvo disponível. Não havia alvo perigoso demais para seu grupo atacar, assim como não havia bola difícil demais para Appleby na mesa de pingue-pongue. Appleby era um bom piloto e um jogador sobre-humano de pingue-pongue com moscas nos olhos que jamais perdia um ponto. Vinte e um saques eram sempre suficientes para Appleby humilhar mais um oponente. As façanhas dele na mesa de pingue-pongue eram lendárias, e Appleby ganhou todos os jogos desde que começou a jogar até a noite em que Orr ficou meio bêbado de gim com suco e abriu um talho na testa de Appleby com sua raquete, depois de Appleby rebater todos os cinco primeiros saques de Orr. Orr saltou sobre a mesa depois de arremessar a raquete e saiu do outro lado voando num pulo com os dois pés plantados em cheio na cara de Appleby. Foi um pandemônio. Appleby levou quase um minuto para se desvencilhar dos braços e pernas de Orr, que continuavam tentando acertá-lo, e ficar de pé, levantando Orr pela camisa com uma das mãos e com a outra recuada e fechada para matá-lo com um soco, e naquele momento Yossarian foi até os dois e afastou Orr dele. Foi uma noite de surpresas para Appleby, que era tão grande e forte quanto Yossarian e acertou nele com toda a força um soco que inundou de alegre empolgação o cacique Floco de Aveia a ponto de ele se virar para o coronel Moodus e lhe dar uma porrada no nariz que encheu de doce satisfação o general Dreedle a ponto de ele dar ordem para que o coronel Cathcart expulsasse o capelão do clube de oficiais e mandasse o cacique Floco de Aveia se mudar para a tenda de Doc Daneeka, onde ele podia ficar aos cuidados de um médico vinte e quatro horas por dia e ser mantido em condições físicas suficientemente boas para dar novas porradas no nariz do coronel Moodus sempre que o general Dreedle assim o desejasse. Às vezes, o general Dreedle fazia excursões especiais do quartel-general da unidade junto com o coronel Moodus e sua enfermeira só para fazer com que o cacique Floco de Aveia desse uma porrada no nariz do genro.

O cacique Floco de Aveia teria preferido continuar no trailer que compartilhava com o capitão Flume, o silencioso e perturbado relações--públicas do esquadrão que passava a maior parte das noites revelando as fotos que tirava durante o dia para serem enviadas junto com seus textos para a imprensa. O capitão Flume passava o máximo possível das noites trabalhando em sua sala escura, depois se deitava na cama de campanha com os dedos cruzados e com um pé de coelho em volta do pescoço e tentava com todas as forças ficar acordado. Vivia com um medo mortal do cacique Floco de Aveia. O capitão Flume era obcecado pela ideia de que o cacique Floco de Aveia iria sorrateiramente até sua cama uma noite quando ele estivesse dormindo pesado e cortaria seu pescoço de uma orelha à outra. A origem dessa ideia do capitão Flume veio do próprio cacique Floco de Aveia, que uma noite de fato foi sorrateiramente até a cama dele e disse com uma voz baixa e solene que uma noite, quando ele, o capitão Flume, estivesse dormindo pesado, ele, o cacique Floco de Aveia, ia cortar o pescoço dele de uma orelha à outra.

O capitão Flume ficou paralisado, os olhos arregalados, olhando nos olhos do cacique Floco de Aveia, que cintilavam inebriados a poucos centímetros de distância.

— Por quê? — conseguiu falar o capitão Flume finalmente.

— Por que não? — foi a resposta do cacique Floco de Aveia.

Toda noite, depois disso, o capitão Flume se forçava a ficar acordado o maior tempo possível. Nisso, os pesadelos de Joe Faminto eram de uma ajuda inestimável. De tanto ouvir com tamanha atenção os uivos maníacos de Joe Faminto noite após noite o capitão Flume passou a odiá-lo e começou a desejar que o cacique Floco de Aveia fosse sorrateiramente até a cama de campanha dele uma noite e cortasse o pescoço dele de uma orelha à outra. Na verdade, o capitão Flume dormia feito uma pedra na maior parte das noites e apenas *sonhava* que estava acordado. Esses sonhos de ficar deitado em vigília eram a tal ponto convincentes que ele acordava toda manhã completamente exausto e caía imediatamente de volta no sono.

O cacique Floco de Aveia tinha passado a quase gostar do capitão Flume desde a impressionante transformação. O capitão Flume tinha ido se deitar na cama naquela noite como um alegre extrovertido e acordou na manhã seguinte como um meditativo introvertido, e o cacique Floco de Aveia orgulhosamente via o novo capitão Flume como sua criação. Ele jamais pretendeu cortar o pescoço do capitão Flume de uma orelha à outra. Ameaçar isso era simplesmente a ideia que ele tinha de piada, assim como morrer de pneumonia, dar uma porrada no nariz do coronel Moodus ou desafiar Doc Daneeka para uma luta à moda indígena. A única coisa que o cacique Floco de Aveia queria fazer quando se arrastava bêbado para a cama era cair direto no sono, e Joe Faminto costumava tornar isso impossível. Os pesadelos de Joe Faminto davam calafrios no cacique Floco de Aveia, e era comum que ele desejasse que alguém entrasse sorrateiramente na tenda de Joe Faminto, tirasse o gato de Huple da cara de Joe Faminto e cortasse o pescoço dele de uma orelha à outra, para que todo mundo no esquadrão, exceto o capitão Flume, pudesse ter uma boa noite de sono.

Embora o cacique Floco de Aveia continuasse dando porradas no nariz do coronel Moodus como favor para o general Dreedle, ele continuava sendo um peixe fora d'água. Quem também se sentia um peixe fora d'água era o major Major, comandante do esquadrão, que soube disso no mesmo instante em que soube que era comandante do esquadrão, notícia que lhe foi dada pelo coronel Cathcart, que entrou com tudo no esquadrão no seu frenético jipe, um dia depois de o major Duluth ser morto voando sobre Perugia. O coronel Cathcart deu uma freada brusca parando centímetros antes do fosso da ferrovia que separava a frente do seu jipe da quadra torta de basquete do outro lado, da qual o major Major acabaria expulso na base de chutes, empurrões, pedradas e socos dos homens que quase foram seus amigos.

— Você é o novo comandante do esquadrão — gritou o coronel Cathcart para ele do outro lado da vala. — Mas não vá ficar achando que isso quer dizer alguma coisa, porque não quer. Só quer dizer que você é o novo comandante do esquadrão.

E o coronel Cathcart saiu ruidosa e abruptamente do mesmo jeito que tinha chegado, dando meia-volta com o jipe em um giro brutal dos pneus que lançou uma chuva de pedrinhas no rosto do major Major. As notícias deixaram o major Major petrificado. Ele ficou ali parado, silencioso, desajeitado e boquiaberto, com uma bola de basquete surrada nas longas mãos enquanto as sementes de rancor tão rapidamente semeadas pelo coronel Cathcart se enraizavam nos soldados em volta que vinham jogando basquete com ele e que tinham deixado que ele chegasse tão perto de fazer amizade com eles quanto qualquer pessoa o havia deixado fazer isso antes. O branco dos olhos sonhadores dele ia se tornando maior e mais enevoado à medida que sua boca era derrotada em sua tentativa cheia de ansiedade de confrontar a conhecida e arraigada solidão que pairava ao seu redor como uma neblina sufocante.

Assim como todos os demais oficiais do quartel-general do grupamento, à exceção do major Danby, o coronel Cathcart tinha nas veias o espírito democrático: ele acreditava que todos os homens eram criados iguais, portanto chutava igualmente todos os homens para fora do quartel-general do grupamento com igual fervor. Apesar disso, ele acreditava em seus homens. Como costumava dizer para eles na sala de instruções, acreditava que eram pelo menos dez missões melhores que qualquer outro grupamento e achava que qualquer um que não compartilhasse dessa confiança depositada em seus homens devia dar o fora dali. O único jeito de dar o fora dali, como Yossarian descobriu quando voou para fazer uma visita ao ex-soldado de primeira classe Wintergreen, era voar as dez missões a mais.

— Continuo sem saber — protestou Yossarian. — Doc Daneeka está certo ou não?

— Quantas ele disse?

— Quarenta.

— Daneeka estava falando a verdade — admitiu o ex-soldado de primeira classe Wintergreen. — No que diz respeito ao 27º Grupamento da Força Aérea, basta você voar quarenta missões.

Yossarian estava em êxtase.

— Então posso ir para casa, certo? Eu fiz quarenta e oito.

— Não, você não pode ir para casa — corrigiu o ex-soldado de primeira classe Wintergreen. — Você está louco ou algo assim?

— Por que não?

— Ardil-22.

— Ardil-22? — Yossarian estava perplexo. — O que o ardil-22 tem a ver com isso?

— O ardil-22 — respondeu Doc Daneeka pacientemente, depois que Joe Faminto tinha levado Yossarian de volta para Pianosa — diz que você sempre deve fazer o que o seu comandante manda.

— Mas o 27º Grupamento da Força Aérea diz que posso ir para casa com quarenta missões.

— Mas a regra não diz que você tem que ir para casa. E as regras dizem que você deve obedecer a todas as ordens. Essa é a pegadinha. Mesmo que o coronel estivesse desobedecendo a uma ordem do 27º Grupamento da Força Aérea ao te fazer voar mais missões, você teria que voar, ou seria culpado de desobedecer a uma ordem dele. E aí o 27º Grupamento da Força Aérea realmente ia cair em cima de você.

Yossarian murchou, desanimado.

— Então eu preciso mesmo voar as cinquenta missões, certo? — disse ele, triste.

— As cinquenta e cinco — corrigiu Doc Daneeka.

— Que cinquenta e cinco?

— As cinquenta e cinco missões que o coronel agora quer que todos vocês voem.

Joe Faminto deu um grande suspiro de alívio quando ouviu Doc Daneeka e depois abriu um largo sorriso. Yossarian agarrou Joe Faminto pelo pescoço e fez os dois voarem de volta na direção do ex-soldado de primeira classe Wintergreen.

— O que fariam comigo — perguntou ele com ares de confidencialidade — se eu me recusasse a voar todas essas missões?

— Provavelmente a gente ia fuzilar você — respondeu o ex-soldado de primeira classe Wintergreen.

— "A gente"? — disse Yossarian, surpreso. — Como assim "a gente"? Desde quando você está do lado deles?

— Se você vai ser fuzilado, do lado de quem espera que eu fique? — respondeu o ex-soldado de primeira classe Wintergreen.

Yossarian sentiu um calafrio. O coronel Cathcart tinha aumentado as missões dele de novo.

7
McWATT

Normalmente, o piloto de Yossarian era McWatt, que, fazendo a barba e usando o pijama vermelho berrante limpo do lado de fora da tenda toda manhã, era uma das coisas estranhas, irônicas, incompreensíveis ao redor de Yossarian. McWatt era, provavelmente, o mais insano combatente entre todos eles, porque era perfeitamente são e mesmo assim não dava a mínima para a guerra. Era um sujeito de pernas curtas, ombros largos e sorridente que assobiava melodias felizes de programas de TV o tempo todo e virava as cartas com um estalido quando estava jogando vinte e um ou pôquer, até Joe Faminto finalmente se desfazer num desespero trêmulo sob o impacto cumulativo das cartas e começar a dar uma bronca para que ele parasse com aquilo.

— Ô seu filho da puta, você faz isso só porque sabe que eu odeio — gritava Joe Faminto furioso, enquanto Yossarian o segurava calmamente com uma das mãos. — É o único motivo para ele fazer isso, porque ele gosta de me ouvir gritar. Seu filho de uma puta!

McWatt torceu seu belo nariz sardento como quem pede desculpas e prometeu que ia parar de estalar as cartas, mas sempre esquecia. McWatt usava chinelos felpudos de dormir junto com o pijama vermelho e dormia em lençóis coloridos recém-passados a ferro como aquele que Milo tinha recuperado pela metade para ele do ladrão sorridente e guloso sem dar em troca nenhuma das tâmaras que havia pegado emprestado de Yossarian. McWatt estava bastante impressionado com Milo, que, para diversão do cabo Snark, o sargento responsável pelo refeitório dele, já estava comprando ovos a sete centavos cada e vendendo a cinco. Mas

McWatt nunca ficou tão impressionado com Milo como ficou com a carta que Yossarian obteve de Doc Daneeka para seu fígado.

— O que é isso? — perguntou Milo alarmado, quando deu de cara com uma enorme caixa de papelão cheia de pacotes com frutas secas e latas de suco e sobremesas que dois dos trabalhadores italianos que o major —— de Coverley havia sequestrado para sua cozinha estavam carregando para a tenda de Yossarian.

— Isso é do capitão Yossarian — disse o cabo Snark com um sorrisinho de superioridade. O cabo Snark era um intelectual esnobe que pensava estar vinte anos à frente de seu tempo e que não gostava de cozinhar para as massas. — Ele tem uma carta de Doc Daneeka dando a ele o direito a todas as frutas e a todos os sucos que quiser.

— O que é isso? — perguntou Yossarian, enquanto Milo ficava branco e começava a balançar como se fosse cair.

— Esse é o tenente Milo Minderbinder, senhor — disse o cabo Snark com uma piscadela irônica. — Um dos nossos novos pilotos. Ele se tornou oficial encarregado pelo refeitório enquanto o senhor estava no hospital essa última vez.

— O que é isso? — perguntou McWatt, mais tarde, enquanto Milo entregava a ele metade de seu lençol.

— É metade do lençol que foi roubado da sua barraca hoje cedo — explicou Milo com sua nervosa autossatisfação, o bigode cor de ferrugem com um rápido tremor. — Aposto que você nem sabia que tinha sido roubado.

— Por que alguém ia querer roubar meio lençol? — perguntou Yossarian.

Milo ficou confuso.

— Você não entende — protestou ele.

E Yossarian também não entendia por que Milo precisava se preocupar tanto com a carta de Doc Daneeka, que ia direto ao ponto. "Dê a Yossarian todas as frutas secas e todo suco que ele quiser", tinha escrito Doc Daneeka. "Ele diz ter uma doença no fígado."

— Uma carta como essa — murmurou Milo, abatido — é capaz de arruinar qualquer oficial de refeitório no mundo.

Milo tinha ido à barraca de Yossarian só para ler a carta de novo, seguindo a caixa de provisões perdidas pelo esquadrão como alguém que está de luto.

— Tenho que te dar a quantidade que você pedir. A carta não diz nem se você precisa comer tudo sozinho — continuou.

— E é bom que não diga — contou Yossarian para ele — porque eu nunca como nada disso. Tenho uma doença no fígado.

— Ah, sim, tinha esquecido — disse Milo, baixando a voz em sinal de respeito. — É grave?

— Só o suficiente — respondeu Yossarian, alegre.

— Sei — disse Milo. — O que isso quer dizer?

— Quer dizer que não tem como melhorar...

— Acho que não entendi.

— ... sem piorar primeiro. Sabe como?

— Sei, sei. Mas acho que ainda não entendo.

— Não se incomode. Deixa que eu cuido disso. Sabe de uma coisa? Eu não tenho de fato uma doença no fígado. Só tenho os sintomas. Tenho síndrome de Garnett-Fleischaker.

— Sei — disse Milo. — E o que é a síndrome de Garnett-Fleischaker?

— Uma doença no fígado.

— Entendi — disse Milo e começou a massagear cansado as sobrancelhas pretas unidas com uma expressão de quem está sofrendo, como se estivesse à espera de que um desconforto passasse. — Nesse caso — continuou ele enfim —, imagino que eu precise ser muito cuidadoso com o que você come, certo?

— Muito cuidadoso, verdade — disse Yossarian. — Não é fácil conseguir uma boa síndrome de Garnett-Fleischaker e não quero estragar a minha. É por isso que nunca como fruta.

— Agora estou entendendo — disse Milo. — Fruta faz mal para o seu fígado?

— Não, fruta faz bem para o meu fígado. É por isso que nunca como.

— Então o que você faz com as frutas? — perguntou Milo, atravessando obstinadamente a crescente confusão para fazer a pergunta que queimava em seus lábios. — Você vende?

— Eu dou.

— Para quem? — perguntou Milo, com a voz cheia de consternação.

— Para quem quiser — respondeu Yossarian.

Milo deixou escapar um longo e melancólico gemido e cambaleou para trás, gotas de suor surgindo de repente sobre todo o seu rosto pálido. Ele puxou os fios do desafortunado bigode distraído, com todo o seu corpo tremendo.

— Dou uma boa parte para Dunbar — continuou Yossarian.

— Dunbar? — repetiu Milo, atordoado.

— Isso. Dunbar pode comer quanta fruta quiser e não vai fazer o menor bem para ele. Deixo a caixa ali e quem quiser pode passar e pegar. Aarfy vem aqui pegar ameixas porque ele diz que nunca consegue a quantidade de ameixas que queria no refeitório. Talvez você devesse dar uma olhada nisso quando tiver um tempo porque não é muito divertido ter Aarfy zanzando por aqui. Toda vez que o estoque está acabando peço para o cabo Snark mandar mais. Nately também sempre leva um monte de fruta quando vai para Roma. Ele está apaixonado por uma prostituta de lá que me odeia e que não está nem um pouco interessada por ele. Ela tem uma irmãzinha que nunca deixa os dois sozinhos na cama, e elas moram num apartamento com um velhinho, uma mulher e um monte de outras meninas de belas coxas grossas que também ficam sempre de gracinha. Nately leva uma caixa de frutas toda vez que viaja para lá.

— Ele vende as frutas para elas?

— Não, ele *dá* as frutas para elas.

Milo franziu a testa.

— Certo, parece bem generoso da parte dele — observou ele, sem entusiasmo.

— Sim, bem generoso — concordou Yossarian.

— E tenho certeza de que é perfeitamente legal — disse Milo — já que a comida passa a ser sua no momento em que você recebe de mim. Imagino que, com as condições sendo tão ruins assim, essas pessoas ficam felizes de receber as frutas.

— Ã-hã, muito felizes — garantiu Yossarian. — As duas vendem tudo como contrabando e usam o dinheiro para comprar bijuterias chamativas e perfumes baratos.

Milo se animou.

— Bijuterias! — exclamou ele. — Não sabia disso. Quanto elas pagam por perfume barato?

— O velho usa a parte dele para comprar uísque ordinário e pornografia. O sujeito é um tarado.

— Tarado?

— Você nem imagina.

— Tem muito mercado em Roma para pornografia? — perguntou Milo.

— Você nem imagina. Olha Aarfy, por exemplo. Conhecendo o cara, você nunca ia desconfiar, certo?

— Que ele é tarado?

— Não, que ele é navegador. Você conhece o capitão Aardvaark, não conhece? É aquele cara simpático que te procurou no seu primeiro dia no esquadrão e disse "Aardvaark é como eu me chamo, e navegação é o que eu amo". Estava com um cachimbo na boca e provavelmente perguntou que faculdade você fez. Sabe quem é?

Milo não estava prestando atenção.

— Me deixa ser seu sócio — disparou ele implorando.

Yossarian recusou a proposta, embora não tivesse dúvidas de que eles poderiam dar o destino que quisessem aos carregamentos de frutas se Yossarian fizesse a solicitação para o refeitório usando a carta de Doc Daneeka. Milo ficou arrasado, mas a partir daquele momento confiou todos os seus segredos a Yossarian, à exceção de um, raciocinando com astúcia que alguém que não roubava da pátria que amava não ia roubar de mais ninguém. Milo confiava a Yossarian todos os seus segredos, exceto pela localização dos buracos nas colinas em que ele tinha começado a enterrar seu dinheiro depois que voltou de Smirna com o avião cheio de figos e soube por Yossarian que um oficial da corregedoria tinha ido ao hospital. Para Milo, que tinha sido ingênuo o suficiente para se voluntariar para a função, o cargo de responsável pelo refeitório era algo sagrado.

— Nem tinha me dado conta de que não estávamos servindo ameixas o suficiente — havia admitido ele naquele primeiro dia. — Imagino que seja porque eu ainda sou novato. Vou falar disso com o chef principal do refeitório.

Yossarian olhou atento para ele.

— Que chef principal? — perguntou ele. — Você não tem um chef principal.

— O cabo Snark — explicou Milo, desviando o olhar um tanto culpado. — É o único chef que tenho, por isso ele é meu chef principal, embora eu tenha esperanças de passar ele para a parte administrativa. O cabo Snark, na minha opinião, tende a ser um pouco criativo demais. Ele acha que ser sargento do refeitório é uma forma de arte e fica o tempo todo reclamando que precisa prostituir seus talentos. Ninguém está pedindo que ele faça nada disso! Aliás, por acaso você sabe por que ele foi rebaixado a soldado e só é cabo agora?

— Sei — disse Yossarian —, ele envenenou o esquadrão.

Milo empalideceu de novo.

— Ele fez *o quê*?

— Ele amassou centenas de barras de sabão junto com as batatas-doces só para mostrar que as pessoas têm um paladar de filisteus e que não sabem a diferença entre o que é bom e o que é ruim. Todos os homens do esquadrão passaram mal. Missões foram canceladas.

— Certo! — exclamou Milo com uma desaprovação meio aguada. — Sem dúvida ele viu que *ele* estava errado, não?

— Pelo contrário — corrigiu Yossarian. — Ele viu que estava *certo*. A gente comeu tudo e pediu mais. Todo mundo sabia que estava passando mal, mas ninguém tinha ideia do envenenamento.

Milo fungou duas vezes consternado, parecendo uma lebre castanha peluda.

— Nesse caso, eu não quero mesmo que ele passe para o administrativo. Não quero que uma coisa dessa aconteça enquanto eu estou no comando. Sabe — confidenciou ele, solene —, o que eu espero é dar aos homens desse esquadrão as melhores refeições do mundo. Esse é um belo objetivo, não? Um oficial de refeitório que ambicione menos do que isso, na minha opinião, não tem o direito de ser oficial de refeitório. Concorda?

Yossarian se virou devagar para olhar Milo com uma desconfiança inquisitiva. Ele viu um rosto simples e sincero que era incapaz de sutilezas ou malícia, um rosto honesto e franco com grandes olhos afastados, cabelos cor de ferrugem, sobrancelhas pretas e um infeliz bigode castanho-avermelhado. Milo tinha um nariz longo e fino com narinas úmidas que fungava sem parar e que se desviava acentuadamente para a direita, apontando sempre para longe de onde o restante dele olhava. Era o rosto de um homem de uma integridade empedernida para quem as chances de violar conscientemente os princípios morais em que sua virtude se apoiava eram iguais às de ele se transformar num sapo desprezível. Um desses princípios morais era que nunca se poderia considerar como pecado cobrar o valor máximo que a demanda permitisse. Ele era capaz de tremendos paroxismos de indignação e ficou indignado ao saber que um oficial da corregedoria estava na área atrás dele.

— Ele não está atrás de você — disse Yossarian para acalmá-lo. — Ele está atrás de alguém no hospital que andou assinando as cartas que censurou com o nome Washington Irving.

— Eu nunca assinei nenhuma carta com o nome Washington Irving — declarou Milo.

— Claro que não.

— Mas isso é só um truque para me fazer confessar que ando ganhando dinheiro com contrabando.

Milo deu um puxão num ponto desgrenhado do bigode desbotado.

— Não gosto de gente assim. Sempre bisbilhotando gente como nós. Por que o governo não vai atrás de gente como o ex-soldado de primeira classe Wintergreen, se querem fazer uma coisa boa? Ele não respeita as regras e as normas e vive oferecendo produtos mais baratos que os meus.

O bigode de Milo era infeliz porque as duas metades separadas nunca combinavam. Era como os olhos afastados de Milo, que nunca olhavam para a mesma coisa ao mesmo tempo. Milo conseguia ver mais coisas que a maioria das pessoas, mas não conseguia ver nada com nitidez. Em contraste com a reação dele à notícia da chegada do oficial da corregedoria, foi com impassível coragem que soube por Yossarian que o coronel Cathcart tinha elevado o número de missões para cinquenta e cinco.

— Estamos em guerra — disse ele. — E não adianta reclamar do número de missões que precisamos voar. Se o coronel diz que precisamos voar cinquenta e cinco missões, temos que fazer isso.

— Bom, eu não preciso fazer isso — prometeu Yossarian. — Vou falar com o major Major.

— Como? O major Major nunca aceita falar com ninguém.

— Então, vou voltar para o hospital.

— Você saiu do hospital faz uns dez dias — lembrou Milo a ele com um tom de reprovação. — Não pode correr para o hospital cada vez que acontecer uma coisa que não gosta. Não, o melhor a fazer é voar as missões. É o nosso dever.

Milo tinha escrúpulos rigorosos que o impediriam até mesmo de pegar emprestado um pacote de tâmaras sem caroço do refeitório naquele dia do roubo do lençol de McWatt, pois os alimentos do refeitório ainda eram propriedade do governo.

— Mas posso pegar emprestado de você — explicou para Yossarian — já que todas essas frutas são suas a partir do momento em que você recebe isso de mim por causa da carta de Doc Daneeka. Você pode fazer o que quiser com isso, até vender com alto lucro ao invés de dar de graça. Não quer fazer isso junto comigo?

— Não.

Milo desistiu.

— Então me empresta um pacote de tâmaras sem caroço — pediu ele.

— Eu devolvo. Juro que devolvo, até com algo a mais como compensação.

Milo cumpriu com sua palavra e deu para Yossarian um quarto do lençol amarelo de McWatt quando voltou com o pacote de tâmaras fechado e com o ladrão sorridente e guloso que tinha roubado o lençol da barraca de McWatt. O pedaço de lençol agora pertencia a Yossarian. Ele tinha conquistado o direito ao lençol enquanto tirava uma soneca, embora não entendesse como. McWatt também não entendia.

— O que é isso? — perguntou McWatt, olhando perplexo para a metade rasgada de seu lençol.

— É metade do lençol que foi roubado da sua barraca hoje cedo — explicou Milo. — Aposto que você nem sabia que tinha sido roubado.

— Por que alguém ia querer roubar meio lençol? — perguntou Yossarian.

Milo ficou confuso.

— Você não entende — protestou ele. — Ele roubou o lençol inteiro, e eu consegui de volta com o pacote de tâmaras sem caroço que você investiu. É por isso que um quarto do lençol agora é seu. Você conseguiu um belo retorno sobre o investimento, principalmente levando em conta que recebeu de volta todas as tâmaras sem caroço que me emprestou.

Em seguida Milo foi falar com McWatt.

— Metade do lençol é sua, porque, para começo de conversa, ele já era seu de qualquer forma, e não entendo mesmo do que você está reclamando, já que se não fosse por intervenção minha e do capitão Yossarian você não teria nada.

— Quem está reclamando? — perguntou McWatt. — Só estou tentando descobrir o que posso fazer com meio lençol.

— Dá para fazer muita coisa com meio lençol — garantiu Milo. — O quarto do lençol que restou eu reservei para mim como recompensa pelo meu empreendedorismo, pelo meu trabalho e pela minha iniciativa. Não é para mim, você entende, é para o sindicato. Essa é uma coisa que você pode fazer com metade do lençol. Você pode deixar no sindicato e ver crescer.

— Que sindicato?

— O sindicato que pretendo formar um dia para dar a vocês a comida que merecem.

— Você quer formar um sindicato?

— Quero, sim. Não, um mercado. Sabe o que é um mercado?

— É um lugar onde você compra coisas, não?

— E vende coisas — corrigiu Milo.

— E vende coisas.

— A vida toda eu quis ter um mercado. Dá para fazer muita coisa se você tiver um mercado. Mas tem que ter um mercado.

— Você quer um mercado?

— E todos os homens vão ter a sua parte nisso.

Yossarian continuava intrigado, porque era uma questão de negócios e havia muita coisa no mundo dos negócios que o deixava intrigado.

— Deixa eu tentar explicar de novo — ofereceu Milo com cansaço e exasperação, apontando o polegar para o ladrão guloso, que continuava sorrindo atrás dele. — Eu sabia que ele queria as tâmaras mais do que o lençol. Como ele não fala uma palavra de inglês, fiz questão de conduzir a transação toda em inglês.

— Não era só dar uma pancada na cabeça dele e pegar o lençol?

Pressionando os lábios um no outro com dignidade, Milo balançou a cabeça.

— Isso seria muito injusto — disse ele com firmeza, em tom de repreensão. — O uso da força é errado e dois erros não fazem um acerto. Era muito melhor do meu jeito. Quando estendi as tâmaras para ele e peguei o lençol, provavelmente ele achou que eu estava oferecendo uma troca.

— O que você estava fazendo?

— Na verdade, eu *estava* oferecendo uma troca, mas, como ele não entende inglês, posso negar.

— Imagine que ele fique irritado e queira as tâmaras.

— Bom, a gente dá uma pancada na cabeça dele e pega as tâmaras — respondeu Milo sem hesitar. Ele olhou de Yossarian para McWatt e depois novamente para Yossarian. — Não consigo mesmo entender do que está todo mundo reclamando. Todos nós estamos muito melhor do que antes. Todo mundo está feliz, menos o ladrão, e não faz sentido a gente se preocupar com ele, já que ele nem fala nossa língua e mereceu isso. Você não entende?

Mas Yossarian continuava sem nem entender como Milo conseguia comprar ovos em Malta por sete centavos cada e vender com lucro em Pianosa por cinco centavos.

8
TENENTE SCHEISSKOPF

Nem Clevinger entendia como Milo fazia aquilo, e Clevinger sabia de tudo. Clevinger sabia de tudo sobre a guerra, exceto por que Yossarian precisava morrer e o cabo Snark tinha permissão para continuar vivo, ou por que o cabo Snark tinha que morrer e Yossarian tinha permissão para continuar vivo. Era uma guerra abjeta e lamacenta e Yossarian podia muito bem viver sem ela — talvez viver para sempre. Apenas uma fração de seus compatriotas daria a vida para vencê-la e não era ambição dele estar entre esses. Morrer ou não morrer, eis a questão, e Clevinger vacilava tentando encontrar uma resposta. A história não exige a morte prematura de Yossarian, a justiça podia ser feita sem ela, o progresso não se subordinava a isso, nem a vitória dependia disso. A morte de homens era uma questão de necessidade; quais homens iriam morrer, porém, era uma questão de circunstância, e Yossarian estava disposto a ser vítima de qualquer outra coisa, menos das circunstâncias. Mas isso era a guerra. As únicas coisas que ele era capaz de achar a favor da guerra era que ela pagava bem e que libertava os filhos da influência perniciosa dos pais.

Clevinger sabia tanto porque Clevinger era um gênio com um coração pulsante e um rosto pálido. Ele era um cérebro desengonçado, atrapalhado, febril e de olhos famintos. Na graduação em Harvard ganhou prêmios acadêmicos por basicamente tudo, e a única razão para não ter conquistado prêmios acadêmicos por tudo mais era o fato de estar ocupado demais assinando petições, fazendo circular petições e contestando petições, entrando em grupos de discussão e saindo de grupos de discussão, participando de congressos da juventude, fazendo protestos contra outros congressos da juventude e organizando comitês em defesa de professores universitários demitidos. Todos concordavam que Clevinger iria longe no mundo acadêmico. Em resumo, Clevinger era uma daquelas pessoas superinteligentes e todo mundo sabia disso, exceto quem ia descobrir em breve.

Em resumo, ele era um otário. Era comum Yossarian olhar para ele como uma daquelas pessoas expostas em museus de arte moderna com os dois olhos juntos do mesmo lado do rosto. Era uma ilusão, claro, gerada pela predileção de Clevinger por olhar fixamente um dos lados da questão sem jamais olhar para o outro. Politicamente, ele era um humanitário que sabia a diferença entre direita e esquerda e que estava desconfortavelmente preso entre uma coisa e outra. Costumava defender os amigos comunistas ao falar com seus inimigos de direita e os amigos de direita ao falar com seus inimigos comunistas, e ele era detestado por ambos os grupos, que jamais o defendiam para ninguém, por acharem que ele era um bocó.

Ele era muito sério, sincero e consciente em sua otarice. Era impossível ver um filme com ele sem se envolver depois em uma discussão sobre empatia, Aristóteles, os universais, mensagens e as obrigações do cinema como forma de arte em uma sociedade materialista. Se ele levava uma garota ao teatro, ela precisava esperar o primeiro intervalo para saber se estava ou não assistindo a uma boa peça, e aí descobria imediatamente. Ele era um idealista militante que lutava contra a intolerância racial desmaiando sempre que se deparava com ela. Sabia tudo sobre literatura, exceto como sentir prazer na leitura.

Yossarian tentou ajudar.

— Não seja um bocó — aconselhou ele a Clevinger quando os dois estavam na escola de cadetes em Santa Ana, na Califórnia.

— Vou contar para ele — insistiu Clevinger, enquanto os dois se sentavam em lugares altos nas arquibancadas olhando para o tenente Scheisskopf, que andava furioso de um lado para o outro no pátio de desfiles como um Lear imberbe.

— Por que eu? — uivava o tenente Scheisskopf.

— Fique quieto, idiota — aconselhou Yossarian a Clevinger como se fosse tio dele.

— Você não sabe do que está falando — objetou Clevinger.

— Sei o bastante para ficar quieto, idiota.

O tenente Scheisskopf arrancava os cabelos e rangia os dentes. As bochechas borrachudas dele tremiam com rajadas de angústia. O problema dele era um esquadrão de cadetes da aviação com baixo moral que marchou de maneira atroz na competição de desfiles que ocorria toda tarde de domingo. O moral deles estava baixo, porque eles não queriam marchar em desfiles toda tarde de domingo e porque o tenente Scheisskopf tinha escolhido os oficiais cadetes, ao invés de permitir que eles fossem eleitos.

— *Quero* que alguém me diga — implorou o tenente Scheisskopf a todos eles numa súplica — se tenho alguma parte de culpa nisso, *quero* que me digam.

— Ele *quer* que alguém conte — disse Clevinger.

— Ele quer que todo mundo fique quieto, idiota.

— Você não ouviu o que ele disse? — argumentou Clevinger.

— Ouvi — respondeu Yossarian. — Ouvi ele dizer em alto e bom som que quer que todo mundo fique de bico fechado se a gente souber o que é bom pra tosse.

— Não vou punir vocês — jurou o tenente Scheisskopf.

— Ele está dizendo que não vai me punir — disse Clevinger.

— Ele vai te castrar — disse Yossarian.

— Juro que não vou punir vocês — disse o tenente Scheisskopf. — Vou agradecer o homem que me contar a verdade.

— Ele vai te odiar — disse Yossarian. — Vai te odiar até morrer.

O tenente Scheisskopf era um graduado do CPOR que estava feliz com a eclosão da guerra, já que isso deu a ele uma oportunidade de vestir a farda todo dia e dizer "Homens" com uma voz militar cortante para todos aqueles meninos que caíam em suas garras a cada oito semanas em sua trajetória rumo ao cepo. Ele era um tenente Scheisskopf ambicioso e sem senso de humor, que encarava as responsabilidades com sobriedade e só sorria quando algum oficial rival na Base da Força Aérea de Santa Ana sofria de uma doença prolongada. A visão dele não era boa e ele tinha sinusite crônica, o que tornava a guerra especialmente empolgante para ele, já que não corria o risco de ser mandado para fora do país. A melhor coisa sobre ele era a esposa e a melhor coisa sobre a esposa dele era uma amiga chamada Dori Faria que dava sempre que tinha chance e que tinha uma farda feminina das Forças Armadas que a mulher do tenente Scheisskopf vestia todo fim de semana e despia todo fim de semana para todo cadete do esquadrão do marido que quisesse furtivamente se infiltrar nela.

Dori Faria era uma libertinazinha animada cobre esverdeada e dourada que preferia dar em almoxarifados, cabines telefônicas, ginásios de esportes e pontos de ônibus. A lista de coisas que ela não tinha experimentado era pequena e menor ainda era a de coisas que ela não estava disposta a tentar. Era despudorada, magra, agressiva e tinha 19 anos. Destruía egos às dezenas e fazia os homens se odiarem na manhã seguinte pelo modo como ela os encontrava, usava e depois descartava. Yossarian a adorava. Ela era uma mulher de corpo escultural que achava Yossarian meramente bonitinho. Ele adorou a sensação de músculos macios sob a pele em todo lugar que tocou nela na única vez em que ela permitiu que ele fizesse isso. Yossarian amava Dori Faria a ponto de não conseguir deixar de se jogar apaixonadamente sobre a esposa do tenente Scheisskopf toda semana para se vingar do tenente Scheisskopf pelo modo como o tenente Scheisskopf estava se vingando de Clevinger.

A esposa do tenente Scheisskopf estava se vingando do tenente Scheisskopf por algum crime inesquecível que ele havia cometido e do qual ela não conseguia se lembrar. Era uma moça roliça, rosada e preguiçosa que lia bons livros e vivia insistindo para que Yossarian não fosse tão burguês. Ela nunca estava sem um bom livro por perto, nem mesmo quando estava deitada nua na cama, apenas com Yossarian e as plaquinhas de identificação de Dori Faria. Ela entediava Yossarian, mas ele estava apaixonado por ela também. Ela era uma doida que tinha se formado em matemática na Wharton School of Business, mas que não conseguia contar até vinte e oito cada mês sem se encrencar.

— Querido, nós vamos ter um bebê de novo — dizia ela para Yossarian todo mês.

— Você está doida — respondia ele.

— Estou falando sério — insistia ela.

— Eu também.

— Querido, nós vamos ter um bebê de novo — dizia ela para o marido.

— Não tenho tempo para isso — resmungava o tenente Scheisskopf, petulante. — Você não sabe que nós estamos no meio de um desfile?

O tenente Scheisskopf se importava demais com a conquista de concursos de desfiles e com as acusações que estava fazendo contra Clevinger perante a corte marcial por conspirar um golpe contra os oficiais cadetes indicados pelo tenente Scheisskopf. Clevinger era um encrenqueiro e um espertalhão. O tenente Scheisskopf sabia que Clevinger seria capaz de causar ainda mais problemas se alguém não ficasse de olho nele. Ontem foram os oficiais cadetes; amanhã poderia ser o mundo. Clevinger tinha cérebro e o tenente Scheisskopf havia percebido que pessoas com cérebro tendiam a dar uma de espertinhas de vez em quando. Essas pessoas eram perigosas e até mesmo os oficiais cadetes que Clevinger tinha acabado de ajudar a chegar aos seus postos estavam ansiosos para depor contra ele. O caso contra Clevinger sem dúvida terminaria com uma condenação. A única coisa que faltava era algo de que acusá-lo.

Não podia ter nada a ver com desfiles militares, pois Clevinger levava os desfiles quase tão a sério quanto o tenente Scheisskopf. Os homens saíam para os desfiles no início da tarde todo domingo e iam tateando o caminho até formar colunas de doze homens fora do alojamento. Resmungando e de ressaca, seguiam mancando até suas posições no pátio principal de desfiles, onde ficavam imóveis sob o sol por uma ou duas horas junto com os homens de sessenta ou setenta outros esquadrões de cadetes até que a quantidade de desmaios nas fileiras fosse suficiente para dar o dia por encerrado. À beira do pátio ficava uma fila de ambulâncias e de maqueiros treinados com walkie-talkies. Em cima das ambulâncias havia sentinelas de binóculos. Um escrivão registrava os números.

Quem supervisionava toda essa fase da operação era um oficial médico com um gosto por contabilidade que aprovava as pulsações e conferia os números do escrivão. Assim que uma quantidade suficiente de homens inconscientes tivesse sido coletada pelas ambulâncias, o oficial médico acenava para o maestro da banda ordenando que a música parasse e o desfile fosse encerrado. Um atrás do outro, os esquadrões marchavam pelo pátio, faziam uma meia-volta desajeitada contornando o camarote dos jurados e cruzavam outra vez o pátio rumo aos seus alojamentos.

Cada um dos esquadrões que participava do desfile recebia uma nota ao passar pelo camarote dos jurados onde um coronel presunçoso com um bigode enorme estava sentado ao lado de outros oficiais. O melhor esquadrão de cada unidade ganhava uma flâmula amarela num mastro absolutamente inútil. O melhor esquadrão da base ganhava uma flâmula vermelha num mastro maior e ainda mais inútil, já que o mastro era mais pesado e era basicamente um estorvo que o esquadrão precisava arrastar de um lado para o outro a semana toda até que outro esquadrão o conquistasse no domingo seguinte. Para Yossarian, a ideia de uma flâmula servir como prêmio era absurda. A flâmula não vinha acompanhada de dinheiro nem de privilégios de classe. Assim como no caso de medalhas olímpicas e troféus de tênis, o único significado que as flâmulas tinham era dizer que seu dono havia sido muito melhor que os outros em fazer algo que não trazia benefício para ninguém.

Os próprios desfiles pareciam igualmente absurdos. Yossarian detestava desfiles. Detestava ouvir desfiles, detestava ver desfiles, detestava ficar preso no trânsito por causa dos desfiles. Ele detestava ser obrigado a participar dos desfiles. Já era bem ruim ser um cadete da Força Aérea sem precisar ter que agir igual a um soldado no calor escaldante todo domingo à tarde. Era bem ruim ser um cadete da Força Aérea, porque àquela altura já era óbvio que a guerra não ia acabar antes de ele terminar o treinamento. Na verdade, esse tinha sido o único motivo para ele ter se apresentado como voluntário para ser cadete. Como um soldado que havia sido aprovado para treinamento como cadete da Força Aérea, ele tinha semanas e semanas de espera para ser incluído numa turma, mais semanas e semanas para se tornar um bombardeiro-navegador, outras semanas e semanas de treinamento operacional depois disso para se preparar para missões fora do país. Parecia inconcebível na época que a guerra pudesse durar tanto, porque Deus estava do lado dele, segundo disseram, e Deus, segundo também disseram, podia fazer o que Ele quisesse. Mas a guerra não estava nem perto de acabar e o treinamento dele estava quase completo.

O tenente Scheisskopf desejava desesperadamente vencer concursos de desfiles e ficava acordado boa parte da noite trabalhando nisso enquanto a esposa esperava por ele amorosamente na cama folheando Kraft-Ebbing para encontrar suas passagens prediletas. O tenente Scheisskopf lia livros sobre marchas. Manipulava soldadinhos de chocolate até que eles derretessem em suas mãos e depois manobrava doze colunas de caubóis de plástico que tinha encomendado pelo correio usando um nome falso e que durante o dia ficavam trancafiados longe dos olhos do mundo. Os exercícios de Leonardo sobre anatomia se revelaram indispensáveis. Numa noite ele sentiu a necessidade de um modelo vivo e deu ordens para que ela marchasse pelo quarto.

— Nua? — perguntou, esperançosa.

O tenente Scheisskopf tampou os olhos com as mãos, exasperado. Para desespero do tenente Scheisskopf, ele estava acorrentado a uma mulher incapaz de olhar além de seus desejos sexuais imundos, incapaz de mirar os esforços titânicos que homens nobres podiam heroicamente fazer para conquistar o inatingível.

— Por que você nunca me chicoteia? — perguntou ela fazendo beicinho uma noite.

— Porque não tenho tempo — disse ele, impaciente. — Não tenho tempo. Você não sabe que estamos no meio de um desfile?

E de fato não tinha tempo. O domingo estava logo ali, deixando apenas sete dias na semana para os preparativos do próximo desfile. Ele não tinha ideia de onde as horas iam parar. Acabar em último nos três últimos desfiles deixou o tenente Scheisskopf com uma reputação desagradável e ele estava cogitando todos os meios possíveis para obter resultados melhores, chegando a pensar inclusive a pregar os doze homens de cada fileira a uma longa viga de carvalho seco para mantê-los alinhados. O plano não era viável, pois fazer uma curva de noventa graus seria impossível sem que se implantasse nas costas de cada homem um encaixe de liga de níquel, e o tenente Scheisskopf não estava lá muito otimista com a possibilidade de obter essa quantidade de encaixes de liga de níquel com o almoxarife nem com a possibilidade de conseguir que os cirurgiões do hospital cooperassem.

Na semana depois de o tenente Scheisskopf seguir a recomendação de Clevinger e deixar que os homens elegessem seus próprios oficiais cadetes, o esquadrão conquistou a flâmula amarela. O tenente Scheisskopf ficou tão empolgado com a vitória inusitada que deu uma pancada com o mastro na cabeça da mulher quando ela tentou arrastá-lo para a cama para comemorar demonstrando o desprezo deles pelos costumes sexuais das classes médias baixas da civilização ocidental. Na semana seguinte, o esquadrão conquistou a flâmula vermelha, e o tenente Scheisskopf ficou em êxtase. E na semana posterior, o esquadrão dele fez história ao conquistar a flâmula vermelha por duas semanas consecutivas! Agora o tenente Scheisskopf tinha confiança suficiente nas tropas para revelar sua grande surpresa. O tenente Scheisskopf havia descoberto em suas profundas pesquisas que as mãos dos soldados em marcha, ao contrário de balançarem livremente, conforme dita a moda popular, jamais deveriam se afastar mais do que oito centímetros do centro da coxa, o que significava, na verdade, que elas mal deviam balançar, na verdade.

Os preparativos do tenente Scheisskopf foram complexos e clandestinos. Todos os cadetes de seu esquadrão juraram sigilo e ensaiaram na calada da noite no pátio auxiliar de desfiles. Eles marcharam numa escuridão completa e trombaram cegamente uns nos outros, mas não entraram em pânico, e estavam aprendendo a marchar sem balançar as mãos. A primeira ideia do tenente Scheisskopf tinha sido pedir a um amigo que trabalhava na oficina de metalurgia que implantasse pinos de liga de níquel no fêmur de cada homem e os prendesse aos pulsos deles usando pedaços de fio de cobre de exatos oito centímetros, mas não havia tempo — jamais havia tempo suficiente — e era difícil encontrar fio de cobre de qualidade em tempos de guerra. Ele também se lembrou de que os homens, assim limitados nos movimentos, não seriam capazes de cair de maneira apropriada durante a impressionante cerimônia dos desmaios que precedia a marcha e que uma incapacidade de desmaiar adequadamente poderia afetar a nota final do esquadrão.

E durante toda a semana ele frequentou o clube dos oficiais com um sorrisinho e uma felicidade reprimida. Entre os amigos mais próximos a especulação correu solta.

— O que será que aquele cabeça de cocô está inventando? — disse o tenente Engle.

O tenente Scheisskopf respondia com um sorriso de quem está ocultando algo às perguntas dos colegas.

— Você vai descobrir no domingo — prometia ele. — Você vai descobrir.

O tenente Scheisskopf revelou a surpresa épica naquele domingo com a autoconfiança de um diretor de cena experiente. Ele nada disse enquanto os outros esquadrões passavam marchando tortos como sempre pelo camarote dos jurados. Não falou nada nem mesmo quando as primeiras fileiras do próprio esquadrão apareceram no campo de visão com sua marcha sem balançar de braços e se ouviram os primeiros oficiais prendendo a respiração alarmados. Evitou comentar até o momento em que o coronel presunçoso com o bigode enorme começou a retorcê-lo loucamente com o rosto roxo, então ele deu a explicação que o imortalizou.

— Veja, coronel — anunciou ele. — Sem as mãos.

E para uma plateia paralisada e perplexa ele distribuiu fotocópias autenticadas da obscura normativa em que ele havia baseado seu inesquecível triunfo. Foi o grande momento do tenente Scheisskopf. Ele venceu o concurso, evidente, sem precisar mexer um dedo, conquistando a posse permanente da flâmula vermelha e acabando com os desfiles dominicais de uma vez por todas, já que achar boas flâmulas vermelhas durante a guerra era tão difícil quanto encontrar bons fios de cobre. O tenente

Scheisskopf foi promovido a primeiro-tenente Scheisskopf na hora e começou ali sua ascensão meteórica. Poucos eram os que não o saudavam como um gênio militar por sua importante descoberta.

— Aquele tenente Scheisskopf — observou o tenente Travels. — Ele é um gênio militar.

— É mesmo — concordou o tenente Engle. — Uma pena que o bobalhão não chicoteie a mulher.

— Não vejo o que chicotear a mulher tem a ver com isso — respondeu o tenente Travers com frieza. — O tenente Bemis chicoteia lindamente a Sra. Bemis toda vez que os dois têm relações sexuais e não vale um peido nos desfiles.

— Estou falando de flagelação — respondeu o tenente Engle. — Quem se importa com desfiles?

Na verdade, ninguém, à exceção do tenente Scheisskopf, se importava com os desfiles, muito menos o coronel presunçoso com o bigode enorme, que era presidente da corte marcial e começou a gritar com Clevinger assim que Clevinger entrou cautelosamente na sala para se declarar inocente em relação às acusações feitas contra ele pelo tenente Scheisskopf. O coronel bateu com o punho na mesa e machucou a mão e isso o deixou ainda mais furioso com Clevinger a ponto de ele bater com punho na mesa com mais força ainda e machucar a mão mais um pouco. O tenente Scheisskopf olhou para Clevinger com lábios cerrados, mortificado pela péssima impressão que Clevinger estava causando.

— Daqui a sessenta dias você vai lutar contra Billy Petrolle — rosnou o coronel com o bigode enorme. — E você acha que isso é uma grande piada.

— Não acho que seja uma piada, senhor — respondeu Clevinger.

— Não interrompa.

— Sim, senhor.

— E diga "senhor", quando interromper — ordenou o major Metcalf.

— Sim, senhor.

— Não acabei de dizer para não interromper? — perguntou o major Metcalf com frieza.

— Mas não interrompi, senhor — protestou Clevinger.

— Não. Também não disse "senhor". Acrescente isso às acusações contra ele — disse o major Metcalf para o cabo que fazia as anotações taquigráficas. — Não diz "senhor" aos superiores quando deixa de interrompê-los.

— Metcalf — disse o coronel —, você é uma besta, sabia?

O major Metcalf engoliu em seco com dificuldade.

— Sim, senhor.

— Então mantenha esse bico fechado. Você não faz sentido.

A corte marcial era composta por três membros: o coronel presunçoso com o bigode enorme, o tenente Scheisskopf e o major Metcalf, que estava tentando desenvolver um olhar de aço. Como membro da corte marcial, o tenente Scheisskopf era um dos juízes que iam decidir sobre o mérito da ação contra Clevinger apresentada pelo promotor. O tenente Scheisskopf também era o promotor. Clevinger tinha um oficial trabalhando em sua defesa. O oficial que fazia a defesa dele era o tenente Scheisskopf.

Era tudo muito confuso para Clevinger, que começou a tremer apavorado quando o coronel ficou de pé parecendo um arroto gigantesco e ameaçou esquartejar o corpo fedorento e covarde dele arrancando um membro de cada vez. Um dia ele tropeçou enquanto marchava para a aula; no outro dia ele foi formalmente acusado de "sair de formação, agressão criminosa, comportamento indiscriminado, desânimo, alta traição, provocação, ser um espertalhão, ouvir música clássica e assim por diante". Em resumo, lhe deram a maior punição possível, e ali estava ele, apavorado diante do coronel presunçoso, que rugiu outra vez que dentro de sessenta dias ele estaria lutando contra Billy Petrolle e perguntou o que achava da ideia de ser mandado para as ilhas Salomão para enterrar cadáveres. Clevinger respondeu com cortesia que era um tolo que preferia ser um cadáver a enterrar um. O coronel se sentou e se recostou, repentinamente calmo e cauteloso e obsequiosamente educado.

— O que você quis dizer — perguntou ele, devagar — quando falou que não podemos te punir?

— Quando, senhor?

— Eu faço as perguntas. Você responde.

— Sim, senhor. Eu...

— Acha que trouxemos você aqui para me fazer perguntas?

— Não, senhor. Eu...

— Por que trouxemos você aqui?

— Para responder perguntas.

— É isso mesmo — rugiu o coronel. — Agora vamos ver se você responde algumas perguntas antes que eu quebre a sua cara. O que você quis dizer, seu desgraçado, quando falou que não podemos te punir?

— Acho que eu nunca disse isso, senhor.

— Pode falar mais alto, por favor? Não ouvi o que você disse.

— Sim, senhor. Eu...

— Pode falar mais alto, por favor? Ele não ouviu o que você disse.

— Sim, senhor. Eu...

— Metcalf.

— Senhor?

— Não mandei você fechar o bico?

— Sim, senhor.

— Então mantenha esse bico burro fechado quando eu mandar, entendeu? Você pode falar mais alto, por favor? Não ouvi o que você disse.

— Sim, senhor. Eu...

— Metcalf, esse pé em que estou pisando é seu?

— Não, senhor. Deve ser o pé do tenente Scheisskopf.

— Não é o meu pé — disse o tenente Scheisskopf.

— Então vai ver que é o meu pé mesmo — disse o major Metcalf.

— Tire o pé daqui.

— Sim, senhor. O senhor precisa tirar o seu antes. Está em cima do meu.

— Você está mandando eu tirar o pé daqui?

— Não, senhor. Ah, não, senhor.

— Então tire o pé daqui e fique de bico fechado. Pode falar mais alto, por favor? Não ouvi o que você disse.

— Sim, senhor. Eu disse que eu não falei que vocês não podem me punir.

— Mas do que você está falando?

— Estou respondendo à sua pergunta, senhor.

— Qual pergunta?

— O que você quis dizer, seu desgraçado, quando falou que não podemos te punir? — disse o cabo que sabia fazer anotações taquigráficas, lendo a anotação no bloco.

— Muito bem — disse o coronel. — O que você quis dizer?

— Eu não disse que vocês não podem me punir, senhor.

— Quando? — perguntou o coronel.

— Quando o quê, senhor?

— Você voltou a me fazer perguntas.

— Desculpe, senhor. Receio não ter entendido a pergunta.

— Quando você não falou que não podemos te punir? Você não entende a minha pergunta?

— Não, senhor. Não entendo.

— Você acabou de dizer isso. Agora, por favor, responda à minha pergunta.

— Mas como eu vou responder?

— Você está me fazendo mais uma pergunta.

— Desculpe, senhor. Mas não sei como responder. Eu jamais falei que vocês não podem me punir.

— Você está informando quando disse isso. O que estou perguntando é quando você não disse isso.

Clevinger respirou fundo.

— Eu sempre não disse que vocês não podem me punir, senhor.

— Assim é muito melhor, Sr. Clevinger, embora seja uma mentira descarada. Na noite passada no banheiro. Você não sussurrou que não podemos te punir para aquele filho da puta safado que a gente não gosta? Como ele chama?

— Yossarian, senhor — disse o tenente Scheisskopf.

— Isso, Yossarian. Isso mesmo. Yossarian. Yossarian? É o nome dele esse? Yossarian? Que espécie de nome é Yossarian?

O tenente Scheisskopf conhecia muito bem os fatos.

— É o nome de Yossarian, senhor — explicou ele.

— Sim, suponho que seja. Você não sussurrou para Yossarian que não podemos te punir?

— Ah, não, senhor. Eu sussurrei para ele que vocês não teriam como me considerar culpado.

— Talvez eu seja burro — interrompeu o coronel —, mas a distinção me escapa. Acho que devo ser muito burro, porque a distinção me escapa.

— Q...

— Você é um puta de um tagarela, hein? Ninguém pediu esclarecimentos e você me vem com esclarecimentos. Eu estava fazendo uma afirmação, não estava pedindo esclarecimentos. Você é um puta de um tagarela, hein?

— Não, senhor.

— Não, senhor? Você está me chamando de mentiroso?

— Ah, não, senhor.

— Então você é um puta de um tagarela, não?

— Não, senhor.

— Você é um puta de um tagarela?

— Não, senhor.

— Mas que caralho, você está, *sim*, querendo arrumar briga. Por duas porcarias de moedas de um centavo eu pulava por cima dessa mesa imensa e esquartejava esse seu corpo fedorento e covarde arrancando um membro de cada vez.

— Faz isso! Faz isso! — gritou o major Metcalf.

— Metcalf, seu filho da puta fedorento. Não mandei você fechar essa porra desse bico burro e fedorento?

— Sim, senhor. Desculpe, senhor.

— Vamos ver se agora você fica quieto.

— Eu só estava tentando aprender, senhor. O único jeito de aprender algo é treinando.

— Quem disse?

— Todo mundo diz isso senhor. Inclusive o tenente Scheisskopf diz isso.

— Você diz isso?

— Sim, senhor — disse o tenente Scheisskopf. — Mas todo mundo diz isso.

— Muito bem, Metcalf, quem sabe se você tentar ficar com esse bico fechado numa dessas você aprende a fazer isso. Mas onde paramos? Leia para mim a última frase.

— Leia para mim a última frase — leu o cabo que sabia fazer anotações taquigráficas.

— Não a *minha* última frase — gritou o coronel. — A de outra pessoa.

— Leia para mim a última frase — leu o cabo.

— Essa foi a *minha* última frase de novo! — guinchou o coronel, ficando roxo de raiva.

— Ah, não, senhor — corrigiu o cabo. — Essa foi a minha última frase. Eu li para o senhor agorinha mesmo. O senhor não lembra? Foi agorinha.

— Ai, meu Deus! Leia a última frase *dele*, sua anta. Aliás, como ele chama mesmo?

— Popinjay, senhor.

— Muito bem, você é o próximo, Popinjay. Assim que esse julgamento acabar, começa o seu. Entendeu?

— Sim, senhor. Quais acusações vou enfrentar?

— Que diferença isso faz? Você ouviu o que ele me perguntou? Você vai aprender, Popinjay... Assim que a gente acabar com Clevinger você vai ver. Cadete Clevinger, o que você... Você é o cadete Clevinger, certo? Não é o Popinjay?

— Sim, senhor.

— Ótimo. O que você...

— Popinjay sou eu, senhor.

— Popinjay, o seu pai é milionário ou membro do Senado?

— Não, senhor.

— Então você está num puta rio de merda, Popinjay, e sem remo. Ele não é general nem alguém do alto escalão do governo, é?

— Não, senhor.

— Ótimo. O que o seu pai faz?

— Ele está morto, senhor.

— Muito bom. Você está mesmo no rio de merda, Popinjay. Popinjay é o seu nome mesmo? Que espécie de nome é Popinjay? Não gosto desse nome.

— É o nome de Popinjay, senhor — explicou o tenente Scheisskopf.

— Certo, não gosto desse nome, Popinjay, e mal posso esperar para esquartejar o seu corpo fedorento e covarde arrancando um membro de cada vez. Cadete Clevinger, você pode, por favor, repetir o que sussurrou ou não sussurrou para Yossarian ontem à noite no banheiro?

— Sim, senhor. Eu falei que vocês não teriam como me considerar culpado.

— Vamos recomeçar daqui. O que exatamente você quis dizer, cadete Clevinger, quando falou que nós não teríamos como te considerar culpado?

— Eu não falei que vocês não poderiam me considerar culpado, senhor.

— Quando?

— Quando o quê, senhor?

— Puta que pariu, vai começar a me interrogar de novo?

— Não, senhor. Desculpe, senhor.

— Então responda à pergunta. Quando você não disse que nós não poderíamos te considerar culpado?

— Ontem à noite no banheiro, senhor.

— Foi a única vez que você não falou isso?

— Não, senhor. Eu sempre não falei que vocês não poderiam me considerar culpado, senhor. O que eu falei para o Yossarian foi...

— Ninguém perguntou o que você falou ou não falou para Yossarian. Não estamos nem um pouco interessados no que você falou para Yossarian. Está claro?

— Sim, senhor.

— Então vamos em frente. O que você falou para Yossarian.

— Eu falei para ele, senhor, que vocês não teriam como me considerar culpado das acusações que foram feitas contra mim e ao mesmo tempo continuar leais à causa da...

— Qual causa? Você está murmurando. Pare de murmurar.

— Sim, senhor.

— E murmure "senhor", quando murmurar. Metcalf, seu desgraçado!

— Sim, senhor — murmurou Clevinger. — Da justiça, senhor. Que vocês não podiam me considerar...

— Justiça? — O coronel estava perplexo. — O que é justiça?

— A justiça, senhor...

— Justiça não é isso — zombou o coronel e começou a bater de novo na mesa com sua mão gorda e grande. — Isso é o que Karl Marx é. Vou te contar o que é justiça. Justiça é uma joelhada no saco vinda do chão no queixo de noite com uma faca apontada para o paiol de um navio de guerra encurralado no escuro sem uma palavra de aviso. Garrote. Isso é justiça quando todos nós temos que ser fortes e duros o suficiente para lutar contra Billy Petrolle. Sem nem pensar. Entendeu?

— Não, senhor.

— Não vem com essa de me chamar de senhor!

— Sim, senhor.

— E diga "senhor" quando fizer isso — ordenou o major Metcalf.

Clevinger era culpado, claro, ou eles jamais teriam feito uma acusação contra ele, e como o único modo de provar isso era condená-lo, era dever patriótico deles fazer isso. Ele foi condenado a completar cinquenta e sete voltas de punição. Popinjay foi preso para aprender uma lição, e o major Metcalf foi enviado para as ilhas Salomão para enterrar cadáveres. Uma volta de punição para Clevinger eram cinquenta minutos de um fim de semana que ele passava andando para lá e para cá diante do prédio do comandante do policiamento com um fuzil descarregado que pesava uma tonelada no ombro.

Era tudo muito confuso para Clevinger. Havia muita coisa esquisita acontecendo, mas a mais esquisita de todas, para Clevinger, era o ódio, o ódio brutal, mal disfarçado, implacável dos membros da corte marcial, cobrindo as expressões inclementes com uma camada dura de vingança, com os olhos semicerrados brilhando malignamente, como brasas inextinguíveis. Clevinger ficou chocado ao descobrir isso. Se pudessem, eles teriam partido para o linchamento puro e simples. Eles eram três adultos e ele era um garoto, e eles o odiavam e o queriam morto. Eles já odiavam Clevinger antes de ele chegar, odiaram enquanto ele esteve lá, odiaram depois que ele saiu, levaram o ódio que sentiam por ele malignamente como se fosse um tesouro amado depois que se separaram uns dos outros e caminharam cada um rumo à própria solidão.

Yossarian tinha feito o seu melhor para alertá-lo na noite anterior.

— Você não tem a menor chance, menino — disse ele, melancólico. — Eles odeiam judeus.

— Mas eu não sou judeu — respondeu Clevinger.

— Não vai fazer diferença — prometeu Yossarian, e Yossarian tinha razão. — Eles querem pegar todo mundo.

Clevinger recuou diante do ódio deles como recuaria diante de uma luz ofuscante. Esses três homens que o odiavam falavam a língua dele e usavam uma farda igual à dele, mas ele viu os rostos desprovidos de amor imutavelmente marcados por traços espasmódicos e maus de hostilidade e entendeu de pronto que em nenhum lugar do mundo, nem em todos os tanques ou aviões ou submarinos dos fascistas, nem nos bunkers por trás das metralhadoras ou nos morteiros ou por trás dos lança-chamas incendiários, nem mesmo entre os artilheiros experientes da Divisão Antiaérea Hermann Goering ou entre os macabros seres que eram coniventes com tudo aquilo nas cervejarias de Munique ou em nenhum outro lugar, haveria homens que o odiassem mais.

9
MAJOR MAJOR MAJOR MAJOR

Desde o começo as coisas foram difíceis para o major Major Major Major. Assim como Miniver Cheevy, ele tinha nascido tarde demais — exatas trinta e seis horas tarde demais para o bem-estar físico da mãe, uma mulher delicada e de saúde frágil que, depois de um dia e meio de agonia enfrentando os rigores do parto, viu-se privada de qualquer força de vontade para levar adiante a discussão sobre o nome do bebê. No corredor do hospital, o marido andou com a determinação séria de quem sabe o que está fazendo. O pai do major Major era um homem alto e magro de sapatos pesados e terno de lã preta. Ele preencheu a certidão de nascimento sem hesitar, e não demonstrou qualquer emoção enquanto entregava o formulário preenchido para a enfermeira do posto. A enfermeira pegou o papel sem comentar e desapareceu. Ele ficou vendo a mulher se afastar, imaginando o que ela estava vestindo por baixo.

Ao voltar para a enfermaria, ele encontrou a esposa deitada sem força debaixo da coberta como um vegetal velho e ressequido, encarquilhado, seco e branco, os tecidos debilitados totalmente imóveis. A cama dela ficava bem no fim da enfermaria, perto de uma janela rachada coberta por uma camada de sujeira. A chuva caía de um céu turvo e o dia era triste e frio. Em outras partes do hospital de paredes brancas, pessoas com lábios envelhecidos e roxos morriam de acordo com o cronograma. O homem parou de pé ao lado da cama e olhou para a mulher deitada por um longo tempo.

— Registrei o menino como Caleb — anunciou ele enfim falando baixinho. — Como você quis.

A mulher não respondeu e, lentamente, o homem sorriu. Ele tinha planejado tudo com perfeição, pois a esposa estava dormindo e jamais saberia que ele mentiu para ela enquanto ela estava no leito da enfermaria miserável do hospital local.

Esse começo modesto foi a origem do ineficiente comandante de esquadrão que hoje passava boa parte dos dias úteis em Pianosa falsificando o nome de Washington Irving em documentos oficiais. O major Major fazia as falsificações com diligência, usando a mão esquerda para dificultar a identificação, protegido contra intromissões por sua autoridade indesejada e camuflado com seu bigode falso e óculos escuros que serviam como proteção adicional para que ele não fosse reconhecido caso alguém bisbilhotasse pela deselegante janela de celuloide da qual algum larápio tinha roubado uma tira. Entre esses dois pontos baixos do nascimento e do sucesso, havia trinta e um solitários anos de tristeza e frustração.

O major Major nasceu tarde demais e medíocre demais. Há homens que nascem medíocres, outros conquistam a mediocridade e há aqueles sobre os quais a mediocridade é despejada. No caso do major Major, aconteceram as três coisas. Mesmo entre homens sem qualquer distinção, ele se destacava como aquele que menos distinção tinha e as pessoas que o conheciam sempre ficavam impressionadas por ele não lhes causar impressão nenhuma.

O major Major já tinha três gols contra si desde o começo: a mãe, o pai e Henry Fonda, com quem ele tinha uma bizarra semelhança desde que nasceu. Muito antes de sequer suspeitar quem era Henry Fonda, ele se via sujeito a comparações pouco lisonjeiras aonde quer que fosse. Completos desconhecidos se achavam no direito de falar mal dele e como resultado desde cedo ele se sentia culpado e tinha medo das pessoas, a sensação de inferioridade levou a um impulso de pedir desculpas à sociedade pelo fato de que ele não era Henry Fonda. Não era fácil viver parecendo alguém como Henry Fonda, mas em nenhum momento ele pensou em desistir, tendo herdado a perseverança do pai, um sujeito magro e com senso de humor.

O pai do major Major era um homem sóbrio e temente a Deus cuja ideia de boa piada era mentir sobre a idade. Ele era um agricultor de pernas e braços longos, um austero individualista temente a Deus, amante da liberdade, cumpridor dos seus deveres e que afirmava que qualquer auxílio federal, exceto aquele dado aos agricultores, era o começo do socialismo. Ele achava que era preciso gastar pouco, trabalhar muito e não gostava de mulheres dissolutas que não queriam nada com ele. A especialidade dele era a alfafa, e ele tirava proveito do fato de cultivar zero alfafa. O governo pagava bem por cada fardo de alfafa que ele não cultivava. Quanto mais alfafa ele não cultivava, mais o governo pagava a ele, e ele usava cada centavo que ganhava sem o mínimo suor do rosto para comprar mais terras e aumentar a quantidade de alfafa que não produzia. O pai do major Major trabalhava sem parar não cultivando alfafa. Nas longas noites de inverno, ele ficava dentro de casa e não consertava os arreios, e pulava da cama ao nascer do meio-dia só para ter certeza de que as tarefas não seriam cumpridas. Ele tomou boas decisões nas compras de terras e em pouco tempo estava deixando de cultivar mais alfafa que qualquer outro fazendeiro da região. Os vizinhos se aconselhavam com ele sobre todo tipo de assunto, pois ele tinha ganhado mais dinheiro e, portanto, era o mais sábio.

— Você colhe aquilo que planta — era o conselho que ele sempre dava, e todos respondiam com um "Amém".

O pai do major Major era um conhecido defensor de um governo que gastasse pouco, desde que isso não interferisse no sagrado dever do governo de pagar o máximo possível aos fazendeiros pela alfafa que eles produziam e que ninguém mais queria ou por deixar de produzir alfafa. Era um homem orgulhoso e independente que se opunha ao seguro-desemprego e que jamais hesitou em reclamar, choramingar, bajular e extorquir para conseguir tudo que pudesse de quem quer que fosse. Era um homem devoto cujo púlpito estava em todo lugar.

— O Senhor deu a nós, bons produtores rurais, duas mãos fortes para que pudéssemos pegar o máximo possível com elas — pregava ele com ardor nas escadarias do tribunal ou em frente à A&P enquanto esperava que a jovem caixa mal-humorada mascando chicletes em que estava de olho saísse e olhasse feio para ele. — Se o Senhor não quisesse que nós pegássemos tudo o que fosse possível — pregava —, Ele não teria nos dado duas mãos boas para isso. — E os outros murmuravam: "Amém."

O pai do major Major tinha uma fé calvinista na predestinação e era capaz de perceber com nitidez como as desventuras de todas as outras pessoas, exceto as dele, eram expressões da vontade divina. Ele fumava cigarro e bebia uísque, adorava frases inteligentes e uma conversa intelectual estimulante, principalmente a conversa dele quando estava mentindo sobre a idade ou contando aquela história ótima sobre Deus e as dificuldades que a esposa enfrentou no parto do major Major. Aquela história ótima sobre Deus e as dificuldades que a esposa enfrentou no parto do major Major tinha a ver com o fato de que Deus só precisou de seis dias para produzir o mundo inteiro, mas a esposa passou um dia e meio no parto para produzir o major Major. Um homem de menor estatura talvez tivesse hesitado naquele dia no corredor do hospital, um homem mais fraco talvez tivesse aceitado substitutos excelentes como Major da Banda, Major Menor, Sargento-Major ou Dó Sustenido Major, mas o pai do major Major tinha esperado catorze anos por aquela oportunidade e não era o tipo de pessoa que ia perder a chance. O pai do major Major tinha uma boa piada sobre oportunidade. "A oportunidade só bate uma vez à porta", dizia. O pai do major Major repetia essa boa piada sempre que tinha a oportunidade.

Ter nascido com uma semelhança bizarra com Henry Fonda foi a primeira de uma série de pegadinhas que o destino faria para tornar o major Major uma desafortunada vítima ao longo de sua triste vida. Ter nascido Major Major Major foi a segunda. O fato de que ele havia nascido como Major Major Major era um segredo que apenas seu pai conhecia. Só quando o major Major foi matriculado no jardim de infância o segredo de seu verdadeiro nome foi revelado, e os efeitos foram desastrosos. A notícia matou sua mãe, que simplesmente perdeu a vontade de viver, murchou e morreu, algo que o pai dele achou até bom, porque ele tinha decidido casar com a garota mal-humorada da A&P se fosse preciso e não via com muito otimismo a possibilidade de tirar a esposa de cena sem precisar dar algum dinheiro a ela ou ter de espancá-la.

Para o major Major as consequências foram apenas ligeiramente menos severas. Foi uma descoberta dura e chocante imposta a ele na mais tenra idade, a descoberta de que ele não era, como sempre tinha sido induzido a crer, Caleb Major, e que, em vez disso, era um perfeito desconhecido chamado Major Major Major sobre o qual não sabia absolutamente nada e de quem nunca jamais tinha ouvido falar. Ele se afastou e jamais voltou a se aproximar de alguns amiguinhos, porque eles se mostraram sem disposição para confiar em desconhecidos, ainda mais um desconhecido que já os havia enganado fingindo ser alguém que eles conheciam havia anos. Ninguém queria nada com ele. Ele passou a derrubar coisas e tropeçar. Tinha um jeito tímido e esperançoso em todo novo contato, e ele sempre saía decepcionado. Por precisar tão desesperadamente de um amigo, jamais conseguiu encontrar um. Cresceu desajeitado e se tornou um menino alto, estranho, sonhador com olhos frágeis e uma boca muito delicada cujo sorriso pouco confiante, hesitante, degenerava imediatamente num caos doloroso a cada nova rejeição.

Ele era educado com os mais velhos, que não gostavam dele. Tudo que os mais velhos mandavam, ele fazia. Diziam para olhar para os lados antes de atravessar e ele olhava para os lados antes de atravessar. Diziam para ele não deixar para amanhã o que podia ser feito hoje e ele jamais procrastinava. Disseram para ele honrar pai e mãe e ele honrava pai e mãe. Disseram para não matar e ele não matava, até entrar no Exército. Aí disseram que era para matar e ele matou. Ele sempre oferecia a outra face e sempre fazia para os outros exatamente aquilo que desejava que fizessem por ele. Quando doava para a caridade, a mão esquerda jamais sabia o que a direita estava fazendo. Jamais usou o nome do Senhor em vão, cometeu adultério ou cobiçou o jumento do próximo. Na verdade, ele amava o próximo e jamais deu falso testemunho contra ele. Os mais velhos não gostavam do major Major por ele estar tão claramente fora dos padrões.

Já que não tinha mais nada em que se sair bem, ele se saiu bem na escola. Na universidade pública, levou os estudos a sério a ponto de os homossexuais desconfiarem que ele era comunista e de os comunistas desconfiarem que ele era homossexual. Ele se formou em língua inglesa, o que foi um erro.

— Língua *inglesa*! — rugiu, indignado, um senador grisalho do estado dele. — Qual é o problema com a língua americana? A língua americana é tão boa quanto qualquer língua do mundo!

O major Major imediatamente mudou os estudos para literatura americana, mas a essa altura o FBI já havia iniciado uma investigação sobre ele. Havia seis pessoas e um terrier escocês na remota casa da fazenda que o major Major chamava de lar, e desses, cinco pessoas e o terrier escocês eram agentes do FBI. Não demorou para que eles tivessem informações comprometedoras o suficiente sobre o major Major para fazer o que bem quisessem com ele. A única coisa em que conseguiram pensar em fazer com ele, no entanto, foi alistá-lo no Exército como recruta e promovê-lo a major quatro dias mais tarde para que congressistas sem nenhum outro assunto na cabeça pudessem andar de um lado para outro pelas ruas de Washington, D.C., perguntando: "Quem promoveu o major Major? Quem promoveu o major Major?"

Na verdade, o major Major havia sido promovido por uma máquina da IBM com um senso de humor quase tão afiado quanto o do pai dele. Quando a guerra começou, ele ainda era dócil e obediente. Disseram que ele devia se alistar e ele se alistou. Disseram que ele devia se inscrever no treino para cadete da aviação e ele se inscreveu no treino para cadete da aviação, e já na noite imediatamente posterior ao alistamento ele se viu parado de pé, descalço, na lama gelada, às três da manhã, diante de um sargento durão e beligerante do sudoeste do país que disse para os cadetes que ele podia encher qualquer um do seu esquadrão de porrada e que estava disposto a provar isso. Os recrutas do esquadrão tinham acabado de ser tirados na marra da cama minutos antes pelos cabos que respondiam ao sargento e receberam ordens para formar em frente à tenda da administração. Ainda chovia na cabeça do major Major. Os recrutas entraram em formação com as roupas de civis com que tinham chegado ao Exército três dias antes. Os que ficaram para trás para calçar sapatos e meias receberam ordens de voltar para suas barracas escuras, úmidas e frias e tirar tudo, e todos eles ficaram descalços na lama enquanto o sargento corria o olhar duro pelos rostos deles e dizia que podia encher de porrada qualquer um do seu esquadrão. Ninguém estava disposto a contestar.

A inesperada promoção do major Major a major no dia seguinte mergulhou o beligerante sargento em uma tristeza sem fim, porque agora ele não tinha mais como dizer que podia encher de porrada qualquer um do seu esquadrão. Ele refletiu por horas em sua barraca como Saul, sem receber visitas, enquanto os cabos de sua tropa de elite montavam guarda do lado de fora. Às três da manhã, ele encontrou a solução, e o major Major, junto com os outros recrutas, foram mais uma vez acordados na marra e receberam ordens de se reunir descalços no clarão chuvoso diante da tenda da administração, onde o sargento já estava à espera, arrogante, com os punhos cerrados nos quadris, tão ansioso para falar que mal podia esperar todos chegarem.

— Eu e o major Major — gabou-se ele com o mesmo tom rude e as sílabas marcadas da noite anterior — podemos encher de porrada qualquer um do meu esquadrão.

Os oficiais da base começaram a trabalhar no problema do major Major ainda naquele dia. Como eles podiam lidar com um major como o major Major? Humilhá-lo pessoalmente equivaleria a humilhar todos os outros oficiais de mesma patente ou patentes inferiores. Tratá-lo com cortesia, por outro lado, era inimaginável. Por sorte, o major Major havia se inscrito no treinamento para cadete de aviação. As ordens para a transferência dele foram enviadas no fim da tarde para a sala de mimeografia, e às três da manhã o major Major foi tirado na marra da cama de novo, o sargento se despediu dele e ele foi colocado num avião rumo ao oeste.

O tenente Scheisskopf ficou branco como papel quando o major Major se apresentou a ele na Califórnia descalço e com lama entre os dedos dos pés. O major Major tinha certeza de que ia ser acordado na marra de novo para ficar de pé na lama e deixou os sapatos e as meias na barraca. Os trajes civis com os quais ele se apresentou para o serviço ao tenente Scheisskopf estavam amarrotados e sujos. O tenente Scheisskopf, que ainda não tinha construído sua reputação como mestre dos desfiles, tremeu violentamente diante da imagem do major Major marchando descalço em seu esquadrão no domingo seguinte.

— Vá rápido para o hospital — murmurou ele depois de se recuperar o suficiente para falar — e diga que você está doente. Fique lá até receber o dinheiro para as fardas e poder comprar roupas. E sapatos. Compre sapatos.

— Sim, senhor.

— Acho que você não precisa me chamar de "senhor", senhor — ressaltou o tenente Scheisskopf. — A sua patente é superior à minha.

— Sim, senhor. Talvez seja, senhor, mas o senhor é meu comandante.

— Sim, senhor, é verdade — concordou o tenente Scheisskopf. — A sua patente pode ser superior à minha, senhor, mas sou o seu comandante. Portanto é melhor o senhor fazer o que eu mandar ou vai ter problemas. Vá ao hospital e diga que está doente, senhor. Fique lá até receber o dinheiro para a sua farda e o senhor poder comprar fardas.

— Sim, senhor.

— E sapatos, senhor. Compre sapatos assim que tiver a chance, senhor.

— Sim, senhor. Vou fazer isso, senhor.

— Obrigado, senhor.

A vida na escola de cadetes para o major Major não era diferente da vida que ele tinha levado até então. A pessoa com quem ele estava sempre preferia que ele estivesse com outra pessoa. Os instrutores deram tratamento preferencial a ele para fazer com que ele terminasse tudo logo, para se verem livres dele. Não demorou quase nada para que ele recebesse seu distintivo de aviador e se visse fora do país, onde as coisas de repente começaram a melhorar. Durante toda a sua vida, o major Major só quis uma coisa, que era ser assimilado, e em Pianosa, por um tempo, isso enfim aconteceu. A patente significava pouco para os homens em combate, e as relações entre os oficiais e os praças eram descontraídas e informais. Homens que ele nem conhecia davam "Oi" e o convidavam para nadar ou jogar basquete. Os melhores momentos eram os que ele passava nos jogos de basquete que duravam o dia todo e em que ninguém dava a mínima para saber quem estava ganhando. Ninguém sabia o placar, e o número de jogadores podia variar entre um e trinta e cinco. O major Major nunca tinha jogado basquete nem qualquer outro esporte antes, mas sua estatura sacolejante e o entusiasmo que beirava o êxtase ajudavam a compensar a falta de jeito inata e a falta de experiência. O major Major encontrou a verdadeira felicidade ali na quadra torta de basquete com os oficiais e os praças que eram quase seus amigos. Se não havia vencedores, não havia perdedores, e o major Major aproveitou cada minuto até o dia em que o coronel Cathcart gritou do jipe depois que o major Duluth foi morto acabando com a possibilidade de ele se divertir jogando basquete ali de novo.

— Você é o novo comandante do esquadrão — havia gritado o coronel Cathcart rudemente para ele do outro lado do trilho do trem. — Mas não vá ficar achando que isso quer dizer alguma coisa, porque não quer. Só quer dizer que você é o novo comandante do esquadrão.

O coronel Cathcart havia nutrido por muito tempo um rancor implacável contra o major Major. Um major supérfluo em seus quadros significava um organograma bagunçado e dava munição para os homens do 27º Grupamento da Força Aérea, que o coronel Cathcart tinha certeza de que eram seus inimigos e rivais. O coronel Cathcart vinha rezando para algum golpe de sorte como a morte do major Duluth. Ele carregava o fardo de um major extra; agora ele tinha uma vaga para um major. Ele nomeou o major Major comandante do esquadrão e saiu a toda no seu jipe do mesmo modo como tinha chegado.

Para o major Major, aquilo significou fim de jogo. O rosto dele foi tomado pelo desconforto e ele ficou parado no lugar sem conseguir acreditar enquanto as nuvens de chuva se reuniam de novo sobre sua cabeça. Quando ele se virou para os companheiros de time, deu de cara com uma barreira de rostos curiosos, reflexivos, todos olhando para ele inertes com uma animosidade lenta e inescrutável. Ele tremeu de vergonha. Quando o jogo recomeçou, já não era a mesma coisa. Se ele driblava, ninguém tentava tomar a bola; se ele pedia um passe, todo mundo passava para ele; e, quando ele errou um arremesso, ninguém correu para pegar o rebote. A única voz era a dele. No dia seguinte foi a mesma coisa, e no outro dia ele não voltou.

Quase como se tivessem combinado, todo mundo no esquadrão parou de falar com ele e todos começaram a encará-lo. Ele vivia constrangido com olhos baixos e o rosto em chamas e era objeto de desprezo, inveja, desconfiança, ressentimento e insinuações maliciosas aonde quer que fosse. Pessoas que mal tinham percebido a semelhança dele com Henry Fonda agora não falavam de outra coisa, e havia quem fizesse a insinuação sinistra de que o major Major tinha sido promovido a comandante do esquadrão *porque* era parecido com Henry Fonda. O capitão Black, que queria o cargo, dizia que na verdade o major Major *era* o Henry Fonda e só era covarde demais para admitir.

O major Major cambaleava aturdido de uma catástrofe constrangedora para outra. Sem consultá-lo, o sargento Towser mandou colocar os pertences dele no trailer espaçoso que o major Duluth ocupava sozinho, e, quando o major Major chegou arfando ao posto de comando para relatar o roubo das suas coisas, o jovem cabo quase o matou de susto se erguendo de repente da cadeira e gritando "Sentido!" quando ele apareceu. O major Major fez posição de sentido junto com todo mundo no posto de comando, imaginando quem era o figurão que tinha entrado depois dele. Minutos se passaram em completo silêncio, e eles podiam ter ficado todos ali em posição de sentido até o Juízo Final caso o major Danby não passasse ali vindo do grupamento para congratular o major Major vinte minutos depois e dado ordem para que eles descansassem.

O major Major teve um desempenho ainda mais lamentável no refeitório, onde Milo, todo sorridente, estava à espera para orgulhosamente conduzi-lo a uma mesinha que tinha posto na frente e decorado com uma toalha bordada e um arranjo de flores num vaso de cristal. O major Major recuou horrorizado, mas não teve coragem para resistir com todo mundo olhando. Até Havermeyer levantou a cabeça do prato para olhar para ele com seu queixo pesado e pendente. O major Major se sujeitou mansamente aos empurrões de Milo e ficou em sua mesinha privada num acanhamento vexado durante toda a refeição. A comida parecia cinzas em sua boca, mas ele engoliu tudo, ao invés de correr o risco de ofender algum dos homens envolvidos no preparo. A sós com Milo mais tarde, o major Major se sentiu pela primeira vez à vontade de protestar e disse que preferia continuar comendo com os outros oficiais. Milo disse que não ia funcionar.

— Não vejo o que pode não funcionar — argumentou o major Major. — Nunca teve problema nenhum antes.

— Antes o senhor não era comandante do esquadrão.

— O major Duluth era o comandante do esquadrão e sempre comeu na mesma mesa que os outros.

— No caso do major Duluth era diferente.

— Qual era a diferença no caso do major Duluth?

— Eu preferiria que o senhor não me perguntasse, senhor — disse Milo.

— É porque eu pareço o Henry Fonda? — perguntou o major Major depois de tomar coragem.

— Tem gente dizendo que o senhor *é* o Henry Fonda — respondeu Milo.

— Bom, eu não sou o Henry Fonda! — exclamou o major Major, a voz trêmula de exasperação. — E não pareço nem um pouco com ele. E, mesmo se parecesse o Henry Fonda, que diferença isso faz?

— Não faz diferença nenhuma. É isso que estou tentando dizer, senhor. Simplesmente o seu caso não é igual ao do major Duluth.

E simplesmente não era a mesma coisa, pois, quando o major Major, na refeição seguinte, se afastou do balcão e foi se sentar com os outros nas mesas comuns, acabou congelando no meio do caminho diante da impenetrável muralha de antagonismo formada pelos rostos deles e ficou ali petrificado com sua bandeja tremendo nas mãos até que Milo correu sem dizer nada para resgatá-lo, levando-o sem nenhuma resistência até a mesa particular. O major Major desistiu depois disso e sempre comeu à sua mesa sozinho de costas para os outros. Tinha certeza de que se ressentiam dele, porque ele parecia se achar bom demais para comer com os outros agora que era comandante do esquadrão. Ninguém jamais conversava no refeitório enquanto o major Major estava presente. Ele tinha consciência de que outros oficiais tentavam evitar comer ao mesmo tempo que ele e todos sentiram grande alívio quando ele parou de frequentar o refeitório e passou a fazer suas refeições no trailer.

O major Major começou a falsificar a assinatura de Washington Irving em documentos oficiais um dia depois de o oficial da corregedoria ter aparecido para interrogá-lo sobre alguém no hospital que estava fazendo isso, o que acabou lhe dando a ideia. Ele estava entediado e chateado com a nova posição. Promovido a comandante do esquadrão, ele não tinha ideia do que devia fazer como comandante do esquadrão, a não ser que a única coisa que ele devesse fazer fosse falsificar a assinatura de Washington Irving em documentos oficiais e ouvir os tinidos e os baques das ferraduras do major ——— de Coverley caindo no chão do outro lado da janela em sua pequena sala nos fundos do posto de comando. Era assombrado sem parar pela impressão de que havia tarefas vitais que não estavam sendo realizadas e, em vão, esperava que um dia subitamente se desse conta de suas responsabilidades. Era raro sair, a não ser que fosse absolutamente necessário, pois não conseguia se acostumar com os olhares. De tempos em tempos, a monotonia era quebrada por algum oficial ou praça que o sargento Towser mandava falar com ele sobre algum assunto com o qual o major Major não sabia como lidar, mandando o sujeito de novo para que o sargento Towser tomasse alguma decisão sensata. Seja lá o que devesse fazer como comandante do esquadrão, isso aparentemente estava sendo feito sem a menor ajuda dele. Ficou mal-humorado e deprimido. Por vezes, pensou seriamente em levar todas as suas mágoas ao capelão, mas o capelão parecia tão sobrecarregado com as próprias desgraças que o major Major preferiu não aumentar ainda mais o fardo dele. Além do mais, não sabia bem se capelães atendiam comandantes de esquadrão.

Ele nunca entendeu muito bem também o major ——— de Coverley, que, quando não estava fora alugando apartamentos ou raptando trabalhadores estrangeiros, não tinha nada mais urgente para fazer além de ficar arremessando ferraduras. Era comum que o major Major prestasse muita atenção às ferraduras caindo suavemente na terra ou deslizando pelas pequenas estacas de aço no chão. Ele observava o major ——— de Coverley por horas e ficava espantado por alguém tão grandioso não ter nada mais importante para fazer. Com frequência se sentia tentado a jogar com o major ——— de Coverley, mas jogar ferraduras o dia todo parecia tão chato quanto assinar "Major Major Major" em documentos oficiais, e o semblante do major ——— de Coverley era tão ameaçador que o major Major tinha medo de se aproximar dele.

O major Major refletia sobre o seu relacionamento com o major ——— de Coverley e sobre o relacionamento do major ——— de Coverley com ele. Sabia que o major ——— de Coverley era seu oficial executivo, mas não sabia o que isso significava, e não conseguia decidir se com o major ——— de Coverley ele tinha sido abençoado com um superior leniente ou amaldiçoado com um subordinado delinquente. Não queria perguntar para o sargento Towser, de quem sentia medo em segredo, e não havia mais ninguém a quem pudesse perguntar, muito menos para o major ——— de Coverley. Poucas pessoas ousavam abordar o major ——— de Coverley para tratar do que fosse e o único oficial tolo o bastante para jogar uma das ferraduras dele foi acometido no dia seguinte pelo pior caso de piriri-pianosana que Gus ou Wes ou mesmo Doc Daneeka já tinham visto ou ouvido falar. Todo mundo tinha certeza de que o oficial contraiu a doença por vingança do major ——— de Coverley, embora ninguém soubesse ao certo como.

A maior parte dos documentos oficiais que chegavam à mesa do major Major não lhe dizia respeito. A imensa maioria eram alusões a comunicados anteriores que o major Major nunca tinha visto e dos quais jamais ouvira falar. Nunca havia necessidade de ver aquilo, pois as instruções invariavelmente eram para desconsiderar. No espaço de um único minuto produtivo, portanto, ele podia pôr seu visto em vinte documentos diferentes, cada um aconselhando-o a não dar a menor atenção aos outros. Do gabinete do general Peckem, no continente, vinham prolixos boletins, sempre tendo no cabeçalho homilias alegres como "A procrastinação é a ladra do tempo" e "A arrumação é uma espécie de oração".

Os comunicados do general Peckem sobre asseio e procrastinação faziam o major Major se sentir um imundo procrastinador e ele sempre se livrava das mensagens o mais rápido possível. Os únicos documentos oficiais que interessavam a ele eram aqueles ocasionais pertencentes ao infeliz segundo-tenente que tinha sido morto na missão sobre Orvieto menos de duas horas depois de ter chegado a Pianosa e cuja bagagem, que em parte continuava intocada, seguia na barraca de Yossarian. Como o infeliz tenente havia se apresentado na tenda de operações e não no posto de comando, o sargento Towser decidiu que seria mais seguro informar que ele jamais havia se apresentado ao esquadrão e os documentos ocasionais relativos a ele tinham a ver com o fato de que ele parecia simplesmente ter desaparecido no vácuo, o que, em certo sentido, foi exatamente o que aconteceu com ele. No longo prazo, o major Major passou a ser grato pelos documentos que iam parar na mesa dele, porque ficar sentado no gabinete assinando papéis o dia inteiro era muito melhor do que ficar sentado o dia inteiro no gabinete sem assinar nada. Os documentos davam a ele algo para fazer.

Inevitavelmente, todo documento assinado por ele voltava com uma folha extra acrescentada para uma nova assinatura depois de intervalos que variavam entre dois e dez dias. Os documentos sempre chegavam muito mais robustos, pois entre a última folha com a assinatura dele e a folha acrescentada para sua nova assinatura estavam as folhas com todas as assinaturas mais recentes de todos os demais oficiais em locais esparsos que também se ocuparam de assinar seus nomes naquele mesmo documento oficial. O major Major desanimava ao ver simples comunicados aumentando prodigiosamente até se transformarem em imensos manuscritos. Não importava quantas vezes assinasse um papel, ele sempre voltava para outra assinatura, e ele começou a perder a esperança de que um dia se veria livre de algum daqueles documentos. Um dia — foi um dia depois da primeira visita do oficial da corregedoria —, o major Major assinou o nome de Washington Irving num dos documentos em vez de seu nome, só para ver qual seria a sensação. Ele gostou. Gostou tanto que pelo resto da tarde fez o mesmo com todos os documentos. Era um ato de impulsiva frivolidade e rebeldia pelo qual ele sabia que acabaria sendo punido com severidade. Na manhã seguinte, ele entrou no gabinete apreensivo esperando para ver o que ia acontecer. Não aconteceu nada.

Ele havia pecado, e isso era bom, porque nenhum dos documentos nos quais colocou a assinatura de Washington Irving jamais voltou para ele! Eis, enfim, algum progresso, e o major Major mergulhou com gosto e sem a menor inibição na nova carreira. Assinar o nome de Washington Irving em documentos oficiais talvez não fosse exatamente uma carreira, mas era menos monótono do que assinar "Major Major Major". Quando Washington Irving se tornou monótono, ele mudou a ordem e passou a assinar Irving Washington. E estava fazendo algo que dava resultados, já que nenhum dos documentos assinados com um desses nomes voltou ao esquadrão.

O que acabou voltando, mais tarde, foi um *segundo* investigador da corregedoria, disfarçado de piloto. Os homens sabiam que se tratava de um investigador da corregedoria, porque ele contou para eles quem era e pediu a cada um que não revelasse sua verdadeira identidade para nenhum dos outros homens para quem ele já tinha contado ser um investigador da corregedoria.

— Você é o único no esquadrão que sabe que eu sou um investigador da corregedoria — confidenciou ele para o major Major — e é essencial que isso continue sendo um segredo para que a minha eficiência não seja prejudicada. Você compreende?

— O sargento Towser sabe.

— É, eu sei. Tive que contar a ele para poder ter acesso a você. Mas sei que ele não vai contar para uma alma viva, independentemente das circunstâncias.

— Ele me contou — disse o major Major. — Ele disse que tinha um investigador da corregedoria esperando para falar comigo.

— Aquele cretino. Vou ter que pedir que investiguem a confiabilidade dele. Se eu fosse você, não deixaria nenhum documento secreto dando sopa por aí. Pelo menos não antes de eu entregar o meu relatório.

— Eu não recebo documentos secretos — disse o major Major.

— É desses mesmos que estou falando. Tranque tudo no armário para não deixar o sargento Towser pôr as mãos neles.

— O sargento Towser é o único que tem a chave do armário.

— Receio que isso seja perda de tempo — disse o segundo investigador da corregedoria de um jeito um tanto brusco. Era um sujeito enérgico, rechonchudo e tenso, cujos movimentos eram rápidos e decisivos. Ele tirou um maço de fotocópias de um grande envelope vermelho que vinha mantendo visivelmente escondido debaixo de uma jaqueta de aviador de couro toda pintada com imagens berrantes de aviões em meio a nuvens alaranjadas de artilharia antiaérea e com fileiras organizadas de pequenas bombas que significavam cinquenta e cinco missões voadas. — Você já viu algum desses papéis?

O major Major olhou inexpressivo para as cópias de correspondências pessoais de gente no hospital nas quais o oficial responsável pela censura havia escrito "Washington Irving" ou "Irving Washington".

— Não.

— E desses?

O major Major olhou em seguida para os documentos oficiais endereçados para ele em que vinha colocando as mesmas assinaturas.

— Não.

— O homem que assinou esses nomes está no seu esquadrão?

— Qual deles? Tem dois nomes aí.

— Qualquer um deles. Imaginamos que Washington Irving e Irving Washington sejam a mesma pessoa e que esteja usando dois nomes só para nos confundir. Isso é muito comum, sabe?

— Acredito que não haja ninguém com esses nomes no meu esquadrão.

Um olhar de decepção se formou no semblante do segundo investigador da corregedoria.

— Ele é bem mais esperto do que a gente imaginava — observou ele. — Ele está usando um terceiro nome e se passando por outra pessoa. E acho... É, acho que sei qual pode ser esse terceiro nome.

Empolgado e inspirado, ele colocou outra cópia diante dos olhos do major Major.

— E esse?

O major Major se inclinou um pouquinho para a frente e viu uma cópia da correspondência em que Yossarian havia censurado tudo, exceto pelo nome Mary, e na qual ele havia escrito: "Te desejo tragicamente. A. T. Tappman, capelão do Exército dos EUA." O major Major fez que não com a cabeça.

— Nunca vi isso.

— Você sabe quem é A. T. Tappman?

— É o capelão do grupamento.

— Isso resolve o caso — disse o segundo investigador da corregedoria. — Washington Irving é o capelão do grupamento.

O major Major ficou alarmado.

— A. T. Tappman é o capelão do grupamento — corrigiu ele.

— Tem certeza?

— Tenho.

— Por que o capelão do grupamento iria escrever algo assim em uma carta?

— Talvez outra pessoa tenha escrito a carta e falsificado a assinatura dele.

— Por que alguém ia querer falsificar a assinatura do capelão do grupamento?

— Para escapar de ser preso.

— Talvez você tenha razão — decidiu o segundo investigador da corregedoria depois de um instante de hesitação e estalou os lábios com força. — Talvez estejamos enfrentando uma gangue, com dois homens que trabalham juntos e que por acaso têm nomes opostos um ao do outro. Sim, com certeza é isso. Um deles está aqui no esquadrão, o outro está no hospital e um deles com o capelão. Sendo assim são três homens, certo? Tem certeza absoluta de que você nunca tinha visto nenhum desses papéis?

— Se eu tivesse visto, teria assinado.

— Com o nome de quem? — perguntou, astuto, o segundo investigador da corregedoria. — O seu ou o de Washington Irving?

— Com o meu nome mesmo — disse o major Major. — Nem sei o nome de Washington Irving.

O segundo investigador da corregedoria deu um sorriso.

— Major, fico feliz por o senhor não ter nada a ver com isso. Isso significa que vamos poder trabalhar juntos, e preciso de toda ajuda possível. Em algum lugar do teatro de operações europeu existe um homem que está pondo as mãos na correspondência destinada a você. Você tem ideia de quem possa ser?

— Não.

— Bom, eu tenho uma ideia — disse o segundo investigador da corregedoria e se inclinou para a frente para sussurrar um segredo. — Aquele cretino do Towser. Por que outro motivo ele ia sair por aí dando com a língua nos dentes sobre mim? Bom, fique de olhos abertos e me avise imediatamente se ouvir alguém falando sobre Washington Irving. Vou mandar investigar o capelão e todo mundo aqui.

No instante em que ele foi embora, o primeiro investigador da corregedoria saltou pela janela e entrou no gabinete do major Major querendo saber quem era o segundo investigador da corregedoria. O major Major quase não o reconheceu.

— Era um investigador da corregedoria — disse o major Major a ele.

— Era coisa nenhuma — disse o primeiro investigador da corregedoria. — Eu sou o cara da corregedoria aqui.

O major Major quase não o reconheceu porque ele estava usando um roupão de banho de veludo cotelê marrom com costuras abertas debaixo dos braços, pijama de flanela cheio de bolinhas e chinelos surrados com uma sola solta. Essa era a vestimenta que o regimento previa para o hospital, o major Major lembrou. O sujeito tinha engordado uns dez quilos e parecia explodir de saúde.

— Na verdade, sou um homem muito doente — resmungou ele. — Peguei um resfriado no hospital de um piloto de combate e tive uma pneumonia bem grave.

— Lamento — disse o major Major.

— Não dou a mínima — disse o investigador da corregedoria fungando. — Não quero a sua compaixão. Só quero saber o que estou enfrentando. Vim aqui para avisar que Washington Irving parece ter transferido a base de operações dele do hospital para o seu esquadrão. Você por acaso não ouviu alguém aqui falar de Washington Irving, ouviu?

— Na verdade, ouvi — respondeu o major Major. — Aquele sujeito que acabou de sair daqui. Ele estava falando de Washington Irving.

— Estava?! — exclamou o primeiro investigador da corregedoria em êxtase. — Essa pode ser a informação que faltava para desvendar tudo! Fique de olho nele vinte e quatro horas por dia, enquanto volto correndo para o hospital e escrevo para os meus superiores pedindo novas instruções.

O investigador da corregedoria saiu pela janela do gabinete do major Major e foi embora.

Um minuto depois, a divisória de lona que separava o gabinete do major Major do posto de comando foi aberta e o segundo investigador da corregedoria estava de volta, arfando freneticamente e apressado. Tentando recuperar o fôlego, ele gritou:

— Acabei de ver um sujeito de pijama vermelho saltando a sua janela e correndo pela rua! Você viu?

— Ele estava falando comigo — respondeu o major Major.

— Achei que parecia muito suspeito, um homem saltando pela janela de pijama vermelho.

O sujeito ficou andando pelo gabinete em vigorosos círculos.

— No começo achei que era você, fugindo para o México. Mas agora estou vendo que não era você. Ele por acaso não disse alguma coisa sobre Washington Irving?

— Por acaso — disse o major Major —, disse.

— Sério?! — exclamou o segundo investigador da corregedoria. — Que maravilha! Pode ser justamente o que a gente precisava para desvendar o caso. Sabe onde posso encontrar aquele sujeito?

— No hospital. Ele está muito doente.

— Ótimo! — exclamou o segundo investigador da corregedoria. — Vou já para lá atrás dele. Seria melhor se eu fosse disfarçado. Vou explicar a situação na tenda médica e pedir que me mandem para lá como paciente.

— Não vão me mandar para o hospital como paciente a não ser que eu esteja doente — relatou ele ao major Major quando voltou. — Na verdade, eu estou bem doente. Eu andava pensando em me internar para um checape e essa vai ser uma boa oportunidade. Vou voltar à tenda médica e dizer que estou doente e assim vou conseguir que me mandem para o hospital.

— Olha o que fizeram comigo — relatou ele ao major Major quando voltou com gengivas roxas. Ele sofria de modo inconsolável.

Ele levava os sapatos e as meias nas mãos, e os dedos dos pés também tinham sido pintados com solução de violeta genciana.

— Quem já ouviu falar de um investigador da corregedoria com gengivas roxas? — resmungou ele.

Ele saiu do posto de comando andando de cabeça baixa, caiu numa vala e quebrou o nariz. A temperatura dele continuava normal, mas Gus e Wes abriram uma exceção e ele foi enviado para o hospital numa ambulância.

O major Major havia mentido e isso era bom. Ele não ficou surpreso, na verdade, ao ver que isso era bom, pois havia observado que as pessoas que mentiam eram, em geral, mais engenhosas, ambiciosas e bem-sucedidas do que as pessoas que não mentiam. Caso tivesse dito a verdade para o segundo investigador da corregedoria, estaria encrencado. Mas, como mentiu, estava livre para dar continuidade ao seu trabalho.

Passou a ser mais cauteloso no trabalho em função da visita do segundo investigador da corregedoria. Agora fazia todas as assinaturas com a mão esquerda e só quando estava usando os óculos escuros e o bigode falso que havia usado sem sucesso para ajudá-lo a voltar a jogar basquete. Como precaução adicional, fez uma feliz troca de Washington Irving para John Milton. John Milton era flexível e conciso. Assim como Washington Irving, era possível inverter seu nome com bom resultado sempre que batesse a monotonia. Além disso, foi possível duplicar a produtividade, uma vez que John Milton era muito mais curto do que seu próprio nome e do que o nome de Washington Irving e levava muito menos tempo para escrever. John Milton ainda se provou frutífero em outro aspecto. Era um nome versátil e não demorou para que o major Major se pegasse incorporando a assinatura em fragmentos de diálogos imaginários. Assim, assinaturas típicas nos documentos oficiais podiam ser, entre outras, "John Milton é um sádico" ou "Você viu o Milton, John?" Uma assinatura da qual ele se sentia particularmente orgulhoso dizia: "O John está a Mil, Tom". John Milton abriu perspectivas totalmente novas cheias de encantadoras e inexauríveis possibilidades que permitiam manter para sempre distante a monotonia. O major Major voltou para Washington Irving quando John Milton ficou monótono.

O major Major tinha comprado os óculos escuros e o bigode falso em uma última e inútil tentativa de se salvar da pantanosa degradação em que estava se afundando constantemente. Primeiro foi a terrível humilhação da Gloriosa Cruzada do Juramento de Lealdade, quando nenhuma das trinta ou quarenta pessoas que estavam fazendo circular juramentos de lealdade concorrentes permitiu que ele assinasse. Depois, justo quando isso estava acabando, veio a história do avião de Clevinger desaparecer de modo absolutamente misterioso no vácuo com toda a tripulação, e toda a culpa do estranho incidente acabar de maneira sinistra se centrando nele, por ele jamais ter assinado nenhum dos juramentos de lealdade.

Os óculos escuros tinham aros grossos magenta. O bigode falso era típico de um tocador de realejo excêntrico, e ele usou os dois para ir ao jogo de basquete num dia em que achou que não seria mais capaz de suportar a solidão. Fingiu ares de alegre familiaridade enquanto andava até a quadra e rezou em silêncio para não ser reconhecido. Os outros fingiram não reconhecê-lo e ele começou a se divertir. Bem quando estava começando a se autocongratular pelo estratagema inocente, um dos adversários esbarrou com força nele e o major Major caiu de joelhos. Logo ele levou outro encontrão e percebeu que os outros o tinham reconhecido e estavam usando o disfarce dele como pretexto para dar cotoveladas, passar rasteiras e bater nele. Não o queriam por perto de jeito nenhum. E bem quando ele se deu conta disso os jogadores do time dele se fundiram com os do outro time para formar uma única turba uivante e sanguinária que caiu sobre ele de todo lado com xingamentos pesados e punhos firmes. Eles o derrubaram com socos, chutaram quando ele estava no chão, atacaram de novo depois que ele se esforçou às cegas para se levantar. Ele cobriu o rosto com as mãos e não conseguiu ver mais nada. Eles se amontoaram uns em cima dos outros em sua frenética compulsão de espancá-lo, chutá-lo, enfiar o dedo nos olhos dele e pisoteá-lo. Deram pancadas a ponto de fazer com que ele fosse girando até a beira da vala e o fizeram cair deslizando de cabeça. No fundo da vala, ele conseguiu se erguer, escalou a outra parede e saiu cambaleando debaixo da saraivada de vaias e pedras que eles jogaram até que ele se escondesse contornando a tenda do posto de comando. A principal preocupação dele durante toda a surra foi manter os óculos escuros e o bigode falso no lugar para poder continuar fingindo que era outra pessoa e assim ser poupado da temida necessidade de confrontá-los com sua autoridade.

Ao voltar para o gabinete, ele chorou; e, quando parou de chorar, ele lavou o sangue da boca e do nariz, tirou a terra das escoriações no rosto e na testa e chamou o sargento Towser.

— De agora em diante — disse ele — não quero que ninguém venha me ver enquanto eu estiver aqui. Está claro?

— Sim, senhor — disse o sargento Towser. — Isso me inclui?

— Inclui.

— Entendido. Mais alguma coisa?

— Á-hã.

— O que eu digo para as pessoas que vierem falar com o senhor enquanto o senhor estiver aqui?

— Diga que estou aqui e peça que esperem.

— Sim, senhor. Por quanto tempo?

— Até eu ir embora.

— E depois o que eu faço com essas pessoas?

— Não me importo.

— Posso deixar as pessoas entrarem depois de o senhor ter saído?

— Pode.

— Mas aí o senhor não vai estar aqui, certo?

— Isso.

— Sim, senhor. Mais alguma coisa?

— Não.

— Sim, senhor.

— De agora em diante — disse o major Major para o praça de meia-idade que cuidava de seu trailer — não quero que você venha aqui enquanto eu estiver aqui para me perguntar se tem algo que eu queira que você faça por mim. Está claro?

— Sim, senhor — disse o ajudante de ordens. — Quando devo vir aqui para descobrir se tem alguma coisa que posso fazer pelo senhor?

— Quando eu não estiver.

— Sim, senhor. E o que devo fazer?

— O que eu mandar.

— Mas o senhor não vai estar aqui para me dar ordens, certo?

— Certo.

— Então, o que eu devo fazer?

— O que precisar ser feito.

— Sim, senhor.

— É só isso — disse o major Major.

— Sim, senhor — disse o ajudante de ordens. — Mais alguma coisa?

— Sim — disse o major Major. — Não entre aqui para limpar, também. Não entre por motivo nenhum, a não ser que tenha certeza de que não estou.

— Sim, senhor. Mas como posso ter certeza?

— Se não tiver certeza, simplesmente presuma que estou aqui, vá embora e só volte quando tiver certeza. Está claro?

— Sim, senhor.

— Lamento ter que falar assim com você, mas é preciso. Adeus.

— Adeus, senhor.

— E obrigado. Por tudo.

— Sim, senhor.

— De agora em diante — disse o major Major para Milo Minderbinder — não vou mais vir ao refeitório. Quero que você mande todas as minhas refeições para mim no meu trailer.

— Acho uma boa ideia, senhor — respondeu Milo. — Assim vou poder servir pratos especiais para o senhor sem que os outros fiquem sabendo. Estou certo de que o senhor vai gostar. O coronel Cathcart sempre gosta.

— Não quero pratos especiais. Quero exatamente aquilo que você servir para todos os outros oficiais. Só peça para a pessoa que for levar a comida que bata uma vez à minha porta e deixe a bandeja no degrau. Está claro?

— Sim, senhor — disse Milo. — Perfeitamente claro. Tenho umas lagostas vivas do Maine escondidas que posso servir para o senhor hoje à noite com uma excelente salada com queijo roquefort e duas éclairs congeladas que foram contrabandeadas ontem mesmo de Paris junto com um importante membro da frente clandestina francesa. Isso serve para começar?

— Não.

— Sim, senhor. Entendo.

No jantar aquela noite Milo serviu para ele lagostas do Maine com uma excelente salada de queijo roquefort e duas éclairs congeladas. O major Major ficou irritado. Caso ele mandasse de volta, porém, aquilo seria simplesmente jogado no lixo ou mandado para outra pessoa, e o major Major tinha um fraco por lagosta grelhada. Ele comeu com a consciência pesada. No dia seguinte, no almoço, teve tartaruga à moda de Maryland com direito a uma garrafa inteira de Dom Pérignon 1937, e o major Major tomou tudo sem nem hesitar.

Depois de Milo, sobraram apenas os homens do posto de comando, e o major Major os evitava entrando e saindo toda vez pela janela de celuloide suja do gabinete. A janela da tenda ficava desabotoada e era baixa e grande o suficiente e era fácil de pular de um lado para o outro. Ele conseguia percorrer a distância entre o posto de comando e seu trailer contornando a tenda a toda a velocidade quando o terreno estava limpo, saltando para a vala onde ficavam os trilhos do trem e depois saindo em disparada com a cabeça abaixada até chegar ao refúgio da floresta. Ao lado do trailer, ele saía da vala e ziguezagueava rapidamente em direção à sua casa passando pela densa vegetação de arbustos, nos quais a única pessoa que encontrou uma vez foi o capitão Flume, que, exausto e espectral, deu um baita susto nele num fim de tarde se materializando sem nenhum aviso ao sair de trás de um arbusto para reclamar que o cacique Floco de Aveia tinha ameaçado cortar o pescoço dele de uma orelha à outra.

— Se você me der outro susto desses, vou cortar o seu pescoço de uma orelha à outra.

O capitão Flume arfou e desapareceu de novo em meio aos arbustos, e o major Major jamais voltou a vê-lo.

Quando viu em retrospecto o que havia conseguido fazer, o major Major ficou feliz. Em meio a poucos hectares de terra estrangeira fervilhando com mais de duzentas pessoas, ele havia conseguido se isolar. Com um pouco de engenhosidade e visão, tinha tornado praticamente impossível que alguém do esquadrão falasse com ele, o que era ótimo para todo mundo, ele se deu conta, já que ninguém queria falar com ele mesmo. Ninguém, na verdade, a não ser aquele maluco do Yossarian, que voou nele e o derrubou um dia enquanto ele estava correndo pela vala da ferrovia para ir almoçar no seu trailer.

A última pessoa do esquadrão pela qual o major Major queria ser derrubado era Yossarian.

Havia algo intrinsecamente vergonhoso em Yossarian, o tempo todo com aquela conversa constrangedora sobre o sujeito morto na tenda dele que no fim das contas nem estava lá e depois tirando toda a roupa após a missão em Avignon e andando à toa sem ela até o dia em que o general Dreedle foi entregar uma medalha a ele por seu heroísmo nos céus de Ferrara e o viu totalmente nu no meio da formação. Não havia no mundo alguém capaz de pôr fim aos efeitos caóticos que o sujeito morto tinha sobre a tenda de Yossarian. O major Major havia perdido a autoridade quando permitiu que o sargento Towser informasse que o tenente morto nos céus de Orvieto menos de duas horas depois de ter chegado ao esquadrão jamais havia se apresentado. O único que talvez tivesse algum direito de retirar o desorganizado espólio da barraca de Yossarian, era a impressão do major Major, seria o próprio Yossarian, e Yossarian, era a impressão do major Major, não tinha esse direito.

O major Major grunhiu ao ser derrubado quando Yossarian voou nele e tentou se levantar.

Yossarian não deixou.

— Capitão Yossarian — disse Yossarian — pedindo permissão para falar imediatamente com o major sobre uma questão de vida ou morte.

— Deixa eu me levantar, por favor — pediu o major Major, irritado e incomodado. — Não consigo responder à sua continência caído em cima do meu braço.

Yossarian o soltou. Eles se ergueram lentamente. Yossarian voltou a bater continência e repetiu o pedido.

— Vamos ao meu gabinete — disse o major Major. — Acho que aqui não é o melhor lugar para conversar.

— Sim, senhor — respondeu Yossarian.

Eles retiraram as pedrinhas das roupas e andaram num silêncio constrangido até a entrada do posto de comando.

— Me dê um ou dois minutinhos para passar um mercúrio-cromo nesses cortes e depois peça para o sargento Towser que deixe você entrar.

— Sim, senhor.

O major Major andou com dignidade até os fundos do posto de comando sem olhar para nenhum dos funcionários e datilógrafos que trabalhavam nas mesas e nos arquivos. Entrou em seu gabinete e deixou cair atrás de si a aba da tenda que servia de divisória. Assim que se viu sozinho no gabinete disparou até a janela e pulou para fora para sair correndo. Yossarian estava bloqueando o caminho.

— Capitão Yossarian pedindo permissão para falar imediatamente com o major sobre um assunto de vida ou morte — repetiu ele com determinação.

— Permissão negada.

— Isso não vai funcionar.

O major Major desistiu.

— Certo — concedeu ele, exausto. — Eu falo com você. Pule para dentro do meu gabinete.

— Depois do senhor.

Eles pularam para dentro do gabinete. O major Major se sentou, e Yossarian foi até o outro lado da mesa e disse que não queria mais voar missões de combate. *O que ele podia fazer?*, perguntou-se o major Major. Ele só podia cumprir as instruções do coronel Korn e torcer para tudo dar certo.

— Por que não? — perguntou ele.

— Eu tenho medo.

— Não há por que se envergonhar disso — disse o major Major gentilmente. — Todo mundo sente medo.

— Eu não sinto vergonha — disse Yossarian. — Só medo.

— Você não seria normal se nunca sentisse medo. Até os mais corajosos sentem medo. Uma das tarefas mais difíceis que todos nós enfrentamos num combate é superar o nosso medo.

— Ah, para com isso, major. Não tem como a gente conversar sem essa bobajada?

O major Major baixou os olhos envergonhado e brincou com os dedos.

— O que você quer que eu te diga?

— Que eu já voei missões suficientes e posso ir para casa.

— Quantas missões você voou?

— Cinquenta e uma.

— Só faltam mais quatro.

— Ele vai aumentar o número. Toda vez que chego perto ele aumenta o número.

— Talvez dessa vez ele não aumente.

— Seja como for, ele nunca manda ninguém para casa. Ele deixa todo mundo esperando a documentação para ir para casa e aí ele fica sem gente para formar as tripulações e resolve aumentar o número de missões e coloca todo mundo de novo com status de combatente. Ele tem feito isso desde que chegou aqui.

— Você não pode culpar o coronel Cathcart por demoras nas documentações — aconselhou o major Major. — A responsabilidade de processar a papelada assim que recebe os documentos daqui é do 27º Grupamento da Força Aérea.

— Ele podia pedir substitutos e mandar a gente para casa quando a documentação chegasse. Além disso, me disseram que o 27º Grupamento da Força Aérea só quer quarenta missões e que fazer a gente voar cinquenta e cinco é ideia dele.

— Sobre isso eu não sei nada — respondeu o major Major. — O coronel Cathcart é nosso comandante e é nosso dever obedecer às ordens dele. Por que você não voa as quatro missões que faltam e vê o que acontece?

— Eu não quero.

O que você poderia fazer?, voltou a se perguntar o major Major. O que você poderia fazer com um homem que te olha nos olhos e diz que preferia morrer a ser morto em combate, um homem que no mínimo era tão maduro e inteligente quanto você e que você precisava fingir que não era? O que você poderia dizer para ele?

— E se a gente deixasse você escolher as missões e só fazer voos de logística — disse o major Major. — Assim você pode voar as quatro missões sem correr riscos.

— Não quero fazer voos de logística. Não quero mais estar na guerra.

— Você quer ver o nosso país ser derrotado? — perguntou o major Major.

— A gente não vai perder. Temos mais homens, mais dinheiro e mais recursos. Tem dez milhões de homens fardados que poderiam me substituir. Tem gente sendo morta e tem muito mais gente ganhando dinheiro e se divertindo. Deixe outra pessoa ser morta.

— Mas e se todo mundo do nosso lado pensar assim?

— Aí eu ia ser um idiota se pensasse diferente, não é?

O que você poderia dizer para ele?, perguntava-se o major Major, desamparado. Uma coisa que ele não podia dizer era que não havia nada que pudesse fazer. Dizer que não podia fazer nada sugeria que, caso pudesse, ele faria, e isso implicaria a existência de um erro, de uma injustiça na política do coronel Korn. O coronel Korn tinha sido absolutamente explícito quanto a isso. Ele jamais deveria dizer que não havia nada que pudesse fazer.

— Lamento — disse ele —, mas não tem nada que eu possa fazer.

10
WINTERGREEN

Clevinger estava morto. Essa era a falha básica da filosofia dele. Dezoito aviões entraram numa nuvem branca radiante perto da costa de Elba numa tarde voltando de uma viagem semanal de logística para Parma; dezessete saíram. Jamais foi encontrado qualquer vestígio do outro avião, nem no ar nem na lisa superfície das águas cor de jade lá embaixo. Não havia destroços. Helicópteros circularam a nuvem branca até o pôr do sol. Durante a noite a nuvem se afastou e pela manhã não havia mais Clevinger.

O desaparecimento foi chocante, tão chocante, certamente, quanto a Grande Conspiração de Lowery Field, quando todos os sessenta e quatro homens de um quartel desapareceram em um dia de pagamento e nunca mais voltaram. Até Clevinger ser arrebatado da existência com tamanha destreza, Yossarian tinha presumido que os homens haviam simplesmente decidido por unanimidade fugir no mesmo dia. Na verdade, ele ficou tão empolgado com o que parecia ser uma deserção em massa da sagrada responsabilidade que foi feliz da vida correndo para levar as notícias para o ex-soldado de primeira classe Wintergreen.

— Mas por que você acha isso tão empolgante? — falou o ex-soldado de primeira classe Wintergreen de um jeito irritantemente irônico, descansando o coturno imundo na pá e se recostando desleixado e rabugento na parede de um dos profundos buracos quadrangulares cuja escavação era sua especialidade na vida militar.

O ex-soldado de primeira classe Wintergreen era um sujeitinho sarcástico que gostava de fazer coisas opostas. Toda vez que ele fugia, era pego e condenado a cavar e depois encher de terra buracos de dois metros de profundidade, de largura e de comprimento durante um período específico. Toda vez que terminava de cumprir a pena, ele fugia de novo. O ex-soldado de primeira classe Wintergreen aceitava seu papel de cavar e encher buracos de terra sem jamais reclamar e com a dedicação de um verdadeiro patriota.

— Não é uma vida ruim — observava ele filosoficamente. — E acho que alguém teria que fazer esse trabalho mesmo.

Ele era sábio o bastante para compreender que cavar buracos no Colorado não era uma tarefa tão ruim em tempos de guerra. Como não havia exatamente uma urgência na escavação de buracos, podia cavá-los e preenchê-los num ritmo tranquilo e raramente ficava sobrecarregado. Por outro lado, ele era rebaixado a recruta toda vez que encarava a corte marcial. Ele lamentava profundamente a perda da patente.

— Até que era legal ser soldado de primeira classe — rememorava ele com saudade. — Eu tinha certo status... Sabe do que estou falando? E eu frequentava os melhores círculos.

O rosto dele era tomado de resignação.

— Mas agora isso ficou para trás — supunha ele. — Da próxima vez que eu fugir vai ser como recruta, e sei que não vai ser a mesma coisa.

Cavar buracos não garantia futuro nenhum.

— Nem chega a ser um trabalho fixo. Eu perco o emprego toda vez que acabo de cumprir a sentença. Aí, se eu quiser voltar tenho que fugir de novo. E nem posso continuar fazendo isso. Tem uma pegadinha. O ardil-22. Da próxima vez que eu fugir, vou para a cadeia. Não sei o que vai ser de mim. Se não tomar cuidado, podem até me mandar para o front.

Ele não queria continuar cavando buracos pelo resto da vida, embora não tivesse objeção nenhuma a continuar fazendo isso enquanto houvesse uma guerra e isso fosse parte do esforço de guerra.

— É uma questão de obrigação — observava ele — e cada um tem que fazer a sua parte. A minha parte é ficar cavando esses buracos, e tenho feito isso tão bem que me recomendaram para a Medalha de Boa

Conduta. A sua parte é ficar à toa na escola de cadetes e torcer para a guerra acabar antes que você se forme. A parte dos homens em combate é ganhar a guerra, e espero que eles estejam fazendo a parte deles tão bem quanto eu faço a minha. Não ia ser justo se eu tivesse que ir para o front fazer a parte deles, certo?

Um dia o ex-soldado de primeira classe Wintergreen rompeu um duto de água enquanto cavava um de seus buracos e quase morreu afogado antes de ser tirado de lá quase inconsciente. Correu o boato de que aquilo era petróleo, e o cacique Floco de Aveia foi expulso da base. Não demorou para que todo homem capaz de encontrar uma pá estivesse do lado de fora à procura de petróleo freneticamente. Voava terra para todo lado; a cena quase lembrava a manhã em Pianosa sete meses depois na noite em que Milo bombardeou o esquadrão com todos os aviões que ele havia acumulado com seu sindicato M&M, junto com o aeródromo, o depósito de bombas e os hangares, e todos os sobreviventes estavam do lado de fora abrindo abrigos cavernosos no chão duro e cobrindo-os com placas de blindagem roubadas dos galpões das oficinas e com quadrados esfarrapados de lona impermeável roubados das abas laterais das tendas uns dos outros. O cacique Floco de Aveia foi transferido para longe do Colorado assim que surgiram os primeiros boatos de petróleo e acabou indo parar em Pianosa como substituto do tenente Coombs, que um dia saiu como convidado em uma missão só para ver como era o combate e morreu nos céus de Ferrara em um avião com Kraft. Yossarian se sentia culpado toda vez que se lembrava de Kraft, culpado porque Kraft tinha sido morto quando Yossarian voltou para jogar mais bombas e culpado porque Kraft inocentemente havia se envolvido na Esplendorosa Insurreição da Atabrina, que tinha começado em Porto Rico na primeira parte do voo deles e terminado em Pianosa dez dias depois com Appleby entrando obedientemente no posto de comando assim que chegou para delatar Yossarian por se recusar a tomar seus comprimidos de atabrina. O sargento o convidou a se sentar.

— Obrigado, sargento, acho que vou me sentar mesmo — disse Appleby. — Quanto tempo mais ou menos vou ter que esperar? Ainda tenho bastante coisa para fazer hoje para estar totalmente preparado cedo de manhã para entrar em combate no momento em que me pedirem.

— Senhor?

— O que foi, sargento?

— Qual era a sua pergunta?

— Mais ou menos quanto tempo vou ter que esperar até poder falar com o major.

— Só até ele sair para o almoço — respondeu o sargento Towser. — Aí o senhor pode entrar.

— Mas aí ele não vai estar lá, vai?

— Não, senhor. O major Major só volta ao gabinete depois do almoço.

— Entendi — decidiu Appleby hesitante. — Acho que volto depois do almoço então.

Appleby saiu do posto de comando em secreta confusão. Assim que pôs os pés para fora, ele achou que tinha visto um oficial alto, moreno, que lembrava o Henry Fonda, saindo pela janela do posto de comando contornando a tenda sem ser visto. Appleby parou e semicerrou bem os olhos. Ele foi tomado por uma dúvida e pela ansiedade. Será que estava sofrendo de malária, ou pior, de uma overdose de comprimidos de atabrina? Appleby vinha tomando uma dose de atabrina quatro vezes maior que a recomendada, porque queria ser um piloto quatro vezes melhor que todos os outros. Os olhos dele ainda estavam fechados quando o sargento Towser deu um tapinha de leve no ombro dele e disse que agora ele podia entrar se quisesse, já que o major Major tinha acabado de sair. A confiança de Appleby voltou.

— Obrigado, sargento. Ele volta logo?

— Volta logo depois do almoço. Quando ele chegar o senhor terá de sair imediatamente e esperar por ele na recepção até que ele saia para o jantar. O major Major nunca recebe ninguém no gabinete enquanto ele está lá.

— Sargento, o que o senhor acabou de dizer?

— Eu disse que o major Major nunca recebe ninguém no gabinete enquanto ele está lá.

Appleby encarou o sargento Towser com atenção e tentou falar com uma voz firme.

— Sargento, o senhor está tentando tirar sarro de mim porque sou novo no esquadrão e o senhor está no front há muito tempo?

— Ah, não, senhor — respondeu o sargento cheio de deferência. — Essas são as minhas ordens. Pode perguntar para o major Major quando o senhor falar com ele.

— É exatamente o que pretendo fazer, sargento. Quando posso falar com ele?

— Nunca.

Vermelho de humilhação, Appleby escreveu seu relatório sobre Yossarian e os comprimidos de atabrina em um bloco que o sargento ofereceu a ele e saiu rápido, perguntando-se se talvez Yossarian não fosse o único a ter o privilégio de usar farda de oficial sendo doido.

Quando o coronel Cathcart elevou o número de missões para cinquenta e cinco, o sargento Towser tinha começado a suspeitar que talvez todo homem fardado fosse doido. O sargento Towser era magro e anguloso e tinha belos cabelos loiros tão claros que pareciam quase sem cor, bochechas afundadas e dentes que pareciam grandes marshmallows brancos. Ele comandava o esquadrão e não estava feliz fazendo isso. Homens como Joe Faminto lançavam olhares ameaçadores para ele cheios de ódio, como quem coloca nele toda a culpa, e Appleby o sujeitava por vingança a uma falta de cortesia agora que tinha se estabelecido como um grande piloto e como um jogador de pingue-pongue que jamais perdia um ponto. O sargento Towser comandava o esquadrão porque não havia mais ninguém no esquadrão para comandá-lo. Ele não tinha interesse nem na guerra nem em ser promovido. Ele estava interessado em estilhaços e em mobília Hepplewhite.

Quase sem se dar conta, o sargento Towser havia adotado o hábito de pensar no sujeito morto na tenda de Yossarian nos termos do próprio Yossarian, como um sujeito morto na tenda de Yossarian. Na verdade, ele não era isso. Era apenas um piloto substituto que foi morto em combate antes de ter oficialmente se apresentado para o serviço. Ele tinha parado na tenda de operações para perguntar como chegava ao posto de comando e acabou recebendo ordens de entrar diretamente em ação, porque havia tantos homens que completaram as trinta e cinco missões exigidas na época que o capitão Piltchard e o capitão Wren estavam com dificuldades para reunir o número de tripulantes estipulado pelo grupamento. Como ele jamais chegou a entrar oficialmente no esquadrão, jamais saiu oficialmente do esquadrão, e o sargento Towser percebeu que a quantidade crescente de comunicados sobre o pobre homem continuaria reverberando para sempre.

O nome dele era Mudd. Para o sargento Towser, que deplorava com o mesmo grau de aversão a violência e o desperdício, parecia uma odiosa extravagância fazer Mudd atravessar o oceano só para que ele fosse feito em pedacinhos nos céus de Orvieto menos de duas horas depois de chegar. Ninguém conseguia lembrar quem ele era ou qual era sua aparência, muito menos o capitão Piltchard e o capitão Wren, que só se lembraram de que um novo oficial tinha aparecido na tenda de operações bem a tempo de ser morto e que ficavam corados de desconforto toda vez que o assunto do sujeito morto da tenda de Yossarian era mencionado. Os únicos que talvez tivessem visto Mudd, os homens no mesmo avião, tinham todos sido feitos em pedacinhos junto com ele.

Yossarian, por outro lado, sabia exatamente quem Mudd era. Mudd era o soldado desconhecido que nunca chegou a ter uma chance, pois essa era a única coisa que alguém chegava a saber sobre os soldados desconhecidos: eles nunca chegaram a ter uma chance. Eles tinham que estar mortos. E esse morto em particular era de fato desconhecido, embora os pertences dele estivessem caídos sobre uma cama de campanha na tenda de Yossarian quase exatamente do jeito que ele tinha deixado três meses antes no dia em que ele nunca chegou — todos contaminados pela morte menos de duas horas depois, do mesmo modo como tudo ficou contaminado pela morte já na semana seguinte durante o Grande Imenso Cerco de Bolonha quando o odor bolorento da mortalidade pairava úmido no ar junto com a neblina sulfurosa e todos os homens escalados para voar já estavam infectados.

Não havia como escapar da missão de Bolonha depois que o coronel Cathcart apresentou seu grupamento como voluntário para destruir os depósitos de munição de lá que os pesados bombardeiros que voavam saindo da Itália continental tinham sido incapazes de destruir atacando de suas altitudes maiores. Cada dia de atraso tornava todos mais conscientes e mais tristes. A iminente e avassaladora convicção da morte se espalhava continuamente junto com a chuva ininterrupta, impregnando-se causticamente no rosto doentio de cada homem, como a marca corrosiva de uma infecção que se espalha. Todos cheiravam a formol. Não havia para onde correr em busca de ajuda, nem mesmo na tenda médica, que fechou por ordens do coronel Korn para que ninguém pudesse conseguir um atestado, como os homens haviam feito no único dia de céu limpo numa misteriosa epidemia de diarreia que obrigou a mais um adiamento. Com os atestados suspensos e a porta da tenda médica fechada, Doc Daneeka passava os momentos em que a chuva dava uma trégua em um banco alto, sem falar e absorvendo o desolador surto de medo com uma triste neutralidade, empoleirado feito um urubu melancólico sob o sinistro cartaz escrito à mão e preso à porta fechada da tenda médica pelo capitão Black como uma piada e deixado ali por Doc Daneeka porque não era piada. O cartaz, com bordas pintadas a giz de cera, dizia o seguinte: "FECHADA ATÉ SEGUNDA ORDEM. MORTE NA FAMÍLIA."

O medo se espalhou por toda parte, chegando ao esquadrão de Dunbar, levando Dunbar, curioso, a enfiar a cabeça na abertura da tenda médica, em um fim de tarde, e falar respeitosamente com os contornos borrados do Dr. Stubbs, que estava sentado em meio à densa escuridão lá dentro, diante de uma garrafa de uísque e de uma redoma com água filtrada.

— Você está bem? — perguntou ele, solícito.
— Péssimo — respondeu o Dr. Stubbs.
— O que você está fazendo aqui?

— Estou sentado.

— Achei que não tinha mais atestados.

— Não tem.

— Então por que você está sentado aí?

— Onde mais eu deveria me sentar? Na porcaria do clube de oficiais com o coronel Cathcart e o Korn? Sabe o que estou fazendo aqui?

— Está sentado.

— No esquadrão, digo. Não na tenda. Não seja metido a espertinho. Você consegue imaginar o que um médico está fazendo aqui no esquadrão?

— Nos outros esquadrões eles fecharam as tendas médicas e não tem ninguém dentro — observou Dunbar.

— Se alguém doente entrar na minha tenda vou tirar o cara da missão — prometeu Dr. Stubbs. — Não estou nem aí para o que eles dizem.

— Você não pode tirar ninguém da missão — lembrou Dunbar. — Você não sabe das ordens?

— Vou derrubar o cara com uma injeção e quero ver levarem ele na missão.

O Dr. Stubbs deu uma risada cínica, divertindo-se com a ideia.

— Eles acham que podem acabar com os atestados. Cretinos. Opa. Lá vem ela de novo.

A chuva voltou a cair, primeiro nas árvores, depois nas poças de lama, depois, de leve, como um murmúrio calmante, no topo da tenda.

— Está tudo molhado — observou o Dr. Stubbs com repulsa. — Até as latrinas e os urinóis estão transbordando em protesto. O mundo inteiro cheira a uma casa funerária.

O silêncio parecia não ter fim quando ele parou de falar. A noite caiu. Havia uma sensação de imenso isolamento.

— Acende a luz — sugeriu Dunbar.

— Não tem luz. Não estou com vontade de ligar o gerador. Antes eu gostava muito de salvar a vida dos outros. Agora, me pergunto qual é o sentido disso, se as pessoas vão morrer de qualquer jeito.

— Ah, claro que tem sentido — garantiu Dunbar.
— Tem? E qual é o sentido?
— O sentido é evitar que as pessoas morram enquanto for possível.
— Certo, mas qual é o sentido, se elas vão morrer mesmo?
— O truque é não pensar nisso.
— Esquece o truque. Qual é o sentido?
Dunbar pensou em silêncio por algum tempo.
— Quem tem como saber?
Dunbar não sabia. Bolonha deveria ter deixado Dunbar exultante, porque os minutos se arrastavam e as horas pareciam séculos. Muito pelo contrário, isso era uma tortura para ele, porque ele sabia que ia ser morto.
— Você quer mesmo mais codeína? — perguntou o Dr. Stubbs.
— É para o meu amigo Yossarian. Ele tem certeza de que vai ser morto.
— Yossarian? Quem é Yossarian? Que tipo de nome é Yossarian? Não foi esse que ficou bêbado e começou aquela briga com o coronel Korn no clube de oficiais uma noite dessas?
— Ele mesmo. Ele é assírio.
— Aquele doido.
— Ele não é tão doido — disse Dunbar. — Ele jura que não vai voar para Bolonha.
— Foi isso que eu quis dizer — respondeu o Dr. Stubbs. — Aquele doido talvez seja o único lúcido por aqui.

11
CAPITÃO BLACK

O cabo Kolodny soube num telefonema do grupamento e ficou tão abalado com a notícia que atravessou a barraca do serviço de informações na ponta dos pés para falar com o capitão Black, que repousava sonolento as canelas depiladas sobre a mesa, e repassou a informação num sussurro aturdido.

O capitão Black se animou imediatamente.

— Bolonha? — disse ele, encantado. — Ora, ora, vejam só. — Ele gargalhou alto. — Bolonha, hein? — Ele riu de novo e balançou a cabeça, maravilhado. — Agora vai ser bonito! Mal posso esperar para ver a cara daqueles cretinos quando descobrirem que vão para Bolonha. Rá, rá, rá!

Foi a primeira vez que o capitão Black riu com gosto desde o dia em que o major Major passou a perna nele e foi nomeado comandante do esquadrão, e ele se levantou com um entusiasmo cheio de torpor e parou atrás do balcão para amplificar ao máximo o prazer que sentiria quando os bombardeiros chegassem para receber seus mapas.

— É isso mesmo, seus cretinos, Bolonha — ficava repetindo para todos os bombardeiros que perguntavam incrédulos se eles iam mesmo para Bolonha. — Rá! Rá! Rá! Engulam essa, seus cretinos. Dessa vez vocês se deram mal.

O capitão Black foi atrás dos últimos deles até o lado de fora para saborear a imagem do efeito que a informação teria sobre os outros oficiais e praças reunidos ali com seus capacetes, paraquedas e trajes de proteção contra artilharia em volta dos quatro caminhões que esperavam no centro da área do esquadrão. Ele era um sujeito alto, magro e desconsolado que se movia com uma indiferença rabugenta. Barbeava o rosto contraído e pálido a cada três ou quatro dias, e na maior parte do tempo dava a impressão de que estava deixando crescer um bigode loiro-avermelhado na estreita região sobre o lábio superior. A cena do lado de fora não o decepcionou. A consternação tomou conta de todos os rostos, e o capitão Black bocejou deliciosamente, espantou os últimos vestígios de letargia esfregando os olhos e riu satisfeito sempre que teve a chance de dizer para mais alguém que dessa vez eles iam se dar mal.

Bolonha acabou sendo o acontecimento mais gratificante da vida do capitão Black desde o dia em que o major Duluth foi morto nos céus de Perugia e ele quase foi escolhido para substituí-lo. Quando a informação sobre a morte do major Duluth foi transmitida para o acampamento via rádio, a reação do capitão Black foi uma explosão de felicidade. Embora ele jamais tivesse pensado antes na possibilidade, o capitão Black compreendeu de cara que ele era a opção lógica para suceder o major Duluth como comandante do esquadrão. Para começo de conversa, ele era o oficial responsável pelo serviço de informações do esquadrão, o que significava que ele era mais inteligente do que qualquer outro no esquadrão. Verdade, ele não tinha status de combatente, como tinham o major Duluth e em geral todos os comandantes de esquadrão; mas esse, na verdade, era mais um argumento poderoso a seu favor, uma vez que a vida dele não corria riscos e ele poderia ocupar o posto pelo período que o país quisesse. Quanto mais o capitão Black pensava nisso, mais inevitável parecia. Era meramente uma questão de dizer a coisa certa no lugar certo sem perder tempo. Ele voltou às pressas para o gabinete para traçar seu plano de ação. Recostado na cadeira giratória, pés em cima da mesa e olhos cerrados, ele começou a imaginar como tudo seria belo depois que se tornasse comandante do esquadrão.

Enquanto o capitão Black imaginava, o coronel Cathcart agia, e o capitão Black ficou chocado com o major Major, concluiu ele, que não havia perdido tempo e tinha passado a perna nele. Sua grande consternação com o anúncio da nomeação do major Major como comandante do esquadrão foi marcada por um ressentimento amargo que ele não fez questão de esconder. Quando outros oficiais da administração expressaram perplexidade com a escolha do major Major, o capitão Black murmurou que havia algo estranho acontecendo; quando eles especularam sobre o valor político da semelhança entre o major Major e o Henry Fonda, o capitão Black asseverou que, na verdade, o major Major era o Henry Fonda; e, quando apontaram que o major Major era um tanto estranho, o capitão Black anunciou que ele era comunista.

— Eles estão tomando conta de tudo — declarou ele num tom de rebeldia. — Olha só, vocês podem ficar aí e deixar que eles assumam tudo se quiserem, mas eu não. Vou fazer alguma coisa. De agora em diante, vou obrigar todo filho da puta que aparecer na minha barra do serviço de informações a assinar um juramento de lealdade. E não vou deixar aquele cretino do major Major assinar nem se ele quiser.

Quase do dia para a noite, a Gloriosa Cruzada do Juramento de Lealdade estava a todo vapor, e o capitão Black ficou em êxtase ao descobrir que estava liderando esse movimento. Ele tinha acertado mesmo sem pensar. Todo praça e oficial com status de combatente precisava assinar um juramento de lealdade para receber as pastas com os mapas na barraca do serviço de informações, um segundo juramento de lealdade para receber os trajes de proteção contra artilharia, um terceiro juramento de lealdade para o tenente Balkington, o oficial responsável pelos veículos motorizados, que dava permissão para ir do esquadrão até o aeródromo em um dos caminhões. A cada passo que davam, havia mais um juramento de lealdade para assinar. Eles assinavam um juramento de lealdade para receber o soldo do oficial responsável pelas finanças, para receber os suprimentos, para cortar o cabelo com os barbeiros italianos. Para o capitão Black, todo oficial que apoiasse sua Gloriosa Cruzada do Juramento de Lealdade era um concorrente, e ele planejava e tramava vinte e quatro horas por dia para estar sempre um passo à frente. Não deixaria que ninguém tivesse uma devoção maior que a sua pelo país. Quando outros oficiais seguiram seus passos e criaram seus próprios juramentos de lealdade, ele os deixou para trás obrigando cada filho da puta que aparecesse na sua barraca do serviço de informações a assinar dois juramentos de lealdade, depois três, depois quatro; depois, ele implantou o juramento à bandeira e, mais tarde, ao hino dos Estados Unidos, a uma estrofe, a duas estrofes, a três estrofes, a quatro estrofes. Toda vez que o capitão Black dava um passo além da concorrência, ele os atacava com desdém por não conseguirem seguir seu exemplo. Toda vez que eles seguiam seu exemplo, ele batia em retirada preocupado e forçava seu cérebro a descobrir um novo estratagema que lhe desse a oportunidade de atacá-los novamente com desdém.

Sem se dar conta de como aquilo tinha começado, os combatentes do esquadrão se viram dominados pelos administradores designados para servi-los. Eles eram intimidados, insultados, assediados e coagidos o tempo todo por todos eles. Quando apresentavam alguma objeção, o capitão Black respondia que pessoas leais não se importariam em assinar os juramentos de lealdade exigidos. A qualquer um que questionasse a eficácia dos juramentos de lealdade, ele respondia que as pessoas que de fato eram leais ao país ficariam orgulhosas em reafirmar essa lealdade sempre que ele as obrigasse a fazer isso. E a qualquer um que questionasse a moralidade, ele respondia que o hino dos Estados Unidos era a maior música já composta. Quanto mais juramentos de lealdade a pessoa assinasse, mais leal ela era; para o capitão Black era simples assim, e ele obrigou o cabo Kolodny a assinar centenas de juramentos todo dia com o nome dele para que sempre fosse capaz de provar que era mais leal que qualquer um.

— O importante é que eles continuem jurando — explicava ele aos seus pares. — Não importa se eles sentem isso ou não. É por isso que fazem as criancinhas jurarem à bandeira antes mesmo de elas saberem o que é "juramento" e o que é "bandeira".

Para o capitão Piltchard e o capitão Wren, a Gloriosa Cruzada dos Juramentos de Lealdade era uma gloriosa encheção de saco que só complicava a tarefa de organizar suas tripulações a cada missão de combate.

Os homens ficavam presos em toda parte do esquadrão assinando, jurando e cantando, e as missões levavam horas para começar. Ações de emergência eficientes se tornaram impossíveis, mas tanto o capitão Piltchard quanto o capitão Wren eram tímidos demais para protestar contra o capitão Black, que se empenhava escrupulosamente todo dia para reforçar a importância da doutrina da "contínua reafirmação" que ele havia criado, uma doutrina planejada para pegar no contrapé todos os homens que tivessem se tornado desleais desde a última vez que assinaram o juramento de lealdade um dia antes. Foi o capitão Black quem aconselhou o capitão Piltchard e o capitão Wren quando eles falaram sobre suas desconcertantes dificuldades. Ele chegou com uma delegação e sem maiores rodeios os aconselhou a obrigar todos os homens a assinar um juramento de lealdade antes de permitir que eles voassem uma missão de combate.

— Claro, vocês é que decidem — ressaltou o capitão Black. — Ninguém está tentando pressionar vocês. Mas todos os outros estão obrigando os homens a assinar juramentos de lealdade. O FBI pode achar muito curioso se vocês forem os únicos dois que não se importam o suficiente com o país para obrigá-los a assinar juramentos de lealdade. Se quiserem ficar com má reputação, ninguém tem nada a ver com isso. Só estamos tentando ajudar.

Milo não estava convencido e se negou terminantemente a privar de comida o major Major, ainda que o major Major fosse comunista, algo de que Milo duvidava em segredo. Milo por natureza se opunha a qualquer inovação que ameaçasse mudar o curso normal das coisas. Milo tomou uma posição moral firme e se recusou terminantemente a participar da Gloriosa Cruzada do Juramento de Lealdade até que o capitão Black foi visitá-lo com sua delegação e pediu que ele o fizesse.

— A defesa do país é uma obrigação de *todos* — disse o capitão Black em resposta à objeção de Milo. — E esse programa é inteiramente voluntário, Milo, não se esqueça disso. Os homens não são obrigados a assinar os juramentos de lealdade de Piltchard e de Wren se não quiserem, mas precisamos que você faça com que eles morram de fome caso não assinem. É igual ao ardil-22. Você não percebe? Você não é contra o ardil-22, certo?

Doc Daneeka estava inflexível.

— Como você tem tanta certeza de que o major Major é comunista?

— Você nunca tinha ouvido ele negar isso antes de começarmos com as acusações, tinha? E ele não está assinando nenhum dos nossos juramentos de lealdade.

— Vocês não deixam ele assinar.

— Evidente que não — explicou o capitão Black. — Isso acabaria com todo o propósito da nossa cruzada. Veja bem, você não precisa vir com a gente se não quiser. Mas qual é o sentido de todos nós trabalharmos tanto se você der atendimento médico para o major Major assim que Milo começar a fazer com que ele passe fome? Fico só imaginando o que o pessoal do grupamento vai pensar do sujeito que está minando todo o nosso programa de treinamento. É provável que transfiram você para o Pacífico.

Doc Daneeka se rendeu sem demora.

— Vou dizer para Gus e Wes fazerem tudo que vocês pedirem.

No grupamento, o coronel Cathcart já tinha começado a imaginar o que estava acontecendo.

— É aquele idiota do Black num surto de patriotismo — informou o coronel Korn sorrindo. — Acho melhor você não discordar dele por enquanto, já que foi você quem promoveu o major Major a comandante do esquadrão.

— A ideia foi sua — acusou o coronel Cathcart com petulância. — Eu nunca devia ter deixado você me convencer.

— E era uma ideia ótima — respondeu o coronel Korn — já que isso eliminou aquele major supérfluo que estava te deixando com uma imagem tão ruim como gestor. Não se preocupe, isso provavelmente não vai demorar muito para acabar. O melhor a fazer por enquanto é mandar uma carta para o capitão Black dando total apoio e torcer para que ele caia morto antes de fazer um estrago grande demais.

Uma ideia excêntrica ocorreu ao coronel Korn.

— Veja só o que pensei! Será que aquele imbecil vai tentar tirar o major Major do trailer dele?

— A próxima coisa que precisamos fazer é tirar aquele desgraçado do major Major do trailer dele — decidiu o capitão Black. — Eu bem que ia gostar de deixar a mulher e os filhos dele abandonados na floresta também. Mas não dá. Ele não é casado e não tem filhos. Então, vamos ter que nos contentar com o que temos e tirar ele do trailer. Quem é o encarregado das tendas?

— É ele.

— Está vendo? — gritou o capitão Black. — Eles estão tomando conta de tudo! Certo, não vou tolerar isso. Vou levar isso direto para o major ——— de Coverley se for preciso. Vou mandar Milo falar com ele assim que ele voltar de Roma.

O capitão Black tinha uma fé inabalável na sabedoria, no poder e na retidão do major ——— de Coverley, embora jamais tivesse falado com ele e ainda não tivesse coragem para isso. Ele enviou Milo para falar com o major ——— de Coverley em seu nome e ficou andando impacientemente de um lado para outro enquanto esperava a volta do alto oficial executivo. Junto com todos os outros homens do esquadrão, ele sentia imensa admiração e profunda reverência pelo majestoso e grisalho major de rosto áspero e postura de Deus do Antigo Testamento, que enfim voltou de Roma com um ferimento no olho coberto por um novo tapa-olho de celuloide e que destruiu a Gloriosa Cruzada dele com um único golpe.

Milo cuidadosamente não disse nada quando o major ——— de Coverley entrou no refeitório com sua dignidade feroz e austera no dia de seu retorno e viu seu caminho bloqueado por oficiais que faziam fila para assinar juramentos de lealdade. Na outra ponta do balcão, onde ficava a comida, um grupo de homens que tinha chegado mais cedo estava prestando o juramento à bandeira, com bandejas de comida equilibradas numa das mãos, para terem permissão de se sentar à mesa.

Já à mesa, um grupo que havia chegado ainda antes cantava o hino dos Estados Unidos para poder fazer uso do sal, da pimenta e do ketchup. O rebuliço começou a diminuir lentamente quando o major ———— de Coverley parou na porta com a testa franzida indicando perplexidade e desaprovação, como quem vê algo bizarro. Ele começou a andar em linha reta, e a barreira de oficiais diante dele se abriu como o mar Vermelho. Sem olhar nem para a esquerda nem para a direita, ele foi indômito até a rampa e, com uma voz clara, encorpada, que a idade havia tornado áspera e dotada de antiga eminência e autoridade, disse:

— Me dá comida.

Em vez de comida, o cabo Snark deu ao major ———— de Coverley um juramento de lealdade para assinar. O major ———— de Coverley afastou o papel com imenso desgosto quando reconheceu do que se tratava, o olho bom com um brilho ofuscante de feroz desprezo e seu imenso e velho rosto corrugado tomando o sombrio aspecto de uma imensa fúria.

— Eu disse "Me dá comida" — ordenou ele erguendo a voz em um tom áspero que ressoou de forma ameaçadora pela tenda silenciosa como os estrondos de um trovão distante.

O cabo Snark ficou pálido e começou a tremer. Ele olhou para Milo pedindo instruções. Durante vários segundos terríveis não se ouviu um som sequer. Depois Milo fez que sim com a cabeça.

— Dê comida para ele — disse.

O cabo Snark começou a dar comida para o major ———— de Coverley. O major ———— de Coverley começou a se afastar do balcão com a bandeja cheia e parou. Os olhos dele recaíram sobre os grupos de oficiais que olhavam para ele num apelo mudo, e, com justa beligerância, rugiu:

— Dê comida para todo mundo!

— Dê comida para todo mundo! — ecoou Milo com alegre alívio, e a Gloriosa Cruzada do Juramento de Lealdade chegou ao fim.

O capitão Black ficou profundamente desiludido pela facada traiçoeira nas costas de alguém num alto posto em cujo apoio ele tinha tanta confiança. O major ———— de Coverley o havia decepcionado.

— Ah, não estou nem um pouco chateado — respondeu ele alegremente para todos que vieram demonstrar solidariedade. — Completamos o nosso trabalho. Nosso objetivo era deixar todos aqueles de que não gostamos apavorados e alertar as pessoas sobre o perigo do major Major, e certamente tivemos êxito nisso. Como não íamos deixar que ele assinasse nenhum juramento de lealdade mesmo, não importa se temos os juramentos ou não.

Ver todos do esquadrão de que ele não gostava apavorados de novo durante o terrível e interminável Grandioso Grande Cerco de Bolonha fez o capitão Black lembrar com nostalgia daqueles bons e velhos tempos de sua Gloriosa Cruzada dos Juramentos de Lealdade, quando ele foi um homem realmente importante, e até mesmo figurões como Milo Minderbinder, Doc Daneeka e Piltchard e Wren tremiam ao vê-lo se aproximando e rastejavam aos seus pés. Para provar aos recém-chegados que realmente tinha sido um homem importante em outros tempos, ele guardou a carta de louvor que tinha recebido do coronel Cathcart.

12
BOLONHA

Na verdade, não foi o capitão Black, mas sim o sargento Knight quem deu início ao solene pânico de Bolonha, saindo discretamente do caminhão para pegar dois trajes extras de proteção contra artilharia assim que soube que Bolonha era o alvo, desencadeando assim a triste procissão de homens retornando à tenda de paraquedas que degenerou em uma correria frenética antes que todos os trajes acabassem.

— Ei, o que está acontecendo? — perguntou Kid Sampson, nervoso. — Bolonha não pode ser tão difícil assim, pode?

Nately, sentado numa espécie de transe no chão do caminhão, escondeu seu jovem e grave rosto com as duas mãos e não respondeu.

A resposta veio do sargento Knight e da cruel série de adiamentos, pois bem na hora em que eles estavam subindo nos aviões naquela primeira manhã apareceu um jipe com a notícia de que estava chovendo em Bolonha e que a missão seria adiada. Estava chovendo também em Pianosa no momento em que eles voltaram ao esquadrão, e eles tiveram o resto do dia para ficar olhando fixamente para a linha do front no mapa debaixo do toldo da barraca do serviço de informações e para ruminar hipnoticamente o fato de que não havia escapatória. A prova estava vívida ali na fina fita vermelha presa no território italiano: as forças terrestres na Itália estavam encurraladas a sessenta e sete insuperáveis quilômetros de distância e era impossível que elas capturassem a cidade a tempo. Nada podia salvar os homens em Pianosa da missão em Bolonha. Não havia escapatória.

A única esperança deles era que nunca parasse de chover, e eles não tinham essa esperança, porque todos sabiam que a chuva ia parar. Quando parou de chover em Pianosa, choveu em Bolonha. Quando parou de chover em Bolonha, começou de novo em Pianosa. Se não havia chuva nenhuma, havia fenômenos bizarros e inexplicáveis como a epidemia de diarreia ou a linha do front que se movia. Quatro vezes durante os seis primeiros dias eles foram reunidos e receberam as instruções e depois foram mandados de volta. Uma vez, eles decolaram e estavam voando em formação quando a torre de controle mandou todos voltarem. Quanto mais chovia, maior era o sofrimento deles. Quanto maior era o sofrimento deles, mais rezavam para que continuasse a chover. Durante a noite inteira, os homens olhavam para o céu e ficavam tristes ao ver as estrelas. Durante o dia inteiro, eles olhavam para a linha do front no grande e trêmulo mapa da Itália que era levado pelo vento e arrastado para baixo do toldo da tenda do serviço de informações cada vez que começava a chover. A linha do front era uma faixa estreita de cetim escarlate que delineava a posição mais avançada das forças terrestres Aliadas em cada setor da Itália continental.

Na manhã seguinte à luta de Joe Faminto com o gato de Huple, a chuva parou nos dois lugares. A faixa de pouso começou a secar. Seriam necessárias vinte e quatro horas para que o chão endurecesse; mas o céu continuou limpo. Os ressentimentos incubados em cada homem se transformaram em ódio. Primeiro eles odiaram os homens da infantaria em terra por não terem conseguido capturar Bolonha. Depois começaram a odiar a própria linha do front. Durante horas eles olharam incansavelmente para a fita escarlate no mapa e a odiaram porque ela não se movia o suficiente para o alto para abranger a cidade. Quando chegou a noite, eles se reuniram no escuro com lanternas, continuando sua macabra vigília da linha do front numa súplica taciturna, como se torcessem para que o peso coletivo de suas tristes preces fosse o suficiente para mover a fita.

— Não consigo acreditar! — exclamou Clevinger para Yossarian numa voz que oscilava de volume para deixar claro o protesto e o espanto. — É uma reversão completa à superstição primitiva. Eles estão confundindo causa e efeito. Isso faz tanto sentido quanto bater na madeira ou cruzar os dedos. Eles acreditam mesmo que a gente não ia precisar voar essa missão amanhã se alguém pudesse chegar furtivamente perto do mapa no meio da noite e mover a linha do front para o norte de Bolonha. Dá para imaginar? Você e eu devemos ser os únicos dois seres racionais que sobraram aqui.

No meio da noite, Yossarian bateu na madeira, cruzou os dedos e saiu furtivamente da tenda para mover a linha do front para o norte de Bolonha.

O cabo Kolodny foi furtivamente até a tenda do capitão Black bem cedinho, pôs a mão dentro do mosquiteiro e suavemente sacudiu a omoplata úmida que encontrou ali até que o capitão Black abrisse os olhos.

— Por que você está me acordando? — resmungou o capitão Black.
— Capturaram Bolonha, senhor — disse o cabo Kolodny. — Achei que o senhor ia querer saber. A missão vai ser cancelada?

O capitão Black se ergueu e começou a coçar as coxas longas e magras metodicamente. Pouco depois ele se vestiu e saiu da tenda, olhos semicerrados, irritado e com a barba por fazer. O céu estava limpo e fazia calor. Olhou sem emoção para o mapa.

Era evidente que tinham capturado Bolonha. Dentro da tenda do serviço de informações, o cabo Kolodny já estava recolhendo os mapas de Bolonha dos kits de navegação. O capitão Black se sentou bocejando alto, colocou os pés sobre a mesa e ligou para o coronel Korn.

— Por que você está me acordando? — resmungou o coronel Korn.
— Capturaram Bolonha durante a noite, senhor. A missão vai ser cancelada?
— Do que você está falando, Black? — rosnou o coronel Korn. — Por que a missão seria cancelada?
— Porque capturaram Bolonha, senhor. A missão não vai ser cancelada?
— Claro que a missão vai ser cancelada. Você acha que a gente vai bombardear os nossos soldados?
— Por que você está me acordando? — resmungou o coronel Cathcart para o coronel Korn.

— Capturaram Bolonha — disse o coronel Korn. — Achei que o senhor ia querer saber.

— Quem capturou Bolonha?

— Nós.

O coronel Cathcart ficou em êxtase, pois se livrou do compromisso constrangedor de bombardear Bolonha sem manchar a reputação de coragem que ganhou ao voluntariar seus homens. O general Dreedle também ficou contente com a captura de Bolonha, embora estivesse irritado com o coronel Moodus por acordá-lo para contar isso. O quartel-general também gostou da notícia e decidiu dar uma medalha para o oficial responsável pela captura da cidade. Não havia nenhum oficial responsável pela captura da cidade, e eles acabaram dando a medalha para o general Peckem, porque o general Peckem foi o único oficial com iniciativa suficiente para pedir.

Assim que recebeu a medalha, o general Peckem começou a pedir mais responsabilidade. Na opinião do general Peckem, toda unidade de combate no teatro de operações deveria ser posta sob a jurisdição do Corpo de Serviços Especiais, comandado pelo próprio general Peckem. Se jogar bombas no inimigo não era um serviço especial, costumava refletir em voz alta com o sorriso martirizado da doce razoabilidade que era sua leal aliada em toda disputa, então ele não sabia o que seria. Com tristeza, recusou a oferta de um posto de combate sob o comando do general Dreedle.

— Voar missões de combate *para* o general Dreedle não era exatamente o que eu tinha em mente — explicou ele, indulgente, com um sorriso fácil. — Eu estava pensando mais na possibilidade de *substituir* o general Dreedle, ou talvez algo *acima* do general Dreedle onde eu pudesse exercer um papel de supervisão sobre muitos *outros* generais também. Olha só, as minhas melhores habilidades são administrativas. Tenho grande facilidade em levar pessoas diferentes a concordarem.

— Ele tem grande facilidade em levar pessoas diferentes a concordarem que ele é um cretino — confidenciou o coronel Cargill com inveja ao ex-soldado de primeira classe Wintergreen na esperança de que o ex-soldado de primeira classe Wintergreen espalhasse o relatório desfavorável no 27º Grupamento da Força Aérea. — Se tem alguém que merece aquele posto de combate sou eu. Inclusive foi minha ideia que solicitássemos a medalha.

— Você quer mesmo entrar em combate? — perguntou o ex-soldado de primeira classe Wintergreen.

— Combate? — O coronel Cargill ficou horrorizado. — Ah, não, você me entendeu mal. Claro, eu não me importaria de entrar em combate, mas as minhas melhores habilidades são administrativas. Também tenho grande facilidade em fazer com que pessoas diferentes concordem.

— Ele também tem grande facilidade em fazer com que pessoas diferentes concordem que ele é um cretino — confidenciou o ex-soldado de primeira classe Wintergreen rindo para Yossarian, depois que ele foi a Pianosa para saber se era verdade a história de Milo com o algodão egípcio. — Se tem alguém que merece uma promoção sou eu.

Na verdade, ele já era ex-cabo, tendo sido promovido pouco depois de ser transferido para o 27º Grupamento da Força Aérea como responsável pelas correspondências, sendo rebaixado logo em seguida a recruta por ter feito odiosas e audíveis comparações sobre os oficiais para quem ele trabalhava. O gosto inebriante do sucesso infundiu uma moralidade ainda maior nele e fez crescer nele a ambição por conquistas mais elevadas.

— Quer comprar uns isqueiros Zippo? — perguntou ele para Yossarian. — Foram roubados direto do almoxarife.

— Milo sabe que você está vendendo isqueiros?

— O que ele tem a ver com isso? Milo não está vendendo isqueiros também, está?

— Claro que está — contou Yossarian. — E os dele não são roubados.

— É o que você pensa — respondeu o ex-soldado de primeira classe Wintergreen bufando laconicamente. — Estou vendendo os meus por um dólar. Quanto ele cobra?

— Um dólar e um centavo.

O ex-soldado de primeira classe Wintergreen deu um risinho triunfante.

— Eu sempre ganho dele — gabou-se ele.

— Me diz, e essa história do algodão egípcio que ele não consegue vender? Quanto ele comprou?

— Tudo.

— Do mundo inteiro? Essa é boa! — disse o ex-soldado de primeira classe com uma alegria maldosa. — Que burro! Você estava no Cairo com ele. Por que você deixou ele fazer isso?

— Eu? — respondeu Yossarian, dando de ombros. — Eu não tenho influência sobre ele. São aquelas máquinas de teletipo que eles têm em todo restaurante bom lá. Milo nunca tinha acompanhado as cotações da Bolsa, e a cotação do algodão egípcio chegou por acaso bem na hora em que ele pediu para o maître explicar aquilo. Milo disse com aquele olhar dele: "Algodão egípcio? Por quanto estão vendendo o algodão egípcio?" Quando vi ele tinha comprado a porra da colheita inteira. E agora não consegue vender nada.

— Ele não tem imaginação. Posso vender boa parte no mercado ilegal se ele topar um acordo.

— Milo conhece o mercado ilegal. Não existe demanda por algodão.

— Mas existe demanda por suprimentos médicos. Posso enrolar o algodão em palitos de dente de madeira e vender como cotonetes esterilizados. Será que ele me vende por um preço camarada?

— Ele não vai vender para você por preço nenhum — respondeu Yossarian. — Ele está bastante magoado por você ser concorrente dele. Na verdade, ele está bastante magoado com todo mundo por terem diarreia na semana passada e deixar o refeitório dele com uma imagem ruim. Olha só, você podia ajudar a gente.

De repente, Yossarian agarrou o braço dele.

— Você não tem como forjar umas ordens oficiais naquele seu mimeógrafo e livrar a gente de voar para Bolonha?

O ex-soldado de primeira classe Wintergreen se afastou lentamente com um olhar de desprezo.

— Claro que podia — explicou ele com orgulho. — Mas eu nunca nem sonharia em fazer uma coisa dessas.

— Por que não?

— Porque esse é o seu trabalho. Cada um tem o seu trabalho. O meu é vender esses isqueiros Zippo com lucro se possível e comprar um pouco do algodão de Milo. O seu trabalho é bombardear os depósitos de munição em Bolonha.

— Mas vão me matar em Bolonha — implorou Yossarian. — Vão matar todos nós.

— Então vocês precisam morrer — respondeu o ex-soldado de primeira classe Wintergreen. — Por que você não pode ser fatalista em relação a isso como eu? Se estou destinado a vender esses isqueiros com lucro e comprar algodão egípcio barato de Milo, é isso que vou fazer. E se você está destinado a ser morto voando sobre Bolonha, você pode muito bem ir lá e morrer como um homem. Odeio dizer isso, Yossarian, mas você está se transformando num reclamão crônico.

Clevinger concordava com o ex-soldado de primeira classe Wintergreen que era obrigação de Yossarian morrer sobrevoando Bolonha e ficou furioso quando soube que foi Yossarian que moveu a linha do front e levou a missão a ser cancelada.

— Por que não? — rosnou Yossarian, argumentando de maneira ainda mais veemente por suspeitar que estava errado. — Você acha que eu deveria levar um balaço só porque o coronel quer ser general?

— E os caras que estão lutando na Itália continental? — perguntou Clevinger com o mesmo grau de emoção. — Eles deveriam levar um balaço só porque você não quer ir? Aqueles caras têm direito a cobertura aérea!

— Mas não precisa necessariamente ser eu. Olha, eles não querem nem saber quem vai explodir aqueles depósitos de munição. A única razão para a gente ir é porque aquele cretino do Cathcart apresentou o nosso esquadrão como voluntário.

— Ah, eu sei disso tudo — garantiu Clevinger, o rosto magro e pálido e os olhos castanhos agitados mergulhados em sinceridade. — Mas o fato é que aqueles depósitos de munição continuam lá. Você sabe muito bem que eu também não morro de amores pelo coronel Cathcart. — Clevinger fez uma pausa para dar ênfase, a boca trêmula, e depois deu um soco de leve no saco de dormir. — Mas não cabe a nós decidir quais alvos precisam ser destruídos ou quem vai destruir ou...

— Ou quem vai morrer fazendo isso. E por quê.

— Sim, inclusive isso. A gente não tem o direito de questionar...

— Você está maluco!

— ... não tem o direito de questionar...

— Você está falando sério que não é da minha conta como ou por que eu vou ser assassinado e que isso é assunto do coronel Cathcart? Você está falando sério?

— Estou sim — insistiu Clevinger, parecendo inseguro. — Tem homens que receberam a responsabilidade de ganhar a guerra e que estão em posição muito melhor do que nós para decidir quais alvos devem ser bombardeados.

— A gente está falando de duas coisas diferentes — respondeu Yossarian com cansaço exagerado. — Você está falando sobre a relação entre a Força Aérea e a Infantaria, e eu estou falando da minha relação com o coronel Cathcart. Você está falando de ganhar a guerra, e eu estou falando de ganhar a guerra e continuar vivo.

— Exato — rebateu Clevinger, presunçoso. — E qual você acha que é mais importante?

— Para quem? — retrucou Yossarian. — Abre os olhos, Clevinger. Para quem está morto não faz diferença nenhuma *quem vence* a guerra.

Clevinger se sentou por um instante como se tivesse levado um tapa.

— Meus parabéns! — exclamou ele num tom amargo, um finíssimo anel sem circulação de sangue branco como leite cercando com firmeza seus lábios. — Não consigo pensar numa atitude que pudesse servir de maior consolo para o inimigo.

— O inimigo — retorquiu Yossarian com precisão bem pensada — é qualquer um que vai te fazer morrer, não importa *de que lado* ele está, e isso inclui o coronel Cathcart. E não se esqueça disso, porque, por quanto mais tempo você lembrar, mais longa será a sua vida.

Mas Clevinger se esqueceu disso, e agora ele estava morto. Na época, Clevinger ficou tão chateado com o incidente que Yossarian não teve coragem de contar que ele também tinha sido responsável pela epidemia de diarreia que causou mais um adiamento desnecessário. Milo ficou ainda mais chateado com a possibilidade de que alguém tivesse envenenado outra vez o esquadrão e foi todo agitado pedir ajuda a Yossarian.

— Por favor, descubra se o cabo Snark colocou sabão de lavar roupa na batata-doce outra vez — pediu ele furtivamente. — O cabo Snark confia em você e vai contar a verdade se você prometer que não vai contar para ninguém. Assim que ele te contar, venha me dizer.

— Claro que eu pus sabão de lavar roupa na batata-doce — admitiu o cabo Snark para Yossarian. — Foi isso que você me pediu para fazer, não foi? Sabão de lavar roupa é a melhor opção.

— Ele jura por Deus que não teve nada a ver com isso — relatou Yossarian para Milo.

Milo fez cara de dúvida.

— Dunbar diz que Deus não existe.

Já não havia esperança. Pela metade da segunda semana, todos os homens do esquadrão começaram a ficar parecidos com Joe Faminto, que não estava designado para voar e que dava gritos horríveis enquanto dormia. Ele era o único que conseguia dormir. Durante a noite toda, homens se moviam no meio da escuridão do lado de fora de suas tendas, como espectros mudos com seus cigarros. Durante o dia eles olhavam para a linha do front em grupinhos inúteis e abatidos, ou olhavam para a figura imóvel de Doc Daneeka sentado em frente à porta fechada da tenda médica debaixo do mórbido cartaz escrito à mão. Eles começaram a inventar piadas ácidas sem graça com os rumores calamitosos sobre a destruição que os esperava em Bolonha.

Yossarian uma noite se aproximou bêbado do coronel Korn no clube de oficiais para brincar com ele sobre a nova arma Lepage que os alemães estavam usando.

— Que arma Lepage? — perguntou o coronel Korn curioso.

— A nova Lepage de trezentos e quarenta e quatro milímetros que dispara cola — respondeu Yossarian. — Cola uma formação inteira de aviões em pleno ar.

O coronel Korn libertou seu cotovelo dos dedos de Yossarian que o seguravam numa afronta assustada.

— Me solta, seu idiota! — gritou ele furioso, olhando com vingativa aprovação quando Nately saltou sobre as costas de Yossarian e o levou para longe. — Quem é aquele lunático?

O coronel Cathcart deu uma risadinha alegre.

— Foi para ele que você me fez dar uma medalha depois de Ferrara. Você também me fez promover o sujeito a capitão, lembra? Bem feito para você.

Nately era mais leve que Yossarian e penou para levar o corpo cambaleante de Yossarian até uma mesa desocupada no outro lado da sala.

— Você está doido? — não parava de dizer Nately baixinho, nervoso. — Aquele é o coronel Korn. Você endoidou?

Yossarian queria mais uma bebida e prometeu que ia embora sem escândalo se Nately trouxesse alguma para ele. Depois, ele fez Nately trazer mais duas. Quando Nately conseguiu convencê-lo e ele estava chegando à porta, o capitão Black entrava batendo os pés no chão, pisando duro com os sapatos enlameados no piso de madeira e derramando água pelos seus beirais como se fosse um telhado.

— Moçada, vocês estão perdidos! — anunciou ele exuberante, chapinhando na poça que se formava aos pés. — O coronel Korn acabou de me ligar. Sabe o que eles têm esperando por vocês em Bolonha? Rá! Rá! Eles têm a nova arma de cola Lepage. Aquilo cola uma formação inteira de aviões em pleno ar.

— Meu Deus, é verdade! — Yossarian tremeu e se amparou em Nately, apavorado.

— Deus não existe — respondeu Dunbar com calma, enquanto chegava mais perto trocando ligeiramente as pernas.

— Ei, pode me dar uma mão aqui? Preciso levar ele de volta para a tenda.

— Quem disse isso?

— Eu disse. Caramba, olha essa chuva.

— A gente precisa de um carro.

— Rouba o do capitão Black — disse Yossarian. — É o que eu sempre faço.

— A gente não tem como roubar o carro de ninguém. Desde que você começou com isso de roubar o carro que estivesse mais perto sempre que queria um, ninguém mais deixa a chave na ignição.

— Entrem — disse o cacique Floco de Aveia, dirigindo bêbado um jipe com capota. Ele esperou todos se apinharem lá dentro e disparou tão de repente que todos eles saíram rolando para trás. Ele caiu na gargalhada ao ouvir os xingamentos deles. O cacique Floco de Aveia saiu dirigindo em linha reta quando saiu do estacionamento e enfiou o carro no barranco do outro lado da rua. Os outros foram jogados para a frente numa pilha e começaram a xingar de novo.

— Me esqueci de virar — explicou ele.

— Dá para tomar um pouco mais de cuidado? — pediu Nately. — Melhor ligar o farol.

O cacique Floco de Aveia deu ré, fez a curva e disparou a toda. Os pneus cantaram na superfície preta e sibilante.

— Mais devagar — disse Nately.

— Melhor você me levar junto até o seu esquadrão primeiro para eu te ajudar a colocar ele na cama. Depois você pode me dar carona até o meu esquadrão?

— Eu nem sei quem é você.

— Dunbar.

— Ei, acende o farol — gritou Nately. — E olha para a frente!

— O farol está aceso. Yossarian não está no carro? Foi só por causa dele que eu deixei o resto de vocês entrar.

O cacique Floco de Aveia se virou completamente para trás para ver o banco de trás.

— Olha para a frente!

— Yossarian? Yossarian está aqui?

— Estou aqui, cacique. Vamos para casa. Como você pode ter tanta certeza? Você nunca respondeu a minha pergunta.
— Viu? Eu disse que ele estava aqui.
— Que pergunta?
— Alguma coisa que a gente estava falando.
— Era importante?
— Não lembro se era importante. Deus sabe que eu queria lembrar.
— Deus não existe.
— Era disso que a gente estava falando — gritou Yossarian. — Como você pode ter tanta certeza?
— Ei, tem certeza de que o farol está aceso? — gritou Nately.
— Está aceso, está aceso. O que ele quer de mim? É essa chuvarada no para-brisa que faz parecer tão escuro lá fora.
— Bonita, muito bonita essa chuva.
— Espero que nunca pare de chover. Chuva, chuva, pare a...
— ... gora. Melhor voltar uma outra ho...
— ... ra. O menino Yo-Yo quer...
— ... brincar lá fora, lá...
— ... no campo, lá...

O cacique Floco de Aveia não conseguiu fazer a curva seguinte e o jipe subiu até o alto de um barranco íngreme. Quando deslizou de volta, o jipe virou de lado e se assentou lentamente na lama. Houve um silêncio assustado.

— Está todo mundo bem? — perguntou o cacique Floco de Aveia baixinho. Ninguém estava machucado, e ele deixou escapar um longo suspiro de alívio. — Sabe, esse é o meu problema — resmungou. — Eu nunca escuto ninguém. Tinha alguém falando o tempo todo para acender o farol, mas eu simplesmente não escutei.

— Eu fiquei falando o tempo todo para você acender o farol,
— Eu sei, eu sei. E eu simplesmente não escutei, não é? Queria ter uma bebida. Eu *tenho* uma bebida. Olha só, não quebrou.
— Está chovendo aqui dentro — percebeu Nately. — Estou me molhando.

O cacique Floco de Aveia abriu a garrafa de uísque, bebeu e passou para os outros. Empilhados uns em cima dos outros, eles estavam todos bêbados, fora Nately, que continuava tateando sem sucesso em busca da maçaneta da porta. A garrafa caiu na cabeça dele com um baque, e o uísque escorreu pelo seu pescoço. Ele começou a se contorcer convulsivamente.

— Ei, a gente precisa sair daqui! — gritou ele. — A gente vai se afogar.

— Tem alguém aí? — perguntou Clevinger preocupado, acendendo uma lanterna lá no alto.

— É Clevinger! — gritaram eles e tentaram puxar Clevinger para dentro pela janela enquanto ele estendia a mão para ajudá-los.

— Olha só para eles! — exclamou Clevinger indignado para McWatt, que estava sentado sorrindo no banco do motorista do carro oficial. — Deitados aí que nem um bando de animais bêbados. Você também, Nately? Vocês deviam estar envergonhados! Vem cá, me ajuda a tirar eles daqui antes que todo mundo morra de pneumonia.

— Sabe, isso não parece má ideia — refletiu o cacique Floco de Aveia. — Acho que eu vou morrer de pneumonia.

— Por quê?

— Por que não? — respondeu o cacique Floco de Aveia e se deitou de novo na lama contente, com a garrafa de uísque aninhada nos braços.

— Ah, não, olha só o que ele está fazendo! — exclamou Clevinger com irritação. — Levanta e entra no carro para a gente voltar para o esquadrão, pode ser?

— Não dá para todo mundo voltar. Alguém tem que ficar aqui para ajudar o cacique com esse carro que ele pegou na oficina.

O cacique Floco de Aveia se instalou no carro oficial com um riso exuberante, orgulhoso.

— Esse é o carro do capitão Black — informou ele, jubilante. — Roubei dele no clube de oficiais agorinha com uma chave extra que ele achou que tinha perdido hoje cedo.

— Caramba! A gente tem que beber para comemorar isso.

— Vocês já não beberam demais? — Clevinger começou a bronca assim que McWatt deu a partida no carro. — Olha o estado de vocês. Por vocês o negócio é beber até cair duro no chão, é isso?

— Desde que a gente não precise voar em direção à morte.

— Ei, abre isso, abre isso — pediu o cacique Floco de Aveia a McWatt. — E desliga o farol. Só assim que dá para fazer.

— Doc Daneeka tem razão — continuou Clevinger. — As pessoas não sabem se cuidar. De verdade, estou enojado com vocês todos.

— Ô, tagarela, fora do carro — mandou o cacique Floco de Aveia. — Todo mundo para fora do carro, fica só Yossarian. Cadê Yossarian?

— Sai de cima de mim. — Yossarian riu, afastando o outro. — Vocês estão cobertos de lama.

Clevinger se concentrou em Nately.

— Você é o que mais me surpreende. Tem noção do seu cheiro? Em vez de evitar que ele se encrenque, você vai lá e fica bêbado igual a ele. Já imaginou se ele começa a brigar de novo com Appleby? — Os olhos de Clevinger arregalaram quando ele ouviu a risadinha de Yossarian. — Ele não brigou de novo com Appleby, brigou?

— Dessa vez não — disse Dunbar.

— Não, dessa vez não. Dessa vez eu fiz uma coisa mais legal.

— Dessa vez ele brigou com o coronel Korn.

— Mentira! — Clevinger perdeu o fôlego.

— Foi mesmo?! — exclamou o cacique Floco de Aveia, deliciado. — A gente tem que beber para comemorar isso aí.

— Mas isso é terrível! — declarou Clevinger tremendamente preocupado. — Por que cargas-d'água você ia brigar com o coronel Korn? Ei, o que aconteceu com os faróis? Por que está tudo tão escuro?

— Eu apaguei — respondeu McWatt. — Sabe, o cacique Floco de Aveia tem razão. É muito melhor com o farol apagado.

— Vocês piraram? — berrou Clevinger e se inclinou para acender os faróis.

Ele se virou para Yossarian, à beira da histeria.

— Está vendo o que você fez? Agora todos eles estão agindo igual você! Já pensou se para de chover e a gente tem que voar para Bolonha amanhã? Vocês vão estar nesse estado aí.

— Nunca vai parar de chover. Não, senhor, uma chuva dessa pode continuar para sempre.

— Parou de chover! — disse alguém, e todo mundo no carro ficou em silêncio.

— Coitados de vocês — murmurou o cacique Floco de Aveia compassivo depois de alguns instantes.

— Parou mesmo de chover? — perguntou Yossarian, resignado.

McWatt desligou o limpador de para-brisa para ter certeza. A chuva tinha parado. O céu estava começando a ficar limpo. A lua brilhava por trás de uma tênue neblina castanha.

— Fazer o quê? — disse McWatt num tom sóbrio. — Que seja.

— Não se preocupem — disse o cacique Floco de Aveia. — A pista vai estar macia demais para ser usada amanhã. Pode ser que comece a chover de novo antes que o aeródromo seque.

— Seu filho da puta nojento de merda — gritou Joe Faminto de sua tenda enquanto eles entravam em alta velocidade no esquadrão.

— Jesus, ele está aqui? Achei que ele ainda estava em Roma com o navio mensageiro.

— Ah! Aaaah! Aaaaaaah! — gritou Joe Faminto.

O cacique Floco de Aveia estremeceu.

— Esse cara me dá arrepios — confessou ele num sussurro rabugento.
— Ei, o que aconteceu com o capitão Flume?

— Esse, sim, me dá arrepios. Na semana passada vi o sujeito no meio do mato comendo frutinhas silvestres. Ele nunca mais dorme no trailer dele. Estava parecendo um lixo.

— Joe Faminto está com medo de ter que substituir alguém que pegue licença por estar doente, mesmo que não estejam dando licença para ninguém por estar doente. Você viu aquela noite que ele tentou matar Havermeyer e caiu na trincheira de Yossarian?

— Aaaah! — gritou Joe Faminto. — Ah! Aaaah! Aaaaaah!

— Sem dúvida é um prazer não ter mais Flume no refeitório. Não ter que escutar aquele: "Me passa o sal, Galalau."

— Ou: "Passa o pão, Garanhão."

— Ou: "Salta uma batata, Magnata."

— Longe de mim, longe de mim — gritava Joe Faminto. — Eu falei para ficar longe, longe de mim, seu filho da puta nojento de merda.

— Pelo menos a gente descobriu com o que ele sonha — observou Dunbar, irônico. — Ele sonha com filhos da puta nojentos de merda.

Naquela mesma noite, Joe Faminto sonharia que o gato de Huple estava dormindo no rosto dele, que ele estava sufocando, e, quando acordou, o gato de Huple estava dormindo no rosto dele. A agonia foi apavorante, o uivo cortante, fantasmagórico com que ele estilhaçou a escuridão iluminada pela lua e que continuou vibrando por vários segundos por aquele impacto como se atingida por um choque devastador. Um silêncio anestésico se seguiu e, depois, um ruído incontrolável veio de sua tenda.

Yossarian foi um dos primeiros a chegar lá. Quando entrou correndo, Joe Faminto estava com a arma na mão e tentava fazer Huple largar seu braço para poder atirar no gato, que seguia fazendo caretas ferozes e cuspindo para distraí-lo e impedir que ele atirasse em Huple. Os dois humanos estavam com a roupa de baixo do Exército. A lâmpada fosca acima da cabeça deles balançava loucamente em seu fio solto, e as sombras escuras confusas giravam e sacudiam caoticamente, fazendo com que a tenda toda parecesse cambalear. Yossarian estendeu a mão para a frente por instinto para tentar se equilibrar e depois se atirou para a frente num mergulho prodigioso que esmagou os três combatentes embaixo de seu corpo no chão. Ele se ergueu do meio daquela confusão com um cangote em cada mão — o de Joe Faminto e o do gato. Joe Faminto e o gato se olhavam com ódio. O gato cuspiu violentamente em Joe Faminto, e Joe Faminto tentou acertar uma pancada no gato.

— Uma luta justa — decretou Yossarian, e todos os outros que tinham vindo correndo na direção do tumulto horrorizados começaram a gritar em êxtase tomados por um alívio imenso.

— Vamos ter uma luta justa — explicou ele oficialmente para Joe Faminto e para o gato depois de ter levado os dois para fora, ainda segurando o cangote de ambos. — Punhos, presas e garras. Mas nada de armas — alertou a Joe Faminto. — E nada de cusparada — disse em um tom de voz sério para o gato. — Quando eu soltar vocês, está valendo. Se alguém agarrar, se soltem e voltem para a luta. Valendo!

Havia uma multidão imensa e meio sonada de homens ávidos por qualquer tipo de diversão, mas o gato amarelou no instante em que foi solto por Yossarian e fugiu ignominiosamente de Joe Faminto como um cão covarde. Joe Faminto foi declarado vencedor. Ele se afastou cheio de si, feliz com o sorriso orgulhoso de um campeão, a cabeça cheia de rugas erguida e o peito emaciado para fora. Voltou para a cama vitorioso e sonhou mais uma vez que o gato de Huple estava dormindo no rosto dele, sufocando-o.

13
MAJOR ——— DE COVERLEY

Mover a linha do front não enganou os alemães, mas enganou o major ——— de Coverley, que arrumou uma mala, pediu um avião e, tendo entendido que Florença também havia sido capturada pelos Aliados, mandou que o levassem para a cidade para alugar dois apartamentos para que os oficiais e os praças do esquadrão usassem nos dias de folga. Ainda não tinha voltado quando Yossarian pulou a janela para sair do gabinete do major Major, perguntando-se quem ele devia procurar em seguida para pedir ajuda.

O major ——— de Coverley era um homem velho, sério, esplêndido, imponente, com uma imensa cabeça de leão e uma cabeleira branca que se agitava como uma tempestade em torno de seu rosto austero e patriarcal. Suas tarefas como oficial executivo do esquadrão de fato consistiam, conforme haviam suposto Doc Daneeka e o major Major, em jogar ferraduras, sequestrar operários italianos e alugar apartamentos para os praças e os oficiais usarem nos dias de folga, e ele era excelente em todas essas três áreas.

Sempre que a tomada de uma cidade como Nápoles, Roma ou Florença parecia iminente, o major ——— de Coverley fazia as malas, pedia um avião e um piloto e mandava que o levassem até lá, realizando tudo isso sem pronunciar uma única palavra, pela pura força do semblante solene e majestoso e pelos gestos peremptórios do dedo cheio de rugas. Um ou dois dias após a tomada da cidade, ele retornava com o aluguel de dois amplos e luxuosos apartamentos, um para os oficiais e outro para os praças, ambos já munidos com competentes e alegres cozinheiras e criadas. Uns poucos dias mais tarde, surgiam jornais no mundo todo com fotos dos primeiros soldados dos Estados Unidos abrindo caminho na cidade estraçalhada, em meio a destroços e fumaça. Inevitavelmente, o major ——— de Coverley estava entre eles, sentado empertigado em um jipe que ele havia conseguido em algum lugar, sem olhar nem para a direita nem para a esquerda enquanto o fogo de artilharia explodia ao redor de sua cabeça invencível e jovens e ágeis soldados da infantaria com carabinas saltavam sobre detritos nas calçadas abrigados por prédios em chamas ou caíam mortos diante de portas. Ele parecia eternamente indestrutível sentado ali cercado pelo perigo, os traços firmemente moldados para formar aquela expressão feroz, majestática, justa e ameaçadora que era reconhecida e reverenciada por todos os homens do esquadrão.

Para o serviço de informações alemão, o major ——— de Coverley era um enigma vexatório; não havia um único dentre as centenas de prisioneiros americanos que fornecesse qualquer informação concreta sobre o velho oficial de cabeça branca dono daquela fisionomia enrugada e ameaçadora e dos olhos penetrantes e poderosos que pareciam estar na ponta de lança de todos os avanços importantes, sempre tão destemido e exitoso. Para as autoridades dos Estados Unidos a identidade dele era igualmente intrigante; todo um regimento de homens da corregedoria tinha sido levado ao front para descobrir quem ele era, enquanto por outro lado um batalhão de oficiais de relações públicas calejados pelo combate ficava em alerta vermelho vinte e quatro horas por dia para começar a falar dele no momento em que ele era localizado.

Em Roma, o major ——— de Coverley tinha se superado com os apartamentos. Para os oficiais, que chegavam em grupos de quatro ou cinco, havia um imenso quarto duplo para cada um num prédio de pedras novo e branco, com três banheiros amplos que tinham paredes de azulejos cintilantes de águas-marinhas e uma empregada magricela chamada Michaela que dava risada de tudo e mantinha o lugar impecável. No andar de baixo viviam os obsequiosos proprietários. No andar de cima, viviam a bela e rica condessa de cabelos pretos e sua bela e rica enteada de cabelos pretos, que só davam bola para Nately, que era tímido demais para querer, e para Aarfy, que era tacanho demais para ter algo com elas e que tentava dissuadi-las de ter algo com qualquer um que não fossem os maridos das duas, que tinham preferido permanecer no norte do país cuidando dos negócios da família.

— Elas são boas meninas, na verdade — confidenciou Aarfy para Yossarian, cujo sonho recorrente era ter os corpos brancos como a neve e nus dessas duas belas e ricas boas meninas de cabelos pretos eroticamente deitados estendidos numa cama com ele ao mesmo tempo.

Os praças chegavam a Roma em grupos de doze ou mais com apetites pantagruélicos e caixas pesadas cheias de comida enlatada para que as mulheres cozinhassem e servissem para eles na sala de jantar do apartamento deles no sexto andar de um prédio de tijolos aparentes com um elevador que rangia. A atividade era sempre maior no apartamento dos praças. Primeiro, porque sempre havia mais praças e mais mulheres para cozinhar, e servir, e varrer, e limpar, e sempre havia as meninas alegres, tolas e sensuais que Yossarian encontrava e levava para lá e aquelas que os sonolentos praças voltando de Pianosa depois do exaustivo período de devassidão de sete dias levavam para lá por conta própria e deixavam para trás para quem quer que as quisesse em seguida. As meninas tinham abrigo e comida enquanto quisessem que elas ficassem. A única coisa que precisavam fazer em troca era transar com qualquer um dos homens que pedisse, o que para elas parecia deixar as coisas quase perfeitas.

Mais ou menos a cada quatro dias, Joe Faminto entrava à sua maneira tempestuosa como um homem atormentado, rouco, alucinado e frenético, se tivesse tido o azar de mais uma vez completar suas missões e estivesse mais uma vez responsável pelo correio. Na maior parte das vezes ele dormia no apartamento dos praças. Ninguém tinha certeza de quantos cômodos o major —— de Coverley havia alugado, nem mesmo a mulher corpulenta de corpete preto e espartilho no térreo de quem ele os tinha alugado. Eles cobriam todo o andar superior, e Yossarian sabia que eles também se estendiam para o quinto andar, pois foi no quarto de Snowden, no quinto andar, que ele enfim encontrou a criada de calcinha cor de limão com um espanador no dia seguinte a Bolonha, depois de Joe Faminto ter pegado Yossarian na cama com Luciana no apartamento dos oficiais na manhã daquele mesmo dia e ter ido correndo como um demônio para pegar sua câmera.

A criada de calcinha cor de limão era uma mulher alegre, gorda, obediente de trinta e poucos anos com coxas sacolejantes que ela exibia para qualquer um que desejasse. Tinha um rosto amplo e singelo e era a mais virtuosa mulher viva: deitava com qualquer um, independentemente de raça, credo, cor ou nacionalidade, doando-se socialmente num ato de hospitalidade, sem procrastinar por um instante sequer, largando imediatamente o pano ou a vassoura ou o esfregão que estivesse empunhando no momento em que era agarrada. O apelo dela tinha origem na sua acessibilidade; como o monte Everest, ela estava lá, e os homens a escalavam sempre que sentiam necessidade. Yossarian estava apaixonado pela criada de calcinha cor de limão, porque ela parecia ser a única mulher que restava para ele transar sem se apaixonar. Até a garota careca da Sicília evocava nele fortes sensações de piedade, ternura e remorso.

Apesar dos múltiplos perigos a que o major ——— de Coverley se expunha toda vez que ia alugar os apartamentos, seu único ferimento tinha ocorrido, ironicamente, quando ele estava liderando a procissão triunfal na cidade aberta em que Roma havia se transformado, onde ele foi ferido no olho por uma flor atirada nele de perto por um velho decadente, tagarela e bebum que, como se fosse o próprio Satã, havia saltado no carro do major ——— de Coverley com uma alegria maldosa, agarrado de maneira brusca e desdenhosa sua venerável cabeça branca e dado um beijo zombeteiro em cada bochecha com sua boca que fedia a vestígios azedos de vinho, queijo e alho, antes de descer de novo para o meio da jubilosa multidão que celebrava com uma risada oca, seca e abrasiva. O major ——— de Coverley, um espartano na adversidade, não se moveu nem mesmo um milímetro durante toda a sua hedionda provação. E só ao retornar a Pianosa, depois de completar as obrigações em Roma, buscou cuidados médicos para o ferimento.

Ele decidiu continuar binocular e especificou para Doc Daneeka que seu tapa-olho fosse transparente para que pudesse continuar jogando ferraduras, sequestrando operários italianos e alugando apartamentos sem problemas de visão. Para os homens do esquadrão, o major ——— de Coverley era um colosso, embora eles jamais ousassem dizer isso para ele. O único que algum dia teve a ousadia de falar com ele foi Milo Minderbinder, que se aproximou do campo do jogo de ferradura com um ovo cozido na sua segunda semana no esquadrão e o ergueu para que o major ——— de Coverley visse. O major ——— de Coverley endireitou o corpo espantado com a afronta de Milo e concentrou nele toda a fúria do tempestuoso semblante com sua testa saliente e enrugada e o enorme nariz que tinha uma corcova e que saía adiante de seu rosto furioso como um defensor de um time de futebol americano. Milo continuou ali, protegendo-se atrás do ovo cozido que erguia protetivamente diante do rosto como um amuleto mágico. Com o tempo a tempestade começou a ceder e o perigo passou.

— O que é isso? — acabou perguntando o major ——— de Coverley.

— Um ovo — respondeu Milo.

— Que tipo de ovo? — exigiu saber o major ——— de Coverley.

— Um ovo cozido — respondeu Milo.

— Que tipo de ovo cozido? — exigiu saber o major ——— de Coverley.

— Um ovo cozido fresco — respondeu Milo.

— De onde veio esse ovo fresco? — exigiu saber o major ——— de Coverley.

— De uma galinha — respondeu Milo.

— Cadê a galinha? — exigiu saber o major ——— de Coverley.

— A galinha está em Malta — respondeu Milo.

— Quantas galinhas existem em Malta?

— O suficiente para botar ovos para todo oficial do esquadrão a cinco centavos cada usando o fundo de alimentação — respondeu Milo.

— Tenho um fraco por ovos frescos — confessou o major ——— de Coverley.

— Se alguém colocar um avião à minha disposição, eu poderia voar até lá uma vez por semana com um avião do esquadrão e trazer todos os ovos frescos de que precisamos — respondeu Milo. — Afinal, Malta não fica muito longe.

— Malta não fica muito longe — observou o major ——— de Coverley. — Você poderia voar até lá uma vez por semana com um avião do esquadrão e trazer todos os ovos de que precisamos.

— Isso — concordou Milo. — Acho que daria para fazer isso, se alguém quisesse que eu fizesse isso e colocasse um avião à minha disposição.

— Eu gosto de ovos fritos — lembrou o major ——— de Coverley. — Fritos na manteiga.

— Consigo encontrar toda a manteiga de que precisamos na Sicília por cinquenta centavos o quilo — respondeu Milo. — Cinquenta centavos por quilo de manteiga é um bom negócio. E tem dinheiro suficiente no fundo de alimentação, e é provável que a gente tenha lucro vendendo para outros esquadrões e recupere a maior parte dos gastos.

— Qual é o seu nome, filho? — perguntou o major ——— de Coverley.

— Meu nome é Milo Minderbinder, senhor. Tenho 27 anos.

— Você é um bom oficial de refeitório, Milo.

— Eu não sou o oficial de refeitório, senhor.

— Você é um bom oficial de refeitório, Milo.

— Obrigado, senhor. Vou fazer tudo que estiver ao meu alcance para ser um bom oficial de refeitório.

— Deus te abençoe, meu filho. Pegue uma ferradura.

— Obrigado, senhor. O que devo fazer com isso?

— Jogue.

— Jogar fora?

— Naquela estaca ali. Depois você pega e joga nessa outra estaca. É um jogo, entendeu? Você pega a ferradura de volta.

— Sim, senhor. Entendi. Por quanto dá para vender uma ferradura?

O aroma de um ovo fritando exoticamente em um pouco de manteiga foi levado para muito longe pelos ventos do Mediterrâneo e fez o general Dreedle voltar correndo com um apetite voraz, acompanhado pela enfermeira, que ia com ele a todo canto, e pelo genro, o coronel Moodus. No começo o general Dreedle devorava todas as refeições no refeitório de Milo. Depois os outros três esquadrões do grupamento do coronel Cathcart entregaram seus refeitórios para Milo e deram a ele um avião e um piloto cada para que pudesse comprar ovos e manteiga para eles também. Os aviões de Milo voavam para lá e para cá sete dias por semana à medida que todos os oficiais dos quatro esquadrões começaram a devorar ovos numa insaciável orgia de ovos. O general Dreedle devorava ovos no café da manhã, no almoço e no jantar — nas refeições entre uma coisa e outra ele devorava mais ovos — até Milo encontrar fontes abundantes de vitela, bife, pato, costeleta de cordeiro, cogumelo, brócolis, cauda de lagostas sul-africanas, camarão, presunto, pudim, uva, sorvete, morango e alcachofra. Havia três outros grupos de bombardeiros na unidade do general Dreedle, e todos eles despachavam com entusiasmo os próprios aviões para Malta em busca de ovos, mas descobriram que os ovos lá eram vendidos por sete centavos cada. Como eles conseguiam comprar de Milo por cinco centavos cada, fazia mais sentido entregar *seus* refeitórios para o sindicato dele, e entregar para eles os aviões e os pilotos necessários para transportar todos os outros bons alimentos que ele prometia fornecer.

Todos estavam em êxtase com esses novos acontecimentos, e acima de todos o coronel Cathcart, que estava convencido de que havia conquistado um grande êxito. Ele cumprimentava Milo jovialmente toda vez que o encontrava e, num excesso de generosidade contrita, recomendou por impulso o major Major para uma promoção. A recomendação foi recusada de imediato no 27º Grupamento da Força Aérea pelo ex-soldado de primeira classe Wintergreen, que rabiscou um lembrete direto e anônimo de que o Exército contava apenas com um major Major Major Major e que não pretendia perdê-lo em função de uma promoção que serviria meramente para agradar ao coronel Cathcart. O coronel Cathcart se sentiu magoado com a repreensão contundente e ficou no quarto remoendo o caso, num doloroso repúdio. Punha a culpa desse revés no major Major e decidiu rebaixá-lo a tenente naquele mesmo dia.

— Não devem permitir — observou o coronel Korn com um sorriso com ar de superioridade, saboreando a situação. — Pelo mesmo motivo que levaram a não permitir que você promovesse ele. Além do mais, você iria parecer tolo tentando rebaixar ele a tenente logo depois de tentar promover à minha patente.

O coronel Cathcart se sentiu cercado por todos os lados. Tinha sido muito mais bem-sucedido em conseguir uma medalha para Yossarian depois do desastre de Ferrara, quando a ponte sobre o rio Pó continuava incólume no lugar sete dias depois de o coronel Cathcart ter se voluntariado para destruí-la. Os homens dele tinham voado nove missões em seis dias, e a ponte só foi demolida na décima missão, no sétimo dia, quando Yossarian matou Kraft e sua tripulação ao levar a formação de seis aviões para cima do alvo pela segunda vez. Yossarian iniciou com cuidado o segundo bombardeio, porque na época ele era corajoso. Enterrou a cabeça no visor de bombas e ficou assim até que as bombas tivessem sido despejadas; quando ergueu a cabeça, tudo na aeronave estava impregnado de um estranho brilho laranja. No começo, achou que o próprio avião estava em chamas. Depois viu o avião com o motor incendiando logo acima dele e gritou para McWatt pelo intercomunicador que desse uma forte guinada para a esquerda. Um segundo depois, a asa do avião de Kraft explodiu. Os destroços em chamas caíram, primeiro a fuselagem, depois a asa rodopiante, ao mesmo tempo que uma chuva de minúsculos fragmentos metálicos começou a sapatear no alto do avião de Yossarian, com o incessante *bum! bum! bum!* da artilharia antiaérea ainda explodindo em toda parte ao seu redor.

De volta ao solo, todos os olhos se fixaram tristes em Yossarian enquanto ele ia abatido e triste até o capitão Black em frente à sala de reuniões de madeira verde para fazer seu relatório de informações e soube que o coronel Cathcart e o coronel Korn estavam esperando para falar com ele lá dentro. O major Danby ficou barrando a porta, fazendo gestos para afastar os outros num silêncio pálido. Yossarian estava exausto e queria tirar a roupa grudenta. Entrou na sala de reuniões num misto de emoções, sem saber como devia se sentir em relação a Kraft e aos outros, porque todos eles morreram à distância de uma agonia silenciosa e isolada num momento em que ele estava ferrado encarando o mesmo vil e excruciante dilema de obrigação e perdição.

O coronel Cathcart, por outro lado, estava arrasado com aquilo.

— Duas vezes? — perguntou ele.

— Eu teria errado na primeira vez — respondeu Yossarian baixinho, cabeça baixa.

As vozes deles ecoavam levemente no bangalô comprido e estreito.

— Mas *duas vezes*? — repetiu o coronel Cathcart, claramente sem conseguir acreditar.

— Eu teria errado na primeira vez — repetiu Yossarian.

— Mas Kraft estaria vivo.

— E a ponte ainda estaria de pé.

— Um bombardeiro treinado deve lançar as bombas na primeira vez — lembrou o coronel Cathcart para ele. — Os outros cinco bombardeiros lançaram as bombas na primeira vez.

— E erraram o alvo — disse Yossarian. — A gente ia ter que voltar lá.

— E aí talvez você acertasse na primeira vez.

— E talvez tivesse errado.

— Mas talvez não houvesse baixas.

— E talvez houvesse mais baixas, com a ponte ainda de pé. Achei que o senhor quisesse a ponte destruída.

— Não me contradiga — disse o coronel Cathcart. — A gente já está bem encrencado.

— Eu não estou contradizendo o senhor, senhor.

— Está, sim. Inclusive neste exato momento.

— Sim, senhor. Desculpe.

O coronel Cathcart estalou os dedos com violência. O coronel Korn, um sujeito atarracado, moreno, flácido, com uma pança disforme, estava sentado totalmente relaxado num dos bancos da primeira fila, as mãos juntas confortavelmente no alto da careca escura. Os olhos dele pareciam se divertir por trás dos óculos sem aro.

— Estamos tentando ser perfeitamente objetivos aqui — sugeriu ele ao coronel Cathcart.

— Estamos tentando ser perfeitamente objetivos aqui — disse o coronel Cathcart para Yossarian com o entusiasmo de uma súbita inspiração. — Não estou sendo sentimental nem nada. Não dou a mínima para os homens ou para o avião. É só que fica horrível no relatório. Como é que eu vou encobrir uma coisa dessas no relatório?

— Por que o senhor não me dá uma medalha? — sugeriu Yossarian timidamente.

— Por dar a volta uma segunda vez?

— O senhor deu uma medalha para Joe Faminto quando ele destruiu aquele avião por acidente.

O coronel Cathcart deu uma risadinha triste.

— Você vai dar sorte se não pegar corte marcial.

— Mas eu acertei a ponte da segunda vez — protestou Yossarian. — Achei que o senhor quisesse a ponte destruída.

— Ah, sei lá o que eu queria — gritou o coronel Cathcart, exasperado. — Olha, claro que eu queria a ponte destruída. Aquela ponte tem sido uma fonte de problemas para mim desde que decidi mandar vocês lá para destruírem tudo. Mas por que você não podia acertar o alvo da primeira vez?

— Não deu tempo. Meu navegador não tinha certeza se estávamos na cidade certa.

— Na cidade certa? — O coronel Cathcart ficou aturdido. — Você está tentando colocar a culpa toda em Aarfy agora?

— Não, senhor. Foi culpa minha deixar que ele me distraísse. Só estou tentando dizer que não sou infalível.

— Ninguém é infalível — disse o coronel Cathcart, ríspido, e depois continuou vago, com algo que havia lhe ocorrido agora. — E ninguém é insubstituível também.

Não houve contestação. O coronel Korn se espreguiçou lentamente.

— Precisamos tomar uma decisão — observou ele casualmente para o coronel Cathcart.

— Precisamos tomar uma decisão — disse o coronel Cathcart para Yossarian. — E a culpa é toda sua. Por que você foi dar a volta uma segunda vez? Por que você não jogou as bombas da primeira vez como todos os outros?

— Eu teria errado na primeira vez.

— Parece que estamos dando a volta uma segunda vez — interrompeu o coronel Korn com uma risadinha.

— Mas o que a gente vai fazer?! — exclamou o coronel Cathcart, aflito. — Os outros estão esperando lá fora.

— Por que você não dá uma medalha para ele? — propôs o coronel Korn.

— Por dar a volta uma segunda vez? Por que daríamos uma medalha para ele?

— Por dar a volta uma segunda vez — respondeu o coronel Cathcart com um sorriso reflexivo e satisfeito. — Afinal de contas, suponho que tenha sido preciso muita coragem para voltar e sobrevoar aquele alvo pela segunda vez sem outros aviões para atrair a artilharia antiaérea. E ele de fato acertou a ponte. Sabe, talvez essa seja a solução. Agir como se estivesse orgulhoso de algo que deveria te deixar envergonhado. Parece que esse truque nunca falha.

— Você acha que vai funcionar?

— Tenho certeza. E vamos promover ele a capitão também, só para ter certeza.

— Você não acha que a gente está indo mais longe do que precisa?

— Não acho, não. É melhor ser precavido. E capitão não é algo que faça lá grande diferença.

— Certo — decidiu o coronel Cathcart. — Vamos dar uma medalha para ele por ter tido a coragem de voltar e sobrevoar o alvo pela segunda vez. E vamos promover ele a capitão também.

O coronel Korn estendeu a mão para pegar o quepe.

— Saia sorrindo — brincou ele e pôs os braços em torno dos ombros de Yossarian enquanto eles saíam pela porta.

14
KID SAMPSON

Na época da missão de Bolonha, Yossarian era corajoso o suficiente para não sobrevoar o alvo uma única vez sequer e, quando se viu por fim voando no nariz do avião de Kid Sampson, ele apertou o botão do microfone de garganta e perguntou.

— Certo. Qual é o problema com o avião?

Kid Sampson soltou um grito.

— O avião está com algum problema? O que tem de errado?

O grito de Kid Sampson gelou Yossarian.

— Tem alguma coisa errada? — gritou ele, horrorizado. — A gente vai saltar de paraquedas?

— Não sei! — respondeu Kid Sampson, angustiado, lamentando agitado. — Alguém disse que a gente vai saltar de paraquedas. Aliás, quem está falando? Quem disse isso?

— Aqui é Yossarian no nariz do avião. Yossarian no nariz do avião. Ouvi você dizer que tem alguma coisa errada. Você não disse que tem alguma coisa errada?

— Achei que você disse que tinha alguma coisa errada. Parece que está tudo bem. Está tudo bem.

O coração de Yossarian quase parou. Havia algo bastante errado se estava tudo certo e não havia motivo para que eles voltassem. Hesitou, preocupado.

— Não consigo te ouvir — disse ele.

— Eu disse que está tudo bem.

O sol era branco ofuscante nas águas azul-porcelana lá embaixo e nas bordas cintilantes dos outros aviões. Yossarian segurou os fios coloridos que saíam da caixa do sistema de intercomunicação e puxou até que eles soltassem.

— Continuo não te ouvindo — disse ele.

Ele não escutou nada. Lentamente pegou a pasta com os mapas e os três trajes de proteção e foi rastejando até o compartimento principal. Nately, sentado ereto no banco do copiloto, espiou de canto de olho enquanto ele subia até a cabine de comando atrás de Kid Sampson. Ele deu um sorriso torto para Yossarian, parecendo frágil e excepcionalmente jovem e tímido na volumosa masmorra de fones de ouvido, quepe, microfone de garganta, traje de proteção e paraquedas. Yossarian se inclinou perto do ouvido de Kid Sampson.

— Ainda não consigo te ouvir — gritou ele acima do zumbido uniforme dos motores.

Kid Sampson deu uma olhada rápida para ele, surpreso. Kid Sampson tinha um rosto anguloso, cômico, com sobrancelhas arqueadas e um bigodinho loiro mirrado.

— O quê? — gritou ele por cima do ombro.

— Ainda não estou te ouvindo — repetiu Yossarian.

— Você vai ter que falar mais alto — disse Kid Sampson. — Ainda não estou te ouvindo.

— Eu disse que ainda não estou te ouvindo — gritou Yossarian.

— Não tem o que fazer — respondeu Kid Sampson gritando. — Estou gritando o mais alto que consigo.

— Não deu para te ouvir pelo intercomunicador — berrou Yossarian se sentindo cada vez mais sem saber o que fazer. — Você tem que voltar.

— Por causa de um intercomunicador? — perguntou Kid Sampson, incrédulo.

— Volta — disse Yossarian — antes que eu arrebente a sua cabeça.

Em busca de apoio moral, Kid Sampson olhou para Nately, que desviou o olhar dele de propósito. A patente de Yossarian era superior à deles dois. Kid Sampson resistiu hesitante por mais um instante e depois capitulou ansiosamente com um brado triunfante.

— Por mim tudo bem — anunciou ele, contente, e soltou uma série de assobios estridentes na direção do bigodinho. — Sim, senhor, tudo bem para o velho Kid Sampson. — Ele assobiou de novo e gritou pelo intercomunicador. — Escutem isso, meus pimpolhos. Aqui quem fala é o almirante Sampson. Aqui quem grasna é o almirante Kid Sampson, orgulho dos fuzileiros navais da rainha. Sim, senhor. Estamos dando meia-volta, meus caros, ó só isso, estamos dando meia-volta!

Nately arrancou o quepe e o fone de ouvido com um único movimento de júbilo e começou a balançar para a frente e para trás feliz como uma criancinha na cadeirinha. O sargento Knight desceu como um raio da torreta no alto e começou a bater nas costas dos outros com um entusiasmo delirante. Kid Sampson fez meia-volta com o avião num amplo arco gracioso que o tirou de formação e voou na direção da pista de pouso. Quando Yossarian plugou seu fone numa das caixas auxiliares, os dois artilheiros dos fundos do avião estavam cantando "La Cucaracha".

Quando chegaram ao aeródromo, a festa acabou abruptamente. Foi substituída por um silêncio inquieto, e Yossarian estava sério e constrangido quando desceu do avião e assumiu seu lugar no jipe que já estava à espera deles. Ninguém falou uma palavra sequer durante o trajeto de volta atravessando o silêncio pesado e hipnotizante que cobria as montanhas, o mar e as florestas. O sentimento de desolação persistiu quando eles saíram da estrada na altura do esquadrão. Yossarian foi o último a descer do carro. Depois de um minuto, Yossarian e um suave vento morno eram as únicas coisas atrapalhando a tranquilidade assombrosa que pairava como uma droga sobre as tendas vazias. O esquadrão estava inanimado, desprovido de tudo que era humano, à exceção de Doc Daneeka, empoleirado dolorosamente como um urubu trêmulo ao lado da porta fechada da tenda médica, o nariz entupido apontando numa voracidade inútil para a nebulosa luz do sol que recaía à sua volta. Yossarian sabia que Doc Daneeka não ia nadar com ele. Doc Daneeka jamais voltaria a nadar; a pessoa pode desmaiar ou sofrer uma leve oclusão coronariana em menos de cinco centímetros de água e morrer afogada, ser carregada para alto-mar pela correnteza, ou ficar vulnerável à poliomielite ou a uma infecção por meningococos por causa do frio ou do excesso de exercício. A ameaça que Bolonha representava para os outros instilou em Doc Daneeka um amor ainda mais pungente pela própria segurança. À noite agora, ele ouvia ladrões.

Através da escuridão lavanda que nublava a entrada da tenda de operações, Yossarian viu o cacique Floco de Aveia, diligentemente desviando rações de uísque, forjando a assinatura de abstêmios e despejando rapidamente o álcool com que ele vinha se intoxicando em garrafas separadas para poder roubar o máximo que pudesse antes que o capitão Black acordasse e se lembrasse daquilo e viesse apressado e indolente roubar ele próprio o restante.

O jipe deu a partida de novo tranquilamente. Kid Sampson, Nately e os outros andaram cada um para um lado, num redemoinho de movimento, e foram sugados pela enjoativa imobilidade amarela. O jipe desapareceu com seu ronco. Yossarian estava sozinho numa calmaria pesada, primitiva, em que tudo que era verde parecia preto, e todo o resto estava tomado por cor de pus. A brisa fazia farfalhar as folhas no vasto espaço seco e diáfano. Ele estava inquieto, assustado e com sono. Os globos oculares pareciam arranhar de exaustão. Exausto ele se arrastou para dentro da tenda de paraquedas com a longa mesa de madeira aplainada, com uma porcaria de uma dúvida irritante incomodando dentro da consciência, que parecia perfeitamente limpa. Deixou ali o traje de proteção contra artilharia e o paraquedas e atravessou para o outro lado passando pelo vagão de água e chegando à tenda do serviço de informações para devolver os mapas ao capitão Black, que estava sentado tirando uma soneca na cadeira com suas longas pernas finas em cima da mesa e perguntou com curiosidade indiferente por que o avião de Yossarian tinha voltado. Yossarian preferiu ignorar a pergunta. Ele colocou o mapa sobre a mesa e saiu.

De volta à tenda, ele se livrou do paraquedas e das roupas. Orr estava em Roma e devia voltar naquela tarde da licença que conquistou ao fazer um pouso de emergência na água, perto de Gênova.

Nately já devia estar fazendo as malas para ficar no lugar dele, extasiado por ver que ainda estava vivo e sem dúvida impaciente para retomar sua inútil e comovente corte à sua prostituta em Roma. Quando terminou de se despir, Yossarian se sentou na cama para descansar. Ele se sentiu muito melhor assim que tirou as roupas. Roupas nunca eram confortáveis, na opinião dele. Pouco depois vestiu roupas de baixo limpas e partiu para a praia de mocassins, uma toalha de banho cáqui jogada sobre os ombros.

A trilha que saía do esquadrão o levou a contornar um misterioso canhão no meio da mata; dois dos três praças estacionados ali dormiam no círculo de sacos de areia e o terceiro estava sentado comendo uma romã roxa, dando grandes mordidas com suas mandíbulas ativas e cuspindo os restos mastigados nos arbustos. A cada mordida, um suco vermelho escorria da boca. Yossarian continuou entrando na mata, acariciando com adoração de tempos em tempos a barriga nua e formigante, como se quisesse ter certeza de que tudo continuava ali. Ele fez um rolinho com a sujeira do umbigo. Ao longo da trilha, de repente, dos dois lados, viu dezenas de novos cogumelos que a chuva tinha feito surgir, despontando seus dedos nodosos da terra pegajosa como hastes de carne sem vida, brotando em necrótica profusão para onde quer que ele olhasse, a ponto de darem a impressão de que estavam se proliferando bem diante de seus olhos. Havia milhares povoando a parte de baixo das moitas até onde a vista dele alcançava, e eles pareciam aumentar de tamanho e se multiplicar em número enquanto ele os espiava. Ele se afastou às pressas misteriosamente alarmado e trêmulo e só reduziu o passo quando o solo cedeu lugar à areia seca debaixo de seus pés e os cogumelos ficaram para trás. Olhou para trás apreensivo, meio que esperando encontrar aquelas coisas brancas e moles rastejando atrás dele perseguindo-o às cegas ou serpenteando até o alto das árvores numa massa retorcida, mutante e ingovernável.

A praia estava deserta. Os poucos sons eram abafados, o gorgulho intumescido da água, o zumbido exalante do mato alto e das moitas atrás dele, o gemido apático das ondas surdas e translúcidas. As ondas eram sempre pequenas, a água era limpa e fresca. Yossarian deixou as coisas na areia e andou em meio às ondas que chegavam à altura dos joelhos até ficar completamente imerso. Do outro lado do mar, um trecho elevado de terra escura estava envolto por névoa, quase invisível. Ele nadou languidamente até a jangada, segurou nela por um instante e nadou languidamente até o ponto em que podia ficar de pé no banco de areia. Yossarian mergulhou de cabeça na água verde várias vezes até se sentir limpo e bem desperto, depois se estendeu de bruços na areia e dormiu até que os aviões que voltavam de Bolonha estivessem quase sobre ele e o ronco cumulativo de seus múltiplos motores esmagassem seu sono com um rugido que fez tremer a terra.

Ele acordou com uma leve dor de cabeça e abriu os olhos vendo um mundo que fervilhava no caos e em que tudo estava em ordem. Perdeu o fôlego, tamanha foi a perplexidade de ver as doze formações de aviões voando calma e organizadamente em uma ordem exata. A cena era inusitada demais para ser verdade. Não havia aviões apressados com feridos, nenhum que tivesse ficado para trás por causa de danos. Não havia sinalizadores de pânico fumaceando no céu. Nenhuma aeronave estava faltando, fora a dele mesmo. Por um instante, ficou paralisado com uma sensação de loucura. Depois entendeu e a ironia quase o levou a chorar. A explicação era simples: nuvens haviam coberto o alvo antes que os aviões pudessem bombardear a cidade, e a missão para Bolonha ainda precisava ser feita.

Estava errado. Não houve nuvens. Bolonha tinha sido bombardeada. Bolonha foi moleza. Houve zero artilharia antiaérea.

15
PILTCHARD & WREN

Capitão Piltchard e capitão Wren, os inofensivos oficiais corresponsáveis pelas operações do esquadrão, eram ambos homens gentis, de fala mansa, pouco acima da estatura média, que gostavam de voar operações de combate e que não imploravam à vida nem ao coronel Cathcart nada além da oportunidade de continuar a voá-las. Eles tinham voado centenas de operações de combate e queriam voar centenas de outras mais. Os dois designavam a si mesmos para todas as operações. Nada tão magnífico quanto a guerra jamais havia acontecido a eles, e eles tinham receio de que algo assim jamais voltasse a lhes acontecer. Ambos cumpriam suas obrigações com humildade e discrição, com o mínimo de estardalhaço, e faziam o possível e o impossível para não bater de frente com ninguém. Sorriam rápido para qualquer um que passasse. Ao falar, murmuravam. Eram homens astutos, alegres e subservientes que só se sentiam à vontade um com o outro e que nunca olhavam nos olhos de ninguém mais, nem mesmo nos olhos de Yossarian na reunião ao ar livre que convocaram para reprimi-lo publicamente por levar Kid Sampson a abortar a missão a Bolonha.

— Amigos — disse o capitão Piltchard, que tinha cabelos escuros ralos e sorria de um jeito estranho —, quando vocês abortarem uma missão, tentem ter certeza de que estão fazendo isso por um motivo importante, pode ser? Não por uma coisa sem importância... como um intercomunicador com defeito... ou algo do gênero. Certo? O capitão Wren quer dizer alguma coisa sobre esse tema.

— O capitão Piltchard tem razão, amigos — disse o capitão Wren. — E isso é tudo o que vou dizer a vocês sobre o assunto. Bom, finalmente fomos a Bolonha hoje e descobrimos que foi moleza. Estávamos todos um pouco nervosos, imagino, e não causamos muito dano. Bom, escutem isso. O coronel Cathcart conseguiu permissão para voltarmos lá. E amanhã vamos realmente acabar com aqueles depósitos de munição. Então, o que vocês acham disso?

E, para provar que não sentiam nenhum rancor por Yossarian, os dois inclusive o designaram para ir no bombardeiro que ia liderar o voo com McWatt na primeira formação quando eles voltassem a Bolonha no dia seguinte. Ele tinha acertado o alvo com a precisão de um Havermeyer, confiante e sem ação evasiva, e de repente estavam atirando nele para matar!

Havia artilharia antiaérea pesada por todo lado! Tinham feito com que ele relaxasse, e ele mordeu a isca e agora estava na arapuca, sem ter nada a fazer a não ser ficar sentado ali feito um idiota olhando a fumaça escura feia que subia para matá-lo. Sem ter nada a fazer até que suas bombas tivessem sido lançadas, a não ser voltar a olhar pelo visor, onde as finas marcações na lente estavam magneticamente fixadas no mapa exatamente onde ele as tinha colocado, intersectando-se perfeitamente no pátio da sua quadra de depósitos camuflados, antes da base do primeiro prédio. Ele tremia sem parar enquanto o avião avançava. Dava para ouvir o *bum-bum-bum-bum* seco da artilharia antiaérea explodindo em todo lugar à volta dele em compassos de quatro sobrepostos, a explosão aguda e penetrante de uma única munição rebentando de repente bem pertinho. A cabeça dele estava estourando com mil impulsos dissonantes enquanto ele rezava para que as bombas caíssem. Queria chorar. Os motores zumbiam, monótonos como uma mosca gorda e preguiçosa. Por fim, as marcas no visor se cruzaram, liberando as oito bombas de duzentos e cinquenta quilos uma em seguida da outra. O avião sem o peso da carga começou a subir. Yossarian se afastou do visor entortando-se para ver o indicador à esquerda. Quando o ponteiro tocou no zero, ele fechou as portas do depósito de bombas e, pelo intercomunicador, gritando a plenos pulmões, deu a ordem:

— Vire com tudo para a direita!

McWatt respondeu de imediato. Com um silvo estridente dos motores, virou o avião sobre uma das asas e fez meia-volta sem remorso num giro barulhento para se afastar das espirais gêmeas de artilharia antiaérea que Yossarian tinha visto subir na direção deles. Depois Yossarian fez McWatt subir e continuar subindo cada vez mais alto até que eles se viram livres, enfim, num céu calmo azul-diamante que estava ensolarado, limpo em toda parte e enfeitado lá longe com longos véus brancos de uma penugem tênue. O vento batia tranquilizador nos vidros cilíndricos das janelas, e ele relaxou exultante só até o momento em que eles voltaram a ganhar velocidade, em seguida fez McWatt virar à esquerda e depois voltar a descer, percebendo com um espasmo transitório de êxtase que os aglomerados cada vez maiores de munição antiaérea subiam bem acima dele, por cima de seu ombro direito, exatamente onde ele poderia estar caso não tivesse virado para a esquerda e descido. Ele nivelou McWatt com mais um grito e o fez subir rápido e virar de novo entrando num trecho azul e irregular de céu limpo bem no momento em que as bombas que ele tinha lançado começaram a cair no chão. A primeira caiu no pátio, exatamente onde ele tinha mirado, depois o restante das bombas de seu avião e dos outros aviões de seu grupo explodiu no solo numa sequência rápida de clarões alaranjados no alto dos prédios, que desabaram instantaneamente numa imensa e movimentada onda de fumaça rosa, cinza e preto-carvão que se espalhou turbulenta em todas as direções e estremeceu convulsivamente em suas entranhas como se sacudida por grandes rajadas de relâmpagos vermelhos, brancos e dourados.

— Ei, olha só isso — disse Aarfy maravilhado, sonoramente, bem ao lado de Yossarian, o rosto roliço, redondo cintilando de encantamento. — Devia ter um depósito de munição lá embaixo.

Yossarian tinha se esquecido de Aarfy.

— Sai! — gritou ele. — Sai do nariz do avião!

Aarfy sorriu polidamente e apontou para o alvo em um generoso convite para que Yossarian olhasse. Yossarian começou a dar tapas nele insistentemente e fez sinais como um louco na direção da entrada da passagem.

— Volta para o avião! — gritava ele, frenético. — Volta para o avião. Aarfy deu de ombros amigavelmente.

— Não consigo te ouvir — explicou ele.

Yossarian o agarrou pelas cordas do paraquedas e o empurrou de volta para a passagem bem quando o avião foi atingido por um abalo violento que chacoalhou seus ossos e fez seu coração parar. Ele soube de cara que todos eles estavam mortos.

— Sobe! — gritou ele para McWatt pelo intercomunicador quando viu que continuava vivo. — *Sobe, seu desgraçado! Sobe, sobe, sobe, sobe!*

O avião subiu de novo numa ascensão rápida e tensa, até nivelar com outro grito para McWatt e girar mais uma vez numa guinada barulhenta e inclemente de quarenta e cinco graus que aspirou para fora do corpo suas entranhas numa sucção insuportável e o deixou flutuando em pleno ar até que ele nivelasse McWatt novamente só por tempo suficiente para jogá-lo outra vez para a direita e depois descer num mergulho sibilante. Ele acelerou atravessando intermináveis bolhas da fumaça escura fantasmagórica, a fuligem suspensa pairando ao lado do nariz de acrílico polido do avião como um vapor maligno, úmido, sujo ao lado do seu rosto. O coração dele estava pulsando forte outra vez num doloroso terror enquanto ele subia e descia em meio aos bandos cegos de munição antiaérea que faziam seus ataques assassinos contra ele no céu, para em seguida caírem inertes. Suor escorria aos borbotões do pescoço para o peito e para a cintura com a sensação de uma gosma quente. Por um instante, ele teve a vaga consciência de que os aviões de sua formação já não estavam ali, depois só teve consciência de si. A garganta doía como um corte em carne viva pela intensidade estrangulante com que berrava cada comando para McWatt. Os motores urravam ensurdecedores, agonizantes, queixosos, toda vez que McWatt mudava de direção. E uma boa distância à frente as explosões de artilharia antiaérea ainda enxameavam no céu vindas de novas baterias que tateavam a altitude precisa enquanto sadicamente esperavam que ele voasse até estar ao seu alcance.

De repente, o avião foi atingido outra vez por mais uma explosão alta, violenta, que quase o fez cair de costas, e imediatamente o nariz foi tomado por doces nuvens de fumaça azulada. Alguma coisa estava pegando fogo! Yossarian girou para escapar e esbarrou em Aarfy, que tinha riscado um fósforo e estava placidamente acendendo o cachimbo. Yossarian olhou para o navegador sorridente, com seu rosto redondo, profundamente chocado e confuso. Ele pensou que um dos dois devia estar louco.

— Meu Deus do céu! — gritou ele para Aarfy num espanto torturado. — Sai já do nariz! Você está doido? Sai daqui!

— O que foi? — disse Aarfy.

— Sai daqui! — berrou Yossarian histericamente e começou a bater em Aarfy com as costas das duas mãos para expulsá-lo. — Sai daqui!

— Continuo sem te ouvir — respondeu Aarfy inocente com uma expressão de suave censura e perplexidade. — Você tem que falar mais alto.

— Sai fora do nariz! — berrou Yossarian, frustrado. — Estão tentando matar a gente! Você não entende? Estão tentando matar a gente!

— Para que lado eu vou, porra? — gritou McWatt furioso no intercomunicador numa voz aguda, sofrida. — Para que lado eu vou?

— Para a esquerda! *Esquerda*, seu porco filho da puta! Vai com tudo para a esquerda!

Aarfy foi sorrateiramente até as costas de Yossarian e ficou bem pertinho, então cutucou as costelas dele com o cabo do cachimbo. Yossarian voou no teto com um grito de dor, depois deu um salto, virando-se para o outro lado de joelhos, branco feito um lençol e tremendo de raiva. Aarfy deu uma piscadela encorajadora e apontou o polegar para McWatt com um gesto cômico.

— Por que ele está nervosinho? — perguntou ele, rindo.

Yossarian tinha uma estranha sensação de distorção.

— Pode dar o fora daqui? — gritou ele, suplicante, e empurrou Aarfy com todas as forças. — Você é surdo? Volta para o avião! — E para McWatt ele gritou: — Mergulha! *Mergulha!*

Eles desceram mais uma vez em direção à barragem esmagadora, barulhenta, volumosa de bombardeio antiaéreo explodindo, enquanto Aarfy voltava rastejando para trás de Yossarian e cutucava outra vez suas costelas. Yossarian se inclinou para a frente perdendo o fôlego com mais um gemido.

— Ainda não estava dando para te ouvir — disse Aarfy.

— Eu disse para *dar o fora daqui*! — berrou Yossarian, irrompendo em lágrimas. Ele começou a bater no corpo de Aarfy com ambas as mãos o mais forte que conseguiu. — *Sai* de perto de mim! Sai *daqui*!

Socar Aarfy era como enfiar os punhos num saco inflável flácido. Não havia resistência, nenhuma resposta daquela massa macia e insensível, e depois de um tempo o ímpeto de Yossarian morreu e seus braços caíram exaustos e inúteis. Foi tomado por uma humilhante sensação de impotência e estava prestes a chorar de autocomiseração.

— O que você disse? — perguntou Aarfy.

— *Sai* de perto de mim — respondeu Yossarian, implorando agora. — Volta para o avião.

— Continuo sem te ouvir.

— Deixa pra lá — lamentou-se Yossarian —, deixa pra lá. Só me deixa em paz.

— Deixar o que pra lá?

Yossarian começou a bater na própria testa. Pegou Aarfy pela camisa e, esforçando-se para ficar de pé para ganhar tração, o arrastou até a parte de trás do compartimento do nariz e o atirou pela entrada da passagem como um saco inchado e pesado. Uma peça de artilharia antiaérea explodiu com um impacto estupendo bem do lado do ouvido dele enquanto ele cambaleava de volta para a parte da frente, e algum recesso de sua inteligência que ainda não havia sido destruído se perguntou se aquilo não tinha matado todos eles. Estavam subindo de novo. Os motores voltaram a silvar, como se estivessem sofrendo, e o ar dentro do avião estava acre com o cheiro do maquinário e fétido com o odor da gasolina. Quando ele se deu conta, *estava nevando*!

Milhares de minúsculos pedacinhos de papel caíam como flocos de neve dentro do avião, girando densos em torno de sua cabeça a ponto de grudar nos cílios quando ele piscou aturdido e de flutuar na direção das narinas e dos lábios toda vez que ele respirava. Quando girou para trás em meio à perplexidade, Aarfy estava sorrindo orgulhoso de orelha a orelha como algo inumano enquanto segurava um mapa de papel picado para que Yossarian visse. Uma peça grande de artilharia antiaérea tinha atravessado a fuselagem do piso e despedaçado a colossal confusão de mapas de Aarfy e saído pelo teto a centímetros da cabeça deles. A alegria de Aarfy era sublime.

— Viu isso? — murmurou ele, agitando brincalhão dois de seus dedinhos gordos diante do rosto de Yossarian passando pelo furo de um dos mapas. — Viu isso?

Yossarian estava estupefato com o êxtase de contentamento do outro. Aarfy era como um ogro esquisito num sonho que não podia ser ferido e do qual não se tinha como escapar, e Yossarian teve medo dele por um emaranhado de razões que estava petrificado demais para analisar. O vento que passava sibilante pela avaria irregular no piso do avião mantinha a miríade de pedacinhos de papel circulando como partículas de alabastro num peso de papel e contribuíam para uma sensação de irrealidade envernizada com laca e encharcada. Tudo parecia estranho, tão espalhafatoso e grotesco. A cabeça dele latejava por causa de um clamor estridente que perfurava incessantemente seus dois ouvidos. Era McWatt, implorando por instruções num frenesi incoerente. Yossarian continuou encarando num fascínio atormentado o esférico semblante de Aarfy sorrindo para ele de maneira tão serena e calma em meio às espirais flutuantes de papeizinhos brancos e concluiu que ele era um lunático delirante bem no momento em que oito peças de artilharia antiaérea explodiram sucessivamente na altura do olho deles à direita, depois mais oito, e depois mais oito, o último grupo tendo ido para a esquerda de modo que estava quase diretamente em frente a eles.

— Vai com tudo para a esquerda! — gritou ele para McWatt, enquanto Aarfy continuava sorrindo, e McWatt de fato virou com força para a esquerda, mas os tiros viraram para a esquerda junto com eles, cada vez mais perto, e Yossarian gritou: — Eu disse para ir com tudo, *vai, vai, vai, seu filho da puta, vai com tudo*!

E McWatt virou o avião com mais força ainda, e de repente, milagrosamente, eles estavam fora do alcance da artilharia. Os tiros cessaram. As armas pararam de mirar neles. E eles estavam vivos.

Atrás dele havia homens morrendo. Dispostos ao longo de quilômetros numa fila tortuosa e retorcida sob ataque, as outras formações de aviões faziam a mesma trajetória perigosa sobre o alvo, abrindo caminho rapidamente em meio às massas inchadas de novas e antigas explosões de artilharia antiaérea como ratos correndo em bando em meio aos próprios excrementos. Um estava pegando fogo e batia fraco a asa, deixando para trás uma nuvem de fumaça enorme como uma estrela vermelho-sangue monstruosa. Enquanto Yossarian observava, o avião em chamas pairou de lado e começou uma espiral descendente em círculos amplos e trêmulos que se estreitavam, o imenso fardo flamejante brilhando em laranja e se estendendo para trás como uma longa capa de fogo e fumaça que se agitava. Houve paraquedas, um, dois, três... quatro, e o avião girou e caiu o restante do trajeto até o chão, pairando insensível dentro da pira vívida como um retalho de lenço de papel colorido. Uma formação inteira de aviões de outro esquadrão tinha sido explodida.

Yossarian deu um suspiro desolado, seu dia de trabalho terminado. Estava apático e pegajoso. Os motores cantaram melífluos à medida que McWatt desacelerava e permitia que os outros aviões do grupo o alcançassem. A quietude abrupta pareceu estranha e artificial, ligeiramente insidiosa. Yossarian desabotoou o traje de proteção e tirou o capacete. Suspirou de novo e fechou os olhos para tentar relaxar.

— Cadê Orr? — perguntou alguém subitamente no intercomunicador.

Yossarian se atracou com um grito monossilábico que estalava de ansiedade e oferecia a única explicação racional para todo o misterioso fenômeno da artilharia antiaérea em Bolonha: *Orr!* Ele se lançou para a frente em direção ao visor para procurar abaixo algum sinal tranquilizador de Orr, que atraía artilharia antiaérea como um ímã e que sem dúvida havia atraído as baterias de defesa de toda a Divisão Hermann Goering para Bolonha da noite para o dia de sei lá qual lugar onde elas estavam estacionadas um dia antes enquanto Orr ainda estava em Roma. Aarfy também se lançou para a frente e acertou o nariz de Yossarian com a borda afiada de seu capacete de proteção contra artilharia. Yossarian xingou enquanto os olhos se enchiam de lágrimas.

— Lá está ele — disse Aarfy com ar fúnebre, apontando dramaticamente para baixo na direção de uma carroça de feno e dois cavalos parados diante do galpão ao lado da casa de pedra cinza de uma fazenda. — Feito em pedaços. Acho que tinha chegado a vez de todos eles.

Yossarian xingou Aarfy de novo e continuou procurando atentamente, impassível com uma espécie compassiva de medo agora pelo pequeno, bizarro e saltitante companheiro de tenda com dentes de coelho que abriu um talho na testa de Appleby com uma raquete de pingue-pongue e que estava mais uma vez fazendo Yossarian se borrar de medo. Enfim, Yossarian viu o bimotor com cauda em H sair voando do fundo verde das florestas sobre um campo amarelo de terra arável. Uma das hélices estava embandeirada e perfeitamente imóvel, mas o avião mantinha a altitude e seguia um curso correto. Yossarian murmurou uma prece inconsciente de gratidão e se acabou de xingar Orr numa fusão de ressentimento e alívio.

— Aquele desgraçado — começou ele. — Aquele safado atrofiadinho com aquela porcaria de rosto vermelho, aquele cabelinho crespo e aqueles dentões de coelho maldito!

— Como é que é? — disse Aarfy.

— Aquele maluco filho da puta com bunda de anão, bochechudo, aquela coisinha diminuta, dentuça, todo sorridentezinho!

— Hein?

— *Deixa pra lá!*

— Continuo sem te ouvir — respondeu Aarfy.

Yossarian se virou metodicamente para encarar Aarfy.

— Seu imbecil — começou ele.

— Eu?

— Seu pomposo, roliço, simpaticão, oco, complacente...

Aarfy estava imperturbável. Com calma, riscou um fósforo de madeira e aspirou a piteira do cachimbo ruidosamente com um eloquente ar de benignidade e perdão magnânimo. Sorriu socialmente e abriu a boca para falar. Yossarian cobriu a boca de Aarfy com a mão e o afastou, exausto. Fechou os olhos e fingiu dormir durante todo o caminho de volta até o aeródromo para não ter que ver nem ouvir Aarfy.

Na sala de instruções, Yossarian fez seu relatório para o capitão Black e esperou num suspense murmurante junto com todos os outros até que Orr apareceu por fim no alto com seu único motor bom mantendo-o corajosamente no ar. Ninguém respirou. O trem de pouso de Orr não baixava. Yossarian só esperou ali até Orr fazer um pouso de emergência em segurança, depois roubou o primeiro jipe que encontrou com a chave na ignição e voltou correndo para sua tenda para começar a fazer as malas para a licença emergencial que decidiu que ia tirar em Roma, onde encontrou Luciana e sua cicatriz invisível naquela mesma noite.

16
LUCIANA

Ele encontrou Luciana sentada sozinha a uma mesa na boate dos oficiais Aliados, onde o major neozelandês bêbado que a havia levado até lá tinha sido estúpido o bastante para abandoná-la pela companhia grotesca de uns camaradas que cantavam no bar.

— Tudo bem, eu danço com você — disse ela antes mesmo que Yossarian tivesse a chance de falar. — Mas não vou deixar que você durma comigo.

— Quem pediu isso? — perguntou Yossarian.

— Você não quer dormir comigo?! — exclamou ela, surpresa.

— Eu não quero dançar com você.

Ela pegou a mão de Yossarian e o puxou para a pista de dança. Embora dançasse ainda pior que ele, ela se soltou ao som daquela música, um jitterbug sintético, com um prazer desinibido como ele jamais tinha observado até que sentiu as pernas adormecerem de tédio e a puxou para fora da pista de dança em direção à mesa em que a garota com quem ele deveria estar transando continuava sentada bêbada com a mão em volta do pescoço de Aarfy, a blusa de cetim laranja ainda desleixadamente aberta até abaixo do sutiã branco rendado enquanto falava safadezas com Huple, Orr, Kid Sampson e Joe Faminto. Bem quando ele se aproximou do grupo, Luciana o empurrou com força de um modo inesperado que o levou para bem adiante da mesa, então os dois continuaram sozinhos. Ela era uma mulher alta, vulgar, exuberante com cabelos longos e um rosto bonito, rechonchuda, encantadora, que gostava de seduzir.

— Tudo bem — disse ela. — Vou deixar você pagar o meu jantar. Mas não vou te deixar dormir comigo.

— Quem pediu isso? — perguntou Yossarian, surpreso.

— Você não quer dormir comigo?

— Eu não quero pagar o seu jantar.

Ela o puxou para fora da boate em direção à rua e desceu um lance de escadas para chegar a um restaurante do mercado ilegal cheio de moças animadas, alegres, atraentes, que pareciam todas se conhecer e de oficiais militares constrangidos de diversos países que tinham ido até lá com elas. A comida era elegante e cara, e os corredores transbordavam com grandes torrentes de proprietários corados, todos roliços e calvos. O interior agitado irradiava enormes e envolventes ondas de calor.

Yossarian adorou o prazer grosseiro com que Luciana o ignorou por completo enquanto atacava a refeição inteira com as duas mãos. Ela comeu feito uma condenada até o prato estar limpo, depois largou os talheres com ar de que algo foi concluído e se recostou preguiçosamente na cadeira com um aspecto sonhador e pleno de quem teve a gula saciada. Deu um sorriso profundo enquanto suspirava e olhou amorosamente derretida para ele.

— Certo, soldado — ronronou ela, os olhos pretos cintilantes sonolentos e agradecidos. — Agora vou deixar você dormir comigo.

— O meu nome é Yossarian.

— Certo, Yossarian — respondeu ela com uma leve risada de arrependimento. — Agora vou deixar você dormir comigo.

— Quem pediu isso? — disse Yossarian.

Luciana estava perplexa.

— Você não quer dormir comigo?

Yossarian fez enfaticamente que sim com a cabeça e enfiou a mão por baixo do vestido dela. A garota despertou horrorizada com o susto. Ela tirou as pernas rápido de perto dele, girando a bunda. Vermelha, alarmada e constrangida, ela voltou a baixar a saia enquanto lançava vários olhares afetados de soslaio pelo restaurante.

— Agora, vou deixar você dormir comigo — explicou ela, cautelosa, como se num modo de indulgência apreensiva. — Mas não agora.

— Eu sei. Quando a gente voltar para o meu quarto.

A moça fez que não com a cabeça, olhando para ele desconfiada e mantendo os joelhos bem fechados.

— Não, agora eu tenho que voltar para casa e ver a minha *mamma*, porque a minha *mamma* não gosta que eu dance com soldados, nem que eu deixe soldados me levarem para jantar, e ela vai ficar muito brava comigo se eu não for para casa agora. Mas vou deixar você anotar onde você mora. E amanhã de manhã vou no seu quarto para fuque-fuque antes de ir para o meu trabalho no escritório francês. *Capisci?*

— Mentira! — exclamou Yossarian, irritado e decepcionado.

— *Cosa vuol dire* "mentira"? — perguntou Luciana com o rosto inexpressivo.

Yossarian riu alto. Depois respondeu em um tom simpático e bem--humorado:

— Quer dizer que quero te acompanhar agora para seja lá onde for preciso para poder voltar correndo para aquela boate antes que Aarfy vá embora com aquele tomate maravilhoso que está com ele sem eu ter a chance de perguntar se ela tem uma tia ou uma amiga que seja parecida com ela.

— *Come?*

— *Subito, subito* — zombou ele dela com ternura. — A *mamma* te espera, lembra?

— *Si, si. Mamma.*

Yossarian deixou que a garota o arrastasse pela linda noite romana durante quase um quilômetro e meio até chegarem a um terminal rodoviário caótico com buzinas, luzes vermelhas e amarelas e ecoando as injúrias rosnadas por motoristas de ônibus que tinham a barba por fazer e que lançavam xingamentos pavorosos e de arrepiar os cabelos uns contra os outros, contra os passageiros e contra os despreocupados grupos de pedestres que atravancavam o caminho e que os ignoravam até que os ônibus encostavam neles, que começavam a devolver os insultos. Luciana sumiu a bordo de um dos diminutos veículos verdes, e Yossarian correu o mais rápido que podia fazendo o caminho de volta até o cabaré e a loira falsa de olhos turvos e blusa de cetim laranja aberta. Ela parecia apaixonada por Aarfy, mas enquanto corria ele rezou bastante por uma tia voluptuosa, ou por uma voluptuosa amiga, irmã, prima ou mãe que fosse igualmente libidinosa e depravada. Ela teria sido perfeita para Yossarian. O tipo de mulher devassa, grosseira, vulgar, amoral e deliciosa que ele desejava e idolatrava havia meses. Era um verdadeiro achado. Pagava pela própria bebida e tinha carro, apartamento e um anel com um camafeu que deixava Joe Faminto louco com as imagens primorosamente esculpidas de um garoto e uma garota nus sobre uma rocha. Joe Faminto bufou, empinou e bateu com as patas no chão salivando de luxúria e carência rastejante, mas a garota se recusou a lhe vender o anel, ainda que ele tenha oferecido todo o dinheiro que levava nos bolsos, além da complexa câmera fotográfica preta. Ela não estava interessada em dinheiro ou câmeras. Estava interessada em fornicação.

Quando Yossarian chegou ela já havia ido embora. Todo mundo tinha ido embora, e ele saiu imediatamente e andou em melancólico desânimo pelas ruas escuras, cada vez mais vazias. Não era comum Yossarian se sentir solitário quando estava sozinho, mas agora ele estava solitário em sua imensa inveja por Aarfy que sabia que estava na cama, neste exato instante, com a garota que era perfeita para Yossarian e que, além disso, podia transar, a qualquer momento que quisesse, *se* um dia ele quisesse isso, com uma das duas ou com as duas mulheres magras, impressionantes e aristocráticas que moravam no apartamento de cima e que alimentavam as fantasias sexuais de Yossarian sempre que ele tinha fantasias sexuais, a bela e rica condessa de cabelos pretos com lábios vermelhos, úmidos e nervosos e sua bela e rica enteada de cabelos pretos. Yossarian estava perdidamente apaixonado por todas elas enquanto fazia o caminho de volta para o apartamento dos oficiais, apaixonado por Luciana, pela garota lasciva embriagada com a blusa de cetim desabotoada e pela bela e rica condessa e sua bela e rica enteada, que jamais iriam deixar que ele tocasse nelas ou mesmo que flertasse com elas. Pareciam duas gatinhas se jogando sobre Nately e aceitavam Aarfy passivamente, mas achavam que Yossarian era doido e o evitavam com um desdém de desgosto cada vez que ele fazia uma proposta indecente ou tentava acariciar as duas quando elas passavam por ele nas escadas. As duas eram criaturas esplêndidas com línguas carnudas, brilhantes, pontiagudas e bocas que pareciam ameixas redondas e quentes, uma ameixa docinha e grudenta, um pouco passada. Elas tinham classe; Yossarian não tinha certeza de qual classe era aquela, mas sabia que elas tinham classe e ele não e que elas sabiam disso. Enquanto andava, conseguia imaginar o tipo de roupa de baixo que elas usavam coladas a suas esbeltas partes femininas, peças transparentes, macias, aderentes do preto mais fechado ou de tons pastel de um brilho opalescente com rendinhas floridas e com a fragrância das emanações de carne bem tratada e de sais de banho perfumados numa nuvem germinativa que exalava de seus níveos seios azulados. Ele voltou a desejar estar onde Aarfy estava, transando de forma obscena, brutal, alegre com uma libertina bêbada que não dava a mínima para ele nem jamais voltaria a pensar nele.

Mas Aarfy já tinha voltado ao apartamento quando Yossarian chegou, e Yossarian olhou boquiaberto para ele com a mesma sensação de espanto e injustiça que viveu pela manhã nos céus de Bolonha em função da presença maligna, cabalística e irremovível no nariz do avião.

— O que você está fazendo aqui? — perguntou ele.

— É isso mesmo, pergunte para ele! — exclamou Joe Faminto, enraivecido. — Faz ele contar o que está fazendo aqui!

Com um longo gemido teatral, Kid Sampson fez uma pistola com o polegar e o indicador e estourou os próprios miolos. Huple, mascando uma imensa bola de chiclete, olhou tudo com uma expressão imatura, vaga no rosto de 15 anos. Aarfy estava batendo o cachimbo na palma da mão lentamente enquanto andava para lá e para cá numa corpulenta autoaprovação, obviamente extasiado pela agitação que estava causando.

— Você não foi para casa com aquela menina? — perguntou Yossarian.

— Ah, claro, eu fui para casa com ela — respondeu Aarfy. — Vocês não acharam que eu ia deixar que ela fosse andando sozinha para casa, né?

— Ela não deixou você entrar?

— Ah, ela queria que eu entrasse, sim. — Aarfy deu uma risadinha. — Não se preocupem com o bom e velho Aarfy. Mas eu não ia tirar vantagem de uma menina bacana só porque ela tinha bebido um pouco além da conta. Que tipo de cara vocês acham que eu sou?

— Quem falou em tirar vantagem dela? — disse Yossarian, criticando Aarfy espantado. — A única coisa que ela queria era ir para a cama com alguém. Ela ficou falando disso a noite toda.

— É que ela estava meio confusa — explicou Aarfy. — Mas eu falei com ela e coloquei um pouco de juízo naquela cabeça.

— Seu filho da puta! — exclamou Yossarian e afundou, cansado, no divã ao lado de Kid Sampson. — Por que você não deixou a menina para um de nós se você não queria?

— Está vendo? — perguntou Joe Faminto. — Tem alguma coisa errada com ele.

Yossarian fez que sim com a cabeça e olhou curioso para Aarfy.

— Aarfy, me conta uma coisa: você nunca transa com nenhuma delas?

Aarfy deu uma risadinha presunçosa.

— Ah, claro que transo. Não se preocupe comigo. Mas nunca com garotas boazinhas. Eu sei com qual tipo de garota transar e com qual tipo de garota não transar, e nunca transo com garotas boazinhas. Essa era uma garota bacana. Dava para ver que a família dela tinha dinheiro. Olha só, eu até convenci ela a jogar aquele anel dela fora pela janela do carro.

Joe Faminto voou com um grito de dor insuportável.

— Você fez *o quê*? — gritou ele. — Você fez *o quê*?

Ele começou a bater nos ombros e nos braços de Aarfy com os dois punhos, quase chorando.

— Eu devia te *matar* por isso, seu filho de uma puta. Esse cara é um *pervertido*, isso sim. Tem uma mente suja, vocês não concordam? Esse cara não tem uma mente suja?

— A mais suja de todas — concordou Yossarian.

— Do que vocês estão falando? — perguntou Aarfy genuinamente intrigado, colocando o rosto para fins de proteção dentro do isolamento estofado dos ombros ovais. — Ah, para com isso, Joe — pediu ele com um sorriso de ligeiro desconforto. — Para de me bater, vai?

Mas Joe Faminto só parou de bater quando foi retirado dali por Yossarian, que o empurrou para o quarto dele. Yossarian andou indiferente até o próprio quarto, tirou a roupa e foi dormir. Um segundo depois era manhã, e ele estava sendo sacudido por alguém.

— Por que você está me acordando? — choramingou ele.

Era Michaela, a empregada magrela e alegre de rosto grosseiro e pálido, e ela estava acordando Yossarian porque tinha uma visita para ele logo ali do outro lado da porta. *Luciana!* Ele mal podia acreditar. E ela ficou sozinha com ele no quarto depois que Michaela saiu, linda, robusta e estatuesca, emitindo vapores e ondas de uma vitalidade afetuosa irreprimível mesmo ali parada e fazendo uma careta de irritação para ele. Ela ficou ali parada como um jovem colosso feminino com suas magníficas pernas colunares entreabertas sobre sapatos plataforma brancos, com um belo vestido verde e balançando uma grande bolsa de couro branco, que ela usou para bater com força na cabeça dele quando ele saltou da cama para agarrá-la. Yossarian cambaleou para trás, perplexo com a mão na bochecha dolorida.

— Porco! — Ela cuspiu nele violentamente, as narinas dilatadas num olhar de tremendo desdém. — *Vive com'un animale!*

Soltando um palavrão com um tom feroz, gutural, de desprezo e desgosto, ela atravessou o quarto e abriu as três janelas altas, deixando entrar uma inundação resplandecente de luz do sol e ar fresco que arejou o quarto abafado como um tônico revigorante. Ela colocou a bolsa sobre uma cadeira e começou a organizar o quarto, pegando as coisas dele do chão e de cima dos móveis, jogando as meias, o lenço e a cueca em uma gaveta vazia da cômoda e pendurando a camiseta e as calças de Yossarian no armário.

Yossarian foi correndo do quarto para o banheiro e escovou os dentes. Lavou as mãos e o rosto e penteou os cabelos. Quando voltou, o quarto estava arrumado e Luciana estava quase despida. A expressão dela era relaxada. Deixou os brincos na cômoda e andou descalça até a cama vestindo apenas um camisão rosa de raiom que ia até a altura dos quadris. Ela deu uma olhada prudente no quarto para ter certeza de que não tinha negligenciado nada em sua arrumação e depois puxou de volta a colcha e se estendeu luxuosamente com uma expressão de expectativa felina. Olhou para ele cheia de desejo, com uma risada rouca.

— Agora — anunciou ela num sussurro, estendendo avidamente os dois braços para ele. — Agora vou deixar você dormir comigo.

Ela contou umas mentiras sobre um único fim de semana na cama com um noivo morto do Exército italiano, e no fim das contas era tudo verdade, pois ela gritou *"finito!"* quando ele mal tinha começado e ficou pensando por que ele não parava, até que ele também *finitou* e explicou para ela.

Ele acendeu um cigarro para ele e outro para ela. Ela estava encantada com o bronzeado profundo que cobria o corpo dele todo. Ele ficou pensando no camisão rosa que ela não tirava. O corte era igual ao de uma camiseta regata masculina, com tiras estreitas nos ombros, e escondia a cicatriz invisível nas costas de Luciana que ela se recusava a deixar que ele visse depois que ele a fez contar que a cicatriz existia. Ela ficou tensa como uma folha de aço fino quando ele traçou os contornos mutilados com a ponta do dedo desde um buraco na omoplata até a base da coluna. Ele estremeceu ao pensar nas muitas noites torturantes que ela passou no hospital, sedada ou com dor, com os ubíquos, inelutáveis odores de éter, fezes e desinfetante, de carne humana mortificada e em decomposição em meio aos uniformes brancos, aos sapatos com solas de borracha e às sinistras luzes noturnas brilhando frágeis dos corredores até o nascer do sol. Ela havia sido ferida num ataque aéreo.

— *Dove?* — perguntou ele, e prendeu a respiração em suspense.

— *Napoli.*

— Alemães?
— *Americani.*

Ele ficou de coração partido e se apaixonou. Ele se perguntou se um dia ela se casaria com ele.

— *Tu sei pazzo* — disse ela com uma risada agradável.
— Por que eu sou louco? — perguntou ele.
— *Perchè non posso sposare.*
— Por que você não pode casar?
— Porque eu não sou virgem — respondeu ela.
— E o que uma coisa tem a ver com a outra?
— Quem vai se casar comigo? Ninguém quer uma mulher que não é virgem.
— Eu quero. Eu me caso com você.
— *Ma non posso sposarti.*
— Por que você não pode se casar comigo?
— *Perchè sei pazzo.*
— Por que eu sou louco?
— *Perchè vuoi sposarmi.*

Yossarian franziu a testa entre divertido e intrigado.

— Você não se casa comigo porque eu sou louco e você acha que eu sou louco porque eu quero me casar com você? É isso?
— *Si.*
— *Tu sei pazz'!* — disse ele para ela.
— *Perchè?* — gritou ela indignada, seus inevitáveis seios redondos erguendo e caindo numa mágoa insolente enquanto ela se sentava indignada na cama. — Por que eu sou louca?
— Porque você não se casa comigo.
— *Stupido!* — gritou ela e bateu no peito dele com as costas da mão com exuberância e estrondo. — *Non posso sposarti! Non capisci? Non posso sposarti.*
— Ah, claro, entendo. E por que você não pode se casar comigo?
— *Perchè sei pazzo!*

— E por que eu sou louco?

— *Perchè vuoi sposarmi.*

— Porque eu quero me casar com você. *Carina, ti amo* — explicou ele, levando-a gentilmente de volta para o travesseiro. — *Ti amo molto.*

— *Tu sei pazzo* — murmurou ela em resposta, lisonjeada.

— *Perchè?*

— Porque você diz que me ama. Como você pode amar uma mulher que não é virgem?

— Porque eu não posso me casar com você.

Ela se levantou de novo numa raiva ameaçadora.

— Por que você não pode se casar comigo? — perguntou ela, pronta para bater nele outra vez se a resposta não fosse elogiosa. — Só porque eu não sou virgem?

— Não, não, querida. Porque *você* é louca.

Ela o encarou com um ressentimento inexpressivo por um instante e depois jogou a cabeça para trás e deu uma sonora e sincera gargalhada agradecida. Depois de parar de rir, olhou para ele novamente aquiescendo, os viçosos e suscetíveis tecidos do rosto de pele escura ficando ainda mais escuros e florescendo sonolentos com uma infusão de sangue intumescente e embelezadora. Os olhos dela ficaram turvos. Ele apagou os dois cigarros, e eles se viraram um para o outro sem uma palavra num beijo envolvente bem na hora em que Joe Faminto entrou serpenteando pelo quarto sem bater para perguntar a Yossarian se ele queria sair para procurar mulheres. Joe Faminto parou de imediato quando viu os dois e saiu apressado do quarto. Yossarian saiu da cama ainda mais rápido e começou a gritar para Luciana se vestir. A garota ficou confusa. Ele a tirou com força da cama pelo braço e a lançou na direção das roupas dela, depois correu para a porta a tempo de fechá-la quando Joe Faminto estava voltando com sua câmera. Joe Faminto conseguiu usar a perna como cunha para manter a porta aberta e se recusava a sair dali.

— Me deixa entrar! — implorou ele com urgência, contorcendo-se e remexendo-se como um louco. — Me deixa entrar! — Ele parou de se debater por um instante para olhar para o rosto de Yossarian pela fresta da porta com algo que deve ter imaginado que era um sorriso sedutor. — Eu não ser Joe Faminto — explicou ele a sério. — Eu fotógrafo chique e famoso revista *Life*. Foto chique na capa. Fazer você grande estrela Hollywood, Yossarian. Multi *dinero*. Multi divórcios. Multi fuque-fuque o dia todo. *Si, si, si!*

Yossarian bateu a porta quando Joe Faminto recuou um pouco para tentar fazer uma foto de Luciana se vestindo. Joe Faminto atacou num frenesi a barreira robusta de madeira, recuou para recuperar as forças e se atirou num frenesi outra vez. Yossarian se meteu nas roupas entre os ataques. Luciana já estava no vestido de verão verde e branco e mantinha a saia arregaçada acima da cintura. Uma onda de tristeza tomou conta dele quando a viu prestes a desaparecer para sempre dentro da calcinha. Estendeu a mão para agarrá-la e puxá-la para perto dele pela panturrilha, que estava erguida. Yossarian beijou as orelhas dela e ela fechou os olhos romanticamente e esfregou as batatas das pernas. Ela começou a zumbir sensualmente logo antes de Joe Faminto atirar seu frágil corpo contra a porta em mais um ataque desesperado e quase derrubar os dois. Yossarian a tirou do caminho.

— *Vite! Vite!* — disse ele para ela, repreendendo-a. — Se veste!

— Do que você está falando? — quis saber ela.

— Rápido! Rápido! Você não entende inglês? Se veste rápido!

— *Stupido!* — rosnou ela para ele. — "*Vite*" é francês, não italiano. *Subito, subito!* É isso que você quer dizer. *Subito!*

— *Si, si.* É isso que eu quero dizer. *Subito, subito!*

— *Si, si* — respondeu ela disposta a colaborar e correu para colocar os sapatos e os brincos.

Joe Faminto tinha feito uma pausa em seu ataque para fazer fotos do outro lado da porta fechada. Yossarian conseguia ouvir os cliques da câmera. Quando tanto ele quanto Luciana estavam prontos, Yossarian esperou o ataque seguinte de Joe Faminto e abriu a porta inesperadamente. Joe Faminto entrou no quarto como um sapo se debatendo.

Yossarian o contornou com saltos ágeis, conduzindo Luciana atrás dele para atravessar o apartamento e chegar ao corredor do lado de fora. Eles desceram as escadas correndo com fanfarronice, gargalhando sem fôlego e batendo a cabeça hilariante de um na do outro toda vez que paravam para descansar. Perto do térreo encontraram Nately subindo e pararam de rir. Nately estava exausto, sujo e infeliz. A gravata estava torta e a camisa, amassada, e ele andava com as mãos nos bolsos. O olhar dele era de um cachorrinho desamparado.

— O que aconteceu, garoto? — perguntou Yossarian, compassivo.

— Estou sem um centavo de novo — respondeu Nately com um sorriso sem graça e distraído. — O que eu vou fazer?

Yossarian não sabia. Nately tinha passado as trinta e duas horas anteriores a vinte dólares por hora com a prostituta apática que ele adorava e não tinha sobrado nada nem do salário nem da lucrativa mesada que ele recebia todo mês do pai rico e generoso. Sendo assim ele não podia mais passar tempo com ela. Ela não permitia que ele andasse ao lado dela enquanto ela tentava seduzir outros militares e ficou furiosa quando viu que ele a seguia de longe. Ele tinha permissão para ficar no apartamento dela se quisesse, mas não dava para ter certeza de que ela ia estar por lá. E ela não dava nada para ele a não ser que ele pagasse. Ela achava sexo desinteressante. Nately queria a garantia de que ela não iria para a cama com ninguém desagradável ou com alguém que ele conhecesse. O capitão Black fazia questão de sair com ela sempre que ia a Roma, só para atormentar Nately com a notícia de que ele tinha transado outra vez com a queridinha dele e ver Nately se contorcer de raiva enquanto ele relatava as indignidades atrozes a que tinha submetido a mulher.

Luciana ficou comovida com o ar desamparado de Nately, mas irrompeu novamente numa sonora e robusta gargalhada assim que saiu para a rua ensolarada com Yossarian e ouviu Joe Faminto implorando da janela para que eles voltassem e tirassem as roupas, porque ele realmente era fotógrafo da revista *Life*. Luciana correu alegremente pela calçada com seus sapatos plataforma brancos altos rebocando Yossarian atrás dela com o mesmo entusiasmo vigoroso e ingênuo que havia demonstrado na pista de dança na noite anterior e em todo momento desde então. Yossarian a alcançou e andou com seu braço em torno da cintura dela até os dois chegarem à esquina e ela se afastar dele. Ela ajeitou os cabelos num espelho que tirou da bolsa e passou batom.

— Por que você não me pede para deixar você anotar meu nome e endereço num papel para poder me encontrar quando voltar para Roma? — sugeriu ela.

— Por que você não me deixa escrever seu nome e endereço num papel? — concordou ele.

— Por quê? — perguntou ela, beligerante, a boca se torcendo subitamente numa careta de escárnio veemente e os olhos cintilando de fúria. — Para você picar em pedacinhos assim que eu for embora?

— Quem vai picar o papel? — protestou Yossarian, confuso. — Do que você está falando?

— Você vai picar — insistiu ela. — Você vai picar o papel em pedacinhos assim que eu for embora e vai sair por aí como se fosse o maioral porque uma garota alta, jovem e bonita como eu, Luciana, deixou você dormir com ela e não te pediu dinheiro.

— Quanto dinheiro você quer? — perguntou ele.

— *Stupido!* — gritou ela com emoção. — Não estou te pedindo dinheiro nenhum! — Ela bateu o pé e ergueu o braço num gesto turbulento que fez Yossarian temer que ela fosse bater de novo com a bolsa imensa na cara dele. Em vez disso, ela rabiscou o nome e o endereço num papelzinho e jogou nele. — Toma — provocou ela, sarcástica, mordendo o lábio para conter um delicado tremor. — Não esquece. Não esquece de picar em pedacinhos assim que eu for embora.

Depois, ela sorriu serena para ele, segurou a mão de Yossarian e, com um *"Addio"* sussurrado e cheio de remorso, se encostou nele por um instante, depois endireitou o corpo e saiu andando com uma dignidade e uma graça inconscientes.

No minuto em que ela se afastou, Yossarian rasgou o papel e foi andando na direção oposta, sentindo-se o maioral porque uma garota bonita como Luciana tinha dormido com ele sem pedir dinheiro. Ele estava bastante satisfeito consigo mesmo até erguer os olhos no refeitório na sede da Cruz Vermelha e se ver tomando café da manhã com dezenas e dezenas de outros militares em todo tipo fantástico de farda, e aí de repente foi cercado por imagens de Luciana saindo das roupas e acariciando e discutindo brava com ele em seu camisão rosa de raiom que usou na cama com ele e se recusou a tirar. Yossarian engasgou com a torrada com ovos ao ver a enormidade do erro que tinha sido picar aqueles membros longos, ágeis, nus, jovens em pedacinhos e jogá-la tão presunçosamente na sarjeta. Ele já sentia uma saudade terrível dela. Havia tanta gente fardada estridente sem rosto no refeitório com ele. Ele sentiu um desejo urgente de estar sozinho com ela outra vez logo e se levantou impetuosamente da mesa e foi correndo para o lado de fora, fazendo de volta o trajeto pela rua até o apartamento em busca dos pedacinhos de papel na sarjeta, mas todos eles já tinham sido levados pela água da mangueira de um homem que estava limpando as ruas.

Ele não conseguiu encontrá-la na boate dos oficiais Aliados naquela noite nem na confusão sufocante, polida e hedonista do restaurante do mercado ilegal, com suas vastas bandejas de madeira balançando com comida elegante e seu alegre rebanho de garotas inteligentes e adoráveis. Ele nem conseguiu encontrar o restaurante. Quando foi para a cama sozinho, se esquivou novamente de ataques sobre Bolonha em um sonho, com Aarfy inclinado abominavelmente sobre seu ombro no avião, com um olhar malicioso e sórdido. Pela manhã ele saiu correndo à procura de Luciana em todo escritório francês que conseguiu encontrar, mas ninguém sabia do que ele estava falando, então correu apavorado, tão nervoso, perturbado e desorganizado que simplesmente precisava continuar correndo apavorado para algum lugar, para o apartamento dos praças para achar a criada atarracada de calcinha cor de limão, que ele encontrou tirando o pó no quarto de Snowden no quinto andar com um moletom marrom desbotado e uma saia pesada. Snowden ainda estava vivo na época, e Yossarian sabia que era o quarto de Snowden pelo nome escrito em estêncil branco na mala azul em que tropeçou ao mergulhar porta adentro em cima dela em um frenesi de desespero criativo. A mulher o segurou pelos pulsos antes que ele caísse quando foi cambaleando até ela tomado pela necessidade e o puxou para cima dela enquanto ela se jogava de costas na cama e o envolvia hospitaleira em seu abraço flácido e consolador, o espanador nas mãos como um estandarte, enquanto seu rosto largo e simpático olhava para ele com carinho e um sorriso de amizade incondicional. Houve um estalo elástico enquanto ela tirava a calcinha cor de limão que pôs abaixo deles dois sem perturbá-lo.

Ele enfiou dinheiro na mão dela quando os dois acabaram. Ela o abraçou agradecida. Ele a abraçou. Ela retribuiu o abraço e depois o puxou para cima dela na cama de novo. Ele enfiou mais dinheiro na mão dela quando eles acabaram dessa vez e saiu correndo do quarto antes que ela tivesse chance de começar a abraçá-lo agradecida de novo. De volta ao apartamento, ele juntou as coisas o mais rápido que pôde, deixou o dinheiro que tinha para Nately e voltou correndo para Pianosa num avião de suprimentos para pedir desculpas para Joe Faminto por ter fechado a porta do quarto na cara dele. O pedido de desculpas era desnecessário, porque Joe Faminto estava de bom humor quando Yossarian o encontrou. Joe Faminto sorria de orelha a orelha, e Yossarian ficou enjoado com a visão, pois soube de cara o que aquele bom humor significava.

— Quarenta missões — anunciou Joe Faminto prontamente numa voz lírica com alívio e êxtase. — O coronel aumentou o número de novo.

Yossarian estava chocado.

— Mas eu estou com trinta e duas, merda! Mais três e eu ia ter conseguido.

Joe Faminto deu de ombros, indiferente.

— O coronel quer quarenta missões — repetiu ele.

Yossarian o tirou do caminho e foi correndo direto para o hospital.

17
O SOLDADO DE BRANCO

Yossarian foi correndo direto para o hospital, determinado a ficar lá para sempre ao invés de voar uma missão que fosse além das trinta e duas que já tinha. Dez dias depois de ele mudar de ideia e sair, o coronel elevou as missões para quarenta e cinco e Yossarian correu de volta para se internar, determinado a ficar no hospital para sempre em vez de voar uma missão que fosse além das novas seis que tinha acabado de voar.

Yossarian podia correr para o hospital sempre que quisesse por causa do fígado e por causa dos olhos; os médicos não conseguiam resolver o problema que ele tinha no fígado e não conseguiam olhar nos olhos dele cada vez que ele dizia que tinha um problema no fígado. Ele conseguia se divertir no hospital, desde que não houvesse alguém de fato muito doente na mesma enfermaria. O sistema dele era robusto o suficiente para sobreviver a um caso de malária ou gripe de outro paciente quase sem nenhum desconforto. Ele conseguia passar pela tonsilectomia alheia sem sofrer qualquer estresse pós-cirúrgico e era capaz até mesmo de suportar as hérnias e as hemorroidas de terceiros sentindo apenas uma leve náusea e certa repulsa. Mas isso era o máximo que conseguia enfrentar sem passar mal. Qualquer coisa acima disso ele estava pronto para zarpar. No hospital, conseguia relaxar, já que ninguém esperava que fizesse nada. A única coisa que se esperava que ele fizesse no hospital era morrer ou melhorar, e, como desde o começo ele estava em perfeita saúde, melhorar era fácil.

Estar no hospital era melhor do que estar sobre Bolonha ou sobrevoar Avignon com Huple e Dobbs nos controles e Snowden morrendo nos fundos.

Yossarian costumava ver menos gente doente dentro do hospital do que fora, e, em geral, havia menos gente dentro do hospital que estava gravemente doente. A taxa de mortalidade era bem menor dentro do hospital do que fora, e era uma taxa de mortalidade muito mais saudável. Pouca gente morria sem necessidade. As pessoas entendiam muito mais sobre morrer dentro do hospital e transformavam a morte em algo muito mais limpo e organizado. Não tinham como dominar a Morte dentro do hospital, mas sem dúvida faziam com que ela se comportasse. Tinham ensinado boas maneiras a ela. Não conseguiam impedir que a Morte entrasse, mas enquanto estava lá dentro ela precisava agir como uma dama. As pessoas entregavam a alma com delicadeza e bom gosto no hospital. Não havia nada daquela ostentação crua e tenebrosa em morrer que era tão comum fora do hospital. As pessoas não explodiam em pleno ar como Kraft ou como o sujeito morto na tenda de Yossarian, nem morriam congeladas no meio de um verão escaldante como Snowden, depois de contar seu segredo para Yossarian nos fundos do avião.

— Estou com frio — choramingou Snowden. — Estou com frio.

— Vai passar, vai passar — tentou consolá-lo Yossarian. — Vai passar.

Eles não tentavam fugir desajeitados dentro de uma nuvem como Clevinger fez. Não explodiam em sangue e coágulos. Não se afogavam nem eram atingidos por raios, não eram mutilados por máquinas nem esmagados em deslizamentos de terra. As pessoas não eram mortalmente baleadas em assaltos, estranguladas até a morte durante estupros, não morriam esfaqueadas em bares, não eram massacradas com machados pelos pais ou pelos filhos nem morriam sumariamente por algum outro ato de Deus. Ninguém morria engasgado. As pessoas morriam de hemorragia como cavalheiros em um centro cirúrgico ou faleciam sem dizer nada numa cabine de oxigênio. Lá não tinha essa morte trapaceira que chegava e dizia *bu!* que estava na moda fora do hospital, nada do tipo "agora eu existo, agora eu não existo mais". Não havia fome nem cheias. As crianças não sufocavam em berços ou geladeiras nem caíam debaixo de caminhões. Ninguém era espancado até a morte. As pessoas não enfiavam a cabeça no forno com o gás aberto, não se atiravam na frente dos trens do metrô, nem vinham despencando como pesos mortos das janelas de hotéis com um *vush!*, acelerando à taxa de dez metros por segundo para aterrissar com um *plop!* hediondo na calçada e ter uma morte repulsiva ali em público como um saco de alpaca cheio de sorvete de morango, os rosados dedos dos pés tortos.

Levando tudo em consideração, Yossarian costumava preferir o hospital, embora tivesse lá seus problemas. Os funcionários tendiam a ser inoportunos; as regras, se fossem seguidas, eram restritivas; e a gerência era intrometida. Como tendia a haver gente doente por lá, nem sempre podia contar com uma turma jovem e animada na mesma enfermaria que ele, nem sempre o entretenimento era bom. Ele era forçado a admitir que os hospitais tinham mudado constantemente para pior à medida que a guerra continuava e que se chegava mais perto do front, a deterioração na qualidade dos hóspedes ficando mais perceptível dentro da zona de combate, onde os efeitos das condições da guerra tendiam a se tornar visíveis de imediato. As pessoas ficavam cada vez mais doentes à medida que se aproximavam do combate, até que finalmente na última vez no hospital havia um soldado de branco que não podia estar mais doente sem estar morto, coisa que não demorou a acontecer.

O soldado de branco era composto inteiramente de gaze, gesso e um termômetro, e o termômetro era um mero adorno deixado equilibrado no escuro oco aberto nas bandagens na altura da boca no início de cada manhã e no fim de cada tarde pela enfermeira Cramer e pela enfermeira Duckett até a tarde em que a enfermeira Cramer leu o termômetro e descobriu que ele estava morto. Pensando em retrospecto, Yossarian ficou com a impressão de que foi a enfermeira Cramer, e não o texano tagarela, que matou o soldado de branco; se ela não tivesse lido o termômetro e informado sobre a descoberta, o soldado de branco talvez ainda estivesse deitado vivo ali exatamente como tinha ficado deitado o tempo todo, encapsulado da cabeça aos pés em gaze e gesso com as duas estranhas e rígidas pernas elevadas e os dois braços estranhos içados perpendicularmente, todos os quatro membros robustos engessados, todos os membros estranhos, inúteis sombriamente suspensos sobre ele. Viver ali deitado talvez não fosse grande coisa, mas aquela era a vida que ele tinha e a decisão de encerrá-la, pensava Yossarian, não deveria caber à enfermeira Cramer.

O soldado de branco parecia uma atadura desenrolada com um buraco nela ou um bloco de pedra quebrado num porto com um tubo torto de zinco protuberante. Os outros pacientes da enfermaria, à exceção do texano, evitavam o soldado de branco com uma terna aversão desde o momento em que puseram os olhos nele na manhã seguinte à noite em que ele foi levado discretamente para lá sem ninguém ver. Eles se reuniam tranquilos no canto mais distante da enfermaria e fofocavam sobre ele com um tom maldoso, ofendido, numa rebelião contra a presença dele, vista como uma terrível imposição e se ressentindo dele maldosamente pela verdade nauseante da qual ele era um brilhante lembrete. Eles compartilhavam o receio de que ele fosse começar a gemer.

— Não sei o que vou fazer se ele começar a gemer — lamentou desamparado o agitado e jovem piloto de caça com bigode dourado. — Se ele começar a gemer, significa que vai gemer durante a noite também, porque ele não tem como saber que horas são.

Durante todo o tempo em que o soldado de branco permaneceu ali, absolutamente nenhum som saiu dele. O buraco arredondado sobre a boca era profundo e preto e não exibia nenhum sinal de lábios, dentes, palato ou língua. O único que chegou a se aproximar o suficiente para olhar foi o afável texano, que se aproximava diversas vezes por dia para conversar com ele sobre como aumentar a votação das pessoas decentes, iniciando todas as conversas com a mesma saudação: "O que você me conta, amigão? Como é que você está?" Os outros homens, com seus roupões de banho marrons obrigatórios e os pijamas de flanela que se desfaziam, evitavam os dois e se perguntavam tristes quem era o soldado de branco, por que ele estava ali e como ele realmente era por dentro.

— Ele é bacana, acreditem em mim — dizia o texano para eles de modo encorajador depois de cada uma de suas visitas sociais. — Bem lá no fundo, é só um cara como outro qualquer. Ele está se sentindo meio tímido e inseguro, porque não conhece ninguém aqui e não consegue falar. Por que vocês não vão lá um por vez do lado dele e se apresentam? Ele não morde.

— Do que você está falando? — perguntou Dunbar. — Ele tem ideia do que você está falando?

— Claro que tem. Ele não é burro. Não tem nada de errado com ele.

— Ele consegue te ouvir?

— Bom, não sei se ele consegue me ouvir ou não, mas tenho certeza de que ele sabe o que estou falando.

— Aquele buraco na boca dele se mexe de vez em quando?

— Que tipo de pergunta maluca é essa? — perguntou o texano, incomodado.

— Como você sabe que ele está respirando se não tem movimento?

— Como você sabe que é um homem?

— Ele tem tapa-olhos debaixo da bandagem?

— Você já viu ele mexer os dedos dos pés ou das mãos?

O texano recuou, confuso.

— Mas que tipo de pergunta maluca é essa? Vocês devem estar todos doidos ou alguma coisa do tipo. Por que vocês não vão lá falar com ele e conhecer o sujeito? É um cara bacana, acreditem em mim.

O soldado de branco parecia mais uma múmia empalhada e esterilizada do que um cara bacana. A enfermeira Duckett e a enfermeira Cramer mantinham o sujeito impecável. Espanavam as ataduras com uma vassourinha e esfregavam o gesso dos braços, das pernas, dos ombros, do peito e do quadril com água e sabão. Com uma latinha de polidor de metais, deram um brilho suave ao cano baço de zinco que subia do gesso em sua virilha. Com panos de prato úmidos tiravam o pó várias vezes por dia dos finos tubos pretos de borracha que entravam e saíam dos dois grandes potes com tampa, um deles pendurado em um suporte ao lado da cama, pingando constantemente um fluido no braço dele por meio de uma fresta nas ataduras enquanto o outro, quase fora do campo de visão no piso, drenava o fluido que passava pelo cano de zinco que saía da virilha. As duas jovens enfermeiras limpavam incessantemente os potes de vidro. Elas sentiam orgulho do bom trabalho. A mais solícita das duas era a enfermeira Cramer, uma garota em forma, bonita, assexuada, com um rosto sadio e nada atraente. A enfermeira Cramer tinha um nariz bonito e uma pele radiante, resplandecente, pontilhada por adoráveis sardas que Yossarian detestava. Ela ficava profundamente comovida com o soldado de branco. Seus olhos virtuosos, azul-claros em forma de discos se enchiam de lágrimas de leviatã em momentos inusitados, o que deixava Yossarian enlouquecido.

— Mas como você sabe que tem alguém aí dentro? — perguntou ele para ela.

— Você nem ouse falar assim comigo! — respondeu ela, indignada.

— Bom, mas como você sabe? Você nem sabe se é ele mesmo.

— Quem?

— A pessoa que supostamente devia estar dentro dessas bandagens todas. Pode ser que você esteja chorando pela pessoa errada. Como você sabe que ele está vivo?

— Que coisa horrível para se dizer! — exclamou a enfermeira Cramer. — Você vá direto para a cama e pare com essas piadinhas sobre ele.

— Não estou fazendo piada. Pode ser qualquer um aí dentro. Até onde a gente sabe, pode até ser Mudd.

— Do que você está falando? — perguntou a enfermeira Cramer com a voz trêmula.

— Pode ser que esse seja o lugar onde puseram o sujeito morto.

— Que sujeito morto?

— Tem um sujeito morto na minha tenda que ninguém consegue tirar de lá. O nome dele é Mudd.

O rosto da enfermeira Cramer ficou branco e ela olhou desesperada para Dunbar em busca de ajuda.

— Faz ele parar de dizer essas coisas — implorou ela.

— Pode ser que não tenha ninguém lá dentro — sugeriu Dunbar, solícito. — Pode ser que tenham mandado as ataduras para cá só como uma piada.

Ela se afastou de Dunbar alarmada.

— Você é louco — gritou ela, olhando em volta como quem implora por algo. — Vocês dois são loucos.

A enfermeira Duckett apareceu nesse instante e fez todos eles voltarem para a cama, enquanto a enfermeira Cramer trocava os potes tampados do soldado de branco. Trocar os potes do soldado de branco era muito fácil, porque o mesmo fluido transparente era derramado a conta-gotas para dentro dele, várias vezes seguidas, sem qualquer perda aparente. Quando o pote que alimentava a dobra do braço estava quase vazio, o pote no chão estava quase cheio, e os dois eram simplesmente desconectados de suas respectivas mangueiras e trocados rapidamente um pelo outro de modo que o líquido pudesse gotejar outra vez para dentro dele. Trocar os potes não era problema nenhum, mas os homens que viam a troca mais ou menos de hora em hora ficavam chocados com o procedimento.

— Por que elas não ligam um pote direto no outro e eliminam o intermediário? — perguntou o capitão de artilharia com quem Yossarian tinha parado de jogar xadrez. — Por que cargas-d'água elas precisam dele?

— Fico me perguntando o que ele fez para merecer isso — lamentou o suboficial com malária e uma picada de mosquito na bunda depois que a enfermeira Cramer olhou o termômetro e descobriu que o soldado de branco estava morto.

— Ele foi para a guerra — supôs o piloto de caça com bigodinho dourado.

— Todos nós fomos para a guerra — rebateu Dunbar.

— Foi isso que eu quis dizer — continuou o suboficial com malária. — Por que ele? Parece que esse sistema de punição e recompensa não tem a menor lógica. Olha o que aconteceu comigo. Se eu tivesse pegado sífilis ou uma gonorreiazinha por causa dos meus cinco minutos de paixão na praia em vez de essa droga de picada de mosquito, eu até ia ver certa justiça na coisa. Mas malária? *Malária?* Quem consegue explicar malária como consequência de libertinagem?

O suboficial chacoalhou a cabeça numa perplexidade entorpecida.

— E eu? — disse Yossarian. — Eu saí da minha tenda em Marraquexe uma noite para pegar uma barra de chocolate e peguei a gonorreia que era para ser sua quando aquela mulher do Exército que eu nunca tinha visto sussurrou e me chamou para o meio do mato. Eu só queria uma barrinha de chocolate, mas não tinha como recusar.

— Verdade, parece que essa era para ser a minha gonorreia — concordou o suboficial. — Mas continuo com a malária que era para ser de alguém. Pelo menos uma vez eu queria ver essas coisas corrigidas, cada um recebendo exatamente aquilo que merece. Ia me dar uma confiança no universo.

— Estou com trezentos mil dólares que eram para ser de alguém — admitiu o agitado e jovem piloto de caça com bigodinho dourado. — Passei a vida toda sem fazer nada que preste. Passei o colegial e a faculdade inteira trapaceando nas notas e, depois disso, eu basicamente fiquei transando com garotas bonitas que acham que eu ia dar um bom marido. Não tenho a menor ambição. A única coisa que quero fazer depois da guerra é me casar com uma garota que tenha mais grana que eu e continuar transando com um monte de garotas bonitas. Os trezentos mil dólares eu herdei antes de nascer do meu avô que fez fortuna vendendo coisas em escala internacional. Sei que não mereço, mas nem ferrando que vou abrir mão. Fico imaginando de quem esse dinheiro devia ser.

— Talvez seja do meu pai — especulou Dunbar. — Ele passou a vida toda trabalhando duro e não conseguiu ganhar dinheiro suficiente para mandar a mim e minha irmã para a faculdade. Agora ele já morreu mesmo, então pode ficar para você.

— Olha só, se a gente conseguir descobrir de quem é a minha malária, está tudo resolvido. Não que eu tenha alguma coisa contra malária. É só que tenho a sensação de que uma injustiça foi cometida. Por que eu deveria ficar com a malária de alguém e você ficar com a minha gonorreia?

— Não é só a sua gonorreia — disse Yossarian para ele. — Eu preciso continuar voando missões de combate por causa dessa sua gonorreia até me matarem.

— Isso deixa tudo pior ainda. Qual é a justiça disso?

— Eu tinha um amigo chamado Clevinger duas semanas e meia atrás que via muita justiça nisso.

— É o tipo mais elevado de justiça que existe — tinha dito Clevinger se regozijando, batendo palmas com uma risada feliz. — Não consigo parar de pensar no *Hipólito*, de Eurípedes, em que provavelmente os atos de licenciosidade cometidos antes por Teseu são responsáveis pelo ascetismo do filho que ajuda a causar a tragédia que leva todos eles à ruína. Se não servir para mais nada, essa história com a mulher do Exército devia te ensinar sobre os males da imoralidade sexual.

— Eu aprendi foi sobre os males das barras de chocolate.

— Você não percebe que tem certa culpa pelo que está passando? — continuou Clevinger sem disfarçar a felicidade. — Se você não tivesse passado dez dias no hospital com doença venérea lá na África, dava para terminar as suas vinte e cinco missões a tempo de te mandarem para casa antes de matarem o coronel Nevers e o coronel Cathcart ser colocado no lugar dele.

— E no seu caso? — respondeu Yossarian. — Você nunca pegou gonorreia em Marraquexe e está passando pela mesma coisa que eu.

— Não sei — confessou Clevinger com um traço de falsa preocupação. — Acho que eu devo ter feito alguma coisa muito ruim.

— Você acredita mesmo nisso?

Clevinger riu.

— Não, claro que não. Só gosto de te provocar um pouquinho.

Yossarian tinha que ficar de olho em vários perigos. Tinha Hitler, Mussolini e Tojo, por exemplo, e todos eles queriam matá-lo. Tinha o tenente Scheisskopf com seu fanatismo por desfiles e tinha o coronel presunçoso com aquele bigode enorme com seu fanatismo por retribuição, e eles também queriam matar Yossarian. Tinha Appleby, Havermeyer,

Black e Korn. Tinha a enfermeira Cramer e a enfermeira Duckett, que ele tinha quase certeza de que queriam vê-lo morto, e tinha o texano e o cara da corregedoria, e nesses dois casos ele não tinha a menor dúvida. Tinha os barmen, os pedreiros e os motoristas de ônibus do mundo todo que gostariam de vê-lo morto, os senhorios e os inquilinos, os traidores e os patriotas, os linchadores, os lambe-botas e os lacaios, e todos estavam tentando acabar com ele. Foi esse o segredo que Snowden vazou para ele na missão para Avignon: eles queriam matá-lo; e Snowden vazou esse segredo por toda parte nos fundos do avião.

Tinha as glândulas linfáticas que podiam dar fim nele. Tinha os rins, os nervos e os corpúsculos. Tinha os tumores do cérebro. Tinha a doença de Hodgkin, a leucemia, a esclerose lateral amiotrófica. Tinha os férteis campos vermelhos de tecido epitelial capazes de pegar e desenvolver uma célula cancerígena. Tinha as doenças de pele, as doenças dos ossos, as doenças do pulmão, as doenças do estômago, as doenças do coração, do sangue e das artérias. Tinha as doenças da cabeça, as doenças do pescoço, as doenças do peito, as doenças do intestino, as doenças da virilha. Tinha até as doenças dos pés. Tinha bilhões de células corporais oxidando dia e noite como animais tolos em seu complexo trabalho de mantê-lo vivo e saudável, e cada uma delas era uma traidora e uma inimiga em potencial. Tinha também as várias doenças que só seriam cogitadas por uma mente realmente doentia como com frequência era o caso tanto da dele como da de Joe Faminto.

Joe Faminto colecionava listas de doenças fatais e as organizava em ordem alfabética para que ele pudesse sem demora colocar o dedo naquela com que escolhesse se preocupar. Ficava muito chateado toda vez que colocava uma doença no local errado ou quando não conseguia ampliar a lista, e quando isso acontecia ele ia correndo atrás de Doc Daneeka pedindo ajuda.

— Dá um sarcoma de Ewing para ele — aconselhou Yossarian a Doc Daneeka, que pedia ajuda a Yossarian sobre como lidar com Joe Faminto — e depois passa para um melanoma. Joe Faminto gosta de doenças que durem, mas prefere as fulminantes.

Doc Daneeka nunca tinha ouvido falar de nenhuma das duas.

— Como você fica sabendo de tanta doença? — perguntou ele com tremenda estima profissional.

— No hospital, quando estudo a *Reader's Digest*.

Yossarian tinha tanta doença com que se preocupar que às vezes ficava tentado a se internar para sempre no hospital e passar o resto da vida deitado dentro de uma cabine de oxigênio com uma bateria de especialistas e enfermeiras sentados de um lado da cama vinte e quatro horas por dia esperando que algum problema acontecesse e pelo menos um cirurgião com um bisturi em punho do outro, pronto para dar um salto e começar a cortar assim que fosse necessário. Aneurismas, por exemplo; de que outro jeito eles poderiam defendê-lo a tempo de um aneurisma da aorta? Yossarian se sentia muito mais seguro dentro do hospital, embora detestasse o cirurgião e seu bisturi tanto quanto já tinha detestado qualquer outra pessoa. Ele podia começar a gritar num hospital e pelo menos as pessoas iam vir correndo para tentar ajudar; fora do hospital iam jogá-lo na prisão se ele começasse a gritar por causa de todas as coisas que achava que deveriam fazer todo mundo começar a gritar, ou iam interná-lo no hospital. Uma das coisas que faziam Yossarian ter vontade de começar a gritar era o bisturi do cirurgião que ele tinha quase certeza de que estava à espera dele e de todo mundo que vivesse o bastante para morrer. Ficava se perguntando como ia reconhecer um dia o calafrio, a vermelhidão, a pontada, a dor, o arroto, o espirro, a mancha, a letargia, a falha da voz, a perda de equilíbrio ou o lapso de memória que seria o primeiro sinal do inevitável começo do inevitável fim.

Ele também tinha medo de que Doc Daneeka continuasse se recusando a ajudá-lo quando voltou lá depois de saltar para fora do gabinete do major Major e estava certo.

— Você acha que tem motivos para ter medo de alguma coisa? — perguntou Doc Daneeka, erguendo sua delicada cabeça escura do peito para olhar irascível por um instante para Yossarian com olhos lacrimosos.

— E eu? As minhas preciosas habilidades médicas estão enferrujando nessa droga de ilha enquanto outros médicos se dão bem. Você acha que eu gosto de ficar aqui, dia após dia, me recusando a te ajudar? Eu não ia me importar tanto se me recusasse a te ajudar nos Estados Unidos ou em um lugar como Roma. Mas dizer não para você aqui não é fácil para mim também.

— Então para de me dizer não. Me dá um atestado.

— Não posso te dar um atestado — murmurou Doc Daneeka. — Quantas vezes preciso te dizer isso.

— Pode, sim. O major Major me disse que você é o único no esquadrão que *pode* me tirar de combate.

Doc Daneeka estava perplexo.

— O major Major te disse isso? Quando?

— Quando derrubei ele numa valeta.

— O major Major te disse isso? Numa valeta?

— Ele me disse no gabinete dele depois que a gente saiu da valeta e pulou lá para dentro. Ele me disse para não contar a ninguém que ele me contou, então não vai ficar repetindo isso por aí.

— Ora, vejam só, aquele mentiroso sujo cheio de maquinações! — gritou Doc Daneeka. — Ele não podia dizer isso para ninguém. Ele te disse como eu podia te tirar de combate?

— Era só preencher um papelzinho dizendo que eu estou à beira de um colapso nervoso e mandar para o grupamento. O Dr. Stubbs tira homens de combate no esquadrão dele o tempo todo, por que você não ia poder?

— E o que acontece com os homens depois que Stubbs tira eles de combate? — retorquiu Doc Daneeka com um olhar irônico. — Eles voltam imediatamente a ter status de combatente, não é? E ele fica todo encrencado. Claro, eu posso te tirar de combate preenchendo um papelzinho dizendo que você não está apto. Mas tem uma pegadinha.

— O ardil-22?

— Claro. Se eu tirar você de combate, o grupamento tem que aprovar o que fiz, e o grupamento não vai aprovar. Eles vão te colocar imediatamente com status de combatente de novo, e aí como é que eu fico? Provavelmente eu já ia estar a caminho do Pacífico. Muito obrigado, mas não. Não vou me arriscar por causa de você.

— Não vale a pena tentar? — argumentou Yossarian. — O que tem de tão especial em Pianosa?

— Pianosa é um horror. Mas é melhor do que o oceano Pacífico. Eu não ia me importar se me mandassem para algum lugar civilizado onde pudesse ganhar um trocado fazendo um aborto de tempos em tempos. Mas no Pacífico só tem floresta e monções, eu ia apodrecer lá.

— Você está apodrecendo aqui.

Doc Daneeka ficou furioso.

— Ah, é? Bom, pelo menos vou sair dessa guerra vivo, o que é mais do que dá para dizer do seu caso.

— É exatamente isso que estou tentando te falar, droga. Estou te pedindo para salvar a minha vida.

— Salvar vidas não é o que eu faço — respondeu Doc Daneeka, mal-humorado.

— E o que você faz?

— Não sei. A única coisa que me disseram foi para defender a ética da minha profissão e nunca testemunhar contra outro médico. Olha só. Você acha que é o único correndo perigo? E eu? Aqueles dois charlatões que trabalham para mim na tenda médica ainda não conseguiram descobrir qual é o meu problema.

— Vai ver é sarcoma de Ewing — murmurou Yossarian com sarcasmo.

— Você acha?! — exclamou Doc Daneeka com medo.

— Ah, sei lá — respondeu Yossarian, impaciente. — Só sei que não vou mais voar missões. Não vão me fuzilar de verdade, vão? Eu fiz cinquenta e uma.

— Por que você pelo menos não completa as cinquenta e cinco antes de bater o pé? — aconselhou Doc Daneeka. — Apesar de ficar aí reclamando, você nunca chegou a completar o número de missões exigido.

— E como eu ia completar? Toda vez que chego perto o coronel aumenta o número.

— Você nunca completa as suas missões, porque você fica fugindo para o hospital ou indo para Roma. Se tivesse completado as suas cinquenta e cinco missões e aí se recusasse a voar, a sua posição ia ser muito mais sólida. Aí, quem sabe, eu visse o que dava para fazer.
— Promete?
— Prometo.
— O que você promete?
— Prometo que talvez eu pense em fazer alguma coisa para te ajudar se você completar as suas cinquenta e cinco missões e conseguir que o McWatt coloque o meu nome no diário de bordo dele outra vez para eu poder receber a minha gratificação de voo sem precisar entrar num avião. Eu tenho pavor de avião. Você leu sobre aquele acidente aéreo em Idaho três semanas atrás? Seis mortos. Uma coisa terrível. Não sei por que eles querem que eu entre num avião todo mês para receber a minha gratificação de voo. Será que eu já não tenho bastante coisa com que me preocupar sem precisar pensar que posso ser morto num acidente aéreo além de tudo?
— Eu também me preocupo com acidentes aéreos — disse Yossarian. — Você não é o único.
— É, mas eu também estou bem preocupado com aquele sarcoma de Ewing — gabou-se Doc Daneeka. — Você acha que é por isso que o meu nariz fica o tempo todo entupido e eu sempre tenho esses calafrios? Mede o meu pulso.

Yossarian também se preocupava com sarcoma de Ewing e melanoma. Havia catástrofes de tocaia em toda parte, numerosas demais para contar. Quando ele pensava no tanto de doença e nos possíveis acidentes que o ameaçavam, ficava de fato perplexo por ter conseguido sobreviver saudável por todo esse tempo. Era um milagre.

Todo dia ele se deparava com mais uma perigosa missão contra a mortalidade. E vinha sobrevivendo a isso fazia vinte e oito anos.

18
O SOLDADO QUE VIA TUDO DUAS VEZES

Yossarian devia sua boa saúde a exercícios, ar fresco e espírito esportivo; foi para escapar disso tudo que ele descobriu o hospital. Quando o oficial de educação física no Lowery Field mandou todos começarem a fazer ginástica um dia, Yossarian, o recruta, em vez disso compareceu ao ambulatório alegando uma dor do lado direito.

— Cai fora — disse o médico do plantão, que estava fazendo palavras cruzadas.

— A gente não pode mandar ele embora — disse um cabo. — Tem uma nova instrução sobre queixas abdominais. Tem que manter a pessoa em observação por cinco dias, porque muitos deles morreram depois que a gente não atende.

— Certo — resmungou o médico. — Mantém ele em observação por cinco dias e *depois* manda cair fora.

Levaram as roupas de Yossarian e o puseram numa enfermaria, onde ele ficava muito feliz quando não tinha ninguém roncando por perto. Pela manhã um prestativo e jovem inglês que era estagiário apareceu perguntando do fígado dele.

— Acho que o incômodo é no apêndice — disse Yossarian.

— O seu apêndice não está bom — declarou o inglês com alegre autoridade. — Se o seu apêndice estiver com problemas, podemos operar e você volta para as suas atividades rapidinho. Mas se você aparecer com uma queixa no fígado pode enganar a gente por semanas. O fígado, veja bem, é um grande e desagradável mistério para nós. Se você já comeu fígado vai me entender. Hoje, temos certeza de que o fígado existe e temos uma boa ideia do que ele faz sempre que estiver fazendo o que devia estar fazendo. Fora isso, não sabemos quase nada. Afinal de contas, o que é um fígado? O meu pai, por exemplo, morreu de câncer no fígado e nunca tinha passado um dia sequer da vida doente até o momento em que aquilo matou ele. Nunca sentiu uma pontada nem uma dor. Em certo sentido, foi uma pena, porque eu detestava o meu pai. Desejo pela minha mãe, sabe?

— O que um oficial médico inglês está fazendo de plantão aqui? — quis saber Yossarian.

O oficial riu.

— Te conto tudo sobre isso quando vier te ver amanhã de manhã. E joga fora essa bolsa de gelo ridícula antes que você morra de pneumonia.

Yossarian nunca mais viu o sujeito. Essa era uma das coisas boas dos médicos do hospital; ele nunca via nenhum deles de novo. Eles iam e vinham e simplesmente sumiam. No lugar do estagiário inglês, no dia seguinte, chegou um grupo de médicos que ele nunca tinha visto antes perguntando do apêndice.

— Não tem nada de errado com o meu apêndice — informou Yossarian. — O médico ontem disse que era o meu fígado.

— Pode ser o fígado — respondeu o oficial grisalho que estava no comando. — O que diz o hemograma dele?

— Ele não fez hemograma.

— Façam imediatamente. Não podemos arriscar com um paciente nessas condições. Precisamos ter respostas caso ele morra.

Ele fez uma anotação na prancheta e falou com Yossarian.

— Enquanto isso mantém a bolsa de gelo. É muito importante.

— Eu não estou com uma bolsa de gelo.

— Bom, arranja uma. Deve ter uma bolsa de gelo em algum lugar por aqui. E avisa alguém se a dor se tornar insuportável.

Ao fim de dez dias, um novo grupo de médicos foi ver Yossarian com más notícias; ele estava em perfeitas condições de saúde e precisava ir embora. Foi resgatado no último instante por um paciente do outro lado do corredor que começou a ver tudo duas vezes. Sem aviso prévio, o paciente se sentou na cama e gritou.

— Estou vendo tudo duas vezes!

Uma enfermeira deu um berro e um ajudante de ordens desmaiou. Médicos vieram correndo de todas as direções com agulhas, luzes, tubos, martelinhos de borracha e objetos metálicos oscilantes. Trouxeram instrumentos complexos transportados sobre rodas. O paciente não era suficiente para todos eles, os especialistas brigavam, irritados, por um lugar na fila e mandavam os colegas que estavam à frente se apressarem para dar uma chance para o próximo. Um coronel de testa alta e óculos com aro de tartaruga logo chegou a um diagnóstico.

— É meningite — disse ele enfaticamente, fazendo um gesto para os outros se afastarem. — Embora Deus bem saiba que não existe o menor motivo para chegar a essa conclusão.

— Então, por que escolher meningite? — perguntou um major com uma risadinha cortês. — Por que não, digamos, nefrite aguda?

— Porque eu atendo pacientes com meningite, só por isso, e não pacientes com nefrite aguda — respondeu o coronel. — E não vou entregar esse paciente para o pessoal da nefrologia sem lutar. Eu cheguei primeiro.

No fim, todos os médicos chegaram a um acordo. Concordaram que não tinham ideia de qual era o problema do soldado que via tudo duas vezes, então o levaram para um quarto no corredor e colocaram todos os demais pacientes da ala em uma quarentena de catorze dias.

O Dia de Ação de Graças chegou e passou sem nenhum problema enquanto Yossarian estava inerte no hospital. A única coisa ruim foi o peru do jantar, e até isso estava bem bom. Foi o Dia de Ação de Graças mais racional que ele passou na vida, e fez um juramento sagrado de passar todos os futuros Dias de Ação de Graças no abrigo enclausurado de um hospital. Ele quebrou o juramento sacrossanto no ano seguinte, quando passou o feriado em um quarto de hotel numa conversa intelectual com a esposa do tenente Scheisskopf, que estava usando as plaquinhas de identificação de Dori Faria para a ocasião e que criticou severamente Yossarian por ser cínico e insensível em relação ao Dia de Ação de Graças, embora ela não acreditasse em Deus tanto quanto ele não acreditava.

— É provável que eu seja tão boa ateia quanto você — especulou ela, gabando-se. — Mas mesmo eu sinto que nós temos muitas coisas para agradecer e que não devíamos sentir vergonha de fazer isso.

— Diz uma coisa pela qual eu deveria me sentir grato — desafiou Yossarian, desinteressado.

— Bom... — A esposa do tenente Scheisskopf refletiu e parou por um instante para dizer hesitante. — Por mim.

— Ah, para com isso — zombou ele.

Ela arqueou as sobrancelhas, surpresa.

— Você não se sente agradecido por mim? — perguntou ela. Ela franziu a testa irritada, o orgulho ferido. — Eu não preciso transar com você, sabia? — disse ela com fria dignidade. — O meu marido tem um esquadrão inteiro de cadetes de aviação que ficaria bem feliz de transar com a esposa do comandante só pelo estímulo extra que isso daria.

Yossarian decidiu mudar de assunto.

— Agora você está mudando de assunto — disse ele, diplomático. — Aposto que posso dizer duas coisas pelas quais eu devia me sentir infeliz para cada coisa que você disser que deviam me deixar grato.

— Você deveria se sentir grato por mim — insistiu ela.

— Eu me sinto, meu amor. Mas também me sinto infeliz por não poder ter mais Dori Faria. Ou as outras centenas de outras garotas e mulheres que vou ver e desejar durante a minha curta vida e que não vou poder levar para a cama nem uma vezinha só.

— Se sinta grato por ter saúde.

— Se sinta infeliz porque você não vai continuar assim.

— Se sinta grato por estar vivo.

— Se sinta *furioso* porque você vai morrer.

— As coisas podiam ser bem piores — disse ela.

— As coisas podiam ser muito melhores — respondeu ele acaloradamente.

— Você só está dizendo uma coisa — protestou ela. — Você disse que poderia dizer duas.

— E não venha me dizer que Deus trabalha de formas misteriosas — continuou Yossarian, passando por cima da objeção dela. — Não tem nada de misterioso. Ele nem está trabalhando. Está brincando. Ou se esqueceu completamente da gente. É desse tipo de Deus que vocês falam. Um caipira, um desajeitado, descuidado, insensato, presunçoso, um tosco. Meu Deus, como se pode reverenciar um ser supremo que acha necessário incluir fenômenos como catarro e cárie em seu sistema divino de criação? O que estava passando por aquela cabeça pervertida, má, escatológica quando Ele tirou dos velhos a capacidade de controlar o esfíncter? Por que cargas-d'água Ele criou a dor?

— Dor? — A esposa do tenente Scheisskopf atacou a palavra vitoriosamente. — A dor é um sintoma útil. A dor é um alerta de perigos corporais.

— E quem criou os perigos? — perguntou Yossarian. Ele deu uma risada cáustica. — Ah, Ele estava mesmo sendo caridoso quando nos deu a dor! Por que Ele não podia usar uma campainha para dar uma notificação, ou um dos Seus coros celestiais? Ou um sistema de tubos de neon azul e vermelho bem no meio da testa da pessoa. Qualquer fabricante de jukebox ia fazer isso. Por que não Ele?

— As pessoas iam parecer umas bobas andando por aí com tubos de neon vermelho no meio da testa.

— Elas ficam lindas como as coisas são, se contorcendo de agonia ou dopadas de morfina, não é mesmo? Que trapalhão colossal e imortal! Quando se leva em consideração as oportunidades e o poder que Ele tinha para fazer um bom trabalho e se olha para a bagunça estúpida e feia que Ele acabou fazendo, a incompetência d'Ele chega a ser chocante. É evidente que Ele nunca teve um chefe. Ora, nenhum empresário que se dê ao respeito ia contratar um trapalhão desses nem para balconista!

A esposa do tenente Scheisskopf estava pálida, sem acreditar, e olhava alarmada para Yossarian.

— Você não deveria falar d'Ele assim, querido — alertou ela num tom de censura, com voz baixa e hostil. — Ele pode te punir.

— Ele já não está me punindo o suficiente? — bufou Yossarian, ressentido. — Sabe, a gente não deveria deixar Ele se safar assim. Ah, não, a gente não deveria mesmo deixar Ele escapar impune desse jeito depois de toda a dor que Ele causou na gente. Um dia vou fazer Ele pagar por isso. Sei quando vai ser. No Dia do Juízo. Isso. Nesse dia, vou estar perto o suficiente para pegar aquele caipira pelo pescoço e...

— Para com isso! Para com isso! — gritou de repente a esposa do tenente Scheisskopf e começou a bater inutilmente na cabeça dele com os punhos. — Para com isso!

Yossarian se escondeu atrás do braço para se proteger, enquanto ela batia nele com uma fúria feminina por alguns segundos, depois ele a segurou com determinação pelos pulsos e a forçou gentilmente a deitar de novo na cama.

— Por que você está tão irritada? — perguntou ele intrigado num tom de diversão contrita. — Achei que você não acreditava em Deus.

— Não acredito. — Ela chorou de soluçar, irrompendo violentamente em lágrimas. — Mas o Deus em que não acredito é um Deus bom, um Deus justo, um Deus misericordioso. Não é o Deus mau e estúpido que você faz parecer.

Yossarian riu e soltou os braços dela.

— Vamos aumentar a liberdade religiosa entre nós — propôs ele, gentil. — Você não acredita no Deus que você quiser e eu não acredito no Deus que eu quiser, combinado?

Aquele foi o Dia de Ação de Graças mais ilógico de que ele podia se lembrar em sua vida, e seus pensamentos se voltaram agradavelmente para os idílicos catorze dias de quarentena no hospital um ano antes; porém, mesmo esse idílio tinha acabado com uma nota trágica: ele continuava com boa saúde quando a quarentena acabou e eles disseram outra vez que ele precisava sair e ir para a guerra. Yossarian se sentou na cama quando ouviu as más notícias e gritou:

— Estou vendo tudo duas vezes!

O pandemônio começou de novo na enfermaria. Os especialistas vieram correndo de toda parte e o confinaram a um círculo de escrutínio tão restrito que ele conseguia sentir o hálito úmido de seus vários narizes exalando desconfortáveis sobre diferentes setores de seu corpo. Eles bisbilhotaram seus olhos e suas orelhas com minúsculos raios de luz, atacaram suas pernas e os pés com martelinhos de borracha e metais vibrantes, tiraram sangue de suas veias, pegaram qualquer coisa que estivesse ao alcance deles para que ele olhasse com sua visão periférica.

O líder dessa equipe médica era um cavalheiro digno e solícito que apresentou um dedo diante de Yossarian e perguntou:

— Quantos dedos você vê?

— Dois — disse Yossarian.

— Quantos dedos você vê agora? — perguntou o médico, levantando dois dedos.

— Dois — disse Yossarian.

— E agora, quantos? — perguntou o médico, sem levantar dedo nenhum.

— Dois — disse Yossarian.

O rosto do médico foi tomado por um sorriso.

— Por Júpiter, ele tem razão — declarou ele, jubilante. — Ele está *mesmo* vendo tudo duas vezes.

Levaram Yossarian numa maca com rodinhas para o quarto junto com o outro soldado que via tudo duas vezes e puseram todos os demais da enfermaria em mais uma quarentena de catorze dias.

— Estou vendo tudo duas vezes! — gritou o soldado que via tudo duas vezes quando levaram Yossarian para o quarto.

— Estou vendo tudo duas vezes! — respondeu Yossarian gritando tão alto quanto, com uma piscadela.

— As paredes! As paredes! — gritou o outro soldado. — Afastem as paredes!

— As paredes! As paredes! — gritou Yossarian. — Afastem as paredes!

Um dos médicos fingiu afastar a parede.

— Assim está bom?

O soldado que via tudo duas vezes fez que sim num aceno fraco de cabeça e voltou a afundar na cama. Yossarian também fez que sim num aceno fraco de cabeça, de olho no talentoso colega de quarto com grande humildade e admiração. Sabia quando estava na presença de um mestre. O seu talentoso colega de quarto era obviamente uma pessoa a ser estudada e imitada. Durante a noite, seu talentoso colega de quarto morreu, e Yossarian decidiu que ele já tinha seguido o sujeito até onde devia.

— Estou vendo tudo uma vez! — gritou ele sem demora.

Um novo grupo de especialistas veio até a cama dele com seus instrumentos para descobrir se era verdade.

— Quantos dedos você vê? — perguntou o líder, mostrando um dedo.
— Um.

O médico levantou dois dedos.
— Quantos dedos você vê agora?
— Um.

O médico mostrou dez dedos.
— E quantos agora?
— Um.

O médico se virou para os outros médicos espantado.
— Ele está mesmo vendo tudo uma vez! — exclamou ele. — Curamos o paciente.

— E bem a tempo — anunciou o médico com quem Yossarian se viu sozinho na vez seguinte, um sujeito alto, simpático em formato de torpedo, com uma barbinha castanha que começava a crescer e um maço de cigarros no bolso da camisa que ele fumava sem parar despreocupado ali encostado na parede. — Tem uns parentes aqui para te ver. Ah, não se preocupe — acrescentou com uma risada. — Não parentes seus. São a mãe, o pai e o irmão do camarada que morreu. Eles vieram de Nova York para ver um soldado moribundo e você é o que está mais à mão.

— Do que você está falando? — perguntou Yossarian, desconfiado. — Eu não estou morrendo.

— Claro que está morrendo. Todos nós estamos morrendo. Para onde você acha que está indo?

— Eles não vieram me ver — objetou Yossarian. — Vieram ver o filho deles.

— Eles vão ter que aceitar o que podemos fazer. Da nossa parte, um garoto moribundo é igualzinho a outro garoto moribundo. Para um cientista, todo garoto moribundo é igual. Tenho uma proposta para você. Deixe eles entrarem e te verem por uns minutos que não conto para ninguém que você andou mentindo sobre os sintomas no fígado.

Yossarian se afastou mais dele.

— Você sabe disso?

— Claro que sei. Dê um crédito para a gente. — O médico deu uma risadinha amigável e acendeu outro cigarro. — Como espera que alguém acredite que você está com um problema no fígado se você fica apalpando os peitos das enfermeiras sempre que pode? Se quiser convencer alguém de que tem um problema no fígado, vai ter que abrir mão do sexo.

— É um preço bem alto para continuar vivo. Por que você não me dedurou se sabia que eu estava fingindo?

— Por que eu ia fazer uma coisa dessas? — perguntou o médico, parecendo surpreso. — Estamos todos juntos nesse negócio da ilusão. Sempre estou disposto a dar uma mãozinha para um colega conspirador que esteja tentando sobreviver se ele estiver disposto a fazer o mesmo por mim. Esse pessoal veio de longe e eu não queria decepcionar. Sou sentimental com gente velha.

— Mas eles vieram ver o filho.

— Chegaram tarde demais. Pode ser que nem percebam a diferença.

— E se eles começarem a chorar?

— É bem provável que comecem a chorar. Em parte, foi para isso que vieram. Vou ficar ouvindo atrás da porta e interrompo se ficar muito constrangedor.

— Parece meio maluco isso — refletiu Yossarian. — Por que eles querem ver o filho morrer, para começo de conversa?

— Nunca consegui descobrir o motivo — admitiu o médico —, mas sempre querem. Bom, o que me diz? Você só precisa ficar aí deitado por uns minutinhos e meio que morrer um pouco. É pedir demais?

— Tá legal — cedeu Yossarian. — Se for só por uns minutos e você prometer que vai ficar ali fora. — Ele se preparou para o papel. — Diga, por que você não coloca uma bandagem em mim para criar um efeito?

— Parece uma ideia esplêndida — congratulou o médico.

Envolveram Yossarian em bandagens. Uma equipe de ajudantes de ordens do médico instalou persianas marrons nas duas janelas e baixaram as persianas para mergulhar o quarto em sombras deprimentes. Yossarian sugeriu flores e o médico mandou um ajudante de ordens procurar dois ramalhetes de flores murchas com um cheiro forte e enjoativo. Quando tudo estava pronto, levaram Yossarian de volta para a cama. Depois mandaram os visitantes entrarem.

Os visitantes entraram hesitantes como se achassem que estavam atrapalhando, na ponta dos pés com olhares de quem pede desculpas humildemente, primeiro a mãe e o pai enlutados, depois o irmão, um marinheiro carrancudo e corpulento com o peito afundado. O homem e a mulher entraram no quarto rígidos, lado a lado, como se saídos de um familiar, porém esotérico, daguerreótipo de aniversário de casamento numa parede. Os dois eram baixinhos, sérios e orgulhosos. Pareciam feitos de ferro e de roupas velhas, escuras. A mulher tinha um longo rosto oval pensativo de âmbar queimado, com cabelos pretos grosseiros que iam ficando grisalhos divididos severamente ao meio e penteados com austeridade para trás da nuca sem cachos, ondulações ou ornamentos. A boca era melancólica e triste, os lábios enrugados, comprimidos. O pai permaneceu muito rígido e pitoresco, num jaquetão com ombreiras apertado demais para ele. Era amplo e musculoso em pequena escala e tinha um magnífico bigode crespo e grisalho sobre o rosto amarfanhado. Os olhos tinham rugas e remelas, e ele parecia tragicamente desconfortável ali parado sem jeito segurando a aba do fedora com as mãos fortes de trabalhador diante das lapelas largas. A pobreza e o trabalho pesado tinham infligido danos iníquos a ambos. O irmão queria briga. Seu chapéu branco e redondo estava inclinado de modo insolente, as mãos fechadas, e ele olhava para tudo no quarto com uma carranca de truculência magoada.

Os três avançaram timidamente com o piso rangendo, mantendo-se perto uns dos outros num grupo furtivo e fúnebre e andando lentamente quase no mesmo passo, até chegarem ao lado da cama e ficarem olhando para Yossarian. Fez-se um silêncio horrível e excruciante que ameaçava durar para sempre. Por fim, Yossarian foi incapaz de continuar suportando aquilo e pigarreou. O velho acabou falando.

— Ele parece muito mal — disse o pai.

— Ele está doente, pai.

— Giuseppe — disse a mãe, que tinha se sentado numa cadeira com os dedos cheios de veias cruzados no colo.

— O meu nome é Yossarian — disse Yossarian.

— O nome dele é Yossarian, mãe. Yossarian, você não me reconhece? Sou o seu irmão John. Você não sabe quem sou eu?

— Sei, claro. Você é o meu irmão John.

— Ele me reconhece! Pai, ele sabe quem sou eu. Yossarian, esse é o pai. Diga oi para o pai.

— Oi, pai — disse Yossarian.

— Oi, Giuseppe.

— O nome dele é Yossarian, pai.

— Não consigo olhar para ele mal assim — disse o pai.

— Ele está bem doente, pai. O médico disse que ele vai morrer.

— Não sei se acredito no médico — disse o pai. — Você sabe, esses caras são uns canalhas.

— Giuseppe — disse a mãe de novo, num acorde suave, embargado de angústia contida.

— O nome dele é Yossarian, mãe. Ela já não se lembra muito bem das coisas. Como estão te tratando aqui, garoto? Estão te tratando bem?

— Muito bem — disse Yossarian para ele.

— Ótimo. Não deixa ninguém te sacanear. Você é tão bom quanto qualquer outro aqui, mesmo sendo italiano. Você também tem direitos.

Yossarian estremeceu e fechou os olhos para não ter que olhar para o seu irmão John. Começou a se sentir enjoado.

— Olha como ele parece mal — observou o pai.

— Giuseppe — disse a mãe.

— Mãe, o nome dele é Yossarian — interrompeu o irmão, impaciente. — Você não lembra?

— Não tem problema — interrompeu Yossarian. — Ela pode me chamar de Giuseppe se quiser.

— Giuseppe — disse ela para ele.

— Não se preocupe, Yossarian — disse o irmão. — Vai ficar tudo bem.

— Não se preocupe, mãe — disse Yossarian. — Vai ficar tudo bem.

— Você falou com um padre? — quis saber o irmão.

— Falei — mentiu Yossarian, tremendo outra vez.

— Ótimo — decidiu o irmão. — Contanto que você receba tudo a que tem direito. A gente veio de lá Nova York. A gente estava com medo de não chegar a tempo.

— A tempo de quê?

— A tempo de te ver antes de você morrer.

— Que diferença isso ia fazer?

— A gente não queria que você morresse sozinho.

— Que diferença isso ia fazer?

— Ele deve estar delirando — disse o irmão. — Fica repetindo a mesma coisa.

— Isso é engraçado mesmo — respondeu o velho. — O tempo todo eu achando que o nome dele era Giuseppe e agora descubro que é Yossarian. Isso é bem engraçado mesmo.

— Mãe, faz ele se sentir melhor — pediu o irmão. — Diz alguma coisa para alegrar ele.

— Giuseppe.

— Não é Giuseppe, mãe. É Yossarian.

— Que diferença isso faz? — retrucou a mãe no mesmo tom enlutado, sem levantar os olhos. — Ele está morrendo.

Os olhos inchados dela se encheram de lágrimas e ela começou a chorar, balançando para a frente e para trás lentamente na cadeira com as mãos no colo feito mariposas caídas. Yossarian teve medo de que ela fosse chorar de soluçar. O pai e o irmão também começaram a chorar. Yossarian lembrou subitamente por que todos eles estavam chorando e começou a chorar também. Um médico que Yossarian jamais tinha visto antes entrou no quarto e cortesmente disse aos visitantes que eles precisavam sair. O pai se levantou formal para se despedir.

— Giuseppe — começou ele.

— Yossarian — corrigiu o filho.

— Yossarian — disse o pai.

— Giuseppe — corrigiu Yossarian.

— Você logo vai morrer.

Yossarian começou a chorar de novo. O médico olhou feio para ele dos fundos do quarto, e Yossarian se conteve.

O pai continuou solene com a cabeça baixa.

— Quando você falar com o homem lá em cima — disse ele —, quero que diga algo para Ele por mim. Diga a Ele que não é certo que as pessoas morram jovens. Estou falando sério. Diga a Ele que, se for preciso morrer mesmo, que as pessoas morram velhas. Quero que você diga isso para Ele. Acho que Ele sabe que não é certo porque supostamente Ele é bom e isso vem acontecendo há muito, muito tempo. Tudo bem?

— E não deixa ninguém lá sacanear você — aconselhou o irmão. — Você vai ser tão bom quanto qualquer outro no céu, mesmo sendo italiano.

— Se agasalha bem — disse a mãe, que parecia saber do que estava falando.

19
CORONEL CATHCART

O coronel Cathcart era um homem habilidoso, bem-sucedido, desleixado e infeliz de 36 anos que andava desajeitado e queria ser general. Era um sujeito arrojado e triste, estável e aflito. Era complacente e inseguro, ousado nos estratagemas administrativos que empregava para atrair a atenção dos superiores e covarde em sua preocupação de que todos os seus esquemas pudessem sair pela culatra. Era um homem bonito e pouco atraente, um fanfarrão, musculoso e cheio de si que estava ganhando peso e vivia cronicamente atormentado por longos ataques de apreensão.

O coronel Cathcart era cheio de si, porque tinha chegado à patente de coronel com apenas 36 anos; e o coronel Cathcart era triste porque, embora já tivesse 36 anos, ainda era apenas coronel.

O coronel Cathcart era imune a absolutos. Só era capaz de medir o progresso quando comparado ao de outros, e a sua ideia de excelência era fazer algo no mínimo tão bem quanto todos os outros homens de sua idade que faziam melhor aquela mesma coisa. O fato de que havia milhares de homens de sua idade e mais velhos que não tinham atingido a patente de major o enchia de uma felicidade arrogante por seu notável valor; por outro lado, o fato de haver homens de sua idade ou mais novos que já tinham chegado ao generalato o contaminava com uma sensação agonizante de fracasso e o levava a roer as unhas com uma ansiedade implacável que era mais intensa até mesmo do que a de Joe Faminto.

O coronel Cathcart era um homem enorme, emburrado, de ombros largos com cabelos crespos e escuros cortados bem baixinho que estavam ficando brancos nas pontas e uma piteira ornamentada que havia comprado um dia antes de chegar a Pianosa para assumir o comando do grupamento. Ele exibia sua piteira com ar grandioso sempre que podia e tinha aprendido a manipulá-la com destreza. Sem querer, havia descoberto dentro de si uma fértil aptidão para fumar usando piteira. Até onde podia dizer, a sua era a única piteira em todo o teatro de operações do Mediterrâneo e ele achava isso a um só tempo objeto de lisonja e preocupação. Não havia dúvidas para ele de que alguém afável e intelectual como o general Peckem aprovava que ele fumasse usando piteira, embora os dois raramente convivessem, o que de certa maneira era uma grande sorte, reconhecia o coronel Cathcart com alívio, uma vez que o general Peckem talvez nem de longe aprovasse sua piteira. Quando era assaltado por essas dúvidas, o coronel Cathcart segurava o choro e queria jogar fora de uma vez aquela porcaria, mas ele acabava contido pela imutável convicção de que a piteira jamais deixaria de tornar mais belo seu porte masculino, marcial, acrescentando um brilho de heroísmo sofisticado que o iluminava e dava a ele uma deslumbrante vantagem sobre todos os demais coronéis do Exército dos Estados Unidos com quem ele competia. E, no entanto, como poderia ter certeza?

O coronel Cathcart era incansável, um industrioso, intenso, dedicado estrategista militar que passava dia e noite fazendo cálculos a serviço de si mesmo. Ele era seu próprio sarcófago, um diplomata corajoso e infalível que estava sempre repreendendo a si mesmo enojado pelas chances que tinha perdido e se punindo por todos os erros cometidos. Era um homem tenso, irritadiço, amargo e presunçoso. Era um valoroso oportunista que aproveitava grosseiramente toda oportunidade que o coronel Korn descobria para ele e que tremia em úmido desespero imediatamente depois pelas possíveis consequências que podia sofrer. Colecionava rumores com avidez e adorava fofoca. Acreditava em toda notícia que ouvia e não botava fé em nenhuma delas. Estava em constante estado de alerta em busca de quaisquer sinais, era astutamente sensível a todos os relacionamentos e a todas as situações que não existiam. Era do tipo bem-informado que se esforçava de maneira patética para descobrir o que está acontecendo. Era um tirano impetuoso e intrépido que não parava de pensar inconsolável sobre as terríveis e imutáveis impressões que ele sabia causar continuamente nas pessoas de destaque que mal se davam conta de que ele existia.

Todos o perseguiam. O coronel Cathcart sobrevivia à base da esperteza num mundo instável, aritmético de reputações arrasadas e distinções, de impressionantes triunfos imaginários e catastróficas derrotas imaginárias. A cada hora ele oscilava entre a angústia e o êxtase, multiplicando fantasticamente a grandeza de suas vitórias e exagerando de modo trágico a seriedade de suas derrotas. Ninguém jamais o viu tirando uma soneca. Se alguém dissesse ao general Dreedle ou ao general Peckem que ele tinha sido visto sorrindo, carrancudo, ou sem sorrir nem estar carrancudo, ele só iria descansar depois de encontrar uma interpretação aceitável e resmungava obstinadamente até que o coronel Korn o convencesse a relaxar e não levar tudo tão a sério.

O tenente-coronel Korn era um aliado leal e indispensável que dava nos nervos do coronel Cathcart. O coronel Cathcart dizia ser eternamente grato ao coronel Korn pelos movimentos engenhosos que ele inventava e depois ficava furioso com ele ao se dar conta de que aquilo podia não dar certo. O coronel Cathcart tinha uma imensa dívida com o coronel Korn e não gostava nem um pouco dele. Os dois eram muito próximos. O coronel Cathcart tinha ciúmes da inteligência do coronel Korn e precisava lembrar a si mesmo com frequência que o coronel Korn ainda era apenas um tenente-coronel, embora fosse quase dez anos mais velho do que o coronel Cathcart, e que o coronel Korn havia se formado em uma universidade pública. O coronel Cathcart lamentava o triste destino que tinha lhe dado, para o papel de inestimável assistente, alguém tão banal quanto o coronel Korn. Era degradante ter que depender tanto de uma pessoa que estudou em uma universidade pública. Caso alguém de fato tivesse que se tornar indispensável para ele, lamentava o coronel Cathcart, podia muito bem ser alguém rico e bem-vestido, alguém de uma família melhor que fosse mais maduro do que o coronel Korn e que não tratasse o desejo do coronel Cathcart de se tornar general da maneira frívola que, desconfiava secretamente o coronel Cathcart, o coronel Korn secretamente fazia.

O coronel Cathcart desejava de maneira tão desesperada se tornar general que estava disposto a tentar de tudo, incluindo a religião, e ele chamou o capelão ao seu gabinete no fim de uma manhã uma semana depois de ter elevado o número de missões para sessenta e apontou abruptamente para o exemplar da *Saturday Evening Post* na mesa. O coronel estava com o colarinho da camisa cáqui bem aberto, expondo uma sombra dos pelos pretos e duros no pescoço branco como um ovo, tinha um lábio inferior esponjoso e pendente. Ele jamais se bronzeava e se mantinha longe do sol o máximo que podia para evitar queimaduras. O coronel era mais de um palmo mais alto que o capelão e duas vezes mais largo, e sua autoridade dilatada e arrogante fez o capelão, por contraste, se sentir frágil e doente.

— Dê uma olhada — instruiu o coronel Cathcart, pondo um cigarro na piteira e se sentando elegante na cadeira giratória atrás da mesa. — Me diga o que o senhor pensa.

O capelão obedeceu e baixou os olhos para a revista e viu um editorial que falava de um grupamento de bombardeiros dos Estados Unidos na Inglaterra cujo capelão fazia orações na sala de instruções antes de cada missão. O capelão quase chorou de felicidade quando se deu conta de que o coronel não ia gritar com ele. Os dois mal tinham se falado desde a noite tumultuada em que o coronel Cathcart o havia expulsado do clube de oficiais a pedido do general Dreedle, depois que o cacique Floco de Aveia deu um soco no nariz do coronel Moodus. O receio inicial do capelão foi de que o coronel pretendesse censurá-lo por ter voltado ao clube de oficiais sem permissão na noite anterior. Ele tinha ido até lá com Yossarian e Dunbar depois de os dois terem aparecido inesperadamente em sua tenda na clareira no meio do mato e pedido que ele os acompanhasse. Por mais que se sentisse intimidado pelo coronel Cathcart, ele achou que seria mais fácil enfrentar o descontentamento do coronel do que negar o atencioso convite dos dois novos amigos, que ele havia conhecido em uma das visitas ao hospital poucas semanas antes e que trabalharam de maneira tão eficiente para isolá-lo da miríade de vicissitudes sociais envolvidas em sua obrigação de oficial de viver da maneira mais familiar possível com os mais de novecentos oficiais e praças desconhecidos que achavam que ele era um esquisitão.

O capelão grudou os olhos nas páginas da revista. Estudou todas as fotos duas vezes e leu as legendas duas vezes com atenção enquanto organizava a resposta para o coronel numa sentença gramaticalmente completa que ele havia ensaiado e reorganizado mentalmente um número considerável de vezes antes de por fim poder reunir a coragem para responder.

— Acredito que fazer preces antes de cada missão seja um procedimento muito moral e altamente elogiável, senhor — disse ele timidamente e esperou.

— Certo — disse o coronel. — Mas quero saber se o senhor acha que vai funcionar aqui.

— Sim, senhor — respondeu o capelão após alguns instantes. — Acho que funcionaria.

— Então, eu gostaria de fazer uma tentativa.

As faces pesadas, granulosas do coronel repentinamente foram tingidas por cintilantes pontos de entusiasmo. Ele se levantou e começou a andar em círculos empolgado.

— Veja o bem que isso fez para as pessoas na Inglaterra. Tem uma foto de um coronel na *Saturday Evening Post* e o capelão dele faz orações antes de cada missão. Se as orações funcionam para ele, devem funcionar para nós. Talvez se nós fizermos orações ponham a minha foto na *Saturday Evening Post*.

O coronel voltou a se sentar e deu um sorriso distante em pródiga contemplação. O capelão não tinha ideia do que se esperava que ele dissesse em seguida. Com uma expressão pensativa no rosto oblongo e um tanto pálido, ele permitiu que o olhar parasse nas caixas altas cheias de tomate italiano empilhadas encostadas nas paredes. Depois de um tempo ele se deu conta de que estava olhando para pilhas e mais pilhas de caixas de tomate italiano e ficou tão intrigado com a ideia do que caixas transbordando de tomate italiano faziam no gabinete de um oficial comandante de um grupamento que esqueceu por completo a discussão sobre as preces, até que o coronel Cathcart, numa cordial digressão, perguntou:

— Quer comprar tomate, capelão? Esses vêm direto da fazenda que o coronel Korn e eu temos no alto de uma colina. Posso vender uma caixa inteira para o senhor.

— Ah, não, senhor. Acho que não.

— Tudo bem — assegurou o coronel com liberalidade. — O senhor não precisa comprar. Milo fica feliz em comprar tudo que produzimos. Esses foram colhidos antes. Perceba como estão firmes e maduros, como os seios de uma mocinha.

O capelão corou, e o coronel compreendeu logo que tinha cometido um erro. Baixou a cabeça envergonhado, o rosto pesado ardendo. Os dedos pareciam grudentos e desajeitados. O coronel Cathcart sentiu um ódio venenoso pelo capelão por ser um capelão e por transformar em um erro grosseiro uma observação que, ele sabia, em outras circunstâncias seria tida idas como espirituosa e educada. Tentou sem êxito pensar em meios que pudessem tirar os dois daquele constrangimento devastador. Em vez disso, lembrou que o capelão era um mero capitão e imediatamente endireitou o corpo com um suspiro chocado e ultrajado. Suas bochechas ficaram firmes pela fúria causada pela ideia de que ele havia sido levado à humilhação por um homem que tinha quase a mesma idade que ele e era apenas capitão, e ele atacou o capelão vingativamente com tal olhar de antagonismo assassino que o capelão começou a tremer. O coronel o puniu sadicamente com um longo, brilhante, maldoso olhar cheio de ódio silencioso.

— Estávamos falando de outra coisa — lembrou ele ao capelão de forma cortante depois de um tempo. — Não estávamos falando sobre os seios firmes e maduros de belas mocinhas e sim sobre outra coisa completamente diferente. Estávamos falando sobre realizar serviços religiosos na sala de instruções antes de cada missão. Existe algum motivo para não fazermos isso?

— Não, senhor — murmurou o capelão.

— Então vamos começar com a missão desta tarde.

A hostilidade do coronel foi reduzindo à medida que ele se dedicava aos detalhes.

— Veja, quero que o senhor pense bem no tipo de oração que vamos fazer. Não quero nada pesado nem triste. Quero alguma coisa leve e esperta, algo que deixe os garotos se sentindo bem. Entende o que estou falando? Não quero nada do tipo Reino de Deus ou Vale da Morte. Isso tudo é muito negativo. Por que o senhor está fazendo essa cara azeda?

— Desculpe, senhor — gaguejou o capelão. — Por acaso eu estava pensando no Salmo 23 bem quando o senhor disse isso.

— Como é esse?

— Era desse que o senhor estava falando. "O Senhor é meu pastor..."

— Era desse que eu estava falando. Nada desse tipo. O que mais o senhor tem?

— "Livra-me, ó Senhor, pois as águas entraram até..."

— Nada de água — decidiu o coronel, baforando com força em sua piteira depois de virar a parte inferior para baixo e colocá-la em seu cinzeiro de latão escovado. — Por que não tentamos algo musical? Que tal aquele das harpas nos salgueiros?

— Esse tem os rios da Babilônia, senhor — replicou o capelão. — "... ali nos assentamos e choramos, quando nos lembramos de Sião."

— Sião? Pode esquecer esse aí. Nem sei como esse chegou até aqui. O senhor não tem nada bem-humorado que passe longe das águas, dos vales e de Deus? Queria evitar o assunto religião se der.

O capelão estava constrangido.

— Lamento, senhor, mas basicamente toda oração que conheço tem um tom meio sombrio e faz pelo menos uma referência de passagem a Deus.

— Então vamos escrever orações novas. Os homens já andam reclamando bastante das missões que arranjo para eles mesmo sem esfregar na cara deles sermões sobre Deus ou a morte ou o Paraíso. Por que a gente não usa uma abordagem mais otimista? Por que não podemos rezar por uma coisa boa, tipo bombardeios mais cerrados. Será que a gente pode rezar por bombardeios mais cerrados?

— Bom, podemos, senhor. Acredito que sim — respondeu o capelão, hesitante. — O senhor nem precisaria de mim se é isso que o senhor quer fazer. O senhor mesmo poderia fazer isso.

— Sei que poderia — respondeu o coronel com sarcasmo. — Mas o senhor acha que está aqui para quê? Eu podia comprar a minha própria comida, também, mas esse trabalho é de Milo e é por isso que ele está fazendo isso para todos os grupamentos da região. O seu trabalho é nos liderar nos momentos de oração, e de hoje em diante o senhor vai nos liderar em orações que peçam bombardeios mais cerrados antes de cada missão. Ficou claro? Acho que bombardeios mais cerrados é algo que realmente vale nossa oração. Isso vai ser um êxito para todos nós aos olhos do general Peckem. O general Peckem acha que as fotos aéreas ficam muito melhores quando as bombas explodem uma bem perto da outra.

— O general Peckem, senhor?

— Exato, capelão — respondeu o coronel, dando uma risadinha paternal diante do olhar intrigado do capelão. — Não quero isso sendo repetido por aí, mas parece que o general Dreedle finalmente está de saída e o general Peckem está cotado para ser o substituto. Francamente, não vou ficar triste se isso acontecer. O general Peckem é um excelente oficial, e acho que todos nós vamos ficar muito melhor sob as ordens dele. Por outro lado, isso pode jamais acontecer e podemos continuar sob o comando do general Dreedle. Francamente, também não ficaria triste com isso, porque o general Dreedle é outro excelente oficial e acho que todos nós vamos ficar muito melhor também sob as ordens dele. Conto com sua discrição sobre isso, capelão. Eu não ia gostar se um deles achasse que estou apoiando o outro.

— Sim, senhor.

— Ótimo! — exclamou o coronel e se levantou, jovial. — Mas essa fofoca não vai colocar a gente na *Saturday Evening Post*, hein, capelão? Vamos ver que tipo de procedimento podemos bolar. Aliás, nem uma palavra sobre isso por enquanto para o coronel Korn, entendido?

— Sim, senhor.

O coronel Cathcart começou a andar de um lado para outro pensativo nos estreitos corredores que sobraram entre as suas caixas de tomates italiano e a mesa e as cadeiras de madeira no centro da sala.

— Imagino que vamos ter que te manter do lado de fora até que a instrução acabe, porque aquelas são informações secretas. Podemos botar o senhor para dentro enquanto o major Danby está sincronizando os relógios. Acho que a hora certa não é segredo. Vamos reservar mais ou menos um minuto e meio para o senhor no cronograma. Será que um minuto e meio é suficiente?

— Sim, senhor. Se isso não incluir o tempo necessário para deixar que os ateus saiam e que os praças entrem.

O coronel Cathcart parou de andar.

— Que ateu? — gritou ele na defensiva, a postura mudando num piscar de olhos para um modo virtuoso de negação beligerante. — Não tem ateu no meu grupamento! O ateísmo é contra a lei, não é?

— Não, senhor.

— Não é? — O coronel estava surpreso. — Mas é antiamericano, não é?

— Não tenho certeza, senhor — respondeu o capelão.

— Bom, eu tenho! — declarou o coronel. — Não vou interferir nos nossos serviços religiosos só para acomodar um bando de ateu miserável. Eles não vão conseguir privilégios especiais comigo. Eles podem ficar bem onde estão e rezar junto com os outros. E isso dos praças? Como é que eles entram nessa história?

O capelão sentiu o rosto enrubescer.

— Desculpe, senhor. Só presumi que o senhor ia querer os praças presentes, já que eles vão participar da mesma missão.

— Bom, não quero. Eles já têm um Deus e um capelão só para eles, não têm?

— Não, senhor.

— Como assim? Está me dizendo que eles rezam para o mesmo Deus que a gente?

— Sim, senhor.

— E Ele *escuta*?

— Acredito que sim, senhor.

— Caramba — disse o coronel e bufou consigo mesmo, achando aquilo intrigante e divertido. O ânimo dele arrefeceu repentinamente pouco depois, e ele passou a mão nervosamente pelos cabelos pretos, crespos, curtos que iam ficando grisalhos. — Acha mesmo uma boa ideia deixar os praças entrarem? — perguntou ele, preocupado.

— Acho que seria apropriado, senhor.

— Eu queria deixá-los fora disso — confidenciou o coronel, e começou a estalar as juntas dos dedos loucamente enquanto andava de um lado para outro. — Ah, não me entenda mal, capelão. Não é que os praças sejam sujos, vulgares e inferiores. É só que não tem muito espaço. Para ser franco, porém, prefiro que os oficiais e os praças não confraternizem na sala de instruções. Eles já precisam se aturar demais durante as missões, na minha opinião. Alguns dos meus melhores amigos são praças, veja bem, mas isso é o mais perto que os deixo se aproximar. Sendo honesto, capelão, o senhor não ia querer que a sua irmã se casasse com um praça, ia?

— A minha irmã se alistou como praça — respondeu o capelão.

O coronel parou de andar de novo e olhou firme para o capelão para ter certeza de que não estava sendo vítima de uma tiração de sarro.

— O que o senhor quer dizer com esse comentário, capelão? Está tentando fazer graça?

— Ah, não, senhor — apressou-se em explicar o capelão com um olhar de excruciante desconforto. — Ela é sargento do Corpo de Fuzileiros Navais.

O coronel nunca tinha gostado do capelão e agora sentia desprezo e desconfiava dele. Sentiu uma aguda premonição de perigo e se perguntou se o capelão não era mais um que estava tramando contra ele, se os modos reticentes, inexpressivos do capelão não eram, na verdade, apenas um disfarce sinistro mascarando uma ambição feroz que, bem lá no fundo, era astuta e inescrupulosa. Havia algo estranho no capelão, e o coronel logo detectou do que se tratava. O capitão estava rígido em posição de sentido, porque o coronel havia se esquecido de dar ordem para que ele ficasse à vontade. Pois que fique assim, decidiu o coronel, vingativo, só para mostrar para ele quem é que manda e para se proteger contra qualquer perda de dignidade que pudesse derivar do reconhecimento dessa omissão.

O coronel Cathcart foi atraído hipnoticamente para a janela com um olhar pesado e baço de taciturna introspecção. Os praças eram sempre traiçoeiros, decidiu. Olhou para baixo entristecido na direção do campo de tiro que ele mandou construir para os oficiais de seu quartel-general e lembrou a tarde humilhante em que o general Dreedle o censurou implacavelmente diante do coronel Korn e do major Danby e mandou que ele abrisse o campo de tiro para todo praça e oficial com status de combatente. O campo de tiro tinha sido um genuíno revés para ele, foi forçado a concluir o coronel Cathcart. Ele tinha certeza de que o general Dreedle jamais havia se esquecido daquilo, embora tivesse certeza de que o general Dreedle não se lembrava daquilo, o que era muito injusto, lamentou o coronel Cathcart, uma vez que a ideia em si do campo de tiro devesse ter um êxito, embora tenha sido um verdadeiro revés. O coronel Cathcart não tinha como avaliar quanto terreno exatamente havia conquistado ou perdido com o maldito campo de tiro e desejou que o coronel Korn estivesse em seu gabinete naquele instante para avaliar o episódio como um todo mais uma vez para aliviar seus temores.

Era tudo muito desconcertante, muito desencorajador. O coronel Cathcart tirou a piteira da boca, enfiou-a no bolso da camisa e começou a roer as unhas das duas mãos angustiado. Estavam todos contra ele e ele estava tremendamente frustrado por não ter o coronel Korn ali neste momento de crise para ajudar a decidir o que fazer sobre os encontros de orações. A fé dele no capelão, que ainda era um mero capitão, era quase zero.

— O senhor acha — perguntou ele — que deixar os praças de fora pode interferir nas nossas chances de obter resultados?

O capelão hesitou, mais uma vez se sentindo em terreno desconhecido.

— Sim, senhor — acabou respondendo ele. — Acredito ser concebível que uma ação como essa pode interferir nas nossas chances de ter as preces por um bombardeiro mais cerrado atendidas.

— Eu nem estava pensando nisso! — gritou o coronel, os olhos piscando e chapinhando como um charco. — O senhor está me dizendo que Deus pode até decidir me punir fazendo com que o bombardeio seja *menos cerrado*?

— Sim, senhor — disse o capelão. — É concebível que Ele faça isso.

— Às favas com isso, então — disse o coronel num acesso de independência. — Não vou organizar esses encontros de orações só para deixar as coisas *piores* do que estão.

Com um sorriso de desdém, ele se sentou à mesa, colocou outra vez a piteira na boca e entrou num silêncio grávido por alguns instantes.

— Pensando agora — confessou ele, tanto para si mesmo quanto para o capelão —, fazer os homens rezarem para Deus provavelmente não era uma ideia tão boa. Os editores da *Saturday Evening Post* talvez não cooperassem.

O coronel abandonou seu projeto com remorso, uma vez que ele havia concebido aquilo inteiramente sozinho e tinha esperanças de exibi-lo como uma impressionante demonstração a todos de que ele não precisava do coronel Korn. Quando o projeto naufragou, ficou feliz de se ver livre daquilo, pois desde o começo tinha ficado atormentado com a ideia de implantar um plano sem primeiro verificar com o coronel Korn. Deixou escapar um enorme suspiro de contentamento. Agora que sua ideia havia sido abandonada, ele tinha uma opinião muito mais elevada sobre si mesmo, pois havia tomado uma decisão muito sábia, achava, e, o mais importante, tomou essa decisão sem consultar o coronel Korn.

— Isso é tudo, senhor? — perguntou o capelão.

— É — disse o coronel Cathcart. — A não ser que o senhor tenha alguma outra sugestão.

— Não, senhor. É só que...

O coronel ergueu os olhos como se tivesse sido afrontado e analisou o capelão com indiferente desconfiança.

— É só que o quê, capelão?

— Senhor — disse o capelão —, alguns homens estão muito chateados desde que o senhor aumentou o número de missões para sessenta. Eles pediram que eu falasse sobre isso com o senhor.

O coronel ficou em silêncio. O rosto do capelão ficou vermelho até a raiz dos cabelos cor de areia enquanto ele esperava. O coronel deixou que ele ficasse ali se contorcendo por um longo tempo com um olhar fixo, desinteressado, desprovido de qualquer emoção.

— Diga para eles que tem uma guerra em curso — aconselhou ele por fim, com uma voz monótona.

— Obrigado, senhor, vou fazer isso — respondeu o capelão numa inundação de gratidão pelo coronel ter enfim dito algo. — Eles andam se perguntando por que o senhor não poderia requisitar parte das equipes de reposição que estão esperando na África para assumir o lugar deles e permitir que vão para casa.

— Essa é uma questão administrativa — disse o coronel. — Não é da conta deles. — Ele apontou languidamente para a parede. — Pegue um tomate, capelão. Vá em frente, é por minha conta.

— Obrigado, senhor. Senhor...

— Não se preocupe. O que o senhor está achando de viver no meio do mato, capelão. Tudo tranquilo?

— Sim, senhor.

— Ótimo. Fale se precisar de algo.

— Sim, senhor. Obrigado, senhor...

— Obrigado por ter vindo, capelão. Tenho coisas a fazer. Avise se pensar em algo que possa colocar nossos nomes na *Saturday Evening Post*, pode ser?

— Sim, senhor, vou fazer isso.

O capelão se preparou com um prodigioso esforço da vontade e mergulhou com coragem.

— Estou particularmente preocupado com o estado de um dos bombardeiros, senhor. Yossarian.

O coronel ergueu o olhar rapidamente como se tivesse vagamente reconhecido o nome.

— Quem? — perguntou ele, alarmado.

— Yossarian, senhor.

— Yossarian?

— Sim, senhor. Yossarian. Ele está de fato mal, senhor. Receio que não tenha como sofrer por muito mais tempo sem fazer algo desesperado.

— Isso é verdade, capelão?

— Sim, senhor. Receio que sim.

O coronel refletiu sobre isso por alguns instantes num silêncio pesado.

— Diga a ele que confie em Deus — aconselhou ele por fim.

— Obrigado, senhor — disse o capelão. — Vou fazer isso.

20
CABO WHITCOMB

O sol da manhã do final de agosto estava quente e úmido e não havia brisa na varanda. O capelão se movia lentamente. Ele estava chateado e se autocensurando quando saiu sem fazer barulho do gabinete do coronel com seus sapatos marrons de sola de borracha. Desprezava a si mesmo por aquilo que considerava ser covardia sua. A intenção dele era ter adotado uma postura muito mais firme com o coronel Cathcart no que dizia respeito às sessenta missões, falar com coragem, lógica e eloquência sobre um tema com o qual tinha passado a se importar profundamente. Ao invés disso, fracassou por completo, engasgou mais uma vez ao se deparar com a oposição de uma personalidade mais forte. Era uma experiência familiar, ignominiosa, e a opinião que tinha de si mesmo era baixíssima.

Ele engasgou ainda mais um segundo depois quando viu a figura monocromática e rechonchuda do coronel Korn trotando pelo grande e velho saguão com suas paredes altas de mármore escuro, com um piso circular de lajotas sujas e rachadas, e subindo a ampla escada curva de pedras amareladas numa pressa servil. O capelão tinha ainda mais medo do coronel Korn do que do coronel Cathcart. O tenente-coronel moreno, com os gélidos óculos sem armação e a cabeça careca multifacetada em forma de domo que ele ficava tocando o tempo todo com a ponta dos dedos espraiados não gostava do capelão e costumava ser grosseiro com ele. O coronel deixava o capelão num constante estado de terror com sua língua lacônica, sarcástica e seu olhar de quem sabe de algo, cínico, que o capelão jamais teve coragem o bastante para encarar, exceto acidentalmente por um segundo. Inevitavelmente, a atenção do capelão, ao se encolher humildemente diante dele, se concentrou na barriga do coronel Korn, onde as fraldas da camisa se amontoavam por cima do cinto frouxo e caíam moles sobre a cintura dando a impressão de que ele estava desleixadamente gordo e de que ele, um homem de estatura média, era vários centímetros menor. O coronel Korn era um sujeito desmazelado e cheio de desprezo pelos outros com uma pele oleosa e rugas profundas que seguiam quase em linha reta desde o nariz até as crepusculares mandíbulas e o queixo fendido. Estava de cara fechada, e olhou para o capelão como se não o reconhecesse quando os dois se aproximaram na escada e se prepararam para passar um pelo outro.

— Olá, padre — disse ele num tom de voz inexpressivo sem olhar para o capelão. — Como vai?

— Bom dia, senhor — respondeu o capelão, sabiamente discernindo que o coronel Korn não esperava nada além disso como resposta.

O coronel Korn subia a escada sem diminuir o passo, e o capelão resistiu à tentação de lembrar novamente que ele não era católico, e sim anabatista, e que, portanto, não era nem necessário nem correto chamá-lo de padre. Ele tinha quase certeza de que o coronel Korn se lembrava disso e que chamá-lo de padre com aquele jeito de tranquila inocência era só mais um dos métodos do coronel Korn para provocá-lo por ele ser só um anabatista.

O coronel Korn parou de supetão quando já tinha quase chegado e desceu como um turbilhão na direção do capelão com um olhar de furiosa desconfiança. O capelão congelou.

— O que o senhor está fazendo com esse tomate italiano, capelão? — perguntou, ríspido, o coronel Korn.

O capelão olhou surpreso para o tomate em sua mão que o coronel Cathcart tinha dito que ele pegasse.

— Peguei no gabinete do coronel Cathcart, senhor — conseguiu responder.

— O coronel sabe que o senhor pegou isso?

— Sim, senhor. Foi ele que me deu.

— Ah, nesse caso acho que está tudo bem — disse o coronel Korn, mais calmo. Ele deu um sorriso frio, enfiando a camisa de novo para dentro da calça com os polegares. Os olhos dele cintilavam com uma maldade secreta e satisfatória — Sobre o que o coronel Cathcart queria falar com o senhor, padre? — perguntou ele, de repente.

A língua do capelão ficou inerte de indecisão por um instante.

— Acho que eu não deveria...

— Orar para os editores da *Saturday Evening Post*?

O capelão quase sorriu.

— Sim, senhor.

O coronel Korn estava encantado com a própria intuição. Riu com desprezo.

— Sabe, fiquei com medo de ele pensar numa coisa ridícula dessas quando viu a *Saturday Evening Post* da semana. Espero que o senhor tenha conseguido mostrar que essa é uma ideia atroz.

— Ele decidiu não levar a ideia em frente, senhor.

— Ótimo. Estou feliz que o senhor tenha conseguido convencer o coronel Cathcart de que os editores da *Saturday Evening Post* não iam escrever a mesma reportagem duas vezes só para dar publicidade para um coronel desconhecido. Como vão as coisas no meio do mato, padre? Está conseguindo se virar por lá?

— Sim, senhor. Está tudo funcionando.

— Ótimo. Fico feliz por saber que o senhor não tem queixas. Avise se precisar de alguma coisa para ficar confortável. Todos nós queremos que o senhor fique bem.

— Obrigado, senhor. Aviso, sim.

Ruídos de uma agitação crescente vieram do saguão abaixo. Era quase hora do almoço e os primeiros homens começavam a ir para os refeitórios do quartel-general, os praças e os oficiais separados em refeitórios diferentes que davam para a mesma rotunda arcaica. O coronel Korn parou de sorrir.

— O senhor almoçou conosco aqui faz um ou dois dias, não foi, padre? — perguntou ele honestamente.

— Sim, senhor. Anteontem.

— Foi o que pensei — disse o coronel Korn e fez uma pausa para que o capelão compreendesse o significado do que ele tinha dito. — Muito bem, vá com calma, padre. Vejo o senhor de novo quando chegar a hora de o senhor almoçar outra vez conosco.

— Obrigado, senhor.

O capelão não tinha certeza de em qual dos cinco refeitórios de oficiais e cinco de praças ele devia almoçar naquele dia, pois o sistema de rotação que o coronel Korn bolou para ele era complexo e ele tinha esquecido as anotações na tenda. O capelão era o único oficial ligado ao quartel-general que não morava no prédio em ruínas de pedra vermelha, sede do quartel-general, nem em nenhuma das estruturas satélite menores que se erguiam nos arredores numa relação desconexa. O capelão morava numa clareira no meio do mato a seis quilômetros dali entre o clube de oficiais e a primeira das quatro áreas do esquadrão que se estendiam a partir do quartel-general do grupamento em uma longa linha. O capelão morava sozinho numa espaçosa tenda quadrada que era também seu local de trabalho. Sons de gente se divertindo chegavam até ele à noite vindos do clube dos oficiais e o mantinham muitas vezes acordado enquanto ele se virava de um lado para outro em sua cama de campanha num passivo exílio semivoluntário. Não era capaz de medir o efeito dos suaves tranquilizantes que tomava de tempos em tempos para ajudar a dormir e se sentia culpado por dias depois disso.

O único que vivia com o capelão em sua clareira no meio do mato era o cabo Whitcomb, seu assistente. O cabo Whitcomb, um ateu, era um subordinado descontente que achava que podia fazer o trabalho do capelão muito melhor do que o capelão vinha fazendo e que, portanto, via a si mesmo como uma infeliz vítima da desigualdade social. Ele morava na própria tenda, espaçosa e quadrada como a do capelão. Era abertamente ríspido e desdenhoso com o capelão desde que descobriu que o capelão não ia fazer nada se ele agisse assim. As tendas na clareira ficavam a no máximo um metro e meio uma da outra.

Foi o coronel Korn quem designou esse estilo de vida para o capelão. Um bom motivo para fazer com que o capelão morasse fora da sede do quartel-general era a teoria do coronel Korn segundo a qual viver numa tenda como a maior parte dos seus paroquianos faria com que ele tivesse uma comunicação mais próxima com os homens. Outro bom motivo era o fato de que ter o capelão andando pelo quartel-general o tempo todo deixava os oficiais pouco à vontade. Uma coisa era manter uma ligação com o Senhor, e todos eram a favor disso; outra coisa, porém, era ter o Senhor andando por aí vinte e quatro horas por dia. No fim das contas, como o coronel Korn descreveu para o major Danby, o nervoso oficial de operações do grupamento, sempre de olhos arregalados, o capelão tinha uma vida tranquila; a tarefa dele era basicamente ouvir os problemas dos outros, enterrar os mortos, visitar os acamados e conduzir os serviços religiosos. E nem tinha tantos mortos para enterrar agora, disse o coronel Korn, já que a resistência dos caças alemães tinha virtualmente cessado e que perto de noventa e nove por cento das fatalidades que ainda ocorriam, na estimativa dele, eram de homens que pereciam atrás das linhas inimigas ou desapareciam dentro das nuvens, onde o capelão não tinha nada a fazer em relação à disposição de seus restos mortais. Os serviços religiosos também não eram lá um grande esforço, pois eram realizados apenas uma vez por semana na sede do quartel-general do grupamento e poucos homens compareciam.

Na verdade, o capelão estava aprendendo a amar a vida na sua clareira no meio do mato. Tanto ele quanto o cabo Whitcomb tinham recebido todas as conveniências necessárias de modo que nenhum deles jamais pudesse alegar desconforto como argumento para pedir sua volta à sede do quartel-general. O capelão fazia uma rotação de seus cafés da manhã, almoços e jantares entre os oito esquadrões e a cada cinco refeições ia ao refeitório dos praças no quartel-general e a cada dez ia ao refeitório dos oficiais. Em casa, no Wisconsin, o capelão gostava muito de jardinagem e seu coração transbordava com uma gloriosa sensação de fertilidade e fruição toda vez que contemplava os galhos baixos e espinhosos das árvores raquíticas e o mato que chegava à altura da cintura e que quase o cercava. Na primavera ele havia sentido o desejo de plantar begônias e zínias em um canteiro estreito em torno da tenda, mas foi detido pelo receio que sentia do rancor do cabo Whitcomb. O capelão gostava da privacidade e do isolamento de seus arredores verdejantes e das digressões e da meditação que o lugar onde estava morando incentivava. O número dos que vinham lhe contar seus problemas havia diminuído e ele se permitia certa gratidão por isso também. O capelão não era de se misturar fácil e não se sentia à vontade conversando. Ele sentia saudades da esposa e dos três filhos pequenos e ela sentia saudades dele.

O que mais desagradava o cabo Whitcomb no capelão, além do fato de que o capelão acreditava em Deus, era a falta de iniciativa e agressividade. O cabo Whitcomb via o baixo comparecimento aos serviços religiosos como um triste reflexo de seu próprio status. Sua mente germinava fervilhante com novas e desafiadoras ideias para dar início ao grande renascimento espiritual de que ele sonhava ser o arquiteto: marmitas, encontros sociais da igreja, cartas padronizadas para as famílias de homens mortos e feridos em combate, censura, bingo. Mas o capelão barrava tudo. O cabo Whitcomb se irritava com as restrições impostas pelo capelão, pois via espaço para melhorias em toda parte. Gente como o capelão, concluiu ele, é que dava má fama à religião que transformava eles dois em párias. Ao contrário do capelão, o cabo Whitcomb detestava o isolamento da clareira no meio do mato. Uma das primeiras coisas que ele pretendia fazer após depor o capelão era voltar para o quartel-general, onde estaria no centro de tudo.

Quando o capelão voltou para a clareira depois de falar com o coronel Korn, o cabo Whitcomb estava fora da tenda na neblina e no mormaço falando em tom conspiratório com um sujeito gorducho estranho de roupão de veludo marrom e pijama de flanela cinza. O capelão reconheceu o roupão e o pijama como sendo o traje do hospital. Nenhum dos dois cumprimentou o capelão. As gengivas do sujeito estavam pintadas de roxo; o roupão de veludo era enfeitado nas costas com uma imagem de um B-25 passando por explosões alaranjadas de munição antiaérea e na frente com seis fileiras organizadas de bombas minúsculas significando sessenta missões de combate voadas. O capelão ficou tão chocado com aquilo que parou para ver. Os dois interromperam a conversa e esperaram num silêncio pétreo até que ele se afastasse. O capelão entrou às pressas na tenda. Ele ouviu, ou pensou ouvir, os dois rindo.

O cabo Whitcomb entrou pouco depois e perguntou:

— Fazendo o quê?

— Nada de novo — respondeu o capelão sem olhar para ele. — Alguém veio falar comigo?

— Só aquele maluco do Yossarian de novo. Esse é encrenqueiro, hein?

— Não tenho certeza de que ele é maluco — observou o capelão.

— Claro. Fica do lado dele — disse o cabo Whitcomb num tom magoado e saiu batendo o pé.

O capelão não conseguia acreditar que o cabo Whitcomb tinha ficado ofendido de novo e que tinha mesmo ido embora. Assim que se deu conta, o cabo Whitcomb entrou de novo.

— Você sempre fica do lado dos outros — acusou o cabo Whitcomb. — Não apoia quem está com você. Esse é um dos seus problemas.

— Eu não estava tentando ficar do lado dele — desculpou-se o capelão. — Só dei a minha opinião.

— O que o coronel Cathcart queria?

— Nada importante. Só queria discutir a possibilidade de fazer orações na sala de instruções antes de cada missão.

— Tudo bem, não precisa contar — retrucou o cabo Whitcomb e saiu da tenda de novo.

O capelão se sentiu bastante mal. Por mais que se esforçasse para ser atencioso, sempre acabava magoando o cabo Whitcomb. O capelão baixou os olhos com remorso e viu que o ajudante de ordens que o coronel Korn havia lhe imposto para manter a tenda limpa e cuidar de seus pertences tinha esquecido mais uma vez de engraxar seus coturnos.

O cabo Whitcomb entrou de novo.

— Você nunca me confia informação nenhuma — resmungou ele, truculento. — Você não confia na sua tropa. Esse é outro dos seus problemas.

— Confio, sim — garantiu o capelão, sentindo-se culpado. — Tenho uma tremenda confiança em você.

— Então vamos falar daquelas cartas.

— Não, agora não — pediu o capelão num tom servil. — As cartas não. Por favor, não comece com isso de novo. Se eu mudar de ideia, aviso.

O cabo Whitcomb parecia furioso.

— Ah, é assim? Certo, então agora é justo você ficar aí sentado só sacudindo a cabeça, enquanto eu faço todo o trabalho. Você não viu aquele cara lá fora com aquelas imagens pintadas no roupão?

— Ele veio falar comigo?

— Não — disse o cabo Whitcomb e saiu.

Dentro da tenda estava quente e úmido e o capelão viu que estava ficando encharcado. Ouviu como um bisbilhoteiro involuntário o zumbido abafado e indistinguível das vozes baixinhas lá fora. Sentado ali inerte diante da mesa bamba de bridge, que fazia as vezes de escrivaninha, os lábios do capelão estavam fechados, os olhos inexpressivos, e o rosto, com seu tom ocre pálido e seus antigos bolsões de minúsculas marcas de acne, tinha a cor e a textura de uma casca ainda intacta de amêndoa. Ele vasculhou a memória em busca de uma pista quanto à origem da amargura que o cabo Whitcomb sentia por ele. Por algum motivo que era incapaz de sondar, o capelão estava convencido de que tinha feito algo imperdoável. Parecia pouco crível que uma ira tão duradoura quanto a do cabo Whitcomb pudesse ter nascido de uma rejeição ao bingo ou às cartas padronizadas enviadas para as famílias dos homens mortos em combate. O capelão sentiu desânimo ao aceitar a própria inaptidão. Fazia semanas que pretendia ter uma conversa franca com o cabo Whitcomb para descobrir o que o incomodava, mas antes mesmo de fazer isso ele já sentia vergonha do que poderia vir a descobrir.

Fora da tenda, o cabo Whitcomb deu uma risadinha. O outro homem também riu. Por alguns precários segundos, o capelão teve a estranha e oculta sensação de ter experimentado aquela mesma situação em algum momento anterior de sua existência. Ele se esforçou para capturar e estimular aquela impressão para prever, e quem sabe controlar, o incidente que viria a seguir. Mas a sensação se desmanchou sem produzir nada, como de antemão já sabia que iria acontecer. *Déjà-vu*. A sutil e recorrente confusão entre ilusão e realidade características da paramnésia fascinava o capelão e ele sabia muitas coisas sobre o assunto. Sabia, por exemplo, que o nome que se dava àquilo era paramnésia e também estava interessado em fenômenos que eram seus corolários ópticos, como o *jamais vu*, nunca visto, e o *presque vu*, quase visto. Havia momentos apavorantes, súbitos, em que objetos, conceitos e até mesmo pessoas com quem o capelão havia convivido durante quase toda a vida inexplicavelmente assumiam um aspecto pouco familiar e irregular, jamais visto anteriormente por ele, e que os tornava completos estranhos: *jamais vu*. E havia outros momentos em que ele quase via a verdade absoluta em lampejos brilhantes de clareza que quase lhe ocorriam: *presque vu*. O episódio do homem nu na árvore no velório de Snowden foi algo que o deixou absolutamente intrigado. Não era *déjà-vu*, pois na época ele não experimentou a sensação de já ter visto um homem nu numa árvore durante o velório de Snowden. Não era *jamais vu*, uma vez que a aparição não era de alguém, ou de algo, familiar surgindo em uma forma pouco familiar. E certamente não era *presque vu*, pois o capelão de fato o viu.

Um jipe deu a partida com um estrondo do cano de escape logo ali perto e saiu rugindo. Teria o homem nu numa árvore durante o velório de Snowden sido mera alucinação? A ideia fazia o capelão estremecer. Ele queria desesperadamente confiar em Yossarian, mas toda vez que pensava nisso decidia não pensar mais nisso, embora agora que estava de fato pensando nisso não tivesse certeza de que já havia *de fato* pensado nisso.

O cabo Whitcomb voltou com um sorrisinho malicioso brilhante e se recostou com o cotovelo, impertinente, na barra de sustentação central da tenda do capelão.

— Sabe quem era o cara de roupão vermelho? — perguntou ele contando vantagem. — Era um investigador da corregedoria com o nariz quebrado. Veio do hospital a negócios. Está fazendo uma investigação.

O capelão ergueu os olhos em obsequiosa comiseração.

— Espero que você não esteja encrencado. Tem alguma coisa que eu possa fazer?

— Não estou encrencado, não — respondeu o cabo Whitcomb sorrindo. — É você que está. Vão repreender você por assinar o nome Washington Irving em todas aquelas cartas que você vem assinando com o nome Washington Irving. O que acha disso?

— Não assinei nenhuma carta como Washington Irving — disse o capelão.

— Não precisa mentir para mim — respondeu o cabo Whitcomb. — Não sou eu que você precisa convencer.

— Mas não estou mentindo.

— Não me importo se você está mentindo ou não. Vão te pegar também por interceptar a correspondência do major Major. Tem muita informação sigilosa naquilo.

— Que correspondência? — perguntou o capelão num tom de queixa, cada vez mais exasperado. — Nunca vi correspondência nenhuma do major Major.

— Não precisa mentir para mim — respondeu o cabo Whitcomb. — Não sou eu que você precisa convencer.

— Mas não estou mentindo! — protestou o capelão.

— Não entendo por que você precisa gritar comigo — respondeu o cabo Whitcomb, parecendo ofendido. Ele se afastou da barra de sustentação central da tenda e balançou o dedo apontando para o capelão para enfatizar. — Acabei de te fazer o maior favor que alguém já fez por você e nem se dá conta. Toda vez que ele tenta te denunciar para os superiores dele, alguém no hospital censura os detalhes. Ele está enlouquecido tem semanas tentando te delatar. Acabei de bater um carimbo de censor dando OK na carta dele sem nem ler o que tinha lá. Isso vai causar uma impressão ótima sobre você no quartel-general da corregedoria. Vão ver que a gente não tem medo nenhum de que eles saibam toda a verdade sobre você.

O capelão estava tonto de tão confuso.

— Mas você não tem autorização para censurar cartas, tem?

— Claro que não — respondeu o cabo Whitcomb. — Só oficiais têm autorização para isso. Censurei com o teu nome.

— Mas eu também não tenho autorização para censurar cartas, tenho?

— Eu cuidei disso também — garantiu o cabo Whitcomb. — Assinei o nome de outra pessoa no seu lugar.

— Isso não é falsificação?

— Ah, nem se preocupa com isso. A única pessoa que pode reclamar num caso de falsificação é a pessoa cuja assinatura você falsificou, e eu cuidei do seu interesse escolhendo o nome de um morto. Assinei com o nome de Washington Irving.

O cabo Whitcomb inspecionou com atenção o rosto do capelão em busca de indícios de rebelião e depois foi em frente confiante com discreta ironia.

— Pensei rápido, não foi?

— Não sei — lamentou o capelão baixinho com voz trêmula, semicerrando os olhos com grotescas contorções de angústia e incompreensão. — Não sei se entendi tudo que você me contou. Como eles vão ter uma boa impressão de mim se você assinou o nome Washington Irving, e não o meu?

— Porque eles estão convencidos de que você é Washington Irving. Não entendeu? Eles vão saber que foi você.

— Mas não era exatamente isso que a gente queria provar que não era verdade? Isso não vai servir para provar que é verdade?

— Se eu achasse que você ia ficar vendo problema em tudo nem ia ter tentado ajudar — declarou indignado o cabo Whitcomb e saiu. Um segundo depois, ele voltou. — Acabei de te fazer o maior favor que alguém já fez por você e você nem se dá conta. Você não sabe demonstrar gratidão. Esse é mais um problema seu.

— Me desculpa — disse o capelão, contrito. — Lamento muito mesmo. É só que eu estou tão chocado com tudo isso que você está me contando que nem sei direito o que estou dizendo. Sou muito grato a você.

— Então que tal me deixar mandar aquelas cartas padronizadas? — perguntou o cabo Whitcomb imediatamente. — Posso começar a trabalhar num primeiro esboço?

O queixo do capelão caiu de perplexidade.

— Não, não — disse ele, gemendo. — Agora não.

O cabo Whitcomb ficou ensandecido.

— Eu sou o seu melhor amigo e você nem se dá conta — falou ele num tom beligerante e saiu da tenda do capelão. E entrou de novo. — Eu estou do seu lado e você nem se dá conta. Você tem noção do quanto está encrencado? Aquele cara da corregedoria saiu correndo para o hospital para escrever um relatório fresquinho sobre você falando daquele tomate.

— Que tomate? — perguntou o capelão, piscando.

— O tomate que você estava escondendo na mão quando apareceu aqui. Olha ele aí. O tomate que você continua segurando neste exato instante!

O capelão abriu os dedos surpreso e viu que ainda segurava o tomate que ganhou no gabinete do coronel Cathcart. Soltou o tomate rápido na mesa de bridge.

— Ganhei esse tomate do coronel Cathcart — disse ele e percebeu o quanto sua explicação pareceu ridícula. — Ele insistiu que eu pegasse.

— Não precisa mentir para mim — respondeu o cabo Whitcomb. — Para mim tanto faz se você roubou dele ou não.

— Roubar?! — exclamou o capelão, espantado. — Por que eu iria roubar um tomate?

— Foi isso que nós dois ficamos pensando também — disse o cabo Whitcomb. — E aí o cara da corregedoria percebeu que você podia ter escondido documentos importantes aí dentro.

O capelão sucumbiu sob peso de seu tremendo desespero.

— Não escondi nenhum documento importante dentro do tomate — foi só o que ele disse. — Eu nem queria o tomate, na verdade. Olha aqui, pode pegar e ver você mesmo.

— Não quero.

— Por favor, tira isso daqui — suplicou o capelão numa voz que mal dava para ouvir. — Quero me livrar disso.

— Não quero — voltou a responder o cabo Whitcomb e saiu parecendo irritado, reprimindo um sorriso de grande júbilo por ter forjado uma poderosa nova aliança com o investigador da corregedoria e por ter convencido outra vez o capelão de que ele estava realmente chateado.

Pobre Whitcomb, suspirou o capelão, e se culpou pelo mal-estar do assistente. Ele ficou sentado numa melancolia pensativa, embotadora, esperando aflito que o cabo Whitcomb voltasse. Foi uma decepção quando o som peremptório das passadas do cabo Whitcomb foi diminuindo até silenciar. Não havia nada que ele quisesse fazer depois disso. Decidiu trocar o almoço por um Milky Way e um Baby Ruth que tinha guardado no armário e uns poucos goles de água morna do cantil. A impressão era de que estava cercado por névoas de possibilidades densas e esmagadoras nas quais mal conseguia ver um ponto de luz. Temia o que o coronel Cathcart ia pensar quando contassem que ele era suspeito de ser Washington Irving, depois começou a se preocupar com o que o coronel Cathcart já estaria pensando dele pelo mero fato de ele ter tangenciado o assunto das sessenta missões. Havia tanta infelicidade no mundo, refletiu ele, baixando a cabeça entristecido sob esse pensamento trágico, e não havia nada que pudesse fazer para aliviar a infelicidade dos outros, muito menos a sua.

21
GENERAL DREEDLE

O coronel Cathcart não estava pensando nada sobre o capelão, mas estava envolvido num problema novo e ameaçador: *Yossarian!*

Yossarian! O mero som daquele nome execrável, feio, fazia seu sangue gelar e a respiração ficar ofegante. A primeira menção que o capelão fez ao nome *Yossarian!* mexeu fundo em sua memória como um gongo agourento. Assim que a porta fechou, a lembrança humilhante do homem nu em formação caiu sobre ele como uma aviltante, sufocante inundação de detalhes dolorosos. O coronel Cathcart começou a suar e tremer. Havia uma coincidência sinistra e improvável exposta ali que era simplesmente diabólica demais em suas implicações para que não se tratasse do mais hediondo dos presságios. O nome do homem que havia ficado nu em formação naquele dia para receber a Cruz de Distinção do Aviador do general Dreedle também era... *Yossarian!* E agora era um homem chamado Yossarian que ameaçava causar problemas com as sessenta missões que ele tinha acabado de ordenar que os homens de seu grupamento voassem. O coronel Cathcart se perguntou preocupado se seria o mesmo Yossarian.

Ele se levantou com ar de intolerável sofrimento e começou a se mover pelo gabinete. O coronel Cathcart se sentia na presença do misterioso. O homem nu em formação, admitiu sem a menor alegria, foi um verdadeiro revés para ele. Assim como a adulteração na linha do front antes da missão a Bolonha e o atraso de sete dias para destruir a ponte em Ferrara, ainda que a destruição da ponte em Ferrara, no fim das contas, lembrou com júbilo, tenha sido um verdadeiro êxito, mesmo tendo perdido um avião no segundo voo sobre o alvo, lembrou desanimado, o que foi outro revés, ainda que tenha conseguido mais um incontestável êxito ao aprovar uma medalha para o bombardeiro que havia lhe causado o incontestável revés no primeiro momento ao sobrevoar uma segunda vez o alvo. O nome do bombardeiro, lembrou de repente com mais um choque atordoante, também era *Yossarian*! Agora já eram *três*! Seus olhos viscosos se arregalaram de espanto e ele se virou rápido, alarmado, para ver o que estava acontecendo às suas costas. Um instante atrás não existia um único Yossarian na sua vida; agora, eles se multiplicavam como duendes. Ele tentou se acalmar. Yossarian não era um nome comum; talvez não houvesse realmente três Yossarians, mas apenas dois, ou pode ser que fosse apenas um Yossarian... *mas na verdade isso não fazia diferença!* O coronel continuava correndo grave perigo. A intuição o alertava que ele estava se aproximando de algum imenso e inescrutável clímax cósmico, e sua larga, robusta, alta estrutura corporal formigava da cabeça aos pés só de pensar que Yossarian, independentemente de quem ele fosse na verdade, estivesse destinado a ser sua nêmesis.

O coronel Cathcart não era supersticioso, mas acreditava em presságios, e se sentou ereto à mesa e fez uma anotação críptica em seu bloco de memorandos para investigar imediatamente essa suspeita história dos Yossarians. Ele escreveu um lembrete para si mesmo com tom sério e decidido, enfatizando tudo com uma série de pontuações em código e sublinhando duas vezes a mensagem, que ficou assim:

Yossarian!!!(?)!

O coronel se recostou na cadeira quando acabou e estava extremamente feliz consigo mesmo por ter agido tão prontamente para lidar com essa sinistra crise. "Yossarian": a mera visão do nome fazia com que ele estremecesse. Eram tantos esses. Tinha que ser subversivo. Era como se fosse a própria palavra "subversão". Também soava a "sedicioso" e "insidioso", e soava a "socialismo", "suspeição", "fascismo" e "comunismo". Era um nome odioso, estrangeiro, de mau gosto, que simplesmente não inspirava confiança. Não era como aqueles nomes limpos, sonoros, honestos, americanos como Cathcart, Peckem e Dreedle.

O coronel Cathcart se ergueu lentamente e voltou a zanzar pelo gabinete. Quase sem se dar conta, pegou um tomate italiano do alto de uma caixa e deu uma mordida voraz. Com uma careta, imediatamente jogou o restante do tomate italiano no lixo. O coronel não gostava de tomates italianos, nem quando eram seus, e estes nem eram dele. Estes foram comprados em mercados de Pianosa pelo coronel Korn, usando várias identidades, transferidos para a casa da fazenda do coronel nas colinas na calada da noite e transportados para o quartel-general do grupamento na manhã seguinte para serem vendidos a Milo, que pagou preços altíssimos por eles ao coronel Cathcart e ao coronel Korn. O coronel Cathcart muitas vezes se perguntava se o que eles estavam fazendo com os tomates italianos era legal, mas o coronel Korn dizia que sim, e ele tentava não pensar nisso com muita frequência. Ele também não tinha como saber se a casa nas colinas era legal ou não, já que o coronel Korn havia tomado todas as providências. O coronel Cathcart não sabia se era dono da casa ou se a casa era alugada, de quem tinha sido comprada nem quanto custava, se é que custava alguma coisa. O coronel Korn era o advogado e, se o coronel Korn garantisse que fraude, extorsão, manipulação monetária, desvio de fundos, evasão fiscal e especulações no mercado ilegal eram legais, o coronel Cathcart não estava em posição de discordar.

Tudo o que o coronel Cathcart sabia sobre sua casa nas colinas era que a casa estava lá e que ele a odiava. Nunca ficava tão entediado como nas vezes em que passava ali os dois ou três dias, a cada duas semanas, necessários para sustentar a ilusão de que sua úmida e arejada casa de pedra nas colinas era um palácio dourado de delícias carnais. Clubes de oficiais de toda parte pulsavam com relatos confusos, mas bem-informados, de bebidas e orgias sexuais abundantes e discretas e de noitadas secretas e íntimas de êxtase com as mais belas, mais tentadoras, mais fáceis de excitar e mais fáceis de satisfazer dentre todas as cortesãs, atrizes, modelos e condessas da Itália. Essas noites privadas de êxtase, bebidas e orgias sexuais jamais ocorreram. Poderiam ter ocorrido caso o general Dreedle ou o general Peckem tivessem alguma vez demonstrado interesse em participar de orgias com ele, mas nenhum dos dois o fez e o coronel certamente não iria desperdiçar seu tempo e sua energia transando com mulheres bonitas, a menos que fosse ganhar algo com isso.

O coronel tinha pavor das noites úmidas e solitárias em sua casa de fazenda e dos dias monótonos e sem graça. Ele se divertia muito mais no grupamento, intimidando todos aqueles de quem não tinha medo. Contudo, como sempre ressaltava o coronel Korn, ter uma casa de fazenda nas colinas e nunca usar não era glamoroso. O coronel Cathcart sempre ia para sua casa de fazenda com um sentimento de autocomiseração. Levava uma espingarda no jipe e passava as horas monótonas atirando em pássaros e nos tomates italianos que cresciam em fileiras sem que ninguém cuidasse deles e eram muito difíceis de colher.

Entre os oficiais de posição inferior pelos quais o coronel Cathcart ainda considerava prudente demonstrar respeito, ele incluía o major ——— de Coverley, embora não quisesse e não tivesse certeza se era necessário fazê-lo. O major ——— de Coverley era um mistério tão grande para ele quanto para o major Major e para todos os outros que em algum momento chegaram a conhecê-lo. O coronel Cathcart não tinha ideia se devia olhar para cima ou para baixo quando estava diante do major ——— de Coverley. Por um lado, o major ——— de Coverley era apenas um major, embora fosse muito mais velho que o coronel Cathcart; por outro lado, eram tantas as pessoas que tratavam o major ——— de Coverley com uma veneração profunda e temerosa que o coronel Cathcart teve o palpite de que talvez soubessem de alguma coisa. O major ——— de Coverley era uma presença sinistra e incompreensível que o mantinha constantemente nervoso e com quem até o coronel Korn tendia a ser cauteloso. Todos tinham medo dele e ninguém sabia por quê. Ninguém sabia sequer o primeiro nome do major ——— de Coverley, porque ninguém jamais teve a ousadia de perguntar. O coronel Cathcart sabia que o major ——— de Coverley estava ausente e se alegrou com sua ausência até que lhe ocorreu que o major ——— de Coverley poderia estar em algum lugar conspirando contra ele, então ele desejou que o major ——— de Coverley estivesse de volta ao seu esquadrão, que era o seu lugar e onde ele poderia ser vigiado.

Em pouco tempo, os pés do coronel Cathcart começaram a doer de tanto andar de um lado para outro. Ele se sentou novamente à mesa e decidiu iniciar uma avaliação madura e sistemática de toda a situação militar. Com o ar profissional de quem sabe fazer as coisas, encontrou um grande bloco branco, traçou uma linha reta no meio e a cruzou perto do topo, dividindo a página em duas colunas em branco de igual largura. Parou por um instante em reflexão crítica. Depois se aninhou sobre a mesa e, no alto da coluna da esquerda, com uma letra apertada e enjoada, escreveu: "Reveses!!!" No alto da coluna da direita ele escreveu: "Êxitos!!!!!" Ele se recostou mais uma vez para inspecionar o gráfico com admiração, de uma perspectiva objetiva. Depois de alguns segundos de deliberação solene, lambeu cuidadosamente a ponta do lápis e escreveu em "Reveses!!!", após intervalos atentos:

Ferrara
Bolonha (linha do front modificada durante)
Campo de tiro
Homem nu em formação (depois de Avignon)

Depois acrescentou:

Comida envenenada (durante Bolonha)

e

Gemidos (epidemia de, durante a instrução de Avignon)

Depois acrescentou:

Capelão (perambulando pelo clube de oficiais toda noite)

Ele decidiu ser caridoso com o capelão, embora não gostasse dele, e na coluna "Êxitos!!!!!" escreveu:

Capelão (perambulando pelo clube de oficiais toda noite)

Assim, as duas anotações sobre o capelão se anulavam. Ao lado de "Ferrara" e de "Homem nu em formação (depois de Avignon)", escreveu então:

Yossarian!

Ao lado de "Bolonha (linha do front modificada durante)", "Comida envenenada (durante Bolonha)" e "Gemidos (epidemia de, durante a instrução de Avignon)", escreveu com força e determinação:

?

As anotações marcadas com um "?" eram as que ele desejava investigar imediatamente para determinar se Yossarian tinha de algum modo participado daquilo.

De repente, seu braço começou a tremer e ele não conseguia mais escrever. Ele se levantou aterrorizado, sentindo-se viscoso e gordo, e foi às pressas até a janela aberta para respirar um pouco de ar fresco. Seu olhar pousou no campo de tiro e ele se afastou com um grito agudo de angústia, os olhos arregalados e febris examinando freneticamente as paredes do gabinete, como se elas estivessem fervilhando de Yossarians.

Ninguém o amava. O general Dreedle o odiava, embora o general Peckem gostasse dele, embora não fosse possível ter certeza, já que o coronel Cargill, assessor do general Peckem, sem dúvida tinha as próprias ambições e provavelmente sabotava a imagem que o general Peckem tinha dele sempre que podia. O único coronel bom, concluiu ele, era um coronel morto, à exceção dele próprio. O único coronel em quem confiava era o coronel Moodus, e até ele tinha problemas com o sogro. Milo, é claro, tinha sido seu grande êxito, embora ter seu grupamento bombardeado pelos aviões de Milo deva ter sido um revés terrível para ele, embora Milo tivesse enfim acalmado todos os protestos ao revelar o enorme lucro líquido que o sindicato havia obtido no acordo com o inimigo, convencendo todo mundo de que bombardear os próprios homens e aviões tinha sido, portanto, um golpe louvável e muito lucrativo para a iniciativa privada. O coronel estava inseguro em relação a Milo, porque outros coronéis tentavam atraí-lo, e o coronel Cathcart ainda tinha aquele horroroso cacique Floco de Aveia no grupamento, que aquele horroroso e preguiçoso capitão Black afirmava ser o verdadeiro responsável pela movimentação da linha do front durante o Grande Cerco de Bolonha. O coronel Cathcart gostava do cacique Floco de Aveia porque o cacique Floco de Aveia vivia socando o nariz daquele nojento do coronel Moodus toda vez que ficava bêbado e o coronel Moodus estava por perto. Ele queria que o cacique Floco de Aveia começasse também a socar a cara gorda do coronel Korn. O coronel Korn era um chato de galocha metido a sabe-tudo. Alguém no 27º Grupamento da Força Aérea estava irritado com ele e devolvia todo relatório que ele escrevia com uma repreensão contundente, e o coronel Korn subornou um sujeito inteligente responsável pelo serviço postal chamado Wintergreen para tentar descobrir quem era. Perder um avião sobre Ferrara no segundo voo sobre o alvo não lhe fez nenhum bem, tinha que admitir, assim como aquele outro avião que desapareceu dentro de uma nuvem... *Essa ele nem tinha anotado!* Ele tentou se lembrar, ansioso, se Yossarian se perdeu naquele avião na nuvem e percebeu que Yossarian não poderia ter se perdido naquele avião na nuvem se ainda estava por aí, fazendo todo esse drama por ter que voar essa mixaria de cinco missões a mais.

Talvez sessenta missões fossem demais para os homens, raciocinou o coronel Cathcart, se Yossarian estava se opondo, mas ele lembrou, em seguida, que forçar seus homens a voar mais missões do que todos os outros era a conquista mais tangível que ele tinha a seu favor no momento. Como o coronel Korn sempre observava, a guerra estava repleta de comandantes de grupamento que apenas cumpriam seu dever, e bastava uma espécie de gesto dramático, como fazer os pilotos voarem mais missões de combate que qualquer outro grupamento de bombardeiros, para ressaltar suas qualidades únicas de liderança. Sem dúvida nenhum dos generais parecia se opor ao que ele estava fazendo, embora, até onde podia perceber, também não estivessem particularmente impressionados, o que o fez suspeitar que talvez sessenta missões de combate não fossem suficientes e que ele deveria aumentar o número de imediato para setenta, oitenta, cem, ou mesmo duzentas, trezentas ou seis mil!

Não havia dúvida de que ele estaria muito melhor sob o comando de alguém gentil como o general Peckem do que sob o comando de um grosseirão insensível como o general Dreedle, porque o general Peckem tinha o discernimento, a inteligência e o histórico da Ivy League para apreciá-lo e admirar todo o seu valor, embora o general Peckem jamais tenha dado a menor indicação de que o apreciasse nem de que admirava todo o seu valor. O coronel Cathcart se sentiu perspicaz o suficiente para perceber que sinais visíveis de reconhecimento nunca eram necessários entre pessoas sofisticadas e autoconfiantes como ele e o general Peckem, que podiam ser calorosos uns com os outros à distância com uma compreensão mútua inata. Era o bastante que os dois pertencessem à mesma espécie, e ele sabia que era apenas uma questão de esperar discretamente até o momento certo pela promoção, embora a autoestima do coronel Cathcart tenha sido corroída ao observar que o general Peckem jamais o procurava deliberadamente nem se esforçava além da conta para impressionar o coronel Cathcart com seus epigramas e sua erudição do que para impressionar qualquer outra pessoa que estivesse por perto, o que incluía os praças. Ou o coronel Cathcart não estava conseguindo transmitir sua mensagem para o general Peckem ou o general Peckem não era a personalidade brilhante, distinta, intelectual e progressista que fingia ser e, na verdade, era o general Dreedle o homem sensível, charmoso, brilhante e sofisticado e sob quem ele certamente estaria muito melhor, e, de repente, o coronel Cathcart não fazia a menor ideia de quanto os outros gostavam dele e começou a bater na campainha com o punho para que o coronel Korn entrasse correndo em seu gabinete e lhe assegurasse que todos o amavam, que Yossarian era uma invenção da sua imaginação e que ele estava fazendo progressos maravilhosos na esplêndida e valente campanha que travava para se tornar general.

Na verdade, o coronel Cathcart não tinha a menor chance de se tornar general. Por um lado, havia o ex-soldado de primeira classe Wintergreen, que também queria ser general e que sempre distorcia, destruía, rejeitava ou desviava qualquer correspondência que pudesse fazer bem ao moral do coronel Cathcart, fosse o coronel Cathcart o remetente, o destinatário ou o tema da carta. Por outro lado, já existia um general, o general Dreedle, que sabia que o general Peckem estava atrás do seu cargo, mas não sabia como impedi-lo.

General Dreedle, o comandante da unidade, era um homem rude, corpulento e de peito largo, na casa dos cinquenta anos. Seu nariz era atarracado e vermelho, e ele tinha pálpebras protuberantes e brancas circundando olhinhos cinzentos como halos de gordura de bacon. Ele tinha uma enfermeira e um genro, e era propenso a longos e pesados silêncios quando não bebia muito. O general Dreedle havia perdido muito tempo no Exército fazendo bem o seu trabalho e agora era tarde demais. Novos alinhamentos de poder haviam ocorrido sem sua participação e ele não sabia como lidar com isso. Em momentos de descuido, seu rosto duro e taciturno assumia uma expressão sombria e preocupada de derrota e frustração. O general Dreedle bebia bastante. Seus humores eram arbitrários e imprevisíveis. "A guerra é um inferno", declarava com frequência, bêbado ou sóbrio, e falava a sério, embora isso não o impedisse de ser bem remunerado nem de levar o genro para o negócio, ainda que os dois brigassem o tempo todo.

— Aquele desgraçado — queixava-se o general Dreedle do genro, com um grunhido de desprezo, para qualquer um que por acaso estivesse ao seu lado no bar do clube dos oficiais. — Tudo o que tem ele deve a mim. Eu criei aquele filho da puta nojento! Ele não é inteligente o suficiente para progredir sozinho.

— Ele acha que sabe tudo — retrucava o coronel Moodus em tom mal-humorado para seu próprio público, do outro lado do bar. — Não aceita críticas e não ouve conselhos.

— Ele só sabe dar conselhos — observava o general Dreedle com uma bufada rouca. — Se não fosse por mim, ainda seria cabo.

O general Dreedle estava sempre acompanhado pelo coronel Moodus e pela sua enfermeira, que era um rabo de saia tão delicioso quanto qualquer outro em que alguém já tinha botado os olhos. A enfermeira do general Dreedle era gordinha, baixa e loira. Tinha bochechas rechonchudas e covinhas, olhos azuis felizes e cabelos cacheados e penteados para o alto. Sorria para todo mundo e nunca falava, a menos que alguém falasse com ela. Seus peitos eram exuberantes e a pele era clara. Era uma mulher irresistível e os homens se afastavam dela com cuidado. Ela era suculenta, doce, dócil e burra, e deixava todo mundo louco, exceto o general Dreedle.

— Você devia ver como ela fica sem roupa. — O general Dreedle deu uma risadinha de diftérico prazer, enquanto sua enfermeira sorria orgulhosamente bem em seu ombro. — Lá no quartel-general ela tem um uniforme na minha sala feito de seda roxa que é tão apertado que os mamilos ficam aparecendo igual cerejas. Milo me deu o tecido. Não tem espaço suficiente nem para calcinha nem para sutiã. Faço ela usar, às vezes, quando Moodus está por perto só para deixar ele louco.

O general Dreedle riu com voz rouca.

— Você devia ver o que acontece dentro daquela blusa dela toda vez que ela passa o peso do corpo de um pé para o outro. Ele fica maluco. A primeira vez que eu pegar Moodus encostando a mão nela ou em qualquer outra mulher, eu prendo esse tarado e ponho ele para trabalhar de patrulha na cozinha por um ano.

— Ele mantém aquela enfermeira por perto só para me deixar louco — acusou o coronel Moodus com tristeza do outro lado do bar. — Lá no quartel-general ela usa um uniforme de seda roxa que é tão apertado que os mamilos ficam aparecendo igual cerejas. Não tem espaço nem para calcinha nem para sutiã. Você devia ouvir aquele farfalhar toda vez que ela muda o peso do corpo de um pé para o outro. A primeira vez que eu der uma cantada nela ou em qualquer outra mulher, ele me prende e me coloca para patrulhar a cozinha por um ano. Ela me deixa louco.

— Ele não transa desde que a gente embarcou para o estrangeiro — confidenciou o general Dreedle, e sua cabeça quadrada e grisalha balançou com uma risada sádica diante da ideia diabólica. — Essa é uma das razões para eu nunca perder Moodus de vista, só para ele não conseguir chegar perto de mulher nenhuma. Dá para imaginar o que aquele infeliz está passando?

— Não transo com mulher nenhuma desde que a gente embarcou para o estrangeiro — resmungou o coronel Moodus, entre lágrimas. — Dá para imaginar o que estou passando?

O general Dreedle sabia ser igualmente intransigente com qualquer pessoa quando estava descontente como era com o coronel Moodus. Ele não gostava de fraudes, diplomacia ou pretensão, e seu credo como soldado profissional era unificado e conciso: ele acreditava que os jovens que recebiam ordens dele deviam estar dispostos a desistir de suas vidas por ideais, aspirações e idiossincrasias dos antigos homens dos quais ele recebeu ordens. Os oficiais e os praças sob seu comando tinham identidade para ele apenas como quantidades militares. Ele só pedia que eles fizessem o seu trabalho; fora isso, eram livres para fazer o que quisessem. Eram livres, tal como o coronel Cathcart, para forçar seus homens a voar em sessenta missões, se quisessem, e eram livres, como Yossarian havia sido livre, para ficar nus em formação, se quisessem, embora a mandíbula de granito do general Dreedle tenha caído diante da visão e ele tenha caminhado ditatorialmente em meio à tropa para ter certeza de que de fato havia um homem apenas de mocassim esperando em posição de sentido nas fileiras para receber uma medalha dele. O general Dreedle ficou sem palavras. O coronel Cathcart quase desmaiou quando viu Yossarian, e o coronel Korn deu um passo atrás dele e apertou seu braço com força. O silêncio era grotesco. Um vento quente e constante soprava da praia, e uma velha carroça cheia de palha suja apareceu na estrada principal, puxada por um burro preto e conduzida por um fazendeiro com um chapéu esvoaçante e macacão marrom desbotado que não prestou atenção à cerimônia militar formal que ocorria no pequeno campo à sua direita.

Por fim o general Dreedle falou.

— Volte para o carro — gritou ele por cima do ombro para a enfermeira, que vinha andando atrás dele em meio às tropas. A enfermeira se afastou com um sorriso em direção ao carro marrom, estacionado a uns vinte metros, na extremidade da clareira retangular. O general Dreedle esperou em silêncio austero até que a porta do carro bateu e então perguntou: — Quem é esse?

O coronel Moodus verificou a lista.

— Esse é Yossarian, sogrão. Ele recebe uma Cruz de Distinção do Aviador.

— É sério isso? — murmurou o general Dreedle, e seu rosto corado e monolítico se suavizou com diversão. — Por que você não está usando roupa, Yossarian?

— Não quero.

— Como assim não quer? Por que você não quer?

— Eu só não quero, senhor.

— Por que ele não está usando roupa? — exigiu saber o general Dreedle por cima do ombro do coronel Cathcart.

— Ele está falando com você — sussurrou o coronel Korn por trás, por cima do ombro do coronel Cathcart, acertando com força o cotovelo nas costas do coronel Cathcart.

— Por que ele não está usando roupa? — perguntou o coronel Cathcart ao coronel Korn com uma expressão de dor aguda, passando a mão com ternura no local onde tinha acabado de levar uma pancada do coronel Korn.

— Por que ele não está usando roupa? — perguntou o coronel Korn ao capitão Piltchard e ao capitão Wren.

— Um homem foi morto no avião dele sobre Avignon na semana passada e sangrou em cima dele — respondeu o capitão Wren. — Ele jura que nunca mais vai usar farda.

— Um homem foi morto no avião dele sobre Avignon na semana passada e sangrou em cima dele — relatou o coronel Korn diretamente ao general Dreedle. — A farda dele ainda não voltou da lavanderia.

— Cadê as outras fardas dele?

— Também estão na lavanderia.

— E a roupa de baixo? — perguntou o general Dreedle.

— Todas as roupas dele estão na lavanderia — respondeu o coronel Korn.

— Isso parece mentira — disse o general Dreedle.

— É mentira mesmo, senhor — disse Yossarian.

— Não se preocupe, senhor — prometeu o coronel Cathcart ao general Dreedle com um olhar ameaçador para Yossarian. — O senhor tem minha palavra de que este homem será severamente punido.

— Por que eu ia me importar se ele vai ser punido ou não? — respondeu o general Dreedle com surpresa e irritação. — Ele acabou de ganhar uma medalha. Se ele quiser receber a medalha sem roupa, você não tem nada com isso.

— Esses são exatamente os meus sentimentos, senhor! — repetiu o coronel Cathcart com entusiasmo retumbante e secou a testa com um lenço branco úmido. — Mas o senhor diria isso, senhor, mesmo à luz do recente memorando do general Peckem sobre o tema do traje militar apropriado em áreas de combate?

— Peckem? — O rosto do general Dreedle pareceu confuso.

— Sim, senhor, senhor — disse o coronel Cathcart obsequiosamente. — O general Peckem inclusive recomenda enviar nossos homens para o combate em farda de gala, para que causem boa impressão no inimigo quando forem abatidos.

— Peckem? — repetiu o general Dreedle, ainda de olhos semicerrados, perplexo. — O que Peckem tem a ver com isso?

O coronel Korn deu outro golpe forte nas costas do coronel Cathcart com o cotovelo.

— Absolutamente nada, senhor! — respondeu o coronel Cathcart elegantemente, estremecendo de dor extrema e esfregando com cuidado o local onde tinha acabado de levar outra pancada do coronel Korn. — E foi exatamente por isso que decidi não tomar nenhuma providência até ter a oportunidade de discutir o assunto com o senhor. Devemos ignorar isso por completo, senhor?

O general Dreedle o ignorou por completo, afastando-se dele com um desprezo funesto para entregar a Yossarian sua medalha que estava numa caixa.

— Tire minha menina do carro — ordenou ele ao coronel Moodus, mal-humorado, e esperou em um lugar com o rosto carrancudo para baixo até que sua enfermeira voltasse.

— Avise imediatamente ao gabinete que anule aquela diretriz que acabei de emitir ordenando que os homens usem gravata nas missões de combate — sussurrou o coronel Cathcart ao coronel Korn com urgência pelo canto da boca.

— Eu disse para você não fazer isso. — O coronel Korn deu uma risada sarcástica. — Mas você não quis me ouvir.

— Shhh! — advertiu o coronel Cathcart. — Que droga, Korn, o que você fez nas minhas costas?

O coronel Korn deu outra risada sarcástica.

A enfermeira do general Dreedle sempre seguia o general Dreedle aonde quer que ele fosse, até mesmo na sala de instruções pouco antes da missão em Avignon, onde ela ficou com seu sorriso asinino ao lado da plataforma, bela feito um oásis fértil, no ombro do general Dreedle, no vestido verde e rosa que era sua farda. Yossarian olhou para ela e se apaixonou desesperadamente. O humor dele desmoronou, deixando-o vazio por dentro e entorpecido. Yossarian ficou sentado olhando para aqueles lábios carnudos e vermelhos e para as covinhas nas bochechas numa necessidade úmida enquanto ouvia o major Danby descrever em um zumbido masculino monótono e didático as pesadas concentrações de artilharia antiaérea que os esperavam em Avignon, e ele gemeu em profundo desespero ao pensar que poderia nunca mais ver aquela linda mulher com quem jamais havia falado uma palavra e que agora amava de maneira tão patética. Ele latejava e doía de tristeza, medo e desejo enquanto olhava para ela; ela era tão linda. Ele adorava o chão em que ela pisava. Ele umedeceu seus lábios ressecados e sedentos com uma língua viscosa e gemeu de tristeza novamente, desta vez alto o suficiente para atrair os olhares assustados e perscrutadores dos homens sentados ao seu redor nas fileiras de bancos de madeira toscos, com seus macacões cor de chocolate costurados pelas cordas brancas dos paraquedas.

Nately se virou para ele rapidamente, alarmado.

— Que foi? — sussurrou ele. — Qual é o problema?

Yossarian não ouviu. Ele estava louco de luxúria e hipnotizado pelo arrependimento. A enfermeira do general Dreedle era um pouco gordinha, e os sentidos de Yossarian estavam congestionados pelo brilho dourado dos cabelos dela e pela pressão que ele não tinha como sentir de seus dedos curtos e macios, pela riqueza arredondada e insípida de seus seios núbeis na camisa rosa-militar que estava bem aberta no pescoço e pelas confluências triangulares onduladas e maduras de sua barriga e coxas em suas calças justas e lisas de oficial, feitas de gabardine verde-oliva. Ele bebeu insaciavelmente daquela mulher, da cabeça às unhas pintadas dos dedos dos pés. Yossarian desejou jamais perdê-la.

— Hmmmmmmmmmmmmm — disse ele gemendo de novo, e desta vez a sala inteira estremeceu com sua queixa trêmula e prolongada. Uma onda de inquietação assustada tomou conta dos oficiais no estrado, e até o major Danby, que tinha começado a sincronizar os relógios, se distraiu por um instante enquanto contava os segundos e quase teve que começar de novo. Nately seguiu o olhar paralisado de Yossarian pelo grande auditório até chegar à enfermeira do general Dreedle. Ele empalideceu de medo ao adivinhar o que estava incomodando Yossarian.

— Para com isso — avisou Nately num sussurro feroz.

— Hmmmmmmmmmmmmm — disse gemendo Yossarian pela quarta vez, agora alto o suficiente para que todos ouvissem com clareza.

— Você ficou louco? — sibilou Nately, veemente. — Você vai arranjar encrenca.

— Hmmmmmmmmmmmmm — respondeu Dunbar para Yossarian do outro lado da sala.

Nately reconheceu a voz de Dunbar. Agora a situação estava fora de controle e ele se virou com um pequeno gemido.

— Ah.

— Hmmmmmmmmmmmm — disse gemendo Dunbar de volta para ele.

— Hmmmmmmmmmmmmm — disse Nately, gemendo bem alto, exasperado quando percebeu que tinha acabado de gemer.

— Hmmmmmmmmmmmm — disse Dunbar, gemendo em resposta para ele outra vez.

— Hmmmmmmmmmmmm. — Alguém totalmente novo entrou na conversa de outra seção da sala, e Nately ficou de cabelos eriçados.

Yossarian e Dunbar responderam enquanto Nately se encolheu e procurou inutilmente algum buraco para se esconder e levar Yossarian junto. Um punhado de gente sufocava o riso. Um leve impulso tomou conta de Nately e ele gemeu de propósito na pausa seguinte. Outra nova voz respondeu. O sabor da desobediência era empolgante, e Nately gemeu deliberadamente de novo, na vez seguinte em que conseguiu soltar sua queixa por um canto apertado dos lábios cerrados. Outra voz ecoou. A sala fervilhava irreprimivelmente em confusão. Um estranho burburinho de vozes aumentava. Pés foram arrastados, e coisas começaram a cair dos dedos das pessoas: lápis, computadores, estojos de mapas, barulhentos capacetes de aço de proteção contra artilharia. Vários homens que não estavam gemendo riam agora sem disfarçar, e não havia como dizer até onde poderia ter chegado a desorganizada insurreição de gemidos caso o próprio general Dreedle não tivesse se adiantado para reprimi-la, dando um passo determinado no centro da plataforma, diretamente em frente do major Danby, que, com sua cabeça séria e perseverante, ainda se concentrava no relógio de pulso e dizia: "... vinte e cinco segundos...

vinte... quinze..." O grande rosto vermelho e dominador do general Dreedle estava retorcido de perplexidade e endurecido com uma resolução impressionante.

— Já chega, homens — ordenou ele laconicamente, com os olhos brilhando de desaprovação e o queixo quadrado firme, e aquilo pôs fim à história. — Eu comando uma unidade de combate — disse severamente, quando a sala ficou em absoluto silêncio e os homens nos bancos estavam todos encolhidos timidamente —, e não haverá mais gemidos neste grupamento enquanto eu estiver no comando. Está claro?

Estava claro para todos, menos para o major Danby, que ainda estava concentrado no relógio de pulso e contando os segundos em voz alta. "... quatro... três... dois... um... tempo!" gritou o major Danby e ergueu os olhos triunfantemente para descobrir que ninguém o ouvia e que ele teria que começar tudo de novo.

— Hmmmm — disse ele, gemendo de frustração.

— *O que foi isso?* — rugiu o general Dreedle, incrédulo, e se virou com fúria assassina para o major Danby, que cambaleou para trás, confuso e aterrorizado, e começou a tremer e transpirar. — *Quem é esse homem?*

— O m-major Danby, senhor — gaguejou o coronel Cathcart. — Meu oficial de operações do grupamento.

— Leve esse homem para fora e fuzile ele — ordenou o general Dreedle.

— S-Senhor?

— Eu disse para tirar esse homem daqui e fuzilar ele. Você não está me ouvindo?

— Sim, senhor! — respondeu o coronel Cathcart diligentemente, engolindo em seco, e logo se dirigiu ao seu motorista e ao seu meteorologista. — Levem o major Danby e fuzilem ele.

— S-Senhor? — gaguejaram o motorista e o meteorologista.

— Eu disse para tirar o major Danby daqui e fuzilar ele — retrucou o coronel Cathcart. — Vocês não estão me ouvindo?

Os dois jovens tenentes assentiram desajeitadamente e ficaram boquiabertos, com uma relutância atordoada e flácida, cada um esperando que o outro iniciasse o procedimento de levar o major Danby para fora e fuzilá-lo. Nenhum dos dois jamais havia levado o major Danby para fora nem o fuzilado antes. Eles hesitaram ao avançar em direção ao major Danby, vindo de lados opostos. O major Danby estava pálido de medo. Suas pernas cederam de repente e ele ia cair, quando os dois jovens tenentes saltaram para a frente e o agarraram pelos braços para evitar que caísse no chão. Agora que tinham o major Danby, o resto parecia fácil, só que não havia armas. O major Danby começou a chorar. O coronel Cathcart queria correr para o lado dele e confortá-lo, mas não queria parecer um maricas na frente do general Dreedle. Ele lembrou que Appleby e Havermeyer sempre levavam suas .45 automáticas nas missões e começou a procurar pelos dois no meio da tropa.

Assim que o major Danby começou a chorar, o coronel Moodus, que vacilava deploravelmente nos bastidores, não conseguiu mais se conter e avançou com timidez em direção ao general Dreedle, com um ar doentio de autossacrifício.

— Acho melhor você esperar um minuto, sogrão — sugeriu ele, hesitante. — Acho que você *não* pode fuzilar o major Danby.

O general Dreedle ficou enfurecido com a intervenção.

— Quem disse que não posso? — trovejou ele, beligerante, com voz alta o suficiente para sacudir o prédio todo. O coronel Moodus, o rosto vermelho de vergonha, se inclinou para sussurrar em seu ouvido. — Por que não posso? — gritou o general Dreedle.

O coronel Moodus sussurrou mais um pouco.

— Você está me dizendo que não posso fuzilar quem eu bem quiser? — perguntou o general Dreedle com indignação intransigente. Ele apurou os ouvidos com interesse enquanto o coronel Moodus continuava sussurrando. — Isso é verdade? — perguntou, a raiva domada pela curiosidade.

— Sim, sogrão. Infelizmente sim.

— Você se acha muito inteligente, não é? — O general Dreedle atacou o coronel Moodus de repente.

O coronel Moodus ficou vermelho outra vez.

— Não, sogrão, não é...

— Tudo bem, deixa o filho da puta insubordinado se safar — rosnou o general Dreedle, afastando-se com amargura do genro e berrando irritado para o motorista do coronel Cathcart e para o meteorologista do coronel Cathcart. — Mas tire esse homem daqui. E vamos continuar esta maldita instrução antes que a guerra termine. Nunca vi tanta incompetência.

O coronel Cathcart acenou com a cabeça sem jeito para o general Dreedle e sinalizou a seus homens que empurrassem apressadamente o major Danby para fora do edifício. Porém, assim que o major Danby foi empurrado para fora, não havia ninguém para continuar as instruções. Todos ficaram se entreolhando boquiabertos com cara de bobo. O general Dreedle ficou vermelho de raiva porque nada acontecia. O coronel Cathcart não tinha ideia do que fazer. Estava prestes a começar a gemer alto quando o coronel Korn veio em seu socorro, dando um passo à frente e assumindo o controle. O coronel Cathcart suspirou com um alívio enorme e choroso, quase dominado pela gratidão.

— Agora, homens, vamos sincronizar nossos relógios — começou o coronel Korn prontamente, de maneira incisiva e autoritária, revirando os olhos sedutoramente para o general Dreedle. — Vamos sincronizar os relógios uma vez, só uma vez, e, se não funcionar nesta única vez, o general Dreedle e eu vamos querer saber por quê. Está claro?

Ele voltou a olhar para o general Dreedle para ter certeza de que ele tinha mordido a isca.

— Agora ajustem seus relógios para nove e dezoito.

O coronel Korn sincronizou os relógios sem nenhum problema e foi em frente com confiança. Ele informou aos homens as cores do dia e revisou as condições climáticas com uma versatilidade ágil e vistosa, lançando olhares sorridentes de soslaio para o general Dreedle de poucos em poucos segundos para extrair coragem da excelente impressão que via estar causando. Todo vaidoso e cheio de si como um pavão andando pela plataforma à medida que ganhava impulso, informou mais uma vez aos homens as cores do dia e passou com agilidade a falar de maneira estimulante sobre a importância da ponte em Avignon para o esforço de guerra e a obrigação que cada homem que ia participar da missão tinha de colocar o amor ao país acima do amor à vida. Quando sua inspiradora fala terminou, informou aos homens mais uma vez as cores do dia, enfatizou o ângulo de abordagem e revisou novamente as condições climáticas. O coronel Korn se sentiu no auge. O lugar dele *era* nos holofotes.

O coronel Cathcart começou a se dar conta aos poucos; quando percebeu, ele ficou mudo. O rosto dele foi ficando cada vez mais sério enquanto ele observava com inveja a contínua traição do coronel Korn e quase teve medo de ouvir quando o general Dreedle se aproximou dele e, num sussurro tempestuoso o suficiente para ser ouvido por toda a sala, perguntou:

— Quem é aquele homem?

O coronel Cathcart respondeu com um tênue pressentimento, e o general Dreedle cobriu a boca com a mão e sussurrou algo que fez o rosto do coronel Cathcart brilhar de imensa alegria. O coronel Korn viu e estremeceu com um êxtase incontrolável. Teria ele acabado de ser promovido a coronel pelo general Dreedle? Ele não aguentou o suspense. Com um floreio magistral, encerrou a reunião e se virou na expectativa de receber ardentes felicitações do general Dreedle, que já ia saindo do prédio sem olhar para trás, seguido pela enfermeira e pelo coronel Moodus. O coronel Korn ficou chocado com essa visão decepcionante, mas por apenas um instante. Os olhos dele encontraram o coronel Cathcart, que ainda estava empertigado em um transe sorridente, e ele correu exultante e começou a puxar seu braço.

— O que ele falou de mim? — perguntou ele com entusiasmo num fervor de expectativa orgulhosa e feliz. — O que o general Dreedle disse?

— Ele queria saber quem era você.

— Eu sei. Eu sei. Mas o que ele disse sobre mim? O que ele disse?

— Que ficou enojado com você.

22
MILO, O PREFEITO

Foi nessa missão que Yossarian perdeu a cabeça. Yossarian perdeu a cabeça na missão para Avignon porque Snowden perdeu as tripas, e Snowden perdeu as tripas porque o piloto deles naquele dia era Huple, que só tinha 15 anos, e o copiloto era Dobbs, que era ainda pior e que queria que Yossarian entrasse em uma trama para assassinar o coronel Cathcart. Huple era um bom piloto, Yossarian sabia, mas não passava de um menino, e Dobbs não confiava nele e arrancou o manche das mãos dele sem aviso prévio depois que eles lançaram as bombas, enlouquecendo em pleno ar e jogando o avião naquele mergulho fatal apavorante, ensurdecedor e indescritivelmente paralisante que arrancou os fones de Yossarian do plugue e o deixou inelutavelmente pendurado no teto do nariz pelo alto de sua cabeça.

Meu Deus!, gritou Yossarian sem produzir som ao sentir que eles estavam caindo. *Meu Deus! Meu Deus! Meu Deus! Meu Deus!*, gritou ele suplicante com lábios que não conseguia abrir enquanto o avião caía e ele ficava pendurado sem peso pelo alto da cabeça, até que Huple conseguiu retomar o manche e nivelou o avião em meio ao insano, íngreme e incompreensível cânion de artilharia antiaérea do qual eles tinham escapado ao subir e do qual precisariam fugir de novo agora. Quase que de imediato houve um baque e surgiu um buraco do tamanho de um punho grande no acrílico. O rosto de Yossarian ardia com lascas brilhantes. Não havia sangue.

— O que aconteceu? O que aconteceu? — gritou ele, e tremeu violentamente quando não ouviu a voz nos próprios ouvidos. Ficou intimidado pelo vácuo silencioso do intercomunicador e quase horrorizado demais para se mover enquanto engatinhava como um rato preso numa armadilha e ficava à espera sem ousar respirar até finalmente ver o plugue cilíndrico cintilante do fone de ouvido pendurado, balançando para lá e para cá diante dos seus olhos e colocá-lo de volta no plugue com dedos trêmulos. *Meu Deus!*, continuava gritando sem que o terror diminuísse e enquanto a artilharia antiaérea explodia e surgia em todo lado à sua volta. *Meu Deus!*

Dobbs estava chorando quando Yossarian plugou de novo o fone no intercomunicador e voltou a ouvir

— Ajuda ele, ajuda ele. — Dobbs chorava. — Ajuda ele, ajuda ele.

— Ajudar quem? Ajudar quem? — gritou Yossarian. — Ajudar quem?

— O bombardeiro, o bombardeiro — gritou Dobbs. — Ele não responde. Ajuda o bombardeiro, ajuda o bombardeiro.

— Eu sou o bombardeiro — respondeu Yossarian gritando. — Eu sou o bombardeiro e estou bem. Eu estou bem.

— Então ajuda ele, ajuda ele — pediu Dobbs chorando. — Ajuda ele, ajuda ele.

— Ajudar quem? Ajudar quem?

— O rádio-artilheiro — implorou Dobbs. — Ajuda o rádio-artilheiro.

— Estou com frio — choramingou Snowden baixinho no sistema de intercomunicação num balido queixoso e agônico. — Por favor, me ajuda. Estou com frio.

E Yossarian se arrastou pela passagem e escalou o compartimento de bombas e desceu para a parte de trás do avião onde Snowden estava deitado no chão ferido e morrendo de frio numa réstia amarela de sol perto do novo atirador da cauda, que estava estirado ao lado dele inconsciente.

Dobbs era o pior piloto do mundo e sabia disso, os destroços de um rapaz viril que se esforçava continuamente para convencer os superiores de que não tinha mais condições de pilotar um avião. Nenhum dos superiores acreditava, e foi no dia em que aumentaram o número de missões para sessenta que Dobbs entrou furtivamente na tenda de Yossarian, enquanto Orr estava fora procurando material para vedação, e revelou a trama que tinha bolado para assassinar o coronel Cathcart. Ele precisava da ajuda de Yossarian.

— Você quer que a gente mate a sangue-frio? — objetou Yossarian.

— Exato — concordou Dobbs com um sorriso otimista, encorajado por Yossarian ter compreendido a situação sem demora. — Vamos atirar nele com a Luger que eu trouxe da Sicília e que ninguém sabe que tenho.

— Acho que não consigo fazer isso — concluiu Yossarian, depois de pensar na ideia em silêncio por um tempo.

Dobbs estava chocado.

— Por que não?

— Olha só. Nada no mundo ia me deixar mais feliz do que ver aquele filho de uma puta quebrar o pescoço ou morrer num acidente ou então ficar sabendo que alguém deu um tiro nele. Mas acho que não consigo fazer isso.

— Ele faria isso com você — argumentou Dobbs. — Na verdade, foi você que me disse que ele *está* fazendo isso com a gente por obrigar a gente a combater por tanto tempo.

— Mas acho que não consigo fazer isso com ele. Ele também tem direito a viver, acho.

— Não se estiver tentando acabar com o direito que você e eu temos de viver. Qual é o seu problema? — Dobbs estava boquiaberto. — Eu ficava ouvindo você discutir a mesma coisa com Clevinger. E olha o que aconteceu com ele. Dentro daquela nuvem.

— Para de gritar, por favor — disse Yossarian, fazendo sinal para que ele ficasse em silêncio.

— Não estou gritando! — gritou Dobbs ainda mais alto, o rosto vermelho de fervor revolucionário. Os olhos e as narinas escorriam, e o trêmulo lábio inferior estava salpicado por um orvalho espumoso. — Deve ter uns cem homens no grupamento que completaram as cinquenta e cinco missões quando ele aumentou o número para sessenta. Devia ter pelo menos mais uns cem como você e eu que só precisavam voar mais umas poucas missões. Ele vai matar todos nós se a gente deixar que ele continue fazendo isso para sempre. A gente tem que matar ele antes.

Yossarian fez que sim com a cabeça mantendo o rosto inexpressivo, sem se comprometer.

— Você acha que a gente podia se safar?

— Eu planejei tudo. Eu...

— Para de gritar, pelo amor de Deus!

— Não estou gritando. Eu plan...

— Para de gritar!

— Eu planejei tudo — sussurrou Dobbs, agarrando a lateral da cama de campanha de Orr com as mãos que estavam com as juntas dos dedos pálidas, para impedir que elas gesticulassem. — Na quinta de manhã, quando ele deve voltar daquela porcaria de fazenda dele nas colinas, vou discretamente pelo meio do bosque até aquela curva na estrada e me escondo nos arbustos. Ele tem que frear ali, e consigo monitorar a estrada nas duas direções para ter certeza de que não tem ninguém por perto. Quando ele estiver chegando, coloco um tronco grande no meio da estrada e ele vai ter que parar o jipe. Daí saio do meio do mato com a minha Luger e atiro na cabeça até ele morrer. Enterro a arma, volto pelo bosque e vou cuidar das minhas coisas como todo mundo. O que pode dar errado?

Yossarian tinha acompanhado passo a passo com atenção.

— Qual é o meu papel? — perguntou ele, intrigado.

— Não posso fazer isso sem você — explicou Dobbs. — Preciso que você me diga para seguir em frente.

Yossarian achou difícil acreditar.

— É só isso que você quer que eu faça? Dizer para você seguir em frente?

— É só isso que preciso de você — respondeu Dobbs. — Só me diz para ir em frente e eu estouro os miolos dele sozinho depois de amanhã. — A voz dele estava acelerando de emoção e começando a ficar mais alta de novo. — Eu queria aproveitar que a gente está nessa para atirar na cabeça do coronel Korn também, se bem que eu preferia poupar o major Danby, se não tiver problemas para você. Depois eu mato Appleby e Havermeyer também, e aí, quando a gente tiver matado Appleby e Havermeyer, eu queria matar McWatt.

— McWatt? — gritou Yossarian, quase pulando de horror. — McWatt é meu amigo. O que você quer com McWatt?

— Não sei — confessou Dobbs com ar de hesitação constrangida. — Só achei que já que a gente vai matar Appleby e Havermeyer a gente podia matar McWatt também. Você não quer matar McWatt?

Yossarian tomou uma posição firme.

— Olha, eu posso me interessar se você parar de gritar para a ilha toda ouvir e se ficar só no coronel Cathcart. Mas, se você vai transformar isso num banho de sangue, me inclua fora dessa.

— Tá bom, tá bom — disse Dobbs para acalmar Yossarian. — Só o coronel Cathcart. Faço isso? Me diz para seguir em frente.

Yossarian balançou a cabeça.

— Acho que não consigo te dizer para seguir em frente.

Dobbs estava alucinado.

— Eu aceito um meio-termo — implorou ele com veemência. — Você não tem que me dizer para seguir em frente. Só tem que me dizer que é uma boa ideia. Certo? É uma boa ideia?

Yossarian continuou fazendo que não com a cabeça.

— Teria sido uma grande ideia se você tivesse seguido em frente sem nem falar comigo. Agora é tarde demais. Acho que não posso te dizer nada. Me dê um pouco de tempo. Talvez eu mude de ideia.

— Aí vai ser *tarde demais*.

Yossarian continuou fazendo que não com a cabeça. Dobbs estava decepcionado. Ele ficou sentado por um instante com cara de cachorro desamparado, depois se levantou de repente e saiu correndo para mais uma tentativa impetuosa de convencer Doc Daneeka a lhe dar um atestado, derrubando o lavatório de Yossarian com o quadril no caminho e tropeçando na mangueira de combustível do fogão que Orr ainda estava construindo. Doc Daneeka resistiu ao barulhento e gesticulante ataque de Dobbs com uma série de acenos impacientes e mandou que ele descrevesse seus sintomas na tenda médica para Gus e Wes, que pintaram as gengivas dele de roxo com uma solução de violeta de genciana assim que ele começou a falar. Pintaram também os dedos dos pés dele e forçaram um laxante goela abaixo quando ele abriu a boca de novo para reclamar, depois o mandaram embora.

Dobbs estava pior até mesmo que Joe Faminto, que pelo menos conseguia voar missões quando não estava tendo pesadelos. Dobbs estava quase tão mal quanto Orr, que parecia uma cotovia sorridente com aquela risadinha maluca e hipnótica dele e aqueles dentões tiritantes e tortos de coelho e que numa licença de repouso foi comprar ovos no Cairo junto com Milo e Yossarian na viagem em que Milo acabou comprando algodão em vez de ovos e partiu ao nascer do sol para Istambul com o avião forrado até as torretas de aranhas exóticas e bananas-vermelhas que ainda estavam verdes. Orr era um dos monstrinhos mais feios que Yossarian já conheceu e um dos mais simpáticos. Tinha um rosto largo e rústico, com olhos castanhos que pareciam querer saltar das órbitas como duas metades marrons de uma bola de gude e cabelos grossos, ondulados, multicoloridos, que formavam um montinho no alto da cabeça parecido com uma casinha de cachorro feita de gel. Orr era forçado a pousar na água ou acabava com um dos motores avariados quase sempre que decolava, e ele começou a puxar o braço de Yossarian como um doido depois que o avião decolou de Nápoles e desceu na Sicília para encontrar o fumante e fraudulento cafetão de 10 anos com as duas gêmeas virgens de 12 que esperavam por eles na cidade em frente ao hotel onde só havia lugar para Milo. Yossarian se afastava com convicção de Orr, olhando com certa preocupação e perplexidade para o monte Etna, em vez de para o monte Vesúvio, e se perguntando o que eles estavam fazendo na Sicília em vez de Nápoles, enquanto Orr continuava com seu torvelinho de súplicas risonhas, gaguejantes e concupiscentes para que Yossarian fosse junto com ele atrás do cafetão fraudulento de 10 anos com as duas irmãs gêmeas virgens de 12 anos que, na verdade, não eram virgens nem eram irmãs e tinham só 28 anos.

— Vai com ele — instruiu Milo a Yossarian laconicamente — Lembra qual é a sua missão.

— Certo — cedeu Yossarian com um suspiro, lembrando qual era sua missão. — Mas pelo menos me deixa tentar encontrar um quarto de hotel primeiro para poder ter uma boa noite de sono depois.

— Você vai ter uma boa noite de sono com as meninas — respondeu Milo com o mesmo ar de intriga. — Lembra qual é a sua missão.

Mas eles não dormiram, porque Yossarian e Orr acabaram amontoados na mesma cama de casal com as duas prostitutas de 12 anos que tinham 28 anos que se revelaram bajuladoras e obesas e que ficavam acordando os dois a noite toda pedindo para trocar de parceiro. A capacidade de percepção de Yossarian ficou tão confusa que só foi perceber o turbante bege na cabeça da irmã gorda que estava apertada contra ele no fim da manhã seguinte quando o cafetão fraudulento de 10 anos com o charuto cubano o arrancou em público num capricho depravado expondo ao brilhante sol da Sicília aquele crânio chocante, disforme e nu. Vizinhos vingativos rasparam os cabelos dela até os ossos cintilantes, porque ela havia dormido com alemães. A garota deu um gritinho feminino de ultraje e saiu cambaleando comicamente atrás do cafetão fraudulento de 10 anos com seu sinistro, sombrio e violado escalpo sacudindo ridiculamente para cima e para baixo sobre a estranha verruga escura que era seu rosto, que parecia algo descolorido e obsceno. Yossarian jamais tinha visto algo tão nu. O cafetão girava o turbante no dedo como um troféu e ia saltitando centímetros à frente das pontas dos dedos dela, guiando-a num círculo hipnótico pela praça repleta de espectadores que uivavam de rir e que apontaram com escárnio para Yossarian quando Milo veio andando de cara fechada, parecendo apressado, e contorceu os lábios diante de tão indecoroso espetáculo de depravação e frivolidade. Milo insistiu em partir imediatamente para Malta.

— Nós estamos com sono — reclamou Orr.

— Isso é culpa de vocês — censurou Milo os dois hipocritamente. — Se tivessem passado a noite no quarto de hotel e não com essas depravadas, iam estar se sentindo tão bem quanto eu.

— Foi você que mandou a gente ir com elas — respondeu Yossarian em tom acusatório. — E a gente não tinha um quarto de hotel. Só você tinha um quarto de hotel.

— Isso também não foi culpa minha — explicou Milo com arrogância. — Como eu ia saber que todos os compradores iam estar na cidade para a colheita de grão-de-bico?

— Você sabia — acusou Yossarian. — Isso explica por que estamos aqui na Sicília e não em Nápoles. Imagino que você já tenha enchido a droga do avião de grão-de-bico.

— Xiu — advertiu Milo severamente com um olhar significativo para Orr. — Lembra qual é a sua missão.

O compartimento de bombas, as seções de trás e da cauda do avião e grande parte da torreta da metralhadora estavam cheias de caixas de grão-de-bico quando eles chegaram ao aeródromo para decolar rumo a Malta.

A missão de Yossarian na viagem era distrair Orr para que ele não visse onde Milo comprava os ovos, ainda que Orr fosse membro do sindicato de Milo e, assim como todos os outros membros do sindicato de Milo, tivesse a sua parte. A missão era tola, Yossarian achava, já que todo mundo sabia que Milo comprava ovos em Malta por sete centavos cada e vendia para os refeitórios de seu sindicato por cinco centavos cada.

— Eu simplesmente não confio nele — refletia Milo no avião com um aceno de cabeça para trás na direção de Orr, que estava enrolado como uma corda emaranhada nas caixas mais baixas de grão-de-bico, tentando desesperadamente dormir. — E eu preferia comprar os ovos quando ele não estiver por perto para aprender os meus segredos comerciais. Tem mais alguma coisa que você não entende?

Yossarian estava ao lado dele no assento do copiloto.

— Não entendo por que você compra ovos por sete centavos em Malta e vende por cinco centavos.

— Para ter lucro.

— Mas como você pode lucrar? Você perde dois centavos por ovo.

— Mas eu tenho um lucro de três centavos e um quarto por ovo, vendendo cada ovo por quatro centavos e um quarto para as pessoas em Malta de quem compro por sete centavos o ovo. Claro, não tenho lucro. O sindicato tem lucro. E todo mundo tem uma parte.

Yossarian sentiu que estava começando a entender.

— E as pessoas para quem você vende os ovos por quatro centavos e um quarto cada têm um lucro de dois centavos e três quartos cada quando vendem de volta para você por sete centavos cada, certo? Por que você não vende os ovos diretamente para você e elimina esses intermediários?

— Porque o intermediário sou eu mesmo — explicou Milo. — Tenho um lucro de três centavos e um quarto quando vendo para mim e um lucro de dois centavos e três quartos quando compro de volta. Isso dá um lucro total de seis centavos por ovo. Só perco dois centavos por ovo quando vendo nos refeitórios por cinco centavos cada, e é assim que consigo lucrar comprando ovos por sete centavos cada e vendendo por cinco centavos cada. Pago só um centavo quando o ovo acaba de sair da galinha na Sicília.

— Em Malta — corrigiu Yossarian. — Você compra ovo em Malta, não na Sicília.

Milo riu orgulhosamente.

— Não compro ovo em Malta — confessou ele com um ar de diversão ligeira e clandestina na única vez que Yossarian o viu se afastar da costumeira sobriedade laboriosa. — Compro na Sicília por um centavo cada e transfiro os ovos em segredo para Malta por quatro centavos e meio cada, para aumentar o preço dos ovos para sete centavos quando as pessoas vierem a Malta procurar por eles.

— Por que as pessoas vêm para Malta comprar ovo se o ovo é tão caro lá?

— Porque sempre foi assim.

— Por que não procuram ovo na Sicília?

— Porque nunca fizeram assim.

— Agora eu não entendo mesmo. Por que você não vende os ovos para o seu refeitório por sete centavos cada, em vez de oferecer por cinco centavos cada?

— Porque aí meus refeitórios não precisariam de mim. Qualquer um pode comprar ovos de sete centavos por sete centavos.

— Por que não ignoram você e compram os ovos diretamente de você em Malta por quatro centavos e um quarto cada?

— Porque eu não venderia para eles.

— Por que você não venderia para eles?

— Porque aí não ia ter a mesma margem de lucro. Pelo menos assim posso ganhar um pouco como intermediário.

— Então você tem lucro pessoal — declarou Yossarian.

— Claro que sim. Mas tudo vai para o sindicato. E todos têm uma parte. Você não entende? É exatamente o que acontece com aqueles tomates italianos que vendo para o coronel Cathcart.

— *Compra* — corrigiu Yossarian. — Você não vende tomates italianos para o coronel Cathcart e para o coronel Korn. Você compra tomates italianos deles.

— Não, eu *vendo* — corrigiu Milo. — Eu distribuo os meus tomates italianos nos mercados de toda Pianosa usando um nome falso para que o coronel Cathcart e o coronel Korn possam comprar de mim usando nomes falsos por quatro centavos cada e vender de volta para mim no dia seguinte para o sindicato por cinco centavos cada. Eles lucram um centavo por tomate. Eu tenho lucro de três centavos e meio por tomate e todo mundo sai ganhando.

— Todo mundo menos o sindicato — disse Yossarian com uma risada. — O sindicato está pagando cinco centavos por tomates italianos que custam só meio centavo cada. Como o sindicato se beneficia?

— O sindicato se beneficia quando eu me beneficio — explicou Milo — porque todo mundo tem uma parte. E o sindicato recebe o apoio do coronel Cathcart e do coronel Korn, que me deixam sair em viagens como essa. Você vai ver quanto lucro isso pode dar daqui a uns quinze minutos, quando a gente pousar em Palermo.

— Malta — corrigiu Yossarian. — Estamos voando para Malta agora, não para Palermo.

— Não, estamos indo para Palermo — respondeu Milo. — Preciso falar por um minuto com um exportador de endívias em Palermo sobre um carregamento de cogumelos para Berna que foi danificado por mofo.

— Milo, como você faz isso? — perguntou Yossarian com espanto e admiração. — Você preenche um plano de voo para um lugar e depois vai para outro. O pessoal das torres de controle nunca perturba o seu juízo?

— Todos eles são do sindicato — disse Milo. — E eles sabem que o que é bom para o sindicato é bom para o país, porque é isso que faz o Tio Sam ir em frente. Os homens nas torres de controle também têm uma parte do negócio, e é por isso que eles sempre têm que fazer tudo o que puderem para ajudar o sindicato.

— Eu tenho uma parte do negócio?

— Todo mundo tem uma parte.

— Orr tem uma parte?

— Todo mundo tem uma parte.

— E Joe Faminto. Ele tem uma parte?

— Todo mundo tem uma parte.

— Caramba — pensou Yossarian, pela primeira vez profundamente impressionado com a ideia de ter uma parte de um negócio.

Milo se virou para ele com um olhar levemente cintilante de travessura.

— Tenho um plano infalível para trapacear o governo federal em seis mil dólares. A gente pode ganhar três mil dólares cada um sem o menor risco. Topa?

— Não.

Milo olhou para Yossarian com profunda emoção.

— É disso que gosto em você! — exclamou ele. — Você é honesto! Você é a única pessoa que conheço em que realmente posso confiar. É por isso que eu queria que você tentasse ser mais útil para mim. Fiquei decepcionado de verdade quando você foi embora com aquelas duas prostitutas ontem em Catania.

Yossarian encarou Milo perplexo, sem acreditar.

— Milo, foi você que me mandou ir com elas, lembra?

— Isso não foi culpa minha — respondeu Milo com dignidade. — Eu precisava me livrar de Orr quando a gente chegou na cidade. Vai ser bem diferente em Palermo. Quando a gente aterrissar em Palermo, quero que você e Orr saiam com as meninas direto do aeroporto.

— Que meninas?

— Mandei uma mensagem de rádio e combinei com um cafetão de 4 anos para arranjar duas virgens de 8 anos meio espanholas para você e Orr. Ele vai esperar no aeroporto em uma limusine. Vão para o carro assim que saírem do avião.

— Nada feito — disse Yossarian, balançando a cabeça. — O único lugar para onde eu vou é algum lugar para dormir.

Milo se virou furioso e indignado, o nariz longo e fino tremulando espasmodicamente entre as sobrancelhas pretas e o bigode marrom-alaranjado desequilibrado parecendo a pálida e tênue chama de uma única vela.

— Yossarian, lembra qual é a sua missão — disse ele cheio de reverência.

— A missão que vá para o inferno — respondeu Yossarian, indiferente. — E para o inferno com o sindicato também, mesmo que eu tenha uma parte. Não quero nada com virgens de 8 anos, tanto faz se são ou não meio espanholas.

— Não culpo você. Mas essas virgens de 8 anos, na verdade, só têm 32 anos. E não são meio espanholas, são um terço estonianas.

— Não quero virgem nenhuma.

— E elas nem são virgens — continuou Milo, persuasivo. — A que escolhi para você foi casada por um tempo com um professor universitário mais velho que só dormia com ela aos domingos, portanto ela está praticamente nova.

Mas Orr também estava com sono, e tanto Yossarian quanto Orr estavam do lado de Milo quando eles entraram na cidade de Palermo depois de saírem do aeroporto e descobriram que lá também não havia quarto para eles no hotel, e, mais importante, ficaram sabendo que Milo era o prefeito.

A estranha e implausível recepção para Milo começou no aeroporto, onde servidores públicos que o reconheceram interromperam respeitosamente suas tarefas e olharam para ele cheios de expressões de controlada exuberância e adulação. As notícias sobre a chegada dele o antecederam na cidade, e as periferias já estavam lotadas de cidadãos que o saudavam enquanto o pequeno caminhão descoberto em que eles seguiam passava. Yossarian e Orr estavam perplexos e mudos e ficaram perto de Milo por questões de segurança.

Na cidade, as boas-vindas a Milo ficaram mais barulhentas à medida que o caminhão diminuía de velocidade e se aproximava do centro. Meninos e meninas foram liberados da escola e estavam nas calçadas com roupas novas, agitando bandeirolas. Yossarian e Orr estavam totalmente sem palavras agora. As ruas estavam lotadas de multidões felizes e no alto havia imensas faixas penduradas com o retrato de Milo. Milo tinha posado para essas fotos vestindo uma blusa de gola alta sem graça típica de camponês e seu semblante, paternal e escrupuloso, era tolerante, sábio, crítico e forte, seu olhar onisciente dirigido para o povo com seu bigode indisciplinado e os olhos afastados. Inválidos apreensivos lançavam beijos para ele de suas janelas. Balconistas de avental gritavam extasiados das portas estreitas de seus comércios. Tubas ressoavam. Aqui e ali alguém caía e morria pisoteado. Idosas chorando se amontoavam umas sobre as outras em um frenesi em torno do lento caminhão para tocar o ombro de Milo ou apertar a mão dele. Milo recebeu as celebrações tumultuadas com graça benevolente. Ele acenava para todos num gesto elegante de reciprocidade e fazia chover generosos punhados de Kisses Hershey's sobre as multidões jubilosas. Fileiras de meninos e meninas cheios de energia saltitavam atrás dele de braços dados, cantando em rouca adoração, de olhos vidrados.

— *Milo! Mi-lo! Mi-lo!*

Agora que o segredo dele tinha sido revelado, Milo relaxou com Yossarian e Orr e se deixou inflar de modo opulento por um vasto, embora tímido, orgulho.

As faces dele ficaram cor de carne. Milo tinha sido eleito prefeito de Palermo — e também das vizinhas Carini, Monreale, Bagheria, Termini Imerese, Cefalu, Mistretta e Nicosia — por ter levado uísque para a Sicília.

Yossarian estava espantado.

— Esse pessoal gosta tanto assim de uísque?

— Eles não tomam uísque — explicou Milo. — Uísque é muito caro, e essas pessoas são muito pobres.

— Então, por que você importa uísque para a Sicília se ninguém aqui bebe?

— Para aumentar o preço. Trago o uísque de Malta para cá para ter mais margem de lucro quando revendo. Crio toda uma indústria aqui. A Sicília é a terceira maior exportadora de uísque no mundo, e foi por isso que me elegeram prefeito.

— Se você é tão importante, que tal arranjar um quarto de hotel para a gente? — resmungou Orr, impertinente, numa voz que o cansaço tornava arrastada.

Milo respondeu contrito.

— É exatamente o que vou fazer — prometeu ele. — Mil desculpas por ter me esquecido de ter mandado uma mensagem de rádio reservando um quarto para vocês dois. Venham até o meu gabinete e falo com o meu vice sobre isso agora mesmo.

O escritório de Milo era uma barbearia, e seu vice-prefeito era um barbeiro rechonchudo, de cujos lábios obsequiosos transbordavam saudações cordiais e efusivas como a espuma que ele começou a fazer no copo de barbear de Milo.

— Muito bem, Vittorio — disse Milo, recostando-se preguiçosamente em uma das cadeiras de barbeiro de Vittorio —, como foram as coisas na minha ausência?

— Muito tristes, *signor* Milo, muito tristes. Mas agora que o senhor voltou as pessoas estão felizes outra vez.

— Eu estava me perguntando sobre o tamanho da multidão. Por que todos os hotéis estão lotados?

— Porque muita gente de outras cidades veio ver o senhor, *signor* Milo. E temos também os compradores que vieram à cidade para o leilão de alcachofras.

A mão de Milo se ergueu perpendicularmente como uma águia e prendeu o pincel de barba de Vittorio.

— O que é alcachofra? — perguntou ele.

— Alcachofra, *signor* Milo? Alcachofra é um vegetal muito saboroso e popular em todo lugar. O senhor devia experimentar alcachofra enquanto estiver aqui, *signor* Milo. As nossas são as melhores no mundo.

— Sério? — disse Milo. — Por quanto estão vendendo a alcachofra esse ano?

— Parece um ano muito bom para alcachofras. As colheitas foram muito ruins.

— Verdade? — refletiu Milo e desapareceu, deslizando da cadeira tão rapidamente que seu avental listrado de barbeiro manteve a forma por um ou dois segundos depois que ele saiu, antes de desabar. Milo já havia desaparecido quando Yossarian e Orr correram atrás dele na direção da porta.

— Próximo? — gritou oficialmente o vice-prefeito de Milo. — Quem é o próximo?

Yossarian e Orr saíram da barbearia desanimados. Abandonados por Milo, eles andaram sem teto em meio às massas festivas numa busca inútil por um lugar para dormir. Yossarian estava exausto. A cabeça dele latejava com uma dor fraca e debilitante, e ele estava irritado com Orr, que tinha encontrado duas maçãzinhas silvestres em algum lugar e ficou andando com elas nas bochechas até Yossarian perceber e mandar que ele parasse com aquilo. Depois Orr encontrou duas castanhas-da-índia em algum lugar e pôs na boca até que Yossarian também detectou e o atacou outra vez para tirar as maçãs silvestres da boca. Orr sorriu e respondeu que não eram maçãs silvestres, eram castanhas-da-índia, e que não estavam na boca, mas sim nas mãos, mas Yossarian não entendeu lhufas do que ele disse por causa das castanhas-da-índia na boca de Orr e obrigou Orr a cuspir mesmo assim. Uma luz maliciosa brilhou nos olhos de Orr. Ele esfregou a testa com força com os nós dos dedos, como um homem em estado de estupor alcoólico, e deu uma risada obscena.

— Lembra aquela garota... — Ele parou para rir lascivamente mais uma vez. — Lembra aquela garota que estava batendo na minha cabeça com o sapato naquele apartamento em Roma, quando nós dois estávamos nus? — perguntou ele com um olhar de expectativa astuta. Ele esperou até que Yossarian concordasse com cautela. — Se você me deixar colocar as castanhas de volta na boca, eu digo por que ela estava me batendo. Topa?

Yossarian aceitou, e Orr contou toda a fantástica história de por que a garota nua no apartamento da prostituta de Nately estava batendo na cabeça dele com o sapato, mas Yossarian não entendeu nada, porque as castanhas-da-índia estavam de volta na boca de Orr. Yossarian soltou uma gargalhada exasperada com o truque, mas no fim das contas não tinha nada que eles pudessem fazer quando a noite caísse a não ser comer uma refeição empapada num restaurante sujo e pegar carona de volta até o campo de aviação, onde os dois dormiram no chão frio de metal do avião, debatendo-se e virando de lá para cá atormentados até que os motoristas do caminhão apareceram sem aviso menos de duas horas depois com caixas de alcachofras e expulsaram os dois do chão enquanto enchiam o avião. Começou a chover forte. Yossarian e Orr estavam encharcados quando os caminhões partiram e foram forçados a se espremer de volta no avião e se enrolar como anchovas trêmulas espremidos entre os cantos das caixas de alcachofras que Milo levou para Nápoles de madrugada e trocou por canela, cravo, baunilha e vagens de pimenta, que ele levou de volta para a região sul naquele mesmo dia, chegando a Malta, onde, segundo se descobriu, ele era governador-geral adjunto. Também em Malta não tinha lugar para Yossarian e Orr. Em Malta, Milo era o major Sir Milo Minderbinder e tinha um gabinete gigantesco no edifício da governadoria geral. A mesa de mogno dele era imensa. Num dos lambris de carvalho, entre bandeiras britânicas que se cruzavam, havia uma fotografia dramática e cativante do major Sir Milo Minderbinder com a farda dos Fuzileiros Reais Galeses. O bigode dele na foto estava bem aparado e fino, o queixo parecia esculpido e os olhos eram penetrantes como espinhos. Milo tinha sido nomeado cavaleiro, recebeu a patente de major dos Fuzileiros Reais Galeses e agora era governador-geral adjunto de Malta por ter levado o comércio de ovos para lá. Ele deu a Yossarian e Orr sua generosa permissão para que os dois passassem a noite no felpudo tapete de seu gabinete, mas pouco depois uma sentinela com trajes de batalha apareceu e expulsou os dois do edifício na ponta da baioneta, e eles foram exaustos até o aeroporto, levados por um taxista rabugento que enganou os dois no preço, e foram dormir outra vez dentro do avião, que estava cheio de sacas de juta furadas por onde vazavam grãos de cacau e café recém-moído e que estava tomado por um aroma tão forte que os dois saíram de lá vomitando violentamente sobre o trem de pouso quando Milo chegou cedinho, levado por seu motorista, parecendo bastante revigorado, e eles decolaram direto para Orã, onde novamente não havia lugar no hotel para Yossarian e Orr e onde Milo era vice-xá. Milo tinha à sua disposição suntuosos aposentos dentro de um palácio rosa-salmão, mas Yossarian e Orr não tinham autorização para acompanhá-lo até lá dentro por serem infiéis cristãos. Foram parados nos portões por pantagruélicos guardas berberes com cimitarras e receberam ordens de ir embora. Orr estava fungando e espirrando com um resfriado incapacitante. As costas largas de Yossarian estavam curvadas e doloridas. Ele estava pronto para quebrar o pescoço de Milo, mas Milo era o vice-xá de Orã e sua pessoa era sagrada. Milo não só era o vice-xá de Orã, como se viu, mas também o califa de Bagdá, o imame de Damasco e o xeique da Arábia. Milo era o deus do milho, o deus da chuva e o deus do arroz em regiões atrasadas onde esses deuses rústicos ainda eram adorados por gente ignorante e supersticiosa, e nas profundezas das selvas da África, insinuou ele com modéstia, era possível encontrar grandes imagens esculpidas do seu rosto bigodudo com vista para altares de pedra primitivos vermelhos de sangue humano. Aonde quer que chegassem, ele era aclamado com honra, e houve sucessivas ovações triunfais para ele, cidade após cidade, até que eles enfim voltaram cruzando o Oriente Médio e chegaram ao

Cairo, onde Milo havia monopolizado o mercado de algodão que ninguém mais no mundo queria e rapidamente se pôs à beira da ruína. No Cairo, finalmente havia um quarto de hotel para Yossarian e Orr. Havia camas macias para eles, com travesseiros fofos e lençóis limpos e impecáveis. Havia armários com cabides para suas roupas. Havia água para que eles se lavassem. Yossarian e Orr encharcaram seus corpos rançosos e desagradáveis numa banheira de hidromassagem fumegante e depois saíram do hotel com Milo para coquetéis de camarão e filé mignon num restaurante muito fino em cujo saguão havia um teletipo da bolsa que, por acaso, estava dando as últimas notícias sobre a cotação do algodão egípcio quando Milo perguntou ao chefe dos garçons que tipo de máquina era aquela. Milo nunca tinha imaginado uma máquina tão bonita como aquela que informava a cotação da bolsa.

— Sério?! — exclamou ele quando o chefe dos garçons terminou a explicação. — E por quanto estão vendendo o algodão egípcio? — O chefe dos garçons contou, e Milo comprou a colheita inteira.

Mas Yossarian ficou menos assustado com o algodão egípcio que Milo comprou do que com os cachos de bananas-vermelhas verdes que Milo avistou no mercado nativo a caminho da cidade, e seus temores se mostraram justificados, porque Milo sacudiu Yossarian para acordá-lo de um sono profundo logo depois do meio-dia e empurrou para ele uma banana parcialmente descascada. Yossarian conteve o choro.

— Prove — pediu Milo, seguindo insistentemente o rosto retorcido de Yossarian com a banana.

— Milo, seu cretino — disse Yossarian gemendo —, eu preciso dormir um pouco.

— Coma e me diga se está bom — perseverou Milo. — Não diga para Orr que eu dei para você. Cobrei duas piastras dele.

Submisso, Yossarian comeu a banana e fechou os olhos depois de dizer a Milo que estava bom, mas Milo o sacudiu outra vez e o instruiu a se vestir o mais rápido que pudesse, porque eles estavam partindo imediatamente para Pianosa.

— Você e Orr têm que colocar as bananas no avião imediatamente — explicou ele. — O homem disse para tomar cuidado com as aranhas enquanto manuseia os cachos.

— Milo, não dá para esperar até de manhã? — implorou Yossarian. — Preciso dormir um pouco.

— Elas estão amadurecendo muito rápido — respondeu Milo — e não temos um minuto a perder. Imagine como os homens do esquadrão vão ficar felizes quando a gente levar essas bananas.

Mas os homens do esquadrão nem chegaram a ver as bananas, pois havia mercado para vendedores de bananas em Istambul e havia mercado para compradores de sementes de cominho em Beirute, e Milo correu para Bengasi depois de vender as bananas, e, quando voltaram correndo para Pianosa, sem fôlego, seis dias depois, ao fim da licença de descanso de Orr, eles levavam um carregamento dos melhores ovos brancos da Sicília, que Milo disse serem do Egito e vendeu para seus refeitórios por apenas *quatro* centavos cada, o que levou todos os comandantes do sindicato a implorar que ele voltasse imediatamente ao Cairo para comprar mais cachos de bananas-vermelhas verdes para vender na Turquia em troca das sementes de cominho procuradas em Bengasi. E todo mundo tinha uma parte.

23
O PAI DE NATELY

A única pessoa no esquadrão que chegou a ver alguma das bananas-vermelhas de Milo foi Aarfy, que comprou duas delas de um influente membro de sua fraternidade no Corpo de Intendentes quando as bananas amadureceram e começaram a fluir para a Itália pelos canais normais do mercado ilegal e que estava no apartamento dos oficiais com Yossarian na noite em que Nately enfim voltou a encontrar sua prostituta depois de tantas semanas infrutíferas de buscas tristes e a atraiu para o apartamento com duas amigas, prometendo trinta dólares para cada uma.

— Trinta dólares cada? — comentou Aarfy lentamente, cutucando e dando tapinhas em cada uma das três garotas robustas com ares céticos de relutante conhecedor. — Trinta dólares é muito dinheiro para peças como essas. E nunca paguei por isso na vida.

— Não estou pedindo que você pague — garantiu Nately rapidamente. — Eu pago as três. Só quero que vocês levem as outras duas. Me ajuda?

Aarfy deu um sorriso complacente e balançou a cabeça redonda e macia.

— Ninguém tem que pagar por isso pelo bom e velho Aarfy. Eu consigo tudo que quero, sempre que quero. Só não estou a fim agora.

— Por que você simplesmente não paga as três e manda as outras duas embora? — sugeriu Yossarian.

— Porque aí a minha vai me odiar por fazer ela trabalhar para ganhar o dinheiro — respondeu Nately, olhando ansioso para sua garota, que olhava para ele inquieta e começava a murmurar. — Ela diz que, se eu gostasse mesmo dela, mandava *ela* embora e ia para a cama com uma das outras.

— Tenho uma ideia melhor — gabou-se Aarfy. — Por que a gente não segura as três aqui até o toque de recolher e depois ameaça jogar as três na rua para serem presas, a não ser que elas deem todo o dinheiro delas para a gente? Dá até para ameaçar jogar as três pela janela.

— Aarfy! — Nately ficou horrorizado.

— Só estava tentando ajudar — disse Aarfy timidamente. Aarfy estava sempre tentando ajudar Nately, porque o pai de Nately era rico e famoso e estava em excelente posição para ajudar Aarfy depois da guerra.

— Caramba — defendeu-se, queixoso. — Na faculdade, a gente fazia esse tipo de coisa o tempo todo. Lembro que um dia a gente enganou duas garotas estúpidas do segundo grau lá da cidade, levou as duas para a sede da fraternidade, e aí obrigou as duas a ficar com todo mundo que quis, depois ameaçou ligar para os pais delas e dizer que elas estavam transando com a gente. A gente segurou as duas na cama por mais de dez horas. Demos até uns tapas na cara quando elas começaram a reclamar. Aí a gente pegou as moedas e os chicletes delas e jogou fora. Rapaz, como a gente se divertia naquela fraternidade — lembrou pacificamente, as bochechas corpulentas brilhando com o calor jovial e rubicundo da lembrança nostálgica. — A gente condenava todo mundo ao ostracismo, até uns aos outros.

Mas neste exato instante Aarfy não estava ajudando Nately, e a mulher por quem ele estava tão perdidamente apaixonado começou a xingar Nately mal-humorada e ficava cada vez mais ressentida e ameaçadora. Por sorte, Joe Faminto apareceu naquele momento e tudo ficou bem de novo, exceto pelo fato de Dunbar entrar cambaleando, bêbado, um minuto depois e começar imediatamente a abraçar uma das outras garotas risonhas. Agora, eram quatro homens e três mulheres, e os sete deixaram Aarfy no apartamento e subiram numa carruagem puxada por cavalos, que ficou parada no meio-fio enquanto as mulheres exigiam o dinheiro adiantado. Nately entregou os noventa dólares para elas com um floreio galante, depois de pedir vinte dólares emprestados a Yossarian, trinta e cinco a Dunbar e dezessete a Joe Faminto. As moças ficaram mais amigáveis e deram um endereço ao condutor, que atravessou metade da cidade em trote acelerado até um trecho que eles nunca tinham visitado antes e parou em frente a um prédio antigo e alto numa rua escura. As moças guiaram o grupo subindo quatro lances íngremes e muito longos de escada de madeira rangente e depois passaram por uma porta que levava ao seu maravilhoso e resplandecente apartamento residencial, que fervilhava milagrosamente com um fluxo infinito e crescente de jovens flexíveis e nuas e que incluía o velhinho devasso que irritava Nately o tempo todo com sua risada cáustica e a preocupada velhinha respeitável de suéter de lã cinza acinzentado, que desaprovava tudo o que acontecia de imoralidade ali e que fazia o possível para arrumar a casa.

O lugar assombroso era uma cornucópia fértil e fervilhante de mamilos e umbigos femininos. No começo, eram só as três mulheres que foram com eles, na escura e sem graça sala de estar marrom que ficava na conjunção de três corredores escuros levando a direções distintas até os recessos do estranho e fantástico bordel. As moças se despiram imediatamente, parando de vez em quando para apontar orgulhosas para suas roupas íntimas chamativas e brincando o tempo todo com o velhinho esquelético e depravado de longos cabelos despenteados e com uma camisa branca desabotoada e amarrotada que ficava ali sentado tagarelando lascivamente numa embolorada poltrona azul quase no exato centro da sala e que deu as boas-vindas a Nately e seus companheiros com uma formalidade alegre e sardônica. A velhinha saiu da sala para arranjar uma garota para Joe Faminto, baixando sua cabeça implicante com tristeza, e voltou com duas beldades peitudas, uma já despida e a outra com uma meia combinação rosa transparente que ela tirou enquanto se sentava. Três outras moças nuas surgiram de diferentes direções e ficaram ali para conversar, depois mais duas. Quatro outras meninas passaram pela sala num grupo indolente, absorto pela conversa; três estavam descalças e uma delas cambaleava perigosamente sobre um par de sapatos prateados de dança desafivelados que não pareciam ser dela. Mais uma moça apareceu só de calcinha e se sentou, elevando o total ali congregado em poucos minutos para onze, todas elas, à exceção de uma, completamente nuas.

Havia carne à mostra por todo lado, na maioria dos casos carne roliça, e Joe Faminto começou a morrer. Ficou absolutamente parado, num espanto rígido e cataléptico, enquanto as meninas entravam e se punham à vontade. De repente, ele soltou um grito agudo e penetrante e saiu correndo em direção à porta para ir às pressas até o apartamento dos praças e buscar a câmera, parando em seguida com mais um grito agudo e frenético tomado pela premonição paralisante de que todo aquele adorável, brilhante, opulento e colorido paraíso pagão seria irremediavelmente tirado dele caso o perdesse de vista por um instante sequer. Ele parou à porta e começou a falar coisas sem sentido, as veias e os tensos tendões do rosto latejando violentamente. O velhinho observou Joe Faminto com uma alegria vitoriosa, sentado em sua embolorada poltrona azul como uma espécie de deidade satânica hedonista no trono, com um cobertor roubado do Exército dos Estados Unidos enrolado nas pernas finas para se proteger do frio. Ele riu baixinho, os olhos fundos e espertos nitidamente brilhando com um prazer cínico desenfreado. Tinha bebido. Nately reagiu à visão imediatamente com uma agressiva aversão ao velhinho maldoso, depravado e antipatriótico que tinha idade suficiente para fazê-lo se lembrar do pai e que fazia piadas pejorativas com os Estados Unidos.

— Os Estados Unidos — disse ele — vão perder a guerra. E a Itália vai ganhar.

— Os Estados Unidos são a mais poderosa e próspera nação do planeta — informou Nately com grande fervor e dignidade. — E os combatentes dos Estados Unidos são superiores a todos os demais.

— Exatamente — concordou o velhinho num tom agradável, que deixava perceber o quanto ele se divertia com sua provocação. — A Itália, por outro lado, é a menos próspera dentre as nações do planeta. E os combatentes italianos provavelmente não são superiores a ninguém. E é exatamente por isso que o meu país está se saindo tão bem na guerra e o seu está se saindo tão mal.

Nately gargalhou surpreso, depois corou envergonhado pela falta de educação.

— Desculpe por ter rido de você — disse ele com sinceridade, e continuou num tom de respeitosa condescendência. — Mas a Itália foi ocupada pelos alemães e agora está ocupada por nós. Você acha que isso é se sair bem?

— Claro que sim! — exclamou alegremente o velhinho. — Os alemães estão sendo expulsos, e nós ainda estamos aqui. Daqui a uns anos vocês também vão embora, e nós vamos estar aqui. Veja só, a Itália é de fato um país muito pobre e fraco e é isso que nos faz tão fortes. Não tem mais soldado italiano morrendo. Mas ainda tem soldado americano e alemão morrendo. Para mim isso é se sair extremamente bem. É, tenho quase certeza de que a Itália vai sobreviver a essa guerra e que vai continuar existindo muito depois do país de vocês ter sido destruído.

Nately mal podia acreditar no que estava ouvindo. Ele jamais havia escutado blasfêmias tão chocantes e ficou se perguntando com lógica instintiva por que não apareciam soldados ali para prender o velhinho traidor.

— Os Estados Unidos não vão ser destruídos! — gritou ele apaixonadamente.

— Nunca? — provocou o velhinho em voz baixa.

— Bom... — Nately hesitou.

O velhinho deu uma risada indulgente, contendo um deleite mais profundo e explosivo. A provocação dele continuou num tom gentil.

— Roma foi destruída, a Grécia foi destruída, a Pérsia foi destruída, a Espanha foi destruída. Todas as grandes nações são destruídas. Por que não a sua? Quanto tempo você realmente acha que o seu país vai durar? Para sempre? Lembre-se de que o próprio planeta está fadado a ser destruído pelo sol daqui a uns vinte e cinco milhões de anos.

Nately se contorceu desconfortável.

— Bom, imagino que para sempre é muito tempo.

— Um milhão de anos? — persistiu o velhinho irônico, com um entusiasmo agudo e sádico. — Meio milhão? O sapo tem quase quinhentos milhões de anos. Será que você consegue dizer com certeza que os Estados Unidos, com toda a sua força e prosperidade, com seus combatentes superiores a todos os demais e com seu padrão de vida sem comparação no mundo, vão sobreviver tanto quanto... o sapo?

Nately queria esmagar o rosto lascivo dele. Olhou em volta implorando ajuda para defender o futuro do país contra as detestáveis calúnias desse agressor esperto e depravado. Yossarian e Dunbar estavam ocupados num canto apalpando orgiasticamente quatro ou cinco moças risonhas e seis garrafas de vinho tinto, e Joe Faminto já tinha há muito tempo se encaminhado para um dos corredores místicos, empurrando diante dele como um déspota voraz todas as jovens prostitutas de quadris largos que conseguia conter em seus frágeis braços agitados e que ele seria capaz de amontoar em uma cama de casal.

Nately se sentiu constrangedoramente perdido. Sua garota estava esparramada numa pose sem graça num sofá estofado com uma expressão de tédio ocioso. Nately ficava irritado com a indiferença entorpecida que ela demonstrava por ele, com a mesma postura sonolenta e inerte de que ele se lembrava tão nitidamente, tão docemente e tão desgraçadamente desde a primeira vez que ela o viu e o ignorou na superlotada mesa de vinte e um na sala do apartamento dos praças. A boca aberta dela formava um O perfeito, e só Deus sabia o que aqueles olhos baços e enfumaçados encaravam com tão brutal apatia. O velho esperou tranquilamente, observando Nately com um sorriso de discernimento que era a um só tempo irônico e cheio de empatia. Uma garota ágil, loira e sinuosa com pernas lindas e pele cor de mel se sentou contente no braço da poltrona do velhinho e começou a mexer no rosto anguloso, pálido e depravado dele de um jeito lânguido e sedutor. Nately ficou rígido de ressentimento e hostilidade ao ver tamanha lascívia em um homem tão velho. Ele se afastou de coração pesado e se perguntou por que ele simplesmente não levava a sua garota para a cama.

Esse velho sórdido e diabólico, esse abutre, fazia Nately se lembrar do pai, porque os dois não tinham a menor semelhança. O pai de Nately era um cavalheiro cortês de cabelos brancos que se vestia de maneira impecável; esse velho era um vagabundo grosseirão. O pai de Nately era um sujeito sóbrio, filosófico e responsável; esse velhinho era volúvel e licencioso. O pai de Nately era discreto e culto; esse velhinho era um grosseirão. O pai de Nately acreditava em honra e sabia todas as respostas; esse velhinho não acreditava em nada e só tinha perguntas. O pai de Nately tinha um distinto bigode branco; esse velhinho não tinha bigode nenhum. O pai de Nately, e o pai de todas as pessoas que Nately tinha conhecido, era digno, sábio e venerável; esse velhinho era totalmente repulsivo; e Nately voltou a debater com ele, determinado a repudiar sua lógica vil e suas insinuações com uma ambiciosa vingança que iria capturar a atenção da entediada, fleumática garota pela qual ele estava tão intensamente apaixonado e conquistar sua admiração para sempre.

— Bom, francamente não sei por quanto tempo os Estados Unidos vão existir — foi em frente, destemido. — Imagino que não possa ser para sempre se o próprio planeta vai ser destruído um dia. Mas o que eu sei é que vamos sobreviver e triunfar por muito, muito tempo.

— Por quanto tempo? — zombou o velhinho profano com um brilho de felicidade maliciosa. — Menos que o sapo?

— Por muito mais tempo que você e eu — deixou escapar Nately sem convicção.

— Ah, é só isso! Não vai ser muito tempo, então, considerando que você é tão crédulo e corajoso e que eu já sou tão velho.

— Quantos anos você tem? — perguntou Nately, cada vez mais intrigado e enfeitiçado pelo velho, ainda que contra a vontade.

— Cento e sete. — O velho riu com gosto ao ver o olhar de desgosto de Nately. — Estou vendo que você não acredita nisso também.

— Eu não acredito em nada do que você diz — respondeu Nately com um sorriso envergonhado e mitigante. — A única coisa em que acredito é que os Estados Unidos vão vencer a guerra.

— Você se importa tanto com *vencer* guerras — ironizou o velhinho imundo e iníquo. — O verdadeiro truque está em *perder* guerras, em saber quais guerras podem ser perdidas. A Itália vem perdendo guerras há séculos, e veja só como nos saímos muito bem. A França vence guerras e está em contínuo estado de crise. A Alemanha perde e prospera. Veja nossa própria história recente. A Itália ganhou uma guerra na Etiópia e imediatamente se deparou com problemas sérios. A vitória deu à Itália ilusões de grandeza tão insanas que ajudamos a começar uma guerra mundial que não tínhamos chance de vencer. Mas, agora que perdemos de novo, tudo mudou para melhor e certamente vamos sair vitoriosos se conseguirmos ser derrotados.

Nately olhou para ele boquiaberto, indisfarçadamente confuso.

— Agora, eu não entendo mesmo o que você está dizendo. Você fala como um louco.

— Mas vivo como uma pessoa sã. Fui fascista quando Mussolini estava por cima e sou antifascista agora que ele foi deposto. Fui fervorosamente pró-Alemanha quando os alemães estavam aqui para nos proteger dos americanos, e, agora que os americanos estão aqui para nos proteger dos alemães, sou fervorosamente pró-Estados Unidos. Posso garantir a você, meu jovem amigo indignado — os olhos desdenhosos de quem sabe das coisas do velho brilhavam ainda mais efervescentes à medida que a consternação gaguejante de Nately aumentava —, que você e o seu país não terão um defensor mais leal na Itália do que eu. Mas só enquanto vocês estiverem na Itália.

— Mas — gritou Nately, incrédulo — você é um vira-casaca! Um puxa-saco dos poderosos! Um oportunista vergonhoso e sem escrúpulos!

— Tenho 107 anos — lembrou o velho a ele suavemente.

— Você não tem nenhum princípio?

— Claro que não.

— Nenhuma moralidade?

— Ah, eu sou um homem muito moral — garantiu o velhaco com seriedade satírica, acariciando a cintura nua de uma garota rechonchuda de cabelos pretos e lindas covinhas que havia se esticado sedutoramente no outro braço de sua poltrona. Ele deu um sorriso sarcástico para Nately sentado entre as duas garotas nuas num esplendor presunçoso e maltrapilho, com uma mão soberana em cada uma.

— Não consigo acreditar — comentou Nately a contragosto, tentando teimosamente não associar a imagem dele à das meninas. — Eu simplesmente não consigo acreditar.

— Mas é verdade. Quando os alemães marcharam sobre a cidade, dancei nas ruas como uma jovem bailarina e gritei "*Heil* Hitler!" até ficar rouco. Cheguei até a agitar uma bandeirinha nazista que peguei de uma linda garotinha enquanto a mãe dela olhava para o outro lado. Quando os alemães deixaram a cidade, saí correndo para receber os americanos com uma garrafa de um conhaque excelente e uma cesta de flores. O conhaque era para mim, claro, e as flores deveriam ser espalhadas sobre os nossos libertadores. Tinha um velho major todo certinho e mal-humorado no primeiro carro e acertei uma rosa vermelha bem no olho dele. Um tiro maravilhoso! Você devia ter visto como o sujeito estremeceu.

Nately engasgou e ficou de pé, surpreso, o sangue fugindo das faces.

— O major ——— de Coverley! — gritou ele.

— Você conhece? — perguntou o velho com prazer. — Que coincidência maravilhosa!

Nately estava surpreso demais para ouvir.

— Então foi você quem causou o ferimento do major ——— de Coverley! — exclamou ele com indignação horrorizada. — Como você pôde fazer uma coisa dessas?

O velho diabólico não se perturbou.

— Como eu podia resistir, você quer dizer. Você devia ter visto o velho arrogante, sentado ali todo sério naquele carro como o próprio Todo-Poderoso, com aquela cabeça grande e ereta e aquele rosto tolo e solene. Que alvo tentador ele era! Acertei uma rosa beleza-americana bem no olho. Achei que era o mais apropriado. Não é?

— Isso foi uma coisa *terrível* de se fazer! — gritou Nately com ele em tom de reprovação. — Uma coisa cruel e criminosa! O major ——— de Coverley é o nosso oficial executivo do esquadrão!

— É mesmo? — provocou o velho sem o menor remorso, beliscando gravemente o queixo pontudo numa paródia de arrependimento. — Nesse caso, você deve me dar crédito por ser imparcial. Quando os alemães chegaram, quase matei esfaqueado um jovem e robusto *Oberleutnant* com um raminho de edelvais.

Nately estava horrorizado e perplexo com a incapacidade do abominável velho de perceber a enormidade de sua ofensa.

— Você não percebe o que fez? — Ele repreendeu o velho com veemência. — O major ———— de Coverley é uma pessoa nobre e maravilhosa, admirado por todos.

— Ele é um velho idiota que não tem o direito de agir como um jovem idiota. Onde ele está hoje? Morreu?

Nately respondeu suavemente com uma perplexidade sombria.

— Ninguém sabe. Parece que desapareceu.

— Está vendo? Imagine um homem daquela idade arriscando a pouca vida que lhe resta por algo tão absurdo como um país.

Nately ficou instantaneamente em pé de guerra outra vez.

— Não tem nada de absurdo em arriscar a vida pelo seu país! — declarou ele.

— Não? — perguntou o velho. — O que é um país? Um país é um pedaço de terra cercado por todos os lados por fronteiras, em geral artificiais. Os ingleses estão morrendo pela Inglaterra, os americanos estão morrendo pelos Estados Unidos, os alemães estão morrendo pela Alemanha, os russos estão morrendo pela Rússia. Existem agora cinquenta ou sessenta países que lutam nessa guerra. Sem dúvida não vale a pena morrer por tantos países.

— Se vale a pena viver por uma coisa — disse Nately —, vale a pena morrer por ela.

— E, se vale a pena morrer por uma coisa — respondeu o velho sacrílego —, certamente vale a pena viver por ela. Sabe, você é um jovem tão puro e ingênuo que quase sinto pena de você. Quantos anos você tem? Vinte e cinco? Vinte e seis?

— Dezenove — disse Nately. — Faço 20 em janeiro.

— Se estiver vivo até lá. — O velho balançou a cabeça, exibindo, por um instante, a mesma expressão melindrosa e meditativa da velha irritada e desaprovadora. — Vão te matar se você não tomar cuidado, e estou vendo que você não vai tomar cuidado. Por que você não usa o bom senso e tenta ser mais parecido comigo? Você também pode viver até 107 anos.

— Porque é melhor morrer de pé do que viver de joelhos — rebateu Nately com triunfante e altiva convicção. — Acho que você já ouviu esse ditado.

— Ã-hã, claro que ouvi — refletiu o velho traiçoeiro, mais uma vez sorridente. — Mas infelizmente acho que você entendeu errado. É melhor viver de pé do que morrer de joelhos. Acho que o ditado é assim.

— Tem certeza? — perguntou Nately em sóbria confusão. — Parece fazer mais sentido do meu jeito.

— Não, faz mais sentido do meu jeito. Pergunte para os seus amigos.

Nately se virou para perguntar para os amigos e descobriu que todos tinham ido embora. Yossarian e Dunbar tinham sumido. O velho deu uma sonora gargalhada, cheio de desdenhoso contentamento pela aparência de surpresa constrangida de Nately. O rosto de Nately ficou escuro de vergonha. Ele vacilou desamparado por alguns segundos e depois deu meia-volta, seguindo às pressas pelo corredor mais próximo à procura de Yossarian e Dunbar, esperando pegar os dois a tempo e trazê-los para participar do seu resgate com a notícia do notável confronto entre o velho e o major ———— de Coverley. Todas as portas nos corredores estavam fechadas. Não havia luz debaixo de nenhuma delas. Já era muito tarde. Nately desistiu da busca sem esperanças. Não havia mais nada que pudesse fazer, acabou percebendo, além de pegar a garota pela qual estava apaixonado e ir para a cama com ela para fazer amor gentil e cortesmente e planejar o futuro dos dois juntos; mas, quando voltou para a sala, ela também tinha ido dormir, e não havia nada que ele pudesse fazer além de retomar a discussão que havia interrompido com o velhinho odioso, que se levantou da poltrona com irônica civilidade e disse que estava indo dormir, abandonando Nately ali com duas garotas de olhos turvos que não sabiam dizer em qual quarto a garota dele tinha entrado e que partiram para suas camas vários segundos depois após terem tentado em vão atrair o interesse dele, deixando Nately para dormir sozinho na sala de estar, no sofá pequeno e cheio de calombos.

Nately era um garoto sensível, rico, bonito de cabelos escuros, olhos que demonstravam confiança nos outros e que acordou com o pescoço dolorido no sofá no começo da manhã seguinte se perguntando que lugar era aquele. Sua natureza era invariavelmente gentil e educada. Ele viveu quase vinte anos sem traumas, tensões, ódio ou neuroses, o que para Yossarian servia como prova do grau de insanidade dele. Sua infância tinha sido agradável, embora disciplinada. Ele se dava bem com os irmãos e as irmãs, e não odiava nem a mãe nem o pai, embora os dois tivessem sido muito bons para ele.

Nately foi criado para detestar gente como Aarfy, que sua mãe classificava como alpinistas sociais, e gente como Milo, que seu pai classificava como tratantes, mas ele nunca descobriu como fazer isso, porque jamais teve permissão para se aproximar dessas pessoas. Até onde era capaz de lembrar, as casas deles na Filadélfia, em Nova York, no Maine, em Palm Beach, Southampton, Londres, Deauville, Paris e no sul da França sempre foram povoadas apenas por damas e cavalheiros que não eram nem alpinistas sociais nem tratantes. A mãe de Nately, que descendia dos Thornton da Nova Inglaterra, era uma Filha da Revolução Americana. O pai era um Filho da Puta.

— Lembre sempre — dizia a mãe ao filho com frequência — que você é um Nately. Você não é um desses Vanderbilts, cuja fortuna foi construída por um capitão de reboque vulgar, ou um desses Rockefellers, cujo patrimônio foi acumulado por meio de especulações inescrupulosas com petróleo cru; nem um Reynolds ou um Duke, cuja renda derivou da venda para o público incauto de produtos contendo resinas e alcatrões cancerígenos; e você certamente não é um Astor, cuja família, creio eu, aluga quartos. Você é um Nately, e um Nately jamais fez nada para ganhar seu dinheiro.

— O que a sua mãe quer dizer — interveio o pai afavelmente uma vez com aquele talento para se expressar de maneira graciosa e econômica que

Nately tanto admirava — é que dinheiro velho é melhor que dinheiro novo e que os novos-ricos jamais serão tão estimados quanto os novos pobres. Não é isso, meu bem?

O pai de Nately transbordava continuamente com conselhos sábios e sofisticados como esse. Ele era efervescente e rubro como quentão de clarete, e Nately gostava muito dele, embora não gostasse de quentão de clarete. A família de Nately decidiu que ele iria se alistar nas Forças Armadas, já que era muito novo para ter uma posição no serviço diplomático, e porque o pai dele tinha ouvido de uma excelente autoridade que a Rússia ia entrar em colapso em questão de semanas ou meses e que Hitler, Churchill, Roosevelt, Mussolini, Gandhi, Franco e o imperador do Japão assinariam todos um tratado de paz e viveriam felizes para sempre. Foi ideia do pai de Nately que ele entrasse para a Força Aérea, onde poderia treinar em segurança como piloto enquanto os russos capitulavam e os detalhes do armistício eram elaborados, e onde, como oficial, ele se associaria apenas a cavalheiros.

Ao invés disso, ele estava com Yossarian, Dunbar e Joe Faminto em um prostíbulo de Roma, comoventemente apaixonado por uma garota indiferente que trabalhava ali e com a qual ele enfim foi para a cama na manhã seguinte depois de dormir sozinho na sala de estar, apenas para ser interrompido quase que de imediato pela incorrigível irmã mais nova dela, que entrou como um furacão sem avisar e se atirou na cama cheia de ciúmes para que Nately pudesse abraçá-la também. A prostituta de Nately se levantou rosnando de raiva para bater nela e puxou a menina pelos cabelos para que ela ficasse de pé. Para Nately, a menina de 12 anos parecia uma galinha depenada ou um galho com a casca arrancada do corpo juvenil que constrangia todo mundo com suas tentativas precoces de imitar as mais velhas, e o tempo todo alguém estava afugentando a garota para que ela se vestisse, ou mandando que ela fosse para a rua brincar ao ar livre com as outras crianças. As duas irmãs se xingaram e cuspiram uma na outra enlouquecidas, provocando uma agitação verborrágica e ensurdecedora que levou toda uma multidão de espectadores a invadir a sala achando aquilo hilário. Nately desistiu, exasperado. Pediu à garota que se vestisse e a levou para tomar café da manhã lá embaixo. A irmã mais nova foi junto, e Nately se sentiu um orgulhoso chefe de família enquanto os três comiam respeitavelmente num café ao ar livre ali perto. Mas a prostituta de Nately já estava entediada quando eles voltaram e decidiu sair para passear pelas ruas com outras duas garotas em vez de passar mais tempo com ele. Nately e a irmã mais nova seguiram mansamente, um quarteirão atrás, a menina ambiciosa para tentar conseguir dicas valiosas, Nately para morrer de raiva de si mesmo e frustração, e ambos ficaram tristes quando soldados num carro militar pararam e levaram as meninas embora.

Nately voltou ao café e comprou sorvete de chocolate para a irmã mais nova até que o ânimo da menina melhorasse e depois voltou com ela para o apartamento, onde Yossarian e Dunbar estavam jogados na sala de estar com um Joe Faminto exausto que ainda tinha no rosto destruído o sorriso feliz, entorpecido e triunfante que se via em seu semblante quando ele saiu mancando de seu enorme harém naquela manhã, como uma pessoa com vários ossos quebrados. O velho lascivo e depravado ficou encantado com os lábios cortados e os olhos em vários tons de roxo de Joe Faminto. Ele cumprimentou Nately calorosamente, vestindo as mesmas roupas amarrotadas da noite anterior. Nately ficava profundamente incomodado com a aparência decadente e vergonhosa do homem, e sempre que ia ao apartamento desejava que o velho corrupto e imoral vestisse uma camisa limpa da Brooks Brothers, fizesse a barba, penteasse os cabelos, usasse um paletó de tweed e deixasse crescer um bigode branco elegante para que Nately não tivesse que sentir tamanha vergonha e confusão cada vez que olhasse para ele e se lembrasse do pai.

24
MILO

Abril foi o melhor de todos os meses para Milo. Os lilases floresceram em abril e os frutos amadureceram na videira. Os batimentos cardíacos se aceleraram e os antigos apetites foram renovados. Em abril, uma íris mais viva brilhou sobre a pomba polida. Abril era primavera e na primavera a imaginação de Milo Minderbinder se voltou levemente para pensamentos sobre tangerinas.

— Tangerinas?
— Sim, senhor.
— Meus homens iam adorar tangerinas — admitiu o coronel da Sardenha que comandava quatro esquadrões de B-26.
— Eles vão ter todas as tangerinas que puderem comer e que o senhor puder pagar com o dinheiro do seu fundo de alimentação — garantiu Milo.
— Melão-casaba?
— Está baratinho em Damasco.
— Tenho uma queda por melão-casaba. Sempre tive uma queda por melão-casaba.
— É só me emprestar um avião de cada esquadrão, um avião só, e o senhor vai ter todo melão-casaba que puder comer e tiver dinheiro para pagar.
— Compramos do sindicato?
— E todo mundo tem uma parte.
— É incrível, de fato incrível. Como você consegue fazer isso?
— O poder de compra em atacado faz uma grande diferença. Por exemplo, costeleta de vitela à milanesa.

— Não sou muito fã de costeleta de vitela à milanesa — resmungou o cético comandante do esquadrão de B-25 no norte da Córsega.

— Costeleta de vitela à milanesa é muito nutritivo — advertiu Milo piedosamente. — Contém gema de ovo e farinha de rosca. E o mesmo vale para costeleta de carneiro.

— Ah, costeleta de carneiro — repetiu o comandante do B-25. — Uma boa costeleta de carneiro?

— As melhores — disse Milo — que o mercado ilegal tem a oferecer.

— Costeleta de cordeiro?

— Com os guardanapos de papel rosa mais fofos que você já viu. Está baratinho em Portugal.

— Não posso mandar um avião para Portugal. Não tenho autoridade para isso.

— Eu posso, desde que o senhor me empreste o avião. Com um piloto. E não se esqueça: o senhor vai conseguir o general Dreedle.

— O general Dreedle vai voltar a comer no meu refeitório?

— Como um porco, quando o senhor oferecer a ele os meus melhores ovos fritos na minha manteiga cremosa pura. Também vai ter tangerina, melão-casaba, melão-doce, filé de linguado, baked Alaska, moluscos e mexilhões.

— E todo mundo tem uma parte?

— Essa — disse Milo — é a parte mais bonita de tudo.

— Não gosto disso — rosnou o comandante do esquadrão de caças, que não cooperava e que também não gostava de Milo.

— Tem um comandante de caças no norte que não coopera e quer me derrubar — queixou-se Milo ao general Dreedle. — Basta uma pessoa para estragar tudo, e aí o senhor não ia mais ter ovos fritos na minha manteiga cremosa pura.

O general Dreedle transferiu o comandante do esquadrão de caças não cooperativo para cavar túmulos nas ilhas Salomão e o substituiu por um coronel senil com bursite que adorava noz de lichia e que apresentou Milo ao general do esquadrão de B-17 no continente que ansiava por linguiça polonesa.

— Estão vendendo linguiça polonesa a preço de banana em Cracóvia — informou Milo.

— Linguiça polonesa — disse suspirando o general tomado por nostalgia. — Sabe, eu daria praticamente qualquer coisa por um bom pedaço de linguiça polonesa. Praticamente qualquer coisa.

— Não precisa dar nada. Só me dê um avião para cada refeitório e um piloto que cumpra ordens. E um pequeno adiantamento no seu pedido inicial como prova de boa-fé.

— Mas Cracóvia está centenas de quilômetros atrás das linhas inimigas. Como você vai chegar até a linguiça?

— Existe um intercâmbio internacional de linguiças polonesas em Genebra. Vou só levar os amendoins para a Suíça e trocar por linguiça polonesa pela taxa de câmbio do dia. Eles levam o amendoim para Cracóvia e eu trago a linguiça polonesa para o senhor. O senhor só precisa comprar a quantidade de linguiça polonesa que deseja através do sindicato. Vai ter tangerina também, só com um pouquinho de corante artificial adicionado. E ovos de Malta e uísque da Sicília. O senhor vai pagar o dinheiro para si mesmo quando comprar do sindicato, já que vai ter uma parte do negócio, então na verdade o senhor vai receber de graça tudo o que comprar. Isso não faz sentido?

— Absolutamente genial. Como você pensou nisso?

— Meu nome é Milo Minderbinder. Tenho 27 anos.

Os aviões de Milo Minderbinder chegavam de todo lugar, caças, bombardeiros e cargueiros invadindo a pista de pouso do coronel Cathcart com pilotos dispostos a cumprir ordens. Os aviões tinham emblemas extravagantes de esquadrão ilustrando ideais louváveis como coragem, poder, justiça, verdade, liberdade, amor, honra e patriotismo, que imediatamente eram pintados pelos mecânicos de Milo com uma camada dupla de branco e substituídos por uma estampa em roxo berrante com o nome EMPREENDIMENTOS M&M, FRUTAS E PRODUTOS FINOS. O "M&M" em "EMPREENDIMENTOS M&M" significava Milo & Minderbinder, e o & foi inserido, revelou Milo com franqueza, para acabar com qualquer impressão de que o sindicato era uma operação de um homem só. Aviões chegavam a Milo vindos de aeródromos na Itália, no norte da África e na Inglaterra, e de estações de Comando de Transporte Aéreo na Libéria, na ilha de Ascensão, no Cairo e em Carachi. Os caças foram trocados por cargueiros adicionais ou mantidos para envio emergencial de cobranças e entregas de pequenas encomendas; caminhões e tanques foram adquiridos das forças terrestres e usados para transporte rodoviário de curta distância. Todos tinham sua parte, e os homens engordavam e andavam tranquilamente com palitos de dente nos lábios gordurosos. Milo supervisionava sozinho toda a operação de expansão. Profundas rugas bronzeadas de preocupação se gravaram permanentemente em seu rosto cansado e lhe deram uma aparência atormentada de sobriedade e desconfiança. Todos, exceto Yossarian, achavam que Milo era um idiota, primeiro por se oferecer como voluntário para tomar conta do refeitório e depois por levar isso tão a sério. Yossarian também achava Milo um idiota; mas ele também sabia que Milo era um gênio.

Um dia, Milo voou para a Inglaterra para pegar um carregamento de halva turca e voltou de Madagascar liderando quatro bombardeiros alemães cheios de inhame, couve, mostarda e feijão-fradinho da Geórgia. Milo ficou perplexo quando pousou e encontrou um contingente de policiais armados esperando para prender os pilotos alemães e confiscar seus aviões. *Confiscar!* A mera palavra era um anátema para ele, e Milo andou furiosamente de um lado para outro fazendo uma contundente condenação, sacudindo um lancinante indicador em tom de censura diante dos rostos cheios de culpa do coronel Cathcart, do coronel Korn e do pobre capitão calejado pelas batalhas encarregado da submetralhadora e do comando dos soldados.

— Estamos na Rússia? — atacou Milo incrédulo, falando o mais alto que pôde. — *Confiscar?* — gritou, como se não pudesse acreditar no que ouvia. — Desde quando é política do governo dos Estados Unidos confiscar a propriedade privada dos seus cidadãos? Vocês deveriam se envergonhar! Que vergonha para todos vocês terem pensado em algo tão horrível.

— Mas, Milo — interrompeu timidamente o major Danby —, estamos em guerra com a Alemanha, e esses aviões são alemães.

— Alemães coisa nenhuma! — respondeu Milo, furioso. — Esses aviões pertencem ao sindicato e todo mundo tem uma parte do negócio. *Confiscar?* Como vocês podem confiscar sua própria propriedade privada? *Confiscar*, imagine! Nunca ouvi nada tão depravado em toda a minha vida.

E, sem dúvida, Milo tinha razão, pois, quando eles olharam, seus mecânicos haviam passado camadas duplas de tinta branca sobre as suásticas alemãs nas asas, nas caudas e nas fuselagens e gravado as palavras EMPREENDIMENTOS M&M, FRUTAS E PRODUTOS FINOS. Bem diante dos olhos deles, ele havia transformado seu sindicato num cartel internacional.

O ar estava tomado pela fartura que Milo fazia transportar. Chegavam aviões da Noruega, da Dinamarca, da França, da Alemanha, da Áustria, da Itália, da Iugoslávia, da Romênia, da Bulgária, da Suécia, da Finlândia, da Polônia — de todo lugar da Europa, na verdade, exceto da Rússia, com quem Milo se recusava a fazer negócios. Quando todos que tinham interesse já estavam inscritos na Empreendimentos M&M, Frutas e Produtos Finos, Milo criou uma subsidiária, a M&M Massas Refinadas, e obteve mais aviões e mais dinheiro com os fundos para pãezinhos e bolos das ilhas Britânicas, ameixas secas e queijo dinamarquês de Copenhague, *éclairs*, profiteroles, mil-folhas e *petits fours* de Paris, Reims e Grenoble, *Kugelhopf, Pumpernickel* e *Pfefferkuchen* de Berlim, *Linzertorte* e *Dobos torte* de Viena, *Strudel* da Hungria e baclavá de Ancara. Toda manhã, Milo enviava aviões para a Europa inteira e para o norte da África, transportando longos cartazes vermelhos que anunciavam as ofertas do dia em letras garrafais: "LAGARTO BOVINO, $ 0,79... BADEJO, $ 0,21". Ele aumentou a receita do sindicato alugando espaços comerciais para a Pet Milk, para a Gaines DogFood e para a Noxzema. Num espírito de iniciativa cívica, ele destinava regularmente espaço publicitário aéreo gratuito para que o general Peckem propagasse mensagens de interesse público como O ASSEIO FAZ A DIFERENÇA, A PRESSA É INIMIGA DA PERFEIÇÃO, e A FAMÍLIA QUE ORA PERMANECE UNIDA. Milo comprou anúncios de rádio nas transmissões diárias de propaganda de Axis Sally e de Lord Haw Haw em Berlim para manter as coisas em movimento. Os negócios prosperavam em todas as frentes de batalha.

Os aviões de Milo eram uma visão familiar. Eles tinham liberdade para transitar por todo lugar, e um dia Milo fez um contrato com as autoridades militares dos Estados Unidos para bombardear a ponte rodoviária controlada pelos alemães em Orvieto e outro contrato com as autoridades militares alemãs para defender a ponte rodoviária em Orvieto usando artilharia antiaérea contra seu próprio ataque. Seus honorários para atacar a ponte para os Estados Unidos equivaliam ao custo total da operação mais seis por cento e os honorários a serem pagos a ele pela Alemanha para defender a ponte também respeitavam o mesmo acordo de cobertura de custo mais seis por cento, além de um bônus de mérito de mil dólares para cada avião dos Estados Unidos abatido. A assinatura desses acordos representou uma importante vitória para a iniciativa privada, destacou Milo, uma vez que os Exércitos de ambos os países eram instituições com características socialistas. Depois que os contratos foram assinados, parecia não fazer sentido usar os recursos do sindicato para bombardear e defender a ponte, já que ambos os governos tinham homens e recursos suficientes para fazê-lo e ficavam absolutamente felizes em dar sua contribuição, e no fim Milo obteve um lucro fantástico dos dois lados sem precisar fazer nada além de assinar seu nome duas vezes.

Os acordos foram justos para ambos os lados. Como Milo tinha liberdade de passagem por toda parte, seus aviões puderam se aproximar num ataque furtivo sem alertar a artilharia antiaérea alemã; e, como Milo sabia do ataque, conseguiu alertar a artilharia antiaérea alemã a tempo de começarem a atirar com precisão quando os aviões estivessem dentro do seu alcance. Foi um arranjo ideal para todos, menos para o homem morto na tenda de Yossarian, que morreu ao sobrevoar o alvo no dia em que chegou.

— Eu não matei ninguém! — continuava replicando Milo passionalmente diante dos protestos furiosos de Yossarian. — Eu nem estava lá naquele dia. Você acha que eu estava lá embaixo, disparando uma arma antiaérea quando os aviões se aproximaram?

— Mas você organizou tudo, não foi? — rebateu Yossarian aos gritos em meio à escuridão aveludada que encobria o caminho entre os veículos parados na garagem e o cinema ao ar livre.

— E eu não organizei nada — respondeu Milo, indignado, inspirando grandes e tumultuadas lufadas de ar pelo nariz sibilante, pálido e trêmulo. — Os alemães estão com a ponte e nós íamos bombardear, independentemente de eu entrar em cena. Vi uma oportunidade maravilhosa de lucrar com a missão e aproveitei. O que tem de tão terrível nisso?

— O que tem de tão terrível nisso? Milo, um homem na minha tenda foi morto naquela missão antes mesmo de conseguir desfazer as malas.

— Mas não fui eu que matei ele.

— Você ganhou mil dólares a mais por isso.

— Mas não fui eu que matei ele. Eu nem estava lá. Eu estava em Barcelona comprando azeite e sardinha sem pele e sem espinhas e tenho as notas fiscais para provar. E não recebi os mil dólares. Aqueles mil dólares foram para o sindicato e todos receberam uma parte, até você.

Milo estava fazendo um apelo para Yossarian do fundo da alma.

— Olha só, eu não comecei essa guerra, Yossarian, não importa o que aquele nojento do Wintergreen esteja dizendo. Só estou tentando fazer com que isso seja um negócio. Tem algo de errado nisso? Você sabe, mil dólares não é um preço tão ruim para um bombardeiro médio e uma tripulação. Se consigo convencer os alemães a me pagarem mil dólares por avião abatido, por que não deveria aceitar?

— Porque você está negociando com o inimigo, só por isso. Você não entende que a gente está travando uma guerra? Tem gente morrendo. Olha em volta, pelo amor de Deus!

Milo balançou a cabeça numa resignação cansada.

— E os alemães não são nossos inimigos — declarou ele. — Ah, eu sei o que você vai dizer. Claro, estamos em guerra com eles. Mas os alemães também são membros do sindicato e é minha função proteger os direitos deles como acionistas. Pode ser que eles tenham começado a guerra e pode ser que estejam matando milhões de pessoas, mas eles pagam as contas muito mais rápido do que alguns aliados nossos que eu poderia citar. Você não entende que preciso respeitar a santidade do meu contrato com a Alemanha? Você não consegue ver isso do meu ponto de vista?

— Não — rejeitou duramente Yossarian.

Milo ficou magoado e não fez o menor esforço para disfarçar os sentimentos feridos. A noite estava abafada e enluarada, cheia de pernilongos, mariposas e mosquitos. Milo levantou o braço de repente e apontou para o teatro ao ar livre, onde o feixe leitoso e empoeirado que saía na horizontal do projetor cortava uma faixa cônica na escuridão e envolvia numa membrana fluorescente de luz a plateia inclinada, os rostos voltados para cima, para a tela de alumínio do cinema. Os olhos de Milo estavam cheios de integridade, e seu rosto ingênuo e impoluto brilhava com uma mistura reluzente de suor e repelente de insetos.

— Olhe para eles! — exclamou Milo com a voz embargada de emoção. — São meus amigos, meus compatriotas, meus irmãos de armas. Ninguém jamais teve um grupo melhor de amigos. Você acha que eu faria alguma coisa para prejudicar essas pessoas se não fosse necessário? Eu já não tenho coisas o suficiente com que me preocupar? Você não percebe como já estou chateado com todo aquele algodão acumulado naqueles cais do Egito?

A voz de Milo se estilhaçou em fragmentos e ele agarrou a camisa de Yossarian como se estivesse se afogando. Os olhos dele latejavam nitidamente, como se fossem lagartas marrons.

— Yossarian, o que eu vou fazer com tanto algodão? É tudo culpa sua, que me deixou comprar aquilo.

O algodão se acumulava nos cais do Egito e ninguém queria comprar. Milo jamais imaginou que o vale do Nilo pudesse ser tão fértil ou que não haveria mercado para a colheita que havia comprado. Os refeitórios do seu sindicato se recusavam a ajudar; eles se levantaram numa intransigente rebelião contra a proposta de Milo de criar um tributo per capita, a fim de permitir que cada homem tivesse a própria parte da colheita de algodão egípcio. Até os seus confiáveis amigos alemães deixaram Milo na mão nessa crise: preferiram um substituto mais barato. Os refeitórios de Milo não ajudavam nem mesmo a armazenar o algodão, e seus custos de armazenamento dispararam e contribuíram para drenar de modo devastador suas reservas financeiras. Os lucros da missão de Orvieto se esvaíram. Ele começou a escrever para casa pedindo o dinheiro que tinha enviado em dias melhores; em pouco tempo mesmo isso estava no fim. E novos fardos de algodão chegavam todo dia aos cais de Alexandria. Toda vez que ele conseguia vender uma parte no mercado mundial, mesmo aceitando prejuízo, ela era abocanhada por astutos corretores egípcios no Levante, que vendiam a ele de volta pelo preço original, o que o deixava na verdade em uma situação pior que a anterior.

A Empreendimentos M&M estava à beira do colapso. Milo se amaldiçoava sem parar pela sua monumental ganância e estupidez ao comprar toda a colheita de algodão egípcio, mas contrato era contrato e tinha que ser honrado, e uma noite, depois de um jantar suntuoso, todos os caças e bombardeiros de Milo levantaram voo, entrando em formação ali mesmo e começaram a lançar bombas sobre o grupamento. Ele havia fechado outro contrato com os alemães, desta vez para bombardear a própria unidade. Os aviões de Milo se dividiram num ataque bem coordenado e bombardearam os estoques de combustível e o depósito de munições, os hangares de reparos e os bombardeiros B-25 apoiados nos suportes rígidos em forma de pirulito no aeródromo. Suas tripulações pouparam a pista de pouso e os refeitórios para poderem pousar com segurança quando terminassem o trabalho e comer um lanchinho quente antes de se recolher. Eles bombardeavam com as luzes de pouso acesas, porque não havia ninguém revidando. Eles bombardearam todos os quatro esquadrões, o clube dos oficiais e o quartel-general do grupamento. Os homens saíram correndo das tendas absolutamente aterrorizados e não sabiam para onde correr. Logo havia feridos gritando por toda parte.

Uma série de bombas de fragmentação explodiu no pátio do clube dos oficiais e abriu buracos irregulares na lateral do prédio de madeira e nas barrigas e nas costas de uma fileira de tenentes e capitães que estavam no bar. Eles se dobraram agonizantes e caíram. O restante dos oficiais fugiu em pânico em direção às duas saídas e se espremeu nas portas como uma represa densa e estridente de carne humana que evitava seguir em frente.

O coronel Cathcart abriu caminho em meio à massa indisciplinada e desnorteada até estar do lado de fora, sozinho. Ele olhou para o céu totalmente perplexo e horrorizado. Os aviões de Milo, voando com serenidade sobre as copas das árvores floridas, com as portas do compartimento de bombas abertas e com os flaps das asas abaixados, com suas luzes de pouso monstruosas, esbugalhadas, ofuscantes, ferozmente tremeluzentes e sinistras, foram a visão mais apocalíptica com que ele já havia se deparado. O coronel Cathcart suspirou consternado e saltou no jipe, à beira das lágrimas. Encontrou o pedal do acelerador e a ignição e acelerou em direção ao aeródromo o mais rápido que seu oscilante carro permitia, as mãos enormes e flácidas cerradas e exangues no volante ou tocando a buzina atormentadamente. A certa altura, ele quase se matou ao desviar cantando os pneus de um bando de homens que corriam loucamente em direção às colinas, de cueca, os rostos atordoados voltados para baixo e os braços finos pressionando as têmporas como escudos frágeis. Chamas amarelas, laranja e vermelhas ardiam de ambos os lados da via. Tendas e árvores estavam em chamas, e os aviões de Milo continuavam a circular sem parar com as luzes brancas de pouso acesas e as portas do compartimento de bombas abertas. O coronel Cathcart quase capotou o jipe quando pisou no freio ao chegar à torre de controle. Ele saltou do carro enquanto o jipe ainda derrapava perigosamente e subiu correndo a escada interna, onde três homens estavam ocupados com os instrumentos e os controles. Jogou dois deles para o lado em sua investida para pegar o microfone niquelado, os olhos brilhando ensandecidamente e o rosto musculoso contorcido de tensão. Agarrando o microfone com força brutal ele começou a gritar histericamente a plenos pulmões.

— Milo, seu filho de uma puta. Você endoidou? Que merda é essa que você está fazendo? Desce! Desce!

— Dá para parar de berrar, por favor? — respondeu Milo, que estava bem ali ao lado dele na torre de controle com o próprio microfone. — Eu estou bem aqui.

Milo olhou para ele com ares de censura e voltou ao trabalho.

— Muito bem, homens. Muito bem — disse ele no microfone. — Mas vejo que ainda tem um armazém de suprimentos intacto. Não dá para deixar assim, Purvis. A gente já conversou sobre esse tipo de trabalho malfeito. Você volte lá agora mesmo e tente de novo. E dessa vez se aproxime lentamente... lentamente. A pressa é inimiga da perfeição, Purvis. A pressa é inimiga da perfeição. Já devo ter dito isso cem vezes para você. A pressa é inimiga da perfeição.

O alto-falante acima deles começou a soar.

— Milo, aqui é Alvin Brown. Terminei de soltar minhas bombas. O que eu faço agora?

— Metralhar.

— *Metralhar?* — Alvin Brown estava chocado.

— A gente não tem escolha — informou Milo, resignado. — Está no contrato.

— Ah, certo então — aquiesceu Alvin Brown. — Nesse caso vou metralhar.

Dessa vez, Milo tinha ido longe demais. Nem o mais fleumático dos observadores poderia tolerar que ele bombardeasse os próprios homens e aviões, e parecia que aquele seria o fim dele. Autoridades de níveis elevados do governo apareceram para investigar. Os jornais atacaram Milo com manchetes escandalosas e o Congresso denunciou a atrocidade com estrondosa fúria, exigindo punição. Mães que tinham filhos nas Forças Armadas organizaram grupos de militância e exigiram vingança. Nenhuma voz se ergueu em defesa de Milo. Gente decente de toda parte se sentia afrontada, e Milo estava acabado até o momento em que ele abriu suas contas para o público e revelou o tremendo lucro que havia obtido.

Ele podia reembolsar o governo por todas as pessoas e propriedades que tinha destruído e mesmo assim sobrava dinheiro para que ele continuasse comprando algodão egípcio. Todos, claro, recebiam sua parte. E a melhor parte do negócio era que, na verdade, não havia a menor necessidade de reembolsar o governo.

— Numa democracia, o governo é o povo — explicou Milo. — Nós somos o povo, não somos? Portanto, podemos muito bem ficar com o dinheiro e cortar o intermediário. Para ser franco, eu gostaria que o governo saísse de uma vez da guerra e deixasse o assunto para a indústria privada. Se pagarmos ao governo tudo o que devemos, só vamos incentivar o controle governamental e desestimulando outros indivíduos que poderiam estar bombardeando seus próprios homens e aviões. Estamos acabando com o estímulo deles.

Milo tinha razão, é claro, e todos concordaram, à exceção de alguns desajustados amargurados, como Doc Daneeka, que ficou rabugentando e murmurando insinuações ofensivas sobre a moralidade do empreendimento como um todo, até que Milo o amoleceu com uma doação, em nome do sindicato, de uma cadeira de jardim desmontável de alumínio levíssima que Doc Daneeka podia desmontar de modo conveniente e levar para fora da tenda sempre que o cacique Floco de Aveia entrasse na tenda e levar de novo para dentro da tenda sempre que o cacique Floco de Aveia saísse. Doc Daneeka havia perdido a cabeça durante o bombardeio de Milo; ao invés de sair correndo em busca de um lugar seguro, ele ficou ao ar livre e exerceu sua função, desviando de estilhaços, tiros de metralhadora e bombas incendiárias enquanto se arrastava pelo terreno como um lagarto furtivo e astuto indo de um ferido a outro, administrando torniquetes, morfina, talas e sulfanilamida com um semblante preocupado e triste, sem dizer uma única palavra além do necessário e vendo nos ferimentos arroxeados de cada homem um terrível presságio da própria decadência. Ele trabalhou incansavelmente até a exaustão antes que a longa noite chegasse ao fim e, no dia seguinte, pegou uma gripe que o fez correr, choroso, para a tenda médica para que Gus e Wes medissem sua temperatura e conseguissem um emplastro de mostarda e um vaporizador.

Doc Daneeka cuidou de cada homem que gemia naquela noite com a mesma tristeza taciturna, profunda e introvertida que demonstrou no campo de aviação no dia da missão de Avignon, quando Yossarian desceu os poucos degraus do avião nu, em absoluto estado de choque, lambuzado de Snowden nos calcanhares e nos dedos dos pés, nos joelhos, nos braços e nos dedos nus, e apontou para dentro, sem dizer uma palavra, para onde o jovem rádio-artilheiro jazia mortalmente congelado, ao lado do ainda mais jovem artilheiro de cauda, que continuava desmaiando toda vez que abria os olhos e via Snowden morrendo.

Doc Daneeka jogou um cobertor sobre os ombros de Yossarian quase com ternura depois que Snowden foi retirado do avião e colocado sobre uma maca na ambulância. Ele levou Yossarian até o jipe. McWatt ajudou, e os três foram em silêncio para a tenda médica do esquadrão, onde McWatt e Doc Daneeka guiaram Yossarian até uma cadeira e tiraram Snowden dele com bolinhas de algodão frias e molhadas. Doc Daneeka deu a ele um comprimido e uma injeção que o fizeram dormir por doze horas. Quando Yossarian acordou e foi falar com ele, Doc Daneeka deu mais um comprimido e mais uma injeção que fizeram Yossarian dormir por mais doze horas. Quando Yossarian acordou de novo e foi falar com ele, Doc Daneeka se preparou para dar a ele mais um comprimido e mais uma injeção.

— Até quando você vai ficar me dando comprimidos e injeções? — perguntou Yossarian.

— Até você se sentir melhor.

— Estou me sentindo bem agora.

A testa frágil e bronzeada de Doc Daneeka franziu de surpresa.

— Então, por que você não se veste? Por que você fica andando pelado por aí?

— Não quero mais usar farda.

Doc Daneeka aceitou a explicação e guardou a seringa hipodérmica.

— Tem certeza de que você está bem?

— Estou me sentindo bem. Só estou meio zonzo por causa desses comprimidos e dessas injeções que você me deu.

Yossarian fez todas as tarefas pelado pelo resto do dia e continuava pelado na manhã seguinte quando Milo, depois de procurar em todo canto, enfim o encontrou sentado numa árvore perto dos fundos do pequeno e pitoresco cemitério militar onde Snowden estava sendo sepultado. Milo estava com seus trajes de trabalho de sempre: calça verde-oliva, uma camisa verde-oliva limpa e gravata, com uma barra de primeiro-tenente de prata brilhando no colarinho e um quepe com aba de couro rígido.

— Procurei você em todo lugar — gritou Milo do chão para Yossarian em tom de censura.

— Devia ter me procurado nessa árvore — respondeu Yossarian. — Passei a manhã toda aqui.

— Desce daí e vem provar isso aqui para me dizer se está bom. É bem importante.

Yossarian fez que não com a cabeça. Ele estava sentado nu no galho mais baixo da árvore e se equilibrava segurando com ambas as mãos o galho logo acima. Yossarian se recusou a sair, e Milo, sem opção, estendeu os braços em torno do tronco num abraço que lhe causava repugnância e começou a subir. Ele se debateu desajeitado para escalar, gemendo e chiando alto, e, quando chegou a uma altura suficiente para passar a perna por cima do galho e descansar, suas roupas estavam amarfanhadas e sujas. O quepe estava torto e arriscava cair. Milo pegou o quepe bem a tempo quando ele começou a escorregar. Gotas de suor brilhavam como pérolas transparentes em torno do bigode e cresciam como bolhas opacas sob os olhos. Yossarian ficou observando impassível. Cautelosamente Milo se ajeitou num semicírculo para poder ficar de frente para Yossarian. Tirou um lenço de papel que envolvia algo macio, redondo e marrom e passou para Yossarian.

— Por favor, prova isso e me diz o que acha. Eu queria servir para os homens.

— O que é isso? — perguntou Yossarian e deu uma bela mordida.

— Algodão coberto com chocolate.

Yossarian engasgou convulsivamente e cuspiu todo o algodão coberto com chocolate que tinha colocado na boca bem na cara de Milo.

— Toma, pega de volta! — gritou ele, zangado. — Deus do céu! Você endoidou? Você nem tirou as sementes.

— Dá uma chance, vai? — implorou Milo. — Não pode ser tão ruim assim. É tão ruim assim?

— É pior.

— Mas eu tenho que fazer os refeitórios servirem isso para os homens.

— Eles nunca vão conseguir engolir.

— Eles têm que engolir — decretou Milo com grandeza ditatorial e quase quebrou o pescoço quando soltou uma das mãos para agitar um dedo no ar.

— Vem para cá — convidou Yossarian. — Você vai ficar bem mais seguro e dá para ver tudo.

Agarrando o galho acima com as duas mãos, Milo foi se arrastando aos poucos por ele, de ladinho, cheio de cuidado e apreensão. Seu rosto estava tenso, e ele suspirou aliviado quando se viu sentado em segurança ao lado de Yossarian. Ele tocou na árvore com afeto.

— É uma bela árvore — observou ele, admirado e cheio de gratidão.

— É a árvore da vida — respondeu Yossarian, mexendo os dedos dos pés — e do conhecimento do bem e do mal.

Milo semicerrou os olhos para estudar a casca e os galhos.

— Não é, não. É uma nogueira. Acredite em mim. Eu vendo nozes.

— Como você preferir.

Eles ficaram sentados na árvore sem falar nada por vários segundos, as pernas balançando e as mãos quase retas no galho acima, um completamente nu, fora pelas sandálias de sola de borracha, o outro totalmente vestido em um uniforme de tecido de lã grosseiro com a gravata bem apertada. Milo estudou Yossarian timidamente de canto de olho, hesitando de maneira diplomática.

— Queria te perguntar uma coisa — disse ele por fim. — Você está pelado. Não quero me intrometer nem nada, mas só para saber. Por que você não está fardado?

— Não quero.

Milo fez que sim com a cabeça rápido como um pardal bicando.

— Entendo, entendo — afirmou ele rapidamente com uma aparência de vívida confusão. — Entendo perfeitamente. Ouvi dizer que Appleby e o capitão Black andam falando que você endoidou, e eu só queria saber.

Ele hesitou por educação mais uma vez, pesando a pergunta seguinte.

— Você nunca mais vai usar a farda?

— Acho que não.

Milo fez que sim com a cabeça com um entusiasmo fingido para indicar que continuava entendendo e depois ficou sentado em silêncio, profundamente reflexivo, perturbado e apreensivo. Um pássaro de crista vermelha passou voando abaixo deles, roçando asas escuras e confiantes num arbusto trêmulo. Yossarian e Milo estavam cobertos em seu refúgio por fileiras finas como lenço de papel verde e em grande medida cercados por outras nogueiras cinzentas e por um abeto prateado. O sol estava a pino num vasto céu azul-safira pontilhado por nuvens baixas, isoladas e fofas de um branco seco e imaculado. Não havia brisa, e as folhas acima deles estavam penduradas em inércia. A sombra era tênue. Tudo estava em paz, exceto Milo, que, de repente, endireitou o corpo com um grito abafado e começou a apontar empolgado.

— Olha lá! — exclamou ele, alarmado. — Olha lá! Tem um enterro acontecendo ali. Aquilo parece um cemitério, não parece?

Yossarian respondeu lentamente, sem erguer a voz.

— Estão enterrando aquele garoto que morreu no meu avião sobrevoando Avignon esses dias. Snowden.

— O que aconteceu com ele? — perguntou Milo num tom de voz entorpecido pelo choque.

— Mataram ele.

— Que horror — lamentou Milo, e seus grandes olhos castanhos se encheram de lágrimas. — Coitado do garoto. Um horror mesmo.

Ele mordeu o lábio trêmulo com força, e sua voz se elevou embargada pela emoção quando ele continuou.

— E vai piorar se os refeitórios não aceitarem comprar o meu algodão. Yossarian, qual é o problema deles? Eles não percebem que é o sindicato deles? Eles não sabem que todo mundo tem uma parte do negócio?

— O cara morto na minha tenda tinha uma parte? — perguntou Yossarian causticamente.

— Claro que tinha — garantiu Milo, generoso. — Todo mundo no esquadrão tem uma parte.

— Ele foi morto antes mesmo de entrar para o esquadrão.

Milo fez uma hábil careta de sofrimento e se virou para o outro lado.

— Acho que você podia parar de implicar comigo por causa do cara morto na sua tenda — implorou ele, irritado. — Já disse que não fui eu que matei o cara. Eu lá tenho culpa de ter visto essa grande oportunidade de monopolizar o mercado do algodão egípcio e ter metido a gente nessa situação? Eu tinha como saber que ia ter excesso de produção? Eu nem sabia o que era excesso de produção naquela época. Não é toda hora que se tem a oportunidade de dominar um mercado, e eu fui bem esperto em agarrar a oportunidade quando ela apareceu.

Milo conteve um gemido ao ver seis carregadores fardados tirarem o caixão simples de pinho da ambulância e pousá-lo suavemente no chão, ao lado da sepultura recém-cavada.

— E agora não consigo me livrar de um único centavo — lamentou ele.

Yossarian não se comoveu com a farsa pomposa da cerimônia fúnebre nem com as imensas perdas de Milo. A voz do capelão flutuou até ele vinda de longe, tênue, num tom monótono ininteligível, quase inaudível, como um murmúrio sem substância. Yossarian conseguiu distinguir o major Major pelos modos reservados e imponentes e pelo corpo esguio e pensou ter reconhecido o major Danby secando a testa com um lenço. O major Danby não parava de tremer desde o confronto com o general Dreedle. Havia fileiras de praças moldadas numa curva em torno dos três oficiais, inflexíveis como pedaços de pau, e quatro coveiros ociosos em fardas manchadas descansando com indiferença sobre suas pás perto do monte de terra vermelha acobreada chocante e incongruente. Enquanto Yossarian observava, o capelão ergueu o olhar tranquilo para Yossarian, coçou os olhos com ar de aflição, olhou para cima outra vez em direção a Yossarian com atenção e inclinou a cabeça, concluindo aquele que

Yossarian considerou ser um momento culminante do rito fúnebre. Os quatro homens fardados ergueram o caixão com tiras de pano e o baixaram na cova. Milo estremeceu violentamente.

— Não consigo ver isso — disse ele, virando o rosto para o outro lado angustiado. — Não consigo ficar aqui vendo isso enquanto aqueles refeitórios deixam o meu sindicato morrer. — Ele rangeu os dentes e chacoalhou a cabeça com triste amargura e ressentimento. — Se fossem leais, compravam o meu algodão até doer e aí continuariam comprando o meu algodão até doer mais um pouco. Iam comprar fogueiras e queimar as roupas de baixo e as fardas de verão só para aumentar a demanda. Mas eles não fazem nada. Yossarian, tenta comer o resto desse algodão coberto de chocolate por mim. Vai que agora fica uma delícia.

Yossarian afastou a mão dele.

— Desiste, Milo. Ninguém consegue comer algodão.

O rosto de Milo se contraiu em esperteza.

— Na verdade, não é algodão — disse ele numa tentativa de convencimento. — Eu estava brincando. É algodão-doce, um delicioso algodão-doce. Prova para ver.

— Agora você está mentindo.

— Eu nunca minto! — respondeu Milo com orgulhosa dignidade.

— Isso é mentira.

— Só minto quando é necessário — explicou Milo na defensiva, desviando o olhar por um instante e com uma piscadela sedutora. — Isso é melhor que algodão-doce, de verdade. É feito de algodão de verdade. Yossarian, você precisa me ajudar a fazer os homens comerem isso. O algodão egípcio é o melhor algodão do mundo.

— Mas é indigesto — enfatizou Yossarian. — Vai deixar todo mundo doente, você entende isso? Por que você não tenta viver disso se não acredita em mim?

— Eu tentei — admitiu Milo, chateado. — E passei mal.

O cemitério era amarelo como feno e verde como repolho cozido. Pouco depois, o capelão recuou e o crescente bege de seres humanos começou a se desmanchar lentamente, como restos de um naufrágio. Os homens se afastaram sem pressa nem barulho na direção dos veículos estacionados ao longo do acostamento da acidentada estrada de terra batida. De cabeça baixa e desconsolados, o capelão, o major Major e o major Danby foram em direção aos seus grupamentos num grupo condenado ao ostracismo, cada um se mantendo sozinho a vários metros dos outros dois.

— Acabou — observou Yossarian.

— É o fim — concordou Milo, desanimado. — Não há mais esperanças. E tudo porque dei liberdade para eles tomarem as próprias decisões. Isso devia servir de lição para mim sobre disciplina da próxima vez que eu tentar algo assim.

— Por que você não vende o seu algodão para o governo? — sugeriu Yossarian casualmente, enquanto observava os quatro homens em fardas manchadas jogando pazadas de terra vermelho-cobre dentro da cova.

Milo vetou bruscamente a ideia.

— É uma questão de princípio — explicou ele com firmeza. — O governo não deve se meter nos negócios, e eu seria a última pessoa do mundo a tentar envolver o governo em um negócio meu. Mas o governo tem que se preocupar com os negócios — lembrou, alerta, e começou a falar feliz. — Calvin Coolidge disse isso, e Calvin Coolidge foi presidente, então ele deve ter razão. E o governo tem de fato a responsabilidade de comprar todo o algodão egípcio que eu tenho e que ninguém mais quer para que eu tenha lucro, não tem?

O rosto de Milo se fechou de um modo quase igualmente abrupto, e o ânimo dele desceu a um estado de triste ansiedade.

— Mas como eu faço o governo comprar isso?

— Suborna — disse Yossarian.

— Suborno! — Milo estava ultrajado e mais uma vez quase perdeu o equilíbrio e quebrou o pescoço. — Você deveria se envergonhar! — repreendeu ele com severidade, soprando o fogo da virtude em seu bigodinho cor de ferrugem tanto pelas narinas dilatadas quanto pelos lábios afetados. — Suborno é ilegal, e você sabe muito bem disso. Mas não é ilegal ter lucro, certo? Portanto não pode ser ilegal subornar alguém para que eu tenha lucro, não é? Não, claro que não! — Ele ficou reflexivo de novo, com uma tensão dócil, quase digna de pena. — Mas como eu vou saber quem subornar?

— Ah, não se preocupe com isso — consolou Yossarian com um riso apático enquanto os motores dos jipes e da ambulância quebravam o sonolento silêncio e os veículos da parte de trás começavam a dar a ré. — Oferece um suborno alto o suficiente e eles vão te achar. Só toma cuidado para deixar tudo bem na cara. Conta para todo mundo o que você quer e quanto está disposto a pagar. No dia que começar a agir como se sentisse culpa ou vergonha, pode se encrencar.

— Queria que você viesse comigo — observou Milo. — Não vou me sentir seguro no meio de gente que aceita propina. São um bando de canalhas.

— Você vai ficar bem — garantiu Yossarian, confiante. — Se você tiver problemas, é só dizer para todo mundo que a segurança nacional exige que a indústria doméstica especulativa de algodão egípcio seja forte.

— E é verdade — informou Milo, solene. — Uma indústria especulativa forte na área do algodão egípcio é muito importante para que os Estados Unidos se fortaleçam.

— Claro que sim. E, se isso não funcionar, ressalta o grande número de famílias dos Estados Unidos que dependem disso para ter renda.

— Muitas famílias dos Estados Unidos dependem disso para ter renda.

— Viu só? — disse Yossarian. — Você é muito melhor do que eu nisso. Você quase consegue fazer parecer que é verdade.

— Mas é verdade! — exclamou Milo com um forte traço da velha altivez.

— É disso que estou falando. Você faz isso com a dose certa de convicção.

— Certeza de que não vem comigo?

Yossarian fez que não com a cabeça.

Milo estava impaciente para começar. Ele enfiou o restante do algodão coberto de chocolate no bolso da camisa e fez cautelosamente o caminho de volta sobre o galho até o tronco liso e cinzento. Colocou os braços em torno do tronco num generoso abraço e começou a descer, as laterais das solas de couro dos sapatos escorregando constantemente, o que fez parecer várias vezes que ele ia cair e se machucar. Na metade do caminho, ele mudou de ideia e subiu de novo. Pedaços de casca de árvore estavam grudados no bigode dele e seu rosto tenso estava vermelho pelo esforço.

— Seria bom você vestir a sua farda em vez de ficar andando pelado por aí — confidenciou ele pensativo antes de descer de volta e se afastar apressado. — Você pode começar uma moda, e aí eu nunca vou me livrar de toda essa droga de algodão.

25
O CAPELÃO

Fazia tempo que o capelão se perguntava sobre o sentido de tudo. Existia um Deus? Como podia ter certeza? Ser um ministro anabatista no Exército dos Estados Unidos já era bem difícil nas melhores circunstâncias; sem dogmas, era quase intolerável.

Ele se assustava com gente que falava alto. Homens que tomavam atitude corajosos e agressivos como o coronel Cathcart faziam com que ele se sentisse desamparado e sozinho. Aonde quer que fosse com o Exército, ele era um forasteiro. Os praças e os oficiais não se comportavam com ele como se comportavam diante de outros praças e oficiais, e nem mesmo outros capelães eram amistosos com ele como eram entre si. Num mundo em que o sucesso era a única virtude, ele havia se resignado ao fracasso. Tinha uma dolorosa consciência de que lhe faltavam a autoconfiança e o *savoir-faire* eclesiásticos que permitiam a tantos dos seus colegas de outras fés e denominações seguir em frente. Ele se achava feio e todo dia desejava estar em casa com a esposa.

Na verdade, o capelão era quase bonito, com um rosto agradável e sensível, pálido e frágil como arenito. Ele mantinha a mente aberta em todos os temas.

Talvez ele de fato fosse Washington Irving e talvez ele de fato viesse assinando o nome de Washington Irving naquelas cartas sobre as quais nada sabia. Esses lapsos de memória não eram incomuns nos anais médicos, ele sabia. Não havia como saber de nada, ele sabia, nem mesmo que não havia como saber de nada de fato. Ele se lembrava com clareza — ou tinha a impressão de que se lembrava com clareza — da sensação de que tinha encontrado Yossarian em algum lugar antes da primeira vez que *encontrou* Yossarian na cama no hospital. Ele se lembrava de ter a mesma sensação incômoda quase duas semanas depois quando Yossarian apareceu em sua tenda pedindo para ser retirado de combate. Àquela altura, claro, o capelão já *havia encontrado* Yossarian antes em outro lugar, naquela enfermaria estranha e pouco ortodoxa em que todo paciente parecia um delinquente exceto pelo infeliz paciente coberto da cabeça aos pés por bandagens brancas e gesso que foi encontrado morto um dia com um termômetro na boca. Mas a impressão do capelão sobre um encontro anterior tinha a ver com alguma ocasião mais importante e oculta do que essa, tinha a ver com algum encontro significativo com Yossarian em alguma época espiritual remota, submersa e talvez até mesmo completamente diferente em que ele havia admitido da mesmíssima e pressaga maneira que não existia nada, absolutamente nada que pudesse fazer para ajudar.

Dúvidas desse tipo consumiam insaciavelmente o corpo magro e sofrido do capelão. Havia uma única fé verdadeira, ou vida após a morte? Quantos anjos podiam dançar na cabeça de um alfinete e de quais assuntos Deus havia se ocupado nas infinitas eras antes da Criação? Por que foi necessário colocar uma marca protetora na testa de Caim se *não havia* outras pessoas de quem protegê-lo? Adão e Eva tiveram filhas *mesmo*? Essas eram as grandes e complexas questões da ontologia que o atormentavam. No entanto, nem de perto essas questões pareciam a ele cruciais como a questão da bondade e dos bons modos. Ele se via preso eternamente ao dilema epistemológico do cético, incapaz de aceitar soluções para problemas que não estava disposto a ver como insolúveis. Ele nunca deixava de sofrer e nunca deixava de sentir esperança.

— Você já esteve — perguntou ele, hesitante, para Yossarian, naquele dia em sua tenda, enquanto Yossarian estava sentado segurando com as duas mãos a garrafa de Coca-Cola morna com que o capelão *tinha conseguido* consolá-lo — numa situação que acha que já viveu antes, apesar de saber que está vivendo aquilo pela primeira vez?

Yossarian fez que sim perfunctoriamente com a cabeça e a respiração do capelão acelerou com ansiedade enquanto ele se preparava para unir sua força de vontade à de Yossarian num esforço prodigioso para, enfim, arrancar os volumosos tecidos escuros que envolviam os eternos mistérios da existência.

— Você está com essa sensação agora?

Yossarian fez que não com a cabeça e explicou que o *déjà-vu* era apenas um descompasso infinitesimal e momentâneo na operação de dois centros nervosos sensoriais que em geral funcionavam simultaneamente. O capelão mal ouviu o que ele disse. Estava decepcionado, mas não estava inclinado a acreditar em Yossarian, pois ele tinha recebido um sinal, um segredo, uma visão enigmática que ainda não tinha coragem de divulgar. Sem dúvidas a revelação do capelão tinha implicações impressionantes: ou era um lampejo de origem divina ou uma alucinação; ou ele tinha sido abençoado ou estava enlouquecendo. Ambas as perspectivas o enchiam de medo e depressão. Não se tratava de *déjà-vu*, *presque vu* nem *jamais vu*. Era possível que houvesse outros *vus* de que ele jamais tinha ouvido falar e que nenhum desses outros *vus* pudesse explicar de maneira sucinta o fenômeno desconcertante do qual tinha sido, ao mesmo tempo, testemunha e parte; existia até mesmo a possibilidade de que nada daquilo que ele achava que havia acontecido *tivesse* acontecido, de que ele estivesse lidando com uma aberração da memória e não da percepção, de que, na verdade, ele *jamais* achasse ter visto, de que a impressão que tinha agora de que em algum momento pensou isso era meramente a *ilusão* de uma ilusão e que ele só agora estava imaginando que um dia havia imaginado ter visto um homem nu sentado numa árvore no cemitério.

Era óbvio para o capelão agora que ele não tinha particularmente o perfil para o trabalho que fazia, e com frequência especulava se não seria mais feliz servindo em outro ramo das Forças Armadas, como soldado na infantaria ou artilheiro, talvez, ou mesmo como paraquedista. Ele não tinha amigos de verdade. Antes de conhecer Yossarian, não havia ninguém no grupamento com quem se sentisse à vontade, e ele nem ficava tão à vontade assim com Yossarian, que, com seus recorrentes surtos de imprudência e insubordinação, deixava o capelão constantemente nervoso e num estado ambíguo de agradável trepidação. O capelão se sentia seguro quando estava no clube dos oficiais com Yossarian e Dunbar, mesmo quando estava só com Nately e McWatt. Quando se sentava com eles, o capelão não precisava se sentar com mais ninguém; seu problema de onde sentar estava resolvido e ele estava protegido contra a companhia indesejada de todos aqueles colegas oficiais que invariavelmente o recebiam com excessiva cordialidade quando ele se aproximava e que esperavam desconfortavelmente que ele fosse embora. Ele deixava muita gente desconfortável. Todo mundo era sempre muito amigável com ele, e ninguém era muito gentil; todo mundo falava com ele, e ninguém dizia nada. Yossarian e Dunbar ficavam muito mais relaxados, e o capelão não se sentia nem um pouco desconfortável com eles. Eles até defenderam o capelão, na noite em que o coronel Cathcart tentou expulsá-lo novamente do clube de oficiais, com Yossarian se levantando de um jeito truculento para intervir e Nately gritando "*Yossarian!*" para contê-lo. O coronel Cathcart ficou branco como um lençol ao ouvir o nome de Yossarian e, para espanto de todos, bateu em retirada em absoluta desordem e horror até esbarrar no general Dreedle, que o afastou com o cotovelo aborrecido e ordenou que ele voltasse para dar ordens ao capelão que voltasse a frequentar o clube todas as noites.

A dificuldade que o capelão tinha em acompanhar sua situação no clube de oficiais era quase tão grande quanto sua dificuldade para lembrar em qual dos dez refeitórios do grupamento deveria fazer a próxima refeição. Ele teria preferido ser expulso do clube de oficiais, se não fosse pelo prazer que agora encontrava ali com seus novos companheiros. Se o capelão não fosse ao clube dos oficiais à noite, não havia outro lugar para onde pudesse ir. Ele passava o tempo à mesa de Yossarian e Dunbar com um sorriso tímido e reticente, raramente falando a não ser que alguém falasse com ele, tendo diante de si uma taça de um vinho doce e grosseiro quase intocada enquanto brincava sem estar familiarizado com o cachimbo minúsculo feito de espiga de milho que segurava o tempo todo constrangido e que ocasionalmente enchia com tabaco e fumava. Ele gostava de ouvir Nately, cujas lamentações piegas e agridoces refletiam em grande parte sua própria desolação romântica e nunca deixavam de evocar nele ondas ressurgentes de saudade da esposa e dos filhos. O capelão incentivava Nately com acenos de compreensão ou assentimento, achando graça na sua franqueza e na sua imaturidade. Nately não se vangloriava com imodéstia excessiva pelo fato de sua namorada ser uma prostituta, e a consciência que o capelão tinha desse fato vinha principalmente do capitão Black, que jamais passava com seu andar desleixado pela mesa sem uma piscadela para o capelão e sem provocar Nately com alguma zombaria de mau gosto e ofensiva sobre ela. O capelão não gostava do capitão Black e achava difícil não lhe desejar o mal.

Ninguém, nem mesmo Nately, parecia gostar do fato de que ele, o capelão Albert Taylor Tappman, não era apenas um capelão, mas um ser humano, que *podia* ter uma esposa encantadora, apaixonada e bonita, que ele amava quase insanamente, e três filhos pequenos de olhos azuis, com rostos estranhos e esquecidos que iriam crescer e passar a ver o pai como uma aberração e que talvez nunca o perdoassem pelo constrangimento social que sua vocação causaria. Por que ninguém conseguia entender que ele não era de fato uma aberração, e sim um adulto normal e solitário tentando levar uma vida adulta normal e solitária? Se o alfinetassem, ele não ia sangrar? E, se fizessem cócegas, ele não riria? Parecia nunca ter ocorrido aos outros que ele, assim como todas as pessoas, tinha olhos, mãos, órgãos, dimensões, sentidos e afeições, que ele era ferido pelo mesmo tipo de arma, que era aquecido e resfriado pelas mesmas brisas e que se alimentava do mesmo tipo de comida, embora, ele era forçado a admitir, em um refeitório diferente para cada refeição. A única pessoa que parecia perceber que ele tinha sentimentos era o cabo Whitcomb, que tinha acabado de magoar todos esses sentimentos ao passar por cima dele e entregar ao coronel Cathcart sua proposta de enviar cartas padronizadas de condolências às famílias dos homens mortos ou feridos em combate.

A esposa do capelão era a única coisa no mundo sobre a qual ele podia ter certeza, e isso teria bastado, caso pudesse viver a vida apenas com ela e os filhos. A esposa do capelão era uma mulher reservada, diminuta e agradável, de trinta e poucos anos, de pele bem escura e muito atraente, com cintura fina, olhos calmos e inteligentes e dentes pequenos, brilhantes e pontiagudos, num rosto infantil, vivaz e delicado; ele sempre esquecia a aparência dos filhos e cada vez que voltava às fotos deles era como se estivesse vendo seus rostos pela primeira vez. O capelão amava a esposa e os filhos com uma intensidade tão incontrolável que muitas vezes sentia vontade de cair no chão, impotente, e chorar como um náufrago mutilado. Era implacavelmente atormentado por fantasias mórbidas que envolviam os dois, por presságios terríveis e hediondos de doenças e acidentes. Suas meditações estavam poluídas por ameaças de doenças terríveis como sarcoma de Ewing e leucemia; ele via seu filho pequeno morrer duas ou três vezes por semana, porque nunca havia ensinado a esposa a estancar um sangramento arterial; ele via, num silêncio choroso e paralisado, todas as pessoas da família serem eletrocutadas, um após o outro, numa tomada de rodapé, porque ele nunca avisou que o corpo humano conduz eletricidade; os quatro pegavam fogo quase toda noite quando o aquecedor de água explodia e incendiava a casa de madeira de dois andares; com detalhes medonhos, cruéis e revoltantes, ele via o corpo esbelto e frágil da pobre e querida esposa esmagado até virar uma polpa viscosa contra a parede de um mercado por um motorista de automóvel meio embriagado e via sua histérica filha de 5 anos ser levada para longe da cena horrível por um gentil cavalheiro de meia-idade com cabelos brancos como a neve que a estuprava e assassinava repetidamente assim que a levava para uma caixa de areia deserta, enquanto os dois meninos mais novos morriam de fome lentamente em casa depois que a mãe da esposa, que estava cuidando deles, morria de ataque cardíaco ao ser avisada da morte da filha por telefone. A esposa do capelão era uma mulher doce, tranquilizante e atenciosa, e ele ansiava por tocar novamente a carne quente de seu braço esguio e acariciar seus cabelos pretos e lisos, por ouvir sua voz íntima e reconfortante. Ela era uma pessoa muito mais forte do que ele. O capelão escrevia cartas breves e tranquilas para ela uma vez por semana, às vezes duas. Queria escrever cartas de amor urgentes para ela durante todo o dia e encher as páginas intermináveis com confissões desesperadas e desinibidas da sua humilde adoração e sobre a necessidade que sentia dela e com instruções cuidadosas sobre como fazer respiração boca a boca. Queria despejar sobre ela, em torrentes de autocomiseração, toda a sua insuportável solidão e desespero e avisar a ela que nunca deixasse o ácido bórico nem a aspirina ao alcance das crianças e que só atravessasse a rua quando o semáforo permitisse. Não queria preocupar a mulher. A esposa do capelão era intuitiva, gentil, compassiva e receptiva. Era quase inevitável que seus devaneios de reencontro com ela terminassem em atos explícitos de sexo.

O momento em que o capelão mais se sentia uma fraude era quando estava fazendo a celebração durante um sepultamento, e do ponto de vista dele não seria de admirar se a aparição na árvore aquele dia fosse uma manifestação da censura do Todo-Poderoso pela blasfêmia e pelo orgulho inerentes à função dele. Simular circunspecção, fingir tristeza e dar a entender que compreendia o além numa circunstância tão temerária e arcana como a morte parecia a mais criminosa das ofensas. Ele se lembrava — ou estava quase convencido de que lembrava — perfeitamente da cena no cemitério. Em sua mente, ele via o major Major e o major Danby parados sombrios como pilares de pedra partidos ao meio cada um de um lado seu, via quase exatamente o número de praças e quase exatamente os lugares que eles tinham ocupado, via os quatro homens imóveis com pás, o caixão repulsivo e o grande, triunfante monte fofo de terra marrom-avermelhada e o vasto, inerte, raso, abafado céu, tão estranhamente limpo e azul naquele dia que quase chegava a ser tóxico. Ele se lembraria de tudo aquilo para sempre, pois todas aquelas pessoas tinham sido partícipes do mais extraordinário acontecimento que jamais havia lhe ocorrido, um acontecimento talvez maravilhoso, talvez patológico: a visão do homem nu na árvore. Como poderia explicar aquilo? Não era algo já visto ou jamais visto, e certamente não era quase visto; nem o *déjà-vu*, nem o *jamais vu* nem o *presque vu* eram elásticos o suficiente para dar conta daquilo. Seria um fantasma então? A alma do morto? Um anjo celestial ou um enviado dos infernos? Ou será que todo aquele fantástico episódio era mera invenção de uma imaginação doentia, a dele próprio, ou de uma mente que se deteriorava, de um cérebro apodrecido? A possibilidade de que houvesse mesmo um homem nu na árvore — dois homens, na verdade, já que um segundo homem se juntou por um breve período ao primeiro usando um bigode castanho e roupas escuras sinistras da cabeça aos pés e se inclinou para a frente de modo ritualístico sobre o galho da árvore para oferecer ao primeiro homem uma bebida de um cálice marrom — jamais passou pela cabeça do capelão.

O capelão era sinceramente uma pessoa muito solícita, mas que jamais era capaz de ajudar alguém, nem mesmo Yossarian, quando ele finalmente decidiu pegar o touro a unha e visitar em segredo o major Major para descobrir se, como Yossarian tinha dito, os homens do grupamento do coronel Cathcart realmente estavam sendo forçados a voar mais missões de combate do que todos os demais. Foi um movimento ousado, impulsivo, que o capelão decidiu fazer depois de discutir novamente com o cabo Whitcomb e de tomar a água morna de seu cantil como acompanhamento para seu triste almoço composto de um Milky Way e um Baby Ruth. Ele foi até o major Major a pé, para que o cabo Whitcomb não pudesse ver que ele estava saindo, entrou sem fazer nenhum barulho na floresta e se moveu furtivamente até que as duas tendas de sua clareira tivessem ficado para trás, depois saltou para dentro da vala abandonada da ferrovia onde o solo era mais firme. Correu sobre os dormentes de madeira fossilizada com uma raiva acumulada e cheia de rebeldia. Ele tinha sido intimidado e humilhado sucessivamente naquela manhã pelo coronel Cathcart, pelo coronel Korn e pelo cabo Whitcomb. Conseguir se sentir respeitado era necessário! Seu peito frágil logo estava ofegante. Ele andou o mais rápido que pôde sem correr, temendo que sua determinação perdesse força caso desacelerasse. Não demorou para que ele visse alguém fardado vindo em sua direção em meio aos trilhos enferrujados. O capelão escalou imediatamente até uma das laterais da vala, ficou abaixado em meio a um grupo denso de árvores baixas para não ser visto e correu na sua direção original por um caminho estreito e coberto de musgo que ele viu serpentear até bem dentro da floresta coberta de sombras. Era mais difícil seguir por ali, mas ele foi adiante com a mesma determinação imprudente e desgastante, escorregando e tropeçando o tempo todo e machucando as mãos desprotegidas nos galhos teimosos que bloqueavam seu caminho até que os arbustos e as samambaias mais altas de ambos os lados começaram a se espaçar e ele pudesse passar por um trailer militar verde-oliva parado sobre blocos de cimento e que estava claramente visível através da vegetação esparsa. O capelão foi adiante e passou por uma tenda com um luminoso gato cinza-perolado que tomava sol, passando também por mais um trailer sobre blocos de cimento e depois irrompeu na clareira do esquadrão de Yossarian. Um orvalho salgado tinha se formado em seus lábios. Ele não parou, atravessou diretamente a clareira até o posto de comando, onde foi recebido por um sargento magro, de ombros curvados, maçãs do rosto proeminentes e longos cabelos loiros muito claros, que o informou gentilmente que ele poderia entrar de imediato, já que o major Major estava fora.

O capelão agradeceu com um leve movimento de cabeça e seguiu sozinho pelo corredor entre as mesas e máquinas de escrever até o compartimento com uma divisória de lona nos fundos. Passou pela abertura triangular e se viu sozinho em um gabinete vazio. A aba de lona caiu e fechou depois que ele entrou. Estava respirando pesado e suava muito. O gabinete continuava vazio. O capelão achou que tinha ouvido um murmúrio furtivo. Dez minutos se passaram. O capelão olhou em torno profundamente incomodado, as mandíbulas indomitamente cerradas, e de repente se deu conta do que estava acontecendo quando lembrou as exatas palavras do sargento: ele podia entrar imediatamente, porque o major Major estava fora. *Os praças estavam pregando uma peça nele!* O capelão se afastou da parede horrorizado, lágrimas amargas brotando nos olhos. Um gemido de súplica escapou dos lábios trêmulos. O major

Major estava em algum outro lugar e os praças na sala ao lado fizeram dele o alvo de uma piada de mau gosto. Quase conseguia ver os homens à espera do outro lado da divisória de lona, ansiosamente amontoados como uma matilha de ávidos e gananciosos animais de rapina, com suas piadas bárbaras e suas gracinhas na ponta da língua, prontos para atacá-lo brutalmente assim que ele aparecesse. Ele se amaldiçoou por sua credulidade e em pânico desejou algo como uma máscara ou óculos escuros e um bigode falso para se disfarçar, ou então que tivesse uma voz grave como a do coronel Cathcart, com ombros largos e bíceps fortes que lhe permitissem sair dali destemidamente e derrotar os maldosos perseguidores com uso de grande autoridade e autoconfiança que levaria todos eles a se acovardar e recuar arrependidos. Ele não tinha coragem para encará-los. A única outra saída era a janela. Não havia ninguém por perto, e o capelão saltou pela janela do gabinete do major Major, contornou correndo o canto da tenda e saltou para a vala da ferrovia, onde se escondeu.

O capelão fugiu com o corpo curvado e o rosto intencionalmente contorcido num sorriso indiferente e sociável para caso alguém o visse. Ele abandonou a vala e passou para a floresta assim que viu alguém vindo em sua direção no sentido contrário e correu para a floresta densa freneticamente como se estivesse sendo perseguido, o rosto incendiando de vergonha. Ouviu gargalhadas altas e irônicas explodindo ao redor e viu de relance imagens borradas de rostos maus, embriagados de cerveja, rindo mata adentro e muito acima dele, na copa das árvores. Seus pulmões sofriam com espasmos de dores fortíssimas e ele foi obrigado a reduzir o passo e andar com a velocidade de um aleijado. Correu e cambaleou até não ter mais como seguir em frente e desabou numa macieira torta, batendo de cabeça com força no tronco quando tropeçou e colocou os braços para a frente para evitar a queda. O som da sua respiração era um gemido áspero nos ouvidos. Minutos pareceram horas antes de o capelão enfim reconhecer que ele mesmo era a fonte do rugido turbulento que o oprimia. As dores no peito diminuíram. Logo, o capelão se sentiu forte o bastante para se levantar. Ele prestou bastante atenção, orelhas em pé. A floresta estava quieta. Não havia nenhuma risada demoníaca, ninguém o perseguia. O capelão estava cansado, triste e sujo demais para se sentir aliviado. Ajeitou as roupas desgrenhadas com os dedos dormentes e trêmulos e andou o restante do trajeto até a clareira com rígido autocontrole. O capelão costumava refletir sobre o perigo de um ataque cardíaco.

O jipe do cabo Whitcomb continuava estacionado na clareira. O capelão contornou furtivamente os fundos da tenda do cabo Whitcomb na ponta dos pés para não passar pela entrada e correr o risco de ser visto e insultado por ele. Com um suspiro de gratidão, entrou rápido na tenda e encontrou o cabo Whitcomb acomodado de barriga para cima em sua cama de joelho dobrado. Os sapatos enlameados do cabo Whitcomb estavam sobre o cobertor do capelão, e ele comia uma das barras de chocolate do capelão enquanto folheava com olhar irônico uma das Bíblias do capelão.

— Por onde você andou? — perguntou ele rude e desinteressado, sem erguer os olhos.

O capelão corou e se virou, evasivo.

— Fui dar uma volta na floresta.

— Certo — disparou o cabo Whitcomb. — Não confie em mim. Mas espere e você vai ver o que acontece com o meu moral.

Ele mordeu a barra de chocolate do capelão com voracidade e, de boca cheia, continuou:

— Você recebeu uma visita enquanto esteve fora. O major Major.

O capelão se virou surpreso e disse:

— O major Major? O major Major veio *aqui*?

— Foi o que eu disse, não foi?

— Aonde ele foi?

— Ele pulou naquela vala da ferrovia e fugiu igual um coelho assustado. — O cabo Whitcomb deu uma risadinha. — Que idiota!

— Ele disse o que queria?

— Disse que precisava da sua ajuda em um assunto de grande importância.

O capelão ficou surpreso.

— O major Major disse *isso*?

— Ele não *disse* isso — corrigiu o cabo Whitcomb com uma precisão fulminante. — Ele escreveu isso numa carta pessoal lacrada que deixou na sua mesa.

O capelão olhou para a mesa de bridge que servia de escrivaninha e viu apenas o abominável tomate italiano em formato de pera, vermelho-alaranjado, que tinha ganhado naquela manhã do coronel Cathcart, ainda caído de lado, onde ele o havia esquecido, como um símbolo indestrutível e encarnado da própria inépcia.

— Cadê a carta?

— Joguei fora assim que abri e li.

O cabo Whitcomb fechou a Bíblia com força e deu um pulo.

— Qual é o problema? Você não vai acreditar na minha palavra?

O major Major tinha ido embora. Voltou e quase trombou com o capelão, que corria no sentido contrário voltando do gabinete do major Major.

— Você não sabe delegar responsabilidades — informou o cabo Whitcomb, carrancudo. — Esse é outro dos seus problemas.

O capelão fez que sim penitente e passou apressado, incapaz de perder tempo para se desculpar. Ele podia sentir a mão hábil do destino motivando-o de modo imperativo. Já duas vezes naquele dia, ele se dava conta agora, o major Major tinha vindo correndo na direção dele dentro da vala; e duas vezes naquele dia o capelão adiou estupidamente o encontro previsto, fugindo para a floresta. Ele fervia se recriminando enquanto voltava o mais rápido que podia, andando ao longo dos dormentes quebrados e irregularmente espaçados da ferrovia. Pedaços de areia e cascalho nos sapatos e nas meias deixavam a ponta dos dedos dos pés em carne viva. Seu rosto pálido e cansado estava inconscientemente retorcido numa careta de agudo desconforto. A tarde do início de agosto ficava cada vez mais quente e úmida. O trajeto da tenda até o esquadrão de Yossarian tinha quase um quilômetro e meio. A camisa bege de verão do capelão estava empapada de suor quando ele chegou e correu de volta para a tenda do posto de comando, onde foi detido peremptoriamente pelo mesmo sargento traiçoeiro, de fala mansa, óculos redondos e bochechas magras, que solicitou ao capelão que permanecesse do lado de fora, porque o major Major estava no gabinete e informou que ele não teria permissão para entrar até que o major Major saísse. O capelão olhou para ele atordoado e sem compreender. Ficou se perguntando por que o sargento o odiava. Seus lábios estavam brancos e trêmulos. Ele sentia dor de tanta sede. Qual era o problema com as pessoas? A tragédia não era suficiente? O sargento estendeu a mão e conteve o capelão com firmeza.

— Sinto muito, senhor — disse ele com pesar, em voz baixa, cortês e melancólica. — Mas essas são ordens do major Major. Ele nunca quer ver ninguém.

— Ele quer me ver — implorou o capelão. — Ele foi à minha tenda para me ver enquanto eu estava aqui.

— O major Major fez isso? — perguntou o sargento.

— Fez. Por favor, entre e pergunte a ele.

— Infelizmente não posso entrar, senhor. Ele também nunca quer me ver. Talvez se o senhor deixasse um bilhete.

— Não quero deixar um bilhete. Ele nunca abre exceções?

— Só em circunstâncias extremas. A última vez que saiu da tenda foi para comparecer ao velório de um praça. A última vez que recebeu alguém no gabinete foi quando alguém o obrigou a isso. Um bombardeiro chamado Yossarian o obrigou...

— Yossarian? — O capelão se iluminou de entusiasmo com essa nova coincidência. Seria esse outro milagre em andamento? — Mas é exatamente sobre quem *eu* quero falar com ele! Eles falaram sobre o número de missões que Yossarian tem que voar?

— Sim, senhor, foi exatamente sobre isso que eles conversaram. O capitão Yossarian tinha voado em cinquenta e uma missões e apelou ao major Major que o deixasse em terra e não tivesse que voar mais quatro. Na época, o coronel Cathcart queria só cinquenta e cinco missões.

— E o que o major Major disse?

— O major Major disse que não podia fazer nada.

O capelão ficou decepcionado.

— O major Major disse isso?

— Sim, senhor. Na verdade, ele aconselhou Yossarian a procurar o senhor. Tem certeza de que não gostaria de deixar um bilhete, senhor? Tenho lápis e papel aqui.

O capelão fez que não com a cabeça, mordendo desamparadamente o lábio inferior seco e coagulado, e saiu. Ainda era cedo e muita coisa já tinha acontecido. O ar estava mais fresco na floresta. Sua garganta estava seca e dolorida. Ele andava devagar e se perguntava com pesar qual novo infortúnio poderia lhe acontecer logo antes de o eremita louco da floresta saltar sobre ele sem avisar, de trás de uma amoreira. O capelão deu um berro. O estranho alto e cadavérico recuou assustado com o grito do capelão e disse:

— Não me machuca!

— Quem é você? — perguntou o capelão.

— Por favor, não me machuca! — respondeu o homem.

— Eu sou o capelão!

— Então por que você quer me machucar?

— Eu não quero machucar você! — insistiu o capelão com uma dose crescente de exasperação, embora ainda sem se mexer. — Só me diga quem é você e o que quer de mim.

— Só quero saber se o cacique Floco de Aveia já morreu de pneumonia — disse o homem. — Só quero isso. Eu moro aqui. O meu nome é Flume. Pertenço ao esquadrão, mas moro aqui na floresta. Pode perguntar para qualquer um.

O capelão começou a retomar a compostura, enquanto estudava atentamente a figura estranha e encolhida. Um par de barras de capitão, ulceradas pela ferrugem, pendia do colarinho esfarrapado da camisa do homem. Ele tinha uma pinta peluda, preta como alcatrão, na parte inferior de uma narina e um bigode grosso e áspero, da cor de casca de choupo.

— Por que você mora na floresta se pertence ao esquadrão? — perguntou o capelão, curioso.

— Eu tenho que morar na floresta — respondeu o capitão mal-humorado, como se o capelão devesse saber. Ele se endireitou lentamente, ainda observando com cautela o capelão, embora fosse bem mais alto que ele. — Você não ouve todo mundo falando de mim? O cacique Floco de Aveia jurou que iria cortar o meu pescoço qualquer noite dessas, quando eu estivesse dormindo profundamente, e não me atrevo a dormir no esquadrão enquanto ele estiver vivo.

O capelão ouviu desconfiado a explicação implausível.

— Mas não dá para acreditar nisso — respondeu ele. — Isso seria assassinato premeditado. Por que você não relatou o incidente ao major Major?

— Eu relatei o incidente ao major Major — disse o capitão com tristeza —, e o major Major disse que ia cortar o meu pescoço se eu falasse com ele de novo. — O homem estudou o capelão com medo. — Você vai cortar o meu pescoço também?

— Ah, não, não, não — garantiu o capelão. — Claro que não. Você mora na floresta de verdade?

O capitão fez que sim e o capelão olhou a palidez cinzenta e porosa causada pela fadiga e pela desnutrição num misto de pena e estima. O corpo do homem era uma concha óssea dentro de roupas amarrotadas que pendiam dele como uma coleção desajeitada de sacos. Havia tufos de grama seca colados nele; ele precisava desesperadamente cortar o cabelo. As olheiras dele eram enormes. O capelão quase foi levado às lágrimas pela imagem atormentada e suja do capitão e se encheu de deferência e compaixão ao pensar nos múltiplos e severos rigores que o pobre homem suportava diariamente. Numa voz abafada e humilde, disse:

— Quem lava a sua roupa?

O capitão franziu os lábios de maneira profissional.

— Mando para uma lavadeira em uma fazenda aqui perto. Guardo as minhas coisas no trailer e entro lá uma ou duas vezes por dia para pegar um lenço limpo ou uma cueca limpa.

— O que você vai fazer quando o inverno chegar?

— Ah, até lá espero ter voltado para o esquadrão — respondeu o capitão com a confiança de um mártir. — O cacique Floco de Aveia prometeu para todo mundo que ia morrer de pneumonia, então acho que vou ter que ser paciente até que o tempo fique um pouco mais frio e úmido. — Perplexo, ele examinou o capelão. — Você não sabia disso tudo? Você não ouve os caras falando de mim?

— Acho que nunca ouvi ninguém mencionar você.

— Olha, isso eu não consigo entender. — O capitão ficou irritado, mas conseguiu prosseguir com uma aparência de otimismo. — Bom, já é quase setembro, então acho que não vai demorar muito. Da próxima vez que alguém perguntar por mim, diga que vou voltar a divulgar aqueles velhos comunicados de publicidade assim que o cacique Floco de Aveia morrer de pneumonia. Você diz isso para eles? Vamos supor que eu volte para o esquadrão assim que o inverno chegar e o cacique Floco de Aveia morrer de pneumonia. Beleza?

O capelão memorizou solenemente essas palavras proféticas, fascinado ainda mais por seu significado esotérico.

— Você vive de frutas, ervas e raízes? — perguntou ele.

— Não, claro que não — respondeu o capitão, surpreso. — Eu entro no refeitório pelos fundos e como na cozinha. Milo me dá sanduíches e leite.

— O que você faz quando chove?

O capitão respondeu francamente:

— Eu me molho.

— Onde você dorme?

Rapidamente o capitão agachou e começou a recuar.

— Você também? — gritou ele, exaltado.

— Ah, não — disse o capelão. — Juro que não é isso.

— Você *quer* cortar o meu pescoço! — insistiu o capitão.

— Dou a minha palavra — implorou o capelão, mas era tarde demais, o espectro feio e peludo já tinha desaparecido, desmanchando-se com tal habilidade em meio às florescentes, sarapintadas e fragmentadas malformações de folhas, luzes e sombras que o capelão chegou até mesmo a duvidar que um dia ele realmente tivesse estado ali. Eram tantos os acontecimentos monstruosos que ele vinha presenciando que o capelão já não tinha mais certeza de quais *eram* monstruosos e quais estavam *realmente* acontecendo. Ele queria saber mais sobre o louco na floresta o mais rápido possível, queria verificar se realmente existiu um capitão Flume, mas sua primeira tarefa, lembrou com relutância, era apaziguar o cabo Whitcomb por não ter delegado a ele responsabilidades suficientes. O capelão andou com dificuldade pelo trajeto em zigue-zague no meio do mato, indiferente, embotado de sede e sentindo-se quase exausto demais para continuar. O capelão sentiu remorso quando pensou no cabo Whitcomb. Rezou para que o cabo Whitcomb tivesse ido embora quando ele chegasse à clareira, para que ele pudesse se despir sem constrangimento, lavar bem os braços, o peito e os ombros, tomar água, deitar-se revigorado e talvez até dormir por uns minutos; mas ele teria uma nova decepção e mais um choque, pois quando chegou o cabo Whitcomb havia se transformado em *sargento* Whitcomb e estava sentado sem camisa na cadeira do capelão, costurando as listras da nova patente na manga com a agulha e a linha do capelão. O cabo Whitcomb tinha sido promovido pelo coronel Cathcart, que queria falar imediatamente com o capelão sobre as cartas.

— Ah, não — disse o capelão, gemendo e afundando estupefato na cama de campanha. O cantil quente estava vazio e ele estava perturbado demais para se lembrar da sacola pendurada do lado de fora, na sombra entre as duas tendas. — Não acredito. Simplesmente não consigo acreditar que alguém pense de verdade que estou falsificando a assinatura de Washington Irving.

— Essas cartas não — corrigiu o cabo Whitcomb, nitidamente feliz com o desgosto do capelão. — Ele quer falar com você sobre as cartas para as famílias das vítimas.

— Essas cartas? — perguntou o capelão, surpreso.

— Isso mesmo — regozijou-se o cabo Whitcomb. — Ele vai mesmo acabar com você por não me deixar enviar as cartas. Você devia ter visto como ele aceitou a ideia assim que eu disse que as cartas podiam ser assinadas por ele. Foi por isso que me promoveu. Ele tem certeza absoluta de que vão falar dele na *Saturday Evening Post*.

A confusão do capelão aumentou.

— Mas como ele sabia que estávamos pensando nisso?

— Eu estive no gabinete dele e contei.

— Você fez o quê? — perguntou o capelão com voz estridente e se levantou sentindo uma raiva pouco familiar. — Você está me dizendo que passou por cima de mim e foi falar com o coronel sem pedir a minha permissão?

O cabo Whitcomb sorriu descaradamente com satisfação desdenhosa.

— Isso mesmo, capelão — respondeu ele. — E é melhor você não tentar fazer nada ou pode se dar mal. — Ele riu baixinho num desafio malicioso. — O coronel Cathcart não vai gostar se descobrir que você está se vingando de mim por ter levado minha ideia para ele. Sabe de uma coisa, capelão? — continuou o cabo Whitcomb, mordendo desdenhosamente a linha preta do capelão com um estalo alto e abotoando a camisa. — Aquele idiota acha mesmo que é uma das melhores ideias que já ouviu.

— Isso pode até me colocar na *Saturday Evening Post* — gabou-se o coronel Cathcart no gabinete com um sorriso, andando de um lado para o outro alegremente enquanto repreendia o capelão. — E você não teve inteligência suficiente para ver isso. O cabo Whitcomb é um bom homem, capelão. Espero que você tenha inteligência suficiente para ver isso.

— Sargento Whitcomb — corrigiu o capelão, antes que pudesse se controlar.

O coronel Cathcart rosnou.

— Eu *disse* sargento Whitcomb — respondeu ele. — Gostaria que você tentasse ouvir de vez em quando, em vez de ficar o tempo todo vendo problemas. Você não quer ser capitão a vida toda, quer?

— Senhor?

— Bem, eu certamente não vejo como você vai ser promovido a outra coisa se continuar assim. O cabo Whitcomb acha que o seu pessoal não teve uma ideia nova nos últimos mil novecentos e quarenta e quatro anos e estou inclinado a concordar com ele. Um rapaz brilhante, aquele cabo Whitcomb. Bem, tudo vai mudar.

O coronel Cathcart se sentou à mesa com ar determinado e escolheu um espaço grande e limpo no mata-borrão. Quando terminou, bateu o dedo dentro daquela área.

— A partir de amanhã — disse ele — quero que você e o cabo Whitcomb escrevam em meu nome uma carta de condolências para os parentes mais próximos de cada homem do grupamento que foi morto, ferido ou tomado como prisioneiro. Quero que sejam cartas sinceras. Quero que contenham muitos detalhes pessoais para que não haja dúvidas de que estou sendo verdadeiro em cada palavra escrita por vocês. Está claro?

O capelão avançou impulsivamente para protestar.

— Mas, senhor, isso é impossível! — deixou escapar ele. — Nem conhecemos todos os homens tão bem.

— Que diferença isso faz? — perguntou o coronel Cathcart, depois sorriu amigavelmente. — O cabo Whitcomb me trouxe esta carta básica que cuida de praticamente todas as situações. Escuta só: "Prezada(o) Sra., Sr., Srta., ou Prezados Sr. e Sra.: Não há como expressar em palavras a profunda tristeza que senti quando seu marido, filho, pai ou irmão foi morto, ferido ou dado como desaparecido em combate." E assim por diante. Acho que essa frase inicial resume exatamente os meus sentimentos. Escute, talvez seja melhor você deixar o cabo Whitcomb cuidar de tudo, se não se sente à vontade com isso. — O coronel Cathcart sacou a piteira e a flexionou entre as duas mãos como um chicote de ônix e marfim. — Esse é um dos seus problemas, capelão. O cabo Whitcomb me disse que você não sabe delegar responsabilidades. Ele disse também que você não tem iniciativa. Você não vai discordar de mim, vai?

— Não, senhor.

O capelão balançou a cabeça, sentindo-se desprezivelmente negligente por não saber delegar responsabilidades, por não ter iniciativa e por realmente se sentir tentado a discordar do coronel. Sua mente estava confusa. Os homens estavam treinando tiro ao alvo lá fora, e cada vez que uma arma era disparada seus sentidos ficavam abalados. O capelão não conseguia se acostumar com o som dos tiros. Estava cercado por caixas de tomate italiano e tinha quase certeza de que havia estado no gabinete do coronel Cathcart em alguma ocasião semelhante, no passado, cercado pelas mesmas caixas desses mesmíssimos tomates italianos. *Déjà-vu* outra vez. O cenário parecia tão familiar mas também parecia tão distante. Suas roupas pareciam sujas e velhas, e ele estava com um medo mortal de cheirar mal.

— Você leva as coisas muito a sério, capelão — disse o coronel Cathcart sem rodeios, com um ar de objetividade adulta. — Esse é outro dos seus problemas. Essa sua cara séria deixa todo mundo deprimido. Quero ver você rindo de vez em quando. Vamos, capelão. Me dê uma gargalhada agora e eu lhe dou uma caixa de tomate italiano inteira. — Ele esperou um ou dois segundos, observando, depois riu vitoriosamente. — Viu só, capelão, eu tenho razão. Você não consegue dar uma gargalhada, não é mesmo?

— Não, senhor — admitiu o capelão com humildade, engolindo em seco lentamente com um esforço visível. — Não agora. Estou com muita sede.

— Então pegue alguma coisa para beber. O coronel Korn guarda um pouco de bourbon na mesa dele. Você devia tentar passar uma noite dessas com a gente no clube dos oficiais só para se divertir um pouco. Tente ficar feliz de vez em quando. Espero que não se sinta melhor do que o restante de nós só porque é um profissional.

— Ah, não, senhor — garantiu o capelão, constrangido. — Na verdade, tenho ido ao clube dos oficiais nas últimas noites.

— Você é só um capitão, sabe — continuou o coronel Cathcart, sem prestar atenção ao comentário do capelão. — Pode ser um profissional, mesmo assim não passa de um capitão.

— Sim, senhor. Eu sei.

— Tudo bem, então. Ainda bem que você não riu naquela hora. Eu não ia te dar os tomates italianos mesmo. O cabo Whitcomb me disse que você comeu um tomate quando esteve aqui hoje de manhã.

— Hoje de manhã? Mas, senhor, o senhor me deu o tomate!

O coronel Cathcart inclinou a cabeça, desconfiado.

— Eu não disse que não dei, disse? Só disse que você pegou. Não vejo por que você está com a consciência tão pesada se realmente não roubou. Eu dei para você?

— Sim, senhor. Juro que deu.

— Então, vou ter que acreditar na sua palavra. Embora eu não consiga imaginar por que eu ia querer lhe dar um tomate italianos.

O coronel Cathcart transferiu com habilidade um peso de papel de vidro redondo da extremidade direita da mesa para a esquerda e pegou um lápis apontado.

— Muito bem. Capelão, tenho muito trabalho importante a fazer agora, se já terminou. Avise quando o cabo Whitcomb tiver enviado uma dúzia dessas cartas e vamos entrar em contato com os editores da *Saturday Evening Post*. — Uma inspiração repentina fez seu rosto se iluminar. — Olha só! Acho que vou voluntariar o grupamento para Avignon de novo. Isso deve acelerar as coisas!

— Para Avignon? — O coração do capelão parou de bater e todo o seu corpo começou a formigar e ficar arrepiado.

— Exato — explicou o coronel com exuberância. — Quanto antes tivermos algumas baixas, mais rápido vamos fazer algum progresso nessa história. Eu queria entrar na edição de Natal, se der tempo. Imagino que a circulação seja maior.

E, para horror do capelão, o coronel pegou o telefone para oferecer o grupamento como voluntário para Avignon e tentou expulsá-lo mais uma vez do clube dos oficiais naquela noite, um instante antes de Yossarian se levantar bêbado, derrubando sua cadeira, para vingar o capelão com um soco, o que fez Nately gritar o nome de Yossarian e levou o coronel

Cathcart a empalidecer e recuar prudentemente, dando de cara com o general Dreedle, que o tirou enojado de cima de seu pé machucado e deu ordens para que ele trouxesse imediatamente o capelão de volta para o clube dos oficiais. Tudo isso foi muito perturbador para o coronel Cathcart, primeiro pelo temido nome "Yossarian!" dito mais uma vez com clareza como um aviso do destino e depois ainda a história do pé machucado do general Dreedle, e essa foi mais uma culpa que o coronel Cathcart atribuiu ao capelão, o fato de ser impossível prever como o general Dreedle reagiria cada vez que o via. O coronel Cathcart jamais se esqueceria da primeira noite em que o general Dreedle notou o capelão no clube dos oficiais, erguendo o rosto corado, sufocado e inebriado e olhando ponderadamente, em meio à nuvem amarelada de fumaça de cigarro, na direção do capelão que estava de tocaia sozinho perto da parede.

— Não acredito! — exclamou o general Dreedle com voz rouca, as sobrancelhas grisalhas, ameaçadoras e desgrenhadas se arrepiando ao reconhecer o homem. — É um capelão aquilo que estou vendo ali? Que coisa boa quando um homem de Deus começa a andar num lugar como esse com um bando de bêbado sujo e viciado em jogo.

O coronel Cathcart comprimiu os lábios com delicadeza e já foi se levantando.

— Concordo integralmente, senhor — disse ele rapidamente num tom de ostensiva desaprovação. — Não sei mesmo o que está acontecendo com o clero hoje em dia.

— Eles estão melhorando, é isso que está acontecendo com eles — rosnou o general Dreedle enfaticamente.

O coronel Cathcart engoliu em seco e se recuperou com agilidade.

— Sim, senhor. Eles estão melhorando. Foi bem isso que pensei.

— Esse é o lugar ideal para um capelão estar, misturado com os homens enquanto eles estão bebendo e jogando, para poder entender as pessoas e ganhar a confiança delas. Se não for assim, como ele vai fazer os outros acreditarem em Deus?

— Foi bem isso que pensei, senhor, quando mandei que ele viesse para cá — disse o coronel Cathcart cuidadosamente, e colocou o braço com familiaridade em volta dos ombros do capelão enquanto o levava para um canto e dava ordens em voz baixa para que o capelão se apresentasse para o serviço no clube dos oficiais toda noite e se misturasse com os homens enquanto eles bebiam e jogavam, para entendê-los e ganhar a confiança deles.

O capelão concordou e compareceu ao serviço no clube dos oficiais toda noite para se misturar com os homens que queriam evitá-lo, até que certa noite começou uma briga violenta na mesa de pingue-pongue e o cacique Floco de Aveia sem ser provocado girou e deu um murro bem no nariz do coronel Moodus, derrubando o coronel Moodus de bunda e levando o general Dreedle a gargalhar de um modo vigoroso e inesperado, até avistar o capelão parado perto dele, olhando para ele de um jeito grotesco, numa perplexidade torturada. O general Dreedle congelou ao vê-lo. Ele olhou furioso para o capelão por um instante, o bom humor perdido de cara, e se virou para o bar, descontente, singrando como um marinheiro com suas pernas curtas e arqueadas. O coronel Cathcart trotava cheio de temor atrás dele, olhando ansiosamente e buscando em vão algum sinal do coronel Korn que pudesse ajudá-lo.

— Que coisa boa — rosnou o general Dreedle no bar, segurando um copo vazio na mão imensa. — Que coisa boa quando um homem de Deus começa a andar num lugar como esse com um bando de bêbado sujo e viciado em jogo.

O coronel Cathcart suspirou aliviado.

— Sim, senhor! — exclamou ele com orgulho. — Sem dúvida é uma coisa boa.

— Então por que você não faz alguma coisa quanto a isso?

— Senhor? — perguntou o coronel Cathcart, piscando.

— Você acha que fica bem para você ter seu capelão por aqui toda noite? Ele está aqui sempre que venho.

— O senhor está certo, senhor, absolutamente certo — respondeu o coronel Cathcart. — Realmente não fica bem para mim. E vou fazer algo a respeito neste exato minuto.

— Não foi você que mandou ele vir para cá?

— Não, senhor, foi o coronel Korn. Pretendo puni-lo severamente também.

— Se ele não fosse capelão — murmurou o general Dreedle —, eu mandava levar o sujeito para fora e fuzilar.

— Ele não é capelão, senhor — aconselhou o coronel Cathcart solicitamente.

— Não é? Então por que ele usa aquela cruz no colarinho se não é capelão?

— Ele não usa cruz no colarinho, senhor. Ele usa uma folha de prata. Ele é tenente-coronel.

— O seu capelão é tenente-coronel? — perguntou o general Dreedle com espanto.

— Ah, não, senhor. O meu capelão é um mero capitão.

— Então por que ele usa uma folha de prata no colarinho se é só capitão?

— Ele não usa folha de prata no colarinho, senhor. Ele usa uma cruz.

— Se afasta de mim agora, seu filho da puta — disse o general Dreedle. — Ou eu mando levarem você lá para fora e te fuzilar!

— Sim, senhor.

O coronel Cathcart se afastou do general Dreedle engolindo em seco e expulsou o capelão do clube dos oficiais, e foi quase exatamente igual ao que aconteceu dois meses mais tarde, depois que o capelão tentou convencer o coronel Cathcart a rescindir sua ordem que aumentava o número de missões para sessenta, e foi um tremendo fracasso também nesse esforço, e agora o capelão estava pronto para capitular e perder por completo as esperanças, mas foi contido pela memória da esposa, a quem amava e de quem sentia patéticas saudades com um ardor sensual e exaltado, e pela confiança vitalícia que depositava na sabedoria e na justiça de um Deus que era um ser imortal, onipotente, onisciente, humano, universal, falante de inglês, anglo-saxão, pró-Estados Unidos, que começava a vacilar. Tantas coisas vinham testando sua fé. Havia a

Bíblia, é claro, mas a Bíblia era um livro, assim como *A casa soturna*, *A ilha do tesouro*, *Ethan Frome* e *O último dos moicanos*. Seria mesmo provável, como ele certa vez tinha ouvido Dunbar perguntar, que as respostas para os enigmas da criação fossem fornecidas por pessoas ignorantes demais para compreenderem a mecânica da chuva? Teria Deus Todo-Poderoso, em Sua infinita sabedoria, realmente temido que os homens de seis mil anos atrás conseguissem construir uma torre que chegaria aos céus? Onde ficava o céu? Lá em cima? Lá embaixo? Não havia alto ou baixo num universo finito, que estava em expansão, no qual até mesmo o vasto, ardente, deslumbrante e majestoso Sol se encontrava numa progressiva decadência que acabaria por destruir também a Terra. Não havia milagres; orações ficaram sem resposta e o infortúnio recaía com igual brutalidade sobre os virtuosos e os corruptos; e o capelão, que tinha consciência e caráter, teria cedido à razão e renunciado à sua crença no Deus dos seus pais — teria renunciado de verdade tanto à sua vocação quanto à sua missão e se arriscado como soldado raso na infantaria ou na artilharia, ou mesmo, talvez, como cabo dos paraquedistas — não fosse por fenômenos místicos sucessivos como o homem nu na árvore durante o velório daquele pobre sargento algumas semanas antes e a promessa enigmática, assustadora e encorajadora do profeta Flume na floresta naquela mesma tarde:

— Diga que volto quando o inverno chegar.

26
AARFY

Em certo sentido era tudo culpa de Yossarian, porque, se ele não tivesse movido a linha de front durante o Grande Cerco de Bolonha, talvez o major ——— de Coverley ainda estivesse por perto para salvar a pele dele, e, se ele não tivesse enchido o apartamento dos praças com moças que não tinham outro lugar para morar, talvez Nately jamais tivesse se apaixonado pela prostituta dele quando a viu nua da cintura para baixo ignorada pelos jogadores rabugentos de vinte e um que enchiam a sala. Nately encarou a garota discretamente de sua poltrona estofada amarela, maravilhado com a força cheia de tédio e fleuma com que ela aceitava a rejeição em massa. Ela bocejou, e ele ficou profundamente comovido. Ele jamais havia testemunhado uma pose heroica como aquela.

A garota havia subido cinco lances íngremes de escada para se vender ao grupo de saciados praças, que tinham mulheres vivendo com eles em todo lugar do apartamento; nenhum deles queria a garota nem de graça, nem mesmo depois de ela se despir sem o menor entusiasmo para tentar os homens com seu corpo firme, carnudo e verdadeiramente voluptuoso. Ela parecia mais cansada do que decepcionada. Agora estava sentada descansando em uma indolência vazia, assistindo ao jogo de cartas com uma curiosidade entorpecida enquanto reunia as recalcitrantes energias para a tediosa tarefa de vestir o restante das roupas e voltar ao trabalho. Pouco depois, ela se mexeu. Mais um tempo se passou e ela se levantou com um suspiro de que nem se deu conta e vestiu letargicamente a calcinha justa de algodão e a saia escura, afivelou os sapatos e saiu. Nately saiu atrás, e, quando Yossarian e Aarfy entraram no apartamento dos oficiais quase duas horas depois, lá estava ela de novo, vestindo a calcinha e a saia, e foi quase como a sensação recorrente que o capelão tinha de já ter passado por uma situação antes, exceto pela presença de Nately, que estava inconsolavelmente deprimido com as mãos nos bolsos.

— Ela quer ir embora — disse ele numa voz baixa, estranha. — Não quer ficar.

— Por que você não paga um pouco mais para ela passar o restante do dia com você? — aconselhou Yossarian.

— Ela devolveu o meu dinheiro — admitiu Nately. — Cansou de mim e quer procurar outro.

A moça fez uma pausa quando terminou de calçar os sapatos e lançou olhares para Yossarian e Aarfy num convite mal-humorado. Seus seios eram pontiagudos e grandes dentro da blusa sem mangas branca e fininha que deixava à mostra todos os seus contornos e se afastava do corpo suavemente no alto dos sedutores quadris. Yossarian retribuiu o olhar e ficou fortemente atraído. Ele balançou a cabeça.

— Que vá e não volte mais — foi a resposta tranquila de Aarfy.

— Não diz isso dela! — protestou Nately com uma paixão que era ao mesmo tempo pedido e censura. — Quero que ela fique comigo.

— O que ela tem de tão especial? — ironizou Aarfy com falsa surpresa. — É só uma puta.

— E não chama ela de puta!

A garota deu de ombros impassível depois de mais uns segundos e seguiu para a porta. Nately, todo angustiado, deu um salto para manter a porta aberta para ela. Ele voltou atordoado e de coração partido, o rosto sensível demonstrando tristeza com eloquência.

— Não se preocupe — aconselhou Yossarian do jeito mais gentil que pôde. — Você deve conseguir encontrar essa moça de novo. A gente sabe onde todas as putas ficam.

— Por favor, não chama ela assim — implorou Nately, parecendo que ia chorar.

— Foi mal — murmurou Yossarian.

Aarfy falou jovialmente com voz de trovão:

— Tem centenas de putas tão boas quanto essa na rua. Essa aí nem era bonita.

Ele deu uma risadinha melódica cheia de desdém e autoridade.

— Ei, você deu um pulo para abrir a porta para ela como se estivesse apaixonado.

— Acho que estou apaixonado por ela — confessou Nately com voz envergonhada, distante.

Aarfy franziu a testa rechonchuda, redonda e rosada numa descrença cômica.

— Hihihihi! — Ele riu, dando tapinhas de leve nas largas mangas verde-oliva de sua túnica de oficial alegremente. — Essa é boa. Você apaixonado por *ela*. Essa é muito boa.

Aarfy tinha um encontro naquela tarde com uma moça da Cruz Vermelha de Smith cujo pai tinha uma fábrica importante de leite de magnésia.

— Olha só, é com *esse* tipo de menina que você devia estar andando, e não com uma puta de rua como essa aí. Sério, ela nem parecia limpa.

— Não me importo — gritou Nately, desesperado. — E quero que você cale essa boca, não quero nem falar disso com você.

— Aarfy, cala a boca — disse Yossarian.

— Hihihihi! — continuou Aarfy. — Não consigo nem imaginar o que o seu pai e a sua mãe vão dizer se souberem que você andou por aí com umas putas imundas tipo essa aí. O seu pai é um homem muito distinto, você sabe.

— Não vou contar para ele — declarou Nately, determinado. — Não vou dizer nada nem para ele nem para a minha mãe antes de a gente se casar.

— Casar? — A alegria indulgente de Aarfy aumentou tremendamente. — Hihihihihi! Agora você está falando bobagem mesmo. Meu caro, você nem tem idade para saber o que é amor verdadeiro.

Aarfy era uma autoridade no tema do amor verdadeiro, porque ele já havia de fato se apaixonado pelo pai de Nately e pela perspectiva de trabalhar para ele depois da guerra num cargo executivo como recompensa por ter ficado amigo de Nately. Aarfy era um navegador que jamais tinha conseguido se encontrar depois de sair da faculdade. Era um navegador simpático e magnânimo que sempre perdoava os outros homens do esquadrão por denunciá-lo furiosamente toda vez que ele se perdia numa missão de combate e fazia com que eles voassem sobre grandes concentrações de fogo de artilharia antiaérea. Ele se perdeu nas ruas de Roma naquela tarde e não encontrou a moça da Cruz Vermelha de Smith que ele considerava um bom partido e que era dona da importante fábrica de leite de magnésia. Ele se perdeu na missão para Ferrara no dia em que Kraft foi derrubado e morto e se perdeu de novo na viagem de transporte semanal para Parma e tentou levar os aviões para o mar sobre a cidade de Leghorn depois que Yossarian tinha soltado as bombas no indefeso alvo em terra e se recostou na parede grossa de blindagem de olhos fechados e com um fragrante cigarro na ponta dos dedos. De repente, havia artilharia antiaérea e, do nada, McWatt começou a gritar pelo intercomunicador:

— Tiros! Tiros! Onde é que a gente está? Que merda é essa que está acontecendo?

Yossarian abriu os olhos alarmado e viu as nuvens escuras da artilharia antiaérea totalmente inesperadas explodindo na direção deles caindo do alto e o rosto complacente de Aarfy redondo como um melão, com os olhos minúsculos, encarando as explosões de canhão, que chegavam cada vez mais perto, com afável perplexidade. Yossarian estava em choque. Sua perna adormeceu de repente. McWatt começou a subir e estava ganindo no intercomunicador em busca de instruções. Yossarian deu um salto para a frente para ver onde eles estavam e ficou no mesmo lugar. Não conseguia se mexer. Depois percebeu que estava encharcado. Yossarian olhou a virilha com uma sensação de aflição doentia. Uma mancha carmesim incontrolável subia rastejando pela frente da camisa como um monstro marinho enorme emergindo para devorá-lo. Tinha sido atingido. Gotejamentos de diversos pontos de sangue formavam uma poça no chão passando pela saturada perna da calça como se fossem incontáveis enxames de vermes vermelhos que se contorciam e ninguém tinha como impedir. O coração dele parou. Um segundo baque forte sacudiu o avião. Yossarian estremeceu de repulsa com a estranha visão do ferimento e gritou para Aarfy pedindo ajuda.

— Perdi as bolas! Aarfy, perdi as bolas!

Aarfy não ouviu, e Yossarian se inclinou para a frente e puxou o braço dele.

— Aarfy, me ajuda — suplicou, à beira do choro. — Fui atingido, fui atingido!

Aarfy se virou devagarinho com um sorriso brando, intrigado.

— Que foi?

— Eu fui atingido, Aarfy! Me ajuda!

Aarfy sorriu outra vez e deu de ombros amistosamente.

— Não consigo te ouvir — disse ele.

— Você não está vendo? — gritou Yossarian, incrédulo, e apontou para a poça cada vez maior de sangue que sentia respingar à sua volta e crescer debaixo dele. — Eu fui ferido! Me ajuda, pelo amor de Deus! Aarfy, me ajuda!

— Continuo não te ouvindo — reclamou Aarfy com tolerância, pondo a mão roliça em torno da orelha branca. — O que você disse?

Yossarian respondeu com uma voz enfraquecida, subitamente cansado de tanto gritar, cansado daquela situação frustrante, exasperante, ridícula como um todo. Ele estava morrendo, e ninguém percebia.

— Deixa para lá.

— O quê? — gritou Aarfy.

— Eu disse que perdi as minhas bolas. Você não me ouve? Acertaram o meu saco!

— Continuo não te ouvindo — disse Aarfy num tom de censura.

— Eu disse para *deixar para lá*! — gritou Yossarian como se estivesse encurralado de terror e começou a tremer, de repente sentindo muito frio e muita fraqueza.

Aarfy balançou outra vez a cabeça como quem lamenta e baixou a orelha obscena e láctea até quase chegar ao rosto de Yossarian.

— Você vai ter que falar mais alto, meu amigo. Fala mais alto.

— Me deixa em paz, seu imbecil! Seu burro, insensível, me deixa em paz! — disse Yossarian chorando. Ele queria socar Aarfy, mas não tinha força para erguer os braços. Yossarian decidiu que em vez disso ia dormir e caiu de lado, desmaiado.

Ele tinha sido atingido na coxa, e, quando recuperou a consciência, viu McWatt de joelhos cuidando dele. Yossarian ficou aliviado, embora ainda visse o rosto inchado de querubim de Aarfy olhando por cima do ombro de McWatt com plácido interesse. Yossarian deu um sorriso fraco para McWatt, se sentindo mal, e perguntou:

— Quem está cuidando da lojinha?

McWatt pareceu não ouvir. Com horror crescente, Yossarian puxou o ar e repetiu as palavras o mais alto que pôde.

McWatt ergueu os olhos.

— Meu Deus, que bom que você está vivo! — exclamou ele, soltando um enorme suspiro.

As rugas bem-humoradas e amistosas em torno dos olhos dele estavam brancas de tensão e sebosas de sujeira enquanto ele desenrolava uma bandagem interminável em torno de uma grande compressa de algodão que Yossarian sentiu estar presa de um jeito incômodo na parte interna de uma das coxas.

— Nately está pilotando. O pobre do garoto quase começou a chorar quando soube que você foi atingido. Ele ainda acha que você está morto. Abriram uma artéria sua, mas acho que estanquei. Te dei um pouco de morfina.

— Me dá mais um pouco.

— Talvez seja cedo demais. Vou te dar mais quando começar a doer.

— Está doendo agora.

— Bom, que se dane — disse McWatt e injetou mais uma seringa de morfina no braço de Yossarian.

— Quando você contar para Nately que estou bem... — começou Yossarian para McWatt, mas perdeu a consciência de novo enquanto tudo ficava vago por trás de um filme tenso e gelatinoso de morango e ele era engolido pelo som de um imenso barítono.

Ele acordou na ambulância e deu um sorriso encorajador para o rosto de inseto, triste e preocupado de Doc Daneeka durante os dois ou três segundos que teve antes de tudo voltar a ficar rosado como pétalas de flor e depois se tornar uma escuridão absoluta e inimaginavelmente inerte.

Yossarian acordou no hospital e foi dormir. Quando acordou de novo no hospital, o cheiro de éter tinha desaparecido e Dunbar estava deitado de pijama na cama do outro lado do corredor afirmando que não era Dunbar, e sim *a. fortiori*. Yossarian achou que ele tinha endoidado. Encrespou os lábios com ceticismo ao ouvir o que Dunbar disse e dormiu intermitentemente pensando nisso por um ou dois dias, depois acordou enquanto as enfermeiras estavam longe e desceu sozinho da cama para ver como estava. O piso balançou como uma jangada flutuante na praia e os pontos na parte interna da coxa aguilhoaram a carne como finos dentes de peixe e ele atravessou o corredor mancando para ler o nome escrito no cartão de temperatura no pé da cama de Dunbar, mas não havia dúvidas de que Dunbar estava certo: ele não era mais Dunbar, mas sim o segundo-tenente Anthony F. Fortiori.

— Mas o que está acontecendo?

A. Fortiori desceu da cama e fez um sinal para que Yossarian o seguisse. Apoiando-se em tudo que estivesse por perto, Yossarian foi mancando atrás dele pelo corredor e pela ala adjacente até uma cama onde estava um atormentado jovem com espinhas e queixo recuado. O rapaz das espinhas se apoiou num dos cotovelos todo feliz ao ver os dois se aproximando. A. Fortiori fez um gesto com o polegar por cima do ombro e disse: "Xô." O rapaz espinhento saltou da cama e saiu correndo. A. Fortiori subiu na cama e virou Dunbar de novo.

— Esse era A. Fortiori — explicou Dunbar. — Não tinha cama vaga na enfermaria, então dei uma carteirada usando a minha patente e mandei ele para a minha cama aqui. Dar carteirada é uma experiência bastante satisfatória. Você devia tentar qualquer hora dessas. Na verdade, você devia tentar agora, porque parece que você vai cair.

Yossarian estava com a impressão de que ia cair. Ele se virou para o sujeito de meia-idade com queixo caído e rosto maltratado deitado na cama ao lado de Dunbar, apontou com o polegar por cima do ombro e disse: "Xô." O sujeito de meia-idade enrijeceu o corpo com ferocidade e ficou encarando Yossarian.

— Ele é major — explicou Dunbar. — Por que você não mira um pouco mais baixo e tenta virar o suboficial Homer Lumley, por enquanto? Assim você pode ter um pai na Assembleia Legislativa estadual e uma irmã que está noiva de um campeão de esqui. É só dizer para ele que você é capitão.

Yossarian se virou para o paciente assustado que Dunbar indicou.

— Eu sou capitão — disse ele, apontando com o polegar por cima do ombro. — Xô.

O paciente assustado pulou para o chão ao ouvir a ordem de Yossarian e saiu correndo. Yossarian subiu na cama dele e se tornou o suboficial Homer Lumley, que estava com náusea e repentinamente coberto por um suor grudento. Ele dormiu por uma hora e quis voltar a ser Yossarian. Não era grande coisa ter um pai na Assembleia Legislativa estadual e uma irmã que estava noiva de um campeão de esqui. Dunbar foi na frente até a enfermaria de Yossarian, onde fez sinal com o polegar para que A. Fortiori saísse da cama e assim pôde se tornar Dunbar de novo por um tempo. Não havia sinal do suboficial Homer Lumley. A enfermeira Cramer estava lá, porém, e chiava com uma raiva hipócrita que lembrava um rojão umedecido. Ela mandou Yossarian voltar para a cama e bloqueou o caminho para que ele não pudesse obedecer. O rosto bonito dela estava mais repulsivo que nunca. A enfermeira Cramer era uma criatura bondosa e sentimental que ficava feliz de um jeito altruísta ao saber de casamentos, noivados, nascimentos e aniversários mesmo que não conhecesse nenhuma das pessoas envolvidas.

— Você está louco? — repreendeu ela, virtuosa, apontando o dedo indignada bem na cara dele. — Imagino que você não se importa de acabar com a sua vida.

— É a minha vida — lembrou ele a ela.

— Imagino que você simplesmente não se importe de perder a perna, é isso?

— É a minha perna.

— A perna não é sua de jeito nenhum! — rebateu a enfermeira Cramer. — Essa perna pertence ao governo dos Estados Unidos. Como se fosse uma engrenagem ou uma comadre. O Exército investiu muito dinheiro para fazer de você um piloto de avião, e você não tem o direito de desobedecer a ordens médicas.

Yossarian não tinha certeza se gostava da ideia de alguém investindo nele. A enfermeira Cramer continuava de pé diante dele para que ele não pudesse passar. A cabeça dele doía. A enfermeira Cramer perguntou algo gritando que ele não conseguiu entender.

Ele apontou com o polegar por cima do ombro e disse: "Xô."

A enfermeira Cramer deu um soco tão forte na cara dele que ele quase caiu. Yossarian recuou o punho para dar um soco no queixo dela bem na hora que sua perna cedeu e ele começou a cair. A enfermeira Duckett avançou bem a tempo de pegar Yossarian.

Ela falou duro com os dois.

— O que está acontecendo aqui?

— Ele se recusa a voltar para a cama — informou a enfermeira Cramer num tom passional e magoado. — Sue Ann, ele disse uma coisa horrorosa para mim. Ah, eu não consigo nem repetir!

— Ela me chamou de engrenagem — murmurou Yossarian.

A enfermeira Duckett não teve compaixão.

— Você vai voltar para a cama — disse ela — ou vou ter que te pegar pela orelha e forçar você a deitar.

— Me pegue pela orelha e me force a deitar — desafiou Yossarian.

A enfermeira Duckett pegou Yossarian pela orelha e o forçou a deitar.

27
A ENFERMEIRA DUCKETT

A enfermeira Sue Ann Duckett era uma mulher alta, magra, madura, com postura ereta, com uma bunda saliente e bem moldada, seios pequenos e traços ascéticos e angulosos da Nova Inglaterra que a deixavam a meio caminho entre ser muito bonita e totalmente sem graça. Sua pele era branca e rosa, os olhos pequenos, o nariz e o queixo muito finos e pontiagudos. Ela era hábil, rápida, rigorosa e inteligente. Não fugia da responsabilidade e mantinha a serenidade em toda crise. Era adulta e autoconfiante, e não havia nada que ela precisasse de ninguém. Yossarian ficou com pena e decidiu ajudar.

Na manhã seguinte, enquanto ela estava debruçada ao pé da cama dele ajeitando o lençol, ele deslizou a mão discretamente até o estreito espaço entre os joelhos dela e, de repente, ergueu a mão depressa por baixo do vestido dela até o fim. A enfermeira Duckett gritou e deu um pulo de um quilômetro de altura, mas isso não foi alto o suficiente, e ela se contorceu e pulou e se balançou para a frente e para trás sobre o seu divino fulcro por uns bons quinze segundos antes de por fim se libertar e bater em frenética retirada para o corredor com o rosto pálido e trêmulo. Ela recuou demais, e Dunbar, que viu tudo desde o começo, saltou para a frente na cama e envolveu os seios dela por trás com ambos os braços. A enfermeira Duckett deu outro grito e girou para longe, afastando-se o suficiente de Dunbar para que Yossarian desse um salto para a frente e metesse de novo a mão nos fundilhos dela. A enfermeira Duckett atravessou o corredor outra vez como uma bola de pingue-pongue com pernas. Dunbar estava vigilante à espera, pronto para atacar. Ela se lembrou dele bem a tempo e pulou para o lado. Dunbar errou por completo e passou ao lado dela até cair no chão, aterrissando de cabeça com um baque forte e esmagador e apagou na hora.

Ele acordou no chão com o nariz sangrando e com os exatos sintomas incômodos na cabeça que vinha fingindo. A enfermaria estava um caos estrondoso. A enfermeira Duckett estava às lágrimas, e Yossarian a consolava, arrependido, sentado ao lado dela na beira de uma cama. O coronel no comando estava furioso e gritava para Yossarian que não ia permitir que seus pacientes tomassem liberdades indecentes com suas enfermeiras.

— O que você quer dele? — perguntou Dunbar com a voz chorosa do chão, fechando os olhos por causa da vibração que sua voz gerou nas têmporas. — Ele não fez nada.

— Estou falando de você! — berrou o magro e digno coronel o mais alto que pôde. — Você vai ser punido pelo que fez.

— O que você quer com ele? — perguntou Yossarian. — A única coisa que ele fez foi cair de cabeça.

— E estou falando com você também! — declarou o coronel, virando para gritar com Yossarian. — Você vai se arrepender por ter agarrado os peitos da enfermeira Duckett.

— Eu não agarrei os peitos da enfermeira Duckett — disse Yossarian.

— *Eu* agarrei os peitos dela — disse Dunbar.

— Vocês dois são loucos? — deu um grito estridente o médico, afastando-se confuso e pálido.

— É verdade, ele é maluco mesmo, doutor — garantiu Dunbar. — Toda noite ele sonha que está segurando um peixe vivo.

O médico parou onde estava com um olhar de elegante perplexidade e desgosto, e a enfermaria ficou em silêncio.

— Ele faz o quê? — perguntou ele.

— Ele sonha que está segurando um peixe vivo.

— Que tipo de peixe? — perguntou o médico com severidade a Yossarian.

— Não sei — respondeu Yossarian. — Não sei distinguir entre um peixe e outro.

— Com que mão você segura o peixe?

— Varia — respondeu Yossarian.

— Varia de acordo com o peixe — acrescentou Dunbar, prestativo.

O coronel se virou e olhou desconfiado para Dunbar, semicerrando os olhos.

— Ah, é? E como é que você parece saber tanto sobre isso?

— Eu estou no sonho — respondeu Dunbar sem sorrir.

O rosto do coronel enrubesceu constrangido. Ele encarou os dois com um ressentimento frio e implacável.

— Levante do chão e volte para a cama — disse ele para Dunbar sem mover os lábios finos. — E não quero ouvir mais nem uma palavra sobre esse sonho de nenhum de vocês dois. Eu tenho um homem na minha equipe para ouvir coisas nojentas desse tipo.

— E na sua opinião — perguntou com cuidado o major Sanderson, o psiquiatra gentil e atarracado para quem o coronel mandou que enviassem Yossarian — por que o coronel Ferredge acha o seu sonho nojento?

Yossarian respondeu respeitoso:

— Imagino que seja ou alguma característica do sonho ou alguma característica do coronel Ferredge.

— Muito bem colocado — congratulou o major Sanderson, que usava sapatos militares rangentes e tinha cabelos pretos como carvão que quase paravam em pé. — Por algum motivo — confidenciou — o coronel Ferredge sempre me lembrou uma gaivota. Ele não acredita muito na psiquiatria, sabe.

— Você não gosta de gaivotas, certo? — perguntou Yossarian.

— Não, não muito — admitiu o major Sanderson com uma risada seca e nervosa, puxando seu pendular segundo queixo com carinho, como se fosse um longo cavanhaque. — Acho o seu sonho encantador e espero que se repita com frequência para podermos continuar falando sobre ele. Quer um cigarro? — Ele sorriu quando Yossarian recusou. —

Por que você acha — perguntou com um sorriso inteligente — que você tem tamanha aversão à ideia de aceitar algo de mim?

— Acabei de apagar um cigarro. Ainda está saindo fumaça do seu cinzeiro.

O major Sanderson deu uma risadinha.

— Uma explicação muito engenhosa. Mas imagino que em breve vamos descobrir o verdadeiro motivo.

Ele deu um nó duplo desleixado no cadarço do sapato, que estava desamarrado, e colocou um bloco amarelo pautado que estava na mesa sobre o colo.

— Esse peixe do seu sonho. Vamos falar disso. É sempre o mesmo peixe, não?

— Não sei — respondeu Yossarian. — Não sou bom em reconhecer peixes.

— O que o peixe te lembra?

— Outros peixes.

— E o que os outros peixes te lembram?

— Outros peixes.

O major Sanderson se recostou na poltrona decepcionado.

— Você gosta de peixes?

— Não particularmente.

— E por que você acha que tem essa aversão mórbida a peixes? — perguntou o major Sanderson triunfante.

— Acho peixe um bicho insosso — respondeu Yossarian. — E ossudo.

O major Sanderson fez que sim com a cabeça, como quem entende, com um sorriso que era agradável e insincero.

— É uma explicação muito interessante. Mas acho que em breve vamos descobrir o verdadeiro motivo. Você gosta desse peixe em particular? Esse que você segura.

— Não tenho nenhum sentimento por ele.

— Você odeia o peixe? Tem alguma emoção hostil ou agressiva em relação a ele?

— Não, na verdade até meio que gosto do peixe.

— Então, você gosta do peixe?

— Ah, não. Não tenho nenhum sentimento por ele.

— Mas você acabou de dizer que gostava dele. E agora diz que não tem nenhum sentimento por ele. Acabei de pegar você numa contradição. Você não percebe?

— Verdade, senhor. Acho que o senhor me pegou em uma contradição.

O major Sanderson orgulhosamente escreveu "Contradição" no seu bloco com um lápis preto grosso.

— Por que você acha — retomou ele de onde tinha parado, erguendo os olhos — que fez essas duas declarações expressando respostas emocionais contraditórias em relação ao peixe?

— Imagino que eu tenha uma atitude ambivalente em relação a ele.

O major Sanderson deu um pulo de alegria quando escutou as palavras "atitude ambivalente".

— Você entende! — exclamou ele, esfregando as mãos em êxtase. — Ah, você não imagina como tem sido solitário para mim, falando dia após dia com pacientes que não têm o menor conhecimento de psiquiatria, tentando curar gente que não tem o menor interesse em mim nem no meu trabalho! Isso me deu um sentimento terrível de inadequação. — Uma sombra de ansiedade nublou o rosto dele. — Parece que não consigo me livrar disso.

— Sério? — perguntou Yossarian, imaginando o que mais deveria dizer. — Por que você se culpa pelas falhas na educação dos outros?

— É bobagem, eu sei — respondeu o major Sanderson, incomodado, com uma risada frívola, involuntária. — Mas sempre precisei muito que os outros tenham uma boa opinião de mim. Cheguei à puberdade pouco depois dos outros meninos da minha idade, sabe, e isso me deu um tipo de... Bom, todo tipo de problema. Só sei que vou gostar de discutir isso com você. Estou tão ansioso para começar que quase reluto em voltar agora ao seu problema, mas infelizmente é o que preciso fazer. O coronel Ferredge ia ficar irritado se soubesse que estamos gastando todo o nosso tempo falando sobre mim. Quero te mostrar umas manchas de tinta agora para descobrir o que certas formas e cores fazem você lembrar.

— Nem se dê ao trabalho, doutor. Tudo me lembra sexo.

— Verdade? — gritou o major Sanderson felicíssimo, como se mal acreditasse no que estava ouvindo. — Agora estamos fazendo progresso. Você costuma ter bons sonhos eróticos?

— O meu sonho com o peixe é um sonho erótico.

— Não, estou falando de sonhos eróticos de verdade... do tipo que você agarra alguém pelado pelo pescoço e belisca e dá um soco na cara dela até ela ficar toda ensanguentada e aí se joga em cima dela no chão para tomá-la à força, depois você se desfaz em lágrimas porque ama aquela mulher e ao mesmo tempo odeia tanto aquela mulher que não sabe mais o que fazer. É desse tipo de sonho erótico que eu queria falar. Você tem sonhos eróticos assim?

Yossarian refletiu por um instante com aparência de sábio.

— Esse é um sonho sobre peixe — decidiu ele.

O major Sanderson recuou como se tivesse levado um tapa.

— Sim, é claro — admitiu ele frigidamente, a postura mudando para um modo de antagonismo irritado e defensivo. — Mas eu queria que você sonhasse algo assim só para ver como você reage. Por hoje já chega. Enquanto isso, quero que você sonhe com as respostas para algumas dessas perguntas que eu te fiz. Essas sessões não são mais agradáveis para mim do que são para você, entende?

— Vou mencionar isso para Dunbar — respondeu Yossarian.

— Dunbar?

— Foi ele que começou tudo isso. O sonho é dele.

— Ah, Dunbar — zombou o major Sanderson, a confiança voltando. — Aposto que Dunbar é o sujeito malvado que, na verdade, faz todas as coisas erradas e você acaba levando a culpa, não é isso?

— Ele não é tão mau assim.

— E mesmo assim você defende o sujeito até a morte, não é?

— Nem tanto.

O major Sanderson deu um sorriso provocador e escreveu "Dunbar" no bloco.

— Por que você está mancando? — perguntou ele bruscamente enquanto Yossarian seguia em direção à porta. — E o que essa bandagem está fazendo na sua perna? Você é doido ou algo assim?

— Fui ferido na perna. É por isso que estou no hospital.

— Ah, não, não é por isso — regozijou-se o major Sanderson cheio de malícia. — Você está no hospital por causa de uma pedra na glândula salivar. Então, você não é tão esperto no fim das contas, hein? Você nem sabe por que está no hospital.

— Eu estou no hospital por causa de um ferimento na perna — insistiu Yossarian.

O major Sanderson ignorou o argumento dele com uma risada sarcástica.

— Certo, mande lembranças para o seu amigo Dunbar. E pode pedir para ele ter aquele sonho que pedi, por favor?

Mas Dunbar estava com náusea e tontura por causa da dor de cabeça constante e não estava inclinado a cooperar com o major Sanderson. Joe Faminto teve pesadelos porque tinha concluído sessenta missões e estava mais uma vez esperando para ir para casa, mas não estava disposto a contar nenhum deles quando foi ao hospital para uma visita.

— Ninguém tem um sonho para o major Sanderson? — perguntou Yossarian. — Não gosto de decepcionar o sujeito. Ele já se sente tão rejeitado.

— Ando tendo um sonho bem peculiar desde que soube que você foi ferido — confessou o capelão. — Antes, eu sonhava toda noite que a minha mulher estava morrendo ou sendo assassinada ou que os meus filhos estavam engasgando com comida nutritiva. Agora, sonho que estou nadando com água acima da cabeça e um tubarão come a minha perna exatamente no mesmo lugar em que fica o seu curativo.

— Esse sonho é maravilhoso — declarou Dunbar. — Aposto que o major Sanderson vai adorar.

— Que sonho horrível! — disse o major Sanderson. — Cheio de dor e mutilação e morte. Tenho certeza de que você sonhou isso só para me irritar. Sabe, nem tenho certeza se você devia estar no Exército, com um sonho nojento igual a esse.

Yossarian achou que tinha visto um raio de esperança.

— Talvez o senhor tenha razão, senhor — sugeriu ele cheio de esperteza. — Talvez fosse melhor eu não fazer missões de combate e voltar para os Estados Unidos.

— Nunca te ocorreu que nessa busca promíscua por mulheres você esteja meramente aliviando os seus medos inconscientes de ficar sexualmente impotente?

— Já me ocorreu.

— Então, por que você faz isso?

— Para aliviar os meus medos de ficar sexualmente impotente.

— Por que você não arranja um hobby em vez disso? — perguntou o major Sanderson com interesse amigável. — Tipo pescar. Você acha mesmo a enfermeira Duckett tão atraente? Acho ela meio ossuda. Meio insossa e ossuda, sabe. Tipo um peixe.

— Eu mal conheço a enfermeira Duckett.

— Então por que você agarrou os peitos dela? Só porque ela tem peitos?

— Foi Dunbar que fez isso.

— Ah, nem comece de novo! — exclamou o major Sanderson com desdém mordaz e, enojado, atirou o lápis no chão. — Você acha mesmo que pode se livrar da culpa fingindo ser outra pessoa? Eu não gosto de você, Fortiori. Sabia disso? Não gosto nem um pouco de você.

Yossarian sentiu um vento frio e úmido de apreensão soprando nele.

— Eu não sou Fortiori, senhor — disse ele timidamente. — O meu nome é Yossarian.

— O seu nome é o quê?

— O meu nome é Yossarian, senhor. E eu estou no hospital por causa de um ferimento na perna.

— O seu nome é Fortiori — rebateu o major Sanderson em tom beligerante. — E você está no hospital por causa de uma pedra na glândula salivar.

— Ah, qual é, major! — explodiu Yossarian. — Acho que sei quem eu sou.

— E eu tenho um prontuário oficial do Exército aqui para provar isso — retrucou o major Sanderson. — É melhor você se controlar antes que seja tarde demais. Primeiro você é Dunbar. Agora é Yossarian. Daqui a pouco você vai dizer que é Washington Irving. Sabe qual é o seu problema? Você tem múltiplas personalidades, esse é o seu problema.

— Talvez o senhor tenha razão — concordou Yossarian diplomaticamente.

— Eu sei que tenho razão. Você tem um grave complexo de perseguição. Acha que as pessoas querem te machucar.

— As pessoas querem me machucar.

— Está vendo? Você não tem o menor respeito por abuso de autoridade nem por tradições obsoletas. Você é perigoso e depravado, e deviam te levar lá para fora e te fuzilar.

— Você está falando sério?

— Você é inimigo do povo!

— Você é doido? — gritou Yossarian.

— Não, eu não sou doido — gritou Dobbs furiosamente na enfermaria, embora imaginasse que estava sussurrando furtivamente. — Joe Faminto viu, estou te dizendo. Ele viu ontem quando voou para Nápoles para pegar uns ares-condicionados no mercado ilegal para a fazenda do coronel Cathcart. Tem um centro grande de reposição lá com centenas de pilotos, bombardeiros e artilheiros a caminho de casa. Cada um voou quarenta e cinco missões, só. Tem uns poucos com medalhas de mérito que voaram menos missões até. Tem equipes de reposição entrando a rodo nos outros grupos de bombardeiros. Querem que todo mundo sirva no exterior pelo menos uma vez, até o pessoal administrativo. Você não lê os jornais? A gente tem que matar ele agora!

— Você só precisa voar mais duas missões — argumentou Yossarian em voz baixa. — Para que se arriscar?

— Eu posso morrer voando essas duas missões — respondeu Dobbs combativo com sua voz áspera, trêmula e exagerada. — A gente pode matar ele amanhã de manhã cedinho quando ele voltar da fazenda. Estou com a arma aqui.

Yossarian arregalou os olhos de espanto quando Dobbs tirou uma arma do bolso e a exibiu no ar.

— Você está louco? — sibilou ele freneticamente. — Guarda isso. E mantém a sua voz idiota baixa.

— Por que você está preocupado? — perguntou Dobbs com inocência ofendida. — Não tem ninguém ouvindo a gente.

— Ei, parem com isso aí embaixo. — Uma voz soou do outro lado da enfermaria. — Não dá para ver que a gente está tentando tirar uma soneca?

— Quem você pensa que é, espertalhão? — gritou Dobbs em resposta e girou com os punhos cerrados, pronto para lutar. Ele se virou de volta para Yossarian e, antes que pudesse falar, espirrou estrondosamente seis vezes, cambaleando de lado sobre as pernas bambas nos intervalos e levantando os cotovelos de forma ineficaz para evitar cada espirro. As pálpebras dos seus olhos lacrimejantes estavam inchadas e inflamadas.

— Quem ele pensa que é? — perguntou ele fungando espasmodicamente e limpando o nariz com as costas do pulso robusto. — Um policial ou algo assim?

— Ele é da corregedoria — informou Yossarian tranquilamente. — Já tem três aqui e tem mais a caminho. Ah, não se preocupe. Eles estão atrás de um falsificador chamado Washington Irving. Não estão interessados em assassinos.

— Assassinos? — Dobbs ficou ofendido. — Por que você está chamando a gente de assassino? Só porque a gente vai assassinar o coronel Cathcart?

— Silêncio, imbecil! — disse Yossarian. — Não dá para sussurrar?

— Eu estou sussurrando. Eu...

— Você ainda está gritando.

— Não, eu não estou gritando. Eu...

— Ei, dá para calar a boca aí — começaram a gritar com Dobbs pacientes de toda a enfermaria.

— Vou dar uma surra em vocês todos! — gritou Dobbs em resposta e subiu numa frágil cadeira de madeira, agitando a arma descontroladamente. Yossarian agarrou o braço dele e fez Dobbs descer. Dobbs começou a espirrar de novo. — Tenho alergia — desculpou-se quando parou de espirrar, as narinas escorrendo e os olhos vertendo lágrimas.

— Uma pena. Não fosse por isso, você seria um líder nato.

— O coronel Cathcart é o assassino — queixou-se Dobbs com a voz rouca depois de ter jogado fora um lenço cáqui sujo e amassado. — É o coronel Cathcart que vai matar todo mundo se a gente não impedir.

— Talvez ele não aumente mais as missões. Talvez sessenta seja o máximo que consegue.

— Ele sempre aumenta as missões. Você sabe disso melhor que eu. — Dobbs engoliu em seco e inclinou o rosto intenso até chegar muito perto do rosto de Yossarian, os músculos do maxilar bronzeado e rochoso formando nós trêmulos. — É só dizer e faço tudo amanhã de manhã. Você entende o que estou dizendo? Estou sussurrando agora, não estou?

Yossarian desviou os olhos do olhar ardente de súplica de Dobbs.

— Por que você não só vai lá e faz isso? — protestou ele. — Por que não para de falar comigo sobre isso e faz de uma vez sozinho?

— Eu tenho medo de fazer isso sozinho. Tenho medo de fazer qualquer coisa sozinho.

— Então me deixa fora disso. Eu só me envolveria numa coisa dessas a essa altura se estivesse louco. Esse ferimento na perna vale um milhão de dólares. Vão me mandar para casa.

— Você está louco?! — exclamou Dobbs, incrédulo. — Isso aí é um arranhão. Vão te botar em missões de combate no dia que você sair, com medalha de mérito e tudo.

— Aí eu mato o cara mesmo — prometeu Yossarian. — Procuro você e a gente faz isso juntos.

— Então vamos fazer isso amanhã, enquanto a gente ainda tem chance — implorou Dobbs. — O capelão diz que ele voltou a oferecer o grupamento como voluntário para Avignon. Eu posso morrer antes de você sair. Olha como as minhas mãos tremem. Não posso pilotar um avião. Não sou bom o suficiente.

Yossarian estava com medo de dizer sim.

— Quero esperar e ver o que acontece primeiro.

— O seu problema é que você nunca faz nada — queixou-se Dobbs com uma voz grossa e enfurecida.

— Estou fazendo tudo o que posso — explicou o capelão suavemente a Yossarian depois que Dobbs partiu. — Cheguei a ir à tenda médica para falar com Doc Daneeka sobre como te ajudar.

— Dá para ver. — Yossarian conteve um sorriso. — O que aconteceu?

— Pintaram as minhas gengivas de roxo — respondeu o capelão com timidez.

— Pintaram os dedos dos pés dele de roxo também — acrescentou Nately, indignado. — E aí deram um laxante para ele.

— Mas eu voltei hoje de manhã para falar com ele.

— E pintaram as gengivas dele de roxo de novo — disse Nately.

— Mas consegui falar com ele — argumentou o capelão num tom queixoso de quem se justifica. — Doc Daneeka parece um homem tão infeliz. Ele suspeita que tem alguém tramando a transferência dele para o oceano Pacífico. Esse tempo todo ele estava pensando em vir falar *comigo* para pedir ajuda. Quando eu disse que precisava da ajuda *dele*, ele perguntou se *eu* não poderia falar com um capelão.

O capelão esperou pacientemente e desanimado enquanto Yossarian e Dunbar caíam na risada.

— Antes eu achava que era imoral ser infeliz — continuou ele, como se estivesse lamentando sozinho em voz alta. — Agora já não sei mais o que pensar. Eu queria que a imoralidade fosse a base do meu sermão nesse domingo, mas nem sei se eu deveria fazer um sermão com essas gengivas roxas. O coronel Korn ficou bem chateado com isso.

— Capelão, por que o senhor não vem passar um tempo no hospital com a gente e relaxa um pouco? — convidou Yossarian. — O senhor podia ficar bem confortável aqui.

O descaramento da iniquidade da proposta foi ao mesmo tempo uma tentação e motivo de diversão para o capelão por um ou dois segundos.

— Não, acho melhor não — decidiu ele, relutante. — Quero organizar uma viagem para os Estados Unidos para encontrar um funcionário do serviço postal chamado Wintergreen. Doc Daneeka me disse que ele pode ajudar.

— Wintergreen deve ser o homem mais influente em todo o teatro de operações. Ele não é só um funcionário do serviço postal, ele tem acesso a um mimeógrafo. Mas ele não ajuda ninguém. É por essas e por outras que ele vai longe.

— Quero falar com ele mesmo assim. Tem que ter alguém que te ajude.

— Faça isso por Dunbar, capelão — corrigiu Yossarian com ar de superioridade. — Tenho esse ferimento de um milhão de dólares na perna que vai me tirar de combate. Se isso não funcionar, tem um psiquiatra que acha que eu não sou digno de estar no Exército.

— Eu é que não sou digno de estar no Exército — reclamou Dunbar, enciumado. — O sonho era meu.

— Não é por causa do sonho, Dunbar — explicou Yossarian. — Ele gosta do seu sonho. É a minha personalidade. Ele acha que tenho múltiplas personalidades.

— Não tenho dúvida de que é um caso de múltiplas personalidades — disse o major Sanderson, que tinha amarrado os cadarços dos coturnos enrugados para a ocasião e lambuzado os cabelos cor de carvão com algum tônico enrijecedor e fragrante. Ele sorria ostensivamente para se mostrar razoável e gentil. — Não digo isso para ser cruel ou ofensivo — continuou com um prazer cruel e ofensivo. — Não digo isso porque te odeio e quero vingança. Não digo isso porque você me rejeitou e magoou demais os meus sentimentos. Não, eu sou um homem da medicina e estou sendo frio e objetivo. Tenho más notícias para você. Você é homem o suficiente para aguentar?

— Meu Deus, não! — gritou Yossarian. — Vou desmoronar.

O major Sanderson se enfureceu de imediato.

— Você não consegue fazer nem isso direito? — suplicou ele, ficando vermelho-beterraba de irritação e batendo com as laterais dos dois punhos ao mesmo tempo na mesa. — O seu problema é que você acha que é bom demais para todas as convenções da sociedade. Você deve achar que é bom demais para mim, também, só porque eu cheguei tarde na puberdade. Muito bem, sabe o que você é? Você é um jovem frustrado, infeliz, desiludido, indisciplinado e desajustado!

O humor do major Sanderson parecia melhorar à medida que ele desfiava os adjetivos pouco elogiosos.

— Verdade, senhor — concordou Yossarian com cautela. — Acho que o senhor tem razão.

— Claro que tenho razão. Você é imaturo. Você não conseguiu se adaptar à ideia da guerra.

— Verdade, senhor.

— Você tem uma aversão mórbida à ideia de morrer. Você provavelmente se ressente do fato de que está na guerra e de que pode ter a cabeça explodida a qualquer momento.

— Eu me ressinto muito disso, senhor. Aliás, isso me deixa furioso.

— Você tem ansiedades de sobrevivência bem enraizadas. E não gosta de gente intolerante, autoritária, esnobe e hipócrita. No seu subconsciente tem muita gente que você odeia.

— Mesmo no consciente, senhor — corrigiu Yossarian num esforço para ser útil. — Odeio essas pessoas no nível do consciente.

— Você antagoniza com a ideia de ser roubado, explorado, degradado, humilhado ou enganado. A angústia te deprime. A ignorância te deprime. A perseguição te deprime. A violência te deprime. Favelas te deprimem.

A ganância te deprime. Crimes te deprimem. A corrupção te deprime. Sabe, eu não ficaria surpreso se você for maníaco-depressivo.

— Verdade, senhor. Pode ser que eu seja.

— Não tente negar.

— Não estou negando, senhor — disse Yossarian, feliz com a comunicação milagrosa que enfim existia entre eles. — Concordo com tudo que o senhor disse.

— Então você admite que está louco, é isso?

— Louco? — Yossarian ficou chocado. — Do que o senhor está falando? Por que eu sou louco? O louco é o senhor!

O major Sanderson ficou vermelho de indignação mais uma vez e bateu com os punhos nas coxas.

— Me chamar de louco — gritou ele em um acesso de fúria — é uma típica reação paranoica, sádica e vingativa! Você é louco mesmo!

— Então, por que o senhor não me manda para casa?

— E eu vou te mandar para casa!

— Vão me mandar para casa! — anunciou Yossarian em júbilo, enquanto voltava mancando para a enfermaria.

— Eu também! — disse A. Fortiori, feliz. — Acabaram de vir na minha enfermaria para me contar.

— E eu? — perguntou Dunbar com petulância para os médicos.

— Você? — respondeu ele com aspereza. — Você vai com Yossarian. Direto para o combate!

E de fato os dois voltaram para o combate. Yossarian ficou enfurecido quando a ambulância o levou de volta para o esquadrão, e foi manquitolando em busca de justiça até Doc Daneeka, que olhou para ele com tristeza e desdém.

— Você! — exclamou Doc Daneeka, melancólico, com uma repugnância acusadora, os bolsões em forma de ovo debaixo dos olhos firmes e cheios de reprovação. — Você só pensa em si mesmo. Vá dar uma olhada na linha do front e veja o que aconteceu desde que você foi para o hospital.

Yossarian ficou assustado.

— Estamos perdendo?

— Perdendo? — gritou Doc Daneeka. — A situação militar é um desastre desde que capturamos Paris. Eu sabia que isso ia acontecer.

Ele fez uma pausa, a ira rabugenta se transformando em melancolia, e franziu o cenho como se fosse tudo culpa de Yossarian.

— Os soldados dos Estados Unidos estão começando a entrar em solo alemão. Os russos capturaram a Romênia inteira de volta. Ontem mesmo os gregos do 8º Exército tomaram Rimini. Os alemães estão na defensiva em toda parte!

Doc Daneeka fez mais uma pausa e reuniu forças inspirando uma imensa quantidade de ar para soltar um doloroso lamento.

— Não sobrou nada da Luftwaffe! — exclamou ele gemendo. Ele parecia pronto a irromper em lágrimas. — A Linha Gótica inteira corre o risco de colapsar!

— E daí? — perguntou Yossarian. — Qual é o problema?

— Qual é o problema? — gritou Doc Daneeka. — Se não acontecer alguma coisa rápido, a Alemanha pode se render. E aí vão mandar todos nós para o Pacífico!

Yossarian encarou Doc Daneeka boquiaberto, numa grotesca consternação.

— Você está maluco? Você ouviu o que está dizendo?

— Certo, é fácil para você dar risada — zombou Doc Daneeka.

— Quem está rindo?

— Pelo menos você tem uma chance. Você está em combate e pode ser morto. Mas e eu? Eu não tenho esperança nenhuma.

— Você está doido! — gritou Yossarian enfático para ele, segurando-o pela camisa. — Você sabia disso? Agora cala essa boca e me ouve.

Doc Daneeka se livrou de Yossarian.

— Não ouse falar assim comigo. Eu sou um médico diplomado.

— Então cala essa boca de médico diplomado e ouve o que eles me disseram no hospital. Eu sou louco. Você sabia disso?

— E daí?

— Louco de verdade.
— E daí?
— Sou doido. Maluco. Está me entendendo? Eu não bato bem das bolas. Eles se enganaram e mandaram alguém para casa no meu lugar. Eles têm um psiquiatra diplomado no hospital que me avaliou e esse foi o veredito dele. Eu sou insano mesmo.
— E daí?
— E daí? — Yossarian estava intrigado com a incapacidade de compreensão de Doc Daneeka. — Você não percebe o que isso quer dizer? Agora você pode me tirar de combate e me mandar para casa. Eles não vão querer mandar um louco para uma missão de combate para ser morto, vão?
— Mas, se não for assim, quem vai?

28
DOBBS

McWatt foi, e McWatt não estava doido. E Yossarian também foi, mancando, e, depois de Yossarian ir mais duas vezes e se ver ameaçado pelo boato de outra missão para Bolonha, ele foi mancando com determinação até a tenda de Dobbs no começo de uma tarde quente, pôs um dedo diante dos lábios e fez: "Shhh!"

— Por que você está mandando ele ficar quieto? — perguntou Kid Sampson, descascando uma tangerina com os dentes da frente enquanto lia as páginas cheias de orelhas de um gibi. — Ele nem está falando nada.

— Xô — disse Yossarian para Kid Sampson, apontando com o polegar por cima do ombro para a entrada da tenda.

Kid Sampson ergueu as sobrancelhas loiras como quem entendeu o pedido e se levantou para cooperar. Ele assobiou quatro vezes para cima na direção do bigodinho amarelo caído e disparou rumo às colinas na velha moto verde amassada que tinha comprado usada meses antes. Yossarian esperou até que o último som distante do motor sumisse ao longe. As coisas dentro da tenda não pareciam exatamente normais. O lugar estava arrumado demais. Dobbs olhava para ele curioso, fumando um charuto grosso. Agora que Yossarian tinha decidido ser corajoso, ele estava mortalmente assustado.

— Certo — disse ele. — Vamos matar o coronel Cathcart. Vamos fazer isso juntos.

Dobbs deu um pulo da cama com um olhar totalmente apavorado.

— Shhh! — fez ele bem alto. — Matar o coronel Cathcart? Do que você está falando?

— Fala baixo, caramba — disparou Yossarian irritado. — A ilha inteira vai ouvir. Você ainda está com aquela arma?

— Você está maluco? — gritou Dobbs. — Por que eu ia querer matar o coronel Cathcart?

— *Por quê?* — Yossarian encarou Dobbs com uma careta incrédula. — *Por quê?* A ideia foi sua, não foi? Você não foi até o hospital me pedir para fazer isso?

Dobbs sorriu lentamente.

— Mas isso foi quando eu estava com cinquenta e oito missões — explicou ele, fumando seu cigarro com volúpia. — Estou de malas prontas, esperando para ir para casa. Completei as minhas sessenta missões.

— E daí? — respondeu Yossarian. — Ele vai aumentar o número de novo.

— Talvez dessa vez ele não aumente.

— Ele sempre aumenta. Qual é o seu problema, Dobbs? Pergunte para Joe Faminto quantas vezes ele fez as malas.

— Preciso esperar para ver o que acontece — continuou Dobbs, teimando. — Só se eu fosse louco para me meter numa coisa dessas agora que estou fora de combate. — Ele bateu as cinzas do charuto. — Não, o meu conselho para você — observou — é completar as sessenta missões como o restante de nós e ver o que acontece.

Yossarian conteve o impulso de cuspir no olho dele.

— Pode ser que eu nem sobreviva às sessenta missões — disse ele num tom adulador, com voz monocórdia e pessimista. — Tem um boato de que ele apresentou o grupamento como voluntário para Bolonha de novo.

— É só um boato — ressaltou Dobbs com ar presunçoso. — Não dá para acreditar em todo boato que se ouve.

— Quer parar de me dar conselho?

— Por que você não fala com Orr? — aconselhou Dobbs. — Orr teve que fazer um pouso forçado na água de novo semana passada naquela segunda missão para Avignon. Pode ser que ele esteja infeliz o suficiente para matar o coronel Cathcart.

— Orr não é inteligente o suficiente para ficar infeliz.

Orr voltou a fazer um pouso forçado na água enquanto Yossarian ainda estava no hospital e conseguiu descer o avião avariado suavemente sobre as ondas azuis cristalinas perto de Marselha, e tamanha foi sua habilidade que nenhum dos seis homens da tripulação sofreu sequer um arranhão. As escotilhas usadas para saída de emergência na parte dianteira e na parte traseira abriram enquanto o mar ainda formava uma espuma branca e verde ao redor do avião, e os homens saíram o mais rápido que puderam usando seus flácidos coletes salva-vidas alaranjados Mae West que não inflaram como deviam e ficaram pendurados moles e inúteis em torno do pescoço e da cintura. Os coletes não inflaram porque Milo tinha removido os dois cilindros de dióxido de carbono das câmaras infláveis para fazer vaca-preta de morango e de abacaxi que servia no refeitório dos oficiais e os substituiu por bilhetes mimeografados que diziam: "O que é bom para a Empreendimentos M&M é bom para o país." Orr saiu por último do avião que afundava.

— Você devia ter visto o cara! — O sargento Knight gargalhou alto ao relatar o episódio para Yossarian. — Foi a coisa mais engraçada que já se viu. Nenhum Mae West funcionou porque Milo tinha roubado o dióxido de carbono para fazer aquela vaca-preta que vocês andam tomando no refeitório dos oficiais. Mas isso nem foi tão ruim, no fim das contas. Só um de nós não sabia nadar e a gente colocou o sujeito no bote salva-vidas depois que Orr prendeu o bote pela cordinha na fuselagem enquanto a gente ainda estava de pé no avião. Aquele maluquinho tem jeito para esse tipo de coisa. Aí o outro bote salva-vidas soltou e foi se afastando, então nós seis nos sentamos no mesmo bote com os cotovelos e as pernas tão apertados um contra o outro que quase não tinha como se mexer sem jogar o cara do lado na água. O avião afundou uns três segundos depois de a gente sair e aí a gente ficou lá sozinho, e logo depois a gente começou a tirar as tampas das válvulas dos nossos Mae Wests para ver o que tinha dado errado e encontramos aqueles bilhetes de Milo dizendo que o que era bom para ele era bom para todo mundo. Aquele desgraçado! Meu Deus, todo mundo xingou o cara, menos o seu amigo

Orr, que continuou sorrindo como se por ele tudo que fosse bom para Milo seria bom para todos nós.

"Juro, você devia ter visto o cara sentado ali na beira do bote como se fosse o capitão de um navio enquanto o restante de nós ficava olhando para ele e esperando ele dizer o que fazer. Ele batia as mãos nas pernas de tempos em tempos como se estivesse tremendo e dizia "Muito bem, muito bem", e ficava rindo como um doido, depois dizia "Muito bem, muito bem" de novo, e ria feito um doido outra vez. Era como ficar olhando um imbecil. Ficar olhando para ele foi o que impediu que a gente entrasse em desespero nos primeiros minutos, com aquelas ondas jogando a gente para fora do bote e a gente precisando subir de novo antes que a próxima onda viesse e derrubasse a gente outra vez. Era bem engraçado. A gente ficava caindo e subindo de novo. Deixamos o cara que não sabia nadar estendido no meio do bote, no chão, mas mesmo ali ele quase se afogou, porque tinha bastante água no bote e ficava espirrando na cara dele. Meu Deus!

"Aí Orr começou a abrir compartimentos do bote, e a coisa ficou divertida mesmo. Primeiro, ele achou uma caixa de barras de chocolate e passou para todo mundo, e aí a gente ficou ali comendo chocolate salgado enquanto as ondas derrubavam a gente na água. Depois ele achou uns cubos de caldo de carne e copos de alumínio e fez uma sopa para a gente. Depois ele achou chá. Claro, ele fez chá! Consegue imaginar o cara servindo chá enquanto a gente estava encharcado? A essa altura eu estava caindo do bote de tanto rir. Todo mundo estava rindo. E ele estava muito sério, fora aquela risadinha boba dele e o sorrisinho de maluco. Que idiota! Tudo que ele achava ele usava. Ele achou repelente de tubarão e borrifou direto na água. Achou tinta sinalizadora e jogou na água. Depois, ele achou uma linha de pesca e isca seca, e o rosto dele se iluminou como se uma lancha de Resgate do Serviço Aéreo estivesse vindo a toda salvar a gente antes que a gente morresse de insolação ou antes que os alemães mandassem um barco de Spezia para fazer todo mundo de refém ou metralhar a gente. Num instante, Orr tinha jogado a linha na água, cantarolando feliz igual uma cotovia. "Tenente, o que o senhor imagina que vai pegar?", eu perguntei. "Bacalhau", ele respondeu. E estava falando sério. E foi bom que ele não pescou bacalhau nenhum, porque ele teria comido o peixe cru se tivesse pescado e feito a gente comer também, porque ele achou um livrinho que dizia que não tinha problema comer bacalhau cru.

"Depois ele achou um remo minúsculo azul mais ou menos do tamanho de uma colher de sorvete e, claro, começou a remar, tentando mover nossos quatrocentos e cinquenta quilos com aquele pauzinho. Dá para imaginar? Depois ele achou uma bússola pequena e um grande mapa à prova de água, abriu o mapa em cima dos joelhos e colocou a bússola em cima. E foi assim que ele passou o tempo até a lancha pegar a gente uns trinta minutos depois, sentado ali com aquela linha de pesca com a isca atrás dele, com a bússola no colo, o mapa aberto sobre os joelhos e remando com toda a força usando aquele remo azul pequenininho como se estivesse indo a toda a velocidade para Maiorca. Meu Deus!"

O sargento Knight sabia tudo sobre Maiorca, assim como Orr, porque Yossarian tinha falado várias vezes para eles de lugares como Espanha, Suíça e Suécia, onde aviadores dos Estados Unidos podiam ficar refugiados até o fim da guerra com a maior tranquilidade e no maior luxo, bastando para isso voar até lá. Yossarian era a maior autoridade do esquadrão sobre refúgio e já havia começado a tramar um plano para chegar à Suíça em toda missão que voava para o extremo norte da Itália. Sem dúvida, ele preferia a Suécia, onde o nível de inteligência era alto e ele poderia nadar pelado com belas garotas escrupulosas e de voz grave e onde ele poderia gerar tribos inteiras de Yossarians felizes e indisciplinados que o Estado assistiria desde o parto e colocaria na vida sem estigmas; mas era impossível chegar à Suécia, que era muito distante, e Yossarian esperou pela peça de artilharia antiaérea que iria avariar o motor sobre os Alpes italianos e dar a ele a desculpa para ir até a Suíça. Ele não ia contar nem mesmo para o piloto que estava guiando o avião nessa direção. Yossarian muitas vezes pensou em conspirar com algum piloto em quem confiasse para fingir uma avaria no motor e depois destruir as provas da fraude com um pouso de barriga, mas o único piloto em que ele confiava de verdade era McWatt, que estava feliz onde estava e ainda se divertia passando raspando com o avião por cima da tenda de Yossarian ou fazendo o motor rugir tão perto dos banhistas na praia que o vento forte das hélices criava sulcos escuros na água e espalhava água que saía voando depois de alguns segundos.

Dobbs e Joe Faminto estavam fora de cogitação, assim como Orr, que estava mexendo de novo na válvula do aquecedor quando Yossarian voltou mancando, desanimado, para a tenda depois de ter ouvido um não de Dobbs. O aquecedor que Orr estava fabricando usando um tambor de metal invertido ficava no meio do piso liso de cimento que ele tinha construído. Ele trabalhava diligentemente de joelhos. Yossarian tentou não prestar atenção nele e foi mancando, cansado, até a cama e se sentou com um longo e sofrido gemido. Gotas de suor que formigavam em sua testa estavam ficando geladas. Dobbs o havia deprimido. Doc Daneeka o havia deprimido. Uma visão sinistra de algo trágico o deprimiu quando ele olhou para Orr. Começou a se agitar com uma série de tremores internos. Os nervos se contraíram, e a veia de um dos pulsos começou a palpitar.

Orr estudou Yossarian por cima do ombro, seus lábios úmidos retraídos em torno de fileiras convexas de grandes dentes de coelho. Estendendo a mão para o lado, ele pegou uma garrafa de cerveja quente do armário e a passou para Yossarian depois de abri-la. Nenhum deles disse uma palavra. Yossarian tomou devagar o colarinho no topo e reclinou a cabeça. Orr observou astuto com um sorriso silencioso. Yossarian olhou Orr com cautela. Orr sorriu com um leve som sibilante e úmido e depois voltou ao trabalho, agachado. Yossarian ficou tenso.

— Nem começa — implorou ele com voz ameaçadora, as mãos apertando a garrafa de cerveja. — Nem começa a trabalhar no seu aquecedor.

Orr riu baixinho.

— Estou quase acabando.

— Não está, não. Você ainda vai começar.

— A válvula aqui. Está vendo? Está quase toda montada.

— E aí você vai começar a desmontar. Eu sei o que você está fazendo, seu sacana. Vi você fazendo isso centenas de vezes.

Orr estremeceu de alegria.

— Quero eliminar o vazamento dessa mangueira de gasolina — explicou ele. — Já reduzi bastante, agora é só uma gotinha.

— Não consigo ficar vendo isso — confessou Yossarian com voz monocórdia. — Se você quer trabalhar com algo grande, ótimo. Mas essa válvula é cheia de partes minúsculas e eu não tenho paciência agora para ficar vendo você se esforçar tanto por umas coisinhas tão pequenas e sem importância.

— Só porque é pequeno não quer dizer que não tem importância.

— Não estou nem aí.

— Mais uma vez?

— Quando eu não estiver aqui. Você é um imbecil feliz e não tem ideia de como é se sentir como eu me sinto. Tem coisas que acontecem comigo quando você trabalha nessas coisinhas que eu nem sei como explicar. Eu descubro que não suporto você. Começo a te odiar, depois começo a pensar seriamente em arrebentar essa garrafa na sua cabeça ou enfiar aquela faca de caça ali no seu pescoço. Você entende?

Orr fez que sim com a cabeça de modo muito inteligente.

— Não vou desmontar a válvula agora — disse ele e começou a desmontá-la, com uma precisão lenta, incansável, infinita, o rosto rústico e desajeitado curvado bem pertinho do chão, segurando meticulosamente o mecanismo com uma concentração a tal ponto ilimitada e paciente que ele parecia nem estar pensando naquilo.

Yossarian xingou Orr em silêncio e decidiu ignorá-lo.

— Aliás, por que essa pressa com o aquecedor? — rugiu ele pouco depois a contragosto. — Ainda está quente lá fora. A gente deve nadar mais tarde. Por que você está preocupado com o frio?

— Os dias estão ficando mais curtos — observou Orr filosoficamente.

— Quero terminar isso enquanto ainda é tempo. Você vai ter o melhor aquecedor do esquadrão quando eu tiver terminado. Ele vai queimar a noite toda com esse controle de alimentação que estou consertando, e essas placas de metal vão irradiar o calor pela tenda toda. Se você deixar um capacete cheio de água nesse troço quando for dormir, vai ter água quente para se lavar prontinha quando acordar. Não ia ser legal? Se quiser cozinhar ovos ou fazer uma sopa, só precisa colocar a panela aqui e acender o fogo.

— Como assim "eu"? — quis saber Yossarian. — Onde você vai estar?

O torso retorcido de Orr tremeu de repente com um espasmo abafado de quem acha algo divertido.

— Sei lá! — exclamou ele, e um risinho estranho, ondulado, saiu subitamente pelo meio de seus trepidantes dentes de coelho como um jato explosivo de emoção.

Ele ainda estava rindo quando continuou, e sua voz estava cheia de saliva.

— Se continuarem me derrubando desse jeito, sei lá onde vou estar.

Yossarian ficou comovido.

— Por que você não tenta parar de voar, Orr? Você tem um pretexto.

— Eu só voei dezoito missões.

— Mas você foi derrubado em quase todas. Você tem que fazer pouso de emergência ou é abatido quase toda vez que decola.

— Ah, eu não me importo de voar missões. Acho bem divertido. Você devia tentar voar umas missões comigo quando não estiver no avião que lidera o esquadrão. Só para gente se divertir. Hihi.

Orr viu Yossarian acima dele pelo canto dos olhos com uma expressão de aguda alegria.

Yossarian evitou o olhar dele.

— Vão me fazer voar no avião que lidera o esquadrão de novo.

— Quando você não estiver liderando o esquadrão. Se você fosse esperto, sabe o que deveria fazer? Ir direto falar com Piltchard e Wren e dizer que quer voar comigo.

— E ser abatido com você toda vez que você decola? Qual é a graça disso?

— É justamente por isso que você devia vir comigo — insistiu Orr. — Acho que sou o melhor piloto daqui quando se trata de fazer pousos de emergência. Ia ser um belo treinamento para você.

— Um belo treinamento para quê?

— Um belo treinamento para o caso de você um dia precisar fazer um pouso de emergência. Hihihi.

— Tem mais uma cerveja para mim? — perguntou Yossarian sem pressa.

— Você quer arrebentar a garrafa na minha cabeça?

Dessa vez, Yossarian riu.

— Tipo aquela prostituta naquele apartamento em Roma?

Orr deu uma risadinha lasciva, as bochechas grandes inchando de prazer.

— Você quer mesmo saber por que ela estava batendo na minha cabeça com o sapato? — provocou ele.

— Eu já sei — respondeu Yossarian igualmente provocativo. — A prostituta de Nately me contou.

Orr sorriu como uma gárgula.

— Contou nada.

Yossarian sentiu pena de Orr. Orr era tão pequeno e feio. Quem iria protegê-lo caso ele sobrevivesse? Quem iria proteger um gnomo de coração bondoso e ingênuo como Orr contra as hordas e as turbas e contra atletas peritos como Appleby que tinha moscas nos olhos e que passava por cima dele cheio de presunção arrogante e autoconfiança sempre que tinha a oportunidade? Yossarian estava sempre preocupado com Orr. Quem iria protegê-lo contra a animosidade e a fraude, contra gente ambiciosa e contra o esnobismo amargo da mulher do chefe, contra as sórdidas e iníquas humilhações causadas pelo desejo do lucro e contra o amigável açougueiro do bairro com sua carne de qualidade inferior? Orr era um simplório feliz e incauto com uma massa densa de cabelo policromático ondulado partido ao meio. Ele seria um mero brinquedinho nas mãos dos outros. Iam pegar o dinheiro do cara, transar com a esposa dele e ninguém ia demonstrar bondade com seus filhos. Yossarian se sentiu inundar por uma onda de compaixão.

Orr era um anãozinho excêntrico, uma aberração encarnada na forma de um adorável pigmeu com uma mente obscena e mil habilidades preciosas que o manteriam pelo resto da vida em um grupo de baixa renda. Ele sabia usar ferro de solda e era capaz de pregar duas tábuas de modo que a madeira não rachasse e os pregos não curvassem. Sabia fazer furos. Orr tinha feito muito mais coisas na tenda enquanto Yossarian estava no hospital. Lixou ou cinzelou um perfeito canal no cimento para que a fina mangueira de gasolina ficasse nivelada com o chão no trajeto entre o aquecedor e o tanque que ele construiu do lado de fora sobre uma plataforma elevada. Fez grades de metal para a lareira usando partes excedentes de bombas e preencheu os espaços com grossos pedaços de lenha prateada e emoldurou com madeira pintada em pátina as fotos de garotas peitudas que arrancou de revistas masculinas e colocou sobre a lareira. Orr sabia abrir uma lata de tinta. Sabia misturar tinta, diluir tinta, remover tinta. Sabia cortar madeira e medir coisas usando uma régua. Orr sabia fazer fogueira. Sabia cavar buracos e tinha um verdadeiro dom para levar água até os buracos usando latas e cantis a partir de tanques que ficavam perto do refeitório. Ele sabia se dedicar por horas a uma tarefa irrelevante sem ficar inquieto nem entediado, e era tão resistente à fadiga quanto um toco de árvore, além de falar quase tanto quanto um. Tinha um conhecimento surreal sobre a vida selvagem e não sentia medo nem de cães, nem de gatos, nem de besouros, nem de mariposas, nem de alimentos como arenque ou bucho.

Yossarian suspirou triste e começou a pensar nos boatos sobre a missão a Bolonha. A válvula que Orr estava desmontando tinha mais ou menos o tamanho de um polegar e era composta de trinta e sete partes diferentes, excluindo o invólucro, muitas delas tão minúsculas que Orr precisava mantê-las bem presas entre a ponta dos dedos enquanto as colocava com cuidado no chão em fileiras ordenadas e catalogadas, sem jamais apressar nem desacelerar os movimentos, sem jamais se cansar, sem jamais fazer uma pausa no contínuo, metódico, monótono procedimento a não ser que fosse para olhar de um modo sugestivo para Yossarian com uma cara de travesso que beirava a mania. Yossarian tentava não olhar para ele. Ele contava as partes e achava que ia enlouquecer. Ele se virava, fechando os olhos, mas isso era pior ainda, porque aí ficava apenas com os sons, os sons baixinhos, enlouquecedores, infatigáveis e os distintos cliques e o farfalhar de mãos e de peças ultraleves. Orr respirava ritmicamente com um som alto e repulsivo. Yossarian fechou os punhos e olhou para a faca de caça de cabo longo de osso pendurada numa bainha sobre a cama do sujeito morto na tenda. Assim que pensava em esfaquear Orr, sua tensão se aliviava. A ideia de assassinar Orr era a tal ponto ridícula que ele começou a levá-la a sério com estranho capricho e fascínio. Ele olhava para a nuca de Orr em busca da provável localização do bulbo raquidiano. Um cutucão de leve ali ia resolver tantos problemas sérios e aflitivos para os dois.

— Isso dói? — perguntou Orr neste exato momento, como se por instinto de preservação.

Yossarian o observou com atenção.

— Isso o quê?

— A sua perna — disse Orr com uma risada estranha e misteriosa. — Você ainda manca um pouco.

— É só um hábito, acho — disse Yossarian, voltando a respirar aliviado. — Devo me livrar disso logo, logo.

Orr rolou no chão e se ergueu sobre um joelho, ficando de frente para Yossarian.

— Lembra — disse ele devagar, reflexivo, com ar de quem se esforça para lembrar — aquela garota que estava batendo na minha cabeça aquele dia em Roma?

Ele riu ao ouvir a exclamação involuntária e desiludida de Yossarian ao ver que tinha caído numa pegadinha.

— Vou te propor um acordo que tem a ver com essa garota. Eu te conto por que aquela garota estava batendo na minha cabeça com o sapato dela se você me responder uma pergunta.

— Qual é a pergunta?

— Você já transou com a garota de Nately?

Yossarian riu, surpreso.

— Eu? Não. Agora me conte por que aquela garota te bateu com o sapato dela.

— Essa não era a pergunta — informou Orr deliciado com a vitória. — Isso era só conversa. Ela age como se você tivesse transado com ela.

— Bom, eu não transei. Como ela age?

— Como se não gostasse de você.

— Ela não gosta de ninguém.

— Ela gosta do capitão Black — lembrou Orr.

— Isso porque ele trata a garota igual lixo. Qualquer um consegue mulher assim.

— Ela usa uma tornozeleira com o nome dele.

— Ele faz com que ela use para irritar Nately.

— Ela chega a dar para ele parte do dinheiro que recebe de Nately.

— Olha só, o que você quer de mim?

— Você já transou com a minha garota?

— Com a sua garota? Mas quem é a sua garota?

— Aquela que bateu com o sapato na minha cabeça.

— Eu estive com ela umas vezes — admitiu Yossarian. — Desde quando ela é sua garota? Aonde você está querendo chegar com isso?

— Ela também não gosta de você.

— Por que eu ia me importar se ela gosta ou não de mim? Ela gosta de mim tanto quanto gosta de você.

— Ela já bateu com um sapato na sua cabeça?

— Orr, estou cansado. Por que você não me deixa quieto?

— Hihihi. E aquela condessa magrela em Roma com a enteada magrela? — insistiu Orr, malicioso, com um prazer cada vez maior. — Você já transou com ela?

— Ah, quem me dera. — Yossarian deu um suspiro honesto, imaginando, só de ouvir a pergunta, a sensação lasciva, habitual, devastadora das mãos acariciando os minúsculos e carnudos traseiros e seios das duas.

— Elas também não gostam de você — comentou Orr. — Elas gostam de Aarfy e gostam de Nately, mas não gostam de você. Parece que as mulheres simplesmente não gostam de você. Acho que elas te veem como má influência.

— As mulheres são doidas — respondeu Yossarian e esperou, incomodado, por aquilo que ele sabia que viria a seguir.

— E aquela outra garota sua? — perguntou Orr com uma falsa curiosidade pensativa. — A gorduchinha, sabe? Careca? Sabe qual, aquela gorduchinha careca da Sicília, com o turbante que ficou suando na gente a noite toda? Ela também é doida?

— Ela também não gostava de mim?

— Como é que você pôde fazer aquilo com uma garota que não tinha cabelo?

— Como é que eu ia saber que ela não tinha cabelo?

— Eu sabia — gabou-se Orr. — Desde o primeiro minuto.

— Você sabia que ela era careca?! — exclamou Yossarian, perplexo.

— Não, eu sabia que essa válvula não ia funcionar se eu deixasse uma parte de fora — respondeu Orr, cintilando rubro de felicidade porque tinha acabado de enganar Yossarian de novo. — Pode me passar, por favor, essa junta que rolou aí para perto do seu pé? Está bem do lado do seu pé.

— Não está, não.

— Bem aqui — disse Orr e pegou algo invisível com a ponta das unhas, segurando para Yossarian ver. — Agora vou ter que começar tudo de novo.

— Se você começar de novo eu te mato. Te mato agora mesmo.

— Por que você nunca voa comigo? — perguntou Orr de repente e olhou nos olhos de Yossarian pela primeira vez. — Viu só, essa é a pergunta que quero que você responda. Por que você nunca voa comigo?

Yossarian se virou para o outro lado cheio de vergonha e constrangido.

— Eu já te disse. Na maioria das vezes, eles me colocam no avião que lidera o esquadrão.

— Não é por isso — disse Orr, balançando a cabeça. — Você foi falar com Piltchard e Wren depois da primeira missão para Avignon e disse que não queria nunca mais voar comigo. É por isso, não é?

Yossarian se sentiu ficando quente.

— Não, eu não fiz isso — mentiu ele.

— Fez, sim — insistiu Orr sem perder a calma. — Você pediu que não te colocassem em nenhum avião que eu, Dobbs ou Huple pilotássemos, porque não confiava em nenhum de nós no comando. E Piltchard e Wren disseram que não podiam abrir exceção para você, porque não ia ser justo com os caras que precisavam voar com a gente.

— E daí? — disse Yossarian. — Não fez diferença nenhuma, fez?

— Mas eles nunca te puseram para voar comigo.

Orr, trabalhando de novo apoiado nos joelhos, estava falando com Yossarian sem a menor amargura ou ressentimento, só com uma humildade ofendida, o que era infinitamente mais doloroso de observar, embora ele continuasse sorrindo, como se a situação fosse cômica.

— Você devia mesmo voar comigo, sabe? Eu sou um bom piloto e ia cuidar de você. Pode até ser que eu seja abatido várias vezes, mas a culpa não é minha, e ninguém nunca se machucou no meu avião. Sim, senhor, se você fosse esperto, sabe o que ia fazer? Ia direto falar com Piltchard e Wren e falava para eles que quer voar todas as suas missões comigo.

Yossarian se inclinou para a frente e olhou atentamente para a máscara inescrutável de emoções contraditórias de Orr.

— Você está tentando me dizer alguma coisa?

— Hihihi — respondeu Orr. — Estou tentando te dizer por que aquela garota grande com o sapato estava batendo na minha cabeça aquele dia. Mas você não deixa.

— Me conta.

— Você vai voar comigo?

Yossarian riu e balançou a cabeça.

— Você vai acabar tendo que fazer outro pouso forçado na água.

Orr de fato teve que fazer outro pouso forçado na água quando a missão de Bolonha deixou de ser boato e ele pousou o monomotor com um baque esmagador nas ondas fortes, agitadas pelo vento, depois de descer aos solavancos abaixo das nuvens bélicas e cheias de trovões que se acumulavam no alto. Demorou para sair do avião e acabou sozinho num bote que começou a se afastar dos homens do outro bote e estava fora do campo de visão quando a lancha do Resgate Aéreo-Marítimo chegou sulcando o vento e espalhando gotas de chuva para levar os homens a bordo. A noite já caía quando eles retornaram ao esquadrão. Ninguém tinha notícias de Orr.

— Não se preocupe — garantiu Kid Sampson, ainda envolto nos cobertores pesados e na capa de chuva que os homens do resgate colocaram sobre ele. — Ele já deve ter sido resgatado se não se afogou naquela tempestade. Não durou muito. Aposto que ele vai aparecer a qualquer minuto.

Yossarian voltou para a tenda para esperar que Orr aparecesse a qualquer minuto e acendeu uma fogueira para deixar as coisas dele quentes. O aquecedor funcionava perfeitamente, com uma chama forte e robusta que era possível aumentar ou diminuir girando a válvula que Orr enfim tinha acabado de consertar. Caía uma chuva fina, tamborilando suavemente na tenda, nas árvores, no chão. Yossarian preparou uma lata de sopa quente para Orr e comeu tudo sozinho conforme o tempo foi passando. Cozinhou ovos para Orr e comeu também. Depois comeu uma lata inteira de queijo cheddar de um pacote de rações militares.

Cada vez que se pegava preocupado, Yossarian lembrava que Orr era capaz de fazer tudo e caía na gargalhada ao ver a imagem de Orr no bote, como o sargento Knight tinha descrito, curvado para a frente com um sorriso atarefado e preocupado, olhando para o mapa e a bússola no colo, enfiando barra após barra de chocolate encharcada na boca sorridente, enquanto remava diligente em meio a relâmpagos, trovões e chuva com o inútil remo de brinquedo azul brilhante, a linha de pesca com isca seca arrastando-se atrás dele. Yossarian não tinha a menor dúvida da capacidade de Orr sobreviver. Se fosse possível pescar com aquela linha estúpida, Orr ia pegar peixes, e, se o que ele estava procurando era bacalhau, Orr ia acabar pegando um bacalhau, ainda que ninguém jamais tivesse conseguido pescar um bacalhau naquelas águas. Yossarian colocou outra lata de sopa para cozinhar e comeu mais essa também enquanto ainda estava quente. Cada vez que a porta de um carro batia, ele abria um sorriso esperançoso e se virava cheio de expectativa para a entrada, tentando ouvir passos. Ele sabia que a qualquer momento Orr entraria na tenda de olhos arregalados, brilhantes e encharcados de chuva, bochechas e dentes salientes, ridiculamente parecido com um alegre pescador de ostras da Nova Inglaterra com chapéu de chuva de oleado amarelo e capa impermeável muito maior que ele, segurando orgulhosamente, para diversão de Yossarian, um grande bacalhau morto que havia pescado. Mas isso não aconteceu.

29
PECKEM

Não houve notícias sobre Orr no outro dia, e o sargento Whitcomb, com louvável agilidade e considerável esperança, fez uma anotação nos arquivos para enviar uma carta assinada pelo coronel Cathcart para os parentes mais próximos de Orr quando tivessem se passado mais nove dias. Por outro lado, houve notícias do quartel-general do general Peckem, e Yossarian foi atraído pela multidão de oficiais e praças de shorts e sungas zumbindo numa confusão mal-humorada em torno do quadro de avisos que ficava do lado de fora do posto de comando.

— Queria saber o que *esse* domingo tem de tão especial? — perguntava Joe Faminto vociferando para o cacique Floco de Aveia. — Por que a gente não vai ter desfile nesse domingo se a gente não tem desfile em domingo nenhum? Hein?

Yossarian abriu caminho até a frente e deixou escapar um longo e agonizante gemido quando leu o lacônico anúncio que estava ali:

> *Devido a circunstâncias alheias à minha vontade, não haverá um grande desfile na tarde deste domingo.*
>
> CORONEL SCHEISSKOPF

Dobbs tinha razão. Estavam mesmo mandando todo mundo para o front, incluindo o tenente Scheisskopf, que havia se oposto a ser enviado com todo o vigor e sabedoria que tinha à sua disposição e que se apresentou para o serviço no gabinete do general Peckem absolutamente descontente.

O general Peckem deu as boas-vindas ao coronel Scheisskopf com charme efusivo e disse que estava encantado por poder contar com ele. Ter mais um coronel na equipe significava que ele agora podia começar a trabalhar para ter mais dois majores, mais quatro capitães, mais dezesseis tenentes e uma quantidade incalculável de praças, datilógrafos, mesas, arquivos, automóveis e outros equipamentos e suprimentos que contribuiriam para o prestígio da posição e para o aumento do poder de ataque na guerra que ele havia declarado ao general Dreedle. Ele agora tinha dois coronéis; o general Dreedle tinha apenas cinco, e quatro deles eram comandantes de unidades de combate. Quase sem precisar apelar para a intriga, o general Peckem tinha executado uma manobra que acabaria multiplicando por dois sua força. E o general Dreedle vinha se embriagando com frequência cada vez maior. O futuro parecia maravilhoso, e o general Peckem contemplava seu brilhante novo coronel fascinado, com um sorriso cintilante.

Em todas as questões relevantes, o general P. P. Peckem era, conforme ele sempre observava quando estava prestes a criticar o trabalho de algum colega próximo publicamente, um realista. Era um homem bonito, de pele rosada, de 53 anos. Os modos dele eram sempre casuais e relaxados e suas fardas eram feitas sob medida. Tinha cabelos grisalhos prateados, olhos ligeiramente míopes e lábios finos, salientes e sensuais. Era um homem perspicaz, gracioso, sofisticado que percebia as fraquezas de todo mundo, exceto as próprias, e que achava todo mundo absurdo, exceto ele próprio. O general Peckem dava grande e meticulosa ênfase a pequenas questões de gosto e estilo. Estava sempre *aumentando* as coisas. Acontecimentos futuros nunca estavam *por vir*, eram sempre *iminentes*. Não era verdade que ele escrevesse *comunicados* autolaudatórios recomendando que sua autoridade fosse *dilatada* para incluir todas as operações de combate; o que ele escrevia eram *memorandos*. E a prosa dos *memorandos* dos demais oficiais era sempre *empolada*, *afetada*, ou *ambígua*. Os erros dos outros eram inelutavelmente *repreensíveis*. Os regramentos eram *draconianos* e seus dados jamais eram obtidos de fonte confiável, mas sim extraídos. O general Peckem se via *compelido* com grande frequência. Muitas vezes as coisas lhe eram *impingidas* e não era incomum que ele agisse com *onerosa relutância*. Nunca lhe escapava à memória que nem preto nem branco eram cores, e ele jamais usava verbal quando se referia a *oral*. Era capaz de citar com fluência Platão, Nietzsche, Montaigne, Theodore Roosevelt, o Marquês de Sade e Warren G. Harding. Uma plateia ainda virgem como o coronel Scheisskopf era o combustível que movia as engrenagens do general Peckem, uma oportunidade estimulante para que ele revelasse todo o seu deslumbrante tesouro erudito de trocadilhos, piadas, calúnias, homilias, anedotas, provérbios, epigramas, apoftegmas, *bon mots* e outros ditos pungentes. Ele sorriu educadamente quando começou a orientar o coronel Scheisskopf sobre seu novo ambiente.

— Meu único defeito — observou ele em um bom humor com o qual já tinha prática, observando o efeito das palavras — é não ter defeitos.

O coronel Scheisskopf não riu, e o general Peckem ficou pasmo. Uma incerteza séria arrefeceu seu entusiasmo. Ele tinha acabado de começar com um de seus paradoxos mais confiáveis e estava tão alarmado por não ter visto o menor lampejo de compreensão passar por aquele rosto impenetrável que começou a lhe lembrar subitamente, tanto em matiz quanto em textura, uma borracha usada para apagar escritos a lápis. Talvez o coronel Scheisskopf estivesse cansado, pensou caridosamente o general Peckem; ele tinha feito uma longa viagem e tudo ali lhe era desconhecido. A atitude do general Peckem em relação a todo o pessoal sob seu comando, tanto oficiais quanto praças, era marcada pelo mesmo espírito tranquilo de tolerância e permissividade. Ele dizia sempre que, se as pessoas que trabalhavam para ele aceitassem ceder um pouco, ele cederia ainda mais, e o resultado, como sempre acrescentava com uma risada astuta, é que nunca houve qualquer acordo de ideias. O general Peckem via a si mesmo como um esteta e um intelectual. Quando as pessoas discordavam dele, ele as incentivava a serem *objetivas*.

E foi, de fato, um Peckem objetivo quem olhou encorajadoramente para o coronel Scheisskopf e retomou a instrução com magnânima atitude de perdão.

— Você chegou na hora certa, Scheisskopf. A ofensiva de verão se dissipou, graças à incompetência da liderança que oferecemos às nossas tropas, e tenho a premente necessidade de um oficial forte, experiente e competente como você para ajudar a produzir os memorandos nos quais depositamos nossa confiança para que as pessoas saibam o quanto somos bons e o trabalho hercúleo que fazemos. Espero que você seja um escritor prolífico.

— Não sei nada de escrita — retrucou o coronel Scheisskopf, taciturno.

— Certo, não deixe que isso te incomode — continuou o general Peckem com um gesto negligente. — Basta repassar a outrem o trabalho que lhe atribuo e confiar na sorte. O nome que damos a isso é delegação de responsabilidade. Em algum lugar próximo ao nível mais baixo desta organização coordenada que dirijo, há pessoas que realizam o trabalho quando este chega até elas e tudo acaba transcorrendo bem, sem maiores esforços de minha parte. Suponho que seja porque sou um bom executivo. Nada do que fazemos neste nosso grande departamento é de fato muito importante e nunca há pressa. Por outro lado, é importante que deixemos as pessoas saberem que fazemos uma grande quantidade disso. Avise se houver falta de mão de obra. Já requisitei dois majores, quatro capitães e dezesseis tenentes para ajudá-lo. Embora nenhum trabalho que fazemos seja muito importante, é importante que o façamos em grande escala. Não concorda?

— E os desfiles? — interrompeu o coronel Scheisskopf.

— Que desfiles? — indagou o general Peckem com a sensação de que sua polidez simplesmente estava passando batida.

— Não vou poder fazer desfiles nas tardes de domingo? — perguntou o coronel Scheisskopf com petulância.

— Não. Claro que não. O que lhe deu essa ideia?

— Mas disseram que eu poderia.

— Quem disse que você poderia?

— Os oficiais que me enviaram para o front. Disseram que eu poderia fazer os homens marcharem em desfiles sempre que quisesse.

— Mentiram para você.

— Isso não foi justo, senhor.

— Sinto muito, Scheisskopf. Estou disposto a fazer de tudo para deixá-lo feliz aqui, mas desfiles estão fora de cogitação. Não temos homens suficientes na nossa organização para um desfile, e as unidades de combate rebelar-se-iam abertamente caso tentássemos fazê-las marchar. Receio que você terá que esperar um pouco até estarmos no controle. Depois pode fazer o que quiser com os homens.

— E minha esposa? — perguntou o coronel Scheisskopf com desconfiança descontente. — Posso mandar buscá-la, não?

— Sua esposa? Por que você ia querer uma coisa dessas?

— Marido e mulher devem estar juntos.

— Isso também está fora de cogitação.

— Mas disseram que eu poderia mandar buscar a minha esposa!

— Mentiram para você de novo.

— Não tinham o direito de mentir para mim! — protestou o coronel Scheisskopf com olhos marejados de indignação.

— É claro que tinham o direito — retrucou o general Peckem com severidade fria e calculada, resolvendo naquele momento testar a coragem do seu novo coronel sob o fogo. — Não seja tolo, Scheisskopf. As pessoas têm o direito de fazer qualquer coisa que não seja proibida por lei, e não há lei contra enganar você. Agora, nunca mais perca o meu tempo com banalidades sentimentais desse tipo. Está me ouvindo?

— Sim, senhor — murmurou o coronel Scheisskopf.

O coronel Scheisskopf murchou de um jeito patético, e o general Peckem abençoou o destino que tinha lhe enviado um fracote como subordinado. Um homem de coragem teria sido impensável. Tendo obtido a vitória, o general Peckem cedeu. Ele não gostava de humilhar seus homens.

— Se sua esposa fosse militar, eu provavelmente teria como transferi-la para cá. Mas isso é o máximo que posso fazer.

— Ela tem uma amiga militar — disse o coronel Scheisskopf, esperançoso.

— Receio que isso não baste. Faça a Sra. Scheisskopf se alistar no Exército, caso ela o deseje, e nós a traremos para cá. Mas, enquanto isso, meu caro coronel, voltemos à nossa pequena guerra, se pudermos. Eis aqui, resumidamente, a situação militar com que nos deparamos.

O general Peckem se levantou e se dirigiu para uma prateleira giratória com enormes mapas coloridos.

O coronel Scheisskopf empalideceu.

— Não vamos entrar em combate, vamos? — deixou escapar horrorizado.

— Ah, não, claro que não — assegurou-lhe indulgente o general Peckem, com uma risada amigável. — Por favor, confie um pouco em mim, pode ser? É por isso que ainda estamos aqui em Roma. Eu também gostaria de estar em Florença, onde poderia manter contato mais próximo com o ex-soldado de primeira classe Wintergreen. Mas Florença está demasiado perto do combate para o meu gosto. — O general Peckem ergueu uma vareta de madeira usada para apontar objetos no mapa e varreu alegremente com sua ponta de borracha a Itália, de uma costa à outra. — Estes, Scheisskopf, são os alemães. Eles estão firmemente encravados nestas montanhas na Linha Gótica e só será possível expulsá-los depois da primavera, embora isso não vá impedir aqueles estúpidos dos nossos superiores de tentar. Isso dá a nós, dos Serviços Especiais, quase nove meses para atingir nosso objetivo. E esse objetivo é capturar todos os grupamentos de bombardeiros da Força Aérea dos Estados Unidos. Afinal de contas — disse o general Peckem com sua risada baixa e bem modulada —, se lançar bombas sobre o inimigo não for um serviço especial, não sei o que seria. Você não concorda?

O coronel Scheisskopf não deu qualquer indicação de que concordasse, mas o general Peckem já estava fascinado demais pela própria loquacidade para notar.

— Nossa posição neste momento é excelente. Reforços como você continuam chegando e temos tempo mais que suficiente para planejar com cuidado toda a nossa estratégia. Nosso objetivo imediato — disse ele — está bem aqui.

E o general Peckem apontou com a vareta para o sul, para a ilha de Pianosa, e bateu significativamente numa palavra grande escrita ali a lápis. A palavra era DREEDLE.

O coronel Scheisskopf, estreitando os olhos, se aproximou muito do mapa e, pela primeira vez desde que havia entrado na sala, uma luz de compreensão lançou um brilho tênue sobre seu rosto impassível.

— Acho que entendo! — exclamou ele. — Sim, sem dúvida estou entendendo. Nossa primeira tarefa é tomar Dreedle do inimigo. Certo?

O general Peckem riu benignamente.

— Não, Scheisskopf. Dreedle está do nosso lado e Dreedle é o inimigo. O general Dreedle comanda quatro grupamentos de bombardeiros que precisamos capturar para continuar nossa ofensiva. Conquistar o general Dreedle nos dará as aeronaves e as bases vitais necessárias para levar nossas operações a outras áreas. E essa batalha, aliás, está quase vencida.

O general Peckem foi até a janela, rindo baixinho de novo, e se recostou no parapeito de braços cruzados, satisfeitíssimo com a própria inteligência e com o atrevimento blasé. Sua escolha habilidosa de palavras era bastante empolgante. O general Peckem gostava de ouvir o som da própria voz e, acima de tudo, de se ouvir falando sobre si mesmo.

— O general Dreedle simplesmente não sabe como lidar comigo — vangloriou-se ele. — Continuo invadindo a jurisdição dele com comentários e críticas que, na verdade, não têm nada a ver com as minhas atribuições e ele não sabe o que fazer a respeito. Quando ele me acusa de tentar enfraquecê-lo, eu simplesmente respondo que o meu único objetivo ao chamar a atenção para os erros dele é fortalecer nosso esforço de guerra, eliminando a ineficiência. Depois, pergunto inocentemente se ele tem alguma objeção a melhorar nosso esforço de guerra. Ah, ele resmunga, se irrita e berra, mas na verdade está totalmente indefeso. Ele está obsoleto, simples assim. Está virando um bebum, sabe. O pobre coitado nem deveria ser general. Ele não tem inflexão, tem zero inflexão. Graças a Deus ele não vai durar.

O general Peckem riu com prazer alegre e navegou suavemente rumo a uma de suas citações eruditas prediletas.

— Às vezes, penso em mim mesmo como Fortinbras... ha, ha... na peça *Hamlet*, de William Shakespeare, que perambula em torno da ação até tudo desmoronar e então entra no fim para pegar tudo para si mesmo. Shakespeare é...

— Não entendo nada sobre peças de teatro — interrompeu sem rodeios o coronel Scheisskopf.

O general Peckem olhou para ele com espanto. Nunca antes uma referência sua ao sagrado *Hamlet* de Shakespeare foi ignorada e pisoteada com tão rude indiferença. Ele começou a se perguntar, com genuína preocupação, que tipo de cabeça de merda o Pentágono o havia impingido.

— *Do que* você entende? — perguntou ele em tom ácido.

— Desfiles — respondeu ansioso o coronel Scheisskopf. — Posso enviar memorandos sobre desfiles?

— Contanto que não agende desfile nenhum. — O general Peckem voltou para sua cadeira ainda carrancudo. — E desde que isso não interfira na sua missão principal, que é recomendar que a autoridade dos Serviços Especiais seja expandida para incluir atividades de combate.

— Posso agendar desfiles e depois desmarcar?

O general Peckem se animou de imediato.

— Ora, mas essa é uma ideia maravilhosa! Porém, basta enviar comunicados semanais *adiando* os desfiles. Nem se preocupe em agendar. Isso seria infinitamente mais desconcertante.

O general Peckem estava outra vez cheio de cordialidade.

— Isso, Scheisskopf — disse ele —, acho que você teve mesmo uma boa ideia. Afinal, que comandante de unidade de combate poderia brigar conosco por avisar aos seus homens que não haverá desfile no próximo domingo? Estaríamos só reafirmando um fato amplamente conhecido. Mas a implicação é linda. Sim, verdadeiramente linda. Fica no ar a insinuação de que *poderíamos* agendar um desfile caso quiséssemos. Vou gostar de você, Scheisskopf. Vá se apresentar ao coronel Cargill e conte o que está fazendo. Sei que vocês dois vão se dar bem.

O coronel Cargill invadiu o gabinete do general Peckem um minuto depois num furor de tímido ressentimento.

— Eu estou aqui há mais tempo que Scheisskopf — queixou-se ele. — Por que eu não posso cancelar os desfiles?

— Porque Scheisskopf tem experiência com desfiles e você não. Você pode cancelar shows de entretenimento se quiser. Na verdade, essa é uma ideia. Pense bem, todo dia há vários lugares que não vão receber um show. Pense em todo lugar que cada artista renomado que vem até aqui não vai visitar. Sim, Cargill, acho que você teve uma bela ideia. Acho que você acaba de abrir uma nova área de operação para nós. Diga ao coronel Scheisskopf que quero que ele trabalhe sob sua supervisão nisso. E diga a ele que venha me ver quando você terminar de lhe dar instruções.

— O coronel Cargill me disse que você quer que eu trabalhe sob supervisão dele no projeto de entretenimento — reclamou o coronel Scheisskopf.

— Eu não disse isso — respondeu o general Peckem. — Confidencialmente, Scheisskopf, não estou muito satisfeito com o coronel Cargill. Ele é mandão e lento. Gostaria que você ficasse de olho no que ele está fazendo e visse se consegue que ele entregue um pouco mais de resultados.

— Ele continua se intrometendo — protestou o coronel Cargill. — Não me deixa trabalhar em nada.

— Tem uma coisa estranha em Scheisskopf — concordou o general Peckem, pensativo. — Fique de olho nele e veja se você não consegue descobrir o que ele está tramando.

— Agora ele está se intrometendo na *minha* vida! — disse o coronel Scheisskopf.

— Não se preocupe, Scheisskopf — disse o general Peckem, congratulando-se pela habilidade com que encaixou o coronel Scheisskopf em seu método operacional padrão. Seus dois coronéis já mal se falavam. — O coronel Cargill tem inveja de você pelo esplêndido trabalho que faz nos desfiles. Ele tem medo de que eu coloque você no comando dos padrões de bombardeio.

O coronel Scheisskopf foi todo ouvidos.

— O que é um padrão de bombardeio?

— Padrão de bombardeio? — repetiu o general Peckem, brilhando de bom humor e satisfação consigo mesmo. — "Padrão de bombardeio" é um termo que inventei faz umas semanas. Não significa nada, mas você se surpreenderia com a rapidez com que a expressão pegou. Tem muita gente convencida de que eu acho importante que as bombas explodam juntas e produzam uma bela fotografia aérea. Tem um coronel em Pianosa que já não se preocupa mais em acertar ou não o alvo. Vamos voar até lá e nos divertir com ele hoje. Isso vai deixar o coronel Cargill com ciúmes. Eu soube por Wintergreen hoje cedo que o general Dreedle vai estar na Sardenha. O general Dreedle fica louco quando descobre que fui inspecionar uma de suas instalações enquanto ele estava inspecionando outra. Dá para chegar lá a tempo para a reunião de instruções. Eles vão bombardear um vilarejo indefeso, vão reduzir a comunidade a escombros. Wintergreen soube... a propósito, Wintergreen agora é ex-sargento... que a missão é totalmente desnecessária. O único objetivo é atrasar os reforços alemães, sendo que nem sequer estamos planejando uma ofensiva. Mas é isso que acontece quando se promovem pessoas medíocres a posições de autoridade. — Ele gesticulou languidamente para seu gigantesco mapa da Itália. — Este vilarejo nas montanhas, na verdade, é tão insignificante que nem existe no mapa.

Eles chegaram ao grupamento do coronel Cathcart tarde demais para assistir às instruções preliminares e ouviram o major Danby insistir:

— Mas fica *aí*, juro. Fica aí, bem aí.

— Onde? — perguntou Dunbar em tom de desafio, fingindo não ver.

— Fica bem aí no mapa, onde essa estrada faz uma ligeira curva. Não está vendo essa ligeira curva no seu mapa?

— Não, não consigo ver.

— Estou vendo — disse Havermeyer, e marcou o local no mapa de Dunbar. — E tem uma boa imagem do vilarejo nessas fotos. Eu entendo a coisa toda. O objetivo da missão é fazer o vilarejo inteiro deslizar pela encosta da montanha e criar um bloqueio na estrada que os alemães vão ter que limpar. É isso mesmo?

— É isso — disse o major Danby, secando a testa suada com o lenço. — Que bom que tem alguém aqui começando a entender. Essas duas divisões blindadas vão descer da Áustria para a Itália por essa estrada. O vilarejo foi construído em uma inclinação tão íngreme que os escombros das casas e das outras construções que vocês destruírem vão todos cair e se acumular na estrada.

— Mas que diferença isso vai fazer? — quis saber Dunbar, enquanto Yossarian o observava entusiasmado numa mistura de admiração e adulação. — Dois dias depois eles já vão ter liberado a estrada.

O major Danby estava tentando evitar uma discussão.

— Bom, ao que parece faz alguma diferença para o quartel-general — respondeu ele em tom conciliatório. — Imagino que foi por isso que eles ordenaram a missão.

— Os moradores do vilarejo foram avisados? — perguntou McWatt.

O major Danby ficou consternado por McWatt também estar objetando.

— Não, acho que não.

— A gente não jogou nenhum panfleto avisando que dessa vez vamos voar para atacar o vilarejo? — perguntou Yossarian. — Não dá nem para avisar para eles saírem da frente?

— Não, acho que não.

O major Danby estava xingando mais um pouco, ainda olhando de um lado para o outro, inquieto.

— Os alemães podem descobrir e escolher outro caminho. Não tenho certeza de nada disso. Só estou especulando.

— Eles não vão nem procurar abrigo — argumentou Dunbar com amargura. — Vão sair pelas ruas para acenar quando virem os nossos aviões chegando, todas aquelas crianças, os cachorros e os idosos. Meu Deus! Por que a gente não pode deixar essa gente em paz?

— Por que não causar o deslizamento em outro lugar? — perguntou McWatt. — Por que tem que ser lá?

— Não sei — respondeu o major Danby, infeliz. — Não sei. Olha, pessoal, a gente tem que ter alguma confiança nos nossos superiores que dão as ordens. Eles sabem o que estão fazendo.

— Sabem coisa nenhuma — disse Dunbar.

— Qual é o problema? — indagou o coronel Korn, atravessando vagarosamente a sala de instruções com as mãos nos bolsos e a camisa bege folgada.

— Ah, problema nenhum, coronel — disse o major Danby, tentando nervosamente abafar o caso. — A gente está só discutindo a missão.

— Eles não querem bombardear o vilarejo. — Havermeyer riu, dedurando o major Danby.

— Seu idiota! — disse Yossarian para Havermeyer.

— Deixe Havermeyer em paz — ordenou o coronel Korn a Yossarian secamente. Ele reconheceu Yossarian como o bêbado que o havia abordado rudemente no clube dos oficiais, uma noite antes da primeira missão em Bolonha, e foi prudente ao direcionar seu descontentamento a Dunbar. — Por que você não quer bombardear o vilarejo?

— É cruel, é por isso.

— Cruel? — perguntou o coronel Korn com frio bom humor, assustado por apenas um segundo pela veemência desinibida com que Dunbar o hostilizou. — Seria menos cruel deixar essas duas divisões alemãs lutarem com as nossas tropas? As vidas americanas também estão em jogo, sabe. Você prefere ver sangue americano derramado?

— Sangue americano está sendo derramado. Mas essas pessoas estão vivendo lá em paz. Por que não podemos deixar essa gente em paz?

— Pois é, é fácil para você falar — zombou o coronel Korn. — Você está seguro aqui em Pianosa. Não vai fazer a menor diferença para você quando esses reforços alemães chegarem, não é?

Dunbar corou de vergonha e respondeu com uma voz repentinamente na defensiva:

— Por que a gente não pode criar o obstáculo em outro lugar? Não poderíamos bombardear a encosta de uma montanha ou a própria estrada?

— Você prefere voltar para Bolonha? — A pergunta, feita baixinho, ressoou como um tiro e criou um silêncio constrangedor e ameaçador na sala. Yossarian rezou intensamente, envergonhado, para que Dunbar ficasse de boca fechada. Dunbar baixou o olhar e o coronel Korn soube que tinha vencido. — Pois é, foi como pensei — continuou ele com indisfarçado desprezo. — Sabe, o coronel Cathcart e eu precisamos nos esforçar muito para conseguir uma moleza como essa para vocês. Se preferirem voar em missões para Bolonha, Spezia e Ferrara, podemos pegar esses alvos sem problemas. — Os olhos dele brilhavam perigosamente por trás dos óculos sem aro, e sua caótica papada estava quadrada e dura. — É só avisar.

— Eu ia gostar — respondeu Havermeyer ansioso com outra risada arrogante. — Gosto de voar para Bolonha direto e nivelado com a cabeça na mira de bomba e ouvir todo aquele ataque antiaéreo explodindo em volta. Me diverti muito com o jeito como os homens vêm correndo para cima de mim depois da missão e me xingam. Até os praças ficam tão irritados que me xingam e querem me socar.

O coronel Korn deu um tapinha jovial no queixo de Havermeyer, ignorando-o, depois se dirigiu a Dunbar e a Yossarian com um tom seco e monótono.

— Vocês têm a minha palavra. Ninguém está mais preocupado com aqueles carcamanos piolhentos das colinas que o coronel Cathcart e eu. *Mais c'est la guerre.* Tentem lembrar que quem começou a guerra não fomos nós, foi a Itália. Que não fomos nós os agressores, e sim a Itália. E que não poderíamos infligir maior crueldade a italianos, alemães, russos e chineses do que a crueldade que eles estão infligindo a si próprios. — O coronel Korn apertou amigável o ombro do major Danby, sem mudar a expressão hostil. — Prossiga com a instrução, Danby. E faça com que eles entendam a importância de um padrão de bombardeio rigoroso.

— Ah, não, coronel — deixou escapar o major Danby, olhando para cima e piscando. — Não para esse alvo. Eu disse para soltarem as bombas a dezoito metros uma da outra, para ter um bloqueio em toda a extensão do vilarejo, e não só em um ponto. Vai ser um bloqueio muito mais eficaz com um padrão de bombardeio menos rigoroso.

— Ninguém se importa com o bloqueio na estrada — informou o coronel Korn. — O coronel Cathcart quer sair dessa missão com uma foto aérea boa e limpa que ele não precise ter vergonha de enviar pelos canais oficiais. Não se esqueça de que o general Peckem vai estar aqui para a instrução completa e você sabe o que ele pensa sobre padrões de bombardeio. Aliás, major, é melhor se apressar com esses detalhes e ir embora antes que ele chegue. O general Peckem não suporta você.

— Ah, não, coronel — corrigiu o major Danby com gentileza. — É o general Dreedle que não me suporta.

— O general Peckem também não suporta você. Na verdade, ninguém te suporta. Termina o que está fazendo, Danby, e some. Eu conduzo as instruções.

— Onde está o major Danby? — perguntou o coronel Cathcart, depois de aparecer para as instruções acompanhado do general Peckem e do coronel Scheisskopf.

— Ele pediu permissão para sair assim que viu o senhor chegando — respondeu o coronel Korn. — Ele tem medo de que o general Peckem não goste dele. De qualquer maneira, eu conduzo as instruções. Eu faço um trabalho muito melhor.

— Esplêndido! — disse o coronel Cathcart. — Não! — O coronel Cathcart revogou a ordem um segundo depois, quando se lembrou do bom trabalho que o coronel Korn havia feito diante do general Dreedle na primeira instrução de Avignon. — Eu mesmo faço isso.

O coronel Cathcart se preparou sabendo que era um dos preferidos do general Peckem e assumiu o comando da reunião, pronunciando as palavras com firmeza diante de uma plateia atenta de oficiais subordinados com a franqueza e a seriedade desapaixonada que havia aprendido vendo o general Dreedle. Ele sabia que fazia uma bela figura sobre a plataforma, com o colarinho da camisa aberto, a piteira e os cabelos pretos, encaracolados, curtos e com pontas grisalhas. Ele se movimentava com beleza, chegando mesmo a imitar certos erros de pronúncia característicos do general Dreedle, e não se sentiu nem um pouco intimidado pelo novo coronel do general Peckem, até que de repente se lembrou de que o general Peckem detestava o general Dreedle. Sua voz falhou e ele perdeu toda a confiança. Seguiu em frente, aos trancos e barrancos, guiado apenas pelo instinto, em ardente humilhação. De repente, estava aterrorizado com o coronel Scheisskopf. Um novo coronel na área significava mais um rival, mais um inimigo, mais uma pessoa que o odiava. E aquele parecia durão! Um pensamento horrível ocorreu ao coronel Cathcart: e se o coronel Scheisskopf tivesse subornado todos os homens presentes na sala para que começassem a gemer, como fizeram na primeira missão a Avignon. Como poderia silenciá-los? Que terrível revés seria! O coronel Cathcart ficou tão assustado que quase fez um sinal para o coronel Korn. De alguma forma, conseguiu se controlar e sincronizou os relógios. Depois de fazer isso, ele sabia que tinha vencido, pois agora poderia terminar a qualquer momento. Havia superado uma crise. A vontade dele era de rir na cara do coronel Scheisskopf, cheio de triunfo e rancor. Provou ser brilhante sob pressão e concluiu as instruções com uma peroração inspiradora que seu instinto lhe dizia ser uma demonstração magistral de eloquente diplomacia e sutileza.

— Muito bem, homens — exortou ele. — Temos conosco hoje um convidado muito ilustre, o general Peckem, dos Serviços Especiais, o homem que nos dá todos os nossos tacos de softball, histórias em quadrinhos e shows de entretenimento. Quero dedicar essa missão a ele. Vão lá e bombardeiem... por mim, pelo seu país, por Deus e por esse grande americano, o general P. P. Peckem. E vamos ver vocês jogarem todas aquelas bombas num espaço do tamanho de uma moedinha de um centavo!

30
DUNBAR

Yossarian já não dava a mínima para onde suas bombas caíam, embora não fosse tão longe quanto Dunbar, que soltou as bombas centenas de metros depois do vilarejo e teria que enfrentar uma corte marcial caso demonstrassem que ele tinha feito isso de propósito. Sem dizer uma única palavra nem mesmo para Yossarian, Dunbar havia lavado as mãos da missão. A queda no hospital ou tinha mostrado a luz para ele ou tinha acabado com seu juízo; impossível dizer qual era a opção certa.

Dunbar já quase não ria e parecia estar definhando. Ele falava num tom bélico com os superiores, mesmo com o major Danby, e era grosseiro, ranzinza e blasfemo mesmo diante do capelão, que agora tinha medo de Dunbar e também parecia definhar. A peregrinação do capelão até Wintergreen foi um fracasso; mais uma prece não atendida. Wintergreen estava ocupado demais para receber o capelão. Um assessor impertinente deu um isqueiro Zippo roubado como presente para o capelão e informou com ar de superioridade que Wintergreen estava envolvido demais com atividades da guerra para se ocupar de assuntos tão triviais quanto o número de missões que os homens tinham que voar. O capelão estava preocupado com Dunbar e pensava mais em Yossarian, agora que Orr havia partido. Para o capelão, que vivia numa tenda espaçosa cujo topo pontiagudo o submergia em solidão toda noite como se fosse a tampa de um túmulo, parecia inacreditável que Yossarian preferisse mesmo viver sozinho e não quisesse alguém para lhe fazer companhia.

Mais uma vez no papel de bombardeiro do avião que liderava a formação, Yossarian tinha McWatt como piloto, e isso era um consolo, embora continuasse totalmente indefeso. Não havia como reagir. De seu posto no avião ele não tinha nem mesmo como ver McWatt e o copiloto. A única pessoa que via era Aarfy, aquele inepto afetado de rosto rechonchudo com quem enfim tinha perdido a última gota de paciência, e havia minutos de agonizante fúria e frustração no céu quando ele ansiava por ser rebaixado outra vez para um avião lateral com uma metralhadora carregada de munição no compartimento, ao invés da mira de precisão das bombas de que ele realmente não precisava, uma poderosa, pesada metralhadora .50 que poderia agarrar com ambas as mãos com sede de vingança e disparar enlouquecido contra todos os demônios que o atormentavam: contra as nuvens escuras de fumaça da artilharia antiaérea, contra os artilheiros alemães lá embaixo que ele nem conseguia ver e que não teria como atingir com sua metralhadora nem mesmo se um dia tivesse tempo de abrir fogo, contra Havermeyer e Appleby no avião que liderava o esquadrão por voarem destemidamente em linha reta e sempre na mesma altura durante a segunda missão para Bolonha onde toda a artilharia antiaérea de duzentos e vinte e quatro canhões havia avariado os motores de Orr pela última vez e o mandado para um pouso de emergência no mar entre Gênova e La Spezia pouco antes do início de uma breve tempestade.

Na verdade, não havia muito que ele pudesse fazer com aquela metralhadora poderosa, exceto carregá-la e testar dar alguns tiros. Ela não era mais útil para Yossarian do que a mira de bomba. A metralhadora de fato poderia livrá-lo do ataque dos caças alemães, mas não havia mais caças alemães, e ele não conseguia nem mesmo apontá-la para os rostos indefesos de pilotos como Huple e Dobbs e ordenar que voltassem para a base com cuidado, como uma vez ordenou que Kid Sampson pousasse, que foi exatamente o que ele quis fazer com Dobbs e Huple na horrível primeira missão em Avignon, assim que percebeu o tamanho do problema em que tinha se metido, assim que se viu num avião com Dobbs e Huple em um voo liderado por Havermeyer e Appleby. Dobbs e Huple? Huple e Dobbs? Quem eram eles? Que loucura absurda pairar no ar a três quilômetros de altura sobre uns cinco centímetros de metal, tendo como única proteção contra a morte a escassa habilidade e inteligência de dois sujeitos que você nem conhece direito, um menino imberbe chamado Huple e um maluco nervosinho como Dobbs, que realmente ficou doido em pleno voo, tendo uma crise de nervos sem sair do assento de copiloto bem em cima do alvo e arrancando o manche das mãos de Huple para fazer com que todos eles entrassem naquele mergulho de dar frio na barriga que arrancou o cabo do fone de ouvido de Yossarian do plugue e fez com que o avião entrasse de novo bem na região atingida por um intenso fogo antiaéreo do qual eles quase tinham escapado. A próxima coisa de que ele se deu conta foi que outro desconhecido, um rádio-artilheiro chamado Snowden, estava morrendo nos fundos do avião. Era impossível ter certeza de que foi Dobbs quem matou Snowden, porque, quando Yossarian plugou o fone de volta, Dobbs já estava no intercomunicador implorando que alguém fosse para a frente do avião ajudar o bombardeiro. E quase de imediato Snowden entrou na comunicação, choramingando: "Socorro. Por favor alguém me ajuda. Estou com frio. Estou com frio." E Yossarian rastejou devagar, saiu do nariz e subiu para o compartimento de bombas e se contorceu para entrar nos fundos do avião, passando no meio do caminho por um kit de primeiros-socorros que teve que voltar para buscar para tratar Snowden do ferimento errado, o buraco imenso, em carne viva, em formato de melão, grande como uma bola de futebol americano na parte de fora da coxa, as fibras musculares que não tinham sido cortadas imersas em sangue lá dentro e pulsando de um jeito estranho como algo cego que tem vida própria, o ferimento oval, descoberto com quase trinta centímetros de extensão e que levou Yossarian a gemer de choque e compaixão no momento em que viu aquilo e que quase o fez vomitar. E o pequeno, franzino atirador da cauda estava deitado no chão ao lado de Snowden, desmaiado, o rosto branco como um lenço, o que fez Yossarian se apressar, levado pela repulsa, para ajudá-lo primeiro.

Sim, no longo prazo, ele estava muito mais seguro voando com McWatt, e olha que nem estava seguro com McWatt, que gostava demais de voar e que passava zumbindo cheio de arrojo a centímetros do chão com Yossarian no nariz na volta de seu voo de treinamento para testar o novo bombardeiro com a nova tripulação que o coronel Cathcart tinha arranjado depois do sumiço de Orr. O alvo de treinamento ficava do outro lado de Pianosa e, no voo de volta, McWatt passou com a barriga do preguiçoso e lento avião pertinho do topo das montanhas que havia no meio do caminho e depois, em vez de manter a altitude, colocou potência máxima nos dois motores, inclinou o avião para o lado e, para espanto de Yossarian, começou a seguir o contorno do terreno que descia o mais rápido que o avião podia ir, balançando as asas alegremente com um rugido estrondoso, triturante, martelante, a cada trepidante subida e descida do terreno ondulado como uma gaivota tonta sobre agitadas ondas marrons. Yossarian estava paralisado. O novo bombardeiro ao lado dele ficou sentado tímido com um sorriso extasiado e ficava dizendo "Uhul!" e a vontade de Yossarian era ir lá e arrebentar o rosto estúpido dele com a mão ao mesmo tempo que ficava desviando e se jogando para um lado e para o outro para desviar de pedras, colinas e galhos de árvores que apareciam à sua frente e que passavam em alta velocidade pouco abaixo do avião numa faixa borrada até sumir. Ninguém tinha o direito de correr riscos tão assustadores com a vida dele.

— Sobe, sobe, sobe! — gritava ele em frenesi para McWatt, cheio de ódio, mas McWatt cantava animado no intercomunicador e não devia estar ouvindo nada. Yossarian, queimando de raiva e com uma gana de vingança que quase o fazia chorar, se atirou para dentro da passagem e abriu caminho lutando contra a força da gravidade e a inércia até chegar à seção principal e entrar na cabine de comando, onde se pôs de pé tremendo atrás de McWatt, que estava no assento do piloto. Correu os olhos desesperado ao redor procurando uma arma, uma .45 automática cinza e preta que pudesse engatilhar e meter bem na base do crânio de McWatt. Não havia armas. Também não havia faca de caça nem nenhuma outra arma com a qual pudesse bater ou ferir, e Yossarian segurou e sacudiu o colarinho do macacão de McWatt com os punhos cerrados e gritou para que ele subisse. A terra continuava nadando abaixo deles e aparecendo em lampejos acima deles de ambos os lados. McWatt olhou para ver Yossarian atrás dele rindo alegre, como se Yossarian também estivesse se divertindo. Yossarian agarrou o pescoço dele com ambas as mãos e apertou.

McWatt ficou paralisado.

— Sobe — determinou Yossarian sem margem para confusão numa voz ameaçadora, baixa, entre os dentes —, senão eu te mato.

Paralisado pela cautela, McWatt reduziu a potência dos motores e começou a subir gradualmente. As mãos de Yossarian foram afrouxando em torno do pescoço de McWatt e deslizando para os ombros dele até penderem inertes. Já não estava com raiva. Estava com vergonha.

Quando McWatt se virou, ele lamentava que aquelas mãos fossem dele e queria ter um lugar onde pudesse escondê-las. A sensação era de que estavam mortas.

McWatt olhou bem no fundo dos olhos dele. Não havia simpatia naquele olhar.

— Rapaz — disse ele num tom frio —, você não deve estar bem mesmo. Você deveria ir pra casa.

— Não me deixam — respondeu Yossarian desviando o olhar e foi embora.

Yossarian desceu da cabine de comando e se sentou no chão, baixando a cabeça tomado por culpa e remorso. Estava coberto de suor.

McWatt definiu o curso diretamente de volta para a pista de pouso. Yossarian ficou se perguntando se McWatt iria até a tenda de operações para falar com Piltchard e Wren e pedir que Yossarian nunca mais fosse designado para o seu avião, assim como Yossarian tinha ido em segredo falar com eles sobre Dobbs, Huple e Orr e, sem sucesso, sobre Aarfy. Ele nunca tinha visto McWatt descontente antes, sempre o via alegre, e ficou se perguntando se tinha acabado de perder outro amigo.

Mas McWatt piscou para ele de forma tranquilizadora quando desceu do avião, brincando todo hospitaleiro com o crédulo piloto novato e com o novo bombardeiro durante a viagem de jipe de volta ao esquadrão, embora não tenha dirigido uma palavra a Yossarian antes de todos os quatro terem devolvido seus paraquedas e se separarem e os dois estarem andando lado a lado em direção à sua fileira de tendas. Então, o bronzeado rosto escocês-irlandês, um tanto sardento, de McWatt se abriu de repente num sorriso e ele cravou os nós dos dedos, de brincadeira, nas costelas de Yossarian, como se estivesse dando um soco.

— Seu cretino. — Ele riu. — Você ia mesmo me matar lá em cima?

Yossarian sorriu em penitência e balançou a cabeça.

— Não. Acho que não.

— Eu não sabia que você estava tão mal. Rapaz! Por que você não fala com alguém sobre isso?

— Eu falo com todo mundo sobre isso. Qual é o seu problema? Você nunca me ouve?

— Acho que nunca acreditei em você.

— Você nunca tem medo?

— Talvez eu devesse ter.

— Nem nas missões?

— Acho que não sou muito inteligente. — McWatt riu timidamente.

— Tem tanto jeito de eu morrer — comentou Yossarian — e você tinha que encontrar mais um.

McWatt sorriu de novo.

— Me diz uma coisa, aposto que você morre de medo quando eu dou aqueles rasantes em cima da sua tenda, hein?

— Fico apavorado. Eu já te disse isso.

— Achei que você só reclamasse por causa do barulho. — McWatt deu de ombros, resignado. — Certo, fazer o quê? — disse. — Acho que vou ter que parar com isso.

Mas McWatt era incorrigível e, embora nunca mais tenha dado rasantes sobre a tenda de Yossarian, jamais perdia a oportunidade de um rasante na praia e de passar trovejando como um raio furioso, voando baixinho sobre a balsa na água e sobre o baixio isolado na areia onde Yossarian ficava deitado apalpando a enfermeira Duckett ou jogando copas, pôquer ou canastra com Nately, Dunbar e Joe Faminto. Yossarian encontrava a enfermeira Duckett quase toda tarde quando os dois estavam livres e ia com ela para a praia, do outro lado da estreita série de dunas que os separava da área onde os outros oficiais e soldados nadavam nus.

Naturalmente, Dunbar e Joe Faminto também iam para lá. McWatt de vez em quando se juntava a eles, e muitas vezes Aarfy, que sempre chegava rechonchudamente, de farda completa, e nunca tirava uma peça de roupa sequer, exceto pelos sapatos e pelo chapéu; Aarfy nunca ia nadar. Os outros homens usavam calções de banho em deferência à enfermeira Duckett e em deferência à enfermeira Cramer, que sempre acompanhava a enfermeira Duckett e Yossarian à praia e que ficava sentada sozinha e altiva a dez metros de distância. Ninguém, exceto Aarfy, jamais fez referência aos homens nus tomando banho de sol à vista de todo mundo, mais adiante na praia, ou pulando e mergulhando da enorme balsa caiada que balançava sobre tambores de óleo vazios para além do banco de areia. A enfermeira Cramer ficava sentada sozinha, porque estava brava com Yossarian e decepcionada com a enfermeira Duckett.

A enfermeira Sue Ann Duckett desprezava Aarfy, e essa era outra das inúmeras características que Yossarian achava atraentes na enfermeira Duckett. Ele gostava das longas pernas brancas e da bunda flexível e calipígia da enfermeira Sue Ann Duckett; com frequência ele esquecia que ela era magra e frágil demais da cintura para cima e a machucava sem querer em momentos de paixão, quando a abraçava com força. Ele adorava o modo sonolento como ela aquiescia quando eles se deitavam na praia ao entardecer. A proximidade dela era fonte de consolo e calma para ele. Yossarian ansiava tocá-la o tempo todo, estar em permanente contato físico. Ele gostava de circundar frouxamente o tornozelo dela com os dedos enquanto jogava cartas com Nately, Dunbar e Joe Faminto, de acariciar leve e amorosamente a pele macia de sua coxa clara e lisa com a parte de trás das unhas ou, sonhadora, sensual, quase inconscientemente, deslizar a mão com sentimento de posse e respeito pelo cume em forma de concha de sua coluna, sob a tira elástica da parte superior do biquíni que ela sempre usava para conter e cobrir os seios pequenos de mamilos longos. Ele adorava a resposta serena e lisonjeada da enfermeira Duckett, o sentimento de apego por ele que ela demonstrava com orgulho. Joe Faminto também tinha vontade de apalpar a enfermeira Duckett e foi contido mais de uma vez pelo olhar ameaçador de Yossarian. A enfermeira Duckett flertava com Joe Faminto apenas para mantê-lo no cio, e os redondos olhos castanho-claros dela brilhavam com malícia toda vez que Yossarian cutucava seu corpo com força com o cotovelo ou com o punho para fazê-la parar.

Os homens jogavam cartas sobre uma toalha, uma camiseta ou um cobertor, e a enfermeira Duckett embaralhava o baralho extra, sentada com as costas apoiadas em uma duna de areia. Quando não estava embaralhando, ela ficava sentada olhando para um espelhinho de bolso, passando rímel nos cílios avermelhados e curvados num esforço estúpido para torná-los permanentemente mais longos. De vez em quando, ela conseguia pôr cartas a mais no baralho e eles só descobriam quando já estavam bastante envolvidos no jogo, e ela ria e brilhava de felicidade quando todos eles jogavam as cartas no chão, revoltados, e começavam a socar com força os braços ou as pernas dela e a chamar de nomes obscenos e avisar que era para ela parar com essas brincadeirinhas. Ela tagarelava coisas sem sentido quando eles tentavam se concentrar, e um rubor rosado de euforia tomava seu rosto quando eles voltavam a bater com força nos braços e nas pernas dela com os punhos e mandavam que ela ficasse em silêncio. A enfermeira Duckett se deleitava com toda essa atenção e baixava sua curta franja castanha cheia de alegria quando Yossarian e os outros se concentravam nela. Tinha uma peculiar sensação de bem-estar caloroso e de expectativa por saber que havia tantos rapazes e homens nus ali perto, do outro lado das dunas. Bastava esticar o pescoço ou se levantar sob algum pretexto para ver vinte ou quarenta homens nus descansando ou jogando bola ao sol. Seu próprio corpo era algo tão familiar e comum para ela que a enfermeira Duckett ficava intrigada com o êxtase convulsivo que os homens podiam extrair dele, com a necessidade intensa e divertida que eles tinham de tocá-lo, de estender a mão com urgência e pressioná-lo, apertá-lo, apalpá-lo, beliscá-lo, esfregá-lo. Ela não compreendia a luxúria de Yossarian, mas estava disposta a acreditar na palavra dele.

Nas noites em que estava com tesão, Yossarian levava a enfermeira Duckett para a praia com dois cobertores e gostava de fazer amor com ela quase todo vestido, mais do que às vezes gostava de fazer amor com todas aquelas vigorosas garotas amorais e nuas de Roma. Era comum os dois irem à praia à noite e não fazerem amor, só ficarem deitados, tremendo, entre os cobertores, um encostado no outro, para se proteger do frio intenso e úmido. As noites escuras estavam ficando frias, as estrelas cada vez mais gélidas e escassas. A jangada balançava sob o rastro fantasmagórico do luar e parecia estar partindo. Um forte indício de tempo frio se infiltrava no ar. Outros homens estavam começando a construir aquecedores e iam à tenda de Yossarian durante o dia para se maravilhar com o trabalho de Orr. A enfermeira Duckett se emocionava profundamente com o fato de Yossarian não conseguir tirar as mãos dela quando os dois estavam juntos, embora ela não o deixasse enfiá-las dentro de seu biquíni durante o dia, quando havia alguém perto o suficiente para ver, nem mesmo quando a única testemunha era a enfermeira Cramer, que ficava sentada do outro lado da duna com o nariz empinado em pose de censura e fingia não ver nada.

A enfermeira Cramer tinha parado de falar com a enfermeira Duckett, sua melhor amiga, por causa da ligação dela com Yossarian, mas ainda ia a tudo que é lugar com a enfermeira Duckett, já que a enfermeira Duckett era sua melhor amiga. Ela não aprovava Yossarian nem os amigos dele. Quando eles se levantavam e iam nadar com a enfermeira Duckett, a enfermeira Cramer se levantava e ia nadar também, mantendo a distância de dez metros entre eles e permanecendo em silêncio, esnobando os dois, mesmo na água. Quando eles riam e chapinhavam, ela ria e chapinhava; quando eles mergulhavam, ela mergulhava; quando eles nadavam até o banco de areia e descansavam, a enfermeira Cramer nadava até o banco de areia e descansava. Quando eles saíam da água, ela saía da água, secava os ombros com a própria toalha e se sentava distante em seu lugar, com as costas rígidas e um anel de luz solar refletida brilhando nos cabelos loiros como uma auréola. A enfermeira Cramer estava disposta a voltar a falar com a enfermeira Duckett se ela se arrependesse e pedisse desculpas. A enfermeira Duckett preferia as coisas como estavam. Durante muito tempo ela quis dar uma bronca na enfermeira Cramer para fazer com que ela calasse a boca.

A enfermeira Duckett achava Yossarian maravilhoso e já estava tentando mudá-lo. Ela adorava olhar para Yossarian quando ele tirava uma soneca com o rosto virado para baixo e o braço jogado sobre ela, ou quando ele olhava desanimado para as infinitas ondas mansas e calmas quebrando como cachorrinhos de estimação na praia, correndo levemente pela areia por meio metro e depois voltando às pressas. A enfermeira Duckett ficava calma durante os silêncios dele. Ela sabia que não o aborrecia e lixava ou pintava cuidadosamente as unhas enquanto ele cochilava ou meditava e a inconstante brisa quente da tarde fazia vibrar delicadamente a superfície da praia. Ela adorava olhar para as costas largas, longas e musculosas dele, com a pele bronzeada e imaculada. Adorava incendiá-lo instantaneamente, colocando a orelha dele inteira na boca de repente e deslizando a mão pelo torso dele até o fim. Adorava fazer Yossarian arder de desejo, sofrer até que a noite chegasse e, então, satisfazê-lo. E aí beijá-lo com adoração, porque ele havia lhe trazido muita felicidade.

Yossarian jamais se sentia solitário com a enfermeira Duckett, que sabia quando fechar a boca e era excêntrica o suficiente. O vasto e ilimitado oceano era motivo de assombro e aflição para Yossarian. Ele pensava com tristeza, enquanto a enfermeira Duckett lixava as unhas, em todas as pessoas que morreram debaixo da água. Com certeza, eram mais de um milhão. Onde essas pessoas foram parar? Que insetos comeram suas carnes? Ele imaginou a terrível impotência de respirar inutilmente litros e litros de água. Yossarian acompanhava com os olhos os barquinhos de pesca e as lanchas militares que navegavam de um lado para o outro e achava que aquilo tudo era irreal; não parecia verdade que houvesse homens de tamanho normal a bordo, indo cada vez para um lugar. Olhou para a rochosa Elba e seus olhos automaticamente procuraram no alto a nuvem fofa, branca e em formato de nabo na qual Clevinger desapareceu. Olhou para o vaporoso horizonte italiano e pensou em Orr. Clevinger e Orr. Para onde eles foram? Uma vez, Yossarian estava num cais ao amanhecer e viu um tronco redondo e coberto de grama que boiava na sua direção trazido pela maré se transformar inesperadamente no rosto inchado de um homem afogado; foi a primeira pessoa morta que viu na vida. Ele tinha sede de vida e estendeu a mão com voracidade para agarrar e segurar a carne da enfermeira Duckett. Ele avaliava cada objeto que boiava com medo de algum sinal horrível de Clevinger e Orr, pronto para qualquer choque mórbido que viesse a ocorrer, mas não para o choque que McWatt causou um dia quando seu avião apareceu de repente no horizonte, vindo de uma quietude distante e disparando impiedosamente ao longo da costa com um rugido estrondoso sobre a jangada oscilante na qual o loiro e pálido Kid Sampson, com os flancos nus e magros mesmo de tão longe, saltou brincalhão para tocar na aeronave no exato segundo em que alguma rajada de vento arbitrária ou um pequeno erro de cálculo dos sentidos de McWatt fez o avião em alta velocidade baixar o suficiente para que uma hélice o cortasse ao meio.

Mesmo as pessoas que não estavam lá lembravam vividamente o que aconteceu em seguida. Ouviu-se um brevíssimo e suave *tsst!* em meio à barulheira esmagadora e avassaladora das hélices do avião, e depois restaram apenas as duas pernas pálidas e magras de Kid Sampson, ainda unidas de alguma forma por tendões aos quadris truncados e cheios de sangue, paradas sobre a jangada por aquilo que pareceu durar um ou dois minutos inteiros antes de tombarem para trás na água por fim, com um som baixo e reverberante, e virarem completamente de cabeça para baixo, deixando apenas os dedos grotescos e as solas dos pés de Kid Sampson, brancas como gesso, à vista.

Na praia, foi um pandemônio. A enfermeira Cramer se materializou do nada e chorava histericamente encostada no peito de Yossarian, enquanto Yossarian abraçava os ombros dela e a acalmava. O outro braço apoiava a enfermeira Duckett, que também tremia e chorava encostada nele, o rosto longo e anguloso branco como a morte. Todo mundo na praia gritava e corria, e os homens soavam como mulheres. Eles corriam em pânico para catar suas coisas, curvando-se apressados e verificando com o canto de olho cada uma das ondas suaves, que chegavam à altura dos joelhos, formando espuma, como se algum órgão feio, vermelho e horrível, como um fígado ou um pulmão, pudesse vir na direção deles. Os que estavam na água lutavam para sair, esquecendo-se na pressa de nadar, chorando, andando, sua fuga retardada pelo mar denso e pegajoso, como se lutassem contra um vento cortante.

Choveu Kid Sampson por toda parte. Aqueles que avistavam gotas dele nos membros ou no torso recuavam cheios de terror e repulsa, como se tentassem se afastar das próprias peles odiosas. Todos corriam numa lenta debandada, lançando olhares torturados e horrorizados para trás, enchendo a floresta profunda, sombria e farfalhante com seus frágeis suspiros e gritos. Yossarian conduziu em frenesi as duas mulheres cambaleantes e vacilantes, empurrando e cutucando para que se apressassem, e correu de volta xingando para ajudar quando Joe Faminto tropeçou no cobertor ou no estojo da câmera que estava carregando e caiu de cara na lama do riacho.

No esquadrão, todo mundo já sabia. Também lá homens fardados gritavam e corriam, ou ficavam parados no lugar, enraizados pelo medo, como o sargento Knight e Doc Daneeka, erguendo a cabeça com gravidade e observando o avião culpado, rodopiante, desamparado, com McWatt girando em círculos e aumentando lentamente de altitude.

— Quem é? — gritou Yossarian ansioso para Doc Daneeka enquanto corria, sem fôlego e cansado, olhos tristes ardendo numa angústia nebulosa e frenética. — Quem está no avião?

— McWatt — disse o sargento Knight. — Está com os dois novos pilotos num voo de treinamento. Doc Daneeka também está lá.

— Estou bem aqui — afirmou Doc Daneeka com uma voz estranha e perturbada, lançando um olhar ansioso para o sargento Knight.

— Por que ele não desce?! — exclamou Yossarian em desespero. — Por que ele continua subindo?

— Deve estar com medo de descer — respondeu o sargento Knight, sem desviar o olhar solene do solitário avião em ascensão de McWatt. — Ele sabe que está encrencado.

E McWatt continuava subindo cada vez mais, fazendo o avião zumbir numa lenta espiral ascendente que o levava para longe sobre a água quando ele seguia para o sul, e depois passava sobrevoando o sopé avermelhado após contornar o campo de pouso outra vez e voar para o norte. Logo ele estava a mais de mil e quinhentos metros de altura. Os motores giravam suaves como um sussurro. Um paraquedas branco se abriu de repente num sopro surpreendente. Um segundo paraquedas se abriu minutos depois e desceu, como o primeiro, em direção à pista de pouso. Não houve movimento no chão. O avião continuou para o sul por mais trinta segundos, seguindo o mesmo padrão, agora familiar e previsível, e McWatt ergueu uma asa e se inclinou graciosamente para sua curva.

— Faltam dois — disse o sargento Knight. — McWatt e Doc Daneeka.

— Estou bem aqui, sargento Knight — disse Doc Daneeka melancolicamente. — Não estou no avião.

— Por que eles não pulam? — perguntou o sargento Knight, implorando em voz alta para si mesmo. — Por que eles não pulam?

— Não faz sentido — lamentou Doc Daneeka, mordendo o lábio. — Simplesmente não faz sentido.

Mas Yossarian entendeu, de repente, por que McWatt não pulava e correu incontrolavelmente por toda a extensão do esquadrão atrás do avião de McWatt, agitando os braços e gritando para ele, implorando desce, McWatt, desce; mas ninguém parecia estar ouvindo, McWatt certamente não ouvia, e um enorme e sufocado gemido saiu da garganta de Yossarian quando McWatt fez mais uma curva, baixou as asas uma vez numa saudação, e decidiu, ah, quer saber, que se dane, e atirou o avião em uma montanha.

O coronel Cathcart ficou tão chateado com as mortes de Kid Sampson e McWatt que aumentou o número de missões para sessenta e cinco.

31
A SRA. DANEEKA

Quando soube que Doc Daneeka também tinha morrido no avião de McWatt, o coronel Cathcart aumentou o número de missões para setenta.

A primeira pessoa no esquadrão a descobrir que Doc Daneeka estava morto foi o sargento Towser, informado pela torre de controle que Doc Daneeka constava como passageiro no plano de voo preenchido por McWatt antes da decolagem. O sargento Towser secou uma lágrima e riscou o nome de Doc Daneeka da lista de pessoal do esquadrão. Com lábios ainda trêmulos, ele se levantou e, relutante, foi dar a má notícia a Gus e Wes, evitando discretamente qualquer conversa com o próprio Doc Daneeka ao passar pela figura magra e sepulcral do cirurgião de voo, que estava sentado, pensativo e desanimado, em seu banco à luz do fim de tarde entre o posto de comando e a tenda médica. O coração do sargento Towser estava pesado; agora ele tinha que lidar com dois mortos: Mudd, o morto na tenda de Yossarian que nem estava lá, e Doc Daneeka, o novo morto do esquadrão, que sem a menor dúvida estava lá e dava todos os indícios de que se tornaria um problema administrativo ainda mais espinhoso para ele.

Gus e Wes ouviram o sargento Towser com olhar de estoico espanto e não disseram uma palavra sobre seu luto a mais ninguém até o próprio Doc Daneeka chegar, cerca de uma hora depois, para medir a temperatura pela terceira vez no dia e verificar a pressão arterial. O termômetro registrou três décimos abaixo de sua temperatura subnormal habitual de trinta e seis. Doc Daneeka ficou alarmado. O olhar fixo, vago e rígido de seus dois praças era ainda mais incômodo que o usual.

— Droga! — exclamou ele educadamente com um incomum excesso de exasperação. — Qual é o problema de vocês dois, afinal? Não é certo uma pessoa ter temperatura baixa o tempo todo e andar por aí com o nariz entupido. — Doc Daneeka fungou taciturno e cheio de pena de si mesmo e andou desconsolado pela tenda para se servir de aspirina e pílulas de enxofre e tingir a própria garganta com Argyrol. Seu rosto abatido, frágil e desamparado lembrava uma andorinha, e ele esfregava as costas dos braços ritmicamente. — Olha só como estou com frio agora. Tem certeza de que vocês não estão escondendo nada?

— O senhor está morto, senhor — explicou um dos dois praças.

Doc Daneeka levantou a cabeça rápido com desconfiança ressentida.

— Como é?

— O senhor está morto, senhor — repetiu o outro. — Deve ser por isso que o senhor está sempre com tanto frio.

— Exato, senhor. O senhor já devia estar morto esse tempo todo e apenas não detectamos o problema.

— *Do que* vocês dois estão falando? — gritou com a voz estridente Doc Daneeka com uma sensação crescente e petrificante de algum desastre iminente e inevitável.

— É verdade, senhor — disse um dos praças. — Os registros mostram que o senhor subiu no avião de McWatt para acumular tempo de voo. O senhor não pulou de paraquedas, então deve ter morrido no acidente.

— Exato, senhor — disse o outro. — Dadas as circunstâncias, o senhor devia estar feliz por ter essa temperatura.

A mente de Doc Daneeka estava confusa.

— Vocês dois endoidaram? — perguntou ele. — Vou relatar essa insubordinação ao sargento Towser.

— Foi o sargento Towser quem contou isso para a gente — disse Gus ou Wes. — O Ministério da Guerra vai inclusive notificar sua esposa.

Doc Daneeka deu um grito e saiu correndo da tenda médica para reclamar com o sargento Towser, que se afastou dele com repugnância e aconselhou que Doc Daneeka evitasse ser visto até que decidissem o que fazer com seus restos mortais.

— Nossa, acho que ele morreu mesmo — lamentou um de seus praças em voz baixa e respeitosa. — Vou sentir falta dele. Era um cara bacana, não era?

— Era mesmo — lamentou o outro. — Mas acho bom que o desgraçado tenha morrido. Não aguentava mais medir a pressão dele o tempo todo.

A Sra. Daneeka, esposa de Doc Daneeka, não ficou feliz com a morte de Doc Daneeka e estilhaçou a pacífica noite de Staten Island com gritos de lamento quando soube pelo telegrama do Ministério da Guerra que o marido tinha sido morto em combate. Mulheres foram oferecer consolo, e seus maridos fizeram visitas de condolências e torceram em silêncio para que ela logo se mudasse para outro bairro e os poupasse da obrigação de uma solidariedade contínua. A pobre mulher ficou absolutamente perturbada durante quase uma semana inteira. Lenta e heroicamente, ela encontrou forças para contemplar o futuro cheio de problemas terríveis a que ela e os filhos estavam fadados. Quando estava quase resignada com a perda, o carteiro bateu à porta como um raio inesperado: uma carta vinda do exterior com a assinatura do marido instando-a freneticamente a desconsiderar qualquer má notícia a seu respeito. A Sra. Daneeka ficou pasma. A data na carta estava ilegível. A caligrafia era trêmula e apressada, mas o estilo era do marido e o tom melancólico e de autocomiseração era familiar, embora mais sombrio que o normal. A Sra. Daneeka ficou radiante e chorou sem parar de alívio e beijou mil vezes o papel timbrado sujo e amarfanhado do setor de correspondências do Exército. Ela mandou um bilhete de agradecimento ao marido, pedindo detalhes e enviou um telegrama informando o Ministério da Guerra sobre o equívoco. O Ministério da Guerra respondeu de forma delicada que não houve erro e que ela sem dúvida tinha sido vítima de algum falsificador sádico e psicótico do esquadrão do marido. A carta para o marido foi devolvida sem ser aberta, carimbada como MORTO EM AÇÃO.

A Sra. Daneeka estava pela segunda vez viúva e de novo de forma cruel, porém desta vez sua dor foi um pouco mitigada por uma notificação de

Washington de que ela era a única beneficiária da apólice de seguro do Exército no valor de dez mil dólares e que bastava uma solicitação para que a quantia lhe fosse entregue. A constatação de que ela e as crianças não enfrentariam a fome imediatamente trouxe ao seu rosto um sorriso corajoso e serviu como ponto de inflexão em sua angústia. A Previdência de Veteranos informou via correio no dia seguinte que ela teria direito a uma pensão vitalícia devido ao falecimento do marido e a um auxílio-funeral no valor de duzentos e cinquenta dólares. Um cheque do governo de duzentos e cinquenta dólares foi anexado. Gradual e inexoravelmente, suas perspectivas melhoravam. Chegou naquela mesma semana uma carta da Previdência Social afirmando que, de acordo com as disposições da Lei de Proteção aos Idosos e Sobreviventes de 1935, ela receberia um subsídio mensal para ela e para os filhos até eles chegarem aos 18 anos, além de um auxílio-funeral no valor de duzentos e cinquenta dólares. Com essas cartas do governo como prova de morte, ela solicitou o pagamento de três apólices de seguro de vida que Doc Daneeka possuía, no valor de cinquenta mil dólares cada; o pedido foi aceito e processado rapidamente. Cada dia trazia tesouros inesperados. A chave de um cofre levou a uma quarta apólice de seguro de vida com valor nominal de cinquenta mil dólares e a dezoito mil dólares em espécie, sobre os quais o imposto de renda jamais havia sido pago nem incidiria a partir dali. Uma loja maçônica à qual ele pertencia deu a ele um terreno no cemitério. Uma segunda loja maçônica da qual ele era membro enviou um auxílio-funeral de duzentos e cinquenta dólares. A associação médica do estado deu a ela um auxílio-funeral de duzentos e cinquenta dólares.

Os maridos das amigas mais próximas passaram a flertar com ela. A Sra. Daneeka estava simplesmente encantada com o modo como as coisas vinham acontecendo e pintou o cabelo. Suas fabulosas riquezas continuavam a se acumular e ela precisava lembrar diariamente que as centenas de milhares de dólares que vinha recebendo não valiam um centavo sequer sem o marido para partilhar desta boa sorte com ela. Foi uma surpresa para ela o número de organizações dispostas a se empenhar para enterrar Doc Daneeka, que, em Pianosa, passava por momentos terríveis tentando manter a cabeça no lugar e se perguntava com sombria apreensão por que a esposa não respondia à carta que ele tinha escrito.

Ele se viu ignorado no esquadrão por homens que amaldiçoavam sua memória por ter dado ao coronel Cathcart um pretexto para aumentar o número de missões de combate. Os registros que atestavam sua morte pululavam como ovos de insetos e a tal ponto confirmavam um ao outro que não restava espaço para contestação. Ele não recebia salário nem alimentação e dependia, para permanecer vivo, da caridade do sargento Towser e de Milo, que sabiam que ele estava morto. O coronel Cathcart se recusou a vê-lo, e o coronel Korn enviou uma mensagem por meio do major Danby afirmando que mandaria cremar Doc Daneeka imediatamente se ele aparecesse no quartel-general do grupamento. O major Danby confidenciou que o grupamento estava furioso com todos os cirurgiões de voo por causa do Dr. Stubbs, o desleixado cirurgião de voo de cabelos volumosos e queixo largo do esquadrão de Dunbar, que estava deliberada e desafiadoramente alimentando insidiosas dissensões, dando atestados para todo homem com sessenta missões por meio de formulários que eram rejeitados com indignação pelo grupamento, que deu ordens para que os confusos pilotos, navegadores, bombardeiros e artilheiros fossem postos de novo em combate. O moral diminuía rapidamente, e Dunbar estava sob vigilância. A morte de Doc Daneeka foi uma boa notícia para o grupamento, que não pretendia pedir sua substituição.

Nem o capelão seria capaz de trazer Doc Daneeka de volta à vida, dadas as circunstâncias. O medo cedeu lugar à resignação e, cada vez mais, Doc Daneeka adquiria a aparência de um roedor doente. As bolsas sob seus olhos ficaram vazias e escuras, e ele andava pelas sombras inutilmente como um fantasma onipresente. O próprio capitão Flume recuou quando Doc Daneeka o procurou na floresta em busca de ajuda. Sem piedade, Gus e Wes o expulsaram da tenda médica sem usar sequer um termômetro para oferecer consolo, e foi então, só então, que ele se deu conta de que, para todos os efeitos, estava de fato morto e que, se quisesse ser salvo, tinha que agir rápido.

A única pessoa a quem ele podia recorrer era a esposa, e ele rabiscou uma carta desesperada implorando que ela chamasse a atenção do Ministério da Guerra para sua situação e pedindo que ela entrasse em contato imediatamente com o comandante de seu grupamento, o coronel Cathcart, para que ele garantisse a ela — independentemente do que ela pudesse ter ouvido — que era de fato ele, seu marido, Doc Daneeka, quem estava implorando a ela, e não um cadáver ou algum impostor. A Sra. Daneeka ficou em choque com a profundidade da emoção do apelo quase ilegível. Ela ficou dividida e tentada a obedecer, mas a carta seguinte que abriu naquele dia vinha justamente do coronel Cathcart, comandante do grupo do marido, e começava assim:

> *Prezada(o) Sra., Sr., Srta. ou Prezados Sr. e Sra. Daneeka:*
> *Não há como expressar em palavras a profunda tristeza que senti quando seu marido, filho, pai ou irmão foi morto, ferido ou dado como desaparecido em combate.*

A Sra. Daneeka se mudou com os filhos para Lansing, no Michigan, e não deixou seu novo endereço.

32
OS COLEGAS DE QUARTO DE YO-YO

Yossarian estava quentinho quando o frio chegou e nuvens em forma de baleia cruzaram em baixa altitude um céu sujo, de um cinza cor de ardósia, quase sem fim, como as hordas escuras e metálicas de bombardeiros B-17 e B-24 voando com uma barulheira das bases aéreas de longo alcance na Itália no dia da invasão do sul da França, dois meses antes. Todo mundo no esquadrão sabia que as pernas esquálidas de Kid Sampson tinham sido levadas pelo mar até a areia úmida da praia e que ficaram ali apodrecendo roxas como um osso da sorte de galinha retorcido. Ninguém quis pegar as pernas, nem Gus ou Wes nem os homens do necrotério do hospital; todo mundo fez de conta que as pernas de Kid Sampson não estavam ali, que tinham boiado eternamente rumo ao sul sobre as ondas como havia acontecido com Clevinger e Orr. Agora que o tempo tinha piorado, quase ninguém mais saía sozinho para espiar os tocos mofados através dos arbustos feito um tarado.

Os dias bonitos tinham ficado para trás. As missões fáceis tinham ficado para trás. O que havia era a chuva forte e chata, uma neblina fria, e os homens faziam voos com intervalos semanais, sempre que o tempo clareava. À noite o vento gemia. Os troncos atrofiados e retorcidos das árvores rangiam, e chiavam, e compeliam os pensamentos de Yossarian, antes mesmo de ele estar plenamente acordado, a voltar às pernas esquálidas de Kid Sampson inchando e apodrecendo, de modo sistemático como o avanço dos ponteiros de um relógio, debaixo da chuva gelada e sobre a areia úmida durante as noites cegas, frias e tempestuosas de outubro. Depois das pernas de Kid Sampson, ele pensava na imagem triste e chorosa de Snowden congelando até morrer na parte de trás do avião, mantendo seu eterno e imutável segredo escondido sob o acolchoado e blindado traje de proteção contra munição antiaérea até que Yossarian terminasse de esterilizar e proteger o ferimento errado em sua perna e, em seguida, espalhando tudo subitamente sobre o chão. À noite, quando estava tentando dormir, Yossarian passava em revista todos os homens, mulheres e crianças que havia conhecido e que agora estavam mortos. Ele tentava se lembrar de todos os soldados, ressuscitava imagens de todas as pessoas mais velhas que ele havia conhecido na infância: as tias, os tios, os vizinhos, os pais e os avós, dele e de todos os outros, e os comerciantes patéticos, iludidos, que abriam suas pequenas e empoeiradas lojas ao nascer do sol e trabalhavam como tolos nelas até a meia-noite. Eles também estavam mortos. O número de pessoas mortas parecia crescer. E os alemães continuavam combatendo. A morte era irreversível, suspeitava ele, e começou a achar que ia perder.

Quando o frio chegou, Yossarian estava quentinho por causa do maravilhoso aquecedor de Orr, e ele poderia existir confortavelmente em sua tenda quentinha se não fosse pela memória de Orr e se não fosse pelos animados companheiros de tenda que um dia entraram como um bando de aves de rapina, pertencentes às duas tripulações completas de combate que o coronel Cathcart havia solicitado — e obtido em menos de quarenta e oito horas — como substitutos para Kid Sampson e McWatt.

Yossarian deixou escapar um longo, alto e rouco suspiro de protesto quando chegou se arrastando depois de uma missão e os encontrou ali.

Havia quatro deles, e eles estavam se divertindo imensamente enquanto ajudavam uns aos outros a armar suas camas de campanha. Estavam fazendo bagunça e se divertindo. Quando viu os quatro, Yossarian soube que eles eram insuportáveis. Eram brincalhões, cheios de vida e animados, e todos tinham sido amigos nos Estados Unidos. Era uma gente inconcebível.

Eram uns meninos de 21 anos barulhentos, autoconfiantes em excesso e sem nada na cabeça. Tinham feito faculdade e estavam noivos de meninas bonitas e limpinhas cujas fotos já estavam sobre a lareira de cimento de Orr. Eles tinham andado de lancha e jogado tênis. Cavalgaram. Um deles foi para a cama com uma mulher mais velha. Eles conheciam as mesmas pessoas em diferentes partes do país e fizeram faculdade com os primos uns dos outros. Todos ouviam o campeonato de beisebol e se importavam com quem ganhava as partidas de futebol americano. Eram uns obtusos; o moral deles era ótimo. Estavam felizes por a guerra ter se arrastado o suficiente para que eles pudessem descobrir como era realmente estar em combate. Os quatro estavam terminando de tirar as coisas da mala quando foram expulsos por Yossarian.

Eles estavam absolutamente fora de questão, explicou Yossarian irredutível ao sargento Towser, que com claro desânimo em seu rosto lívido e equino informou a Yossarian que os novos oficiais precisavam ser admitidos. O sargento Towser não tinha permissão para requisitar ao grupamento outra tenda de seis homens enquanto Yossarian estivesse morando sozinho.

— Eu não moro sozinho na tenda — disse Yossarian, mal-humorado. — Tem um sujeito morto aqui comigo. O nome dele é Mudd.

— Por favor, senhor — suplicou o sargento Towser, num suspiro cansado com um olhar de esguelha para os quatro novos oficiais perplexos que ouviam tudo num silêncio intrigado do lado de fora da tenda. — Mudd foi morto na missão para Orvieto. O senhor sabe disso. Ele estava voando ao lado do seu avião.

— Então por que você não tira as coisas dele daqui?

— Porque ele nunca chegou a estar aqui. Capitão, por favor, não vamos voltar a falar disso. O senhor pode passar a morar com o tenente Nately se quiser. Posso até mandar uns homens da ordenança para ajudar a levar os seus pertences.

Mas abandonar a tenda de Orr seria o mesmo que abandonar Orr, que teria sido fidalgamente rejeitado e humilhado por aqueles quatro oficiais simplórios que esperavam para se mudar. Não parecia justo que aqueles rapazes barulhentos e imaturos aparecessem depois que todo o trabalho estava feito e pudessem tomar posse da tenda mais desejável da ilha. Mas essa era a lei, explicou o sargento Towser, e a única coisa que Yossarian pôde fazer foi olhar para eles com um pedido de desculpas pouco amistoso, enquanto abria caminho para eles, e dar úteis dicas contritas enquanto eles entravam em sua privacidade e se punham à vontade.

Aquele era o grupo de pessoas mais deprimente que Yossarian já tinha conhecido. Eles estavam sempre felizes. Eles riam de tudo. Achavam engraçado chamá-lo de "Yo-Yo", chegavam bêbados tarde da noite e o acordavam com seus esforços desajeitados para tentar fazer silêncio, cheios de esbarrões e risadinhas, e depois o bombardearam com gritos asininos de hilária camaradagem, quando ele se sentava na cama xingando e reclamando. Eles faziam Yossarian se lembrar dos sobrinhos do Pato Donald. Os quatro tinham medo de Yossarian e o perseguiam o tempo todo com uma generosidade irritante e com exasperante insistência em prestar pequenos favores para ele. Eles eram imprudentes, pueris, simpáticos, ingênuos, presunçosos, reverentes e indisciplinados. Eram burros; não se queixavam de nada. Admiravam o coronel Cathcart e achavam o coronel Korn espirituoso. Tinham medo de Yossarian, mas não tinham o menor medo das setenta missões do coronel Cathcart. Eram quatro meninos limpinhos que se divertiam um monte e estavam enlouquecendo Yossarian. Ele não conseguia fazer com que eles entendessem que ele era um velho rabugento de 28 anos, que pertencia a outra geração, a outra era, a outro mundo; que diversão era algo que o aborrecia e que não valia a pena; que eles também o aborreciam. Ele não conseguia que os quatro calassem a boca, eles eram piores que mulheres. Nenhum deles tinha cérebro o suficiente para ser introvertido e reprimido.

Amigos deles de outros esquadrões começaram a aparecer sem o menor pudor e a usar a tenda como ponto de encontro. Era comum que não sobrasse espaço suficiente para Yossarian. Pior ainda, ele não podia levar a enfermeira Duckett para se deitar com ele na tenda. E, agora que o tempo ruim havia chegado, ele não tinha outro lugar! Isso era uma calamidade que não tinha previsto, e ele queria arrebentar o crânio dos companheiros de tenda no soco ou pegar os quatro, um de cada vez, pelos fundilhos das calças e pelo cangote e jogar para fora de uma vez por todas sobre as elásticas ervas daninhas úmidas e perenes que cresciam entre o seu urinol enferrujado feito de lata de sopa com furos no fundo abertos com pregos e a latrina de madeira de pinho nodoso do esquadrão que parecia um armário de guardar pertences na praia ali pertinho.

Em vez de arrebentar a cabeça deles, Yossarian foi de galocha e capa de chuva preta em meio à escuridão chuvosa convidar o cacique Floco de Aveia para também morar na sua tenda e expulsar os cretinos meticulosos e limpinhos com suas ameaças e hábitos sórdidos. Mas o cacique Floco de Aveia estava com frio e já fazia planos para dar entrada no hospital e morrer de pneumonia. O instinto dizia ao cacique Floco de Aveia que já estava quase na hora. O peito dele doía e ele tinha uma tosse crônica. O uísque não servia mais para aquecê-lo. Pior de tudo, o capitão Flume tinha voltado a morar em seu trailer. Esse era um presságio de inequívoco significado.

— Ele precisava voltar — argumentou Yossarian num esforço vão para animar o taciturno indígena de peito largo, cujo rosto cheio de rugas cor de canela havia degenerado rapidamente para um cinza velho e calcáreo. — Ele ia morrer se tentasse viver na floresta com um tempo desse.

— Não, isso não ia fazer aquele bundão voltar — discordou obstinadamente o cacique Floco de Aveia. Ele colocou a mão na testa com intuição críptica. — Não, senhor. Ele sabe de alguma coisa. Ele sabe que chegou minha hora de morrer de pneumonia, é isso que ele sabe. E é por isso que sei que chegou a hora.

— O que Doc Daneeka diz?

— Não tenho permissão para dizer nada — disse Doc Daneeka triste do banco em que estava sentado nas sombras de um canto, o rosto liso, afilado e minúsculo de um verde-tartaruga à luz trêmula de uma vela. Tudo cheirava a mofo. A lâmpada na tenda havia queimado vários dias antes, e nenhum dos dois homens conseguiu ter a iniciativa para trocá-la.

— Não tenho mais permissão para praticar medicina — acrescentou.

— Ele está morto — exultou o cacique Floco de Aveia com uma risada equina entrelaçada com catarro. — Isso é engraçado mesmo.

— Eu nem recebo mais o meu salário.

— Isso é engraçado mesmo — repetiu o cacique Floco de Aveia. — Esse tempo todo ele ficou insultando o meu fígado, e olha aí o que aconteceu com ele. Está morto. Morto pela própria ganância.

— Não foi isso que me matou — observou Doc Daneeka com uma voz calma e monótona. — Não tem nada de errado com a ganância. A culpa é toda daquele cretino do Dr. Stubb, que deixou o coronel Cathcart e o coronel Korn irritados com os cirurgiões de voo. Ele vai dar má reputação para a minha profissão por defender um princípio. Se ele não tomar cuidado, vai acabar banido pelo conselho regional de medicina e não vai mais poder trabalhar em hospital nenhum.

Yossarian viu o cacique Floco de Aveia servir uísque com cuidado em três embalagens de xampu vazias e guardá-las na mala que estava arrumando.

— Você não pode dar uma passada na minha tenda a caminho do hospital e dar um murro na cara de um deles por mim? — especulou ele em voz alta. — Eles estão em quatro e vão acabar me deixando sem espaço na minha própria tenda.

— Sabe, uma vez aconteceu uma coisa assim com o meu povo inteiro — comentou o cacique Floco de Aveia, alegre, sentando-se na cama para rir. — Por que você não faz o capitão Black expulsar esses meninos? O capitão Black gosta de expulsar os outros.

Yossarian fez uma careta de repulsa só de ouvir mencionar o capitão Black, que já andava intimidando os novos aviadores toda vez que eles entravam em sua tenda do serviço de informações para receber mapas ou informações. A mera lembrança do capitão Black fez a atitude de Yossarian em relação aos colegas de tenda se tornar compassiva e protetora. Eles não tinham culpa de ser jovens e felizes, lembrou ele enquanto carregava o feixe oscilante da lanterna no caminho de volta em meio à escuridão.

Bem que ele também queria ser jovem e feliz. E eles não tinham culpa de ser corajosos, confiantes e tranquilos. Era só ter paciência com eles até que um ou dois fossem mortos e os outros fossem feridos, aí todos eles ficariam melhor. Ele prometeu ser mais tolerante e benevolente, mas, quando se abaixou para entrar na tenda com sua atitude mais amistosa, havia grandes chamas na lareira, e ele perdeu o fôlego num espanto horrorizado. *As belas toras de abeto de Orr estavam sendo transformadas em fumaça!* Seus colegas de tenda tinham usado como lenha! Ele olhou de queixo caído para os quatro rostos insensíveis superaquecidos e quis xingar todos eles. Queria bater a cabeça deles umas nas outras enquanto eles o cumprimentavam com sonoros gritos festivos e o convidavam generosamente a puxar uma cadeira e comer suas castanhas e batatas assadas. O que ele podia fazer com aqueles meninos?

E na manhã seguinte eles se livraram do sujeito morto na tenda dele! Como se não fosse nada, simplesmente levaram o morto embora! Levaram a cama de campanha e todos os pertences dele para o meio do mato, deixaram lá e depois voltaram se cumprimentando com batidas de mãos pelo trabalho bem-feito. Yossarian estava chocado com o vigor e o entusiasmo arrogante deles, com sua eficiência prática e direta. Em instantes, eles tinham se livrado energicamente de um problema com o qual Yossarian e o sargento Towser vinham se debatendo sem sucesso havia meses. Yossarian estava alarmado — eles podiam se livrar dele com a mesma rapidez, temia —, então correu até Joe Faminto e voou com ele para Roma um dia antes da prostituta de Nately finalmente ter uma boa noite de sono e acordar apaixonada.

33
A PROSTITUTA DE NATELY

Ele sentiu falta da enfermeira Duckett em Roma. Não havia muito mais o que fazer depois que Joe Faminto voou para levar a correspondência. Yossarian sentiu tanto a falta da enfermeira Duckett que saiu avidamente pelas ruas procurando Luciana, cujo riso e cuja cicatriz invisível ele jamais havia esquecido, ou aquela lasciva alcoolizada relapsa de olhos nublados com o sutiã à beira de explodir e a blusa alaranjada de cetim cujo anel de camafeu cor de salmão Aarfy jogou sem a menor sensibilidade pela janela do carro. Como ele queria aquelas duas! A busca não deu em nada. Yossarian estava profundamente apaixonado por elas e tinha certeza de que jamais voltaria a vê-las. Ele era corroído pelo desespero. Visões o perseguiam. Ele desejava a enfermeira Duckett com o vestido levantado e as coxas magras nuas até os quadris. Ele transou com uma prostituta de rua com uma tosse carregada que o pegou num beco entre hotéis, mas isso não foi nem um pouco divertido e ele foi correndo para o apartamento dos praças atrás da criada gorda e amistosa com as calcinhas cor de limão, que ficou felicíssima de ver Yossarian, mas não conseguiu excitá-lo. Ele foi para a cama cedo e dormiu sozinho. Acordou decepcionado e transou com uma garota espirituosa, baixinha e gordinha que encontrou no apartamento depois do café da manhã, mas isso foi só um pouco melhor, e ele expulsou a garota quando terminou e voltou a dormir. Dormiu até a hora do almoço e saiu para comprar presentes para a enfermeira Duckett e uma echarpe para a criada com as calcinhas cor de limão, que o abraçou com tamanha gratidão pantagruélica que logo o deixou com tesão pela enfermeira Duckett e ele saiu outra vez às pressas cheio de luxúria em busca de Luciana. Em vez dela, encontrou Aarfy, que tinha pousado em Roma quando Joe Faminto voltou com Dunbar, Nately e Dobbs e que não estava a fim de participar da excursão daquela noite para salvar a prostituta de Nately dos militares de meia-idade e alta patente que a mantinham em cativeiro porque ela se recusava a dizer "tio".

— Por que eu iria me arriscar a arranjar encrenca só para ajudar ela? — perguntou Aarfy, arrogante. — Mas não diga para Nately que falei isso. Diga que eu tinha um compromisso com uns irmãos importantes da minha fraternidade.

Os militares de meia-idade e alta patente só iam deixar a prostituta de Nately ir embora depois que ela falasse "tio".

— Diga "tio" — mandaram eles.
— Tio — disse ela.
— Não, não. Diga "tio".
— Tio — disse ela.
— Ela ainda não entendeu.
— Você ainda não entendeu, não é? A gente não pode forçar você a dizer "tio" a não ser que você não queira dizer "tio". Você não entendeu? Não diga "tio" quando eu te mandar dizer "tio". Tá bom? Diga "tio".
— Tio — disse ela.
— Não, não diga "tio". Diga "tio".
Ela não disse "tio".
— Isso, muito bom!
— Agora sim.
— É um bom começo. Agora diga "tio".
— Tio — disse ela.
— Não é assim.
— Não, assim também não funciona. Ela não está impressionada com a gente. Não tem graça fazer com que ela diga "tio" se ela não se importa que a gente a faça dizer "tio".
— Não, ela não dá a mínima, não é? Diga "pé".
— Pé.

— Viu? Ela não liga, não importa o que a gente faça. Ela não dá a mínima para a gente. A gente não importa para você, não é?

— Tio — disse ela.

Ela não dava a mínima para eles, que consideravam isso terrivelmente incômodo. Eles a sacudiram toda vez que ela bocejava. Ela parecia não dar a mínima para nada, nem quando eles ameaçavam jogá-la pela janela. Eram homens distintos profundamente desmoralizados. Ela estava entediada, indiferente e queria muito dormir. Fazia vinte e duas horas que estava trabalhando e ela lamentava que esses homens não tivessem permitido que ela fosse embora com as duas outras garotas com quem a orgia começou. Ela se perguntava vagamente por que eles queriam que ela risse quando eles riam e por que eles queriam que ela achasse divertido quando eles transavam com ela. Tudo era bastante misterioso para ela e bastante desinteressante.

Ela não tinha certeza do que eles queriam dela. Toda vez que a cabeça dela caía com os olhos fechados, eles a sacudiam para que ela acordasse e a obrigavam a dizer "tio" de novo. Toda vez que ela dizia "tio" eles ficavam decepcionados. Ela se perguntava qual seria o significado de "tio". Sentada num sofá num estupor passivo, fleumático, ela estava de boca aberta e com toda a roupa amarfanhada num canto do chão e se perguntava por quanto tempo ainda eles ficariam ali sentados nus com ela, forçando-a a dizer "tio" na elegante suíte do hotel para onde a antiga garota de Orr, dando incontroláveis risadinhas das palhaçadas de bêbados de Yossarian e Dunbar, guiou Nately e os demais membros do disparatado grupo de resgate.

Dunbar apertou agradecido a bunda da antiga namorada de Orr e a devolveu para Yossarian, que a encostou no batente da porta com as duas mãos nos quadris dela e se esfregou no corpo dela lascivo até que Nately o agarrou pelo braço e o arrastou para longe dela na direção da sala de estar azul, onde Dunbar já estava arremessando tudo o que via pela janela no pátio lá embaixo. Dobbs estava destruindo a mobília com um cinzeiro de pedestal. Um sujeito pelado e ridículo com uma cicatriz vermelha de apendicectomia apareceu na porta de repente e gritou.

— O que está acontecendo aqui?

— Os seus dedos dos pés estão sujos — disse Dunbar.

O sujeito cobriu a genitália com as mãos e desapareceu. Dunbar, Dobbs e Joe Faminto continuaram jogando pela janela tudo o que conseguiam levantar com longos gritos de feliz tranquilidade. Logo, eles tinham dado conta de toda a roupa sobre os sofás e da bagagem no chão e estavam revirando um armário de cedro quando abriram a porta do quarto de novo e um sujeito de aparência muito distinta do pescoço para cima apareceu descalço e com olhar autoritário.

— Ei, vocês, parem com isso — rugiu ele. — O que vocês acham que estão fazendo?

— Os seus dedos do pé estão sujos — disse Dunbar para ele.

O sujeito cobriu a genitália como o primeiro tinha feito e sumiu. Nately correu atrás dele, mas foi bloqueado pelo primeiro oficial, que voltou segurando um travesseiro diante dos genitais, como uma dançarina de striptease.

— Ei, vocês — rugiu ele, raivoso. — Parem com isso!

— Parem com isso — respondeu Dunbar.

— Foi o que eu disse.

— Foi o que eu disse — disse Dunbar.

O oficial bateu o pé com petulância, perdendo a força de frustração.

— Você está deliberadamente repetindo tudo que eu digo?

— Você está deliberadamente repetindo tudo que eu digo?

— Eu vou te encher de porrada. — O sujeito ergueu o punho cerrado.

— Eu vou *te* encher de porrada — alertou Dunbar friamente. — Você é um espião alemão e vou mandar fuzilar você.

— Espião alemão? Eu sou um coronel dos Estados Unidos.

— Você não parece um coronel dos Estados Unidos. Você parece um gordo escondido atrás de um travesseiro. Cadê a sua farda, se você é um coronel dos Estados Unidos.

— Você acabou de jogar pela janela.

— Certo, homens — disse Dunbar. — Prendam o cretino. Levem esse cretino para a delegacia e joguem a chave fora.

O coronel ficou pálido de susto.

— Vocês são malucos? Cadê o distintivo de vocês? Ei, você! Volte aqui!

Mas quando ele se virou era tarde demais para impedir Nately, que tinha visto de relance sua garota sentada no sofá da outra sala e passou correndo pela porta pelas costas do oficial. Os outros correram atrás dele e ficaram bem no meio dos figurões pelados do Exército. Joe Faminto deu uma risada histérica quando viu os homens, apontando quase sem acreditar de um em um e segurando a cabeça e a barriga. Dois homens roliços avançaram truculentos até verem o olhar maligno de descontentamento e hostilidade de Dobbs e Dunbar e se darem conta de que Dobbs continuava agitando no ar, como se fosse um taco, o cinzeiro com pedestal de ferro que ele tinha usado para destruir coisas na sala de estar. Nately já estava do lado de sua garota. Ela olhou para ele sem parecer reconhecê-lo por uns segundos. Depois deu um leve sorriso e deixou a cabeça afundar no ombro de Nately com os olhos fechados. Nately estava em êxtase; ela jamais havia sorrido para ele antes.

— Filpo — disse um homem calmo, magro, de aparência cansada que nem havia se mexido da poltrona —, você não segue ordens. Eu disse para tirar eles daqui, e você foi e deixou que eles entrassem. Você não percebe a diferença?

— Eles jogaram nossas coisas pela janela, general.

— Bom para eles. Nossas fardas também? Muito esperto isso. Nunca vamos conseguir convencer ninguém de que somos superiores sem nossas fardas.

— Vamos pegar o nome deles, Lou, e...

— Ah, Ned, relaxa — disse o homem magro com um cansaço profissional. — Você pode ser muito bom para colocar divisões de blindados em combate, mas é quase inútil em uma situação social. Mais cedo ou mais tarde a gente vai conseguir nossas fardas de volta e aí vamos ser superiores de novo. Eles jogaram nossas fardas lá fora mesmo? Essa foi uma tática esplêndida.

— Jogaram tudo lá fora.

— Até o que estava no armário?

— Eles jogaram o armário lá fora, general. Foi esse barulho que a gente ouviu quando pareceu que eles iam entrar e matar a gente.

— E agora vou jogar você pela janela — ameaçou Dunbar.

O general empalideceu ligeiramente.

— Mas por que cargas-d'água *ele* está tão irritado? — perguntou ele para Yossarian.

— E ele está falando sério — disse Yossarian. — É melhor vocês soltarem a menina.

— Deus do céu, podem levar! — exclamou o general, aliviado. — Ela só serviu para deixar a gente inseguro. Pelo menos ela podia sentir ódio ou ressentimento por nós pelos cem dólares que a gente pagou. Mas nem isso ela fez. O amigo bonitão de vocês parece ser bem ligado a ela. Vejam o jeito como desliza os dedos pela parte de dentro das coxas da garota enquanto finge colocar as meias-calças dela.

Nately, pego em flagrante, corou de culpa e apressou as etapas de vestir a garota. Ela dormia profundamente e respirava com tanta regularidade que parecia roncar baixinho.

— Vamos atacar a moça agora, Lou! — incitou outro oficial. — Estamos em superioridade numérica e podemos circundar...

— Ah, não, Bill — respondeu o general com um suspiro. — Você pode ser um mago dirigindo um movimento de pinça com tempo bom num terreno plano contra um inimigo que já comprometeu suas forças reservas, mas você não pensa com a mesma clareza em nenhum outro lugar. Por que a gente ia querer manter a garota aqui?

— General, estamos em uma situação estratégica muito ruim. Não temos um trapo para vestir, e vai ser bem degradante e constrangedor para a pessoa que tiver que descer e passar pelo saguão para pegar as roupas.

— É, Filpo, você tem razão — disse o general. — E é exatamente por isso que é você que vai fazer isso. Pode ir.

— Nu, senhor?

— Leve o travesseiro se quiser. E compre uns cigarros também, enquanto estiver lá embaixo pegando minha cueca e minhas calças, está bem?

— Eu mando tudo para cima para vocês — ofereceu Yossarian.

— Ouviu isso, general — disse Filpo, aliviado. — Agora não preciso mais ir.

— Filpo, sua anta. Você não vê que ele está mentindo?

— Você está mentindo?

Yossarian fez que sim com a cabeça, e a fé de Filpo se estraçalhou. Yossarian riu e ajudou Nately a amparar sua garota rumo ao corredor e ao elevador. Ela estava sorridente como se estivesse tendo um sonho lindo enquanto dormia ainda com a cabeça apoiada no ombro de Nately. Dobbs e Dunbar foram correndo até a rua para parar um táxi.

A prostituta de Nately ergueu os olhos quando eles desceram do carro. Ela engoliu em seco várias vezes durante a árdua caminhada escada acima até seu apartamento, mas dormia profundamente outra vez quando Nately a despiu e a colocou na cama. Ela dormiu por dezoito horas, enquanto Nately corria pelo apartamento na manhã seguinte mandando todo mundo que via em volta ficar em silêncio, e quando acordou ela estava tremendamente apaixonada por ele. Em última análise, era isso que bastava para conquistar o coração dela: uma boa noite de sono.

A garota sorriu de contentamento quando abriu os olhos e o viu, e depois, espreguiçando languidamente as longas pernas por baixo dos lençóis farfalhantes, chamou Nately para se deitar ao lado dela com aquele olhar de estupidez afetada de mulher no cio. Nately foi até ela num torpor feliz, a tal ponto extasiado que nem se importou quando a irmã mais nova dela o interrompeu de novo ao entrar voando no quarto e se atirar na cama entre os dois.

A prostituta de Nately bateu na menina e xingou, mas dessa vez ela estava rindo e com um afeto generoso, e Nately se recostou presunçoso com um braço em torno de cada uma, se sentindo forte e protetor. Aquele era um maravilhoso grupo familiar, decidiu ele. A menininha iria para a faculdade quando chegasse a hora, para Smith ou Radcliffe ou Bryn Mawr — ele providenciaria isso. Nately pulou da cama minutos depois para anunciar a boa sorte para os amigos a plenos pulmões. Chamou todos em júbilo para irem ao quarto e bateu com a porta na cara assustada deles assim que eles chegaram. Ele tinha se lembrado de que sua garota estava nua.

— Se veste — mandou ele, congratulando a si mesmo por estar tão alerta.

— *Perchè?* — perguntou ela, curiosa.

— *Perchè?* — repetiu ele com uma risadinha indulgente. — Porque eu não quero que eles te vejam sem roupa.

— *Perchè no?* — perguntou ela.

— *Perchè no?* — Ele olhou para ela intrigado. — Porque não é certo que outros homens te vejam nua.

— *Perchè no?*

— Porque estou dizendo que não! — explodiu Nately, frustrado. — Agora não discute comigo. Eu sou o homem e você tem que fazer o que eu mando. De agora em diante, eu te proíbo de sair desse quarto a não ser que esteja completamente vestida. Está claro?

A prostituta de Nately olhou para ele como se ele tivesse enlouquecido.

— Você endoidou? *Che succede?*

— Estou falando sério.

— *Tu sei pazzo!* — gritou ela com incrédula indignação e pulou da cama. Rosnando palavras impossíveis de entender, ela colocou a calcinha e saiu na direção da porta.

Nately se levantou com absoluta autoridade masculina.

— Eu te proíbo de sair do quarto assim — informou ele.

— *Tu sei pazzo!* — retrucou ela depois de sair, balançando a cabeça sem acreditar. — *Idiota! Tu sei un pazzo imbecille!*

— *Tu sei pazzo* — disse a irmã mais nova magricela, indo atrás dela com o mesmo andar altivo.

— Você me volte aqui — determinou Nately. — Eu te *proíbo* de sair assim também.

— *Idiota!* — retrucou a irmã mais nova com dignidade depois de ter passado irritada por ele. — *Tu sei un pazzo imbecille.*

Nately andou furioso em círculos de distraído desamparo por vários segundos e depois saiu correndo para a sala de estar para proibir os amigos de olhar para sua namorada enquanto ela reclamava dele só de calcinha.

— Por que não? — perguntou Dunbar.

— Por que não?! — exclamou Nately. — Porque agora ela é minha namorada, e não é certo vocês verem ela a não ser que ela esteja totalmente vestida.

— Por que não? — perguntou Dunbar.

— Está vendo? — disse a namorada dele dando de ombros. — *Lui è pazzo!*

— *Si, è molto pazzo* — ecoou a irmã mais nova.

— Então faça ela ficar vestida se você não quer que a gente veja — argumentou Joe Faminto. — O que você quer que a gente faça?

— Ela não me ouve — confessou Nately timidamente. — Então de agora em diante vocês vão ter que fechar os olhos ou olhar para o outro lado quando ela aparecer. Tá bom?

— *Madonn'!* — gritou a namorada dele exasperada e saiu da sala batendo os pés.

— *Madonn'!* — gritou a irmã mais nova e saiu batendo os pés atrás dela.

— *Lui è pazzo* — comentou Yossarian, bem-humorado. — Isso eu tenho que admitir.

— Ei, você é doido? — perguntou Joe Faminto para Nately. — Desse jeito, logo você vai tentar fazer a menina parar de fazer programa.

— De agora em diante — disse Nately para a namorada — eu te proíbo de sair para fazer programa.

— *Perchè?* — perguntou ela, curiosa.

— *Perchè?* — gritou ele, espantado. — Porque não é legal!

— *Perchè no?*

— Porque não é! — insistiu Nately. — Não é certo uma boa menina sair procurando outros homens para dormir com ela. Eu dou todo o dinheiro que você precisar, então você não precisa mais disso.

— E o que eu vou fazer o dia inteiro?

— O que você vai fazer? — disse Nately. — Você vai fazer o que as suas amigas fazem.

— Minhas amigas saem procurando homens para dormir com elas.

— Então arranje outras amigas! Não quero você andando com mulheres assim, de qualquer maneira. Prostituição é uma coisa ruim! Todo mundo sabe disso, até ele. — Ele se virou confiante para o velho experiente. — Não estou certo?

— Você está errado — respondeu o velho. — A prostituição dá a ela uma oportunidade de conhecer pessoas. É uma fonte de ar puro e de exercício saudável e evita que ela se meta em encrenca.

— De agora em diante — declarou Nately com severidade à namorada — eu te proíbo de ter qualquer coisa com aquele velho devasso.

— *Va fongul!* — respondeu a namorada dele, revirando os olhos atormentados para o teto. — O que ele quer de mim? — implorou ela, sacudindo os punhos. — *Lasciami!* — disse para ele numa súplica ameaçadora. — *Stupido!* Se você acha que as minhas amigas são tão ruins, vá dizer para os seus amigos não ficarem fazendo fuque-fuque com elas o tempo todo!

— De agora em diante — disse Nately para seus amigos — acho que vocês devem parar de andar com as amigas dela e sossegarem.

— *Madonn'!* — gritaram os amigos dele, revirando os olhos atormentados para o teto.

Nately tinha perdido a cabeça. Ele queria que todos eles se apaixonassem imediatamente e se casassem. Dunbar podia se casar com a prostituta de Orr, e Yossarian podia se apaixonar pela enfermeira Duckett ou por outra pessoa que ele quisesse. Depois da guerra todos eles podiam trabalhar para o pai de Nately e criar os filhos no mesmo bairro de classe média. Nately via tudo isso com clareza. O amor o havia convertido num romântico imbecil e eles o levaram de volta para o quarto para discutir com a namorada sobre o capitão Black. Ela concordou em não ir mais para a cama com o capitão Black e em não dar mais o dinheiro de Nately para ele, mas ela se recusava a recuar um milímetro em sua amizade com o velho feio, desmazelado, devasso e de mente imunda, que testemunhou com insultante desdém o desabrochar do romance de Nately e que não admitia que o Congresso era o maior corpo deliberativo do mundo todo.

— De agora em diante — ordenou Nately com firmeza à namorada — eu te proíbo terminantemente de sequer falar com aquele velho nojento.

— O velho de novo? — gritou a garota num lamento confuso. — *Perchè no?*

— Ele não gosta da Câmara dos Deputados.

— *Mamma mia!* Qual é o seu problema?

— *È pazzo* — comentou filosoficamente a irmã mais nova. — Esse é o problema dele.

— *Si* — concordou a irmã mais velha de pronto, tentando arrancar os próprios cabelos castanhos com ambas as mãos. — *Lui è pazzo.*

Mas ela sentia falta de Nately quando ele não estava por perto e ficou furiosa com Yossarian quando ele deu um murro na cara de Nately com toda a força e o mandou para o hospital com uma fratura no nariz.

34
DIA DE AÇÃO DE GRAÇAS

Na verdade, foi por culpa do sargento Knight que Yossarian deu um murro no nariz de Nately no Dia de Ação de Graças, depois de todo mundo no esquadrão ter com humildade dado graças a Milo por oferecer a opulenta refeição com que os insaciáveis oficiais e praças haviam se empanturrado durante a tarde toda e por distribuir com inexaurível generosidade as garrafas ainda fechadas de uísque barato que ele passava com prodigalidade a qualquer um que pedisse. Antes mesmo de escurecer, jovens soldados com rostos empalidecidos eram vistos vomitando em todo lugar e apagavam bêbados no chão. O ar cheirava mal. Outros homens iam se empolgando à medida que as horas passavam, e a errática, barulhenta celebração seguia em frente. Era uma saturnália bruta, violenta, embriagada que estrepitosamente transbordou da mata para o clube dos oficiais e se espraiou pelas colinas rumo ao hospital e aos lugares onde estava posicionada a artilharia antiaérea. Houve gente se socando no esquadrão e um homem foi esfaqueado. O cabo Kolodny atirou na própria perna na tenda do serviço de informações enquanto brincava com uma arma carregada e teve as gengivas e os dedos dos pés pintados de roxo na ambulância, que seguia em alta velocidade enquanto ele ficava deitado de costas com sangue jorrando da ferida. Homens com dedos cortados, cabeças sangrando, cólicas estomacais e tornozelos fraturados mancavam penitentes até a tenda médica para ter gengivas e dedos dos pés pintados de roxo por Gus e Wes e receber um laxante para jogar no meio dos arbustos. A alegre celebração foi até tarde da noite, e o silêncio era frequentemente rompido pelos gritos enlouquecidos e exultantes e pelos brados de gente feliz ou passando mal. Havia sons recorrentes de vômitos e gemidos, de risos, saudações, ameaças e xingamentos, e de garrafas se estilhaçando nas pedras. Havia canções obscenas ao longe. Foi pior que a noite de Ano-Novo.

Yossarian foi para a cama cedo por razões de segurança e logo sonhou que estava descendo, às pressas, quase verticalmente, uma escada sem fim feita de madeira, fazendo um barulho alto, em staccato, quando pisava. Então ele acordou de leve e percebeu que havia alguém atirando nele com uma metralhadora. Um choro aflito e apavorado subiu em sua garganta. A primeira coisa que passou pela cabeça dele foi que Milo estava atacando o esquadrão de novo, e ele saiu rolando da cama de campanha rumo ao chão e ficou deitado ali embaixo encolhido, tremendo e rezando, o coração batendo forte como uma forja, o corpo empapado de suor frio. Não havia ruído de aviões. Uma risada embriagada e feliz soou ao longe. "Feliz Ano-Novo! Feliz Ano-Novo!", berrava uma triunfante voz familiar hilária lá do alto em meio às curtas e cortantes saraivadas de metralhadora, e Yossarian entendeu que alguns homens tinham ido por farra até uma das posições protegidas por sacos de areia onde ficavam as armas antiaéreas que Milo instalou nas colinas depois de atacar o esquadrão e colocou sob os cuidados dos próprios homens.

Yossarian ardeu de ódio e raiva quando percebeu que era vítima de uma brincadeira irresponsável que havia destruído seu sono e o tinha reduzido a um marmanjo chorão. Queria matar alguém, queria assassinar. Yossarian nunca tinha ficado tão furioso, nem no dia em que pôs as mãos em volta do pescoço de McWatt para estrangulá-lo. A metralhadora disparou de novo. Vozes gritaram "Feliz Ano-Novo!" e risos de júbilo vinham das colinas através da escuridão como a alegria de uma bruxa. De mocassim e macacão, Yossarian saiu da tenda em busca de vingança, enfiando um cartucho de munição na .45 e puxando o ferrolho da arma para carregá-la. Ele liberou a trava de segurança e estava pronto para atirar. Yossarian ouviu Nately correndo atrás dele para contê-lo, dizendo seu nome. A metralhadora abriu fogo outra vez de uma elevação escura acima do pátio de veículos, e projéteis sinalizadores alaranjados passavam raspando como rajadas rasantes sobre as tendas imersas em sombras, quase roçando suas partes mais altas. Rugidos de risadas roucas se deixavam ouvir entre as rajadas rápidas. Yossarian sentiu o ressentimento ferver como ácido dentro dele; aqueles cretinos estavam colocando sua vida em risco! Com uma raiva cega, feroz e resoluta, ele atravessou correndo o esquadrão até passar do pátio de veículos, acelerando o máximo que podia, e já estava subindo as colinas pela estreita e tortuosa trilha quando Nately finalmente o alcançou, ainda chamando "Yo-Yo! Yo-Yo!" com suplicante preocupação, implorando que ele parasse. Ele agarrou os ombros de Yossarian e tentou segurá-lo. Contorcendo o corpo, Yossarian se soltou e virou. Nately tentou contê-lo de novo, e Yossarian enfiou o punho direto no delicado e jovem rosto de Nately com toda a sua força, depois recolheu o braço para bater de novo, mas Nately saiu do campo de visão dele com um gemido e ficou deitado encurvado no chão com a cabeça enfiada nas mãos e sangue escorrendo pelos dedos. Yossarian fez meia-volta e continuou seguindo pela trilha sem olhar para trás.

Logo, ele viu a metralhadora. Duas silhuetas saltaram ao ouvi-lo e fugiram rumo à noite com risos de escárnio antes que ele pudesse chegar lá. Ele havia chegado tarde demais. Os passos deles estavam cada vez mais distantes, deixando o círculo de sacos de areia vazio e silencioso sob o luar límpido e sem vento. Ele olhou desanimado em volta. Mais risos irônicos chegaram aos seus ouvidos, vindos de longe. Um graveto se partiu ali perto. Yossarian se ajoelhou com um calafrio de euforia e mirou. Ele ouviu um farfalhar de folhas furtivo do outro lado dos sacos de areia e deu dois tiros rápidos. Alguém respondeu atirando diretamente nele, e Yossarian reconheceu o tiro.

— Dunbar? — perguntou ele.

— Yossarian?

Os dois deixaram seus esconderijos e andaram para se encontrar na clareira exaustos e decepcionados, armas baixadas. Os dois tremiam um pouco por causa do ar gelado e ofegavam pelo esforço de subir correndo a colina.

— Os cretinos — disse Yossarian. — Eles escaparam.

— Eles encurtaram minha vida em dez anos! — exclamou Dunbar. — Achei que o filho da puta estava bombardeando a gente de novo. Nunca passei tanto medo. Queria saber quem eram os cretinos.

— Um era o sargento Knight.

— Vamos lá matar ele. — Dunbar batia os dentes. — Ele não tinha o direito de assustar a gente assim.

Yossarian já não queria mais matar ninguém.

— Primeiro vamos ajudar Nately. Acho que eu o machuquei no pé da colina.

Mas não havia sinal de Nately ao longo da trilha, embora Yossarian tivesse localizado o lugar certo pelo sangue nas pedras. Nately também não estava na tenda, e eles só conseguiram encontrá-lo na manhã seguinte quando deram baixa no hospital depois de ouvir dizer que ele tinha dado entrada com uma fratura no nariz na noite anterior. Nately sorriu assustado e surpreso quando os dois entraram na enfermaria de roupão e chinelos atrás da enfermeira Cramer e tiveram suas camas designadas. O nariz de Nately estava num gesso volumoso, e ele estava com os dois olhos roxos. Ele continuava ficando corado à toa de puro constrangimento e dizendo que lamentava quando Yossarian se aproximou para pedir desculpas por ter batido nele. Yossarian se sentia muito mal, sequer conseguia olhar para o rosto machucado de Nately, embora a visão fosse tão cômica que ele se sentisse tentado a rir. Dunbar estava enojado com o sentimentalismo dos dois, e os três ficaram aliviados quando Joe Faminto entrou inesperadamente com sua intrincada câmera preta e sintomas fraudulentos de uma apendicite para ficar perto de Yossarian e fazer fotos dele apalpando a enfermeira Duckett. Assim como Yossarian, ele logo se decepcionaria. A enfermeira Duckett tinha decidido se casar com um médico — qualquer médico, visto que eles se davam tão bem nos negócios — e não ia se arriscar perto do homem que um dia poderia vir a ser seu marido. Joe Faminto ficou furioso e inconsolável até que — dentre todas as pessoas possíveis — o capelão entrou com um roupão de veludo marrom, radiante como um magérrimo farol, com um exultante sorriso de autossatisfação grande demais para ser escondido. O capelão tinha dado entrada no hospital com uma dor no coração que os médicos pensaram ser gases no estômago e com um caso avançado de herpes-do-wisconsin.

— Mas o que é herpes-do-wisconsin? — perguntou Yossarian.

— Foi justamente isso que os médicos quiseram saber! — disse o capelão orgulhoso e começou a rir. Ninguém jamais tinha visto o capelão tão à vontade e tão feliz. — Não existe herpes-do-wisconsin. Você não entendeu? Eu menti. Fiz um acordo com os médicos. Prometi avisar quando minha herpes-do-wisconsin tivesse passado desde que eles prometessem não fazer nada para me curar. Eu nunca tinha mentido antes. Não é uma maravilha?

O capelão tinha mentido, e isso era bom. O bom senso dizia a ele que mentir e desertar do serviço eram pecados. Por outro lado, todo mundo sabia que o pecado era algo mau e que nada de bom viria de algo mau. Mas ele se sentia bem, se sentia realmente ótimo. Por consequência, seguia-se logicamente que mentir e desertar do trabalho não podiam ser pecados. O capelão havia dominado, num momento de divina intuição, a útil técnica da racionalização protetora e ficou em êxtase por sua descoberta. Era milagroso. Quase nem chegava a exigir um truque, percebeu ele, transformar o vício em virtude e a calúnia em verdade, a impotência em abstinência, a arrogância em humildade, a pilhagem em filantropia, o roubo em honra, a blasfêmia em sabedoria, a brutalidade em patriotismo e o sadismo em justiça.

Qualquer um podia fazer isso, não precisava ser inteligente. Bastava não ter caráter. Com efervescente agilidade o capelão percorreu toda a gama de imoralidades ortodoxas, ao mesmo tempo que Nately se sentava na cama ruborizado por euforia, perplexo com o insano grupo do qual ele era o núcleo. Ele estava lisonjeado e apreensivo, certo de que algum oficial rigoroso em breve apareceria e colocaria todos eles para fora como um bando de vagabundos. Ninguém veio incomodar. À noite, todos saíram exuberantes para ver um espetáculo hollywoodiano horroroso em tecnicolor e, quando todos voltaram exuberantes depois do horroroso espetáculo hollywoodiano, o soldado de branco estava lá, e Dunbar gritou e desmoronou.

— Ele voltou! — exclamou Dunbar. — Ele voltou! Ele voltou!

Yossarian congelou, paralisado tanto pela estridência estranha na voz de Dunbar quanto pela familiar, branca e mórbida visão do soldado de branco coberto da cabeça aos pés por gesso e gaze. Um estranho, trêmulo e involuntário ruído saiu borbulhante da garganta de Yossarian.

— Ele voltou — gritou Dunbar de novo.

— Ele voltou! — ecoou um paciente delirando de febre em terror automático.

De repente, a enfermaria virou um pandemônio. Turbas de homens doentes e feridos começaram gritar coisas incoerentes e saíram correndo e pulando pelos corredores como se o prédio estivesse pegando fogo. Um paciente que só tinha um pé e andava de muleta saltitava veloz para lá e para cá em pânico gritando:

— O que foi? O que foi? É um incêndio? É um incêndio?

— Ele voltou — gritou alguém para ele. — Você não escutou? Ele voltou! Ele voltou!

— Quem voltou? — gritou alguém. — Quem é ele?

— O que isso quer dizer? O que a gente faz agora?

— É um incêndio?

— Levanta e corre, cacete! Todo mundo levantando e correndo!

Todo mundo levantou da cama e começou a correr de um lado para o outro na enfermaria. Um agente da corregedoria estava procurando uma arma para atirar em outro dos agentes da corregedoria que tinha dado uma cotovelada no olho dele. A enfermaria tinha virado um caos. O paciente que delirava de febre saltou no corredor e quase derrubou o paciente de um pé só, que por acidente bateu com a ponta de borracha preta de sua muleta no pé descalço do outro, esmagando alguns dedos do pé. O sujeito que delirava de febre e que estava com os dedos do pé esmagados se atirou no chão e chorou de dor enquanto outros tropeçavam nele e o machucavam ainda mais em sua debandada cega, errática e agônica.

— Ele voltou — murmuravam, e cantavam, e gritavam todos histericamente enquanto corriam de um lado para o outro. — Ele voltou, ele voltou!

A enfermeira Cramer estava lá no meio, de repente, como um policial giratório, tentando desesperadamente restabelecer a ordem, desfazendo-se em lágrimas de desamparo quando fracassou.

— Fiquem parados, por favor, fiquem parados — pedia ela sem resultado em meio ao choro compulsivo. O capelão, pálido como um fantasma, não fazia ideia do que estava acontecendo. O mesmo valia para Nately, que ficou perto de Yossarian, segurando seu cotovelo, e para Joe Faminto, que ia hesitante atrás dos dois, com seus punhos magros cerrados e olhava rápido de um lado para o outro com o rosto assustado.

— Ei, o que está acontecendo? — perguntou Joe Faminto. — Que merda é essa?

— É o mesmo! — gritou Dunbar para ele enfaticamente com uma voz que se fazia clara por cima da barulhenta comoção. — Você não entende? É o mesmo.

— O mesmo! — pegou-se ecoando Yossarian, tremendo com uma emoção profunda que não conseguia controlar, e abriu caminho atrás de Dunbar na direção da cama do soldado de branco.

— Cuidado, amigos — aconselhou o baixinho e patriótico texano, afável, com um sorriso hesitante. — Não tem por que o nervosismo. Que tal se todo mundo pegar leve?

— O mesmo! — começaram a murmurar, cantar e gritar outros.

Subitamente a enfermeira Duckett também estava ali.

— O que está acontecendo? — perguntou ela.

— Ele voltou! — gritou a enfermeira Cramer, caindo nos braços dela. — Ele voltou! Ele voltou!

Era, de fato, o mesmo homem. Sua estatura tinha diminuído alguns centímetros e o peso havia aumentado um pouco, mas Yossarian se lembrou dele imediatamente pelos dois braços rígidos e pelas duas pernas duras, grossas, inúteis totalmente erguidas no ar, quase perpendicularmente pelas cordas esticadas e com grandes pesos de chumbo suspensos por polias acima dele e pelo buraco puído e escuro nas bandagens sobre a boca. Ele, na verdade, não tinha mudado quase nada. O mesmo cano subia da dura massa pétrea sobre a virilha e levava ao pote de vidro transparente no chão. Havia o mesmo pote transparente de vidro em um tripé pingando fluido nele pela dobra do cotovelo. Yossarian seria capaz de reconhecê-lo em qualquer lugar. Ele se perguntou quem era aquele homem.

— Não tem ninguém lá dentro! — gritou Dunbar para ele do nada. Yossarian sentiu o coração disparar e as pernas bambearem.

— Do que você está falando? — gritou ele, com medo, intrigado pela angústia abatida e elétrica nos olhos de Dunbar e pelo olhar alucinado dele, cheio de espanto e horror. — Você endoidou? Como assim não tem ninguém lá dentro?

— Roubaram o cara! — respondeu Dunbar, gritando. — Está tudo oco lá dentro, como se fosse um soldado de chocolate. Pegaram o cara e deixaram as bandagens aí.

— Por que alguém faria isso?

— Sei lá, eles fazem todo tipo de esquisitice.

— Roubaram o cara! — gritou alguém, e gente na enfermaria inteira começou a gritar:

— Roubaram o cara. Roubaram o cara!

— Voltem para a cama — suplicou a enfermeira Duckett a Dunbar e Yossarian, empurrando o peito de Yossarian sem muita força. — Por favor, voltem para a cama.

— Você está doido! — gritou Yossarian, irritado com Dunbar. — Por que você me diz uma coisa dessas?

— Você viu o cara? — perguntou Dunbar com desdém irônico.

— Você viu o cara, não viu? — disse Yossarian para a enfermeira Duckett. — Diz para Dunbar que tem alguém aí dentro.

— O tenente Schmulker está aí dentro — disse a enfermeira Duckett. — Ele está todo queimado.

— Ela viu o cara?

— Você viu o cara, não viu?

— O médico que fez as bandagens viu.

— Pode chamar o médico aqui, por favor? Qual médico foi?

A enfermeira Duckett reagiu à pergunta com um susto.

— O médico não é daqui! — exclamou ela. — Trouxeram o paciente para a gente de um hospital de campanha.

— Viu só? — gritou a enfermeira Cramer. — Não tem ninguém lá dentro!

— Não tem ninguém lá dentro! — gritou Joe Faminto e começou a bater os pés no chão.

Dunbar abriu caminho e saltou furiosamente sobre a cama do soldado de branco para ver com os próprios olhos, pressionando o ávido olho brilhante contra o buraco escuro e puído na casca composta por bandagens brancas. Ele ainda estava debruçado olhando o vazio escuro e inerte da boca do soldado de branco quando os médicos e os policiais vieram correndo para ajudar Yossarian a arrancá-lo dali. Os médicos estavam com armas na cintura. Os guardas estavam com carabinas e fuzis que usaram para empurrar e afastar a multidão de pacientes murmurantes. Havia uma maca com rodinhas ali, e o soldado de branco foi içado com habilidade da cama e levado para fora do campo de visão deles em questão de segundos. Os médicos e os policiais andaram pela enfermaria garantindo a todos que estava tudo bem.

A enfermeira Duckett puxou Yossarian pelo braço e sussurrou furtivamente para ele se encontrar com ela no armário de vassouras no corredor. Yossarian exultou ao ouvir o que ela disse. Ele pensou que a enfermeira Duckett enfim queria transar e ergueu a saia dela no instante em que os dois ficaram a sós no armário de vassouras, mas ela o afastou. Tinha notícias urgentes sobre Dunbar.

— Vão sumir ele — disse ela.

Yossarian semicerrou os olhos sem compreender.

— Vão fazer o quê? — perguntou ele, surpreso, e deu uma risada constrangida. — O que isso quer dizer?

— Não sei. Ouvi quando falaram atrás da porta.

— Quem?

— Não sei. Não deu para ver. Só ouvi quando disseram que iam sumir Dunbar.

— Por que vão sumir ele?

— Não sei.

— Não faz sentido. Nem gramaticalmente está certo. O que quer dizer quando somem alguém?

— Não sei.

— Meu Deus, você não está ajudando!

— Por que você está irritado comigo? — protestou a enfermeira Duckett, magoada, e começou a conter as lágrimas. — Só estou tentando ajudar. Não tenho culpa se vão sumir ele, tenho? Eu nem devia estar te contando isso.

Yossarian abraçou a enfermeira Duckett com gentil e contrito afeto.

— Me desculpa — disse ele, dando um beijo respeitoso na bochecha dela, e saiu correndo para avisar Dunbar, que ele não conseguiu encontrar em lugar nenhum.

35
MILO, O MILITANTE

Pela primeira vez na vida, Yossarian rezou. Ele se ajoelhou e rezou para que Nately não se voluntariasse para voar mais de setenta missões depois que o cacique Floco de Aveia de fato morreu de pneumonia no hospital e Nately se candidatou ao cargo dele. Mas Nately simplesmente se recusava a ouvir.

— Eu tenho que voar mais missões — insistiu Nately sem muita convicção, com um sorriso torto. — Senão eles me mandam para casa.

— E qual é o problema?

— Eu só quero voltar para casa quando puder levar ela comigo.

— Ela significa tanto assim para você?

Nately fez que sim com a cabeça, desanimado.

— Pode ser que eu nunca mais veja ela.

— Então dê um jeito de ficar no solo — disse Yossarian. — Você completou suas missões e não precisa do adicional de voo. Por que não pede o cargo do cacique Floco de Aveia, se consegue suportar trabalhar com o capitão Black?

Nately fez que não com a cabeça, as faces corando de timidez e arrependimento envergonhado.

— Não vão me dar a vaga. Falei com o coronel Korn e ele me disse que tenho que voar mais missões ou vão me mandar para casa.

Yossarian xingou furiosamente.

— Isso é pura maldade.

— Acho que nem ligo. Voei setenta missões sem me machucar. Acho que posso voar mais umas.

— Não faça absolutamente nada sobre isso até eu falar com uma pessoa — decidiu Yossarian e foi pedir a ajuda de Milo, que imediatamente foi falar com o coronel Cathcart pedindo que o ajudasse a ser designado para mais missões de combate.

Milo vinha acumulando distinções. Ele havia voado destemidamente rumo ao perigo e às críticas ao vender petróleo e rolamentos para a Alemanha a preços baixos para ter um bom lucro e ajudar a manter o equilíbrio de forças entre as potências envolvidas na guerra. Sua coragem sob fogo era graciosa e infinita. Com uma devoção ao propósito que o levava a fazer muito mais do que se esperaria dele, Milo elevou depois disso o preço dos alimentos em seus refeitórios de tal maneira que forçava todos os oficiais e praças a entregar a ele tudo o que recebiam para poderem comer. A alternativa deles (havia alternativa, claro, já que Milo detestava a coerção e defendia abertamente a liberdade de escolha) era morrer de fome. Quando se deparou com uma onda de resistência inimiga a esse ataque, ele manteve a posição sem a menor preocupação com a segurança de sua reputação e galhardamente invocou a lei da oferta e da demanda. E, quando alguém em algum lugar disse não, Milo cedeu terreno muito contra a sua vontade, defendendo valorosamente, mesmo enquanto batia em retirada, o histórico direito dos homens livres de pagarem todo o dinheiro que tinham pelas coisas de que precisavam para sobreviver.

Milo foi pego em flagrante roubando os compatriotas e, como resultado, seus negócios iam melhor do que nunca. Ele mostrou que tinha palavra quando um major magrelo do Minnesota fez uma careta de desaprovação e num ato de rebeldia exigiu suas ações do sindicato que Milo sempre dizia que todos tinham. Milo respondeu ao desafio escrevendo as palavras "Ações ao portador" no pedaço de papel mais próximo e entregando isso ao major com um virtuoso desdém que se tornou alvo da inveja e da admiração de quase todos que o conheciam. A glória de Milo estava no auge, e o coronel Cathcart, que conhecia e admirava o histórico dele na guerra, ficou perplexo com a humildade reverente com que Milo se apresentou no quartel-general do grupamento e fez seu incrível apelo para ser designado para mais missões perigosas.

— Você quer voar mais missões de combate? — disse o coronel Cathcart, perdendo o ar. — Por que isso?

Milo respondeu com a voz recatada e o rosto humildemente voltado para baixo.

— Quero cumprir com o meu dever, senhor. O país está em guerra, e quero lutar para defender minha pátria como todos os outros.

— Mas, Milo, você já está cumprindo com o seu dever! — exclamou o coronel Cathcart com um riso que trovejou cheio de jovialidade. — Não consigo pensar em uma única pessoa que tenha feito mais pelos homens que você. Quem deu a eles o algodão coberto de chocolate?

Milo balançou a cabeça vagarosa e tristemente.

— Mas ser um bom oficial de refeitório em tempos de guerra não basta, coronel Cathcart.

— Claro que basta, Milo. Não sei o que deu em você.

— Claro que não basta, coronel — discordou Milo com certa firmeza, erguendo os olhos subservientes de modo significativo só o suficiente para capturar o olhar do coronel Cathcart. — Tem gente começando a falar.

— Ah, é esse o problema? Me diga o nome deles, Milo. Me diga os nomes e vou colocar esse pessoal em todas as missões perigosas que o grupamento voar.

— Não, coronel, infelizmente acho que eles têm razão — disse Milo, com a cabeça baixando novamente. — Fui mandado para o front como piloto, e eu deveria estar voando mais missões de combate e passando menos tempo nos meus deveres como oficial de refeitório.

O coronel Cathcart estava surpreso, mas cooperativo.

— Certo, Milo, se você realmente se sente assim, claro que podemos providenciar o que você quer. Faz quanto tempo que você está no front?

— Onze meses, senhor.

— E quantas missões você voou?

— Cinco.

— Cinco? — perguntou o coronel Cathcart.

— Cinco, senhor.

— Cinco, é? — O coronel Cathcart esfregou o queixo pensativo. — Não é muito bom, certo?

— Não é? — perguntou Milo numa voz cortante, erguendo outra vez o rosto.

O coronel Cathcart estremeceu.

— Pelo contrário, é ótimo, Milo — corrigiu-se apressado. — Não é nada mau.

— Não, coronel — disse Milo, com um longo, lânguido e melancólico suspiro. — Não é muito bom. Embora seja muito generoso da sua parte dizer isso.

— Mas não é mau mesmo, Milo. Não é nada mau, quando se leva em conta todas as outras valiosas contribuições que você deu. Cinco missões, você disse? Só cinco?

— Só cinco, senhor.

— Só cinco. — O coronel Cathcart ficou terrivelmente deprimido por um instante enquanto tentava imaginar o que Milo estava de fato pensando e se ele já estava tendo um revés. — Cinco é muito bom, Milo — comentou ele, entusiasmado, vislumbrando um raio de esperança. — Isso equivale a quase uma missão de combate a cada dois meses. E aposto que esse número não inclui a vez que você bombardeou a gente.

— Inclui, senhor.

— Inclui? — perguntou o coronel Cathcart, com leve espanto. — Você, na verdade, não voou naquela missão, voou? Se lembro bem, você estava na torre de controle comigo, não?

— Mas a missão era minha — rebateu Milo. — Fui eu que organizei, e nós usamos nossos aviões e suprimentos. Eu planejei e supervisionei tudo.

— Ah, claro, Milo, claro. Não estou te contestando. Só verificando os números para ter certeza de que você está reivindicando tudo aquilo a que tem direito. Você também incluiu a vez que contratamos você para bombardear a ponte de Orvieto?

— Ah, não, senhor. Acho que eu não deveria, porque na época eu estava em Orvieto dirigindo a artilharia antiaérea.

— Não vejo que diferença isso faz, Milo. Continua sendo uma missão sua. Aliás, uma missão ótima, devo dizer. Não tomamos a ponte, mas criamos um belo padrão de bombas. Me lembro do general Peckem comentar isso. Não, Milo, insisto que conte Orvieto como uma missão sua também.

— Se o senhor insiste.

— Insisto sim, Milo. Agora, vejamos... você tem no total seis missões, o que é ótimo, Milo, ótimo de verdade. Seis missões é um aumento de vinte por cento em questão de minutos, o que não é nada mau, Milo, nada mau mesmo.

— Muitos dos outros homens têm setenta missões — argumentou Milo.

— Mas eles nunca produziram algodão coberto de chocolate, certo? Milo, você está fazendo mais do que deveria.

— Mas todos eles estão ficando com a fama e as oportunidades — persistiu Milo com uma petulância que beirava a reclamação. — Senhor, quero ir lá e lutar como os outros. É para isso que estou aqui. Também quero ganhar medalhas.

— Sim, claro, Milo. Todos nós queremos passar mais tempo em combate. Mas gente como você e eu, nós damos nossa contribuição de outro modo. Veja o meu histórico. — O coronel Cathcart deu uma risada autodepreciativa. — Aposto que não tem muita gente que sabe, Milo, que eu mesmo só voei quatro missões, você sabia?

— Não, senhor — respondeu Milo. — O que as pessoas sabem é que o senhor só voou duas missões. E que uma delas ocorreu quando Aarfy por acidente levou o avião para território inimigo quando estava na navegação de um voo com o senhor para Nápoles para comprar um bebedouro no mercado ilegal.

O coronel Cathcart, corando de constrangimento, abandonou a argumentação.

— Muito bem, Milo. Não tenho como elogiar o suficiente o que você quer fazer. Se isso realmente é tão importante para você, vou fazer o major Major te designar para as próximas sessenta e quatro missões para que também tenha setenta.

— Muito obrigado, coronel, muito obrigado, senhor. O senhor não tem ideia do que isso significa.

— Imagine, Milo. Sei exatamente o que isso significa.

— Não, coronel, acho que o senhor não sabe o que isso significa — discordou Milo incisivamente. — Alguém vai ter que começar a tocar o sindicato por mim imediatamente. É bem complicado e posso ser morto a qualquer momento.

O coronel Cathcart reluziu de imediato com a ideia e começou a esfregar as mãos com avara alegria.

— Sabe, Milo, acho que o coronel Korn e eu podemos estar dispostos a tirar o peso do sindicato das suas costas — sugeriu ele de um jeito casual, quase lambendo os beiços de prazer antecipado. — Nossa experiência no mercado ilegal de tomate italiano pode ser bem útil. Por onde começamos?

Milo observou o coronel Cathcart com firmeza, com uma expressão branda e inocente.

— Obrigado, senhor, isso é muito gentil da sua parte. Comece com uma dieta sem sal para o general Peckem e uma dieta sem gordura para o general Dreedle.

— Deixe-me pegar um lápis. Que mais?

— Os cedros.

— Cedros?

— Do Líbano.

— Líbano?

— Precisamos entregar cedros-do-líbano para a serraria em Oslo para serem transformados em telhas para o construtor em Cape Cod. Dinheiro na entrega. E aí tem as ervilhas.

— Ervilhas?

— Em alto-mar. Temos barcos cheios de ervilhas que estão em alto-mar, no trajeto entre Atlanta e Holanda, para pagar pelas tulipas que foram enviadas para Genebra, para pagar pelos queijos que devem ir para Viena P. C. A.

— P. C. A.?

— Pagos com antecedência. Os Habsburgo são inseguros.

— Milo.

— E não esqueça o zinco galvanizado no armazém em Flint. Quatro vagões cheios de zinco galvanizado que estão em Flint precisam ser transportados para as fundições em Damasco até o meio-dia do dia 18, na modalidade F. O. B. Calcutá, dois por cento, dez dias fora mês. Um Messerschmitt cheio de cânhamo precisa chegar em Belgrado para trocar por um C-47 e meio cheio daquelas tâmaras sem caroço que trouxemos de Cartum. Use o dinheiro das anchovas portuguesas que vendemos de volta para Lisboa para pagar o algodão egípcio que estão vendendo para nós de volta de Mamaroneck e para pegar o máximo de laranjas que puder na Espanha. Sempre pague em dinheiro pelas *naranjas*.

— *Naranjas*?

— É assim que chamam laranjas na Espanha, e essas são laranjas espanholas. E... ah, sim. Não se esqueça do Homem de Piltdown.

— Homem de Piltdown?

— Isso, o Homem de Piltdown. O Instituto Smithsonian não está em condições nesse momento de pagar o nosso preço por um segundo Homem de Piltdown, mas eles estão esperando ansiosamente a morte de um doador rico e querido e...

— Milo.

— A França quer toda a salsinha que a gente puder enviar, e acho que para nós vai ser bom, porque vamos precisar dos francos para trocar por liras, e depois por pfennigs para pagar as tâmaras quando elas voltarem. Também encomendei um enorme carregamento de madeira balsa peruana para distribuir em cada um dos refeitórios do sindicato, numa base proporcional.

— Madeira balsa? O que os refeitórios vão fazer com madeira balsa?

— Boa madeira balsa não é tão fácil de encontrar hoje em dia, coronel. Só não achei uma boa ideia deixar passar a oportunidade de comprar.

— Não, imagino que não — supôs vagamente o coronel Cathcart com a expressão de alguém enjoado. — E presumo que o preço estava bom.

— O preço — disse Milo — era exorbitante, exorbitante mesmo! Mas, como compramos de uma das nossas subsidiárias, ficamos felizes em pagar. Cuide do couro.

— Ouro?

— Couro.

— Couro?

— Couro. Em Buenos Aires. Tem que mandar curtir.

— Curtir?

— Em Terra Nova. E depois mandar para Helsinque S. P. C. A. antes do início do degelo da primavera. Tudo para a Finlândia vai para S. P. C. A. antes que comece o degelo da primavera.

— Sem pagamento com antecipação? — adivinhou o coronel Cathcart.

— Muito bem, coronel. O senhor tem um dom, senhor. E depois tem a cortiça.

— Cortiça?

— Tem que mandar para Nova York, os sapatos para Toulouse, o presunto para o Sião, os pregos para o País de Gales e as tangerinas para Nova Orleans.

— Milo.

— Temos carvão em Newcastle, senhor.

O coronel Cathcart ergueu as mãos.

— Milo, pare! — gritou ele, quase às lágrimas. — Não adianta. Você é exatamente como eu: *indispensável!* — Ele empurrou o lápis para o lado e se levantou numa exasperação frenética. — Milo, você não pode voar mais sessenta e quatro missões. Você não pode voar nem mais uma missão. O sistema inteiro ia desmoronar se alguma coisa acontecesse com você.

Milo fez que sim serenamente com uma satisfação complacente.

— Senhor, o senhor está me proibindo de voar mais missões de combate?

— Milo, proíbo você de voar mais missões de combate — declarou o coronel Cathcart num tom de autoridade severa e inflexível.

— Mas isso não é justo, senhor — disse Milo. — E o meu histórico? Os outros homens estão recebendo toda a fama, medalhas e publicidade. Por que eu deveria ser penalizado só porque estou fazendo um trabalho tão bom no refeitório?

— Não, Milo, não é justo. Mas não vejo nada que a gente possa fazer a respeito.

— Talvez a gente possa achar outra pessoa para voar minhas missões para mim.

— Mas talvez a gente possa achar outra pessoa para voar suas missões para você — sugeriu o coronel Cathcart. — Que tal os mineradores de carvão em greve na Pensilvânia e na Virgínia Ocidental?

Milo balançou a cabeça.

— Ia levar muito tempo para treinar essas pessoas. Por que não os homens do esquadrão, senhor? Afinal, estou fazendo isso por eles. Eles deveriam estar dispostos a fazer algo por mim em troca.

— Mas por que não os homens do esquadrão, Milo?! — exclamou o coronel Cathcart. — Afinal, você está fazendo tudo isso por eles. Eles deveriam estar dispostos a fazer algo por você em troca.

— O que é justo é justo.

— O que é justo é justo.

— Eles poderiam se revezar, senhor.

— Eles podem até se revezar nas missões para você, Milo.

— Quem recebe o crédito?

— Você recebe o crédito, Milo. E, se um homem ganhar uma medalha voando em uma de suas missões, você ganha a medalha.

— Quem morre se ele for morto?

— Ora, ele morre, é claro. Afinal, Milo, o que é justo é justo. Só tem uma coisa.

— O senhor vai ter que aumentar o número de missões.

— Talvez eu tenha que aumentar o número de missões de novo e não tenho certeza se os homens vão aceitar voar. Eles ainda estão muito sentidos porque aumentei o número para setenta. Se eu conseguir que apenas um dos oficiais regulares voe mais, o restante provavelmente vai seguir o exemplo.

— Nately aceita voar mais missões, senhor — disse Milo. — Me contaram na mais estrita confiança há pouco tempo que ele topa qualquer coisa para continuar aqui com uma moça por quem está apaixonado.

— Mas Nately aceita voar mais! — declarou o coronel Cathcart e bateu as mãos numa sonora palma vitoriosa. — Sim, Nately vai aceitar voar mais missões. E dessa vez vou realmente dar um salto no número de missões, vou pular direto para oitenta, e o general Dreedle vai ficar bastante impressionado. E é um jeito excelente de colocar aquele miserável do Yossarian de volta em combate onde ele pode morrer.

— Yossarian? — Um tremor de profunda preocupação cruzou os traços simples e rudes de Milo e ele coçou o canto do bigode castanho-avermelhado pensativo.

— Isso, Yossarian. Ouvi dizer que ele anda por aí dizendo que completou as missões dele e que a guerra acabou para ele. Bom, talvez ele tenha completado as missões dele. Mas não completou as *suas* missões, não é? Haha! Ele vai ter uma bela surpresa!

— Senhor, Yossarian é meu amigo — objetou Milo. — Eu ia odiar ser responsável por fazer alguma coisa que o levasse de volta para as missões de combate. Devo muito a Yossarian. Não tem um jeito de abrir uma exceção para ele?

— Ah, não, Milo — disse o coronel Cathcart laconicamente, chocado pela sugestão. — Nunca devemos dar privilégios. Temos sempre que tratar todos do mesmo modo.

— Eu daria tudo o que tenho por Yossarian — insistiu Milo corajosamente em nome de Yossarian. — Mas, como não tenho nada, não posso dar tudo por ele, certo? Portanto, ele vai ter que se arriscar junto com os outros, certo?

— O que é justo é justo, Milo.

— Isso mesmo, senhor, o que é justo é justo — concordou Milo. — Yossarian não é melhor que os outros e não tem o direito de esperar privilégios, tem?

— Não, Milo. O que é justo é justo.

E não deu tempo de Yossarian se salvar do combate depois que o coronel Cathcart publicou seu anúncio aumentando as missões para oitenta no fim daquela mesma tarde, não deu tempo de dissuadir Nately de voar as missões nem mesmo de conspirar novamente com Dobbs para assassinar o coronel Cathcart, pois o alerta soou de repente na madrugada do dia seguinte e os homens foram levados às pressas para os caminhões antes que um café da manhã decente pudesse ser preparado e conduzidos em alta velocidade para a sala de instruções e em seguida para o aeródromo, onde os barulhentos caminhões de combustível ainda bombeavam gasolina nos tanques dos aviões e as tripulações dos armeiros trabalhavam o mais rápido que podiam para içar as bombas de demolição de meia tonelada para os compartimentos. Todo mundo estava correndo, e os motores foram ligados e aquecidos assim que os caminhões de combustível terminaram o trabalho.

O serviço de informações havia relatado que um cruzador italiano desativado em doca seca em La Spezia seria rebocado pelos alemães naquela manhã para um canal na entrada do porto e afundado para privar os exércitos aliados de instalações portuárias com alto calado quando capturassem a cidade. Pela primeira vez, um relatório do serviço de informações militar se revelou preciso.

O longo navio estava a meio caminho do porto quando eles chegaram, vindos do oeste, e o despedaçaram com golpes diretos de todos os aviões que encheram todos de ondas enormemente satisfatórias de orgulho pelo grupo, até que se viram engolfados por grandes saraivadas de artilharia antiaérea que subiam de armamentos em cada curva da enorme ferradura de terra montanhosa lá embaixo. Até Havermeyer recorreu à ação evasiva mais louca que pôde ordenar quando viu a vasta distância que ainda tinha que percorrer para escapar, e Dobbs, que estava liderando sua formação, fez zigue quando deveria ter feito zague, jogando seu avião contra o avião ao lado e destruindo sua cauda. A asa dele quebrou na base e seu avião caiu como uma pedra e num instante já tinha quase desaparecido de vista. Não houve fogo, nem fumaça, nem o menor ruído desagradável. A asa restante girava pesada como uma betoneira enquanto o avião descia de nariz em linha reta acelerando até bater na água, que se abriu com o impacto como um nenúfar branco no mar azul-escuro, e voltou num gêiser de bolhas verde-maçã quando o avião afundou. Tudo acabou em segundos. Não havia paraquedas. E Nately, no outro avião, também foi morto.

36
O PORÃO

A morte de Nately quase matou o capelão. O capelão Tappman estava sentado em sua tenda, trabalhando em sua papelada com óculos de leitura, quando o telefone tocou e ele recebeu dos oficiais de campo a notícia sobre a colisão em pleno ar. Suas vísceras imediatamente se transformaram em argila seca. A mão tremia quando ele pôs o telefone no gancho. A outra mão começou a tremer. Era um desastre grande demais para ser concebível. Doze homens mortos — que horror, que coisa terrível, absolutamente terrível. A sensação de pavor dele aumentou. O capelão rezou instintivamente para que Yossarian, Nately, Joe Faminto e seus outros amigos não fossem listados entre as vítimas, depois se censurou arrependido, pois rezar pela segurança deles era rezar pela morte de outros jovens que ele nem mesmo conhecia. Era tarde demais para rezar; e, no entanto, essa era a única coisa que ele sabia fazer. Seu coração batia forte com um barulho que parecia vir de algum lugar do lado de fora, e ele sabia que jamais se sentaria outra vez em uma cadeira de dentista, jamais voltaria a olhar para um instrumento cirúrgico, jamais testemunharia um acidente de automóvel ou ouviria uma voz gritar no meio da noite sem experimentar a mesma batida no peito e sem ter medo de morrer. Ele jamais veria outra briga sem temer desmaiar e abrir a cabeça na calçada ou sofrer um ataque cardíaco fatal ou uma hemorragia cerebral. Passava por sua cabeça a pergunta se ele algum dia voltaria a ver a mulher, ou os três filhos pequenos. Ele se perguntava se *deveria* rever a esposa algum dia, agora que o capitão Black havia plantado em sua mente dúvidas tão fortes sobre a fidelidade e o caráter de todas as mulheres. Havia tantos outros homens, ele achava, que poderiam ser mais satisfatórios para ela sexualmente. Quando ele pensava na morte agora, sempre pensava na mulher, e, quando pensava na mulher, sempre pensava em perdê-la.

Um minuto depois, o capelão se sentiu forte o bastante para se levantar e andar com triste relutância até a tenda ao lado para falar com o sargento Whitcomb. Eles foram no jipe do sargento Whitcomb. O capelão cerrou os punhos para que as mãos não tremessem no colo. Ele cerrou os dentes e tentou não ouvir o sargento Whitcomb gorjear exultante com o trágico acidente. Doze homens mortos significavam mais cartas padronizadas de condolências que poderiam ser enviadas de uma só vez para os parentes mais próximos com a assinatura do coronel Cathcart, dando ao sargento Whitcomb a esperança de obter uma reportagem sobre o coronel Cathcart no *Saturday Evening Post* antes da Páscoa.

No aeródromo, um silêncio pesado predominava, subjugando o movimento como um feitiço implacável e insensato que mantinha sob seu poder os únicos seres capazes de quebrá-lo. O capelão estava em choque. Ele jamais havia se deparado com uma imobilidade tamanha, tão terrível. Quase duzentos homens exaustos, magros e abatidos estavam parados segurando suas mochilas de paraquedas numa sombria e inerte multidão do lado de fora da sala de instruções, os rostos encarando fixamente em diferentes ângulos de perplexo desânimo.

Parecia que eles não eram capazes de ir embora, que não conseguiam se mexer. O capelão estava agudamente consciente do leve ruído de seus passos enquanto se aproximava. Seus olhos procuraram apressadamente, freneticamente, em meio ao inerte labirinto de figuras vacilantes. Viu Yossarian, finalmente, com uma imensa sensação de alegria, e depois foi ficando lentamente boquiaberto num terror indizível ao perceber o olhar vívido, abatido e maculado por um profundo e alucinado desespero. Imediatamente, ele compreendeu, contraindo-se com a dor da descoberta e balançando a cabeça numa careta de protesto e súplica, que Nately estava morto. Saber disso causou nele um choque entorpecedor. Um soluço saiu da garganta. O sangue foi drenado das suas pernas e ele achou que ia cair. Nately estava morto. Qualquer esperança de que ele pudesse estar errado foi levada embora pelo som do nome de Nately emergindo, com recorrente clareza, agora em meio aos murmúrios das vozes quase inaudíveis das quais ele repentinamente se deu conta. Nately estava morto: mataram o menino. Um som de choro subiu pela garganta do capelão, e seu queixo começou a tremer. Seus olhos se encheram de lágrimas, e ele estava chorando. Foi andando na direção de Yossarian na ponta dos pés para chorar ao lado dele e compartilhar de sua dor sem palavras. Naquele momento, a mão de alguém o segurou com força pelo braço e uma voz brusca perguntou:

— Capelão Tappman?

Ele se virou surpreso e deu de cara com um coronel corpulento e beligerante com cabeça grande, bigode e uma pele macia e rosada. O capelão jamais tinha visto aquele homem.

— Sim, o que foi?

Os dedos segurando o braço do capelão estavam machucando, e ele tentou em vão se soltar.

— Venha comigo.

O capelão recuou, confuso e assustado.

— Para onde? Por quê? Quem é você, afinal?

— Melhor o senhor vir com a gente, padre — disse com tristeza reverencial um major magro com cara de falcão do outro lado do capelão. — Somos do governo. Queremos fazer umas perguntas.

— Que perguntas? Qual é o assunto?

— O senhor não é o capelão Tappman? — perguntou o coronel obeso.

— É ele mesmo — respondeu o sargento Whitcomb.

— Vá com eles — disse o capitão Black para o capelão com um sorriso de escárnio hostil e desdenhoso. — Entre no carro se você sabe o que é bom para tosse.

Não dava para resistir às mãos que arrastavam o capelão para longe. Ele queria gritar pedindo ajuda para Yossarian, que estava longe demais para ouvir. Alguns dos homens ali perto estavam começando a olhar para ele com certa curiosidade. O capelão virou o rosto com ardente vergonha e permitiu que o colocassem no banco de trás de um carro oficial sentado entre o coronel gordo com o imenso rosto rosado e o major magrelo, servil e desanimado. Ele automaticamente estendeu um pulso para cada um, perguntando-se por um instante se queriam algemá-lo. Outro oficial já estava no banco da frente. Um policial alto com um apito e de capacete branco se sentou ao volante. O capelão só ergueu os olhos depois que o carro havia saído da área e as velozes rodas cantavam na escura e chacoalhante estrada.

— Aonde vocês estão me levando? — perguntou ele num tom suave de timidez e culpa, ainda sem olhar para os outros. Passou pela cabeça do capelão que ele estaria sendo culpado pela colisão em pleno ar e pela morte de Nately. — O que foi que eu fiz?

— Por que você não cala a boca e deixa que a gente faça as perguntas? — disse o coronel.

— Não fale assim com ele — disse o major. — Não tem necessidade de ser tão desrespeitoso.

— Então diga para ele calar a boca e deixar que a gente faça as perguntas.

— Padre, por favor, cale a boca e deixe que a gente faça as perguntas — pediu o major de um jeito simpático. — Vai ser melhor para o senhor.

— Não precisa me chamar de padre — disse o capelão. — Não sou católico.

— Nem eu, padre — disse o major. — É só que eu sou uma pessoa muito religiosa e gosto de chamar todos os homens de Deus de padre.

— Ele nem acredita que existam ateus nas trincheiras — tirou sarro o coronel e cutucou as costelas do capelão com familiaridade. — Vamos, capelão. Tem ateu nas trincheiras?

— Não sei, senhor — respondeu o capelão. — Nunca estive numa trincheira.

O oficial no banco da frente virou a cabeça rápido com cara de briga.

— O senhor nunca esteve no céu também, esteve? Mas o senhor sabe que existe um céu, não sabe?

— Ou será que não sabe? — disse o coronel.

— O senhor cometeu um crime muito grave, padre — disse o major.

— Qual crime?

— Não sabemos ainda — disse o coronel. — Mas vamos descobrir. E com certeza vai ser muito grave.

O carro saiu da estrada no quartel-general do grupamento cantando pneu, diminuindo só um pouco a velocidade, e continuou em frente depois do estacionamento até os fundos do prédio. Os três oficiais e o capelão saíram. Em fila indiana, eles o conduziram por uma escada de madeira trêmula que chegava ao porão e o levaram para uma sala úmida e sombria com um teto de cimento baixo e paredes de pedra inacabadas. Havia teias de aranha nos cantos. Uma centopeia enorme correu pelo chão até seu abrigo num cano. Eles fizeram o capelão se sentar numa cadeira dura, de encosto reto, que ficava atrás de uma mesa pequena e sem nada em cima.

— Por favor, fique à vontade, capelão — convidou o coronel cordialmente, acendendo uma lanterna ofuscante e jogando a luz direto na cara do capelão. Ele colocou um soco-inglês de latão e uma caixa de fósforos em cima da mesa. — Queremos que o senhor relaxe.

Os olhos do capelão se arregalaram de incredulidade. Os dentes dele batiam e seus membros perderam repentinamente toda a força. Ele estava impotente. Eles podiam fazer o que quisessem com ele, o capelão se deu conta; esses homens brutais podiam espancá-lo até a morte ali mesmo no porão e ninguém iria intervir para salvá-lo. Ninguém! Exceto, talvez, o devoto e simpático major com o rosto anguloso, que abriu uma torneira e deixou a água escorrer com bastante barulho e voltou para a mesa para deixar um pedaço pesado de mangueira de borracha ao lado do soco-inglês.

— Vai ficar tudo bem, capelão — disse o major de modo encorajador. — O senhor não tem motivo para ter medo se não for culpado. Por que o senhor está tão assustado? O senhor não é culpado, é?

— Claro que ele é culpado — disse o coronel. — Absolutamente culpado.

— Culpado de quê? — implorou o capelão, sentindo-se cada vez mais desnorteado e sem saber para qual deles implorar misericórdia. O terceiro oficial não tinha insígnia e ficou à espreita logo ao lado. — O que foi que eu fiz?

— É exatamente isso que vamos descobrir — respondeu o coronel, então passou um bloco e um lápis para o capelão do outro lado da mesa. — Escreva o seu nome para nós, pode ser? Com a sua própria caligrafia.

— Minha caligrafia?

— Isso. Em qualquer lugar da folha.

Depois que o capelão acabou, o coronel pegou o bloco de volta junto com uma folha de papel que retirou de uma pasta.

— Está vendo? — disse ele para o major, que tinha ido para perto dele e estava olhando solenemente por cima do ombro.

— Não são iguais, são? — admitiu o major.

— Eu falei que foi ele.

— Fui eu o quê? — perguntou o capelão.

— Capelão, isso é um grande choque para mim — acusou o major num tom de pesado lamento.

— Isso o quê?

— Nem consigo dizer o quanto estou decepcionado com o senhor.

— Por quê? — insistiu o capelão mais freneticamente. — O que foi que eu fiz?

— Por isso — respondeu o major e, com ar de nojo desiludido, jogou sobre a mesa o bloco em que o capelão havia assinado seu nome. — Essa não é a sua caligrafia.

O capelão piscou rapidamente, espantado.

— Claro que é a minha caligrafia.

— Não é, capelão. O senhor está mentindo de novo.

— Mas eu acabei de escrever isso! — gritou o capelão, exasperado. — Vocês me viram escrevendo.

— É exatamente isso que estou dizendo — disse o major, amargurado. — Eu *vi* o senhor escrever. O senhor não pode negar que escreveu.

Alguém que mente sobre a própria caligrafia é capaz de mentir sobre qualquer coisa.

— Mas quem foi que mentiu sobre a minha caligrafia? — perguntou o capelão, esquecendo seu medo na onda de fúria e indignação que de repente surgiu dentro dele. — Vocês estão loucos? Do que vocês estão falando?

— Pedimos para o senhor escrever o seu nome com a sua caligrafia e o senhor não fez isso.

— Mas é claro que fiz. Com a caligrafia de quem eu escrevi se não com a minha?

— Com a de alguma outra pessoa.

— De quem?

— É isso que vamos descobrir — ameaçou o coronel.

— Fale, capelão.

O capelão olhou de um para o outro com dúvida e histeria crescentes.

— Essa caligrafia é minha — insistiu ele apaixonadamente. — Onde está a minha caligrafia, se não for essa?

— Bem aqui — respondeu o coronel. E, com uma aparência absolutamente superior, ele jogou sobre a mesa uma cópia fotostática de um trecho de correio militar em que tudo, exceto a saudação "Querida Mary", havia sido censurado e na qual o oficial censor havia escrito: "Anseio por você tragicamente. A. T. Tappman, capelão, Exército dos Estados Unidos da América." O coronel sorriu com escárnio como se visse o rosto do capelão corar. — Muito bem, capelão? O senhor sabe quem escreveu isso?

O capelão levou um longo tempo para responder; ele havia reconhecido a letra de Yossarian.

— Não.

— Mas o senhor sabe ler, não sabe? — perseverou o coronel com sarcasmo. — O autor assinou com seu nome.

— Esse é o meu nome.

— Portanto foi o senhor quem escreveu. C.Q.D.

— Mas não fui eu que escrevi. E essa não é a minha caligrafia.

— Então o senhor assinou o seu nome outra vez com a caligrafia de outra pessoa — rebateu o coronel, dando de ombros. — Só pode significar isso.

— Ah, isso é ridículo — gritou o capelão, perdendo de repente toda a paciência. Ele se ergueu furioso, com os dois punhos cerrados. — Não vou mais tolerar isso! Estão me ouvindo? Doze homens acabam de ser mortos e eu não tenho tempo para essas perguntas tolas. Vocês não têm o direito de me manter aqui e eu não vou mais tolerar isso.

Sem dizer uma só palavra, o coronel empurrou o peito do capelão com força e o derrubou de volta na cadeira, e o capelão de repente se sentia fraco e com muito medo outra vez. O major pegou o pedaço de mangueira de borracha e começou a bater ameaçadoramente com ele na palma da mão. O coronel ergueu a caixinha de fósforos, pegou um deles e manteve encostado na superfície onde ele poderia ser aceso, observando com olhos brilhantes para ver se haveria mais algum sinal de contestação do capelão. O capelão estava branco e paralisado pelo terror a ponto de quase não conseguir se mexer. O clarão brilhante da lanterna o levou a finalmente desviar o olhar; o barulho da água pingando na torneira estava mais alto e era quase insuportável de tão irritante. Ele queria que aqueles homens dissessem o que queriam para que ele soubesse o que confessar. O capelão esperou cheio de tensão enquanto o terceiro oficial, a um sinal do coronel, foi andando da parede onde estava e se sentou à mesa a centímetros de distância do capelão. O rosto dele não tinha qualquer expressão, os olhos eram penetrantes e frios.

— Apague a lanterna — disse ele por cima do ombro numa voz baixa e calma. — Isso é muito irritante.

O capelão deu um breve sorriso de gratidão para ele.

— Obrigado, senhor. E a torneira também, por favor.

— Deixe a torneira — disse o oficial. — Isso não me incomoda.

Ele puxou um pouco as pernas das calças, como se para não estragar o vinco elegante.

— Capelão — perguntou ele casualmente —, a qual denominação o senhor pertence?

— Sou anabatista, senhor.

— É uma religião bem suspeita, não?

— Suspeita? — perguntou o capelão numa espécie de torpor inocente. — Por quê, senhor?

— Bom, eu não sei nada sobre ela. O senhor vai ter que admitir isso, não? Isso não faz dela uma religião bem suspeita?

— Não sei, senhor — respondeu o capelão diplomaticamente, com uma gagueira nervosa. Achou a ausência de insígnia do homem desconcertante e nem tinha certeza se deveria dizer "senhor". Quem era ele? E que autoridade tinha para interrogá-lo?

— Capelão, eu estudei latim no passado. Acho justo avisar isso antes da minha próxima pergunta. A palavra anabatista não significa apenas que o senhor não é batista?

— Ah, não, senhor. É muito mais que isso.

— O senhor é batista?

— Não, senhor.

— Então o senhor não é batista, certo?

— Senhor?

— Não entendo por que fica me contestando quanto a isso. O senhor já admitiu. Agora, capelão, dizer que o senhor não é batista não nos diz de fato o que é, não é mesmo? O senhor pode ser qualquer coisa ou qualquer um.

Ele se inclinou levemente para a frente e seus modos assumiram ares astutos e significativos.

— O senhor pode até mesmo ser — acrescentou ele — Washington Irving, não pode?

— Washington Irving? — repetiu o capelão, surpreso.

— Vamos, Washington — interrompeu o coronel corpulento, irascível. — Por que não tirar esse peso do ombro? Sabemos que o senhor roubou aquele tomate italiano.

Depois de um choque momentâneo, o capelão sorriu com alívio nervoso.

— Ah, *é isso*! — exclamou ele. — Agora estou começando a entender. Não roubei aquele tomate italiano, senhor. O coronel Cathcart me deu. Podem perguntar para ele se não acreditam em mim.

Uma porta se abriu na outra ponta da sala e o coronel Cathcart entrou no porão como se estivesse saindo de um armário.

— Olá, coronel. Coronel, ele diz que o senhor deu aquele tomate italiano para ele. Deu mesmo?

— Por que eu daria um tomate italiano para ele? — rebateu o coronel Cathcart.

— Obrigado, coronel. Isso basta.

— O prazer é meu, coronel — respondeu o coronel Cathcart e saiu do porão, fechando a porta.

— Muito bem, capelão. O que o senhor tem a dizer agora?

— Ele me deu! — sibilou o capelão em um sussurro ao mesmo tempo cheio de fúria e de medo. — Ele me deu!

— O senhor não está chamando um oficial superior de mentiroso, está, capelão?

— Por que um oficial superior daria um tomate italiano para o senhor, capelão?

— Foi por isso que o senhor tentou dar o tomate para o sargento Whitcomb, capelão? Porque era um tomate roubado?

— Não, não, não — protestou o capelão, perguntando-se, atormentado, por que eles não conseguiam entender. — Ofereci para o sargento Whitcomb porque eu não queria.

— Por que o senhor roubou do coronel Cathcart se não queria?

— Eu não roubei do coronel Cathcart.

— Então por que o senhor tem culpa, se não roubou?

— Eu não sou culpado!

— Então por que estaríamos aqui questionando o senhor se o senhor não fosse culpado?

— Ah, eu sei lá — resmungou o capelão, massageando os dedos no colo e balançando a cabeça baixa e angustiada. — Eu sei lá.

— Ele acha que a gente tem tempo a perder — disse o major, bufando.

— Capelão — retomou a palavra o oficial sem insígnia num ritmo mais tranquilo, erguendo uma folha de papel amarelo datilografada que tirou da pasta aberta —, tenho aqui comigo uma declaração do coronel Cathcart afirmando que o senhor roubou aquele tomate italiano dele. — Ele colocou a folha virada para baixo num lado da pasta e pegou uma segunda folha do outro lado. — E tenho uma declaração em cartório do sargento Whitcomb na qual ele afirma que ele sabia que o tomate era roubado só pelo jeito como o senhor tentou repassar para ele.

— Juro por Deus que não roubei, senhor — suplicou o capelão, nervoso, à beira das lágrimas. — Dou minha palavra sagrada de que não era um tomate roubado.

— Capelão, o senhor acredita em Deus?

— Sim, senhor. Claro que sim.

— Que estranho, capelão — disse o oficial, tirando da pasta outra folha amarela datilografada —, porque tenho aqui em minhas mãos agora outra declaração do coronel Cathcart em que ele afirma que o senhor se recusou a cooperar com ele conduzindo reuniões de oração na sala de instruções antes de cada missão.

Depois de ficar sem expressão por um momento, o capelão fez que sim rapidamente ao se lembrar.

— Ah, isso não é bem verdade, senhor — explicou ele, ansioso. — O coronel Cathcart desistiu da ideia quando se deu conta de que os praças rezam para o mesmo Deus que os oficiais.

— Ele fez *o quê*?! — exclamou o oficial sem acreditar.

— Que ridículo! — declarou o coronel de cara avermelhada e se afastou do capelão com dignidade e irritação.

— Ele quer que a gente acredite nisso? — gritou o major, incrédulo.

O oficial sem insígnia deu uma risadinha ácida.

— Capelão, o senhor não está forçando um pouco a barra? — perguntou ele com um sorriso que era indulgente e pouco amistoso.

— Mas, senhor, essa é a verdade, senhor! Juro que essa é a verdade!

— Não vejo como isso possa importar — respondeu o oficial, indiferente, e mais uma vez estendeu a mão para o lado na direção da pasta cheia de papéis. — Capelão, o senhor ao responder minha questão disse que acredita em Deus? Não me lembro.

— Sim, senhor. Eu disse isso, senhor. Eu acredito em Deus.

— Então isso é muito estranho mesmo, capelão, porque tenho aqui outra declaração do coronel Cathcart afirmando que o senhor certa vez disse que o ateísmo não era contra a lei. O senhor se lembra de ter feito uma afirmação como essa para alguém?

O capelão fez que sim com a cabeça sem hesitar, sentindo-se seguro de si agora.

— Sim, senhor, eu fiz uma afirmação como essa. Fiz por ser verdade. Ateísmo não é contra a lei.

— Mas isso não é motivo para dizer uma coisa dessas, capelão, é? — repreendeu o oficial com sarcasmo, franzindo a testa, e pegou ainda outra folha de papel datilografada e autenticada da pasta. — E aqui tenho outra declaração juramentada do sargento Whitcomb afirmando que o senhor se opôs ao plano dele de enviar cartas de condolências com a assinatura do coronel Cathcart para os familiares mais próximos dos homens mortos ou feridos em combate. Isso é verdade?

— Sim, senhor, eu me opus a isso — respondeu o capelão. — E tenho orgulho disso. Aquelas cartas são insinceras e desonestas. O único propósito delas é trazer glória para o coronel Cathcart.

— Mas que diferença isso faz? — respondeu o oficial. — Ainda assim, elas servem de consolo e conforto para as famílias, não? Capelão, eu simplesmente não consigo entender o seu processo de raciocínio.

O capelão estava perplexo e sem a menor ideia de como responder. Ele baixou a cabeça, sentindo-se constrangido e ingênuo.

O corpulento e rosado coronel deu um passo vigoroso para a frente com uma súbita ideia.

— Por que a gente não arrebenta a cabeça dele? — sugeriu ele com robusto entusiasmo para os outros.

— Verdade, a gente podia arrebentar a cabeça dele, não podia? — concordou o major com cara de falcão. — Ele não passa de um anabatista.

— Não, primeiro temos que estabelecer a culpa — advertiu o oficial sem insígnia, com um lânguido aceno para que eles se contivessem.

Ele deslizou suavemente da mesa para o chão e a contornou até o outro, encarando o capelão com ambas as mãos apoiadas na superfície da mesa. Sua expressão era sombria e muito rigorosa, direta e intimidadora.

— Capelão — anunciou ele com rigidez magistral —, acusamos o senhor formalmente de ser Washington Irving e de tomar liberdades excêntricas e proibidas ao censurar as cartas de oficiais e praças. O senhor é culpado ou inocente?

— Inocente, senhor. — O capelão lambeu os lábios secos com sua língua seca e se inclinou para a frente em suspense na beira da cadeira.

— Culpado — disse o coronel.

— Culpado — disse o major.

— Culpado, portanto — comentou o oficial sem insígnia e escreveu uma palavra numa folha da pasta. — Capelão — continuou, erguendo os olhos —, também o acusamos de cometer crimes e infrações dos quais ainda nem sabemos. Culpado ou inocente?

— Não sei, senhor. Como posso saber se os senhores não me dizem que crimes e infrações são esses?

— Como vamos dizer se não sabemos?

— Culpado — decidiu o coronel.

— Claro que ele é culpado — concordou o major. — Se os crimes e as infrações são dele, ele deve ter cometido.

— Culpado, portanto — anunciou o oficial sem insígnia e foi para a lateral da sala. — É todo seu, coronel.

— Obrigado — comentou o coronel. — Você fez um ótimo trabalho. — Ele se virou para o capelão. — Tá bom, capelão, o jogo acabou. Dê o fora daqui.

O capelão não entendeu.

— O que o senhor quer que eu faça?

— Vá embora, tchau, eu já disse! — rugiu o coronel, apontando irritado com o polegar por cima do ombro. — Cai fora daqui.

O capelão ficou chocado com as palavras e com o tom beligerante dele e, para seu próprio espanto e confusão, profundamente decepcionado por estar sendo libertado.

— Os senhores não vão nem me punir? — perguntou ele com surpresa queixosa.

— Pode ter certeza de que vamos te punir. Mas não vamos mesmo deixar o senhor por aqui enquanto decidimos o que fazer. Então vai nessa. Tchauzinho.

O capelão se ergueu ainda inseguro e deu alguns passos.

— Posso ir?

— Por enquanto. Mas não tente sair da ilha. Estamos de olho no senhor, capelão. Lembre-se de que estamos vigiando o senhor vinte e quatro horas por dia.

Era inconcebível que eles o deixassem sair. O capelão foi andando cautelosamente na direção da porta, esperando que a qualquer instante viesse uma ordem para voltar dada por uma voz peremptória ou que uma pancada no ombro ou na cabeça o impedisse de seguir em frente. Eles não fizeram nada para impedi-lo. Ele encontrou seu caminho em meio aos corredores mofados, escuros, úmidos até a escada. Quando saiu para o ar fresco estava cambaleando e ofegante. Assim que escapou, foi tomado por um sentimento de imenso ultraje moral. O capelão estava furioso, mais furioso com as atrocidades do dia do que jamais havia estado em sua vida. Ele passou pelo saguão reverberante do prédio com a cabeça fervendo, num ânimo de ressentimento vingativo. Não ia mais tolerar aquilo, disse o capelão para si mesmo, simplesmente não iria mais tolerar aquilo. Ao chegar à entrada, viu, com uma sensação de boa sorte, o coronel Korn andando rápido pelos degraus largos, sozinho. Respirando fundo para se preparar, o capelão foi corajosamente até ele para interceptá-lo.

— Coronel, não vou mais tolerar isso — declarou ele com veemente determinação e observou consternado o coronel Korn passar rápido por ele subindo os degraus sem nem mesmo perceber sua presença. — Coronel Korn!

A figura roliça e desmazelada de seu oficial superior parou, virou e veio trotando de volta na descida.

— O que foi, capelão?

— Coronel, quero falar com o senhor sobre o acidente dessa manhã. Foi uma coisa terrível, terrível!

O coronel Korn ficou em silêncio por um instante, encarando o capelão com um brilho de diversão cínica no olhar.

— Sim, capelão, sem dúvida foi terrível — disse ele enfim. — Não sei como vamos escrever isso sem que a gente fique com uma imagem ruim.

— Não foi isso que quis dizer — disse o capelão num tom firme de censura sem o menor medo. — Alguns daqueles doze homens já tinham completado suas setenta missões.

O coronel Korn riu.

— Seria menos terrível se todos eles fossem novatos? — perguntou ele causticamente.

Mais uma vez o capelão estava aturdido. A lógica imoral parecia confundi-lo o tempo todo. Ele já não estava mais tão seguro de si quando continuou e sua voz oscilava.

— Senhor, simplesmente não é certo obrigar os homens do grupamento a voar oitenta missões quando os homens dos outros grupamentos estão sendo mandados para casa com cinquenta ou cinquenta e cinco.

— Vamos pensar no caso — disse o coronel Korn com um desinteresse entediado e começou a se afastar. — *Adiós, padre*.

— O que isso quer dizer, senhor? — insistiu o capelão com a voz cada vez mais estridente.

O coronel Korn parou com uma expressão de desagrado e desceu um degrau.

— Significa que vamos pensar no caso, *padre* — respondeu ele com sarcasmo e desdém. — O senhor não ia querer que fizéssemos as coisas sem pensar antes, certo?

— Não, senhor, imagino que não. Mas os senhores têm pensado nisso, não têm?

— Temos, *padre*, temos pensado nisso. Mas, para deixar o senhor feliz, vamos pensar mais um pouco e o senhor vai ser o primeiro a saber se tomarmos uma nova decisão. E, agora, *adiós*.

O coronel Korn deu meia-volta outra vez e subiu a escada às pressas.

— Coronel Korn!

O grito do capelão fez o coronel Korn parar outra vez. A cabeça dele girou lentamente na direção do capelão com um olhar de morosa impaciência. As palavras jorraram do capelão numa torrente nervosa.

— Senhor, eu gostaria da sua permissão para levar o assunto para o general Dreedle. Quero levar os meus protestos para o quartel-general da unidade.

A papada grossa e escura do coronel Korn inflaram inesperadamente com um riso contido e ele precisou de um instante para responder.

— Sem problemas, *padre* — respondeu ele com alegria travessa, esforçando-se para manter a seriedade. — O senhor tem a minha permissão para falar com o general Dreedle.

— Obrigado, senhor. Acho justo informar que creio ter alguma influência com o general Dreedle.

— Que bom que o senhor me avisou, *padre*. E acho justo avisar que o senhor não vai encontrar o general Dreedle no comando da unidade. — O coronel Korn sorriu maldosamente e depois irrompeu num riso triunfante. — O general Dreedle está fora, *padre*. E o general Peckem está no comando. Temos um novo comandante de unidade.

O capelão estava atônito.

— General Peckem!

— Exato, capelão. O senhor tem alguma influência com ele?

— Eu nem conheço o general Peckem — protestou o capelão com tristeza.

O coronel Korn riu de novo.

— Que pena, capelão. Porque o coronel Cathcart conhece o general Peckem muito bem.

O coronel Korn riu sem parar, com gosto, por mais um ou dois segundos e depois parou abruptamente.

— A propósito, *padre* — alertou ele friamente, colocando o indicador uma vez no peito do capelão —, acabou a brincadeira entre o senhor e o Dr. Stubbs. Sabemos muito bem que foi ele quem mandou o senhor aqui hoje para reclamar.

— Dr. Stubbs? — O capelão balançou a cabeça num perplexo protesto. — Eu não vi o Dr. Stubbs, coronel. Quem me trouxe aqui foram três oficiais que não conheço que me levaram para o porão sem autoridade para isso e me interrogaram e me insultaram.

O coronel Korn colocou o indicador no peito do capelão mais uma vez.

— O senhor sabe muitíssimo bem que o Dr. Stubbs anda dizendo para os homens do esquadrão dele que eles não precisavam voar mais do que setenta missões. — Ele deu uma risada cruel. — Pois bem, *padre*, eles têm que voar mais do que setenta missões, porque estamos transferindo o Dr. Stubbs para o Pacífico. Então *adiós*, *padre*. *Adiós*.

37
GENERAL SCHEISSKOPF

Dreedle estava fora, e o general Peckem estava no comando, e o general Peckem mal tinha levado suas coisas para o gabinete do general Dreedle para substituí-lo quando sua esplêndida vitória militar começou a ruir à sua volta.

— *General* Scheisskopf? — perguntou ele sem suspeitar de nada para o sargento em seu novo gabinete que transmitiu a ordem que tinha chegado naquela manhã. — Está falando do *coronel* Scheisskopf, não é isso?

— Não, senhor, é general Scheisskopf. Ele foi promovido a general hoje cedo, senhor.

— Ora, ora, isso certamente é curioso! Scheisskopf? General? Qual o grau?

— General de divisão, senhor, e...

— General de divisão!

— Sim, senhor, e ele quer que o senhor não emita nenhuma ordem para ninguém que está sob seu comando sem primeiro passar por ele.

— Essa é boa — ponderou o general Peckem, perplexo, xingando alto talvez pela primeira vez na vida. — Cargill, você ouviu isso? Scheisskopf foi promovido a general de divisão. Aposto que essa promoção era para ser minha e deram para ele por engano.

O coronel Cargill esfregava o queixo robusto pensativo.

— Por que ele está dando ordens para a gente?

O rosto magro, limpo e distinto do general Peckem ficou tenso.

— Verdade, sargento — disse ele lentamente franzindo a testa como quem não compreende. — Por que ele está dando ordens para nós se ele continua nos Serviços Especiais e nós estamos nas operações de combate?

— Essa foi outra mudança feita hoje cedo, senhor. Todas as operações de combate agora ficam sob a jurisdição dos Serviços Especiais. O general Scheisskopf é agora o nosso oficial comandante.

O general Peckem deixou escapar um grito.

— Ai, meu Deus! — lamentou ele, e toda a sua postura prática se tornou histeria. — Scheisskopf está no comando? *Scheisskopf?* — Horrorizado, ele colocou os punhos sobre os olhos. — Cargill, me ponha na linha com Wintergreen! *Scheisskopf? Scheisskopf* não!

Todos os telefones começaram a tocar ao mesmo tempo. Um cabo entrou correndo e bateu continência.

— Senhor, tem um capelão aí fora com notícias de uma injustiça no esquadrão do coronel Cathcart.

— Mande embora, mande embora! Já temos as nossas próprias injustiças. Cadê Wintergreen?

— Senhor, o general Scheisskopf está na linha. Quer falar com o senhor imediatamente.

— Diga que ainda não cheguei. Meu Deus do céu! — gritou o general Peckem, como se tivesse se dado conta do desastre pela primeira vez. — *Scheisskopf?* Esse homem é um imbecil! Eu tratei ele como lixo e agora ele é meu superior. Ai, meu Deus! Cargill! Cargill, não me abandone! Cadê Wintergreen?

— Senhor, estou com o ex-sargento Wintergreen na outra linha. Ele está tentando falar com o senhor a manhã toda.

— General, não consigo falar com Wintergreen — gritou o coronel Cargill. — A linha dele está ocupada.

O general Peckem estava suando em bicas quando se jogou para atender a outra linha.

— Wintergreen!

— Peckem, seu filho de uma puta...

— Wintergreen, você viu o que eles fizeram?

— ... o que você fez, seu asno?

— Colocaram Scheisskopf no comando de tudo!

Wintergreen gritava de raiva e pânico.

— Você e esses seus memorandos de merda! Eles foram lá e transferiram as operações de combate para os Serviços Especiais!

— Ai, não! — gemeu o general Peckem. — Foi isso que aconteceu? Os meus memorandos? Foi por isso que colocaram Scheisskopf no comando? Por que não me puseram no comando?

— Porque você não estava mais nos Serviços Especiais. Você saiu de lá e deixou Scheisskopf no comando. E sabe o que ele quer? Sabe o que aquele cretino quer todos nós fazendo?

— Senhor, acho melhor o senhor falar com o general Scheisskopf — implorou nervosamente o sargento. — Ele insiste em falar com alguém.

— Cargill, fale com Scheisskopf por mim. Eu não consigo. Descubra o que ele quer.

O coronel Cargill ouviu o general Scheisskopf por um instante e ficou branco como um lençol.

— Ai, meu Deus! — gritou ele, enquanto o telefone caía de seus dedos. — Sabe o que ele quer? Ele quer que a gente marche. Ele quer *todo mundo* marchando!

38
A IRMÃ MENOR

A marcha de Yossarian era de costas, com a arma na cintura, e ele se recusava a voar mais missões. Ele andava de costas porque ficava fazendo meia-volta o tempo todo para ter certeza de que não tinha ninguém se aproximando pelas costas. Todo som atrás dele era um alerta, toda pessoa por quem ele passava era um potencial assassino. Ele mantinha a mão na coronha da arma constantemente e não sorria para ninguém, à exceção de Joe Faminto. Ele disse para o capitão Piltchard e para o capitão Wren que não ia mais voar. O capitão Piltchard e o capitão Wren deixaram o nome dele fora da escala de voo para a missão seguinte e relataram o caso para o quartel-general do grupamento.

O coronel Korn riu calmo.

— Como assim não vai voar mais missões? — perguntou ele com um sorriso, enquanto o coronel Cathcart se afastava para ficar pensando num cantinho sobre o significado sinistro do nome de Yossarian aparecer de novo para atazaná-lo. — Por que não?

— O amigo dele, Nately, foi morto no acidente sobre Spezia. Deve ser por isso.

— Quem ele pensa que é? Aquiles?

O coronel Korn ficou feliz com a símile e fez uma anotação mental para repeti-la da próxima vez que estivesse na presença do general Peckem.

— Ele tem que voar mais missões. Não tem opção. Volte lá e diga para ele que relate o caso para nós se ele não mudar de ideia.

— Já fizemos isso, senhor. Não fez diferença.

— O que o major Major disse?

— A gente nunca vê o major Major. Parece que ele sumiu.

— Quem me dera eu pudesse sumir *ele*! — deixou escapar de seu canto o coronel Cathcart, irritado. — Como fizeram com aquele Dunbar.

— Ah, tem muitos outros jeitos de lidar com isso — garantiu o coronel Korn com confiança e continuou falando com Piltchard e Wren. — Vamos começar com o mais amistoso. Mandem o rapaz para Roma para descansar por uns dias. Pode ser mesmo que a morte desse camarada tenha afetado ele um pouco.

A verdade é que a morte de Nately quase matou Yossarian também, porque, quando ele contou do acidente para a prostituta de Nately em Roma, ela deu um grito penetrante, comovente e tentou matar Yossarian usando um descascador de batata como arma branca.

— *Bruto!* — uivou ela para ele numa fúria histérica enquanto ele segurava o braço dela atrás das costas e torcia gradualmente até que o descascador de batata caísse. — *Bruto! Bruto!* — Ela o atacou com rapidez com as longas unhas dos dedos da mão que estava livre e abriu um talho no rosto de Yossarian. Depois cuspiu com rancor na cara dele.

— O que foi isso? — gritou ele com dor e sem entender nada, afastando a garota de si enquanto atravessava o cômodo e ia até a parede. — O que você quer de mim?

Ela se atirou de novo contra ele batendo com os punhos e deixou a boca dele sangrando com um soco antes de ele conseguir agarrar os pulsos dela e mantê-la parada. Os cabelos dela balançavam loucamente de um lado para o outro. As lágrimas escorriam em torrentes únicas de seus olhos relampejantes, cheios de ódio enquanto ela se debatia com todas as forças contra ele num frenesi irracional de força ensandecida, rosnando e xingando como uma doida: "*Bruto! Bruto!*" toda vez que ele tentava se explicar. A imensa força dela pegou Yossarian desprevenido e ele perdeu o equilíbrio. Ela era quase da altura de Yossarian e durante alguns poucos minutos inacreditáveis, cheios de terror, ele teve certeza de que seria dominado por ela, tomada por aquela determinação insana, e que ela o jogaria no chão e o destroçaria impiedosamente, membro por membro, como punição por um crime que ele jamais cometeu. Ele queria gritar pedindo ajuda, enquanto eles lutavam um contra o outro freneticamente num impasse cheio de gemidos e respirações ofegantes, braço contra braço. Por fim, ela acabou perdendo força e ele conseguiu afastá-la e suplicar que ela o deixasse falar, jurando para ela que a morte de Nately não tinha sido culpa dele. Ela cuspiu na cara de Yossarian de novo, e ele a afastou com força sentindo raiva, nojo e frustração. Ela se atirou na direção do descascador de batata assim que ele a soltou. Yossarian saltou no chão atrás dela, e os dois rolaram um por cima do outro várias vezes antes que ele conseguisse arrancar dela o descascador. Ela tentou passar uma rasteira nele com a mão enquanto ele se debatia para se levantar e arrancou um pedaço de carne do tornozelo dele com dor excruciante. Yossarian saiu pulando pelo cômodo com dor e atirou o descascador de batatas pela janela. Ele soltou um imenso suspiro de alívio quando viu que estava a salvo.

— Agora, por favor, deixa eu explicar uma coisa — disse ele numa tentativa de convencimento, com voz madura, racional e sincera.

Ela deu um chute no saco dele. *Pfffff!*, fez o ar ao sair dele, e ele se deitou de lado com um grito estridente e ululante, em posição fetal, numa agonia caótica e lutando para respirar. A prostituta de Nately saiu correndo do cômodo. Yossarian se esforçou e conseguiu levantar no momento certo, bem quando ela voltava da cozinha com uma longa faca de pão. Um gemido de incrédula consternação deixou seus lábios quando, ainda segurando suas vísceras latejantes, sensíveis e ardentes com as duas mãos, ele jogou todo o peso do corpo nos tornozelos da garota e levantou as pernas dela no ar. Ela deu um giro completo por cima da cabeça dele e aterrissou no chão sobre os cotovelos com um baque seco. A faca caiu e ele deu um tapa para que ela ficasse debaixo da cama, fora do campo de visão. Ela tentou se jogar para pegar a faca de novo, e ele a agarrou pelo braço e a obrigou a se erguer. Ela tentou dar mais um chute no saco dele, e ele a jogou para longe com um xingamento violento. Ela bateu na parede desequilibrada e destruiu uma cadeira numa penteadeira coberta por pentes, escovas de cabelo e potes de cosméticos que foram caindo e se estilhaçando. Um quadro emoldurado caiu no chão na outra ponta do quarto e o vidro se quebrou.

— O que você *quer* de mim? — gritou ele com ela, gemendo, confuso e exasperado. — Não fui eu que matei ele.

Ela arremessou um cinzeiro de vidro pesado na cabeça dele. Yossarian cerrou o punho e quis dar um murro no estômago dela quando ela veio com tudo para cima outra vez, mas ele ficou com medo de machucar a garota. Queria acertar em cheio a ponta do queixo dela e sair correndo dali, mas não havia um alvo claro, por isso ele meramente saiu de lado no último segundo e ajudou a garota a passar por ele com um empurrão forte. Ela bateu na outra parede. Agora ela estava bloqueando a porta. A garota jogou um vaso grande nele. Depois partiu para cima de Yossarian com uma garrafa de vinho cheia e acertou bem na têmpora, derrubando Yossarian e o deixando caído sobre um joelho, aturdido. Os ouvidos dele zumbiam, o rosto todo estava entorpecido. Mais que qualquer outra coisa, ele estava constrangido. A sensação era estranha, porque ela ia matá-lo. Para Yossarian era impossível entender o que estava acontecendo. Ele não tinha a *menor ideia* do que fazer. Mas sabia que precisava se salvar, por isso se lançou para a frente saindo do chão quando viu que ela estava erguendo a garrafa de vinho para dar outra pancada nele e acertou a barriga da garota antes que ela tivesse chance de atingi-lo. Com o impulso, ele a empurrou, forçando-a a andar de costas, correndo até que os joelhos dela dobraram na lateral da cama e ela caiu no colchão com Yossarian jogado sobre ela, entre suas pernas. Ela enfiou as unhas na lateral do pescoço dele e arranhou enquanto ele abria caminho pelas colinas e saliências flexíveis e carnudas do corpo roliço da garota até estar totalmente sobre ela e conseguir subjugá-la, os dedos dele tentando segurar os braços com que ela batia persistentemente até chegarem à garrafa de vinho e finalmente obrigarem sua mão a soltá-la. A garota continuava chutando e xingando e arranhando alucinada. Ela tentou dar uma mordida cruel nele, seus lábios grosseiros e sensuais esticados sobre os dentes como aconteceria com um animal selvagem e onívoro enraivecido. Agora que ela estava cativa debaixo do seu corpo, ele ficou pensando como poderia escapar dali sem ficar vulnerável. Dava para sentir a tensão na parte interna das coxas e dos joelhos da garota, que continuava se debatendo com as pernas separadas uma da outra, apertando e se revirando em torno de uma das pernas dele. Ele foi tomado por pensamentos sexuais e teve vergonha disso. Yossarian estava consciente da carne voluptuosa do corpo firme dela se esticando e se debatendo contra ele como uma maré úmida, fluida, deliciosa e inflexível, da barriga e dos seios quentes, vivos, plásticos se jogando para cima contra ele com vigor numa doce e ameaçadora tentação. O hálito dela era escaldante. De repente, ele se deu conta — embora a turbulência de contorções debaixo dele não tivesse diminuído em nada — de que ela não estava mais lutando contra ele. Yossarian reconheceu com um estremecimento que ela não estava brigando com ele e sim erguendo a pelve contra ele sem o menor remorso num instintivo ritmo primevo, poderoso, rapsódico de ardor erótico e entrega. Ele perdeu o fôlego, felicíssimo e surpreso. O rosto dela — que agora lhe parecia belo como uma flor desabrochando — estava distorcido por um novo tipo de tortura, os tecidos serenamente inchados, os olhos semicerrados nublados e cegos pela fraqueza hipnótica do desejo.

— *Caro* — murmurou ela rouca como se a voz viesse das profundezas de um transe tranquilo e luxuriante. — Óóóó, *caro mio*.

Ele acariciou os cabelos dela. Ela levou a boca em direção ao rosto dele com paixão selvagem. Ele lambeu o pescoço dela. Ela o envolveu com os braços. Extasiado, ele se sentiu apaixonar por ela enquanto ela o beijava várias e várias vezes mais com lábios fumegantes e úmidos e macios e duros, murmurando sons profundos para ele, num tom de adoração, num incoerente oblívio causado pelo transe, uma das mãos acariciando as costas dele com habilidade por dentro do cinto da calça enquanto a outra tateava secreta e traiçoeiramente no chão em busca da faca de pão, que acabou encontrando. Ele se salvou no último instante. Ela ainda queria matar Yossarian! Ainda chocado e perplexo pelo subterfúgio depravado que ela usou, ele arrancou a faca da mão dela e a atirou para longe. Yossarian saltou da cama e ficou em pé. O rosto dele estava repleto de confusão e desilusão. Yossarian não sabia se saía correndo pelo quarto rumo à liberdade ou se caía na cama para se apaixonar por ela e se entregar abjetamente à mercê da garota. Ela o poupou de fazer qualquer uma das duas coisas quando imprevisivelmente se desfez em lágrimas. Ele estava de novo perplexo.

Desta vez, ela chorou sem qualquer outra emoção que não fosse tristeza, uma profunda, incapacitante e humilde tristeza, esquecendo-se dele por completo. A desolação dela era patética, ali sentada com a tumultuada, orgulhosa e linda cabeça curvada, os ombros encolhidos, o espírito derretendo. Nesse instante, a angústia dela era inequívoca. Grandes soluços torturantes faziam a garota engasgar e tremer. Ela já não percebia mais a presença dele ali, não dava mais a mínima. Nesse momento, ele podia ter saído do quarto em segurança. Mas optou por ficar e oferecer consolo e ajuda.

— Por favor — pediu ele desconsolado com o braço em torno dos ombros dela, lembrando com dolorosa tristeza como ele havia se sentido desconsolado e fragilizado no avião voltando de Avignon, quando Snowden ficou gemendo baixinho que estava com frio, que estava com frio, e a única coisa que Yossarian podia oferecer como resposta era: "Está tudo bem. Está tudo bem." — Por favor — repetiu ele para ela cheio de empatia. — Por favor, por favor.

Ela se apoiou nele e chorou até parecer fraca demais para continuar chorando e só olhou para Yossarian quando ele estendeu o lenço quando ela tinha terminado. Ela secou o rosto com um sorriso minúsculo e educado e devolveu o lenço, murmurando "*Grazie, grazie*" com modos femininos, e então, sem qualquer aviso de que havia mudado de humor, enfiou as unhas das duas mãos nos olhos dele. As duas mãos atingiram o alvo e ela gritou vitoriosa.

— Rá! *Assassino!* — berrou ela, então saiu correndo feliz pelo quarto para encontrar a faca de pão e acabar com ele.

Quase cego, ele se ergueu e saiu cambaleando atrás dela. Um ruído atrás dele fez Yossarian dar meia-volta. Os sentidos dele se horrorizaram com o que viu. A irmã mais nova da prostituta de Nately, de todas as pessoas que ele poderia imaginar, estava vindo atrás dele com outra longa faca de pão!

— Ah, não — gritou ele, estremecendo, e tirou a faca da mão dela com um golpe certeiro, de cima para baixo, no pulso da menina. Ele perdeu completamente a paciência com toda aquela confusão grotesca e sem sentido. Não tinha como saber quem seria a próxima a saltar sobre ele passando pela porta com mais uma faca de pão, por isso ele ergueu a irmãzinha da prostituta de Nately do chão, jogou a menina na prostituta de Nately e saiu correndo do quarto e do apartamento e desceu as escadas. As duas perseguiram Yossarian no corredor. Ele ouviu as passadas delas ficarem cada vez mais para trás enquanto ele fugia e depois cessarem totalmente. Ele ouviu alguém chorando bem acima de onde estava. Olhando de volta para a escada, ele viu a prostituta de Nately sentada num degrau, chorando com o rosto enfiado nas mãos, enquanto a pagã e irrepreensível irmãzinha se debruçava perigosamente sobre o corrimão gritando *"Bruto! Bruto!"* para ele lá embaixo toda feliz e brandindo sua faca como se fosse um brinquedo divertido que ela tinha acabado de ganhar e mal podia esperar para usar.

Yossarian tinha escapado, mas continuava olhando por cima do ombro, ansioso, enquanto batia em retirada pela rua. As pessoas o encaravam com olhares estranhos, o que o deixava mais apreensivo. Ele andava com uma pressa nervosa, perguntando-se o que havia em sua aparência que chamava a atenção de todo mundo. Quando tocou num ponto dolorido na testa, seus dedos voltaram melados de sangue, então ele entendeu. Ele limpou o rosto e o pescoço com um lenço. Onde quer que encostasse o lenço, detectava novas manchas vermelhas. Ele todo estava sangrando. Yossarian foi às pressas para o prédio da Cruz Vermelha e desceu os dois íngremes lances de escada de mármore branco até o banheiro dos homens, onde se limpou e tratou de seus inúmeros ferimentos visíveis com água fria e sabonete, arrumou o colarinho da camisa e penteou os cabelos. Ele nunca tinha visto um rosto tão machucado e arranhado quanto aquele que continuava piscando para ele no espelho com um incômodo confuso e assustado. O que será que ela queria *dele*?

Quando ele saiu do banheiro masculino, a prostituta de Nately esperava por ele do lado de fora, numa emboscada. Ela estava agachada colada na parede perto do degrau mais baixo da escada e o atacou como um gavião com uma faca de churrasco prateada brilhante. Ele conteve o ataque dela com o cotovelo erguido e deu um soco no queixo da garota. Os olhos dela reviraram. Yossarian a segurou antes que ela caísse e soltou suavemente a garota sentada. Depois ele subiu correndo os degraus, saiu do prédio e passou as três horas seguintes andando pela cidade à caça de Joe Faminto, para poder sair de Roma antes que ela o encontrasse de novo. Ele só se sentiu seguro quando o avião decolou. Quando eles desceram em Pianosa, a prostituta de Nately, disfarçada num macacão verde de mecânico, estava à espera com sua faca de churrasco exatamente no lugar em que o avião parou, e a única coisa que salvou a vida de Yossarian quando ela mirou a faca no peito dele usando seus sapatos de salto alto com sola de couro foi o piso de cascalho que levou os pés dela a deslizarem, fazendo com que ela perdesse o equilíbrio. Yossarian, atônito, içou a garota até o avião e a segurou imobilizada no chão com uma dupla chave de braço enquanto Joe Faminto mandava um rádio para a torre de controle pedindo permissão para voltar para Roma. No aeroporto de Roma, Yossarian pôs a garota para fora do avião na pista de taxiamento, e Joe Faminto decolou para Pianosa de novo, sem nem chegar a desligar os motores. Mal respirando, Yossarian analisou todo mundo à volta assustado enquanto Joe Faminto cruzava o esquadrão em direção às tendas deles. Joe Faminto olhou fixamente para ele com uma expressão curiosa.

— Tem certeza de que você não imaginou tudo isso? — perguntou Joe Faminto hesitante depois de um tempo.

— Se eu imaginei? Você estava lá comigo, não estava? Você acabou de voltar de Roma.

— Vai ver que eu também imaginei tudo isso. Por que ela quer te matar?

— Ela nunca gostou de mim. Acho que pode ser porque eu quebrei o nariz dele, ou pode ser porque eu era a única pessoa por perto que ela podia odiar quando recebeu a notícia. Você acha que ela vai voltar?

Yossarian foi para o clube de oficiais naquela noite e ficou lá até bem tarde. À medida que se aproximava de sua tenda, ele foi olhando em volta para ver se achava a prostituta de Nately. Ele parou quando viu a garota escondida nos arbustos na lateral da tenda, segurando uma imensa faca de trinchar e vestida para parecer uma camponesa de Pianosa. Yossarian contornou a barraca na ponta dos pés sem o menor ruído e a agarrou por trás.

— *Caramba!* — exclamou ela, furiosa, e resistiu como um gato selvagem enquanto ele a arrastava para dentro da tenda e a jogava no chão.

— Ei, o que está acontecendo? — perguntou um dos companheiros de tenda, sonolento.

— Segura ela até eu voltar — mandou Yossarian, tirando o outro da cama e colocando em cima dela antes de sair correndo. — Segura ela!

— Deixa eu matar ele e eu fuque-fuque vocês todos — ofereceu ela.

Os outros companheiros de tenda saíram pulando da cama quando viram que era uma mulher e tentaram fazer com que ela fuque-fuque todos eles antes que Yossarian corresse para buscar Joe Faminto, que estava dormindo feito um bebê. Yossarian tirou o gato de Huple de cima da cara de Joe Faminto e o chacoalhou até ele acordar. Joe Faminto se vestiu rápido. Dessa vez, eles voaram para o norte e sobrevoaram a Itália, muito além das linhas inimigas. Quando chegaram a um terreno plano, eles colocaram um paraquedas nas costas da prostituta de Nately e jogaram a garota pela escotilha de fuga. Yossarian tinha certeza de que, enfim, tinha se livrado dela e estava aliviado. Quando ele chegou perto de sua tenda em Pianosa, uma figura se ergueu na escuridão bem ao lado da trilha e ele desmaiou. Acordou sentado no chão e esperou que a faca o atingisse, quase agradecendo o golpe mortal pela paz que lhe traria. Em vez disso, uma mão amistosa o ajudou. Era a mão de um piloto do esquadrão de Dunbar.

— Como vai? — perguntou o piloto, sussurrando.

— Tudo bem — respondeu Yossarian.

— Vi você cair agorinha. Achei que alguma coisa tinha acontecido com você.

— Acho que desmaiei.

— Está correndo um boato no meu esquadrão que você disse para eles que não vai mais voar missões de combate.

— É verdade.

— Daí foram até o nosso grupamento e disseram que o boato não era verdade, que você só estava brincando.

— Isso é mentira.

— Você acha que vão te deixar escapar impune?

— Não sei.

— O que eles vão fazer com você?

— Não sei.

— Você acha que vão te colocar na corte marcial por deserção diante do inimigo?

— Não sei.

— Espero que você se safe — disse o piloto do esquadrão de Dunbar, saindo do campo de visão e entrando nas sombras. — Vai me mantendo informado.

Yossarian olhou para ele por uns segundos e continuou rumo à sua tenda.

— Psiu! — disse uma voz a alguns passos de distância. Era Appleby, escondido atrás de uma árvore. — Como vai?

— Tudo bem — disse Yossarian.

— Ouvi dizer que vão te ameaçar com corte marcial por deserção diante do inimigo. Mas que eles não vão levar o caso até o fim, porque eles nem têm certeza se faz sentido te processar. E porque pode ser que isso cause má impressão nos novos comandantes. Além disso, você continua sendo um herói por ter sobrevoado duas vezes a ponte em Ferrara. Acho que você é o maior herói que a gente tem hoje no grupamento. Achei que você ia gostar de saber que eles só vão blefar.

— Obrigado, Appleby.

— Esse foi o único motivo para eu começar a falar com você, só para te avisar.

— Agradeço.

Appleby esfregou a ponta dos coturnos no chão timidamente.

— Foi mal por aquela briga no clube de oficiais, Yossarian.

— Está tudo bem.

— Mas não fui eu que comecei. Acho que foi culpa de Orr por bater na minha cara com aquela raquete de pingue-pongue. Para que fazer uma coisa dessas?

— Você estava batendo nele.

— Mas não era para eu bater? Não era justamente o ponto? Agora que ele morreu, acho que não importa mais se eu jogo pingue-pongue melhor ou não, certo?

— Acho que não.

— E foi mal por ter insistido tanto naquela história dos comprimidos no caminho para cá. Se você quer pegar malária, a opção é sua, não é?

— Está tudo bem, Appleby.

— Mas eu só estava tentando cumprir com o meu dever. Estava obedecendo a ordens. Sempre achei que eu tinha que obedecer a ordens.

— Está tudo bem.

— Sabe, eu disse para o coronel Korn e para o coronel Cathcart que eu achava que eles não deveriam te obrigar a voar mais missões de combate se você não quer mais, e eles disseram que ficaram muito decepcionados comigo.

Yossarian sorriu entre triste e divertido.

— Imagino que tenham ficado mesmo.

— Tudo bem, não ligo. Caramba, você voou setenta e uma. Talvez isso seja o bastante. Você acha que eles vão te deixar escapar impune com isso?

— Não.

— Me diz uma coisa: se eles deixarem você se safar com isso, vão ter que deixar todo mundo fazer a mesma coisa, não é?

— É por isso que eles não podem deixar que eu escape.
— O que você acha que vão fazer?
— Não sei.
— Será que vão te mandar para a corte marcial?
— Não sei.
— Você está com medo?
— Estou.
— Você vai voar mais missões.
— Não.
— Espero que você se safe — murmurou Appleby, convicto. — Torço de verdade.
— Obrigado, Appleby.
— Não fico lá muito feliz por ter que voar tanta missão, mesmo agora que parece que a gente já quase ganhou a guerra. Te aviso se eu ficar sabendo de mais alguma coisa.
— Obrigado, Appleby.
— Ei! — gritou uma voz abafada, peremptória, das moitas ressequidas que cresciam perto da tenda de Yossarian atrás de um arbusto que ia mais ou menos até a altura dos quadris depois de Appleby ir embora. Havermeyer estava se escondendo de cócoras ali. Estava comendo um pé de moleque e as espinhas e os poros oleosos dele pareciam escamas escuras. — Como vai? — perguntou depois que Yossarian se aproximou.
— Tudo bem.
— Você vai voar mais missões?
— Não.
— E se tentarem te obrigar?
— Não deixo.
— Você ficou com medo?
— Isso.
— Vão te levar para a corte marcial?
— Provavelmente vão tentar.
— O que o major Major disse?

— O major Major foi embora.

— Sumiram ele?

— Não sei.

— E se tentarem te sumir?

— Vou tentar impedir.

— Ninguém ofereceu para você um acordo ou alguma coisa assim se voltasse a voar?

— Piltchard e Wren disseram que iam dar um jeito de eu só pegar voos fáceis.

Havermeyer se animou.

— Olha, parece um acordo bem bom. Eu não ia achar ruim um acordo desse. Aposto que você aceitou.

— Eu recusei.

— Isso foi burrice.

O rosto impassível e sem graça de Havermeyer ficou franzido pela consternação.

— Olha só, um acordo desse não era muito justo com os outros, certo? Se você pegasse só os voos fáceis, alguém ia ter que voar as missões mais perigosas, certo?

— Exato.

— Olha só, não acho isso legal! — exclamou Havermeyer, erguendo-se ressentido com as mãos fechadas apoiadas na cintura. — Não gosto nem um pouco disso. Baita sacanagem estarem pensando em fazer isso comigo só porque você é medroso demais para voar mais missões, não?

— Fale disso com eles — disse Yossarian, colocando a mão atento sobre a arma.

— Não, não estou pondo a culpa em você — disse Havermeyer —, embora eu não goste de você. Sabe, também não estou lá muito feliz por continuar voando missões. Tem um jeito de eu sair dessa também?

Yossarian riu ironicamente e brincou:

— Pegue uma arma e comece a marchar comigo.

Havermeyer balançou a cabeça, pensativo.

— Não, não posso fazer isso. Se eu agisse igual um covarde podia pegar mal para a minha mulher e para o meu filho. Ninguém gosta de um covarde. Além do mais, quero ficar na reserva quando a guerra acabar. Você recebe quinhentos dólares por ano se ficar na reserva.

— Então voe mais missões.

— É, acho que preciso fazer isso. Olha só, você acha que tem alguma chance de te tirarem de combate e mandarem você para casa?

— Não.

— Mas, se fizerem isso e deixarem você levar alguém junto, me escolhe? Não vai escolher ninguém igual Appleby. Me escolhe.

— Por que cargas-d'água eles iam fazer uma coisa dessa?

— Não sei. Mas, se acontecer, lembra que eu pedi primeiro, certo? E me mantenha informado. Vou te esperar aqui nesses arbustos toda noite. Talvez, se não fizerem nada de ruim com você, eu também decida não voar mais missões. Pode ser?

Durante a noite seguinte inteira, continuou pipocando gente do meio da escuridão para perguntar como ele estava, implorando informações confidenciais com rostos cansados e preocupados, com base em algum parentesco mórbido e clandestino que ele nem imaginava que existisse. Pessoas do esquadrão que mal conhecia surgiam do nada quando ele passava e perguntavam como estava. Até homens de outros esquadrões vieram, um por um, se esconder na escuridão para surgir do nada. Em todo lugar onde ele pisava depois do pôr do sol, alguém estava à espreita para aparecer e perguntar como ele estava. Pessoas saltavam em sua direção de árvores e arbustos, de valas e de matagais, dos cantos das tendas e de trás do para-lama dos carros estacionados. Até um dos seus colegas de quarto apareceu para perguntar como ele estava e implorou que ele não contasse a nenhum dos outros colegas de quarto que ele tinha saído. Yossarian se aproximou de cada silhueta que acenava, excessivamente cauteloso, com a mão na arma, sem nunca saber qual sombra sibilante acabaria por desonestamente se transformar na prostituta de Nately, ou pior, em alguma autoridade governamental devidamente constituída, enviada para dar uma pancada impiedosa na cabeça dele e deixá-lo sem sentidos. Começou a parecer que eles iam ter que fazer alguma coisa do gênero. Não queriam levar Yossarian a uma corte marcial por deserção diante do inimigo, porque, estando eles a duzentos e dezessete quilômetros de distância do inimigo, dificilmente se poderia dizer que estavam diante do inimigo e porque tinha sido Yossarian quem finalmente derrubou a ponte em Ferrara, passando duas vezes por cima do alvo e matando Kraft — ele quase sempre se esquecia de Kraft quando contava os homens mortos que conheceu. Mas eles tinham que fazer alguma coisa com Yossarian, e todo mundo esperava impiedosamente para ver que coisa horrível seria.

Durante o dia evitavam Yossarian, inclusive Aarfy, e Yossarian compreendeu que aqueles homens eram pessoas diferentes quando estavam todos juntos à luz do dia e quando estavam sozinhos no escuro. Ele não dava a mínima para os outros enquanto andava de costas com a mão na arma e esperava as novas lisonjas, ameaças e induções do grupamento toda vez que os capitães Piltchard e Wren voltavam de outra reunião urgente com o coronel Cathcart e o coronel Korn. Joe Faminto quase não parava por perto e a única outra pessoa que falava com ele era o capitão Black, que o chamava de "Velho Sanguinário" numa voz alegre e provocadora toda vez que o cumprimentava e que voltou de Roma perto do fim de semana para dizer que a prostituta de Nately tinha ido embora. Yossarian ficou triste com uma pontada de saudade e remorso. Sentia falta dela.

— Foi embora? — repetiu ele numa voz inexpressiva.

— Isso, foi. — O capitão Black riu, os olhos turvos quase fechados pela fadiga e seu rosto anguloso como sempre com uma barba que brotava em um louro-avermelhado. Ele esfregou as bolsas sob os olhos com os dois punhos. — Achei que podia dar mais uma cavalgada em nome dos velhos tempos, já que eu estava em Roma mesmo. Sabe como é, só para manter o cadáver daquele menino Nately se revirando no túmulo. Haha! Lembra como eu ficava atormentando o cara? Mas o lugar estava vazio.

— Alguém sabia dela? — cutucou Yossarian, que vinha pensando sem parar na moça, perguntando-se quanto ela estaria sofrendo e se sentindo quase solitário e abandonado sem os ataques ferozes e incontroláveis dela.

— Não tinha ninguém lá — disse o capitão Black alegremente, tentando fazer Yossarian compreender. — Você não entendeu? Todo mundo foi embora. O lugar foi interditado.

— Embora?

— Isso, embora. Jogados no olho da rua. — O capitão Black deu outra risada sincera e seu gogó saliente subia e descia feliz dentro do pescoço magro. — O lugar ficou vazio. A polícia deu uma batida no apartamento e expulsou as putas. Não é engraçado?

Yossarian estava assustado e começou a tremer.

— Por que fariam uma coisa dessas?

— Que diferença faz? — respondeu o capitão Black com um gesto exuberante. — Jogaram todo mundo no olho da rua. Que tal, hein? A mulherada toda.

— E a irmãzinha?

— Foi junto — disse rindo o capitão Black. — Expulsa com as outras. Jogada no olho da rua.

— Mas ela é só uma criança! — objetou Yossarian passionalmente. — Ela não conhece mais ninguém na cidade. O que vai acontecer com ela?

— E eu lá me importo com isso? — respondeu o capitão Black dando de ombros, indiferente, e depois olhando subitamente para Yossarian cheio de surpresa e com um brilho astuto de curiosa felicidade. — Me diz, qual é o problema? Se eu soubesse que isso ia te deixar tão infeliz, teria vindo direto te contar, só para ver você sofrer. Ei, aonde você está indo! Volte aqui e sofra!

39
A CIDADE ETERNA

Yossarian estava viajando sem permissão dos seus superiores com Milo que, enquanto o avião fazia seu trajeto para Roma, repreendeu Yossarian balançando a cabeça e depois, com devotos lábios pulsantes, informou a Yossarian num tom eclesiástico que sentia vergonha dele. Yossarian fez que sim com a cabeça. Yossarian fazia de si mesmo um espetáculo patético ao andar de costas com a arma na cintura e se recusar a voar mais missões de combate, disse Milo. Yossarian fez que sim com a cabeça. Aquilo era desleal com o esquadrão e constrangedor para os superiores. Além de tudo, ele estava colocando Milo numa situação desconfortável. Yossarian fez que sim com a cabeça outra vez. Os homens estavam começando a resmungar. Não era justo Yossarian pensar só na sua segurança enquanto homens como Milo, o coronel Cathcart, o coronel Korn e o ex-soldado de primeira classe Wintergreen estavam dispostos a fazer de tudo para ganhar a guerra. Os homens com setenta missões estavam começando a resmungar por terem que voar oitenta e havia o risco de alguns deles também colocarem armas na cintura e começarem a andar de costas. O moral estava se deteriorando e era tudo culpa de Yossarian. O país estava em perigo; ele estava colocando em risco seus direitos tradicionais à liberdade e à independência por insistir em exercê-los.

Yossarian continuou fazendo que sim com a cabeça no assento do copiloto e tentou não ouvir Milo tagarelando. A prostituta de Nately estava na cabeça dele, assim como Kraft, e Orr, e Nately, e Dunbar, e Kid Sampson, e McWatt, e as pessoas pobres e burras e doentes que ele viu na Itália, no Egito e no norte da África, e as outras que ele sabia que existiam em outras áreas do mundo, e Snowden, e a irmã mais nova da prostituta de Nately também estavam na consciência dele. Yossarian achava que sabia por que a prostituta de Nately pensava que ele era responsável pela morte de Nately e queria matá-lo. Por que ela não ia querer? Era um mundo masculino, e ela e todo mundo mais novo que ela tinha todo o direito de colocar a culpa nele e em qualquer pessoa mais velha por todas as tragédias não naturais que recaíam sobre eles; assim como ela, mesmo na dor, devia ser culpada por todas as tragédias causadas pelos humanos que recaíssem sobre a irmãzinha e sobre todas as outras crianças que viessem depois. Alguém tinha que fazer alguma coisa em algum momento. Toda vítima era um culpado, todo culpado uma vítima, e em algum momento alguém tinha que se levantar para tentar romper a tenebrosa cadeia de hábitos adquiridos que colocava todos eles em risco. Em certas partes da África, menininhos continuavam sendo roubados por traficantes de pessoas adultos e vendidos para homens que arrancavam suas vísceras e os comiam. Yossarian ficava chocado de saber que era possível que crianças pudessem sofrer sacrifícios bárbaros como esse sem demonstrar o menor indício de medo ou dor. Ele dava como certo que elas se submetiam a isso estoicamente. Caso contrário, pensava ele, o costume certamente teria morrido, pois não havia desejo por riqueza ou imortalidade grande o bastante, era a opinião dele, para subsistir à base da infelicidade de crianças.

 Ele estava causando instabilidades, disse Milo, e Yossarian mais uma vez concordou com um aceno de cabeça. Era preciso jogar pelo time, disse Milo. Yossarian fez que sim com a cabeça e ouviu Milo dizer que a coisa decente a se fazer se ele não gostava do modo como o coronel Cathcart e o coronel Korn estavam administrando o grupamento era ir para a Rússia, em vez de ficar causando problema. Yossarian se conteve para não falar que o coronel Cathcart, o coronel Korn e Milo poderiam ir à Rússia se eles não gostavam de como estava causando problemas. Tanto o coronel Cathcart quanto o coronel Korn tinham sido muito bons com Yossarian, disse Milo; os dois não tinham dado a ele uma medalha depois da última missão para Ferrara e o promovido a capitão? Yossarian fez que sim com a cabeça. Eles não davam comida para Yossarian e pagavam o salário dele todo mês? Yossarian mais uma vez fez que sim com a cabeça. Milo tinha certeza de que os dois iam ser caridosos se ele fosse pedir desculpas e se arrependesse e prometesse voar oitenta missões. Yossarian disse que ia pensar nisso, então prendeu a respiração e rezou pedindo uma aterrissagem segura enquanto Milo baixava os trens de pouso e deslizava em direção à pista de pouso. Era curioso como ele tinha passado a detestar voar.

Roma estava em ruínas, ele viu, quando o avião desceu. O aeródromo tinha sido bombardeado oito meses antes, e tratores transformaram destroços de pedras brancas em pilhas achatadas dos dois lados da entrada que havia no arame farpado que cercava o aeroporto. O Coliseu era uma casca dilapidada, e o Arco de Constantino tinha caído. O apartamento da prostituta de Nately estava um caos. As garotas tinham sumido, e a única que estava era a velha. As janelas do apartamento tinham sido estilhaçadas. Ela estava empacotada em blusas e saias e usava um xale escuro em torno da cabeça. Ela estava sentada numa cadeira de madeira perto de um fogareiro elétrico, braços cruzados, esquentando água em uma panela velha de alumínio. Ela estava falando sozinha quando Yossarian entrou e começou a gemer assim que o viu.

— Foram embora — gemeu ela antes mesmo que ele tivesse chance de perguntar. Segurando os próprios cotovelos, ela se balançou triste para a frente e para trás em sua cadeira de balanço barulhenta. — Foram embora.

— Quem?

— Todas elas. Todas as pobres meninas.

— Para onde?

— Embora. Jogadas no olho da rua. Todas foram embora. Todas as pobres meninas.

— Jogadas por quem? Quem fez isso?

— Os soldados altos malvados de capacete branco e cassetete. E os nossos *carabinieri*. Vieram com cassetetes e botaram elas para fora. Não deixaram nem as meninas pegarem os casacos. Pobrezinhas. Botaram elas na rua assim mesmo, no frio.

— Elas foram presas?

— Botaram para fora. Só botaram para fora.

— Mas por que fizeram isso se não prenderam?

— Não sei — disse, chorando, a velha. — Não sei. Quem vai cuidar de mim? Quem vai cuidar de mim agora que as pobrezinhas foram embora? Quem vai cuidar de mim?

— Tem que ter um motivo — insistiu Yossarian, batendo com o punho cerrado na mão. — Eles não poderiam simplesmente entrar e colocar todo mundo para fora.

— Nenhum motivo — gemeu a velha. — Nenhum motivo.

— Que direito eles tinham?

— Ardil-22.

— *O quê?* — Yossarian congelou onde estava com medo e alarmando, sentindo o corpo todo começar a formigar. — *O que* a senhora disse?

— Ardil-22 — repetiu a velha, balançando a cabeça para cima e para baixo. — Ardil-22. O ardil-22 diz que se tem o direito de fazer qualquer coisa que não consigam impedir que se faça.

— Do que a senhora está falando? — gritou Yossarian com ela num protesto intrigado e furioso. — Como a senhora sabia que era um ardil-22? Quem disse para a senhora que era um ardil-22?

— Os soldados de capacete branco e cassetete. As meninas gritavam. "A gente fez alguma coisa de errado?", elas diziam. Os homens diziam que não e tiravam elas da frente da porta com a ponta dos cassetetes. "Então por que vocês estão expulsando a gente?", as meninas disseram. "Ardil-22", os homens disseram. "Que direito vocês têm?", as meninas disseram. "Ardil-22", os homens disseram. Eles só ficavam repetindo "Ardil-22. Ardil-22". O que isso quer dizer? O que é o ardil-22?

— Eles não mostraram para vocês? — perguntou Yossarian, andando furioso e inquieto de um lado para o outro. — Você nem fez com que eles lessem?

— Eles não precisam mostrar o ardil-22 — respondeu a velha. — A lei diz que eles não precisam.

— Qual lei diz que eles não precisam?

— O ardil-22.

— Ai, droga! — exclamou Yossarian, irritado. — Aposto que, na verdade, nem estava lá. — Ele parou de andar e olhou em torno da sala desconsolado. — Cadê o velho?

— Ele se foi — lamentou a velha.

— Se foi?

— Morreu — disse a velha, fazendo que sim com a cabeça num enfático lamento, apontando para a própria cabeça com a palma da mão. — Alguma coisa quebrou aqui. Num instante estava vivo, no outro estava morto.

— Mas ele não pode ter morrido! — gritou Yossarian, disposto a argumentar insistentemente. Mas é óbvio que ele sabia que era verdade, sabia que era lógico e que era verdade; mais uma vez o velho havia seguido a maioria.

Yossarian deu meia-volta e andou pelo apartamento com cara feia, dando uma olhada em todos os quartos com curiosidade pessimista. Tudo que era feito de vidro tinha sido estilhaçado pelos sujeitos com cassetete. Cortinas e roupas de cama rasgadas estavam jogadas no chão. Cadeiras, mesas e cômodas estavam de pernas para o ar. Tudo que era quebrável tinha sido quebrado. A destruição era total. Nenhum vândalo poderia ter sido tão meticuloso. Todas as janelas foram quebradas, e a escuridão entrava como nuvens de tinta nos quartos atravessando os vidros partidos. Yossarian conseguia imaginar as passadas pesadas, estrondosas dos policiais altos de capacete branco. Conseguia visualizar a felicidade feroz e maldosa com que eles causaram a destruição e seu senso hipócrita e implacável de dever e dedicação. Todas as pobres moças tinham ido embora. Todos tinham ido embora exceto a velha chorosa com a blusa grossa marrom e o xale preto na cabeça, e logo ela também iria.

— Foram embora — disse ela, triste, quando ele voltou, antes mesmo de ele poder falar. — Quem vai cuidar de mim agora?

Yossarian ignorou a questão.

— A namorada de Nately... alguém soube dela? — perguntou ele.

— Foi embora.

— Sei que ela foi embora. Mas alguém soube dela? Alguém sabe para onde ela foi?

— Foi embora.

— A irmãzinha. O que aconteceu com ela?

— Foi embora. — O tom da velha não tinha mudado.

— Você sabe de quem eu estou falando? — perguntou Yossarian, incisivo, encarando a mulher nos olhos para ver se ela não estava falando num coma. Ele ergueu a voz. — O que aconteceu com a irmã mais nova, a menininha?

— Foi embora, foi embora — respondeu a velha dando de ombros de um modo rabugento, irritada com a insistência dele, seu gemido baixinho ficando mais alto. — Jogada na rua junto com o restante, jogada no olho da rua. Nem deixaram que ela pegasse o casaco.

— Para onde ela foi?

— Não sei. Não sei.

— Quem vai cuidar dela?

— Quem vai cuidar de mim?

— Ela não conhece mais ninguém, conhece?

— Quem vai cuidar de mim?

Yossarian deixou dinheiro no colo da velha — era estranho quantos erros pareciam ser consertados se deixando dinheiro — e saiu do apartamento, xingando o ardil-22 com veemência, e desceu as escadas, embora ele soubesse que aquilo não existia. O ardil-22 não existia, ele tinha certeza disso, mas não fazia diferença. O que importava era que todo mundo achava que existia, e isso era muito pior, pois não havia um objeto ou um texto para ridicularizar ou refutar, para acusar, criticar, atacar, emendar, odiar, insultar, cuspir, rasgar em pedacinhos, pisar ou queimar.

Estava frio lá fora, e escuro, e uma névoa com garoa, insípida, se inchava no ar e gotejava sobre os grandes blocos de pedra não polida das casas e dos pedestais dos monumentos. Yossarian voltou apressado para Milo e se arrependeu. Pediu desculpas e, sabendo que estava mentindo, prometeu voar todas as missões que o coronel Cathcart quisesse desde que Milo usasse toda a sua influência em Roma para ajudar a encontrar a irmãzinha da prostituta de Nately.

— Ela é só uma menininha virgem de 12 anos, Milo — explicou ele, ansioso —, e eu quero achá-la antes que seja tarde demais.

Milo respondeu o pedido dele com um sorriso benigno.

— Eu tenho a virgem de 12 anos que você está procurando — anunciou ele em júbilo. — Essa virgem de 12 anos, na verdade, tem só 34, mas ela foi criada com uma dieta baixa em proteínas por pais muito rigorosos e só começou a dormir com homens aos...

— Milo, eu estou falando de uma menininha — interrompeu Yossarian com impaciência desesperada. — Você não entende? Não quero dormir com ela. Quero ajudar. Você tem filhas. Ela é só uma criança e está sozinha nessa cidade sem ninguém para cuidar dela. Quero proteger ela do perigo. Você não sabe do que estou falando?

Milo entendia e ficou profundamente comovido.

— Yossarian, estou orgulhoso de você! — exclamou ele com profunda emoção. — De verdade. Você não sabe como estou feliz de saber que nem tudo é sexo para você. Você tem princípios. Claro que eu tenho filhas e sei exatamente do que você está falando. Vamos achar essa menina nem que a gente tenha que virar essa cidade de cabeça para baixo. Vem comigo.

Yossarian foi em alta velocidade com Milo Minderbinder no carro M&M até o quartel-general da polícia e lá encontrou um comissário de polícia moreno desalinhado com um bigode preto fininho e casaco desabotoado que estava à toa com uma gordinha de queixo duplo cheia de verrugas quando eles entraram no seu gabinete e que cumprimentou Milo com alegre surpresa e se curvou numa reverência obscenamente servil como se Milo fosse um elegante marquês.

— Ah, *marchese* Milo — disse ele com prazer efusivo, empurrando a gordinha desmazelada para fora da porta sem nem olhar para ela. — Por que o senhor não telefonou avisando que vinha? Eu teria preparado uma festança para o senhor. Entre, entre, *marchese*. O senhor já quase não nos visita.

Milo sabia que não havia um momento a perder.

— Olá, Luigi — disse ele, fazendo um aceno de cabeça tão brusco que quase pareceu rude. — Luigi, preciso da sua ajuda. Meu amigo aqui quer achar uma garota.

— Uma garota, *marchese*? — disse Luigi, coçando o rosto pensativo. — Tem muitas garotas em Roma. Para um oficial dos Estados Unidos não deveria ser difícil achar uma garota.

— Não, Luigi, você não entendeu. Tem uma menininha virgem de 12 anos que ele precisa encontrar imediatamente.

— Ah, sim, agora eu entendo — disse Luigi, sagaz. — Uma virgem pode levar um tempo. Mas, se ele esperar na rodoviária onde as meninas do campo que procuram trabalho descem, eu...

— Luigi, você ainda não entendeu — disse Milo com uma impaciência brusca que fez corar o rosto do comissário de polícia, que se pôs em posição de sentido e, confuso, começou a abotoar o casaco. — Essa menina é uma amiga, uma velha amiga da família, e ele quer ajudar a garota. Ela é só uma criança. Está completamente sozinha na cidade, em algum lugar, e temos que encontrar a garota antes que alguém faça mal para ela. Agora você entende? Luigi, isso é muito importante para mim. Eu tenho uma filha da mesma idade dessa menina e não tem nada no mundo que signifique mais para mim, nesse exato momento, do que salvar essa pobre criança antes que seja tarde demais. Você ajuda?

— *Si, marchese*, agora entendi — disse Luigi. — E vou fazer tudo que está ao meu alcance para encontrá-la. Mas hoje à noite estou quase sem homens. Hoje todos os meus homens estão ocupados tentando acabar com o tráfico ilegal de tabaco.

— Tabaco ilegal? — perguntou Milo.

— Milo — disse Yossarian baixinho, desanimado, percebendo imediatamente que tudo estava perdido.

— *Si, marchese* — disse Luigi. — O lucro do tabaco ilegal é tão alto que é quase impossível controlar o contrabando.

— Mas o lucro do tabaco ilegal é tão alto assim? — perguntou Milo com grande interesse, as sobrancelhas cor de ferrugem arqueando avidamente e as narinas farejando.

— Milo — disse Yossarian para ele. — Preste atenção *em mim*, tá bem?

— *Si, marchese* — respondeu Luigi. — O lucro do tabaco ilegal é muito alto. O contrabando é um escândalo nacional, *marchese*, uma verdadeira desonra para o país.

— Sério? — observou Milo com um sorriso preocupado e foi andando na direção da porta como se estivesse sob um feitiço.

— Milo! — berrou Yossarian e impulsivamente deu um pulo para interceptá-lo. — Milo, você tem que me ajudar.

— Tabaco ilegal — explicou Milo para ele com uma aparência de luxúria epiléptica, debatendo-se obstinadamente para abrir caminho. — Me solta. Tenho que contrabandear tabaco ilegal.

— Fique aqui e me ajude a encontrar a menina — suplicou Yossarian.

— Você pode contrabandear tabaco ilegal amanhã.

Mas Milo estava surdo e continuou forçando passagem, sem violência, mas de maneira irresistível, suando, os olhos, como se estivessem presos cegamente a um alvo fixo, queimando ardentes, e com a boca contorcida babando. Ele gemia calmamente como se sentisse uma angústia remota e instintiva e ficava repetindo: "Tabaco ilegal, tabaco ilegal." Yossarian, enfim, saiu da frente dele resignado quando viu que não havia esperanças de tentar argumentar com ele. Milo saiu como um raio. O comissário de polícia desabotoou o casaco de novo e olhou para Yossarian com desprezo.

— O que você quer aqui? — perguntou ele friamente. — Quer que eu te prenda?

Yossarian saiu do gabinete e desceu a escada rumo à rua escura que parecia uma sepultura, passando no corredor pela mulher gordinha com verrugas e queixo duplo, que já estava fazendo seu caminho de volta. Não havia sinal de Milo lá fora. Não havia luzes acesas em nenhuma das janelas. A calçada vazia era uma subida íngreme e contínua que prosseguia por várias quadras. Dava para ver a claridade de uma avenida larga no topo da longa ladeira de paralelepípedos. A delegacia ficava quase na parte mais baixa; as lâmpadas amarelas, na entrada, chiavam na umidade como tochas molhadas. Caía uma chuva fria. Ele começou a andar devagar, subindo. Logo, chegou a um restaurante aconchegante e convidativo com cortinas de veludo vermelho nas janelas e um luminoso de neon azul perto da porta que dizia: RESTAURANTE DO TONY. BOA COMIDA E BEBIDA. NÃO ENTRE. As palavras no luminoso azul de neon surpreenderam Yossarian, mas só por um instante. Nenhuma esquisitice parecia bizarra a esta altura, naquele seu estranho e distorcido ambiente. O topo dos prédios altos se curvava numa perspectiva surrealista estranha e a rua parecia inclinada. Ele ergueu o colarinho do casaco de lã quente e cruzou os braços em volta de si mesmo. A noite estava fria. Um menino de camisa fina e calças finas e puídas saiu da escuridão descalço. O garoto tinha cabelos pretos e precisava de um corte de cabelo e de sapatos e meias. O rosto dele pálido e triste parecia o de alguém doente. Seus pés faziam horríveis e suaves sons de sucção nas poças de chuva, na calçada molhada, quando ele passava, e Yossarian foi dominado por uma compaixão tão intensa pela pobreza do menino que teve vontade de dar um soco naquele rostinho pálido e triste com cara de doente e acabar com ele por fazer com que pensasse em *todas* as crianças doentes, pálidas e tristes na Itália naquela mesma noite que precisavam cortar o cabelo e de sapatos e meias. Ele fez Yossarian pensar em aleijados e em homens e mulheres velhos e famintos, e em todas as mães tolas, passivas e religiosas de olhos catatônicos amamentando bebês ao ar livre naquela mesma noite com úberes animalescos, frios e insensíveis de tão expostos àquela mesma chuva fria. Vacas leiteiras. Como se aproveitasse a deixa, uma mãe que amamentava passou por ele carregando um bebê coberto de trapos, e Yossarian quis dar um murro nela também, porque ela o fez pensar no menino descalço com a camisa fina e a calça fina e puída e em toda a trêmula pobreza entorpecida em um mundo que jamais havia fornecido calor e comida e justiça em quantidades suficientes a não ser para uns poucos sujeitos engenhosos e inescrupulosos. Que mundo horroroso! Ele se perguntou quantas pessoas estariam desamparadas naquela noite mesmo em seu país próspero, quantos lares eram barracos, quantos maridos estariam bêbados e quantas mulheres eram espancadas, e quantas crianças eram vítimas de intimidação, abuso ou abandono. Quantas famílias famintas desejavam comida que não podiam comprar? Quantos corações estariam partidos? Quantos suicídios ocorreriam naquela noite? Quanta gente ia enlouquecer? Quantas baratas e quantos senhorios triunfariam? Quantos vencedores eram perdedores, quantos sucessos eram fracassos, quantos ricos eram pobres? Quantos espertalhões eram estúpidos? Quantos finais felizes eram finais infelizes? Quantos homens honestos eram mentirosos, quantos corajosos eram covardes, quantos homens leais eram traidores, quantos homens santificados eram corruptos, quanta gente em posição de confiança havia vendido a alma para canalhas por uns trocados, quantos jamais haviam tido uma alma? Quantos caminhos retos e estreitos eram tortuosos? Quantas das melhores famílias eram piores famílias, quantas pessoas de bem eram más? Quando você somava todas essas pessoas e depois subtraía, talvez saísse apenas com as crianças, e quem sabe com Albert Einstein e um velho violinista ou escultor em algum lugar. Yossarian andava em tortura solitária, sentindo-se isolado, e não conseguia tirar da cabeça a imagem excruciante do menino descalço com cara de doente até virar finalmente a esquina da avenida e se deparar com um soldado Aliado tendo convulsões no chão, um jovem tenente com um rosto pequeno, pálido, infantil. Seis outros soldados de diferentes países lutavam contra partes diferentes dele, esforçando-se para ajudá-lo e para contê-lo. Ele gritava e gemia coisas ininteligíveis entre os dentes, os olhos revirados.

— Não deixem que ele morda a língua — aconselhou argutamente um sargento baixinho perto de Yossarian, e um sétimo homem se meteu na confusão para lutar com o rosto do tenente convulsionado. De repente, os combatentes venceram e se viraram uns para os outros indecisos, porque agora que tinham contido o tenente numa posição rígida ninguém sabia o que fazer com ele. Um tremor de pânico imbecil passou de um rosto bruto e tenso para o outro.

— Por que vocês não erguem o cara e colocam no capô daquele carro? — disse com sotaque arrastado um cabo parado atrás de Yossarian.

Aquilo parecia fazer sentido e, portanto, os sete homens levantaram o jovem tenente e o estenderam cuidadosamente sobre o capô do carro estacionado, ainda contendo cada parte do seu corpo. Depois que ele estava estendido no capô do carro estacionado, eles se olharam outra vez inquietos, porque ninguém tinha ideia do que fazer com ele em seguida.

— Por que vocês não tiram ele do capô daquele carro e colocam no chão? — disse com sotaque arrastado o mesmo cabo atrás de Yossarian. Aquela também parecia uma boa ideia, e eles começaram a levar o rapaz de novo para a calçada, mas, antes que pudessem terminar, um jipe veio a toda a velocidade com um giroflex vermelho na lateral e dois policiais militares sentados na frente.

— O que está acontecendo? — gritou o motorista.

— Ele está tendo convulsões — respondeu um dos homens que lutavam com os membros do jovem tenente. — E a gente está imobilizando ele.

— Ótimo. Ele está preso.

— O que a gente faz com ele?

— Mantenham preso! — gritou o policial, rolando de rir com a piada, e acelerou o jipe.

Yossarian lembrou que não tinha documentos de licença e prudentemente se afastou do grupo de desconhecidos e foi na direção de vozes abafadas que emanavam de um lugar distante em meio à lúgubre escuridão que havia à frente. A avenida larga, molhada de chuva, era iluminada a cada quadra por pequenos postes curvos com luzes misteriosas e brilhantes, cercados por uma neblina marrom esfumaçada. De uma janela acima dele, Yossarian ouviu uma voz feminina infeliz suplicando:

— Por favor, não. Por favor, não.

Uma moça desanimada com uma capa de chuva preta e uma grande quantidade de pelos pretos no rosto passou de olhos baixos.

No Ministério do Interior, na quadra seguinte, uma mulher bêbada foi colocada encostada numa das colunas coríntias com seus vãos espaçados por um jovem soldado bêbado, enquanto três camaradas de armas estavam sentados observando ali perto nos degraus com garrafas de vinho entre as pernas.

— P'favor, não — implorou a mulher bêbada. — Quero ir pra casa agora. P'favor, não.

Um dos sujeitos sentados xingou agressivamente e atirou uma garrafa de vinho em Yossarian quando ele se virou para olhar. A garrafa se estilhaçou inofensiva ao longe com um ruído breve e abafado. Yossarian seguiu andando no mesmo passo indiferente e sem pressa, com as mãos enfiadas nos bolsos.

— Vamos, meu bem — ele ouviu o soldado bêbado mandar com determinação. — É minha vez agora.

— P'favor, não — implorou a mulher bêbada. — P'favor, não.

Na esquina seguinte, do âmago das impenetráveis sombras de uma ruazinha estreita e tortuosa, ele ouviu o misterioso e inequívoco som de alguém tirando neve com uma pá. O raspar cadenciado, laborioso, evocativo da pá de ferro no concreto levou a carne dele a se arrepiar de terror enquanto ele descia do meio-fio para atravessar a sinistra alameda, e Yossarian se apressou até que o som fantasmagórico, incongruente tivesse ficado para trás. Agora ele sabia onde estava: logo, se continuasse em frente, chegaria ao chafariz seco no meio da avenida e depois aos apartamentos dos oficiais sete quadras à frente. Ele ouviu vozes rosnadas, desumanas, perfurando subitamente a escuridão espectral diante dele. A lâmpada no poste da esquina tinha queimado, espalhando escuridão por metade da rua, desequilibrando tudo o que era visível. Do outro lado da esquina, um homem espancava um cachorro com um pedaço de pau do mesmo modo como o homem espancava o cavalo com um chicote no sonho de Raskolnikov. Yossarian se esforçou em vão para não ver nem ouvir. O cachorro gania e guinchava numa histeria bárbara e confusa na ponta de uma corda de cânhamo e se abaixava e rastejava sobre a barriga sem resistir, mas o homem continuava batendo e batendo nele mesmo assim com o pedaço de pau pesado e liso. Uma pequena multidão assistia. Uma mulher atarracada saiu e pediu que ele parasse.

— Cuida da sua vida — rosnou o sujeito com rispidez, erguendo o pedaço de pau como se pudesse espancá-la também, e a mulher bateu em retirada timidamente com ar abjeto de humilhada.

Yossarian apertou o passo para sair dali, quase correu. A noite estava cheia de horrores e ele achava que sabia como Jesus devia ter se sentido ao andar pelo mundo, como um psiquiatra em uma ala cheia de loucos, como uma vítima numa prisão cheia de ladrões. Que visão bem-vinda deve ter sido um leproso! Na esquina seguinte, um homem espancava brutalmente um menininho no meio de uma multidão imóvel de espectadores adultos que não fazia qualquer esforço para intervir. Yossarian estremeceu ao reconhecer a imagem. Ele tinha certeza de já ter testemunhado a mesma cena horrorosa algum tempo antes. *Déjà-vu?* A sinistra coincidência o abalou e o encheu de dúvida e pavor. Era a mesma cena que ele havia testemunhado uma quadra antes, embora tudo nela parecesse diferente. O que estava acontecendo? Será que uma mulher atarracada ia aparecer e pedir que o homem parasse? Será que ele ia erguer a mão para bater nela e ela ia recuar? Ninguém se mexeu. A criança chorava continuamente como se estivesse em um torpor angustiado. O homem continuava batendo nele com força, com golpes com a palma da mão aberta na cabeça, e depois puxando o garoto para que ele se levantasse e pudesse ser derrubado de novo. Entre as pessoas que observavam, taciturnas e retraídas, ninguém parecia se importar o suficiente com o garoto atônito e espancado para interferir. O menino tinha no máximo 9 anos. Uma mulher malvestida chorava em silêncio com o rosto num pano de prato sujo. O menino estava magro e precisava de um corte de cabelo. Sangue vermelho brilhante escorria de ambos os ouvidos. Yossarian atravessou rápido para o outro lado da imensa avenida para escapar da visão nauseante e se viu andando sobre dentes humanos que estavam na calçada encharcada e brilhante perto de poças de sangue mantidas viscosas pelas gotas de chuva que cutucavam cada uma delas como dedos pontiagudos. Molares e incisivos quebrados estavam espalhados por toda parte. Ele circundou os destroços grotescos na ponta dos pés e se aproximou de uma porta onde um soldado chorava segurando um lenço encharcado sobre a boca, amparado, por não ter forças para ficar parado de pé sozinho, por dois outros soldados que esperavam, com tremenda impaciência, a ambulância militar que, enfim, chegou com faróis de neblina âmbar e passou por eles para atender a uma briga na quadra seguinte entre um civil italiano com livros e um grupo de policiais civis que envolvia chaves de braço e cassetetes. O civil, que gritava e se debatia, era um homem moreno com o rosto branco feito farinha de tanto medo. Os olhos dele latejavam em desespero frenético, batendo os braços como asas de morcego, enquanto os vários policiais altos o agarravam pelos braços e pelas pernas e o erguiam. Os livros dele tinham caído no chão.

— Socorro! — gritou ele, estridente, com uma voz embargada pela própria emoção, enquanto os policiais o carregavam para as portas abertas no fundo da ambulância e o jogavam lá dentro. — Polícia! Socorro! Polícia!

As portas foram fechadas e trancadas, e a ambulância saiu a toda. Não deixava de ser engraçado o pânico ridículo do homem que pedia ajuda para a polícia enquanto estava cercado por policiais. Yossarian deu um sorrisinho irônico ao ouvir o grito inútil e patético de socorro, depois viu assustado que as palavras eram ambíguas, se deu conta alarmado de que talvez elas não fossem um pedido para a polícia, mas sim um alerta heroico vindo do túmulo, um alerta feito por um amigo que estava condenado para todos que não fossem policiais com cassetetes e armas e que não contavam com uma turba de outros policiais com cassetetes e armas para vir em seu auxílio. "Socorro! Polícia!", gritava o sujeito, e pode ser que ele estivesse alertando sobre o perigo. Yossarian respondeu ao pensamento se afastando discretamente da polícia e quase tropeçou nos pés de uma mulher corpulenta de uns quarenta e poucos anos que atravessava apressada o cruzamento como alguém culpado, dando olhadelas furtivas e defensivas para trás na direção de uma mulher de uns 80 anos com tornozelos grossos cobertos por curativos que andava trêmula atrás dela numa perseguição inútil. A velhinha tentava recuperar o fôlego enquanto requebrava e murmurava para si mesma em distraída agitação. Não havia como entender a cena errado; era uma perseguição. A primeira mulher, triunfante, estava já na metade da travessia da rua antes que a segunda mulher chegasse ao meio-fio. O sorrisinho malvado e exultante com que ela olhava para a velhinha se esforçando atrás dela era a um só tempo perverso e apreensivo. Yossarian sabia que podia ajudar a velhinha que estava com problemas se ela pudesse pelo menos gritar, sabia que ele podia correr e capturar a robusta primeira mulher e contê-la para a turba de policiais ali perto caso a segunda mulher lhe desse permissão com um grito de aflição. Mas a velhinha passou por Yossarian sem nem vê-lo, murmurando em terrível e trágica irritação, e logo a primeira mulher havia desaparecido nas cada vez mais profundas camadas de escuridão, e a velhinha ficou sozinha e desamparada no centro da avenida, perplexa, sem saber para que lado ir. Yossarian desviou os olhos dela e seguiu em frente envergonhado, porque não tinha feito nada para ajudar. Ele deu olhadelas furtivas e culpadas para trás enquanto fugia derrotado, com medo de que a velhinha agora começasse a segui-lo, e ele agradeceu por chegar ao abrigo da chuviscante, fria e escura penumbra praticamente opaca. Turbas... turbas de policiais — tudo exceto a Inglaterra estava na mão de turbas, turbas. Turbas com cassetetes estavam no controle em toda parte.

    A superfície do colarinho e os ombros do casaco de Yossarian estavam ensopados. As meias estavam molhadas e frias. A luz no poste seguinte também estava apagada, o globo de vidro quebrado. Prédios e formas amorfas passavam por ele sem som, como se carregados imutavelmente na superfície de alguma maré rançosa e atemporal. Um monge alto passou, o rosto completamente enterrado em um capuz grosseiro cinza, até mesmo os olhos escondidos. Passadas chapinhavam na água constantemente na direção de Yossarian e ele temia que fosse outra criança descalça. Ele passou roçando o braço em um sujeito magro, cadavérico e triste com uma capa de chuva preta e uma cicatriz em forma de estrela na face, além de uma depressão brilhante mutilada do tamanho de um ovo em uma das têmporas. Usando sandálias de palha que espirravam água, uma moça se materializou com o rosto todo desfigurado por uma queimadura rosada e manchada horrorosa que começava no pescoço e se estendia numa massa bruta e corrugada pelas duas faces até acima dos olhos! Yossarian não suportou olhar e tremeu. Ninguém jamais amaria aquela mulher. O espírito dele estava doente; ele queria se deitar com alguma garota que pudesse amar que iria acalmá-lo, e excitá-lo, e colocá-lo para dormir. Uma turba com um cassetete esperava por ele em Pianosa. As garotas tinham todas ido embora. A condessa e sua enteada já não bastavam; ele tinha ficado velho demais para se divertir, já não tinha mais tempo. Luciana havia sumido, provavelmente estava morta; se ainda não estivesse morta, não iria demorar a morrer. A prostituta rechonchuda de Aarfy tinha sumido junto com seu obsceno anel de camafeu, e a enfermeira Duckett sentia vergonha dele, porque ele tinha se recusado a voar mais missões de combate e ia fazer um escândalo. A única mulher que ele conhecia por perto era a singela criada do apartamento dos oficiais, com quem nenhum dos homens havia dormido ainda. O nome dela era Michaela, mas os homens usavam apelidos imundos para ela com vozes doces e insinuantes e ela dava risadinhas com alegria infantil, porque não falava inglês e achava que eles estavam dizendo coisas lisonjeiras e fazendo piadinhas inofensivas. Todas as coisas malucas que ela via os homens fazer enchiam a moça de um maravilhado deleite. Era uma moça feliz, simplória, trabalhadora que não sabia ler e que mal era capaz de escrever o próprio nome. Os cabelos lisos dela eram da cor de palha apodrecida. A pele era pálida e os olhos eram míopes, e nenhum dos homens jamais tinha dormido com ela, porque nenhum deles jamais sentiu esse desejo, a não ser por Aarfy, que estuprou a garota naquela mesma noite e a manteve prisioneira num guarda-roupa por quase duas horas cobrindo a boca da moça com sua mão até que soassem as sirenes do toque de recolher para civis e ela não tivesse mais o direito legal de estar nas ruas.

Depois, ele jogou a garota pela janela. O cadáver dela ainda jazia na calçada quando Yossarian chegou e abriu educadamente caminho em meio ao círculo de solenes vizinhos com suas lanternas fracas, que lançavam olhares venenosos ao evitar tocar nele e apontavam amargurados para cima na direção do segundo andar em suas conversas particulares, cheias de tristeza e acusações. O coração de Yossarian bateu forte com medo e horror ao ver o lamentável, sinistro e macabro espetáculo do cadáver quebrado. Ele entrou abaixado no vestíbulo e subiu correndo as escadas até o apartamento, onde encontrou Aarfy andando inquieto de um lado para o outro com um sorriso pomposo e ligeiramente desconfortável. Aarfy parecia um pouco incomodado enquanto remexia em seu cachimbo e garantiu a Yossarian que ia ficar tudo bem. Não havia motivo de preocupação.

— Só estuprei ela uma vez — explicou ele.

Yossarian estava horrorizado.

— Mas você matou a garota, Aarfy! Você matou a garota!

— Ah, eu tive que fazer isso depois do estupro — respondeu Aarfy em seu modo mais condescendente. — Eu não podia deixar que ela saísse por aí falando mal da gente, certo?

— Mas por que você tinha que pôr as mãos nela para começo de conversa, seu imbecil? — gritou Yossarian. — Se você queria uma mulher, por que não pegou uma na rua? A cidade está cheia de prostituta.

— Ah, não, eu não — vangloriou-se Aarfy. — Nunca paguei por isso na vida.

— Aarfy, você está maluco? — Yossarian estava quase sem palavras. — Você *matou* uma garota. Vão te colocar na cadeia.

— Ah, não — respondeu Aarfy com um sorriso forçado. — Eu não. Não vão colocar o bom e velho Aarfy na cadeia. Não por matar *essa* garota.

— Mas você jogou a garota pela janela. O corpo dela está no meio da rua.

— Ela não tem o direito de estar lá — respondeu Aarfy. — Já passou da hora do toque de recolher.

— Seu burro! Você não percebe o que fez? — Yossarian queria agarrar Aarfy pelos ombros bem nutridos, macios como lagartas, e sacudir até ele criar um pouco de bom senso. — Você assassinou um ser humano. Podem até te *enforcar* por isso!

— Ah, não acredito que vão fazer isso — respondeu Aarfy com uma risadinha jovial, embora seus sintomas de nervosismo aumentassem. Ele cuspiu migalhas de tabaco sem se dar conta enquanto seus dedinhos curtos mexiam no cachimbo. — Não, senhor. Não o bom e velho Aarfy. — Ele riu de novo. — Ela era só uma criada. Não acho que vão fazer muito barulho por causa de uma empregadinha pobre italiana quando tem milhares de pessoas morrendo todo dia. Você acha?

— Escuta! — gritou Yossarian, quase feliz.

Ele ouviu com atenção e viu o sangue sumir do rosto de Aarfy enquanto sirenes lançavam no ar seus gritos de lamento lá longe, sirenes da polícia, depois cresceram quase instantaneamente, transformando-se em um uivo estridente, numa impetuosa cacofonia de sons avassaladores que pareciam entrar na sala onde eles estavam por todos os lados.

— Aarfy, estão vindo pegar você — disse ele tomado por uma onda de compaixão, gritando para ser ouvido acima do barulho. — Estão vindo te prender, Aarfy, você não entende? Você não pode tirar a vida de outro ser humano e sair impune, mesmo se for só uma pobre criada. Você não vê? Você não entende?

— Ah, não — insistiu Aarfy com uma risada sem graça e um sorriso amarelo. — Não estão vindo me prender. Não o bom e velho Aarfy.

De uma hora para outra ele pareceu nauseado. Jogou-se numa cadeira em um estupor trêmulo, as mãos pequenas e frouxas tremendo no colo. Carros frearam cantando pneu lá fora. Holofotes iluminaram imediatamente as janelas. Portas de carros foram batidas e ouviram-se apitos de policiais. Vozes duras se ergueram. Aarfy estava verde. Ele continuou balançando mecanicamente a cabeça com um sorriso estranho, entorpecido, e repetindo numa voz fraca, monótona, que não estavam indo prendê-lo, não o bom e velho Aarfy, não senhor, esforçando-se para convencer a si mesmo que isso era verdade mesmo quando passos pesados subiram correndo a escada e atravessaram o patamar, mesmo quando punhos bateram à porta quatro vezes com uma força ensurdecedora e inexorável. Depois, a porta do apartamento foi aberta com força, e dois policiais grandes, fortes e musculosos com olhos gelados e sem sorrisos no rosto entraram rapidamente, atravessaram a sala e prenderam Yossarian.

Prenderam Yossarian por estar em Roma sem permissão.

Os policiais pediram desculpas a Aarfy pelo incômodo e levaram Yossarian entre os dois, cada um segurando um braço com dedos duros feito algemas de aço. Eles não disseram absolutamente nada durante a descida. Dois outros policiais com cassetete e capacete branco esperavam lá fora num carro fechado. Eles levaram Yossarian até o banco de trás, e o carro saiu roncando o motor e costurando o trânsito em meio à chuva e à neblina lamacenta até uma delegacia. Os policiais trancaram Yossarian numa cela com quatro paredes de pedra para passar a noite. Quando amanheceu, deram a ele um balde para servir de latrina e o levaram para o aeroporto onde dois outros policiais gigantes com cassetete e capacete branco esperavam em um avião de transporte cujos motores já estavam aquecendo quando eles chegaram, as cilíndricas carenagens verdes exsudando trêmulas gotas de condensação. Nenhum dos policiais disse nada. Nem sequer gesticularam. Yossarian jamais tinha visto rostos graníticos como aqueles. O avião voou até Pianosa. Dois outros policiais silenciosos esperavam na pista de pouso. Havia oito deles agora, e eles preencheram com precisa e silenciosa disciplina dois carros e saíram acelerando com pneus que zumbiam passando pelas áreas de quatro esquadrões até o prédio do quartel-general do grupamento, onde outros dois policiais esperavam no estacionamento. Todos os dez homens altos, fortes, determinados e silenciosos se erguiam em torno dele quando se dirigiram para a entrada. Os passos deles ecoavam num alto uníssono no chão de cimento. Yossarian tinha a impressão de uma pressa que se acelerava. Estava apavorado. Cada um dos dez policiais parecia ter força o bastante para acabar com ele com uma única pancada. Bastava que eles apertassem Yossarian com seus imensos, duros e pétreos ombros para arrancar toda a vida do seu corpo. Não havia nada que pudesse fazer para se salvar. Ele nem mesmo conseguia ver quais eram os policiais que o agarravam por baixo do braço enquanto o obrigavam a marchar rapidamente entre as duas cerradas filas indianas que haviam formado. O passo deles acelerou, e ele teve a sensação de que eles estavam voando com os pés dele fora do chão enquanto trotavam em cadência resoluta pela ampla escadaria de mármore até o patamar superior, onde outros dois policiais militares inescrutáveis com rostos empedernidos esperavam para levar todos eles num passo ainda mais rápido pelo longo mezanino que pairava sobre o imenso saguão. Os passos de marcha deles no chão de ladrilhos foscos trovejavam como um tremendo tambor rufando pela vazia área central do prédio enquanto eles andavam com velocidade e precisão ainda maiores na direção do gabinete do coronel Cathcart, e violentas ondas de pânico começaram a soprar nos ouvidos de Yossarian quando eles o viraram para seu terrível destino final dentro do gabinete, onde o coronel Korn, com seu traseiro confortavelmente espraiado num canto da mesa do coronel Cathcart, esperava para saudá-lo com um sorriso simpático e disse:

— Vamos mandar você para casa.

40
ARDIL-22

Claro que havia uma pegadinha.
— Ardil-22? — perguntou Yossarian.
— Evidente — respondeu o coronel Korn amigavelmente, depois de ter se livrado da poderosa guarda de policiais imensos com um gesto de mão e um aceno de cabeça levemente desdenhoso. Mais relaxado, como sempre, quando podia ser mais cínico. Seus óculos quadrados sem aro cintilavam com uma diversão astuta quando ele olhou para Yossarian. — Afinal, não podemos simplesmente mandar você para casa por se recusar a voar mais missões e manter o restante dos homens aqui, certo? Isso não seria muito justo com eles.
— Você está absolutamente certo! — disse o coronel Cathcart, andando de um lado para o outro desajeitado como um touro sem fôlego, bufando zangado e fazendo beicinho. — A minha vontade era amarrar as mãos e os pés dele e jogar dentro do avião em toda missão. É isso que eu queria fazer.
O coronel Korn fez um gesto para que o coronel Cathcart ficasse em silêncio e sorriu para Yossarian.
— Sabe, você andou tornando as coisas terrivelmente difíceis para o coronel Cathcart — observou ele com excelente humor, como se o fato não o desagradasse nem um pouco. — Os homens estão infelizes e o moral está começando a se deteriorar. E a culpa é sua.
— A culpa é de vocês — argumentou Yossarian — por aumentar o número de missões.
— Não, a culpa é sua por se recusar a voar as missões — rebateu o coronel Korn. — Os homens estavam perfeitamente felizes em voar todas

as missões que pedíssemos desde que não existisse alternativa. Agora você deu esperança a eles e eles estão infelizes. Portanto, a culpa é toda sua.

— Ele não sabe que estamos no meio de uma guerra? — perguntou o coronel Cathcart, ainda andando para lá e para cá morosamente sem olhar para Yossarian.

— Tenho quase certeza de que ele sabe — respondeu o coronel Korn. — Provavelmente é por isso que ele se recusa a voar as missões.

— Isso não faz nenhuma diferença para ele?

— Saber que estamos no meio de uma guerra vai tornar mais fraca a sua decisão de se recusar a participar dela? — perguntou o coronel Korn com sarcástica seriedade, imitando o coronel Cathcart.

— Não, senhor — respondeu Yossarian, quase correspondendo ao sorriso do coronel Korn.

— Era o que eu temia — comentou o coronel Korn com um suspiro trabalhado, cruzando seus dedos confortavelmente no alto da cabeça lisa, careca, ampla e brilhante. — Sabe, para ser justo, não tratamos você assim tão mal, tratamos? Nós te alimentamos e pagamos pelo seu tempo. Te demos uma medalha e até promovemos você a capitão.

— Eu nunca deveria ter promovido esse sujeito a capitão! — exclamou o coronel Cathcart amargamente. — Eu deveria ter feito com que ele respondesse a uma corte marcial depois que estragou aquela missão para Ferrara e sobrevoou o alvo duas vezes.

— Eu disse para não promovê-lo — disse o coronel Korn. — Mas você não quis me ouvir.

— Disse nada. Você me disse para dar a promoção, não foi?

— Eu disse para *não* dar a promoção. Mas você não quis me ouvir.

— Eu devia ter ouvido.

— Você nunca me ouve — persistiu o coronel Korn com satisfação. — É por isso que estamos nessa situação.

— Está bem, está bem. Pare de esfregar na minha cara, ok?

O coronel Cathcart enfiou os punhos até o fim nos bolsos e fez uma desleixada meia-volta.

— Em vez de ficar me criticando, por que você não descobre o que a gente faz com ele?

— Vamos mandá-lo para casa.

O coronel Korn estava dando uma risadinha triunfante quando desviou o olhar do coronel Cathcart para ficar de frente para Yossarian.

— Yossarian, a guerra acabou para você. Vamos mandar você para casa. Você realmente não merece isso, sabe, e essa é uma das razões para eu não me importar em fazer isso. Como não existe outra coisa que possamos fazer com você nesse momento sem correr riscos, decidimos mandar você de volta para os Estados Unidos. Bolamos esse acordo...

— Que tipo de acordo? — perguntou Yossarian, desconfiado e desafiador.

O coronel Korn jogou a cabeça para trás e riu.

— Ah, um acordo absolutamente desprezível, não se engane. É totalmente repulsivo. Mas você vai aceitar rapidinho.

— Eu não teria tanta certeza.

— Não tenho a menor dúvida de que você vai aceitar, mesmo que seja uma coisa nojenta de dar medo. Ah, a propósito, você não contou para nenhum dos outros homens que se recusou a voar mais missões, contou?

— Não, senhor — respondeu Yossarian de pronto.

O coronel Korn acenou com a cabeça num gesto de aprovação.

— Ótimo. Gosto do jeito que você mente. Você vai longe nesse mundo se em algum momento passar a ter ambição.

— Ele não sabe que estamos no meio de uma guerra? — gritou o coronel Cathcart de repente e soprou com vigorosa descrença o lado aberto de sua piteira.

— Tenho quase certeza de que ele sabe — respondeu o coronel Korn acidamente — uma vez que você chamou a atenção dele para esse mesmíssimo ponto agorinha mesmo.

O coronel Korn franziu a testa exausto para que Yossarian visse, os olhos cintilando numa escuridão de astúcia e ousado desprezo. Segurando a ponta da mesa do coronel Cathcart com as duas mãos, ele suspendeu os quadris flácidos até o canto para se sentar com as pernas curtas balançando livremente. Os sapatos dele davam pancadinhas de leve no carvalho amarelo, as meias marrom-lama, sem liga, caindo em círculos frouxos abaixo das canelas surpreendentemente finas e brancas.

— Sabe, Yossarian — ponderou ele, afável, como se estivesse refletindo casualmente, de um modo que parecia ao mesmo tempo sardônico e sincero —, eu de verdade admiro você um pouco. Você é um sujeito inteligente de grande caráter moral que resolveu tomar uma atitude corajosa. Sou uma pessoa inteligente sem nenhum caráter moral, por isso estou numa situação ideal para valorizar isso.

— Estamos em um momento decisivo — afirmou o coronel Cathcart com petulância de um canto longínquo do gabinete, sem prestar qualquer atenção ao coronel Korn.

— Um momento realmente decisivo — concordou o coronel Korn com um plácido aceno de cabeça. — Acabamos de ter uma troca de comando no topo, e não podemos ter uma situação que nos deixe mal nem aos olhos do general Scheisskopf nem aos olhos do general Peckem. É disso que o senhor está falando, coronel?

— Ele não tem nenhum patriotismo?

— Você não aceita lutar pelo seu país? — perguntou o coronel Korn, emulando o tom duro e hipócrita do coronel Cathcart. — Você não aceita abrir mão de sua vida pelo coronel Cathcart e por mim?

Yossarian ficou tenso numa atônita atenção quando ouviu as últimas palavras do coronel Korn.

— Como é? — perguntou ele. — O que você e o coronel Cathcart têm a ver com o meu país? Não é a mesma coisa.

— Como você pode separar as coisas? — perguntou o coronel Korn com irônica tranquilidade.

— É isso mesmo — gritou o coronel Cathcart para dar ênfase. — Ou você está conosco ou está contra nós. Não existe meio-termo.

— Infelizmente acho que ele te pegou — acrescentou o coronel Korn.

— Ou você está conosco ou está contra o seu país. Simples assim.

— Ah, não coronel. Não compro essa.

O coronel Korn estava imperturbável.

— Para falar a verdade, eu também não. Mas todo mundo acredita. Então essa é a sua situação.

— Você desonra a sua farda! — declarou o coronel Cathcart com raiva violenta, dando meia-volta para confrontar Yossarian pela primeira vez. — Queria saber como foi que você chegou a capitão.

— Você promoveu ele — lembrou o coronel Korn carinhosamente, contendo o riso. — Não lembra?

— Bem, eu jamais deveria ter feito isso.

— Eu disse para não fazer isso — disse o coronel Korn. — Mas você nunca me ouve.

— Caramba, dá para parar de esfregar isso na minha cara? — gritou o coronel Cathcart. Ele franziu a testa e olhou para o coronel Korn com olhos semicerrados de desconfiança, os punhos cerrados nos quadris. — Olha só, de que lado você está, afinal?

— Do seu lado, coronel. De que outro lado eu poderia estar?

— Então pare de me criticar, tá bom? Pare de pegar no meu pé.

— Estou do seu lado, coronel. Sou puro patriotismo.

— Muito bem, só tome cuidado para jamais se esquecer disso — disse o coronel Cathcart e se virou, rabugento, para o outro lado depois de um instante, não totalmente tranquilizado, e começou a andar pela sala, as mãos massageando a longa piteira. Ele apontou com o polegar para Yossarian. — Vamos resolver isso com ele. Eu sei o que eu queria fazer com ele. Queria levá-lo lá para fora e fuzilar. É isso que eu queria fazer com ele. É isso que o general Dreedle faria com ele.

— Mas o general Dreedle não está mais conosco — disse o coronel Korn — e, portanto, não podemos levá-lo lá para fora e fuzilar.

Agora que seu momento de tensão com o coronel Cathcart tinha passado, o coronel Korn relaxou de novo e voltou a chutar de leve a mesa do coronel Cathcart. Ele voltou para Yossarian.

— Então em vez disso vamos mandar você para casa. Precisamos pensar um pouco, mas acabamos bolando esse pequeno plano horroroso para te mandar para casa sem causar maiores insatisfações entre os amigos que você vai deixar para trás. Isso não te deixa feliz?

— Que tipo de plano? Não tenho certeza se vou gostar.

— Eu sei que você não vai gostar.

O coronel Korn riu, colocando contente as duas mãos mais uma vez no alto da cabeça.

— Você vai odiar. É de fato uma coisa detestável e certamente vai ofender a sua consciência. Mas você vai concordar com o plano rapidinho. Você vai concordar, porque esse plano te manda para casa em segurança em duas semanas e porque você não tem escolha. É isso ou a corte marcial. É pegar ou largar.

Yossarian bufou.

— Pare de blefar, coronel. O senhor não tem como me mandar para a corte marcial por desertar diante do inimigo. Ia ficar ruim para o senhor e provavelmente o senhor não conseguiria uma condenação.

— Mas podemos te mandar para a corte marcial agora por deserção do serviço, já que você foi para Roma sem permissão. E isso pode colar. Se você pensar nisso por um minuto, vai ver que não ia nos deixar alternativa. Não temos como simplesmente deixar você andando por aí em visível insubordinação sem te punir. Todos os outros homens também iriam parar de voar missões. Não, você tem a minha palavra. Vamos te levar para a corte marcial se você recusar o nosso acordo, ainda que isso fosse levantar várias perguntas e ainda que fosse um revés tremendo para o coronel Cathcart.

O coronel Cathcart estremeceu ao ouvir a palavra "revés" e, sem qualquer aparente premeditação, atirou a esguia piteira de ônix e ébano violentamente na superfície de madeira de sua mesa.

— Deus do céu! — gritou ele inesperadamente. — Odeio essa droga de piteira! — A piteira quicou na mesa, bateu na parede, ricocheteou no parapeito da janela, caiu no chão e foi parar quase no lugar onde ele estava. O coronel Cathcart olhou para baixo com uma carranca irascível.

— Fico pensando se isso está mesmo me fazendo algum bem.

— É um êxito que o senhor conseguiu com o general Peckem, mas um revés com o general Scheisskopf — informou o coronel Korn com um maldoso olhar de inocência.

— Certo, e qual dos dois eu deveria agradar?

— Os dois.

— Como eu posso agradar os dois? Eles se odeiam. Como vou conseguir um êxito com o general Scheisskopf sem ter um revés com o general Peckem?

— Marchando.

— Sim, marchando. É a única coisa que agrada Scheisskopf. Marchar. Marchar. — O coronel Cathcart fez uma careta mal-humorada. — Grandes generais esses! São uma desonra para a farda. Se gente como esses dois pode chegar a general, não vejo como eu não poderia.

— O senhor vai longe — garantiu o coronel Korn com absoluta falta de convicção e se virou rindo para Yossarian, a alegria desdenhosa aumentando ao ver a inflexível expressão de antagonismo e desconfiança de Yossarian. — E eis aí o cerne da situação. O coronel Cathcart deseja ser general e eu quero ser coronel, e é por isso que vamos mandar você para casa.

— Por que ele quer ser general?

— Por quê? Pela mesma razão que eu quero ser coronel. O que mais a gente tem para fazer? Todo mundo ensina a gente a ter ambição de chegar mais alto. General é mais alto do que coronel, e coronel é mais alto do que tenente-coronel. Portanto, nós dois temos ambições. E sabe, Yossarian, é sorte sua nós dois termos ambições. Você surgiu no momento perfeito, mas imagino que tenha levado esse fator em conta nos seus cálculos.

— Eu não fiz cálculo nenhum — rebateu Yossarian.

— Sim, eu gosto mesmo do jeito que você mente — respondeu o coronel Korn. — Você não vai ficar orgulhoso de ver o seu oficial comandante promovido a general, saber que serviu em uma unidade que teve uma média de missões por pessoa maior do que a de qualquer outra? Você não quer ganhar mais citações de unidade e mais folhas de carvalho para a sua Medalha do Mérito Aéreo? Onde está o seu orgulho em fazer parte dessa organização? Você não quer contribuir mais para esse excelente histórico voando mais missões de combate? Essa é a sua última chance de responder sim.

— Não.

— Nesse caso você deixa a gente numa situação difícil... — disse o coronel Korn sem rancor.

— Ele deveria sentir vergonha!

— ... e vamos ter que te mandar para casa. Basta você fazer umas coisinhas para a gente e...

— Que tipo de coisa? — interrompeu Yossarian com apreensão beligerante.

— Ah, umas coisinhas minúsculas, insignificantes. Falando sério, esse é um acordo muito generoso que estamos te oferecendo. Vamos emitir ordens para que você volte para os Estados Unidos... é verdade, vamos mesmo... e a única coisa que você precisa fazer em troca é...

— O quê? O que eu preciso fazer?

O coronel Korn riu brevemente.

— Gostar da gente.

Yossarian piscou.

— Gostar de vocês?

— Gostar da gente.

— Gostar de vocês?

— Exato — disse o coronel Korn, fazendo que sim com a cabeça, imensamente satisfeito pela surpresa e pela perplexidade inocentes de Yossarian. — Gostar de nós. Se juntar a nós. Ser nosso amigo. Dizer coisas boas sobre a gente aqui e nos Estados Unidos. Virar um dos nossos meninos. Veja bem, isso não é pedir muito, não é?

— Vocês só querem que eu goste de vocês? Mais nada?

— Mais nada.

— Mais nada?

— Basta você descobrir do fundo do coração que você gosta de nós.

Yossarian quis rir confiante ao perceber com espanto que o coronel Korn estava dizendo a verdade.

— Isso não vai ser muito fácil — zombou ele.

— Ah, vai ser muito mais fácil do que você imagina — disse o coronel Korn ironicamente em resposta, sem se abater com a provocação de Yossarian. — Você vai ficar surpreso ao descobrir que é muito fácil gostar de nós depois que você começar.

O coronel Korn puxou para cima a cintura da sua calça larga, volumosa. Os profundos vincos escuros que separavam seu queixo quadrado da papada estavam novamente dobrados numa espécie de alegria sarcástica e censurável.

— Veja, Yossarian, a gente está te oferecendo o caminho fácil. Vamos te promover a major e inclusive te dar outra medalha. O capitão Flume já está trabalhando em comunicados brilhantes para a imprensa descrevendo a sua coragem sobre Ferrara, a sua profunda e permanente lealdade à unidade e a sua consumada dedicação ao serviço. Essas frases são citações reais, aliás. Vamos glorificar você e te mandar para casa como um herói, chamado de volta pelo Pentágono para ajudar a levantar o moral e fazer relações públicas. Você vai viver como um milionário. Todo mundo vai te homenagear. Vão fazer desfiles para celebrar você e discursos para vender bônus de guerra. Todo um novo mundo de luxo está à sua espera assim que você virar nosso amigo. Não é ótimo?

Yossarian se pegou ouvindo com atenção a fascinante elucidação dos detalhes.

— Não tenho certeza se quero fazer discursos.

— Então a gente esquece os discursos. O importante é o que você vai dizer para as pessoas aqui.

O coronel Korn se inclinou para a frente falando sério, já sem sorrir.

— Não queremos que os homens do grupamento saibam que estamos mandando você para casa por ter se recusado a voar mais missões. E não queremos que o general Peckem e o general Scheisskopf ouçam falar de qualquer atrito entre nós. É por isso que vamos ser tão amigos.

— O que eu vou dizer para os homens que perguntaram por que me recusei a voar mais missões?

— Diga que você foi informado em sigilo que ia ser mandado de volta para os Estados Unidos e que não estava disposto a arriscar a vida por causa de mais uma ou duas missões. Uma pequena discordância entre amigos, nada mais.

— Eles vão acreditar?

— Claro que vão, quando virem que viramos bons amigos e quando virem os comunicados para a imprensa e lerem as coisas elogiosas que você tem a dizer sobre mim e o coronel Cathcart. Não se preocupe com os homens. Vai ser fácil disciplinar os homens e controlar tudo depois que você tiver ido embora. Talvez só tenha algum problema enquanto você estiver por aqui. Sabe, uma maçã boa pode estragar as outras — concluiu o coronel Korn com consciente ironia. — Sabe, seria realmente maravilhoso, você pode até servir de inspiração para que eles voem mais missões.

— E se eu denunciar vocês quando chegar aos Estados Unidos?

— Depois de aceitar a nossa medalha e a promoção e todo o circo? Ninguém ia acreditar em você, o Exército não ia deixar, e, além de tudo, por que você ia querer fazer uma coisa dessas? Você vai ser um dos nossos meninos, lembra? Vai desfrutar de uma vida cheia de riquezas, recompensas, luxo e privilégios. Só um tolo ia jogar isso fora por causa de um princípio moral, e você não é um tolo. Temos um acordo?

— Não sei.

— É isso ou a corte marcial.

— Eu estaria fazendo um truque bem nojento com o pessoal do esquadrão, não?

— Odioso — concordou o coronel Korn amigavelmente e esperou, observando Yossarian com atenção com um lampejo de deleite pessoal.

— Bom, que se dane! — exclamou Yossarian. — Se eles não quiserem voar mais missões, eles que se mexam e façam alguma coisa como eu fiz, certo?

— Claro — disse o coronel Korn.

— Não tem por que eu arriscar a vida por eles, tem?

— Claro que não.

Yossarian chegou à sua decisão com um breve sorriso.

— Acordo fechado! — anunciou ele, jubilante.

— Ótimo — disse o coronel Korn com uma cordialidade menor do que Yossarian teria esperado, então ele desceu da mesa do coronel Cathcart, ficando de pé no chão. Puxou as dobras de tecido da calça e da cueca que estavam agarradas à virilha e ofereceu uma mão mole para trocar um aperto com Yossarian. — Bem-vindo a bordo.

— Obrigado, coronel. Eu...

— Me chame de Blackie, John. Somos amigos agora.

— Claro, Blackie. Meus amigos me chamam de Yo-Yo. Blackie, eu...

— Os amigos o chamam de Yo-Yo — disse o coronel Korn para o coronel Cathcart. — Por que você não parabeniza Yo-Yo pela decisão sensata que ele está tomando?

— Você está tomando uma decisão realmente sensata, Yo-Yo — disse o coronel Cathcart, apertando a mão de Yossarian com desajeitado entusiasmo.

— Obrigado, coronel, eu...

— Chame ele de Chuck — disse o coronel Korn.

— Claro, me chame de Chuck — disse o coronel Cathcart com uma risada sincera e estranha. — Somos amigos agora.

— Claro, Chuck.

— Saia sorrindo — disse o coronel Korn, as mãos nos ombros dos dois, enquanto os três iam até a porta.

— Venha jantar com a gente qualquer noite dessas, Yo-Yo — convidou o coronel Cathcart, hospitaleiro. — Que tal hoje à noite? Na sala de jantar do grupamento.

— Eu adoraria, senhor.

— Chuck — corrigiu o coronel Korn com tom de censura.

— Desculpe, Blackie. Chuck. Ainda não me acostumei.

— Sem problemas, amigão.

— Claro, amigão.

— Obrigado, amigão.

— Não se preocupe, amigão.

— Até mais, amigão.

Yossarian se despediu afetuosamente dos novos amigos e foi para o corredor do mezanino, quase começando a cantar assim que se viu sozinho. Estava livre para ir para casa; tinha dado certo; seu ato de rebeldia funcionou; ele estava em segurança, e não havia nada de que precisasse se envergonhar. Ele seguiu em direção à escada com ar alegre e contente. Um recruta de farda verde bateu continência para ele. Yossarian correspondeu à continência feliz, olhando com curiosidade para o recruta. Parecia estranhamente familiar. Quando Yossarian bateu continência, o recruta de farda verde se transformou subitamente na prostituta de Nately e pulou nele com ímpeto assassino segurando uma faca de cozinha com cabo de osso que atingiu Yossarian no flanco logo abaixo do braço levantado. Yossarian caiu no chão com um grito, fechando os olhos num terror avassalador quando viu a garota erguer a faca para atingi-lo de novo. Ele já estava inconsciente quando o coronel Korn e o coronel Cathcart saíram correndo do gabinete e salvaram a vida dele ao assustar a garota, que saiu correndo.

41
SNOWDEN

— Corta — disse um médico.

— Corta você — disse outro.

— Ninguém corta nada — disse Yossarian, com a língua grossa e pesada.

— Olha só quem está se metendo — reclamou um dos médicos. — Palpitezinho inesperado. Vamos operar ou não?

— Ele não precisa de operação — reclamou um dos médicos. — O ferimento é pequeno. Só precisamos estancar o sangramento, limpar e dar uns pontos.

— Mas eu nunca tive chance de operar antes. Qual desses é o bisturi? Esse aqui que é o bisturi?

— Não, bisturi é o outro. Bom, se você vai cortar, vai lá e corta então. Faz a incisão.

— Assim?

— Aí não, seu idiota!

— Nada de incisões — disse Yossarian, percebendo através da névoa de insensibilidade que se dissipava que os dois estranhos estavam prontos para começar a cortá-lo.

— Mais um palpite inesperado — reclamou, sarcástico, o primeiro médico. — Ele vai ficar falando o tempo todo enquanto a gente opera?

— Vocês não podem operar enquanto eu não fizer a papelada dele — disse um funcionário.

— Você não pode deixar que ele dê entrada enquanto eu não interrogar o sujeito — disse um coronel gordo e rude, com um bigode e um enorme rosto rosado que se aproximou muito de Yossarian e irradiava um calor absurdo como o fundo de uma imensa frigideira. — Onde você nasceu?

O coronel gordo e rude fez Yossarian se lembrar do coronel gordo e rude que tinha interrogado o capelão e considerado que ele era culpado. Yossarian olhou para cima na direção dele por meio de uma película vítrea. Os cheiros enjoativos de formol e álcool adocicavam o ar.

— Num campo de batalha — respondeu ele.

— Não, não, em que estado você nasceu.

— Num estado de inocência.

— Não, não, você não entendeu.

— Deixa que eu lido com isso — disse um sujeito com cara de machadinha com fundos olhos amargos e uma boca fina, malévola. — Você é um espertalhão ou algo assim? — perguntou ele a Yossarian.

— Ele está delirando — disse um dos médicos. — Por que vocês não deixam a gente levar esse sujeito de volta lá para dentro e tratar dele?

— Se ele está delirando, deixe ele bem aqui. Ele pode dizer algo incriminador.

— Mas ele ainda está sangrando muito. Não está vendo? Ele pode até morrer.

— *Bom* para ele!

— Ia ser bem conveniente para esse malandro — disse o coronel gordo e rude. — Muito bem, John, vamos falando. Queremos a verdade.

— Todo mundo me chama de Yo-Yo.

— Queremos que você coopere com a gente, Yo-Yo. Somos seus amigos e queremos que você confie na gente. Estamos aqui para te ajudar. Não vamos te machucar.

— Vamos enfiar o polegar na ferida dele e forçar — sugeriu o sujeito com cara de machadinha.

Yossarian deixou os olhos fecharem e torceu para acharem que ele estava inconsciente.

— Desmaiou — ouviu um médico dizer. — Podemos tratar ele agora antes que seja tarde demais? Ele pode morrer, é sério.

— Tá bem, levem. Espero que o cretino morra mesmo.

— Vocês só podem tratar ele depois que eu fizer a papelada — disse o funcionário.

Yossarian se fingiu de morto com os olhos fechados enquanto o funcionário cuidava da papelada dele, depois foi levado na maca de rodinhas lentamente até uma sala escura e abafada com holofotes ofuscantes no teto em que o cheiro enjoativo de formol e álcool doce era ainda mais forte. O fedor agradável e impregnado era embriagante. Yossarian também sentiu o cheiro de éter e ouviu vidros tilintando. Ouviu com secreta e egoísta alegria a respiração rouca dos dois médicos. Ele achava delicioso que eles pensassem que ele estava inconsciente e não soubessem que estava ouvindo. Tudo pareceu muito bobo para ele até que um dos médicos disse:

— Muito bem, você acha que a gente devia salvar a vida dele? Eles podem ficar irritados se a gente conseguir.

— Vamos operar — disse o outro médico. — Vamos abrir e ver de uma vez por todas as coisas lá dentro. Ele fica reclamando do fígado. O fígado dele parece bem pequeno nesses raios X.

— Isso aí é o pâncreas, seu idiota. O fígado é esse.

— Não é não. Isso é o coração. Aposto cinco centavos que o fígado é esse. Vou operar e descobrir. Melhor lavar as mãos antes?

— Nada de operação — disse Yossarian, abrindo os olhos e tentando se sentar.

— Mais um palpite inesperado — zombou um dos médicos, indignado. — Não tem como fazer com que ele cale a boca?

— Dá para aplicar uma anestesia geral. O éter está bem ali.

— Nada de anestesia geral — disse Yossarian.

— Mais um palpite inesperado — disse um médico.

— Vamos aplicar uma anestesia geral e derrubar o cara. Aí a gente pode fazer o que quiser com ele.

Eles aplicaram em Yossarian uma anestesia geral e o derrubaram. Ele acordou com sede num quarto individual, afogando-se em vapores de éter. O coronel Korn estava ao lado da cama dele, esperando calmamente numa cadeira com sua camisa e sua calça largas, de lã verde-oliva. Um sorriso suave, fleumático pairava em seu rosto moreno com barba cerrada e ele lustrava gentilmente as facetas de sua cabeça calva com a palma de ambas as mãos. Ele se inclinou para a frente com uma risadinha quando Yossarian acordou e garantiu no mais amistoso dos tons que o acordo que eles tinham feito continuava de pé caso Yossarian não morresse. Yossarian vomitou, e o coronel Korn se pôs de pé ao ouvir a primeira tosse e fugiu enojado, e isso fez parecer que de fato havia um lado bom em tudo, refletiu Yossarian, ao recair lentamente num torpor sufocante. Uma mão com dedos afiados o acordou bruscamente. Ele se virou, abriu os olhos e viu um homem desconhecido com cara de mau que franziu os lábios numa carranca rancorosa ao olhar para ele e se gabou:

— Pegamos o seu amigo, parceiro. Pegamos o seu amigo.

Yossarian se sentiu frio e fraco e começou a suar.

— Quem é o meu amigo? — perguntou ele ao ver que o capelão estava sentado onde o coronel Korn estivera antes.

— Talvez eu seja seu amigo — respondeu o capelão.

Mas Yossarian não conseguia ouvir o que ele disse e fechou os olhos. Alguém deu água para que ele tomasse e saiu na ponta dos pés. Ele dormiu e acordou se sentindo ótimo até virar a cabeça para sorrir para o capelão e em vez disso se deparar com Aarfy.

Yossarian gemeu por instinto e fechou a cara com excruciante irritabilidade quando Aarfy riu e perguntou como ele se sentia. Aarfy pareceu intrigado quando Yossarian perguntou por que ele não estava na cadeia. Yossarian fechou os olhos para fazer com que ele fosse embora. Quando abriu os olhos, Aarfy tinha ido embora e o capelão estava lá. Yossarian começou a rir quando viu o sorriso alegre do capelão e perguntou por que cargas-d'água ele estava tão feliz.

— Estou feliz por você — respondeu o capelão com uma franqueza e uma alegria empolgadas. — Ouvi dizer no grupamento que você estava com um ferimento sério e que teria que ser mandado para casa se sobrevivesse. O coronel Korn disse que a sua condição era crítica. Mas acabei de saber por um dos médicos que o seu ferimento, na verdade, é bem superficial e que provavelmente você vai sair daqui a um ou dois dias. Você não corre perigo. Não é nada grave.

Yossarian ouviu as notícias do capelão com enorme alívio.

— Isso é muito bom.

— É — disse o capelão com um rubor rosado de prazer travesso no rosto. — É, isso é muito bom.

Yossarian riu, lembrando a primeira conversa com o capelão.

— Sabe, da primeira vez que vi o senhor foi no hospital. E agora estou no hospital de novo. Praticamente só te vejo no hospital ultimamente. Onde anda se escondendo?

O capelão deu de ombros.

— Ando rezando bastante — confessou ele. — Tento ficar o máximo possível na minha tenda e rezo toda vez que o sargento Whitcomb sai de perto, para que ele não me pegue.

— Ajuda?

— Evita que eu pense em coisas ruins — respondeu o capelão dando de ombros outra vez. — E é alguma coisa para eu fazer.

— Bom, isso é bom, não?

— É — concordou o capelão com entusiasmo, como se a ideia não tivesse lhe ocorrido antes. — É, acho que isso é bom. — Ele se curvou para a frente impulsivamente com uma estranha solicitude. — Yossarian, tem alguma coisa que eu possa fazer por você enquanto está aqui? Tem alguma coisa que eu possa arranjar pra você?

Yossarian provocou o capelão jovialmente.

— Tipo brinquedos, balas ou chicletes?

O capelão corou de novo, sorrindo constrangido, e depois se virou muito respeitoso.

— Livros, talvez, ou alguma outra coisa. Queria poder fazer alguma coisa para te deixar feliz. Sabe, Yossarian, todo mundo está muito orgulhoso de você.

— Orgulhoso?

— Isso, claro. Por arriscar a vida para deter o assassino nazista. Foi um gesto muito nobre.

— Que assassino nazista?

— Aquele que veio matar o coronel Cathcart e o coronel Korn. E você salvou os dois. Ele podia ter te matado a facadas enquanto você lutava com ele no mezanino. Foi sorte você estar vivo!

Yossarian sorriu sardonicamente quando entendeu.

— Não tinha assassino nazista nenhum.

— Claro que tinha. O coronel Korn disse.

— Aquela era a namorada de Nately. Ela estava atrás de mim, não do coronel Cathcart e do coronel Korn. Ela está tentando me matar desde que eu contei para ela da morte de Nately.

— Mas como isso é possível? — protestou o capelão numa confusão furiosa e cheia de ressentimento. — Tanto o coronel Cathcart quanto o coronel Korn viram quando ele fugiu. O relatório oficial diz que você impediu que um assassino nazista matasse os dois.

— Não acredite no relatório oficial — aconselhou Yossarian secamente. — É parte do acordo.

— Que acordo?

— O acordo que fiz com o coronel Cathcart e com o coronel Korn. Eles vão me deixar voltar para casa como um grande herói desde que eu fale coisas boas sobre eles para todo mundo e nunca critique os dois para ninguém por fazer os homens voarem mais missões.

O capelão estava chocado e quase se levantou da cadeira. Ele se irritou com uma consternação beligerante.

— Mas isso é terrível! É um acordo vergonhoso, um escândalo, não é?

— Odioso — respondeu Yossarian, encarando fixamente o teto e mantendo apenas a parte de trás da cabeça repousada no travesseiro. — Acho que a palavra que decidimos foi "odioso".

— Então como você aceitou isso?

— Era isso ou a corte marcial, capelão.

— Ah! — exclamou o capelão com uma aparência de remorso absoluto, as costas da mão cobrindo a boca. Ele se sentou na cadeira inquieto. — Eu não devia ter dito nada.

— Iam me trancar numa prisão com um bando de criminosos.

— Claro. Você deve fazer aquilo que achar certo, nesse caso.

O capelão fez que sim com a cabeça para si mesmo como se estivesse decidindo o argumento e caiu num silêncio constrangido.

— Não se preocupe — disse Yossarian com uma risada triste depois de se passar um tempo. — Não vou fazer isso.

— Mas você precisa — insistiu o capelão, inclinando-se para a frente preocupado. — Estou falando sério, você precisa fazer isso. Eu não tinha o direito de te influenciar. Eu não tinha o direito de dizer nada.

— O senhor não me influenciou.

Yossarian se virou para o lado dele e balançou a cabeça em solene zombaria.

— Deus do céu, capelão! Dá para imaginar o tamanho desse pecado? Salvar a vida do coronel Cathcart! Está aí um crime que eu não quero na minha ficha.

O capelão voltou ao tema com cautela.

— O que você vai fazer ao invés disso? Você não pode deixar que eles te coloquem na cadeia.

— Vou voar mais missões. Ou pode ser que eu realmente deserte e deixe que eles tentem me pegar. Provavelmente eles vão conseguir.

— E aí te colocar na prisão. Você não quer ir para a prisão.

— Então vou continuar voando mais missões até que a guerra acabe, suponho. Alguns de nós vão ter que sobreviver.

— Mas você pode morrer.

— Então acho que não vou voar mais missões.

— O que você vai fazer?

— Não sei.

— Vai deixar que eles te mandem para casa?

— Não sei. Está quente lá fora? Está bem abafado aqui dentro.

— Está bem frio lá fora — disse o capelão.

— Sabe — lembrou Yossarian —, aconteceu uma coisa bem engraçada... Pode ser que eu tenha sonhado. Acho que um sujeito estranho apareceu aqui antes e me disse que pegou meu amigo. Fico pensando se imaginei isso.

— Acho que não — informou o capelão. — Você começou a me contar isso quando eu vim mais cedo.

— Então ele disse mesmo isso. "Pegamos o seu amigo, parceiro", ele disse. "Pegamos o seu amigo." O sujeito tinha os modos mais malignos que eu já vi. Quem será que é o meu amigo?

— Gosto de pensar que eu sou seu amigo, Yossarian — disse o capelão com humilde sinceridade. — E eles certamente me pegaram. Eles me seguiram e me puseram sob vigilância e me puseram exatamente onde queriam. Foi isso que me disseram no meu interrogatório.

— Não, acho que ele não estava falando de você — decidiu Yossarian. — Acho que deve ser alguém como Nately ou Dunbar. Sabe, alguém que morreu na guerra, como Clevinger, Orr, Dobbs, Kid Sampson ou McWatt.

Yossarian quase se engasgou de susto e balançou a cabeça.

— Acabei de me dar conta! — exclamou ele. — Eles pegaram todos os meus amigos, não foi? Só sobramos eu e o Joe Faminto.

Ele tremeu de pavor ao ver o rosto do capelão empalidecer.

— Capelão, o que foi?

— Joe Faminto morreu.

— Ah, meu Deus, não! Em uma missão?

— Morreu dormindo enquanto sonhava. Acharam um gato em cima do rosto dele.

— Coitado — disse Yossarian e começou a chorar, escondendo as lágrimas no ombro. O capelão saiu sem se despedir. Yossarian comeu alguma coisa e foi dormir. Uma mão o sacudiu no meio da noite. Ele abriu os olhos e viu um homem magro e mau num roupão de paciente e pijama que olhou para ele com um sorriso maldoso e zombou dele.

— Pegamos o seu amigo, parceiro. Pegamos o seu amigo.

Yossarian ficou nervoso.

— *Do que* você está falando? — implorou ele num pânico incipiente.

— Você vai descobrir, parceiro. Você vai descobrir.

Yossarian avançou com uma das mãos no pescoço do seu algoz, mas o sujeito saiu do alcance dele sem esforço e desapareceu no corredor com uma risada maliciosa. Yossarian ficou ali deitado tremendo com o coração batendo forte. Estava banhado em suor frio. Yossarian se perguntou quem seria seu amigo. Estava escuro no hospital e perfeitamente silencioso. Não havia um relógio para que pudesse saber as horas. Ele estava totalmente desperto e sabia que era prisioneiro de uma dessas noites insones na cama que levariam uma eternidade até se dissolver na aurora. Um calafrio latejante subiu pelas pernas dele. Yossarian estava com frio, e ele pensou em Snowden, que nunca foi seu amigo, mas que era um menino vagamente familiar que sofreu um ferimento grave e morreu congelado numa nesga amarela de sol que batia em seu rosto entrando pela escotilha da arma lateral, quando Yossarian foi rastejando até a parte de trás do avião, passando por cima do compartimento de bombas, depois que Dobbs implorou via intercomunicador que ajudasse o artilheiro, por favor, que alguém ajudasse o artilheiro. O estômago de Yossarian se revirou quando os olhos dele se depararam pela primeira vez com a cena macabra; ele estava absolutamente revoltado e parou amedrontado pouco antes de descer, apoiado nas mãos e nos joelhos no estreito túnel do compartimento de bombas, ao lado da caixa de papelão corrugado que continha o kit de primeiros socorros. Snowden estava deitado de costas no chão com as pernas estendidas, ainda sobrecarregado pelo peso de seu traje de proteção contra artilharia antiaérea, sua mochila com o paraquedas e seu Mae West. Não muito longe dele no chão estava o pequeno artilheiro da cauda desmaiado. O ferimento que Yossarian viu era na parte externa da coxa de Snowden, grande e profundo como uma bola de futebol americano, parecia. Era impossível saber onde acabavam os farrapos do macacão empapado em sangue e onde começava a carne dilacerada.

Não havia morfina no kit de primeiros socorros, nenhuma proteção que Snowden pudesse usar contra a dor exceto o choque entorpecedor causado pelo próprio ferimento aberto. As doze seringas de morfina tinham sido roubadas da caixa e substituídas por um bilhete com letras bastante legíveis que dizia: "O que é bom para a M&M Empreendimentos é bom para o país. Milo Minderbinder." Yossarian xingou Milo e colocou duas aspirinas em lábios pálidos incapazes de recebê-las. Mas primeiro ele rapidamente fez um torniquete em torno da coxa de Snowden, porque ele não conseguia imaginar o que mais poderia fazer naqueles primeiros momentos de agitação quando seus sentidos estavam tumultuados, quando ele sabia que deveria agir imediatamente e de modo competente e temia que pudesse desmoronar por completo. Snowden olhava fixamente para ele, sem dizer nada. Nenhuma artéria estava jorrando, mas Yossarian fingiu estar completamente absorvido na confecção de um torniquete, porque aplicar um torniquete era algo que sabia fazer. Ele trabalhou com habilidade e compostura simuladas, sentindo o olhar baço de Snowden sobre si. Ele conseguiu se controlar antes de terminar o torniquete e o afrouxou imediatamente para reduzir o risco de gangrena. Agora ele estava raciocinando bem e sabia como proceder. Ele remexeu no kit de primeiros socorros em busca de uma tesoura.

— Estou com frio — disse Snowden baixinho. — Estou com frio.

— Você vai ficar bem, rapaz — disse Yossarian para tranquilizá-lo com um sorriso. — Você vai ficar bem.

— Estou com frio — choramingou Snowden outra vez numa voz fraca, infantil. — Estou com frio.

— Está tudo bem, está tudo bem — disse Yossarian porque ele não sabia o que mais dizer. — Está tudo bem, está tudo bem.

— Estou com frio — gemeu Snowden. — Estou com frio.

— Está tudo bem. Está tudo bem.

Yossarian estava com medo e acelerou o que estava fazendo. Ele enfim encontrou uma tesoura e começou a cuidadosamente cortar o macacão de Snowden bem acima do ferimento, um pouco abaixo da virilha. O corte foi feito no pesado tecido de gabardine em torno da coxa toda, numa linha reta. O diminuto artilheiro da cauda acordou enquanto Yossarian estava fazendo o corte com a tesoura, viu o que ele fazia ali e desmaiou outra vez. Snowden virou a cabeça para o outro lado para olhar mais diretamente para Yossarian. Uma luz fraca, profunda, brilhava sobre seus olhos frágeis e indiferentes. Yossarian, intrigado, tentou não olhar para ele. Ele começou a fazer um corte no macacão para baixo, acompanhando a costura interna. A ferida aberta — seria aquilo um osso viscoso que ele via lá dentro do fluxo escarlate de sangue por trás das fibras pulsantes, assustadoras de um estranho músculo? — gotejava sangue em vários pontos, como neve derretendo em um telhado, mas o sangue era viscoso e vermelho e ficava espesso assim que caía. Yossarian continuou cortando o macacão até embaixo e tirou o tecido que envolvia a perna ferida. O pano caiu no chão com um baque, expondo a bainha da cueca cáqui que se ensopava de manchas de sangue num dos lados como se estivesse com sede. Yossarian estava atônito por ver como a perna nua de Snowden era branca como cera e sinistra, como eram horríveis, sem vida e esotéricos os pelos finos, loiros e encaracolados na canela e na panturrilha estranhamente brancas. O ferimento, agora ele via, não era nem de longe tão grande quanto uma bola de futebol americano, mas tinha o comprimento e a largura da sua mão e estava aberto demais e era profundo demais para que pudesse ver lá dentro com clareza. Um longo suspiro de alívio escapou lentamente da boca de Yossarian quando ele viu que Snowden não corria risco de morrer. O sangue já estava coagulando dentro da ferida, e era mera questão de fazer um curativo e de mantê-lo calmo até que o avião pousasse. Ele pegou alguns pacotes de sulfanilamida do kit de primeiros socorros. Snowden estremeceu quando Yossarian fez uma suave pressão para virá-lo um pouco de lado.

— Eu te machuquei?
— Estou com frio — gemeu Snowden. — Estou com frio.
— Está tudo bem — disse Yossarian. — Está tudo bem.
— Estou com frio. Estou com frio.

— Está tudo bem. Está tudo bem.

— Está começando a doer — gritou Snowden de repente num tom queixoso seguido de uma contração urgente.

Yossarian remexeu de novo freneticamente no kit de primeiros socorros em busca de morfina e só encontrou o bilhete de Milo e um frasco de aspirinas. Ele xingou Milo e deu duas aspirinas para Snowden. Yossarian não tinha água para oferecer. Snowden recusou a aspirina com um movimento quase imperceptível de cabeça. O rosto dele estava pálido e doentio. Yossarian removeu o capacete de proteção contra artilharia antiaérea de Snowden e baixou a cabeça dele até o chão.

— Estou com frio — gemeu Snowden quase de olhos fechados. — Estou com frio.

Os cantos da boca dele estavam ficando azuis. Yossarian estava petrificado. Ele ficou pensando se devia puxar a cordinha do paraquedas de Snowden e cobri-lo com o nylon. Estava bem quente no avião. Olhando para cima inesperadamente, Snowden deu um ligeiro sorriso cooperativo para Yossarian e mudou levemente a posição dos quadris para que Yossarian pudesse começar a aplicar sulfanilamida na ferida. Yossarian trabalhou com confiança e otimismo renovados. O avião sacudiu forte dentro de um bolsão de ar, e ele se lembrou assustado de que tinha deixado o próprio paraquedas na parte da frente do avião, no nariz. Não tinha nada que pudesse fazer quanto a isso. Jogou um envelope atrás do outro do pó branco e cristalino no ferimento oval que sangrava até que não se visse mais nada vermelho e então respirou fundo, apreensivo, preparando-se com dentes cerrados enquanto tocava com a mão nua nos farrapos pendurados de carne que estavam secando para colocá-los dentro da ferida. Rapidamente cobriu a ferida inteira com uma grande compressa de algodão e afastou a mão. Deu um sorriso nervoso quando seu breve tormento acabou. O contato com a carne morta nem de longe foi tão repulsivo quanto imaginava, e ele encontrou uma desculpa para acariciar o ferimento com os dedos várias vezes para se convencer de sua coragem.

Em seguida, ele começou a prender a compressa no lugar com um rolo de gaze. Quando estava dando a segunda volta na coxa com a bandagem de Snowden, Yossarian viu o pequeno buraco na parte interna por onde o projétil tinha entrado, uma ferida redonda, enrugada do tamanho de uma moeda com bordas azuis e o centro preto onde o sangue tinha formado uma crosta. Yossarian jogou um pouco de sulfanilamida nessa também e continuou desenrolando a gaze em volta da perna de Snowden até a compressa ficar bem firme. Depois ele cortou o rolo com a tesoura e fez um piquezinho no centro. Fez tudo isso rápido com um belo nó. Era um bom curativo, Yossarian sabia, e ele se acocorou com orgulho, limpando o suor da testa, e sorriu para Snowden com um jeito espontaneamente amistoso.

— Estou com frio — gemeu Snowden. — Estou com frio.

— Você vai ficar bem, rapaz — garantiu Yossarian, dando tapinhas no braço dele para confortá-lo. — Está tudo sob controle.

Snowden balançou a cabeça levemente.

— Estou com frio — repetiu ele, com olhos baços e cegos como uma pedra. — Estou com frio.

— Está tudo bem — disse Yossarian, com dúvida e receio crescentes. — Está tudo bem. Daqui a pouco vamos pousar e Doc Daneeka vai cuidar de você.

Mas Snowden continuou sacudindo a cabeça e por fim, com o mais sutil movimento do queixo, apontou para a própria axila. Yossarian se debruçou para dar uma olhada e viu uma mancha de cor estranha que atravessava o tecido do macacão pouco acima da cava do macacão de Snowden. Yossarian sentiu o coração parar, depois bater com tanta violência que ele teve dificuldade de respirar. Snowden tinha um ferimento dentro do macacão. Yossarian arrancou os fechos do macacão de Snowden e ouviu o próprio grito alucinado quando as vísceras de Snowden vazaram para o chão em um monte encharcado de sangue e continuaram transbordando. Um pedaço de munição de mais de sete centímetros tinha entrado no outro flanco de Snowden pouco abaixo do braço e cruzou o corpo todo dele, levando junto litros e litros de Snowden através do buraco gigante nas costas que a explosão criou. Yossarian gritou pela segunda vez e pressionou os olhos com a palma das mãos. Seus dentes tremiam de horror. Ele se forçou a olhar outra vez. Diante dos seus olhos, sem sombra de dúvida, estava a abundância divina, pensou ele com amargor enquanto olhava — fígado, pulmões, rins, costelas, estômago e pedacinhos dos tomates cozidos que Snowden tinha comido no almoço. Yossarian detestava tomate cozido e virou o rosto tonto e começou a vomitar, agarrando o pescoço enquanto a garganta parecia em chamas. O atirador da cauda acordou enquanto Yossarian vomitava, viu a cena e desmaiou de novo. Yossarian estava sem forças, tamanhos eram seu cansaço, sua dor e seu desespero quando terminou. Ele se virou outra vez lentamente para Snowden, cuja respiração estava agora mais fraca e mais rápida e cujo rosto tinha se tornado mais pálido. Ele se perguntou como seria possível começar a salvá-lo.

— Estou com frio — gemeu Snowden. — Estou com frio.

— Está tudo bem — murmurou Yossarian mecanicamente numa voz baixa demais para ser ouvida. — Está tudo bem.

Yossarian também estava com frio e tremia descontroladamente. Sentiu arrepios no corpo todo enquanto olhava desanimado para o triste segredo que Snowden havia deixado vazar no chão imundo. Era fácil ler a mensagem nas entranhas dele. O homem era matéria, esse era o segredo de Snowden. Jogue de uma janela e ele cai. Incendeie e ele queima. Enterre e ele apodrece, como qualquer lixo. Quando o espírito se vai, o homem é lixo. Esse era o segredo de Snowden. A maturidade era tudo.

— Estou com frio — disse Snowden. — Estou com frio.

— Está tudo bem — disse Yossarian. — Está tudo bem.

Ele puxou a corda do paraquedas de Snowden e cobriu seu corpo com o tecido de nylon.

— Estou com frio.

— Está tudo bem.

42
YOSSARIAN

— O coronel Korn diz — avisou o major Danby para Yossarian com um sorriso afetado e satisfeito — que o acordo continua de pé. Tudo está correndo bem.

— Não está, não.

— Ah, é mesmo — insistiu o major Danby, benevolente. — Na verdade, tudo está muito melhor. Foi de fato um golpe de sorte você quase ter sido assassinado por aquela garota. Agora o acordo pode ser fechado perfeitamente.

— Não vou fazer acordo nenhum com o coronel Korn.

O otimismo efervescente do major Danby desapareceu de imediato e, de uma hora para outra, ele começou a borbulhar de suor.

— Mas você tem um acordo com ele, não tem? — perguntou ele numa perplexidade angustiada. — Vocês não têm um acordo?

— Estou desfazendo o acordo.

— Mas vocês trocaram um aperto de mãos e tudo, não foi? Você deu sua palavra de cavalheiro.

— Estou descumprindo com a minha palavra.

— Minha nossa — disse o major Danby suspirando e começou a secar sem a menor eficácia a testa aflita com um lencinho branco dobrado. — Mas por quê, Yossarian? O acordo que eles estão oferecendo para você é muito bom.

— É um acordo horroroso, Danby. É um acordo odioso.

— Minha nossa — disse o major Danby, aflito, passando a mão pelos cabelos pretos e ásperos, a essa altura já ensopados de suor até o topo das grossas ondulações cortadas rentes à cabeça. — Minha nossa.

— Danby, você não acha o acordo odioso?

O major Danby refletiu por um instante.

— É, imagino que seja odioso — admitiu ele, relutante. Seus olhos globulares, exoftálmicos, estavam bastante perturbados. — Mas por que você fez um acordo desse se não gosta dele?

— Fiz isso num momento de fraqueza — brincou Yossarian com triste ironia. — Estava tentando salvar a minha vida.

— E agora você não quer mais salvar a sua vida?

— É por isso que eu não deixo que me forcem a voar mais missões.

— Então deixe que te mandem para casa e você não vai mais correr riscos.

— Quero que me mandem para casa, porque eu voei mais de cinquenta missões — disse Yossarian — e não porque fui esfaqueado por aquela garota, ou porque me transformei nesse teimoso desgraçado.

O major Danby balançou a cabeça enfaticamente numa contrariedade sincera visível por trás dos óculos.

— Se fizessem isso eles iam ter que mandar praticamente todos os homens para casa. A maioria dos homens voou mais de cinquenta missões. O coronel Cathcart jamais poderia pedir substituição de tanta gente por tripulações sem experiência sem que isso gerasse uma investigação. Ele está preso na própria armadilha.

— Isso é problema dele.

— Não, não, não, Yossarian — discordou o major Danby, solícito. — Esse problema é seu. Porque, se não cumprir o acordo, eles vão te mandar para a corte marcial assim que você tiver alta do hospital.

Yossarian torceu o nariz para o major Danby e riu com alegria presunçosa.

— Vão coisa nenhuma! Não minta para mim, Danby. Eles não vão nem tentar isso.

— Por que não? — perguntou o major Danby, piscando intrigado.

— Porque eu realmente coloquei eles numa sinuca de bico agora. Tem um relatório oficial que diz que fui esfaqueado por um assassino nazista que estava tentando matar os dois. Sem dúvida eles iam parecer uns imbecis se tentassem me mandar para uma corte marcial depois disso.

— Mas, Yossarian — exclamou o major Danby —, existe outro relatório oficial dizendo que você foi esfaqueado por uma garota inocente durante vastas operações de mercado ilegal envolvendo atos de sabotagem e a venda de segredos militares para o inimigo.

Yossarian ficou severamente surpreso e decepcionado.

— Outro relatório oficial?

— Yossarian, eles podem preparar quantos relatórios oficiais quiserem e escolher os que acharem melhor dependendo da ocasião. Você não sabia disso?

— Minha nossa — murmurou Yossarian com enorme desânimo, o sangue se esvaindo do rosto. — Minha nossa.

O major Danby avançou com um olhar de vulturina boa intenção.

— Yossarian, faça o que eles querem e deixe que te mandem para casa. É melhor para todo mundo assim.

— É melhor para Cathcart, para Korn e para mim, não para todo mundo.

— Para todo mundo — insistiu o major Danby. — Isso resolve o problema todo.

— Isso é o melhor para os homens do grupamento que vão continuar tendo que voar mais missões?

O major Danby estremeceu e afastou o olhar desconfortavelmente por um segundo.

— Yossarian — respondeu ele —, não vai ajudar ninguém se você forçar o coronel Cathcart a te mandar para uma corte marcial e provar que você é culpado de todos os crimes dos quais vão te acusar. Você vai passar muito tempo na cadeia, e sua vida vai ser arruinada.

Yossarian ouviu com crescente sentimento de preocupação.

— De quais crimes vão me acusar?

— Incompetência em Ferrara, insubordinação, recusa a enfrentar o inimigo em combate quando recebeu ordens para fazer isso e deserção.

Yossarian chupou as bochechas com sobriedade.

— Eles podem me acusar de tudo isso? Eles me deram uma medalha por Ferrara. Como podem me acusar de incompetência agora?

— Aarfy vai jurar que você e McWatt mentiram no relatório oficial.

— Aposto que o merdinha faria isso mesmo!

— Aliás, vão condenar você — relatou o major Danby — por estupro, vastas operações no mercado ilegal, atos de sabotagem e venda de segredos militares para o inimigo.

— Como eles vão provar essas coisas? Eu nunca fiz nada disso.

— Mas eles têm testemunhas que vão jurar que você fez. Eles podem conseguir todas as testemunhas de que precisam simplesmente convencendo as pessoas de que destruir você é algo que estão fazendo pelo bem do país. E, num certo sentido, seria pelo bem do país.

— Em que sentido? — perguntou Yossarian, erguendo-se lentamente sobre um dos cotovelos contendo a hostilidade.

O major Danby se afastou um pouco e voltou a secar a testa.

— Olha, Yossarian — começou ele, gaguejando de remorso —, não ajudaria no esforço de guerra acabar com a reputação do coronel Cathcart e do coronel Korn agora. Sendo franco, Yossarian, apesar de tudo, o grupamento de fato tem números muito bons. Se você for levado a uma corte marcial e sair inocentado, outros homens provavelmente também iriam se recusar a voar mais missões. O coronel Cathcart iria cair em desgraça e a eficiência militar da unidade pode ser destruída. Portanto, nesse sentido condenar você e te colocar na prisão, mesmo sendo inocente, seria pelo bem do país.

— Que jeito simpático de ver as coisas! — rebateu Yossarian com cáustico ressentimento.

O major Danby ficou vermelho e se contorceu e semicerrou os olhos incomodado.

— Por favor, não me culpe — suplicou ele com um olhar de integridade ansiosa. — Você sabe que a culpa não é minha. Só o que estou fazendo é tentar olhar para as coisas de uma maneira objetiva e encontrar uma solução para uma situação bastante difícil.

— Não fui eu que criei essa situação.

— Mas você pode resolver isso. E, se não for assim, o que mais pode fazer? Você não quer voar mais missões.

— Posso fugir.

— Fugir?

— Desertar. Ir embora. Posso dar as costas para essa confusão toda e começar a correr.

O major Danby estava chocado.

— Para onde? Para onde você poderia ir?

— Eu poderia ir para Roma fácil. E poderia me esconder lá.

— E viver cada minuto da sua vida correndo o risco de te acharem? Não, não, não, Yossarian. Isso seria uma coisa desastrosa e ignóbil. Fugir de um problema nunca resolve nada. Por favor, acredite em mim. Só estou tentando ajudar.

— Foi isso que aquele detetive gentil disse antes de enfiar o dedo na minha ferida — respondeu Yossarian sarcasticamente.

— Não sou detetive — respondeu o major Danby indignado, as faces corando outra vez. — Sou um professor universitário com um senso altamente desenvolvido do que é certo e errado e não ia tentar te enganar. Eu não ia mentir para você.

— O que você faria se um dos homens do grupamento perguntasse sobre essa conversa?

— Eu mentiria.

Yossarian riu ironicamente, e o major Danby, apesar do corado desconforto, se recostou aliviado, como se feliz pela trégua prometida pela mudança de humor de Yossarian. Yossarian olhou para ele com um misto de fria compaixão e desprezo. Ele se sentou na cama com as costas apoiadas na cabeceira, acendeu um cigarro, deu um leve sorriso de ironia divertida e olhou com excêntrica empatia para o vívido e arregalado horror que havia se implantado permanentemente no rosto do major Danby no dia da missão para Avignon, quando o general Dreedle deu ordens para que o tirassem da sala e o fuzilassem. As rugas assustadas ficariam para sempre, como profundas cicatrizes pretas, e Yossarian sentiu pena do gentil e moral idealista de meia-idade, assim como sentia pena de muita gente cujas falhas não eram grandes e cujos problemas eram leves.

Com deliberada amistosidade ele disse:

— Danby, como você consegue trabalhar com gente como Cathcart e Korn. Não embrulha o seu estômago?

O major Danby pareceu surpreso com a pergunta de Yossarian.

— Faço isso para ajudar o meu país — respondeu ele, como se a resposta fosse óbvia. — O coronel Cathcart e o coronel Korn são meus superiores, e obedecer às ordens deles é a única contribuição que posso dar para o esforço de guerra. Eu trabalho com eles porque é meu dever. Além disso — acrescentou em voz bem mais fraca, baixando os olhos —, eu não sou uma pessoa muito agressiva.

— O seu país não precisa mais da sua ajuda — argumentou Yossarian com antagonismo. — Então a única coisa que você está fazendo é ajudar os dois.

— Tento não pensar nisso — admitiu o major Danby com franqueza. — Mas tento me concentrar só no resultado maior e esquecer que eles também estão prosperando. Tento fingir que eles não são importantes.

— Esse é o meu problema, sabe — ponderou Yossarian com empatia, cruzando os braços. — Entre mim e qualquer ideal possível, sempre encontro Scheisskopfs, Peckems, Korns e Cathcarts. E isso meio que muda o meu ideal.

— Você tem que tentar não pensar neles — aconselhou o major Danby afirmativamente. — E você não deve nunca deixar que eles mudem os seus valores. Ideais são bons, mas as pessoas, às vezes, não são tão boas. É preciso olhar para o que está acima de você, para o contexto completo.

Yossarian recusou o conselho balançando ceticamente a cabeça.

— Quando olho para o que está acima de mim, o que vejo são pessoas lucrando. Não vejo o paraíso, nem santos, nem anjos. Vejo gente lucrando com cada impulso decente e com cada tragédia humana.

— Mas você tem que tentar não pensar nisso também — insistiu o major Danby. — E tem que tentar evitar que isso te chateie.

— Ah, isso não chega a me chatear. Mas o que me chateia é que eles pensam que eu sou otário. Eles acham que são espertos e que somos todos uns trouxas. E, sabe, Danby, pela primeira vez me ocorreu que pode ser que estejam certos.

— Mas você tem que evitar pensar nisso também — argumentou o major Danby. — Você tem que tentar pensar apenas no bem-estar do seu país e na dignidade do ser humano.

— Ã-hã — disse Yossarian.

— É sério, Yossarian. Isso aqui não é a Primeira Guerra Mundial. Você não pode esquecer que estamos em guerra contra agressores que não iam deixar nenhum de nós vivos se eles ganhassem.

— Sei disso — respondeu Yossarian, lacônico, com um súbito surto de irritação mal-encarada. — Meu Deus, Danby, eu mereci aquela medalha que recebi, independentemente do motivo que eles tiveram para me dar. Voei setenta missões de combate. Não venha me falar em lutar para salvar o meu país. Eu lutei esse tempo todo para salvar o meu país. Agora vou lutar um pouco para me salvar. O país não está mais correndo risco, mas eu estou.

— A guerra ainda não acabou. Os alemães estão indo para Antuérpia.

— Os alemães vão estar derrotados daqui a alguns meses. E o Japão vai estar derrotado uns meses depois disso. Se eu fosse abrir mão da minha vida agora, não ia ser pelo meu país. Ia ser por Cathcart e Korn. Então, por enquanto, estou aposentando minha mira de bombardeiro. De agora em diante estou pensando só em mim.

O major Danby respondeu indulgente com um sorriso arrogante.

— Mas, Yossarian, imagine se todo mundo fizesse isso.

— Aí sem dúvida eu seria burro de fazer diferente, não seria?

Yossarian se sentou com as costas mais retas e fez uma expressão engraçada.

— Sabe, tenho uma sensação estranha de que tive uma conversa exatamente igual a essa com alguém antes. É como a sensação do capelão de ter vivido tudo duas vezes.

— O capelão quer que você deixe que eles te mandem para casa — comentou o major Danby.

— O capelão que vá plantar batatas.

— Minha nossa — disse o major Danby suspirando, então balançou a cabeça numa decepção pesarosa. — Ele está com medo de ter te influenciado.

— Ele não me influenciou. Sabe o que eu poderia fazer? Eu poderia ficar aqui na cama de hospital vegetando. Poderia ficar vegetando bem aqui bem confortável e deixar os outros tomarem as decisões.

— Você precisa tomar decisões — discorda o major Danby. — Uma pessoa não pode viver como um vegetal.

— Por que não?

Um distante olhar cálido apareceu nos olhos do major Danby.

— Deve ser bom viver como um vegetal — admitiu ele, melancólico.

— É horrível — respondeu Yossarian.

— Não, deve ser bem agradável se livrar de todas essas dúvidas e da pressão — insistiu o major Danby. — Acho que eu ia gostar de viver como um vegetal e não tomar nenhuma decisão importante.

— Que tipo de vegetal, Danby?

— Um pepino ou uma cenoura.

— Que tipo de pepino? Um pepino bom ou ruim?

— Ah, um pepino bom, claro.

— Iam cortar você quando chegasse ao auge e te fatiar para uma salada.

O major Danby pareceu decepcionado.

— Um pepino ruim, então.

— Iam te deixar apodrecer e te usar como adubo para ajudar os pepinos bons a crescerem.

— Então acho que não quero viver como um vegetal — disse o major Danby com um sorriso de triste resignação.

— Danby, preciso mesmo deixar que eles me mandem para casa? — perguntou Yossarian para ele a sério.

O major Danby deu de ombros.

— É um jeito de você se salvar.

— É um jeito de eu me corromper, Danby. Você deveria saber disso.

— Você poderia ter um monte de coisa que quer.

— Não quero ter um monte de coisa que quero — respondeu Yossarian, depois bateu o punho no colchão num surto de raiva e frustração. — Caramba, Danby, tenho amigos que morreram nessa guerra. Não posso fazer um acordo agora. Ser esfaqueado por aquela sacana foi a melhor coisa que já me aconteceu.

— Você prefere ir preso?

— Você ia deixar que *te* mandassem para casa?

— Claro que ia! — declarou o major Danby, convicto. — Com certeza ia — acrescentou um tempo depois de forma menos assertiva. — É, imagino que eu ia deixar que me mandassem para casa se eu estivesse no seu lugar — decidiu ele desconfortável, depois de recair numa contemplação aflita. Então virou o rosto de lado enojado num gesto de angústia violenta e disse: — Ah, sim, claro que eu ia deixar que me mandassem para casa! Mas sou tão covarde que eu não teria como estar no seu lugar, na verdade.

— Mas imagine que você não fosse um covarde — sugeriu Yossarian, analisando o rosto dele com atenção. — Imagine que você tivesse a coragem de desafiar alguém.

— Nesse caso, eu *não ia* deixar que me mandassem para casa — jurou enfático o major Danby com alegria e entusiasmo vigorosos. — Mas certamente não ia deixar que me mandassem para a corte marcial.

— Você ia voar mais missões?

— Não, claro que não. Isso seria uma capitulação completa. E eu poderia morrer.

— Então você fugiria?

O major Danby começou a responder com espírito orgulhoso e se interrompeu de modo abrupto, a boca meio aberta fechando sem dizer nada. Ele mordeu o lábio inferior numa expressão cansada.

— Acho que não haveria esperança para mim, não é?

A testa e os protuberantes globos oculares brancos dele logo voltaram a brilhar. Ele cruzou os pulsos moles sobre o colo e mal parecia respirar ali sentado olhando para o chão numa derrota aquiescente. Sombras escuras e íngremes entraram pela janela. Yossarian as observou solene, e nenhum dos dois se mexeu ao ouvir o ruído chacoalhante de um veículo em alta velocidade cantando pneu até parar lá fora e o som dos passos de alguém correndo para o prédio.

— Sim, existe esperança para você — lembrou Yossarian com um fluxo lento de ar entrando nos pulmões. — Milo poderia te ajudar. Ele é mais importante que o coronel Cathcart e me deve uns favores.

O major Danby balançou a cabeça e respondeu num tom monocórdio.

— Milo e o coronel Cathcart são amigos agora. Ele nomeou o coronel Cathcart vice-presidente e prometeu um emprego importante para ele depois da guerra.

— Nesse caso, o ex-soldado de primeira classe Wintergreen vai ajudar a gente! — exclamou Yossarian. — Ele detesta os dois, e isso vai deixá-lo furioso.

O major Danby balançou a cabeça tristemente de novo.

— Milo e o ex-soldado de primeira classe Wintergreen fizeram uma fusão na semana passada. Todos eles são sócios na M&M Empreendimentos agora.

— Então não resta esperança para a gente, resta?

— Nenhuma.

— Nenhuma mesmo, é isso?

— Absolutamente nenhuma esperança — admitiu o major Danby. Ele ergueu os olhos depois de um tempo com o esboço de uma ideia. — Não ia ser bom se eles pudessem sumir a gente como sumiram os outros e tirar esse fardo do nosso ombro?

Yossarian disse que não. O major Danby concordou com um aceno melancólico de cabeça, voltando a baixar os olhos, e não houve esperança nenhuma para eles até que passos explodiram no corredor repentinamente e o capelão, gritando a plenos pulmões, entrou com tudo no quarto com as notícias eletrizantes sobre Orr, a tal ponto tomado pela hilária empolgação que durante um ou dois minutos ele quase não chegou a falar de modo coerente. Lágrimas de enorme felicidade cintilavam nos olhos dele, e Yossarian saltou da cama com um grito de incredulidade quando enfim entendeu.

— *Suécia?* — gritou ele.
— Orr! — gritou o capelão.
— Orr? — gritou Yossarian.
— Suécia! — gritou o capelão, balançando a cabeça para cima e para baixo num êxtase feliz e saltitando incontrolavelmente de um lado para o outro num delicioso e sorridente frenesi. — É um milagre, estou te dizendo! Um milagre! Agora acredito em Deus de novo, acredito de verdade. O mar levou ele até uma praia na Suécia depois de tantas semanas no mar! É um milagre.

— O mar levou ele até a praia, caramba! — declarou Yossarian, saltando também e gritando exultante e risonho com as paredes, o teto, com o capelão e com o major Danby. — Não foi o mar que levou ele até a Suécia! Ele *remou*! Ele *remou* até lá, capelão, ele *remou* até lá.

— Remou?
— Ele *planejou* isso! Ele foi para a Suécia deliberadamente.
— Bom, tanto faz — rebateu o capelão sem perder o entusiasmo. — Continua sendo um milagre, um milagre da inteligência e da resistência humana. Olha o que ele conseguiu! — O capelão colocou as duas mãos na cabeça e rolou de rir. — Não dá para imaginar a cena?! — exclamou o capelão espantado. — Não dá para imaginar Orr naquele botezinho amarelo, remando pelo estreito de Gibraltar de noite com aquele remo azul pequenininho...

— Com aquela linha de pesca arrastando atrás dele, comendo bacalhau cru durante todo o caminho até a Suécia e tomando chá toda tarde...

— Parece que estou vendo! — gritou o capelão, fazendo uma pausa por um instante em sua celebração para recuperar o fôlego. — É um milagre da perseverança humana, estou dizendo para você. E é isso que vou fazer daqui por diante! Vou perseverar. Isso, vou perseverar.

— Ele sabia o tempo todo o que estava fazendo! — exultou Yossarian, erguendo os dois punhos no ar como se esperasse extrair revelações deles. Ele se virou e parou de frente para o major Danby. — Danby, seu idiota! Existe esperança, afinal. Você não percebe? Talvez até Clevinger esteja vivo em algum lugar naquela nuvem dele, escondido lá dentro até que seja seguro sair de lá.

— Do que você está falando? — perguntou o major Danby, confuso. — Do que vocês dois estão falando?

— Me traga maçãs, Danby, e nozes. Corre, Danby, corre. Traga maçãzinhas silvestres e castanhas-da-índia para mim antes que seja tarde demais e pegue umas para você também.

— Castanhas-da-índia? Maçãs silvestres? Para que isso?

— Para enfiar nas nossas bochechas, é claro. — Yossarian ergueu os braços no ar num gesto de poderosa e desesperadora autorrecriminação. — Ah, por que não ouvi Orr? Por que não tive um pouco de fé?

— Você endoidou? — perguntou o major Danby, alarmado e perplexo. — Yossarian, você pode, por favor, me dizer do que está falando?

— Danby, Orr planejou isso. Você não entende, ele planejou isso desde o começo. Ele até praticou ser derrubado no ar. Ele ensaiou para isso em toda missão que voou. E eu não fui com ele! Ah, por que eu não escutei? Ele me convidou para ir junto e eu não fui! Danby, me traga uns dentes de coelho também, e uma válvula que eu possa consertar, e um olhar de inocência estúpida que faça os outros jamais desconfiarem da menor inteligência. Preciso disso tudo. Ah, por que não escutei Orr? Agora entendo o que ele estava tentando me dizer. Entendo até por que aquela mulher estava batendo na cabeça dele com o sapato.

— Por quê? — perguntou o capelão bruscamente.

Yossarian girou e segurou o capelão pela frente da camisa de um jeito impróprio.

— Capelão, me ajude! Por favor, me ajude. Pegue as minhas roupas. Depressa, por favor! Preciso delas imediatamente.

O capelão começou a se afastar alerta.

— Certo, Yossarian, eu vou. Mas onde estão as suas roupas? E como eu faço para pegar?

— Intimidando e pondo medo em qualquer um que tente te impedir. Capelão, traga minha farda! Está em algum lugar desse hospital. Uma vez na vida, seja bem-sucedido em alguma coisa.

O capelão endireitou os ombros com determinação e cerrou a mandíbula.

— Não se preocupe, Yossarian. Vou pegar a sua farda. Mas por que aquela mulher estava batendo na cabeça de Orr com o sapato? Conta para mim, por favor.

— Porque ele pagou a mulher para fazer isso, foi por isso! Mas ela não bateu com força suficiente, e aí ele teve que remar até a Suécia. Capelão, traga minha farda para eu poder sair daqui. Peça para a enfermeira Duckett. Ela vai fazer tudo que estiver ao alcance dela para se livrar de mim.

— Aonde você vai? — perguntou o major Danby, apreensivo, depois que o capelão saiu às pressas do quarto. — O que você vai fazer?

— Vou fugir — anunciou Yossarian com voz exuberante e clara, já desabotoando a camisa do pijama.

— Ah, não — resmungou o major Danby e começou a secar o rosto suado rapidamente com a palma das mãos. — Você não pode fugir. Para onde você vai fugir? Para onde você pode ir?

— Para a Suécia.

— Para a Suécia?! — exclamou, atônito, o major Danby. — Você vai fugir para a Suécia? Ficou louco?

— Orr conseguiu.

— Ah, não, não, não, não, não — suplicou o major Danby. — Não, Yossarian, você nunca vai chegar lá. Você não pode fugir para a Suécia. Você nem tem como remar.

— Mas consigo chegar até Roma se você ficar de bico fechado quando sair daqui e me der uma chance de pegar uma carona. Pode ser?

— Mas eles vão te encontrar — argumentou o major Danby, desesperado — e te trazer de volta e te punir com ainda mais severidade.

— Dessa vez, eles vão ter que se esforçar bem mais para me achar.

— Eles vão se esforçar. E, mesmo que não te encontrem, que vida é essa? Você vai estar sempre sozinho. Nunca vai ter ninguém do seu lado e você vai sempre correr o risco de alguém te trair.

— Eu já vivo assim.

— Mas você não pode simplesmente dar as costas para todas as suas responsabilidades e fugir delas — insistiu o major Danby. — É um movimento muito negativo. É escapismo.

Yossarian riu com alegre desprezo e balançou a cabeça.

— Não estou fugindo das minhas responsabilidades. Estou fugindo na direção delas. Não tem nada de negativo fugir para salvar a minha vida. Você sabe quem são os escapistas, não sabe, Danby? Não somos eu e Orr.

— Capelão, você pode falar com ele, por favor? Ele vai desertar. Ele quer fugir para a Suécia.

— Que maravilha! — disse, feliz, o capelão, orgulhosamente jogando na cama uma fronha cheia de roupas de Yossarian. — Fuja para a Suécia, Yossarian. E eu vou ficar aqui e perseverar. Sim. Vou perseverar. Vou incomodar e atazanar o coronel Cathcart e o coronel Korn toda vez que vir um dos dois. Não tenho medo. Vou atormentar até o general Dreedle.

— O general Dreedle está fora — lembrou Yossarian, colocando a calça e apressadamente enfiando a camisa para dentro. — Agora é o general Peckem.

A confiança balbuciante do capelão não falhou nem por um instante.

— Então vou atormentar o general Peckem, e até o general Scheisskopf. E sabe o que mais eu vou fazer? Vou dar um murro na cara do capitão Black da próxima vez que cruzar com ele. Isso, vou dar um murro bem no meio da cara dele. Vou fazer isso quando tiver bastante gente em volta para ele não ter chance de revidar.

— Vocês dois endoidaram? — protestou o major Danby, os olhos esbugalhados parecendo que iam sair do lugar tamanha era a tortura do choque e da exasperação. — O juízo de vocês tirou férias? Yossarian, escuta...

— É um milagre, estou dizendo — proclamou o capelão, segurando o major Danby mais ou menos na cintura e dançando com ele com os cotovelos estendidos para uma valsa. — Um verdadeiro milagre. Se Orr conseguiu remar até a Suécia, posso derrotar o coronel Cathcart e o coronel Korn, caso eu persevere.

— Capelão, dá para calar a boca? — implorou o major Danby educadamente, libertando-se e secando a testa suada com um movimento trêmulo. Ele se inclinou para perto de Yossarian, que estava pegando os sapatos. — E o coronel...

— Não estou nem aí.

— Mas isso pode até...

— Os dois que vão se catar!

— Isso pode até ser bom para eles — persistiu o major Danby com teimosia. — Pensou nisso?

— Eles podem muito bem se danar, para mim tanto faz, já que não posso fazer nada para impedir os dois, só posso criar um constrangimento para eles fugindo. Agora, tenho minhas próprias responsabilidades, Danby. Preciso chegar na Suécia.

— Você nunca vai conseguir. É impossível. É praticamente uma impossibilidade geográfica ir daqui até lá.

— Caramba, Danby, pelo menos vou tentar fazer alguma coisa. Tem uma menininha em Roma que eu queria salvar se conseguir encontrar. Vou levar ela comigo para a Suécia, então não tem nada de egoísmo nisso, tem?

— É completamente insano. A sua consciência nunca vai te deixar em paz.

— Amém. — Yossarian riu. — Eu não ia querer viver sem sérias dúvidas. Certo, capelão?

— Vou dar um murro na cara do capitão Black da próxima vez que encontrar com ele — disse o capelão com imenso prazer, dando dois *jabs* de esquerda no ar e depois um direto meio desajeitado. — Bem assim.

— E a desonra? — perguntou o major Danby.

— Que desonra? A desonra para mim é muito maior hoje. — Yossarian deu um nó apertado no cadarço do sapato e ficou de pé. — Bom, Danby, estou pronto. O que você me diz? Você pode ficar de boca fechada e me deixar pegar uma carona?

O major Danby olhou para Yossarian em silêncio, com um sorriso estranho e abatido. Ele tinha parado de suar e parecia absolutamente calmo.

— O que você faria se eu tentasse te impedir? — perguntou ele com uma ironia triste. — Me bater?

Yossarian reagiu à pergunta com uma surpresa magoada.

— Não, claro que não. Por que você disse isso?

— Eu vou bater em você — gabou-se o capelão, saltitando bem perto do major Danby e fingindo que estava lutando boxe. — Em você e no capitão Black, talvez no cabo Whitcomb. Não ia ser lindo se eu descobrisse que não tenho mais medo do cabo Whitcomb?

— Você vai me impedir? — perguntou Yossarian ao major Danby e olhou fixamente para ele.

O major Danby se afastou do capelão e hesitou por mais um instante.

— Não, claro que não! — disse ele e de repente estava apontando com ambos os braços para a porta num gesto de exuberante urgência. — Claro que não vou te impedir. Vá, pelo amor de Deus, e vá rápido! Você precisa de dinheiro?

— Eu tenho dinheiro.

— Bom, pegue mais um pouco. — Com ardente e empolgado entusiasmo, o major Danby colocou um maço grosso de cédulas italianas na mão de Yossarian, que ele segurou com as duas mãos, tanto para fazer os dedos pararem de tremer quanto para dar coragem a Yossarian. — Deve ser ótimo estar na Suécia agora — comentou ele, sonhador. — As mulheres são tão encantadoras. E as pessoas são tão avançadas.

— Adeus, Yossarian — disse o capelão. — E boa sorte. Vou ficar aqui e perseverar, e nos encontramos quando a guerra acabar.

— Até mais, capelão. Obrigado, Danby.

— Como você se sente, Yossarian?

— Muito bem. Não, estou morrendo de medo.

— Ótimo — disse o major Danby. — Isso prova que você continua vivo. Não vai ser divertido.

Yossarian se dirigiu à porta.

— Vai, sim.

— Estou falando sério, Yossarian. Você vai ter que andar na ponta dos pés cada minuto de cada dia. Eles vão mover montanhas para te pegar.

— Vou andar na ponta dos pés o tempo todo.

— Você vai ter que pular.

— Então eu pulo.

— Pula! — gritou o major Danby.

Yossarian pulou. A prostituta de Nately estava escondida do lado de fora da porta. A faca desceu, errando Yossarian por centímetros, e ele foi embora.

POSFÁCIO[1]

Em 1961, o *New York Times* era um jornal de oito colunas. Em 11 de novembro do mesmo ano, um dia após a publicação oficial de *Ardil-22*, o espaço literário do jornal tinha um anúncio inusitado, que ia do topo até o fim da página, contendo cinco colunas e produzindo um efeito estupendo no leitor. A crítica daquele dia sobre outro livro ficou espremida num dos cantos da página, junto com as palavras cruzadas. O anúncio apresentava o seguinte título: O QUE É O ARDIL? E exibia no alto uma caricatura de uma figura humana fardada, em pleno voo, olhando para uma situação indefinida de perigo e com uma expressão de pânico.

Era um anúncio de *Ardil-22*. Entrelaçados ao texto havia elogios de vinte e um indivíduos e grupos de significativo renome, em geral ligados ao mundo literário e editorial, que haviam recebido o romance antes do lançamento. Eles já o tinham lido e faziam comentários favoráveis a seu respeito.

Alguns dias depois do lançamento foi publicada uma crítica no jornal *The Nation*, de Nelson Algren (um dos clientes da minha agente literária, que o havia instigado a lê-lo). O texto dizia que *Ardil-22* era "o melhor romance publicado em anos". Havia também uma crítica de Studs Terkel num jornal de Chicago recomendando a leitura do livro.

Tamanha atenção dada a esse romance se deve em grande parte ao diligente trabalho e estima da minha agente literária Candida Donadio e do meu editor Robert Gottlieb. Aprecio a oportunidade de dedicar esta nova edição aos dois, como colegas e aliados e cujo talento é de um valor imensurável.

---

1 Texto incluído por Joseph Heller no prefácio da edição de 1994. (*N. do E.*)

O romance não recebeu uma crítica do *Times* na época da publicação. No entanto, foi analisado pelo *Herald Tribune* por Maurice Dolbier. O Sr. Dolbier afirmou: "É um livro feroz, comovente, contundente, colérico e animador. Uma verdadeira montanha-russa."

O fato de um crítico literário do *Herald Tribune* ter analisado um romance sobre guerra, redigido por um autor desconhecido, foi resultado de uma coincidência. S. J. Perelman, muito mais conhecido e objeto de uma entrevista realizada pelo Sr. Dolbier, também havia lançado um livro na mesma época. Sua editora era a Simon & Schuster, assim como a minha, e tínhamos o mesmo editor-chefe, Bob Gottlieb. Em resposta a uma pergunta realizada por Dolbier, o Sr. Perelman respondeu que estava muito absorto por um romance oferecido pelo seu editor, intitulado *Ardil-22*.

Posteriormente, o Sr. Dolbier me confessou que já tinha visto esse livro em uma pilha de publicações que havia decidido não ter tempo para analisar. Se não fosse por Gottlieb, não haveria Perelman, e se não fosse por Perelman, não haveria uma crítica literária por Dolbier.

E, se não fosse por Dolbier, é possível que também não houvesse a do *Times*. Duas semanas depois, e possivelmente em função do Sr. Dolbier, o livro foi descrito com aprovação no *Times* por Orville Prescott, que predisse que não seria esquecido por aqueles que o lessem e o chamou de "Uma realização deslumbrante que vai afrontar e encantar um grande número de leitores". O resto vão poder dizer que é história, mas é uma história fácil de interpretar de maneira equivocada. O romance não recebeu nenhum prêmio nem entrou na lista dos mais vendidos.

Como previsto pelo Sr. Prescott, para cada crítica positiva parecia surgir uma negativa. Olhando para esse romance após vinte e cinco anos, John Aldridge, para mim o mais perceptivo e persistente crítico de literatura dos Estados Unidos das últimas décadas, enalteceu a crítica literária inteligente feita por Robert Brustein no *New Republic*, contendo "argumentos essenciais aos quais grande parte das críticas posteriores pouco puderam contribuir". O Sr. Aldridge reconheceu que muitos leitores de *Ardil-22* "apreciaram o livro pelas mesmas razões que levaram muitos a odiá-lo".

O descrédito era com frequência maldoso. No *Sunday Times*, numa nota tão escondida que somente aqueles que a esperavam poderiam identificá-la, o redator (que também era cliente da minha agente, Candida) escreveu que "o romance se sobressai pela ausência de habilidade e sensibilidade", "é repetitivo e monótono", "falha em seus objetivos", "é uma miscelânea emocional" e não se caracterizava como um romance. O redator da *New Yorker*, que em geral escrevia sobre jazz, comparou o livro negativamente ao romance com semelhante ambientação redigido por Mitchell Goodman, tendo decidido que *Ardil-22* "não parece nem mesmo ter sido escrito, e sim, dá a impressão de que foi colocado no papel a gritos (...) o que sobra são restos de piadas amargas", e no fim, "Heller está tão imerso na própria gargalhada que acaba submergindo nela". (Hoje, fico tentado a submergir em risadas conforme redijo essas palavras.)

Não me recordo de o romance ter sido incluído entre as centenas de livros recomendados pelo *Times* durante a época do Natal naquele ano ou entre as centenas de livros selecionados para as leituras da primavera. Mas, no fim do verão de 1962, Raymond Walters, que na época tinha uma coluna na página de livros mais vendidos do *Sunday Times*, noticiou que o livro subversivo mais lido pelos nova-iorquinos era *Ardil-22*. (O romance provavelmente foi mais anunciado do que todos os demais naquele ano, mas continuava subversivo.)

Não muito tempo depois, a revista *Newsweek* publicou uma matéria com conteúdo semelhante cuja extensão ultrapassava uma página. E, no fim daquele mesmo verão, fui convidado para a minha primeira entrevista na televisão. Era o programa de variedades *Today Show*. O anfitrião principal era John Chancellor. O Sr. Chancellor tinha retornado recentemente de seu posto como jornalista no Kremlin e aceitou esse convite com a condição de que entrevistaria somente as pessoas que escolhesse.

Depois do programa, num bar próximo ao estúdio em que me encontrava bebendo martínis mais cedo do que em qualquer outro momento da minha vida, ele me entregou um pacote de adesivos que tinha produzido em segredo. O adesivo dizia: YOSSARIAN VIVE. Ele me confidenciou que os estava espalhando clandestinamente pelos corredores e pelos banheiros dos executivos da NBC.

Então chegou setembro e com ele a edição em brochura, finalmente uma publicação com apelo popular que parecia tomar de assombro alguns editores, entre outras estratégias elaboradas para a sua promoção e distribuição. Por algum tempo pareceu que as pessoas não acreditavam no número de vendas e que nunca o fariam.

As edições em brochura têm grandes tiragens. Após o lançamento inicial de trezentos mil exemplares, foi impresso um número cinco vezes maior entre setembro e o fim do ano e duas vezes esse número entre outubro e dezembro. No fim de 1963 o livro havia chegado a sua 11ª edição. Na Inglaterra, sob os auspícios do jovem e empreendedor editor Tom Maschler, o ritmo foi esse desde o início.

As listas de livros mais vendidos eram recentes e rudimentares, mas *Ardil-22* logo ficou no topo delas.

Para mim, a história de *Ardil-22* começou em 1953, quando comecei a escrevê-lo. Em 1953, eu estava empregado como editor de uma pequena agência de publicidade em Nova York, após trabalhar dois anos como professor de escrita literária na Universidade Estadual da Pensilvânia. Antes disso, ansioso por uma crítica favorável, enviei o primeiro capítulo para os agentes literários que conhecia por ter publicado alguns contos em revistas como *Esquire* e *The Atlantic*. Os agentes literários não se mostraram interessados, mas uma jovem assistente, a Srta. Candida Donadio, conseguiu permissão para enviar aquele capítulo para algumas publicações que regularmente divulgavam resumos de "romances em desenvolvimento". Em 1955 o capítulo foi publicado numa revista trimestral intitulada *New World Writing* (uma antologia que também continha o resumo de outro romance em desenvolvimento: *On the Road*, de Jack Kerouac). A partir de então recebi cartas de elogio e interesse por parte de algumas editoras consagradas e fui encorajado a continuar com o trabalho, para o qual percebi que precisaria de mais alguns anos para terminar, frente ao que tinha previsto inicialmente.

Em 1957, quando ainda estava com aproximadamente duzentas e cinquenta páginas datilografadas, eu trabalhava na revista *Time*, redigindo apresentações de anúncios durante o dia, enquanto à noite colocava minhas ideias no papel. Nesse ínterim, Candida Donadio se estabelecia como uma agente proeminente, reunindo uma impressionante lista de autores norte-americanos. Concordamos que fazia sentido submeter o manuscrito parcial a algumas editoras, sobretudo para termos uma noção realista do potencial de publicação de um romance que estimávamos tanto. Ela se aproximou de um jovem editor na Simon & Schuster, o qual acreditava que seria mais receptivo à inovação que os demais. O nome dele era Robert Gottlieb, e ela estava certa.

Enquanto Gottlieb se ocupava com essas páginas, eu, com quatro semanas de férias de verão da caridosa revista *Time*, comecei a reescrevê-las. Gottlieb e eu nos encontramos para almoçar, sobretudo para que ele sondasse o meu temperamento e determinasse quão acessível eu seria como autor, a fim de que pudéssemos trabalhar juntos. Após tê-lo ouvido aludir a certas sugestões que acreditava ser compelido a fazer eventualmente, entreguei a ele minhas novas páginas com orgulho.

Ele me surpreendeu com a preocupação de que eu poderia me objetar a trabalhar com alguém tão jovem; ele tinha 26 anos, eu acho, e eu, 34. Fiquei ainda mais surpreso ao saber que ele e sua colega de trabalho mais próxima na Simon & Schuster, Nina Bourne, ficaram inicialmente intimidados em função de um ar de desconfiança que eu demonstrava e nem sabia que tinha. Não desconfiei dele nem por um instante, e duvido que Gottlieb, que se tornou editor-chefe da Alfred A. Knopf e depois editor da revista *New Yorker*, tenha se intimidado com qualquer outra pessoa.

O que me lembro de mais agradável a seu respeito é o fato de que ele não me pediu um esboço ou tentou extrair qualquer indício sobre os rumos que eu daria para o romance. O contrato que recebi mencionava um adiantamento de quinze mil dólares.

Provavelmente fui seu primeiro escritor contratado, mas não o primeiro a ser publicado. Outros autores cujos manuscritos estavam completos chegaram até ele nos três anos de que precisei para terminar meu livro. É provável que eu tenha sido o primeiro cliente de Candida também.

Ambos estavam encantados, assim como eu, com o sucesso de *Ardil-22*, e nós três temos festejado nossas lembranças sobre essa experiência. Em 28 de fevereiro de 1962, o jornalista Richard Starnes publicou uma ampla coluna tecendo elogios no *New York World-Telegram* que começava com as seguintes palavras: "Yossarian, acredito, vai viver por muito tempo."

Seu tributo foi inesperado porque o Sr. Starnes era um jornalista no estilo linha-dura, cujos temas em geral tratavam da política local, e o *World-Telegram* era tido em sua essência como conservador.

Até hoje sou grato ao Sr. Starnes por sua opinião não especializada, e eu o abençoo pela acuidade de suas previsões. Yossarian de fato viveu por muito tempo. O Sr. Starnes já se foi. Muitos dos que fizeram comentários sobre o livro no primeiro anúncio já morreram, e a maioria de nós que sobrou está a caminho.

Mas Yossarian permanecerá vivo quando o romance terminar. Em função do filme de Mike Nichols, mesmo os leitores do romance terão uma imagem duradoura dele em alto-mar, remando em direção à liberdade em um barco inflável amarelo. No livro ele não consegue ir tão longe, mas não é capturado nem morre. No livro que acabei de finalizar, *A hora final* (aquela caricatura em fuga está novamente na capa da edição norte-americana, mas usando um chapéu a rigor e locomovendo-se com uma bengala), ele está vivo outra vez, quarenta anos mais velho, mas ainda vivo. "Todos precisam partir", relembra seu amigo médico enfaticamente naquele romance.

"Todos!" Mas, se eu escrever uma continuação do romance, ele continuará por perto.

Cedo ou tarde, preciso admitir, Yossarian, agora com 70 anos, também terá que morrer. Mas não será pelas minhas mãos.

Joseph Heller
East Hampton, Nova York, 1994

Este livro foi composto na tipografia
Adobe Garamond Pro, em corpo 12/16,25,
e impresso em papel off-white no Sistema Cameron
da Divisão Gráfica da Distribuidora Record.